出麦田记

Remember The Crop

与世俗无关

潘沈斌 —— 著

图书在版编目（CIP）数据

出麦田记 / 潘沈斌著. —重庆：重庆出版社,2018.3
ISBN 978-7-229-11785-6

Ⅰ.①出… Ⅱ.①潘… Ⅲ.①长篇小说—中国—当代
Ⅳ.①I247.5

中国版本图书馆CIP数据核字(2017)第223997号

出麦田记
CHU MAITIAN JI

潘沈斌 著

策　　划：沙　漠
责任编辑：陶志宏　张　蕊
责任校对：朱彦谚
封面设计：吉冈雄太郎

重庆出版集团
重庆出版社　出版

重庆市南岸区南滨路162号1幢　邮编：400061　http://www.cqph.com
北京佳顺印务有限公司印刷
重庆出版集团图书发行有限公司发行
E-MAIL:fxchu@cqph.com　　邮购电话：023-61520646
全国新华书店经销

开本：710mm×1000mm　1/16　印张：27　字数：478千字
2018年3月第1版　2018年3月第1次印刷
ISBN 978-7-229-11785-6
定价：54.00元

如有印装质量问题，请向本集团图书发行有限公司调换：023-61520578

版权所有　侵权必究

读《出麦田记》随记

李春平

潘沈斌，一个陌生的作者。《出麦田记》，一部陌生的小说。不过，大凡新人都是陌生的，大凡新作也都是陌生的。所以这种陌生感也就不足为奇了。品读他的小说也有一种陌生感，不是通常我们看到的那种文学青年的小说习作，没有令人炫目的华丽辞藻的连串堆砌，没有那种个人情感在挣扎呻吟中的哀哀怨怨，没有在局促而狭隘的视野中的左顾右盼，与同龄人比较，潘沈斌的小说更接近于一个成熟作家的倾心之作。

小说写了一个从乡村到城市的追梦故事。此类题材一些作家早已写过，比如路遥的《人生》。早在十年前，我也写过一部中篇小说叫《玻璃是透明的》，是写一个农村男孩远走上海寻找饭碗的故事，他在一个可以糊口的城市却看不到自己的家园。而此时，饭碗比家园更重要。当生存之忧袭来时，家园可以抛弃，饭碗却不能没有。可潘沈斌几乎毫不迟疑地把小说视点聚焦于农村青年对城市向往的旅途上。这个题目非常宏大。自工业革命始，城市的发展拉开了城乡距离，农村和城市就呈现出两种截然不同的表现形态，无论是物质的还是精神的，它们存在的方式都有很大的差异。这种差异几乎就是先进与落后的差异，就是文明程度的差异。我国改革开放之后，特别是近几年来，乡村向城市的转移，已经成为一个非常活跃的社会话题。农耕文明的魅力变得极其有限，急于逃离乡村的年轻人，不再留恋那些田园风光，不再眷顾那些小桥流水，浪漫的、现代的、五光十色的城市不仅聚集着大批高端人才，也始终吸引着农村青年的目光，似乎只有奔向城市才是他们最理想的人生归宿。于是乎，成千上万的农村人以各种不同的方式涌向城市，他们在成为城市建设者的同时，也使城市规模不断扩张，城市的人口结构和文化元素变得越来越多元化和复杂化。除了进城打工，更多的年轻人是通过高考去实现城市梦想，这是一种更直接、更有效、更可靠的迁移途径。这个途径看起来是改变生存境遇，而实际上更多地体现出文化的转移或文化背景的转换，也是信息时代在中国的必然趋势。中国是世界上最大的农业国家，潘沈斌选择这样一个主题作为一部长篇小说的表现内容，是一种思考性和智性的写作，整体意义是在向纵深掘进的，因为它抢占了思想和视野的制高点。今天的中国，正在大力推进城市化进程，从而引发了从乡村到城市的风起云涌的大迁徙，他们正在搏斗着，正在经历着各种精神煎熬和阵痛。这个庞大的社会群体的共同命运和喜怒哀乐，有多少作家真切地关注过？也许，这就是《出麦田记》的价值所在，也是潘沈斌的价值所在。

我还看到，在这部新人新作中，潘沈斌不同于其他一些年轻作者的是，他会叙事，会讲故事。我平时接触过许多青年作者，他们中有清华、北大的高才生，有博士、硕士，也有普通高校的本科生。他们通过互联网把作品发到我的邮箱里，请我"修改或指导"，我对他们的状况比较熟悉。一个普遍现象是，他们的文学基础很好，语言华美，修辞典雅，但不能掩饰他们欠佳的文字功底和艺术感觉。他们最大的问题是不会叙事，不会讲故事。不会讲故事不是一个小问题，实际上是缺乏小说基本功的打磨。"80后"文学的代表人物，郭敬明和韩寒他们都不会讲故事，他们是靠个人小情感取胜的。潘沈斌不一样。他用笔较老到，叙事也从容，剪裁尚干净。这也是我欣赏他的地方。他的不足也很明显，比如语言不够规范，对细节的把握还不到位，等等。要知道，长达37万字的《出麦田记》故事并不好讲，涉及到农村、城市、学校，要去悉心捕捉农民、老师、学生、官员们的灵魂，小说网罗了社会各个阶层和各色人等，能把故事讲到有章法、有层次，讲到波澜起伏，是了不起的。

从资料上看，潘沈斌是河南商丘人，毕业于河南科技学院，中文是他的专业，这部小说写于他的大一到大三时期。我在一个普通高校教书，职业是作家也是教师，主要辅导学生的文学创作。平时接触到有志于文学的青年很多，全国各地都有。三年前的一个夜晚，北京大学中文系主任、文学理论家温儒敏教授在汉江边和我聊天时，他曾经告诫我，春平，你指导学生的文学创作很好，但不要提出培养作家，高校是培养不出作家的，北大也不敢这样说。文学人才成功的要素很多。温老师的话很对。近几年来我国出现的一些青年作家，除了北大毕业的徐则臣，其他大都是学历不高的，即使他们考上大学，也是考不上名校的，比如风头正健的鲁敏和王十月。潘沈斌倒是受过正规高等教育的，从专业上看，文学是他的爱好。英雄不问出处。潘沈斌是否会成为文学界的后起之秀？从他现在的基础看，他已经有了一个漂亮的开头，下一步要扎扎实实地打底子。我们有理由翘首以待。

2011年7月2日于陕西安康

1

　　封阳县虽为县，却无县的实力。县城乃弹丸之地，南关放屁北关可闻，但是属于封阳县辖区的农村面积却甚广，南北延伸百里之遥。且农村人多之极，若驱车下乡，有的一个村庄还未出去便又进入另一个村庄，庄庄重叠、村村相望，不愁没人问路。这些村庄的规模大小不一，有一二百人占地为村，也有万余人聚居成镇。这些村庄好像人脸上大小不一的麻子，点缀在广袤的原野上。

　　封阳县除了贫穷无任何特点，土地不争气，除了五谷杂粮什么都长不出。一个县领导一上任，想燃几把火，下乡拼命考察后号召农民种药材，不料药农们栽种的药材好像缺钙，横竖长不成，那些药材好像公婆眼中刚过门的媳妇，左右都不是。一个县长的屁股尚没暖热就又调来一个新县长，开始提倡栽种果树，不料果树结出的果实个个畸形，且果肉酸苦。封阳县宛如一个不争气的孩子，任你千般诱导，均不成器。

　　再来的县长鉴于前车之鉴，知道烧三把火的结果往往是烧了自己，所以新县长他们也学聪明了，到县政府报到之后便直奔主题，拿出当官的看家本领：开会，开过会之后便是写总结，然后再开会再写总结，如此循环，乐此不疲。县电视台的记者都具有超强的报道本领，三个人的小常委会能把意义渲染成与联合国大会同样的重要，报道的语言都是几十年不变的激情万丈。乡也不下了，研也不调了，县长活动范围便是县政府周围三百米之内的各大饭店和大小会议室，除此之外便是轿车内，脚上皮鞋由于不见土地，即使三个月不擦也依旧锃亮。

　　县城原本有个酒厂，生产封阳酒，封阳酒年代久远，传闻当年苏东坡曾涉足此地，喝了封阳酒之后赞不绝口。苏东坡已死了一千年，死无对证，所以封阳酒厂吹得理直气壮，酒盒背面印着苏东坡举着封阳酒对月，旁边配上那阕《水调歌头·明月几时有》，意思是苏东坡喝了封阳酒之后憋不住，才文思泉涌，涌出这么一首经典。20世纪80年代这个酒厂风光无比，封阳酒一度上了人民大会堂国宴。一酒厂得势，整个封阳都升天。大约是那酒厂觉得这样吹嘘下去很是过意不去，于90年代末自尽。酒厂破产后，每个县领导均分到许多陈年老封阳酒，后来这些老酒便频频出现在市一级领导的库房内，再过一段日子又出现在省领导的餐桌上，看来礼行天下。

酒厂倒闭无疑使封阳失去了它的太阳，新的太阳封阳第一高中便在各部门万马齐喑的时候迅速升起。县一中原本处于封阳县城破败处，拥有一群老态龙钟的教学楼，校园如炸弹炸过一般凌乱。一中管理效仿监狱模式，采取封闭式管理折磨般教学，所以这里的学生一天除了吃喝拉撒等必需的生理活动外，其余时间全都在苦读圣贤书上下功夫。在老师往死里教、学生往死里学的前提下，一中年年均出现几个考分高得吓人的状元，有恐高症的人都不敢听人家考的分数有多高。随着招生规模的扩大，一中的知名度也逐年递增，甚至开州市的家长也把一中看做得道升天的风水宝苑，认为只要来到一中，便与北大遥遥相望。于是开州市内的学生也放弃城市教育，被吸引到这破县城来发奋读书。

县政府始终怀念当年酒厂给封阳带来的风光，既然有了可造之才，那就不惜血本把一中打造成一道金字招牌。一中要发展首先得圈地，于是一中在县委的扶持下，在扩建的道路上越走越远。凭借当年俄罗斯强征远东般的雄心，以并购、强征为手段，东张西扩，南进北下，校区竟呈放射状扩大到两千亩。在这幅员辽阔的两千亩土地上，一中教学楼拔地而起，在县城以破败为主的灰色基调中，这些白色楼群耸入云霄、气象万千。校领导对建校上了瘾，又开始筹建体育场，计划在一年内赶上开州一中，五年内傲视全省，校长周广青在校动员大会上唾沫往八方飞溅，傲气不已，大有指挥封阳一中与哈佛、耶鲁叫板的气势。

一中学生巨多，只高三一个年级，就纵横41个班，若是把一中平移到南美和北非，单是一校人口就可以顶那里几个国家人口之和。一中采取精英式教育，注重学生的三六九等，先从这41个班中筛选出尖子生，归为一个班，号称"北大班"，再从学校老师里挑出精干老师专门培育，入了"北大班"的学生自忖进了"北大班"出来便是"北大人"，其中有几位已经迫不及待地穿上了印有"北大"字样的T恤衫。"北大班"的学生唯一的梦想就是上北大，唯一的特长就是考试，一个月不考试便浑身不自在。

许依桐所在的班共有一百二十余人，教室被塞得好像密封罐头。放眼望去，满是高低不一的书山和无尽人头，人头上挂着深浅不一熠熠放光的镜片，可见我国教育业也带动了玻璃业的发展。27班为正宗的普通班，每次校内联考，年级排名均在倒数第一至倒数第五这个小范围之内，稳定得令人洗洗想睡。许依桐的学习成绩在普通班中也是无比普通，稳定在40名和80名之间，呈波浪状起伏。许依桐刚上高中那会儿也有过雄心，要考取全校第一，稳居"北大班"第一排，高考时再以开州市第一名考取北大。不料理想似乎是为了破灭而生的，许依桐开始很在乎考试成绩，但是在乎一次受伤一次，高中考试多如牛毛，屡战屡败之后，他索性视考试成绩为粪土，心态沉稳得如同洛阳石窟。自己的考试成绩似乎是被封阳的经济传染了，任你百般努力，就是萎靡不前。

许依桐的成绩已经长达八年陷入尴尬之地，最辉煌的历史纪录还是小学五年级时考了个全校年级第一，虽然前提是全校五年级只有一个班，一个班只有20个人，但儿时的昙花一现却给了依桐及其家人长远的荣耀。在以后依桐的成绩数次飞流直下甚至一下不回还时，整个村里的人还沉浸在当年的小依桐带来的光环中，纷纷道："许家那小子可以啊，还考过全校第一呢。"这给许依桐的感觉好比祖上出个人物，祖孙万代都不是孬种。

许依桐来自一个小村庄——南许村，那小村距县城有50里之遥，是封阳县辖区的边缘。先前交通不便，那里的人们进城全靠"十一路"，双腿交替踩着水和泥交汇成的标准的"水泥路"，花上一上午的工夫才走到县城南关，匆忙办完事再匆忙赶回来，否则在路上便被夜幕吞没。依桐之所以没有像南许村其他同龄人一样或娶妻生子，或外出打工挣钱，很大程度上是依仗于姐姐许依禾的资助。

依禾同大多数乡村女孩一样，从懂事起就知道男人生下来就是种地的，而女人生下来就是陪男人种地的。她唯一的梦想就是有一天被八抬大轿抬去另一个村庄种地。依禾后来也进了学校，勉强上到了小学毕业。在16岁那年，她跟着卖粮食的父亲许正兴推着架子车去了封阳县城，许依禾的思想就此颠覆。她在颠簸的土路上望到越来越近的县城一片建筑时，才知道这个世界上除了村庄之外还有另一片叫做城市的文明聚居之地。她在高楼与马路之间推着架子车迷惘着前进时，便树立了一个雷打不动的梦想：一定要嫁一个城里男人，然后进到城里来。

依禾实现这个梦想是有本钱的，在当时的南许村一带，她可谓出水芙蓉，风中雪莲，一双大眼睛在村道和田地之间迷倒男人无数，若无这个资本，进城生活的梦想可以说是泡影。可谓天佑美人，依禾最终梦想成真，但付出的代价是嫁给了一个体态臃肿，长相奇丑的城里男人。那男人叫龚美明，在城里一家小机关当一小职员，那工作可谓忽略不计——每天在办公室里呆坐喝茶，当然也有不坐的时候，比如换茶叶和上厕所。偶尔也换个娱乐方式——领导不在的时候便下象棋、打麻将。端坐的结果是越来越心宽体胖。

依禾嫁给这个城里人成为县城一员时，整个南许村都为之一动。女孩子们嫉妒依禾，妇女们嫉妒依禾的母亲，就连上小学的许依桐也感到了周围小伙伴骤然对他的高看八度。不少村里人摸着许依桐的小脑袋骂自己的孩子："看看人家城里的孩子，多和人家学学。"父亲许正兴每日傍晚时分蹲在村头遥望着村外那条通向城里的路默默抽烟，兴奋得不知所以。当他那大腹便便的女婿出现在南许村的街道上时，许正兴总是躬身走在女婿的身旁，陪同女婿一同迎接无数村民羡慕的目光，包括一向趾高气扬的村长胥先重，这时也过来向许正兴的胖女婿搭讪。

从那时起，依桐一次又一次地凝望着他熟悉但又陌生的姐姐挽着猪八戒式的姐夫消失在村外那条路，一次又一次地等待姐姐和"猪八戒"带着城里的东西归来，然后看姐夫端坐在自家堂屋内，向村里那些有头有脸的人高调说话，三句话里面必有"在我们市里面啊……"。那个时候，许依桐总是从那些稀罕物品中挑出能吃的东西，喊上村长胥先重的女儿胥水儿，去村后的麦秸垛旁分享，正如水儿有了好东西要跟他分享一样。

2

封阳一中一个月只放假一天，为的是让学生回家拿生活费。这一日是星期六，下午的日头如吃了兴奋剂，灿烂无比。因为下午要放假，所以学生兴奋得忘乎所以，中午就已把行李从寝室搬到教室中，以俟下午放学后直接走人。依桐也从外面租的房屋处把背包提来，又到一旁的小超市中给水儿买了一副发夹，用手提包裹好，喜气洋洋地回来上下午两节课。

下午两节课依桐上得云天雾地，只见老师在讲台上双唇碰撞却不闻其声，脑中只想着家里锅中的红薯稀饭和水儿的笑脸。一想到水儿，依桐如同在沙漠中看到月牙泉，顿感纯净圣洁。水儿与依桐从小一起长大，是纯正的青梅竹马。

依桐所在的南许村共有两姓，许姓和胥姓，两个字谐音，南许村识字的人不多，经常混做一个姓。许依桐的父亲许正兴和胥水儿的父亲胥先重的交情是从穿开裆裤时开始的，许正兴斗大的字不识一个，胥先重稍微比他强些，勉强能够分清男女厕所。两人是天生的酒友，那喝酒功夫在南许村可谓两朵奇葩，二人经常在一起豪饮，然后平移到桌子底下说话。许正兴不喝酒便无话，在酒精的刺激下一张嘴能够把小时候喝多少奶说出来。胥先重平常就能说会道，喝酒之后更是口若悬河，能从大葱有几种吃法侃到玉皇大帝的脚气。

许正兴的老实劲儿导致他的人生也很老实，年轻时老老实实地种地，盖了房娶了一房媳妇。次年女儿许依禾光荣诞生，许正兴一见是个女儿，恨不得把女儿再塞进老婆肚子里，换个男孩出来。那一阵子他走路时腰都是弯成45度角，唯恐别人骂他无后。许正兴坚信生孩子就像种地一样，有播种就会有收获，于是许正兴继续播种，不论多少年，要生个带把的出来，这是他一生中干的最为执着的事情。

胥先重有着远大的抱负，他不满足于守着地吃饭的宿命，他认为事业和妻儿是不共戴天的仇人，必是选取其一的。他故而先不结婚，愤而在家创业。当自己的好兄弟许正兴披红戴花成亲时，胥先重仍在摆弄他的几十只白毛兔子。不过胥先重终究不是嫦娥，当他的白毛兔子前赴后继地蹬腿赴西天时，他在一旁除了求人看风水外束手无策。他后来又尝试养鸡，这些鸡很不争气地就像商量好一样集体夭折，胥先重又折损了一大笔。如此倒腾了几次，胥先重马上就要为吃饭问题而发愁。他的老父亲胥学义是宰猪的出身，早就把自己的手艺传给了大儿子胥先民。见这个二儿子无论如何都不学宰猪，他便每天骂胥先重不务正业。

胥先重经过几次彻头彻尾的失败后，觉悟到自己绝不是搞科学的料，必须转换路线，于是他想到了从政。在南许村这个巴掌大的地方，从政的唯一途径就是当上村长。先前南许村的村长姓许，但是威望不高，每次在会议上发言时下面人也发言。许姓人在南许村人数虽多，但就是不团结，如许正兴一门，有浩浩荡荡一百来号人，每日在家门口尔虞我诈，妯娌之间争吵不休，今日你我因为一条田埂抓打不休，明日又因一泡鸡屎骂街不已。许家人数虽多，但是各自为政，就好比一个大军分成多个小股，碰上谁都不会说这是大军。而胥姓人口虽少，但是内部却固若金汤，若有一个胥姓人与外姓人打架，胥姓五十条汉子齐上。于是胥姓人在南许村霸气十足，而许姓人则在与自己人的争斗中江河日下。

南许村的村长选举近些年才勉强开始，由乡里来监督员，在喝得晕乎无比的状态下开始给南许村发选票，当一张张选票发到没几个识字的村民们的手中时，他们均不知要干什么。那一天表现最活跃的是胥先重，他先拿他仅余的几只兔子犒劳了那几个监督员，又用不烂之舌在村民之间游说。许姓人均不买账，纷纷说选许仙也不选他姓胥的，但是这些姓许的大部分都把选票投给了自己的哥或爹，而胥姓人则在胥先重的游说下清一色地选胥先重。所以，不团结又一次导致许姓人的败北。

胥先重当上村长的那一年，酒友许正兴的大女儿许依禾已经长到了三岁。胥先重看到自己酒友的孩子都蹿这么高了，而自己如今也当上了村长，已功成名就，便逐渐产生了成家的欲望。在他当上村长之前，当他酒后颤颤巍巍地走在南许村街道上时，在生理的催使下，曾鬼使神差地走到几户寡妇门前。但那时谁都知道他是一个连养兔子都养不成的高低不就的穷光蛋，所以当他在寡妇们门前嘟囔着徘徊时，里面往往会飞出一个破脸盆或者一些碎砖头，她们是在以此种方式"礼貌"地提醒他离开。走在路上喝冷风的胥先重一想到刚才还与自己呼三喝四的许正兴此刻正在被窝里与老婆你侬我侬，更感到一种莫名的惆怅。当胥先重当上村长后，他那原本因为喝酒而瘦弱的腰板再陡然挺直了几倍，他依稀看见姓胥的和姓许的都开始对他躬身打招呼，甚至以前对他嗤之以鼻的几个寡妇也开始对他暧昧地微笑。每当那些寡妇冲他微笑时，胥先重心中都说："娘的，老子当官了，会要你们这些娘儿们吗？"

胥先重的生命在当上村长之后焕发了勃勃生机，他频频出现在南许村大大小小的场合和洛宁镇大大小小的会议上。他的口才以前只施展于酒桌上和寡妇的门前，不料现在终于有了用武之地，而且在动动嘴皮子之后政府还会发工资，这使胥先重觉得自己天生就是当村长的料，以后还会当上乡长，再到后来的官运，胥先重都不好意思去想，觉得太过无量。政治的飞黄腾达带动了他经济生活的同比增长，每隔几日门前总来一些手提鸡蛋或蛋鸡的村民，胥先重收礼后坚决为人办事的优良作风在南许村得以贯彻，这就更导致了礼物的纷至沓来。从此许正兴与胥先重喝酒时再不是称兄道弟，而是胥先重高坐上首，许正兴只是陪客，在下面用一种卑微的表情专心听胥先重讲乡里的趣闻。

胥先重的桃花运终于翩翩降临，是在他刚刚当上村长的1985年。一个冬天的早晨，在村后齐渡河边的大堤上，正拾粪的许正学老汉出乎意料地遇到一个女人，这个女人躺在桐叶纷降、白霜铺地的大堤路边，白霜将她身上穿的大红风衣蒙上，使她的脸显得更为煞白。这个女人的睫毛甚长，粘着白霜的眉毛弯如柳叶，长得恰到好处的唇由于寒冷而冻得煞白。女人脚上蹬着一双黑色长靴，身材修长如旁边蜿蜒的齐渡河，躺在黄色桐叶铺成的路旁，宛如一幅画。

许正学老汉哪里见过这样漂亮和这样打扮的女人，他当时想只有天仙才会长得这样漂亮。他愣愣地围着女人转了半晌，恍然明白了什么，对着女人"扑通"跪地，粪篮子随即滚出多远。他跪拜说："天仙奶奶，您可能是在天上睡觉时一不留神从瑶池上掉下来了，您大恩大德赶快回去吧，这人间多冷啊！"许正学老汉祭拜了半天，那个女人只是纹丝不动，丝毫没有飞起来回天的迹象。许正学老汉这才意识到，必须得喊人来帮忙，于是他顾不得拾上自己的粪篮子便一路飞奔回村里叫人。

当时他的奔跑速度绝对不是能用科学来解释的，以至于许正兴早上起床撒尿时看到了一个黑影从不远处的路口一闪而过，还以为自己看花了眼。当刚刚起床的村长胥先重听到许老汉报告一个天仙妹妹下凡的消息时，他马上意识到不管此事是真是假，作为一个村长他都应该肩负起迎接天仙的责任。于是他带着七八个胥姓壮丁推着架子车一起往大堤上飞奔。刚出村口时，他们刚好遇上当时十五六岁的许运，穿着浑身绽放着棉花的棉袄的他正要和大哥许运旺一起到自己的麦田里倒草木灰。这兄弟俩看到这一帮人这样没命地往河边狂奔，还以为齐渡河上游解冻来了鱼，于是弟兄俩也想着烤鱼的美妙滋味欢天喜地地随着大伙一起往河堤上奔跑。许运动还把盛草木灰的篮子在奔跑中高高举起，准备一会儿大展身手去河水里网鱼。

那是一个美丽的早晨，天寒地冻中，洁白的霜把匍匐在大地上的青青麦苗覆盖，远远看去，麦野仿佛青白相间、波澜不动的海面，一直延伸到雾气和大地相连的目尽处。不远处的桐树和杨树露出赤身裸体的枝丫，枝头被天霜覆盖，棵棵宛如擦了雪花膏的起舞少女。

当他们来到那个女人所躺的地点时，大家才知道河里果真来了鱼，不过是一条美人鱼。当时在场的9个男人看到路边躺着的这个女人时一起惊呆了，他们的第一反应也是这不是凡人，因为他们从来没见过长得这么漂亮的凡人，躺在地上的这个女人长得就像他们过年时床头上所贴年画里的仙女似的。这一直觉迅速蔓延，导致在场的所有人也一起跪下，向传说中的圣母娘娘祭拜，尤其是戴着火车头棉帽的许运旺，他不但磕头如捣蒜，而且嘴里还念叨着什么。许运动站在人圈的外面，以他当年的智力来说，他只觉得这一切太过好玩了。

齐渡河上盖满一层白霜，望去如连绵的玉带一样逶迤远去。大堤上只有像从冰窖里吹出来似的北风，剿杀枝头最后仅存的黄叶。胥先重跪在最前面，离女人最近，当他偷眼看到面前躺着的这个女人耳朵上还有耳环时，开始意识到这是一个人，一个真实的人间女人。他首先喊了一声："快给我把她装上车，先拉回村委会烤烤火。"众人这才从惊疑中惊醒，小心翼翼地把这个女人装上车。有个小伙还忍不住地捏了那女人胸脯一下，却发现女人外面的风衣已经冰冻，摸时硬邦邦的还把手刮了一下。

胥先重所说的村委会便是他自己的家，所以他光明正大地把这个天仙一样的美人接回了家中。在路上，他几次三番去探那女人的鼻息，发现还有微弱的气息。到了家中，胥先重一边派人到几里外的镇上请大夫，一边用村委会的大喇叭叫喊："村民们注意！村民们注意！谁家有火盆先拿过来，谁家有火盆先拿过来。村委会有急用！大家都他娘的快点！大家都他娘的快点！"胥先重讲话时喜欢带上几个高级词汇来丰富感情，所以不一会儿便召集过来七八个火盆。人们将这些火盆围成一个圆形，把女人放在中间。火盆点燃后，室内一时温暖如春。

此时齐渡河堤上天女下凡的消息已经越传越广，这等事有的老人活了七八十岁也是闻所未闻，所以当七八个火盆聚集在女人周围时，胥先重家周围已经聚满了远近村庄七八百位村民，在院墙外指点不已，吓得院中一只正下蛋的老母鸡硬是把蛋憋了回去。有的老人迷信了一辈子，忽然见天仙驾临，个个喜出望外，拿出自家的香火在胥先重家院外焚烧。等镇上的医生到来之时，关于这个女人的来临已经被改编成一个天女散着花从河上飞过，一不留神从空中掉了下来，正好将许正学老汉的粪篮子打翻，晕了过去的故事。这些人在胥先重家院外的老槐树下烤起火，围着火讲得眉飞色舞，唾沫星子飞溅到火里发出"吱吱"的声音。

不一会儿院门猛然打开，门外的人立刻往里面探头探脑，此时院中大桐树的喇叭上又传出胥先重的声音："以下娘儿们快来屋中，以下娘儿们快来屋中，许正兴老婆梁爱玲，胥二婶子……来的时候把你们不穿的衣服都带上。记住，都带上。"没过多长时间，五六个妇女携着几身衣服从敞开的门走进院中。院外人纷纷道："看来这仙女也得换衣服啊！早上拉来时我看见她浑身都让霜给湿透了。""你看这村长打光棍，连个女人衣裳也没有。这时候知道女人衣服有用了吧！""啥呀，说不定村长床底下一直藏着一两件女人衣服呢。哈哈……"不少人爬上胥先重家院外的砖垛，一边向下边人汇报情况一边往里看，只见胥先重正站在屋外指挥着里面的换衣进程。此时日头已经很高，树上的冰霜也已经开始化了，有几个小孩正爬在树上，开口唱着不成调的调调："天仙女，下凡了，董永在，去接驾……"

3

许依桐的父亲许正兴有三个弟兄，老大是许正高，许正兴是老二，老三叫许正好，弟兄三个是"正"字辈，末字连起来便是"高兴好"。许正高娶媳妇甚早，他的媳妇罗杏枝除了长得肥胖之外没什么毛病，腰部和臀部成一条直线，往床上一躺，床大半部分就归她，偶尔翻个身许正高就得掉下床去。在南许村，长相只是给眼睛看的，女人能生孩子才是真本事。罗杏枝就是个多产型女人，来到许家之后，一刻也没闲着，五年之间连续生了四个孩子，每年都给许家家簿上添上一笔，这令南许村村民对她刮目相看，纷纷道罗杏枝送子观音附身，许正高勤恳能干。

许正高一家六口人浩浩荡荡，但有着贫穷带来的窘迫。这使得老二许正兴夫妇有了前车之鉴，认识到"孩子一个宝，只生一个好"的道理。他原本打算只生一个，但是第一个是女儿，便想无论如何也不能没有一个儿子，他便忍不住想再生一个。许正兴为人老实，在外面说话办事时总是要迟疑半天，然后回到家再听老婆梁爱玲的指示。根据梁爱玲的指示，生孩子必须要间隔三四年才能生，因为那样姐姐还能照看弟弟，这叫"以生养生"。依禾出生后，梁爱玲和许正兴便计划四年后再生一个儿子，要是四年后不幸生出的还是女儿，那就再过四年后再生，以此类推，直到生出一个儿子为止。

当罗杏枝拖着肥胖的身躯频繁地拿着一大袋尿布往村外的齐渡河边蹒跚地行进时，梁爱玲总是嗑着瓜子悠闲地在村中的大槐树下与人聊着南许村的每日新闻。依禾成长得很省事，从1岁到4岁梁爱玲一直在着重开发女儿照顾人的能力，以便使其为四年后出生的弟弟服务。

由于大哥许正高脾气暴躁但却为人正直，凡事不考虑过多，老二许正兴老实无比，凡事考虑不了那么多，兄弟两个的点子好像有了余存，全部都集中到了老三许正好身上。许正好从小就瘦，且身材矮小，但正应了《伊索寓言》中那句话：智慧好比水，上帝给每一个人的分量都是一样的，所以个子越矮的人脑中智慧水位就越高，就越聪明。许正好脑中的智慧就正是如此，他精明到每走一步就能看出下面的很多步来。他对事有一种超越普通人的高瞻远瞩。他的媳妇叫丁金兰，可谓不是一家人不进一家门，丁金兰精明到喂的鸡都只下双黄蛋，一根柴火也能劈成两段烧，但她的精明是建立在见识短的基础上的，而许正好见识相对较长。

许依桐的这个三叔年轻时也是才子一个，他少年时赶上了"文革"的末班车，背《毛泽东语录》时，口中如抹油般流利无比。在打麦场上，当队员干活累了的时候，许正好便被邀请出来，站在麦场的中心张口就是一段诗朗诵，比如"马克思的真理千丝万缕，归根结底就是一句话：造反有理！造反有理！"有的是攻击美帝国主义的："他在西来我在东，我把地球挖个窿，竹竿捅到那边去，吓得美帝半癫疯。"攻击过后接下来赞美苏修："苏联老哥好朋友，卫星载我上月球，砍下桂树烧木炭，赶下嫦娥去放牛。"在众人的啧啧称赞中，许正好还不忘夸赞人民公社，指着一旁的麦秸垛即兴朗诵："公社谷堆入云端，离天只有三尺三，忽然之间烟瘾起，对着太阳抽支烟"……

许正好的才华全都埋没到这样的打油诗中了，当时他以为世界上所有的文章都只为歌颂毛主席而诞生，而除了毛主席之外没有第二个作家。等"文革"结束时他已经二十多岁，早已过了上学年龄，知道天外有天时那片天早已经过去，只有对着书本长叹。不过他还保留着绘画天赋，许正好从小就能把人物和各种动物画得栩栩如生，至今许正好家墙上还有一幅他画的《猛虎下山》图，许依桐和水儿小时候经常去三叔家看那幅壁画，只见那虎踞于一块怪石之上，张口咆哮着，仿佛即刻就要从墙上跳出一般。

许正好在为人办事上几近于完美，不料在一件事情上却令他始终抬不起头：他与丁金兰结婚五六年，丁金兰的肚皮一直很平静。这就导致村民们的流言不平静，有的人说许正好上面精明一世，下半部分却精明不起来，这辈子恐怕要断子绝孙了。许正好虽说心急火燎，表面上在村里装作若无其事，但是一到家里就与老婆相对无言，叹息不已，只恨自己不是女娲，否则可以捏泥人变成人。两人每天晚上必烧一炷香，来祈祷送子观音驾临，若是听说何处有专治不孕不育的秘方，许正好必不惜一切代价去打探。关键是丁金兰不会生孩子也罢，却天生的会生气，脾气如汽油，一碰火星就着。

许正好凭借他的精明和儿时残存的一些知识，在镇上供销社当了一名会计，每天早上步行到镇上，黄昏时再步行回来，这无疑是镇上的干部，令南许村民高看一眼。他每次回到南许村时总要摆出镇上工作人员的架势，穿着一身笔挺的中山服，在左上角的兜里别着一支"香山"牌钢笔，腋下夹着一张当天出的《开州日报》，从南许村街道上挺直着腰板大步经过。走到许铁婆小卖部这个南许村的文化中心时，门口大槐树下便有一大帮打牌、下棋抑或聊天的村民，许正好必上前去与在场的人一一打招呼，再聊聊当天在镇上听到的新闻，然后再慢慢乘着夕阳的余晖踱回家去。这让村民们对许正好评价很高，说他没有架子，在这对比中，胥先重难免被村民们挂上嘴边，大家说胥先重只是一个村长，架子却摆得好像乡长，说起话来又像一个县长。

在那个阳光明媚、冰霜开化的冬日的上午，那个从河堤上拾到的女人在温暖的火旁获得热量悠悠醒来，在喝了一碗胥先重家用受贿来的鸡蛋做成的面汤后,她睁开了宛若秋水的眼睛。梁爱玲和几个女人叽叽喳喳地在一边问她话,她不是摇头或点头,就是不发一言。此时许正兴和胥先重正在外面院中边晒太阳边商议这件事,冬日温暖的阳光晒得两人都有些发晕。此时只听到屋里梁爱玲问:"大妹子,你是哪里的?咋不说话?俺们都是好人。"那个女人闪了闪她黑若宝石的眼睛,依旧不说话,有时伸出胳膊比画一下。梁爱玲忽然想起了什么,在一旁说:"这不会是一个哑巴吧?"她的猜测很快得到了旁边很多人的支持。

在确定这是一个女人不是一个仙人后,门外的村民才意犹未尽地渐渐散去。帮这个女人穿戴齐整,将她放到床上之后,屋内几个一直忙活的女人也回去忙孩子去了。胥先重和许正兴此时才走进屋中。许正兴第一次见到这个女人,他睁大眼睛打量着床上躺着的几乎完美的女人,嘴巴张得有碗口大,他发现这个女人的脸蛋好像绸缎般光滑,他还想不到这个女人的肤色像月光一样柔美,事实上这个女人就是这样美。胥先重在一旁看着这个女人,只是憨憨地笑,边笑边试探性地说:"嘿嘿!不会说话么?大妹子,那……什么……那我送你回家?"那女人连忙摇头,她的表情依旧那样安定,好像自己从来没有家。胥先重又说:"那……不回去,不回去就在……这儿住,我看你也是外地的……逃荒吧?没事,就在这儿住,我姓胥的这儿什么都不缺,就缺个女人。你放心,我姓胥的会让你吃香的喝辣的。"那女人上身倚着背后贴着年画的墙壁,身上盖着胥先重散发着烟臭味的被子,脸上显出安详的神态。那种神情分明已经答应了胥先重,使胥先重和许正兴不敢再问些什么,那种安详是观音菩萨式的慈祥镇定。许正兴感到自己杵在屋中不知该说些什么,在一片迷惘中他只说:"先重,你忙,大妹子,我先回了,依禾一会儿该叫我吃饭了。"那女人只坐在床上冲许正兴微微一点头,算作告别。胥先重把这个老伙计送到屋门口,许正兴便一步三回头地走了。他回到屋里,那张叱咤南许村的嘴在这个女人面前却不发一言,他只是默默地在屋中转悠,唯恐说多了把这个女人吓走。他心中激荡着幸福的浪潮,边收拾地上的火盆边不时抬头看一眼那女人,嘴里哼着跑调的歌。

五六天后,女人能够下床走动了,只是不说话,脸上无表情,如冰封的湖面。她对这个家开始适应,依旧沉默着挑水劈柴、洗衣。她的动作无疑是生疏的,比如劈柴,她好像来自另一个世界,对世界上有柴火这样东西一无所知，当她笨拙地拿着柴火去烧地锅时，她把整个厨房弄得烟尘滚滚，烧一锅开水竟然烧了一上午。那天正好胥先重回家来，以为厨房里失火，跑过去一看，却见那女人正在地锅旁拿劈下的柴引火，胥先重忙到外面的麦秸垛旁抽下一捆麦秸，抱到厨房里，这才点燃地锅里的火。胥先重对这样一个观音菩萨式的女人敬之还来不及，哪里还舍得让她干活？但是这个女人虽然不说话，却以一直的忙活来证明她在这个家不是没有用。女人身上穿着朴素的农家衣服，稍微一挽头上的黑发，雪白的臂膊就自然地显现出来。他不止一次地看着他的哑巴老婆忙活而偷偷乐个不停，他想就算她干着活也是好看的。胥先重以前每次从外面回来，家里总是只有几只母鸡在院中徘徊，地上只有几片鸡屎来显示与他出门前的不同，如今却有这么一个如花似玉的女人为自己忙活，他有种自出生以来真正的满足感。

自从这个女人留下后，胥先重的父亲胥学义老汉表现出了极大的怀疑，他几次三番地找到他这个村长儿子，抽着他的旱烟袋举出邻村几个光棍买媳妇而媳妇卷了钱财离开的事例来佐证他的猜测，预测着这个女人必然有一天也会逃跑的结局。胥先重则表现出极大的不耐烦，他说自己的女人不是那样的人。胥学义说："坏人脸上可没写着'坏'字，你小子可要小心防着点，你看这个女子长得就像戏台子上的人一样，人家会跟你过？你知道人家姓什么？从哪来到哪去？咱们这地儿穷得连个电灯都扯不上，说不定哪天就得出事。"胥先重没好气地说："爹，你管住你那几只羊就行了，操我的心干啥？我又不是三岁小毛孩子了，那村长是容易骗的吗？再说我到现在还没娶上媳妇，还不是你当爹的不把我的事放在心上！"胥学义脾气虽说不好，但儿子这几句话却是说到了自己的痛处，老汉只得磕磕烟袋，说一句："别让狐狸精把你媚住，到时候哪个大仙都救不了你！"老汉说完这句话，就蹭蹭鞋底走了。

胥先重虽说表面上不为所动，其实他深知老爹说的句句是实话，自己对这个女人所知道的就是她是一个女人，其余什么也不知道。他不由得提高警惕，每次出门前总不忘在门口加把锁。他走到街上的时候，总是有人跟他开玩笑："村长，老婆还好么？"胥先重只恐没人问，马上大声回答，震得四周的骡马都禁不住回头看："好着哩，在家给我洗衣裳呢。"周围人一片啧啧声，离胥先重近的连连夸村长有福气，官运、桃花运双运都占。不少许姓人听见，便在不远墙角处骂："唉！好窝都叫猪拱了！""呸！不一定哪来的女人哩！""嗯，咱这一片哪有恁白的女人？""女人一齐整（方言，漂亮之意），就干不成什么正经事！这么好的女人咋会到这儿来？可能是人贩子扔到这儿来的吧！"不只说胥先重，连拾到这个女人的许正学老汉也被株连。每当许正学老汉挑着粪篮子走过南许村街道时，便有不少小青年跟他开玩笑："学叔，明儿早拾粪也给我瞅个呗！"许正学哈哈一乐："牛粪吧？要多少泡就有多少泡，赶明儿俺给你送去。"

毕竟外明不知里暗，白天幸福的胥先重一到晚上就痛苦无比，那女人早早刷完碗就和衣而睡，胥先重在烛光下看着女人雪白的脖颈欲火中烧。一天晚上，他喝醉酒之后饿虎扑食一般找女人亲热，孰料那女人像抵抗侵略者一样誓死相搏。当胥先重气喘吁吁抓她不住，而那女人捂着快被撕碎的棉袄在墙角处瑟瑟发抖时，胥先重的神志忽然清醒。那女人睁着一双蓄满泪水的眼睛充满哀怨地望着他，唤起他躁动后潜在的人性。他心想：他娘的我还算个人么？这是我的女人，自己怎么像个强奸犯一样地对待她？而后他又铺好刚才因为挣扎而被弄乱的床铺，说："回来睡吧，我姓胥的……刚才对你不住，你别计较。我姓胥的以后再这样天打五雷轰！"直到胥先重把床铺好，那个女人才哆哆嗦嗦地钻回被窝，胥先重则抱着另一条被子进了隔壁的西屋。西屋原本是放柴火和农具用的，有时候放一些村民们来找胥先重办事送的鸡蛋等物，后来胥先重又重新把一张破床用麻绳绑了一下，放在西屋，算作自己的卧室。

4

在许正学老汉捡到那个哑巴女人的1985年，封阳县经历了35年以来最冷的一个冬天。齐渡河上的冰三个月没有融化，连南许村村里的几个大坑，从早到晚都有孩子在冰上嬉戏。对于这个好像被现代文明遗忘的麦田上的小村庄来说，只有南来北往的风声和单调的日升日落，才能证明岁月的流逝。

由于一个冬天的干冷，地里的小麦受了很严重的干旱。虽然已到农历的三月份，但是麦地里焦黄一片。由于南许村根本没有任何水利设施，只有村北头一条垄沟通向齐渡河，所以这一条垄沟便成为抗旱的救命线。由于南地没有灌溉用的井，只能依托着贯穿整个南许村的那一条垄沟，所以南地还没有浇的村民眼巴巴地等着正在北地浇着的垄沟，期待着早日浇到地那一天。村里人托村长胥先重去镇上找找乡政府想想办法，不料乡政府一穷二白，喊了几声"抗旱浇麦保丰收"的空泛口号，除此之外什么办法都没有。

　　洛宁镇的人向来以横著称，大灾之年无理可讲，呼啦啦去了二十多个青壮年小伙，个个肩扛铁锹，凶神恶煞般开进南许村，赶到南许村北，把正在浇着南许村田地的垄沟填了，齐渡河水便一路向南径直穿过南许村的地流到了洛宁镇的地里。当时正浇着许正学老汉的大儿子许满囤的麦地，许满囤一看来一帮人这样耍横，便要上去阻拦，孰料二十多个镇上的青年兜头便是一阵乱打。许正高脾气火爆，听说此事后，从家里抄起一把铁锹便要去砍人，却被自己的大儿子依顺抱住，老婆罗杏枝在门外把门反锁，许正高只得在院里转圈痛骂不已。老二许正兴抄着手到南地转了几圈，见自己地里的麦子黄得好像染了颜色，地里干得开了裂缝，而不远处洛宁镇的人热火朝天地用本村的垄沟浇地，他气得朝自己地头最黄的一片麦子撒了一泡尿，算作暂时的灌溉，哀叹着南许村人不兴，又抄着手回来。

　　垄沟中的水哗啦啦地从村中流淌而过却流到了别村的地里，令村里人看到好像淌的是自己身上的血，心里一阵揪心的疼。洛宁镇的人在整个乡称霸多年，经常一群人把一个村给撂平了，没有哪个村子有实力与洛宁镇的人对抗。南许村只有七百多人，除去老幼妇女，仅剩下一二百人的战斗力，相对于洛宁镇几千人，可谓是以杂牌军对抗正规军。胥先重身为村长，对此一筹莫展，只得上镇政府去反映情况，孰料政府又推给派出所，派出所则以一句"人民的水源人民用，不要搞本土主义"为借口打发了事。原来派出所的人早就和洛宁镇暗中勾结，如何能赢？他为了将来能够调到镇上又不能在镇上发脾气，只得把怨气吞进肚里，讪讪地步行回来。

　　当时正是黄昏时分，一望无际的麦子发出灼眼的黄色，在夕阳余晖的轻拂下绵延到远方，远方的村子好像巨大的阴影在黄色的麦野上坐落着，到处矗立的桐树在麦田和路上投下长长的阴影。晚风一吹，干旱的土路上沙尘飞扬。路旁的小沟里长满枯萎的黄草，虽说春天已来，但是由于干旱，草一时还未返青。只有南许村南桃园里的桃花开了满天，隐隐约约可见鲜红一片。坎坷不平的土路弯弯曲曲地通向远方的南许村，虽然炊烟四起，但是村子的轮廓已经隐约显现。胥先重一想起回到家中能见到自己的哑巴老婆，心里便升起无限蜜意。胥先重背微驼，走路时不时抬头去看前方，见自己村子外面，一群洛宁镇的人在一边大声唱着歌曲，一边用铁锹往镇上的田里引水。胥先重嘴里一阵骂，便在下一个路口拐弯，以免看到这些人又来气。他回到家里的时候，天已经快黑了，家里只有堂屋里闪着一片烛光，女人正在烛光下写着什么，见胥先重回来，忙把自己手中的稿纸遮盖住，装进兜中，洗洗手去厨房给胥先重盛饭。

　　自从这个女人来到之后，胥先重便发现世界上竟然还有识字的女人。这个女人用了不少镇上发给南许村村委的办公稿纸，只要闲下来，她便坐在床上，用一个小木板垫在膝上，找一些铅笔头或者圆珠笔写写画画。女人在没事的时候总是盯着东南方向出神，有一次她竟然独自出门一上午，胥先重吓出了一身冷汗，慌忙去找，却见女人在下午之前又从东南方向的镇上走土路回来。胥先重从来不吵骂她，甚至连个脸色也不使，唯恐她因受不了而离开。只要她每天在家中做好三顿饭，自己便已心满意足。更何况女人很爱干净，家里的地从早到晚总要打扫三遍，屋里的被褥总是三天一晒十天一洗，这些都使胥先重感到有女人的家才像一个家的模样。

　　女人则很少出门，村里经常有红白事，每当这时，演电影、唱戏等是必不可少的，女人好像对那些不感兴趣，从来都是待在家中，这令胥先重感到无比放心。家里有一个破半导体收音机，女人倒是每晚必听，虽说电台信号总是时断时续，但是女人听着里面的音乐总是很兴奋的样子，有时手指还会随着里面的音乐抖动。

　　胥先重在外劳累一天，受了无数白眼，回到家里有个女人为他忙前忙后，他感到一种无比的惬意。女人把馒头和菜端上来，又拿了一小碗腌制的糖蒜。吃完饭，一旁的半导体又被女人打开，她听着里面若有若无的音乐收拾着碗筷，这时胥先重听见外面传来一阵狗吠声，院里的门"吱呀"而开，有人喊："村长，在家么？"女人知道有人来，很识趣地走进了里屋。胥先重走出屋一看，原来是许正好。胥先重见村里这个唯一在镇上上班的人来，感到有点出乎意料。在整个南许村，许正好与许姓和胥姓都能处下来，算是有些威望，再说谁能没个事儿去镇上供销社买东西？

胥先重忙把他让进屋中坐下，那女人忙从里屋出来拿起暖壶为许正好倒茶。许正好抬头见了这女人，也不禁眼直了一会儿，马上说："这是嫂子吧？哎！光是听说还没见呢。真是跟电影里走出来的一样！"那女人也不答话，甚至连看许正好一眼也没有，只是把茶杯放在许正好面前，便轻轻向里屋走去。许正好对胥先重说："我上午又到夏桥村送了点烟酒，正忙呢，下午才听说咱村的渠让镇上的人给占了，你说这事闹腾的……"那女人本来想进里屋，但又迟疑了一下，然后挨着墙壁坐下。

　　一旁的收音机里放着豫剧，信号时常被其他电台的信号占据，但一会儿又占回，显得很嘈杂。胥先重好奇地没话找话："去夏桥村送烟酒？"许正好接着说："咱乡夏桥村不是出了一个大学生么？他刚毕业就被分配到市里的组织部了，刚到那儿就当上了一个科长，这不是前途无量么？他老岳父，镇上中心学校的校长宁中德在供销社买了很多烟酒，要在夏桥村摆几桌庆祝庆祝！上午供销社人少，人家要的货多，我就过去送货了。要不我在镇上咋会不知道这事？"胥先重吐了一口香烟，心想：你要是知道了又能怎样？你能拦住？但是嘴上却说："我说宁中德的两个儿子今天咋没来咱这儿闹事？宁中德可是人精，女婿这刚当上官就把他女婿巴结上了！"许正好苦笑了一下说："人家是校长，又是镇上有头有脸的人物，人家看得就是比我们一般人远。夏桥村那个大学生家不是一穷二白么，但是宁中德就把闺女嫁了过去！咱这一般老百姓就是没那个眼光。对了，我回来后就听人说你去镇上了，镇政府咋说？"胥先重又吐了一口烟丝，骂道："政府的人连个闷屁都不敢放，我看他们是怕洛宁镇的人，还叫咱们别搞本土主义，井也让别村的用用！你说这是什么歪屁？咱们自己的井到现在也浇不上地呢！"许正好显然已经料到这样的结果，笑笑说："你也别太上火，先重哥，好人遇到恶人，总是好人先吃亏，我到这来，就是来说几句宽心话的，咱明摆着斗不过人家，这一口气争不来，要是争的话，咱就吃亏，要是真正斗起来，你说伤了人还不都是事？为了几亩地，划不来，咱老百姓不就图个太平无事么？"胥先重不愿意在许家这位能人之前显示自己的懦弱，便咬牙说："是啊，要不是好好想了想，我早就把渠给他挑了！我是干部，干部不能一抹脸什么都不讲。"许正好忙说："我来的时候碰见我大哥，我大哥非要过去挑渠，我拦住了。你说本来就是他们没理，咱们再一挑渠，不成咱又没理了么？"胥先重恨恨地说："这谁都不怪,就怪老天爷不下雨。你说这老百姓也没亏待你啥,逢年过节都给你烧纸送香的,竟还发脾气!"许正好也陪着说:"是啊,幸亏家家粮囤里还有粮食,要不今年可是不好过去。"

许正好一看话到了尽头,再说下去无非还是这几句,便识趣地站起来说道:"先重哥,心放宽些,我先回了,明儿早起我还要去镇上上班,有啥事走到镇上跟我说一声。"胥先重也为村里这个有头有脸的人来看自己而有些感动,一直送许正好到大门口。许正好又让了胥先重一支烟,才踩着干燥的土路回去,回头的时候看见那女人站在院子里,仍旧是面无表情地拾掇。他走出好远,看了看天空,发现有些阴沉。起风了,路边墙头上蓬着高高的玉米秸发出哗哗的响声,两边的人家里传出几声狗吠。他抽着烟,边走边自言自语:"下雨吧!柳树该爆青了,麦子该喝水了。"

老天好像为南许村的人打抱不平,当天夜里便降下一阵雨。雨开始是淅淅沥沥的。胥先重正在西屋里泡脚,听见院子里一阵窸窸窣窣,走出一看,却是女人在收晾晒的衣物,这时他感到胳膊上一阵冰凉,定睛一看原来天空开始了哭泣。此刻夜雨骤降,胥先重禁不住大喜,恨不得在天空帮老天泼两瓢水。雨越下越大。女人把东西收拾完毕便进了自己屋里。胥先重隔着窗棂一看,原来她又伏在床上在写着什么,胥先重便又蹑手蹑脚地走开,回到自己屋里,听着屋外的雨声,宛如听着最动听的音乐。他嘴里恨恨地骂:"洛宁镇上的龟孙,叫你们牛气,这回老天爷治你们!"想想此时在地里浇地的他们被淋得如同落汤鸡,更是笑出声来。他倚在贴满报纸的墙上,用被子裹着双腿,抽了半晌烟,禁不住又走到院中,不由连连说:"好雨!好雨!"淋得衣服半湿了才回来,躺在床上听屋外的雨声睡着了。

春雨飘洒了一个晚上,东方拂晓之时仍未停歇,只是断断续续地下着。胥先重推开屋门,见檐上往下坠着晶莹的雨珠,把门前的地上砸了一排整整齐齐的小坑,它们一字排开好像诗歌的韵脚。院子里深浅不一的水洼显示着雨一夜的功绩,地上黏糊糊的留着几片鸡爪印,原来鸡已经出窝。雨已经作牛毛状,漫天挥洒,凌乱无比地卷成薄雾一样,把大地笼罩住。蕴藏了几个月的春意终于借着这一夜的雨爆发出来,院外的几棵柳树竟然隐隐露出馋人的绿意,院里的几处菜畦也从带着泥水的土中拱出一片黄芽,油油可爱。胥先重想,一会儿一定要在芽子上面撒一些草木灰,以免家里那几只老母鸡啄食。

正要准备去拿草木灰，他忽然定住了，他不经意看到一个场景，这个场景足以使他忘却一切事：那个女人正在院子东边的窗台下，对着窗台上胥先重先前收兔子时在路上拾来的一块镜子梳头，梳子在她的黑发上游走过，显出乌油油的亮泽。女人的臂皓白如玉，在黑发的衬托下，陡显出黑白交汇的神奇的美丽。

就是在那天清晨，胥先重第一次见到了那个女人的微笑，尽管她是对着镜中的自己微笑，但是胥先重却感到那笑容是那么迷人。先前他只见到过这个女人的一种表情，那就是面无表情，如今突然见到她的微笑，禁不住看得出神了。院中上空的桐枝上几只布谷鸟在"咕咕"地叫着黎明，斜风细雨里，女人微笑着看着镜中的自己，似乎陶醉着自己的美丽，乌黑如梦的眼珠里反射着一滴雨水抑或泪水的光。黑发如瀑，在春雨的浇灌下平平地从背上泻下来，似乎要垂到一旁的压井台上。台上一片绿藻，一夜之间好像也回还了生命力，在雨中绿意油油。

女人梳过头后，用一把钳子轻柔地夹着自己的眉毛。胥先重发现那个钳子正是自己先前修理兔笼子时所用的。女人如柳叶一样的眉毛在黑宝石一般的眼睛上面挂着，只恨春风不能吹动那两条柳叶。她修长的手指流过妩媚脸上的每一处，如动听的音符流过敏感的心河。她身边的一处菜畦里也有一片盎然的绿意，已经有一只老母鸡在这片绿意旁边来回游荡，虎视眈眈了。胥先重也忘记了阻止，只是傻傻地站在院中，望着这一浑然天成的美景。

忽然吹来一阵轻风，送来一阵夹杂着香气的雨，放在窗台上的木梳被这阵风吹下，女人慌忙去拾，弯腰时不经意看见院中傻呆呆地望着自己的胥先重，脸上的微笑忽然收敛回去，仍恢复了平时的表情。她胡乱地扎了扎自己的头发，把木梳收起，将压井边的桶取出来，往压井里倒了些许水，然后笨拙地开始压起水来。胥先重看到女人发现了自己，忙回过神来，一脚深一脚浅地转身走进厨房，后面跟着几只早起觅食的母鸡。

连绵春雨之后，麦子似乎想把积存了一个冬季的能量释放出来，铆足了劲儿向着天空生长。柳叶迅速地蔓延，在坑边或齐渡河旁，挥舞着骄傲的身躯。儿童刚吹过柳笛，便漫天飞起杨花，村中的麦秸垛旁、屋舍上全都覆盖着白花花的杨花。村南唯一的一所小学里，那座古钟依旧准时敲响,"嗡嗡"的一个小时响一次,一个上午响四次便到了正午时分,这时就会从破败的校门口分流出一群群孩子,向村中流淌去。待杨花散尽之后,齐渡河堤上的桐花便露出紫红的外衣,开出喇叭状的花,将整个大堤装点得好像一条花道。香气浓郁的风不时吹到不远处的南许村,令整个村庄好像被装入了香囊里。

这个时候,南许村人便开始制作春天的土菜肴:豆浆蛋。这是南许村传统的吃食。胥先重家也不例外。女人学习做菜肴的速度很快。胥先重找出去年秋天收的黄豆,蹲在灶里燃起火,女人在地锅旁用一把大铲子翻炒黄豆。豆子炒焦后,胥先重把这些黄豆盛到一个水盆中,泡将近半天,再拿到阳光下曝晒。待到晒得差不多之时,胥先重便拿出在集市上买的辣椒,将其磨成辣椒粉,把黄豆揉碎,然后开始做团成球状的豆浆蛋。团了有50个之多,放在案板上,等待阳光充足的时候晾晒数天,豆浆蛋发出臭中有香的怪气,就着馒头吃,辣中有香,分外好吃。村中家家的墙头上或者屋顶上都晾晒着这黑色的蛋子。女人似乎也很爱吃这种她从未见过的吃食,胃口稍微好了一些,脸色似乎也比刚来时好了许多。她开始习惯这里妇女的打扮,脖子上系着粉红色的围巾,身上穿着布满梅花的粗条绒上衣,她被捡到时穿的那件风衣被她洗好放到了柜子里。女人平常写的东西和衣服都放在里面,有一次,胥先重趁着女人不注意,偷偷拿出了她的东西,那件风衣里面的牌子上写着许多外国字,他自然看不懂,但是猜想凭着这个风衣的分量得值不少钱。女人写的东西被她放在一个小盒里,还用一把锁锁上了,胥先重本来就不识字,便是那些稿纸放在他面前他也看不懂,他也不去打这些稿纸的主意。

女人很少出门,闲下来的时候除了写东西之外,就是坐在院子里的一处菜畦旁经常对着东南方向的天空出神。东南边墙上爬着一棵葡萄藤,墙外是一棵不太粗的桐树。桐树笔直向天,枝丫交错,仿佛在向东北角的一棵古老的枣树招手致意。院子里被绿意包围着,女人精心打理着每一处的生命,若是墙角处拱出一个嫩芽,她就会用一些碎砖瓦将它围起来,以免其受到母鸡的屠戮。

院子里出了几棵小桃树,长长的绿叶从茎上喷薄而出,伸到半空,好像急着今年夏天就要结出果子一样。院子的西面是两棵高大的榆树,榆树的树皮褶皱,好像怕丑,所以尽量远离人们的视线,向空中延伸。榆树上结着巨大的成串榆钱，高处的榆钱由于够不着，就自然被春风吹干了，等不多长时间，风一吹，就漫天飞舞着从高枝上飘落下来，在院子里落满一地，如同黄色的雪。紧接着槐花露出成串的蕊，悬在稠密的槐叶中，不几日后微风吹过，白色的槐花便怒放作一树的碎琼乱玉。一时间花开得令人猝不及防，一夜之间整个南许村换了颜色，好像飘浮在白色的云朵里，到处都是令人目眩的白，迎面扑来的都是说不出的香。胥先重每日用钩子钩下来几枝槐花，和女人一起把上面的花朵捋下来，放在盆中，做槐花馒头，或者蒸槐花菜。女人好像先前什么活计都没有干过，但是她学得很快，胥先重只说一遍饭菜的做法，她就能做出不同的样子，一日三餐伺候得胥先重无比惬意。

　　槐花开得正好的时候，女人经常望着院外开放的白色云山般的槐树出神，经常一坐就是一上午。胥先重从外面回来的时候，看见女人坐在门前的石凳上，她看槐花的表情充满着忧伤。槐花开得很顽强，但是败谢得更快，没几天便见槐花的白色花瓣微微变黄，逐渐走向衰老。等到大片的槐花变干之后，便开始大批地纷飞飘落，碎碎的槐花之雪妖娆着舞姿，悲壮地飘落。在屋舍上，麦秸垛上，村中街道上，如云般覆盖。人踏上去发出沙沙的响声，就是在夜里听见风声的同时，也能听到风卷动地上的槐花残骸发出哗哗声响。第二天一早便见有大堆的槐花堆在门前，那是夜风的功绩。胥先重经常把这些槐花收集起来，放到灶前，这是烧锅的好柴火。

　　女人似乎为春天这乡村里壮观的情景而吃惊，她好像从未见过这种壮丽的景色，每当一种花开放的时候，都会傻傻地凝望好长一段时间，然后在本子上写些什么。胥先重很不理解她的这种做法，他在南许村长大，每一年见到的都是这样的花开花谢，感觉这就像月缺月圆一样熟悉，他还以为这个世界上每一个地方都有桐花、槐花开放，没什么大不了的。

5

　　花开花落中，日子飞逝而去，麦子在春天里茁壮地成长，绿油油的麦田一望无垠，好像要将南许村包围一般。出了春天，麦子更是一日千里地生长。1986年刚过立夏,便下了一场雨,麦子正是扬穗的时候,这场雨一直下了十来天,村里老年人都说这不是好兆头,深夏里要么大旱,要么大涝。

雨一连下了十来天,村子里到处都是积水。村里只要一下雨,人们便无事可干,于是许铁婆的小卖部的棚子下面便挤满了打麻将和玩纸牌的人。胥先重虽说是村长,但是在娱乐上却带着好头,在棚子下面打了一下午纸牌,赢了一块多钱。当时他的酒友许正兴也在,梁爱玲已经怀孕几个月,许正兴坐在一旁的麻将桌上,说要给孩子赢点奶粉钱,引得周围的人一阵大笑。

胥先重赢了一块多钱后见好就收。棚子外面的雨不时被乱风刮过来,他坐着感到有点冷,便想回家添件衣服。走出棚子,想到家里红糖不多了,自己又刚赢了钱,不如把这些钱全都用来称糖,于是径直走进小卖部。许铁婆正坐在门前边嗑瓜子,边隔着雨帘和几个在棚子下面打牌的男人开着荤玩笑,见村长竟然临幸小卖部,许铁婆忙吐出一个瓜子皮,站起身来,把胥先重迎进来,嘴里笑道:"村长今儿个下午手气不错,咋不接着打了?怕媳妇在家惦念?没啥,这新媳妇也没恁黏糊呢!"胥先重也不答话,掏出钱来,让她称了二斤红糖,提起便走,许铁婆嘴里还唠叨:"你说这恁大雨,还拿着红糖,村长也不打个伞。"说完讨好似的拿出一把破黑伞,要追出去,不料胥先重早把一包红糖往怀里一揣,踏步走进了雨里。

此时雨点不大,胥先重缩着脖子踩着泥泞深一脚浅一脚地往家里走,心里想:这路一下雨都能养鱼,到处都是水,年年开会都说要搞好乡村公路,可搞到现在也不见修。走了一阵儿,低头看自己的黑布鞋上沾满了泥巴,也找不到一个地方蹭掉。快走到自己家的那个路口时,正好遇到上身披着一张油布风风火火走来的许正兴的老婆梁爱玲。梁爱玲怀孕的肚子已经微微隆起,所以她每走一步都小心翼翼。雨丝正扯得密,梁爱玲一见胥先重,便把油布往后拉了拉,露出自己的头,叫道:"村长啊,你从那边来,有没有见到依禾他爸?挨刀杀的是不是又在那儿打麻将?"由于胥先重与许正兴是历史悠久的酒友关系,胥先重和梁爱玲插科打诨那是常事。他一只手在怀里揣着红糖,一只手抹了抹脸上的雨水,止住脚步,点点头说:"在哩,手气还好着呢。嫂子你别去,这女人爱坏事,说不定你一去就把正兴哥的手气给冲没了。"梁爱玲愤愤地骂道:"我去早一会儿他少输一点，我还不知道他那点出息？一沾牌就被人算计，叫人算计了还不知道。"说到这里看了看胥先重的怀里，疑惑地说："你怀里鼓鼓囊囊的揣的啥？"胥先重拿出红糖在梁爱玲面前晃了晃，又恐怕被雨水淋湿，又慌忙揣到自己怀里："一点红糖，家里红糖没了，正好我回家捎一点。"梁爱玲狡黠地笑了笑，说道："我说这村长就是村长，真是好本事，这么快就把事搞下了。也是呵，该补补了。"胥先重抹了抹脑门上的雨水，却摸不着头脑地问："啥好本事？不就是你家自留地里那二亩小麦种钱么？我都跟正兴哥说了，收麦后村委会就把钱给你们了，有我在，还怕吃亏么？"梁爱玲又神秘地笑笑，撇撇嘴说："还装什么装？我说你真有本事，这么快你家老婆就有喜了，真有你的！"胥先重嘿嘿一乐，拔脚就走，边走边说："我说嫂子，这天下着雨，你肚子里怀着孩子，你想吃红糖说一声，又开你兄弟的玩笑，我媳妇怀哪门子孕？"梁爱玲对转身欲走的胥先重不服地说："还说呢？昨个你不在家，我到你家借簸箕，还看见她在院子里吐呢。我说你鼻子上面那俩眼也不小，你没看她肚子和我都差不多了？呸！这好事还瞒你嫂子呢。"

胥先重脚下一滑，站住身子，后脑子"嗡"了一声，原本想迈开的腿却停住。先前他从未这样想过，不过听梁爱玲这么一说，他又回忆起女人现在的模样，倒真的觉出有些不同来。胥先重定了定神，嘴里却说："她不就是吐两口么？兴许是这两天东西没吃对，倒胃口呢。你们女人就是多心，蚂蚁都能瞅出九条腿来。"梁爱玲笑着推了胥先重一把说："去你的吧。你嫂子我都生了一个，现在又怀了一个，这女人怀不怀孕我还看不出来？快点称点糖买点鸡蛋，给媳妇补补，女人吃点好东西啊，本来生闺女的，也能生个大胖小子。"梁爱玲说完用油布又遮住头，骂着许正兴小心翼翼地走了。

胥先重大脑一片茫然，在雨中朝家的方向移动着，心中早已乱成了一锅滚粥：他娘的我没碰过她的身子，她怎么怀孕了？难道我睡觉做梦时把她强奸了，还是她与别人私通？一边走一边想，但所有的设想都被他一一推翻，因为女人才来三四个月，不可能怀孕那么快。再说女人压根没有出过门，而且给自己八个胆子也不敢去做那种突破底线的事。他在雨中朝家的方向机械地走，跌了几跤，爬起接着走，走到自己家门口时，他心里猛一下亮堂了：这孩子一定是这个女人先前就怀下的，或许就是因为这个孩

23

子女人才会逃到这里来。这个天仙一样的女人一定是遭受到了强暴，然后被人丢到齐渡河堤上，然后……顺理成章地想出这一切的时候，胥先重忽然有点释然，原先他还害怕这个女人嫌这个村庄穷，神不知鬼不觉地再回到她原来的地方，现在却不怕了，反而觉得如今她留在自己家，对她而言是一种幸运，而自己留下她就是行善积德，两个人在一起过日子简直是铁定的了。

　　他轻松地推开自家的木门，墙头上耷拉下来的玉米秸滴下的雨水溅了他一脸。女人正在厨房里忙活，胥先重径直走进厨房，直勾勾地盯着女人系着围裙的肚子。他很清晰地看到，女人的肚子已经微微隆起，与来时大不一样了。女人正在切一个喂鸡的发霉馒头，她觉得胥先重与往常不大一样，于是停止了切的动作，扭过头用一双水汪汪的眼睛疑惑地看着浑身滴水的胥先重，手不自在地在围裙上乱搓。她身上穿着朴素的农家妇女衣裳，梨花带雨般的脸上满是疑惧的表情。胥先重压住自己心田上的激动，颤抖着说："你……你有孩子了？"女人听到这句话，显然吃了一惊，低下了头，额前一缕头发迅即垂了下来。女人静静地点点头，发梢上也随即顿下几滴大的水珠。胥先重潜意识中还希望这只是梁爱玲误传，女人会亲口否定了他，看女人点头，他又颤抖着问："对俺说，那……是谁的？是不是他委屈了你？只要你说出来，老子……一刀去劈了他。"说完他才想起女人是个哑巴，如何说得出？就算她写下来，自己也不识字，要是写下来拿去让识字人看是什么，岂不是家丑外扬？一时不由得大急，女人猛然抬头，又拼命摇头，脸上划过两道泪水瀑布。胥先重也惊讶于自己的镇静，看女人哭得可怜，便又说："只要不是这个村子的，是你……是你以前的男人的，俺姓胥的都不说啥。你从哪来俺不知道，俺也不想知道。你这样子，一定是受了委屈才来的。老天爷保佑，你跟着我姓胥的了，俺姓胥的就好好待你。俺知道配不上你，你长得像个仙女，俺老得像个榆木疙瘩，但不管咋样，只要你想在这儿过日子，孩子就是俺姓胥的，你们娘俩我都保着。"听到这里，女人啜泣得更厉害了。外面老天也夸张地哗哗不已。

　　晚饭时雨还是不见停的阵势，胥先重再不让女人动手，而是让她安安稳稳地坐着，他自己去灶上烧火打了两碗面汤，里面又浇了几个鸡蛋。端到堂屋时，他发现女人闲不住，在擦拭那张八仙桌。胥先重忙扶她坐下，让她喝了一碗汤。正在这时，许正兴披着下午梁爱玲披过的油布兴冲冲地走进门来，油布下的手里还攥着一瓶酒和些许花生米，另一只手里提着一包鸡蛋。他把东西放下，边脱油布边说："先重，依禾她妈说弟妹有喜了，好事啊！这事你还藏着掖着？今天咱哥俩得庆祝庆祝。以前有依禾的时候，咱俩可没少喝！"胥先重尴尬地站起来，赔笑说："是啊，正兴哥，你也知道，最近乡里事儿多，我一直开着会，要不我早就去找你了。"女人听了两人的谈话，忙红着脸出去，到厨房里端了一盘腌黄瓜过来。

　　因为阴天，天黑得很早，屋里早早便点起了蜡烛。许正兴平常木讷，一仗起酒劲，唾沫星子便开始往八方飞溅，侃得昏天黑地。胥先重心中虽说有些遗憾，但是酒劲蹿上来，也是万事都看得开，他听到心里一个声音对自己说："管他是谁的孩子呢，若不是她怀孕，人家能在这遭罪？能跟着你老光棍？再说，你对她娘俩越好，人家就会越感到亏欠你，说不定还跟着你过一辈子呢。"许正兴喝得晕乎，为巴结村长，他乘兴提出两家结亲的想法，要是添一男一女，那就是天作之合的夫妻，要是两家都生个男孩或女孩，那就结为干兄弟或干姐妹。胥先重心想许家人多，虽说不团结，但是血缘还在，要是真有事一个大院的人倒是真上，再说许正兴的三弟许正好还在镇上的供销社上班，也是村子里响当当的人物，于是胥先重当场拍板了。那女人在一旁忙个不停，当听到两家结亲的时候，她偷偷地看了许正兴一眼，那眼光中夹杂的寓意，无人能解。

　　日子依旧一黑一明地过去，许正兴老婆梁爱玲和哑巴女人的肚子也随着岁月的推进而渐长。许正兴自从女儿依禾出生之后，巴不得要个儿子，以便与已有两个儿子的大哥相抗衡，所以每天烧香磕头，祈求天降儿子。在家里两口子拌嘴时，许正兴时常骂梁爱玲："你要是再生个闺女，就是一点本事都没有，就别跟着我了！"梁爱玲乃是女中豪杰，愤而回骂道："你播什么种就长什么苗，生闺女就在你种不好，还怨起我来了？"女儿许依禾眼神忧郁地站在墙角，望着激情辩论的父母，知道他们不再嫌她是女娃了。

　　那女人的肚子一天天隆起，到了麦子泛黄快要成熟的时候，已经行走不便。她时常坐在屋里的床边，在膝上垫上一块小木板，拿着乡里发给南许村的办公稿纸写写画画，写好后再把这些纸张统一锁到柜子里。胥先重很爱看这个女人写字的样子，这使他想起乡里办公室的女干事，坐在办公室里写起字来的姿势也是这样好看。女人很爱干净，胥先重去洛宁镇上赶会给她买了几身朴素的衣服，女人穿在身上却自有一番风味。她开始把头盘起来，不管日子怎样平凡，她每天起床后都要梳妆清洗，一天中她忙于鸡圈与黑漆漆的厨房之间，但她的身上永远看不到灰尘和鸡粪的痕迹。她做起事来不慌不忙，好像对什么事都有她自己的思考，但是从来都不说出来。她就好像夜幕中的花，闻到了花的香气但是却不知道它是什么颜色。一进入夏天，女人每天黄昏时都要洗澡，胥先重特意让火王庄村的木匠做了一个大浴桶。每到黄昏，胥先重便把热水倒到水桶中，然后在外面反锁上门，女人洗澡的时候，他便故意上街溜达一个时辰。

不知什么时候，漫天的槐花飘飞完毕，地上干燥的槐花也被收入灶中，浓密且深绿的槐叶占据了一树。春天的衣服渐渐地减去，布谷鸟开始增多，没日没夜地在村头高大的桐树上向着村外金黄的麦田"呱呱呱咕"地叫，这是提醒人们麦收季节已经到了。一连一个多月的晴天，阳光要把麦子蒸得更黄，似乎又在酝酿一场新的雨季。南许村家家户户都开始拿出积存了一个春季的鸡蛋，用石灰水和木头末做成变蛋，以便等到麦收时候没空吃饭在地头吃，或者拿这些变蛋招待帮忙割麦子的七大姑八大姨。

这天，许正兴也拿出30个鸡蛋，在门口阳光下做变蛋。这是夏天的一个午后，燥热难当，空气里飘荡着麦子焦黄的气息，桐树和槐树交错的绿荫在地上勾勒出杂乱的图景。梁爱玲正在桐树下择菜，忽然感到肚子猛一阵绞痛。依据上一次生依禾的宝贵经验，她马上意识到这种绞痛意味着什么，所以她歇斯底里地朝墙头外正专心致志地制作变蛋的许正兴发出一声凄厉的喊叫，但是声音却被淹没在比她分贝更高的蝉声里。

当许正兴和村中闻名的接生婆许铁婆气喘吁吁地赶到时，梁爱玲已经独立解决了全部问题。许依桐正陪着吓坏了的姐姐在那棵桐树下嗷嗷大哭，向全世界宣告他的加入。当然，许铁婆这时的出现显得有点多余，所以她便以熟练的断后动作来证明她来的必要性。她指挥着许正兴把梁爱玲往屋中搬运，让许依禾找剪刀去断掉许依桐与母亲恋恋不舍的脐带。而许正兴回来后第一件事就是忙着去看许依桐的双腿之间，他看到儿子两腿之间那只小鸟正在伴着霸道的哭声起伏不已，那是他看到的最美丽的鸟。他抱着浑身是汗和血的梁爱玲回屋时，脸笑得像一朵大丽花，嘴里说："他妈的你真有能耐，生个带把的，还是咱俩干得好啊！"梁爱玲因为刚才许正兴的速度太慢而愤懑不已，她忍着痛楚骂道："自己痛快时比兔子都快,刚才我受罪时你倒像个龟爬!"

　　许依桐经历了出生时那场惊世骇俗的大哭之后,便开始了长久的沉默,他连续几天的不啼哭让任何来看他的人都惊奇不已,都说这绝对是个神童,说得神童的父亲在一旁都不好意思了。许依桐在襁褓里用黑溜溜的眼珠打量了一下这个贫困的世界,然后用嘴吮吸着母亲的乳头沉沉睡去。夏天的蝉在高高的枝头凯奏着千古不变的歌,凉爽的风吹过大如荷叶般桐叶的缝隙,遗留一地阳光。由于屋里太过燥热,姐姐依禾便搬来一张凉席,在院中巨大的桐树下铺展开,让母亲和弟弟躺在下面乘凉。许依桐在那棵桐树的凉荫下,开始展露他无邪的笑容,馈赠这个他不熟悉的世界。当时粉红的桐花已经谢了,只剩下黄色的金莲坐台一样的桐子掉落,桐枝上面是无垠的海蓝色天空和棉花糖一样的白云。依桐的小鼻孔呼吸着那时还没被污染的空气,在父母以及姐姐的挑逗下咯咯地笑。他并不知道他那时的笑是多么珍贵,那是一种未经污染的纯真,宛如溪流源头处流淌的水声,不带任何做作地回旋飘转于那阳光灿烂的日子里。

6

　　当人刻意去感受时间时,时间就好比一个知道有人观赏自己的模特,走得愈发慢,依桐此时的感觉正是如此。星期六下午最后一节正是班主任刘同军的课,刘同军见个个学生桌子下面都包裹横陈,先痛斥了学生的心理素质差,接着说作为一名高三学生应该视放假为粪土,一个小时不学习就应浑身没力气才对。刘同军发了一番感慨后看了看手表便转入正题,慢条斯理地开始讲课。他所知有限,历史课本上如何说他绝不多加一字,对待历史的严谨态度值得令日本政府组团到县一中学习学习。

　　依桐在台下早已心飞天外,耳朵一直捕捉教室外的铃声,只恨不能伸出手推地球一把,使它转得更快些。再看班中其他人,也似热锅上的蚂蚁一样躁动不已。离放学铃声还有五分钟时,楼上几个班早已挺不住,把地板跺得震天响,不时从楼道中冲出一个个提包而跑的学生,他们是想赶第一班公交车。刘同军在讲台上充耳不闻，仍然拿着历史课本宣讲不已："毛泽东思想不是毛泽东一人的思想……嗯，台下的别说话……那是全体共产党人在几十年斗争中的结晶……听到没有？别说话！"

班中盛装脏衣物的塑料袋开始哗哗作响。每一秒都好像走在依桐的心上，他听见外面的喧哗声也是亢奋不已，脑袋率领身子正襟危坐，两只手却麻利地在桌下系回家要带的东西。蔡泽光早把课本装入兜中，手中拿着手机，数着放学铃声倒计时。一旁的陈益也侧过脸去，用眼睛瞟着蔡泽光的手机屏幕。依桐听见后面陈益与蔡泽光轻声地数"六……五……四……三……二……一"，他悄悄地弓起身子准备冲刺。随着那"一"字响起，外面的铃声大作，后几排学生"轰"地站起来，顿时口哨声、欢呼声响起一片。

此时，刘同军的声音被淹没在一片嘈杂之中，班中的局势就好像一台失去遥控控制的电视，学生们各忙各的，依桐也在大乱中吹着口哨准备离开座位，却发现同桌祝效华依然伏在课桌上做题，便回过身来问祝效华："你怎么不回家？"祝效华头也不抬，鼻子里塞着一团堵鼻血用的卫生纸，边做一道历史题边说："你先回吧，我还要用这一天时间再把这个月的错题总结一下，下个月还要月考，我名次如果再下降，可就危险了。"依桐心里陡然一酸，仿佛看到他坐在空无一人的教室中忘却寂寥奋战的场景，便腾出一只手，拍了拍祝效华的肩膀，以示鼓励，然后提着两个盛满脏衣服的袋子挤出教室。

骑车出了学校，离开县城一路向南，依桐进入了省道。省道有着省道的面子，两旁柳树依依，在褐青色的柏油路面上，招摇着青枝。依桐久在围墙之内，乍一看绿意盎然刚爆青的柳树，兴致大涨，平静如海面的柏油路面在轮下向后退去。自行车似乎感到旅途的寂寞，吱吱呀呀地伴奏着前进的和音。链子与前轮时不时地摩擦，声音极有频率，前面的一个塑料袋被绑在了车把上，像风中的秋千荡来荡去。马路两旁是坦荡的田野，麦子经过一个冬天的漫长刑期，遇到春天便开始了释放，奔月似的向上猛长，微风吹过，麦苗左右上下有节奏地舞动。远方不时有绿树包裹着的村庄出现在视野中，那村庄里隐隐传出鸡鸣狗吠，暗示着那里又有一个与自己悲喜不相关的人间。每一个村庄周围，都有正绽放着黄色花朵的油菜花田。柏油路的两旁也栽种了不少油菜，油菜花含苞欲放，大有一触即开之势，黄色的花点缀在绿色的田里，犹如丝带之上插上了妆花，陡增春的艳丽。花香好像赛跑一般前追后赶到依桐的鼻孔中。

　　50里的路程，不长亦不短。太阳沿着亘古不变的路下滑到西方，依桐到洛宁镇的时候，太阳已经变成夕阳，出了镇，便上了去南许村的一条窄窄的小柏油路。这条路由于没有人维修，柏油路上石子已经崩起，风一吹，沙尘飞扬，不时驶过的机动车辆比坦克的威力还要大。路过了不大的火王庄便是南许村，看着远方的南许村在一片油菜田里，袒露出巨大的阴影，好像迎接婴儿的唇的母亲的乳头。他想，就在不远处的那片地方，生活着他的母亲和水儿。尽管已经蹬自行车行了50里，但他此刻车速竟然还提上一截。他感觉路旁的油菜花比其他地方的更加绮丽，空气也香甜了许多。随着南许村在面前越发接近，他像一个终于撑到终点的旅人，猛然感到肚中的饥饿，他想：这个时候，母亲在家做什么？水儿呢？知道我今天放假了么？

　　南许村后面的齐渡河本来是一条小沟，"文革"时沿岸的老百姓将其挖成了一条长约五六百里的小河，那河好像没脾气的老农，盛着一江春水向东流，日日平静。河两岸是两条大堤，大堤蜿蜒，跟着小河亦步亦趋。堤上长满了齐整的桐树，桐树枝丫交错，茂密无比，夏天的时候，这些桐树遮天蔽日，引来无数清凉。如今是初春时节，河两畔和大堤上都长满了油菜，到处都是黄色的油菜花，让人如在画里。大堤宛如一条黄色的龙，向西逶迤荡去。大堤和下面这条小柏油路平行相对，依桐骑着车子在路上，好像黄色天地里的一只蚂蚁在踽踽独行。他望着西面天幕上悬着的一轮血红夕阳，觉得一个月来所有的劳累和羁愁尽数无踪，从头到脚说不出的快意。

　　依桐骑着自行车快要进入村口时，猛然看见远处大堤上的油菜花丛中有一个娇小的身影在冲他招手，虽有半里远，但凭依桐的知觉，那自是水儿在等候他，立刻调转车头，下了柏油路，沿着田间小路向大堤上骑去。大堤上的水儿见依桐过来，忙从长满油菜花的堤坝上下来到堤口处迎他。依桐上了大堤，扶着车子喘着气，笑着对水儿说："你咋在这儿？天都快黑了，风该冷了。"水儿看见依桐，脸也笑成一朵油菜花，显然是无比的喜悦。她红了脸，低头说："我算着你今儿就该回了，你都是一个月才过个星期天。我骗我娘说在这儿割草，我都等你半个下午了。"依桐回头看了看西面，夕阳已只露着半边脸，依旧灿烂的油菜花在身边向远方铺展，西风已有凉意。他看水儿穿得单薄，又在此处等自己半个下午，心中感动，便说："回去吧，大堤上太凉。一会儿你爹找不到你，又该扯着破锣嗓子喊了！"水儿随他把车子调转车头，便说："我爹下午打麻将去了，让我在家喂猪，我就骗我娘说猪没草了，要来这儿割草。我恐怕我爹找到我，不敢在村头等你，就在这儿藏着。依桐哥，你不知道吧，我家那头带黑花的老母猪又生了四只小猪呢，我更忙了，都得我伺候它们。"依桐见她在暮色中的小手粗糙不堪，与她的脸相比，好比榆树皮与光滑的水晶面。依桐把车子停住，把后座上的塑料袋绑在前把上，到路旁找到了水儿的草篮子，把草篮子放到自行车后座上，才又攥住车把，边走边对水儿说："你娘那个习性，就好使唤人。你也不小了，可别她让你干啥就干啥！对自己好点，水儿，我不在你跟前，你不疼自己谁疼呢？"

　　水儿低头走着没有说话。依桐一只手从前面袋子中拿出从城里买的两张馅饼，塞给她说："快吃吧，回家别让你娘见到！"水儿接过饼，递给许依桐一个说："依桐哥，你也吃一个！"依桐撒谎说："我在学校天天吃这个，都吃腻了。快吃吧，你吃就等于我吃。"水儿咬了一小口饼说："真好吃！中午我给我爹还有我娘和弟弟做了面条，但我没胃口吃。我在灶里给你偷偷烧了红薯，埋在了灶灰里，没想到我一会儿不在就被我爹发现吃了！"依桐笑了笑，话题忙转到一边，感叹说："今年油菜花开得真好！如果我有相机，真想拍两张。咦？你怎么不吃了？"水儿笑着说："我想明天吃。我娘带着我弟弟今儿下午回娘家去了。"依桐说："回得好，也让你清静几天。你可别让你爹看见，要不你就吃不上了。"水儿微笑着点点头。依桐又问："你爹和我爹说话了吗？"水儿说："说话呢，不过前天你爹还……"水儿降低了声音，让这句话无声无息地消失。依桐问："怎么，他又说胡话了？"水儿不做声，依桐愤慨地说："他就那么大出息，天天盼我考上大学，你别听他胡言乱语！"水儿抬起头，笑着说："其实，大爷那人挺好的……"

　　依桐叹了口气，眼痴痴地望向远方，此时村头一处电线杆下忽地站起一个黑影，裹了裹破烂的大氅蹒跚地走进村头的一条小路上，嘴里唱着不知所云的歌。依桐知道那是村里的傻子运动叔，日夜风餐露宿，便叹了口气，和水儿一起从堤上踱到小树林边。快到村口时，依桐对水儿说：

"一会儿你先慢慢地走着，我骑着车子先回去，不然村里人看见咱俩又说闲话！"水儿点点头说："那你明儿个咋找我？"依桐说："你娘回娘家了，你爹又去镇里上班，我往你门口扔一块砖头，你一听见狗叫，就出来吧！"从小水儿就听依桐的，这时也丝毫没有意见。

此时夜色已经很浓了，依桐把草篮子从后座上卸下来，交到水儿手里说："走一阵就歇会儿，下一次别割这么多草，累着了怎么办？"依桐刚想跨上车子走人，忽然想起什么事，于是又转回来，往水儿手里塞了一样东西，说："这是我给你买的发卡，你有什么事戴上。你娘要是问你，就说是你自己赶会拾的。"水儿点点头说："你的脏衣裳要不我明儿个在河里给你洗洗？"依桐回头笑笑说："河里的水被污染了，洗了还不如不洗呢，回去让我娘涮涮就行了。你看你手尽干活都成啥样了，以后少干些。"水儿提着草篮子，站在黑色的夜色里，低声说："那是给别人干活，我……乐意给你做点活。"依桐听她这样说，心里忽然一热。看村口路上过来几个黑影，那是下田的人回家，他便忙对水儿轻声说："你先回去，水儿，我明天去找你，咱俩再好好说说话。"说完跨上自行车。只听那车子一阵叮叮当当响，一路上传来"依桐，啥时候回来的"的搭讪声。

许正兴对儿子的期望大得惊人。自从依桐上了高中，虽说费用基本上都是靠女儿，但许正兴的腰挺得像国旗杆那样直，提起儿子宛如年轻时提及未婚妻梁爱玲般有劲。许正兴耕了大半辈子地，他只想后代的耕地水平超过自己就可以了，没想到自己栽个萝卜却结个人参，许依桐竟然读到了高中，甚至有可能进入大学。在许家一门中，读书读到这份上，绝对是空前，而且有绝后的趋势，许依桐好像武侠小说中的丐帮人物，一举成为九袋弟子，成为稀有人才。许正兴时刻准备着儿子有朝一日高中榜首，再拔茅连茹地连他老爹也提拔上去，从此农村包围城市。女儿依禾在城市找到了一扇门，而这个儿子看来能以科举的方式平步青云，在城市开辟另一片天。特别是许依桐的眼睛一近视，眼镜一戴，提前预示了许依桐早晚坐办公室看报纸的命运，这使许正兴看儿子的目光不得不从不屑转为尊敬。

吃过晚饭后，许正兴蹲在门槛上，慢慢地问正在刷车子的许依桐："桐子，你姐还好着嘞？"依桐头也不回说："好！"许正兴又问："那你还是只歇一天？明天还得走？"依桐还没等他说完就说："嗯！"语言

31

简洁得直逼春秋战国时的文章。许正兴的嘴里叨念着漫天废话："前天公社又收钱，说要什么教学楼款，乡里要盖初中，我说俺家都没初中生了，俺不交，可乡里那几个干部却说现在儿子不上初中将来孙子总上吧。我说俺儿子将来要去大城市，谁稀罕这破学校！唉！跟你说家里就这么多钱，我年纪也大了，出去打工谁要我跟着……"依桐心里知道父亲在回避明天走时自己的生活费问题，还要自己向姐姐要，便转身回屋。许正兴说着话得不到依桐的回应，自知无趣，便卷了个旱烟，抽着旱烟把游荡在粪坑边的鸭子赶到了圈里，嘴里吐着对依桐的不平："哼！牛什么牛！再牛还不是老子的种么？"

第二天他刚走出家门，准备去找水儿，却淅淅沥沥地下起雨来，细雨如扯断的丝，柔弱中无间断地向大地飘洒。村里几户人家院中的桃花含苞欲放，桃蕾白里透红，经过雨水滋润，娇艳得不可方物，好像人的眼光一触到这花蕾即刻就要炸开。依桐兴致勃勃地刚想拐进一个路口，却见父亲许正兴肩上荷把锄头从雨中走来，脚上的泥巴如集结的军队，见了依桐便说："雨下不停，地里泥多干不了活，我就回了。这下着雨你下午咋走？干脆跟你老师请个假，就甭去了。缺一两节课，你恁聪明，回到学校稍微一用劲就赶上去了。咋？这下这么大雨你又干啥去？"依桐回过头来，甩了句："解个手！""解个手用得着跑这么远吗？"许正兴提起锄头蹭蹭脚下的泥，骂骂咧咧地回家了。

水儿家和依桐家的距离，经不起脚步的轮替，走到水儿家门前的桐树林时，他激动得心脏上好像安装了马达怦怦地跳个不停。胥先重当这么多年官儿，房子盖得实在不错，大红门由铁铸成，两旁有两座石狮子，张着血盆大嘴，森然欲搏人。水儿家大门微开，依桐在门外往里看了看，却从门缝里看见一树欲谢的梨花，粹白之中隐隐带着焦黄。依桐见四周无人，拾起一块砖头，向那大门击了一下，里面的狗听见门响，马上精神抖擞吠个不止。依桐听见里面传来细碎的脚步声，忙躲到一旁的一垛砖墙后面，后退过程中不小心踩上了一摊狗屎。依桐把鞋往砖垛上蹭着，眼睛却聚焦于大门口。那狗正在门前不可一世地叫，却忽然停声，朝里面摇着尾巴，显然是主人到了门边。只见大门被轻轻开启，水儿露出姣美的脸，往四处紧张地张望。

依桐再也不顾脚上遗留的粪便，忙打着手势压低声音叫："水儿，我在这儿!"水儿已经看见了依桐,正想过来,却听见里面传来了女人的声音:"水儿,又到哪里去?猪食还没和好,半生不熟的叫猪怎么吃?一早上像丢魂一样!"水儿压低声音,一只手在围裙上擦着水,一只手捂住半边嘴说:"依桐哥,我娘回来了,我走不了了!"说着她的大眼睛里滚出无奈的泪花。依桐一边在心里暗骂这个女人怎么回来这么早,一边冲水儿摆手:"你别……你别哭,水儿,我再过三个星期就回了!"这时里面的女人又叫:"水儿,叫你听见没有?猪都快饿得拱到圈外面去了!"水儿慌忙冲里面应了一声:"娘,我在门口正撵别人家的鸡哩!"依桐唯恐水儿又挨训,忙摆手让水儿回去,水儿看了看里面,又回转头来对着依桐做着口型,那意思是"我等你回来",之后一闪身进了门里,又不放心地往外探探头,冲依桐摆摆手,意思是你快走吧。依桐伸出腿去,狗撒尿般抬腿蹭蹭脚底下的狗屎,沿着桐林间的小路怅然离开了。

　　许依桐一身狼狈地回到家时,父亲许正兴正在走廊下抽烟,看依桐的眼光里包含着无限深意。依桐也不看他,在廊下默默换鞋,许正兴抓住儿子把柄,冷笑着说:"去哪儿了?去哪儿解手了?"依桐充耳不闻,许正兴又加一句:"又去找水儿了?"依桐嘴里"嗯"了一声,算作默认。父亲弹弹纸烟卷,语气霸气得像掺了火药:"你们也大了,再来来往往的,叫村里人咋看?你是个读书人,这道理书上能没说?"依桐此时已经换上了鞋,脸上无任何表情。父亲又继续强化他的思想:"他们都不能和你比,他们都种地种一辈子,你是读书人。我听你在城里市场卖鞋的表叔说你们学校里谈恋爱的多得很,你要好好读书,在读好书的前提下,找个乡长或者县长的女儿,那你爹我也是不反对的。人哪,要往高处走!"

　　一旁的梁爱玲过来,听到此话忍不住了,接过话来说:"都是你,非得让桐子读个狗屁书。你看看他,都快20了,眼也快读瞎了,家里穷得连一椽房子都盖不起,十里八乡和他这么大的姑娘已经定亲完了,将来他娶不上媳妇你给他上非洲买个去?"许正兴没好气地说:"你看看你这做娘的说的什么话,我这好好教育孩子哩,马槽里多出张驴嘴,娘儿们家家的你插什么话!"梁爱玲一听这话,哪里忍得住:"我做娘的咋了?比你这昏头爹对孩还亲!有本事你当年也考大学,你考上大学屁股后面就跟着有钱人家的女儿了,哪里轮得上我姓梁的?半百的人了,还教育孩子攀高枝,一分钱也不会挣,孩子有你这样的爹,那是上一辈子缺了大德了!"

父母你一句，我一句，互不相让。依桐听了无数遍，头脑发昏，早就上里屋准备下午要走带的东西了。

7

封阳一高的高考倒计时牌已经赫然展出，教学楼前五步一个，厕所门前也罗列了两个，要求学生时刻处于一级战斗状态。用班主任刘同军的话说便是要"舍却十斤肉，三月不见娘"，以非人道的毅力夺取高考胜利。一部分不学无术但家中颇有背景的学生早已放弃，对学习采取不闻不问的无为政策。儿子无才老子有财，老子早花钱找人把孩子的前途铺展得花团锦簇，所以这些人是不愁前程的，每日忙着情场上攻克关口。而大多数如许依桐者则苦于找人无人、花钱无钱，只得老实本分地回到"死学"这一条正路上来，每日在座位上老僧入禅般端坐，桌上的书日日成倍地往上翻。那些来自封阳农村地区的学生学习精神可谓惊天地，泣鬼神，往往花上三角钱买份汤，五角钱买一个从包子皮到馅有几公里远的素包子，便争分夺秒地重回座位，抓住课本研读，课本里的纸张被翻得如唐朝出土的名画一样破旧不堪。

漫步在早晨的封阳一中，还以为来到了英国殖民地，而学生则在英殖民者的高压下学习他国语言。各班均配发若干份《英语学习报》，早读时让学生背诵上面的每一篇文章。有的英语老师更敬业一点，拿着教鞭直接在班内抽查单词背诵情况，学生们噤若寒蝉，被点到名字的无异于在全班同学面前大大出丑一回，没被点到名字的如坐针毡，因为等待被点到比点到本身可怕多了。

依桐的英语水平处于"二般"而不是一般，他开始时不背单词，但是有一次上早自习时被英语老师抽查到，他颤颤巍巍上了讲台，默写出了十分之一，被迫在讲台上罚站了一个早自习，自尊心受到重创，从此以后发奋背单词。但他背单词的目的也基本上是全校学生背单词的目的，那就是提防老师提问，被提问完毕之后，脑中单词马上踪迹全无。依桐一直想：这些大部分一辈子也见不到外国人的人在离伦敦、华盛顿十万八千里的地方，用六七年时间殚精竭虑地学习外语，且被中国人自创的一门英语语法学和单词学折磨得死去活来，真可谓一种庄严的集体愚蠢。

依桐所在班级的数学老师姓蒋，由于上一世纪姓蒋的出了一个大人物，到了这一世纪仍有余威，所以学生就推此及彼，称数学老师为老蒋。老蒋原先是封阳县棉麻公司的工人，后来封阳经济一蹶不振，而且也没有振起来的迹象，棉麻公司随即倒闭。当年的小蒋托关系找门路，在接受了两个月的培训后，便来到一中教数学，而且一教便是20年，变成了现在的老蒋。老蒋一讲数学便举例子，一举例子便必然要提棉麻公司的种种，哪一道方程公式都要牵扯到棉麻交易上来。老蒋讲起课来以速度取胜，讲题飞快。由于他有20年做题兼讲题的老辣经验，对那种具有高度脑筋急转弯性质的数学题已达到来一道灭一道的神妙境界。更令27班学生自尊心受到重创的是，老蒋每讲一道难题之前必对台下处在云里雾里的学生说句"这题太简单了"，然后开始在黑板上写这道需要五六十步才能得出结果的数学题，写完后他站在满是密密麻麻字母的黑板前，对着台下还在迷茫的学生再说句："这题实在是太简单了！"这令一道数学题也听不懂的许依桐觉得老蒋实在是非人类一个。

如果一人在一个领域失败，就只能在另一个领域寻找平衡。依桐一向自诩自己的语文成绩天下一绝，不料上高中以来屡遭重创。依桐先前写起作文来自以为自己是鲁迅、李敖，对不忿之事遣词造句戮力而骂，于是他的作文一面世便频频被语文老师树为反面教材，向来以"思想不健康"的罪名枪毙。依桐本来想仗着作文扬名，为遭受打击后的心疗伤，不料却受到更大的打击。

高中阶段的语文老师古板得惊人，一般都自以为自己文采盖世，却做个教书先生，内心愤愤不平，道行不深，忽悠水平却立泰山之巅。依桐班的语文老师姓饶，叫饶发久，此人的讲课技巧高级，但却是建立在他语文水平奇低的前提下的。此人教国语却不会说普通话，每天把一篇文章读成方言版，且错读、讹读不断，但他错过之后比老蒋宽容，可以让讲台下学生疑惑或者争论，他在讲台上却置之不理，继续讲课。依桐一开始也把饶发久视作自己的伯乐，孰料饶发久既不是伯乐，而许依桐在他眼中也不是千里马，两者互相排斥，自然产生不了名师出高徒的故事。

依桐经过高一、高二两年语文老师的打击，急盼高三迅速抬头，一开学他就暗暗发誓，第一篇作文要一炮打响。第一篇作文饶发久给了一则材料，是十年前某个省的高考题目。依桐刚听完一节数学课，心理受到重创，遇上一节作文课，像饿狼扑食一般借题发挥，洋洋洒洒地写了千言，抓住历史课本剽窃了不少史实，凤展屏一般拼命卖弄自己的文学风情。他认为第二个星期的作文课饶发久会拿着自己的作文正步走到自己身边，审视自己良久，用颤抖的声音说："公岂非谪仙人也？我从教这么多年，终于等到了你！"复制出当年贺知章见到李白《蜀道难》，韩愈见到李贺《雁门太守行》的赏才雅事。依桐一周以来不断地幻想，再以幻想巩固自己的幻想，禁不住偷偷直乐。

第二周作文课姗姗来迟，上课前课代表要将作文本发下来，依桐整理好装束，准备上课时接受饶老师的大事夸奖，看全班的作文本纷飞，暗想自己的作文本应该不会发下来，而是留在老师那里准备一会儿作范文朗读。正等待间，一个作文本便被语文课代表扔了过来，飞到了自己桌上。依桐心想这一定不是我的，而是同桌祝效华的，不料看了一眼便认出上面自己熟悉的字体，正是自己的作文本，遂失望且愠愠地翻开，只见作文后面只有一行红字：本文有跑题之嫌，你的思想也应该与高考方针保持一致，否则吃亏的是你，因为批改你高考卷子的不会是鲁迅。后面又缀上一个不痛不痒的分数：38。

依桐一周以来少女般的清纯盼望却得到了这样一个结果，一时有了当年陈子昂的空旷寂寞。正独自落寞间，却见后座蔡泽光的作文本上的分数赫然为53，距离满分60甚是接近，想着上一周写作文的时候，蔡泽光捧着几本杂志，生吞活剥东剽西窃凑成一篇文章，这样的文章竟能走红，心中更增添醋意。蔡泽光从外面回来，见到自己的作文分数，得意得如下蛋之后抖动翅膀的老母鸡，四处宣扬着他的写作心得。一旁的祝效华的作文本许久未发下来，很明显又一次作了范文了，祝效华红光满面，激动地坐在座位上，等待着上课铃声，一时忘了做题。祝效华向来按照高考范文模式写作文，所引用的例子不过是马克思在图书馆蹭地、居里夫人是巾帼女杰、司马迁发愤著书三大事件，最后抛出自己观点：我们是多么幸福啊！社会是多么美好啊！单是里面的"啊"字挑出来就能成一个加强营。许依桐向来看不惯这些，他说马克思在图书馆看书时之所以能把地蹭出一个印迹，是因为马克思可能有脚气，因为一个正常人看书时绝对不会有用脚蹭地的癖好。但是这样的思维太过发散，以致被语文老师以"思想不健康"这样屡试不爽的罪名抹杀。

已是农历的清明节了，仿佛天与地商量好这一天必要降雨似的，天一开始发白，继而转黑，校园中才开的几朵花刚露出胴体，即逢上一场天雨的沐浴。雨滴在上空好像被筛过一般，细密如丝，挥洒而下。教学楼前的几株垂柳的叶子早已舒展开，露出醉人的翠绿，盈盈的惹人垂涎。空气里含满柔情蜜意，微风带领生物们一起开始了新一年的思春。雨一下，将综合楼前露天的纸糊的高考倒计时牌子冲得面目全非。早读依旧从5点50分开始，此时，校门前已经站满了迟到的学生，个个睡眼惺忪即遭此大难，脸上的表情像头顶的天空一样阴沉。这些学生本来想今天是雨天，应该检查不力，不料副校长陈秉公出其不意，亲自带队，杀气腾腾地站在校门口，等各路迟到的好汉入其彀中。

今日依桐因为闹钟没电，到了该响的时候而未响，共计迟到了8分钟。当时只恨自己不能坐上火箭，刚跑到校门口，便一头扎在陈秉公怀里，迷迷糊糊地被几个保安拖到一旁的迟到学生队伍中。陈秉公既然出马，那就定会搞出点铁血效应。杀人杀于市，迟到的便在校门口到教学楼的这一人群流动大的地带被集结示众。高三年级的领导叫尚明嵩，长得高大威猛，寸发直直地耸立在头顶，脸上的五官扭曲着，一副典型的旧社会打手模样，在副校长陈秉公的背后亦步亦趋，时不时地呵斥着迟到的学生。迟到的男生统一站成一排，接受着清明小雨的舔舐，而迟到者之中，也有几个漂亮女生大约因为涂脂抹粉而耽误了时间，不幸被俘。陈秉公转战于情场多年，早培养了一颗怜香惜玉的心，看见这些漂亮女生被雨淋着，心里暗叹红颜薄命，轻声说："马克思主义要求我们要一分为二地看问题。你们来晚了这是不对的，但你们肯于认错又是很好的。你们以后别再迟到了，要学学鲁迅先生，在桌上刻一个'早'字。"但他又转念一想，公物不能破坏，于是马上改口说："在你们心里刻一个'早'字……"如此江南侬语般的批评后，便放这几个美丽的女生回班。陈秉公陶醉之后又对那边几个男生大吼，脸变得比六月的天都快。

6点20分，陈秉公宣布严打行动结束，被生擒活捉的16人被记下班级及姓名后才让归班，处理完毕后，陈秉公领着一帮老师消失在校园中去餐厅的林荫路上。许依桐狼狈不堪地走入班中，班里的读英语声早已可以掀翻楼顶。他刚坐到座位上，蔡泽光就探头过来，慰问难民似的说："许依桐，没事吧？"依桐头发已经被雨淋湿了，往下滴着水珠，他一边翻英语课本，一边轻描淡写地说："能有什么事？清明节嘛，总要见几个小鬼！"蔡泽光和陈益几人在后座又嘻嘻哈哈地笑了一阵，依桐只是装作充耳不闻，脑子里面一直斗争着两个想法：记过？不记过？越是读越是胡思乱想。不一会儿，班主任刘同军睁着惺忪的睡眼走进来，许依桐心想恐怕他已知道了此事，忙把头隐没在书本中间。刘同军迈着八字步，装得无比深沉，在教室中四处游走，时不时地抓几个打盹的学生。不一会儿竟也太平无事地出去了。

  下课时，快要进入睡眠状态的依桐被刘同军提到教室外面的走廊里。刘同军的口气冷得好像直接从西伯利亚吹来的风："许依桐，今天早上迟到了吧？你直接一步登天，上了学校的榜了！"依桐心想最终还是难逃其劫，头低得好像冬日屋檐下的琉璃。刘同军长叹一声说："你可能已经被记过了，回去写个检讨，晚上让班长开个班会，你当着全班同学的面念一下。现在正是评优秀班集体的时候，你这一记过，我看咱班也危险了。"依桐看自己仅仅迟到8分钟，性质上升到这般层次，全身的血液好像即刻要喷出来。刘同军继续说："你自己看看高考倒计时，离高考还有几天？冲刺一下，否则你这一辈子再想冲刺就没那机会了！你看看咱班吴仝、李荷花、祝效华，他们的学习成绩在咱班是非常优秀的，重点大学也是在手心攥着了！就咱班那个刘伟，人家虽说笨，但是人家死学，我看他考个本科也没问题！"

  刘同军诸葛亮似的展望未来，通过捧别人来打压许依桐，最后补给了许依桐致命一枪："我看依你现在的成绩，本科是没希望了，如果在剩下的时间里拼命一搏，还能走个好的大专！"许依桐听得冷汗四冒，顿觉前途一片黯淡。一般说来，班主任熟悉自己班里的学生就好比一个老农熟悉他的庄稼，哪棵苗苗壮，哪棵苗奄奄一息，都有判断。刘同军见许依桐神情恍惚，唯恐他以自杀来过清明节，便拍拍依桐的肩膀，以示他作为班主任还是坚定地站在他一边的，说："你也不要有什么心理负担。人活着干什么？就是与天斗，与地斗。咱们学校是中原名校，升学率连续十一年排名开州市第一，走出了大批人才，国务院、科学院里都有，你看现在开州市委书记不就是咱们学校的毕业生么？有这么多优秀的前辈，你沿着他们的足迹勇敢地走下去吧！"刘同军又开始了他惯用的抒情。他此时自以为许依桐会涕泪交流，发誓以后一定痛改前非，孰料这小子依旧面无表情地像棵树一样在面前站立。刘同军对这种中下等学生早已丧失了治疗信心，便说："你回去吧！回去好好学，把该看的书看看，把该做的题做做，什么都不要想！"最后一句好像医生对一个垂危病人说准备后事一样。说完后，刘同军不屑地转过身，背着双手慢腾腾地走了，不时有打扮得花枝招展的女生用夸张的声音跟他打招呼，刘同军假装平静地以一种为人师表的姿态低调地点头回应。

  下午时分，清明节的雨知趣地停了，风雨后的花草，显得更加娇嫩。依桐放学之后去食堂吃饭，见布告前站着幸灾乐祸地看布告的学生，仿佛鲁迅笔下伸着头看杀人的看客。依桐知道上面必有自己的名字，无语地远远走开，心中祈祷：他日你们的姓名必将取而代之于之上。

  此时已经云消雨霁，天空的阴霾逐渐向东退去，晚霞像拓展根据地一样铺张开来，布满西方的天空。运动场上的林荫道上，一对对趁着晚饭时间偷偷约会的男女生手牵着手并肩走着，校外湖畔的一条柏油路上车辆穿梭，晚归的人加速着还家的脚步。依桐喝着豆浆，看到这一景色，竟然出神起来。他心里默默想：这就是生命，不管黑白的书本怎样将我们禁锢，毕竟彩色的世界还是主旋律。三个月后，什么正弦余弦，什么宾语从句，都见鬼去吧！这样自我安慰一番后，郁闷好像被这杯豆浆冲散了，他将盛豆浆的塑料杯远远投入垃圾桶，之后小跑着回了教室。

  第三节上晚自习时，班长邱力召开班会，所谓班会，实际上是许依桐的个人批判会。依桐酝酿良久，东张西望着上了讲台，手里还拿着一个茶杯，在讲台上站定后，先喝了一小口水，底下的学生见他读检讨如作报告，立刻哄笑一片。依桐先扫视了全班一圈，然后开始字正腔圆地读手里的检讨书："同学们，下面，由我来作检讨。"下面的笑声陡然又高上去。邱力见批判会气氛太过活跃，便伸手做手势让大家别笑，不料这笑声像上了岸的海啸，一时收不回去。许依桐又读："今天由于我的闹铃没电，而我的生物钟也失调，比往常多睡了3分钟，导致了我迟到这一极其恶劣的结果。我的迟到有错，但是错还在于因不机灵而被陈校长生擒活捉，这一点是让我们班人民不可原谅的。我的迟到是我长期以来学习和生活懒散的总爆发，是我无视以刘同军老师为首、邱力同学为辅的班集体大政方针的错误表现，就在我们准备在刘同军老师、邱力同学的带领下，雄赳赳、气昂昂地跨过六月高考这一关口时，竟出现了我这么一个不协调的音调，是可忍，孰不可忍。让我对自己郑重地大喊一声：许依桐，你危险了！没有五音，难正六律，没有规矩，何来方圆？学校给我这个处分，是一个大快人心的举措。这个措施挽救了我，使我不致掉入堕落的深渊，好像一个红太阳照亮我即将黑暗的世界，我感谢他们。同时我也郑重地向全班同学说一声：我错了！在以后的日子里，我将化悲痛为力量，争取为我们班增光添彩，并将紧密团结在刘同军老师的周围，走向六月之后的辉煌！好！谢谢大家！"

大家第一次见到作检讨还说谢谢的主，许依桐一下台，下面掌声和笑声一起轰鸣。下台时，他的衣角挂在了讲桌的檐上，差一点跌跤。下面邱力的废话性总结众人早就听了万遍，一个个在台下意犹未尽地回味刚才许依桐所谓的检讨，时不时仍哄笑。不过这种状态仅仅持续了三四分钟，之后全班便开始低头做一张张源源不断发来的卷子，翻一页页似乎无尽的书本了。不知不觉之中，已经到了九点半，放学铃声响起，如大赦的皇榜颁布，解放了这些禁锢中的生命。

8

1986年的夏天来的时候，过于热情的雨水填满了齐渡河的河床，使两岸与河沿稍微亲近一点的小麦全都受了水稻的待遇。河床里河水上泛，蛙群肆虐，到了傍晚时分，青蛙在河床里的呐喊声如交响乐团，奏鸣于南许村北面的堤坝处。大堤上桐树葳蕤，微风徐徐，使堤上穿梭于桐林中打着灯寻找爬蚱的儿童感到凉爽的快意。黄色的麦子因为成熟，低着曾经骄傲过的头颅，悄然屹立在麦田里。麦田上蝙蝠飞舞，隐没在如血的晚霞中。西方的归鸟扇动翅膀，从一个村庄飞向另一个村庄。坐落在这片麦海上的南许村，因为夜幕的降临也开始走入宁静。每到傍晚时分，胥先重家便开始吃晚饭，那个捡来的哑巴女人有规律的生活也让胥先重这个老光棍规律起来，一天三顿饭，雷打不动。

因为穷，这里的人吃饭很随意，女人则不然，一天三顿都要认真地生火做饭，就连最不重要的晚饭她都要炒上一个小菜，原料却很简单，只用些院中菜畦上种的菜和院里老母鸡下的蛋，加上她也很爱吃的这里的土菜豆浆蛋，日日翻新着来做。女人吃饭很有讲究，她总是先洗手，接着找来一个小盘子当做碟子，然后用筷子夹菜吃，喝稀饭的时候再用筷子的另一头。她咀嚼东西时总是细嚼慢咽，徐徐端碗送筷。胥先重看惯了乡下女人风卷残云的吃饭方式，此时看女人吃饭，倒像是看一个人轻舞。他时不时在张口大嚼的时候看女人看得出神，而女人一旦发现他像一根木头桩子一样盯着她，便背转身去，留给胥先重一个雪白的颈。

女人的孩子出生在一个炎热的午后，那天是许依桐出生后的第15天，那时的麦子已经成熟，只等待去收割。依桐后来听村里的老年人讲，那天中午天热得好像地下有人在烧火，阳光也似划着了的火柴，桐叶耷拉着脑袋以示对阳光进攻的投降，树上的蝉也不厌其烦地高声讥笑着人们对于炎热的惧怕，黄色的麦子在阳光的照耀下更是发出令人眩晕的色彩，在无风的田野上静静地立着。村里没有一丝风，大多数的村民都跑到地势比较高的齐渡河堤上的桐树凉荫下，边打牌边聊天，预测着今年的收成。大堤上桐树下麇集着黑压压的扇着芭蕉扇的村民，齐渡河里泡着许多光屁股的小孩和光着上身的男人。

大约是水儿感到了娘肚子里的炎热，所以急着出来乘凉。当时女人正在闷热的门前写东西，忽然感到肚子里一阵绞痛，一开始她还能坚持，孰料肚子疼得一会儿甚于一会儿，最后如胃裂肠断。她艰难地把写的东西锁起来，正想往外移动时，却双腿一软，腹中一阵入骨般的痛楚，紧接着她感到大腿上在流着一些黏糊糊的东西，这些黏糊糊的东西很快便从腿上流了下来，正是殷红的血。她强忍着这致命的痛楚，从屋中爬到了门槛边，她张口叫人，却只发出微弱的声音，被淹没在更为鼓噪的蝉声中。她本能地往院中的门边爬，只有门边才有可能有人经过。土地被白热的阳光晒得滚烫，她每挪动一下都感到肌肤被土地灼热。她爬了一会儿，艰难地回头看，看到她爬过的地方留下一长串猩红的血迹，她为这些刺目的红从她体中流出而吃惊不已。四下里都是炽热的阳光，正蒸着这人间，女人在阳光下不多时便被晒得眼黑，浑身上下发不出汗，此时她四肢无力，根本无法再向门边趋近一步。

　　这一时刻，胥先重正在村后大堤上的人群中间听一些人用粗话骂这滚热的天气。河里打水仗、糊泥巴的孩子的嬉笑声不断传来，堤下的原野里铺张着平如海面的麦田。风此刻耍大腕似的不出场，树叶只好怄气似的纹丝不动。坐在不远处几棵桐树下的几位经过世事沧桑的老头正在放羊，羊因为太热，也卧倒在草地上，卷着舌头嚼着草根，以示食欲不振。一位姓许的老汉边看西面天空边说："西天戴帽蛇过道，燕子低飞蚁筑巢，看样子又少不了一场大雨。"另一位许姓老汉看了看南方，也说："雾气上升，大雨雷声，天要变。"听见的人往南方看时，果然见麦田之上有绰绰约约的雾气，似乎也听到远方有些"隆隆"的雷声。

　　女人卧倒在白色阳光下的院中，她身下的鲜血蔓延，意识越发不清，她依稀听到四下里有鸡叫和蝉鸣的声音，头再也抬不起来，全身上下只有修长的手指可以微微动弹。有几只老母鸡好奇地向她围过来，用嘴叨了叨她的身体，然后咯咯叫着阔步离开。

　　就在这时，邻居许正云老汉的二儿子，当时已经十五六岁的许运动穿着一条短裤偷偷爬上了他自己家院中那棵杏树。那棵杏树上结着不少麦黄杏，尽管许正云三令五申不准吃杏，但弟兄三人正是如狼似虎的年龄，如何禁止得住？许运动在这个炎热的午后像只蝉一样悄无声息地爬上了那棵梦中的树，他的眼珠在寻找杏的同时也偷偷往四周窥视着，以免被家人看到。就在他向四下里偷窥的时候，不经意看到院墙外邻居胥先重家院中的地上明晃晃地放着一件衣服，他拨开一枝树枝才清晰地看到那不是一件衣服，而是一个人！他全身一颤，差点儿像个杏一样从树上掉下来，很快地他意识到自己应该做什么，于是急忙三蹦两跳像只猴一样从树上下来。当时警觉的17岁的大哥许运旺发现了二弟这一不齿的行径，他马上从屋里飞跑出来，到父母的房里报告了这一敌情："爹，俺二弟又爬上杏树去偷杏了！"许运动在大哥嫉妒的喊叫中飞速出了院门，来到了胥先重家门前，却无奈地发现胥家门已经反锁。

　　夏天的天说变就变，刚才雾气蒙蒙的西南方忽然涌来一团云，云朵前进的速度如一架高速行进的飞机，在天上向着头顶的天空滚滚而来。开始时是有一丝微风，堤上的树叶便夸张地应和着摇晃，堤上乘凉的人们忽然起了一阵欢呼声。一些经验丰富的老人已经闻到了这微风中蕴含的雨气，解开羊缰绳缓缓地朝村里走。大部分村民还在贪图凉快，在大堤上光着膀子等待凉风，不远处河道里的孩子们的嬉笑声依旧越过麦田响亮地传来。大约只过了3分钟，便看见西南方向的麦田麦浪翻滚，好像一条黄龙在麦海里游动，朝着这边的麦田蜿蜒袭来。西南方向的一角天空忽然变得墨黑，而且这墨黑迅速在天空弥漫，头顶刚才还气势汹汹的骄阳逐渐被遮蔽，一阵风带着冰凉的水汽从西南方吹来。堤上硕大的桐叶纷飞，涤荡着刚才的燥热。河里的小孩开始穿衣服，穿得快的已经从麦埂上跑来，堤上的村民纷纷下了大堤喊叫着往村里飞跑。

雷声好像开路的仪仗队，轰隆隆地响在头顶，乌黑如炭的云已盘踞了整个南方天空，从堤上看来，南许村上空已经被黑色所笼罩，黑云以磅礴的气势压将上来。大堤上被风击下的桐叶直直抛上天空，毫无章法地乱舞着。胥先重享受着这份久违的凉意，维持着作为村长的气质，在路上边看着天上堆积的乌云边悠然地往村里走。还没到村口时，花生豆般大的雨滴便前赴后继地从村庄上空空投下来，天地之间像忽然拉起了帷幕一样暗淡无光，时间好像从午后忽然转为傍晚，只有明亮的闪电充当着天与地之间的照明灯。胥先重头发稀疏的头顶被雨点砸得生疼。张皇间，他正准备躲入村北第一户人家的门楼下避雨时，忽然看见瓢泼大雨中的街道上一个孩子喊叫着向他跑来。村子里的枯枝摇晃，不时砸下一长串被风吹掉的树枝，那个孩子便在这纷纷坠地的树枝缝隙间冒着风雨奔跑。胥先重认出了那是邻居家的二儿子许运动，许运动也已经发现了门楼下正拧衣服上的雨水的胥先重。当浑身已湿透的许运动把刚才看到的情景向胥先重大声说了一遍后，胥先重马上忘却了大雨和狂风，他心中陡然一沉，裸露着上身便冲进了雨幕里。

此时的雨势已经达到顶点，雨珠已像若干个集团军的兵力向大地猛砸，只有5分钟时间，家家户户的下水道便已经拥堵，坑坑洼洼里哗啦啦地流淌的都是雨水。胥先重摔了几跤，头顶被飞下的树枝砸破了皮，他径直跌跌撞撞地到了自己家门口，手忙脚乱地开了自己家的木门。接下来眼前出现的情景令胥先重不寒而栗，他看到那一场景的时候，嚎叫的声音在大雨中横贯而出，倏忽间便冒着雨以惊人的速度飞奔到院子中。他看到女人躺在院子中间的雨水中，粹白的身子在积水中几乎要漂浮起来，她身侧的水中好像还有一丝红，但迅即被流水冲散。由于雨水要从墙角边的一处水道排泄出去，而墙角处都被烂叶子堵住，所以一时雨水积满了整个院子。豆大的雨点连续砸向她的粹玉之体。胥先重大叫着跑到她的身边时，一道明亮的闪电恰到好处地君临头顶。在煞白的光线下，胥先重判断出女人身边积水中那迅速扩散的红是血。胥先重马上飞速地把冰凉的女人躯体拖到屋里，此时女人所穿的用的确良布做的裤子已经彻彻底底地成了大红色。

　　这个村长遇到了他生平见到的最为可怕的事，他看着脸色煞白的女人手足无措。此时的女人似乎恢复了一些神志，但是这恢复的神志只能让她感受到更强烈的痛苦。她浑身颤抖，紧咬着唇，尽量使自己不发出声音，似乎在忍受着非人的折磨。胥先重心慌至极，他哆哆嗦嗦地抱来她平时用破布改造的衣服预备给她换上时，女人竟神奇般地睁开眼睛，捍卫领土一般捍卫着自己的身体不受胥先重侵犯，而她腹中的感觉令她猛地又感到痛不欲生，她用力抓住自己的头发在地上打滚，以她以往的风度来看，她做出这样的动作实属不可想象，可见这痛苦到了可怕的程度。

　　胥先重又一次嚎叫着冲进雨幕，他想到门口喊人，可哗哗的雨声很快覆盖了他的声音。他猛然间想起什么，发疯一般地冒雨回转，找到平时他在堂屋中下达上级政令的扩音器，把音量调到最大，然后歇斯底里地开始播音，院中那棵高高桐树上的喇叭则向全村发出了胥先重的惨嚎："村委会紧急通知，村委会紧急通知，许铁婆！许铁婆快来！我媳妇要生了！我媳妇要生了！"由于他家距离许依桐家还算有些近，正在床上吃奶的许依桐听到这个比雷声还要可怕的声音禁不住嚎啕大哭，头上缠着毛巾的梁爱玲正喂依桐吃奶，她赶快叫正在屋檐下就着雨水洗尿布的许正兴，许正兴也感到了事情的不祥，披起一身雨衣就深一脚浅一脚地奔出门去。

　　许正兴来到胥先重家门前时，那里已经聚集了不少附近的许姓人和胥姓人。雨势减了一半，天与地也逐渐明朗起来，开始恢复了一些白天应有的光明。许正兴刚想分开人群进门，却见一个胥姓小伙子拉着一架架子车喊叫着"让开"出来，后面还跟着三四个胥姓小伙。胥先重边走边往架子车上盖塑料布，另一边许铁婆也手忙脚乱地跟出来。那女人躺在架子车上，已经变小的雨点飘向覆盖着她的塑料布。胥先重一只手压着那片塑料布以防被大风掀翻，后面跟着的几个小伙摩拳擦掌准备随时替换拉车。胥先重脸上分不清是雨是泪，模糊中他看到了刚赶到的酒友许正兴，忙气喘吁吁地大叫说："正兴哥！快点！你弟妹要生，要到镇上医院！快点！"

许正兴哪里敢怠慢，忙踩着雨水紧随其后。

车子到了村外时，雨基本上已经停止，乌黑的云彩涌向东北方，西南方的天空一片亮堂，无垠的麦野经过刚才风雨的蹂躏，到处都有瘫倒在地的麦子。这条土路蜿蜒地通向五里外的洛宁镇，只有那里才有一个像模像样的卫生院。土路的泥泞加剧了行走的艰辛，每个人都已经摔了几跤，许正兴的胶鞋还跑掉了一只。路上铺满了被风雨击打下的桐叶与枯萎的黄色桐花，两旁的麦穗带着雨珠在风里晃荡，怀念着刚刚远去的雷声。

天空好像被铁扇公主的扇子扇过一般，云雾散得很快。云好像急着赴一个重要的约会，在天上飞奔，快速行进的乌云掠过麦田上面的天空，阳光忽隐忽现。麦野被风声鼓动，哗哗声响起，掀起一个一个的波浪，此起彼伏，推进向远方。随着车子的颠簸，女人的呻吟声越来越大，走到离村三里的去洛宁镇和夏桥村的一个路口时，女人的表情骤然变化，在后面跟着的许铁婆依据多年的接生经验敏锐地观察到她将要分娩，于是权威地命令这几个小伙子将架子车停靠在岔路北面的一方麦田旁，以麦子为屏障，让男人们蹲在麦田的另一端耐心等待。许铁婆开始一个人做新生命的接驾工作。

雨此时已经停止了，阳光拼命地在云端挣扎一番后，又神采奕奕地返回人间。黄色的阳光烘托出无垠的黄色麦田，东南方一角还横贯着一弯短短的虹，好像在引渡桥那边即将出生的新生命。几个男人蹲在路边，在大病初瘥般的阳光下，屏住呼吸听着麦田那边的动静，那边除了许铁婆唠叨神鬼的祈祷声和女人逐渐低沉的呻吟声，便只剩下哗哗的风吹麦子的声音。过了不久，风也逐渐停了，天与地经过刚才的浩劫而惊悚得不敢言语，开始了可怕的静。

最终水儿第一声啼哭还是从麦田那边传来，她的哭声不像许依桐那般霸气，而像唯恐别人听见一样的低诉。胥先重听见孩子的哭声，激动得从麦田这边一跃而起，心里的那块石头却随着他的跃起而轰然坠地。许铁婆那边早喊将起来："是个大馍！是个闺女！"按照豫东一方的习俗，每到过年的时候女儿都要回娘家送一个大馍，因此习惯上称呼女儿为大馍。胥先重他们早从麦田上面蹦了过来，围了上去，许正兴忙把孩子用被子裹住，担心她遭了风寒。女人则在刚才超越自己潜能的体力透支下，呻吟声逐渐小下去。在塑料布与被子的覆盖下，她脸色苍白如纸，瞳仁无光，显然大出血对她造成了极大的创伤。胥先重看见血仍然透过架子车的缝隙"嗒嗒"地滴着,心中害怕,便喝令小伙子们继续拉着车往镇上走,不料女人的脸一直扭向东南方,胥先重唯恐她扭了脖子,忙伸手把她的脖子扭转了一下,孰料女人又把脸转向东南方向,胥先重疑惑地往东南方看了一下,那里还是无垠的黄色麦田,麦田那边只有几个村庄:殷堂村和夏桥村以及相对较小的索庄村。

　　血依旧从架子车的缝隙中流出来,架子车越是颠簸,从缝隙中流出的血就越多。持续不断地洒了从南许村到洛宁镇上漫长的四里路。架子车忽然掉进了一个泥沼中,几个力气大的小伙绝不含糊,使尽平生力气拼命往上拽。胥先重正用两只手撑住架子车的一侧龇牙咧嘴用力时,忽然听见一个细若游丝的声音:"胥……大哥。"他当时正全神贯注地推车,一种惯性使然,他朝声音发出的方向看去,却发现架子车上女人用一双黑汪汪但却无神的眼睛望着自己。他此刻不相信自己的眼睛和耳朵:这个与自己相处了长达半年多的哑巴女人竟会说话!胥先重迟疑了一下,在确定了那个声音是女人发出的之后,迅速把耳朵贴了上去。一旁的许正兴发现了这一非比寻常的情况,忙喝令大家停止拉车。

　　胥先重脸上的肌肉颤动着,他想说话,但舌头打颤发不出声音。此刻他做梦一般听着女人努力说出的每一个字,所费的力简直比刚才他们拉车还要大。女人尽量清晰地吐出每一个字:"胥……大哥,你是一个……好人,我下辈子……再……再报答你!孩……孩子……就托付给你了!她……孩子就叫……水儿……下……下……下水……"胥先重屏住呼吸,尽力地听清她的每一字,但最终还是听不懂,一时大急。看她用尽所有的力气把手扬起,似乎想指向天空,抑或是天空的一个方向,胥先重以为她说下雨,忙叫:"下?现在雨不下了!你别怕!俺们几个就是爬,也不让孩子淋雨,也要把你带到镇上医院里!"那女人又用了用力,说:"我……不行了……水儿没……娘!我难受……难……受!"女人的眼角滑出一滴清泪,她嘴唇动了动,做最后的努力,才吐出几个字:"找……下……下……"

　　这一刻,胥先重有种欲哭无泪的感觉,他听不清楚到底何意。就在他准备向女人再说话时,忽然看见女人的头猛地扭向东南方,一只胳膊耷拉在车辕上,用尽全力将另一只胳膊落在了睡在一旁的水儿身上,那双眼睛恳求似的望着东南方，眼珠一动不动。胥先重这时才从震惊中恢复了他简单的思维，他刚想说话，却感觉到女人的神态不对。许铁婆此时赶忙过来，将自己因为刚才接生而血迹斑斑的手在女人面前晃了晃，女人的眼珠一动不动。胥先重也伸出自己颤抖的手，摸了摸女人的中穴，又晃了晃她的手，女人身体如蜕化的蝉壳，一动不动。

此时天地陡然间又静了一下，胥先重只感到面前黄得刺眼的麦田忽地全都变成了黑色，天边那一条彩虹也霍然隐去，耳朵里只有刚才轰鸣着的雨声，嗡嗡作响。他浑身上下打颤，周围的几个小伙子也悄悄抹着脸上的雨水，静静地伫立在一旁，谁都没有言语。许铁婆开始在一旁呼天抢地，说兔子精又回来，把女人收回天宫作丫鬟了。

胥先重怀着最后的希望指挥着这些人在这条泥泞的路上拼死前进，等到半个小时后到达镇上那破败的卫生院时，架子车的车胎上已塞满了泥，他们索性把车胎去掉，把车身当做担架来抬。女人早已经咽了最后一口气，她静静睡在"担架"上，一旁的水儿被晃荡的车身晃得哭个不停。镇上医院里正聚满了刚才因为大风而被树枝砸伤的邻村的病人，当胥先重嚎叫着找医生时，基本上没有几个医生可以派上用场。一个平时只擅长看感冒拉肚子的医生百忙中过来，看到架子车上拉的是一个血迹斑斑的刚生产的女病人时，竟一时感到面对的不是感冒拉肚子病人的慌张。他装模作样地摸了摸女人的脉，发现那里如一根静止的琴弦。那个医生这才长出了一口气，还倒打一耙说："人都不行了，还往我这儿拉，是不是还嫌我不够忙啊！"

长长的道路从洛宁镇向南许村辐射而去，一群人抬着架子车，默不做声地走着。胥先重脸色铁青，垂头走路，跌了几跤也浑然不觉。两边的麦田又掀起无垠的麦浪，呼啸着奔向远方，又从另一个远方呼啸着过来。太阳依旧发出它千万年不变的慈祥的光芒，洒向沉默的大地，让光明充斥到每一个麦穗之上，并照耀着这一群走得有气无力的人们。架子车上女人的脸庞已经被被子盖住，只有招摇到路上的麦穗偶尔才轻拂过来。

回来的路上，由于颠簸，水儿在她还温热的母亲身旁放声哭泣，或许这是一个孩子此生最真的哭泣了，因为在伟大的母亲面前每一个孩子都有恸哭的权利。她因母亲而生，母亲却因她而死，但无论如何，母亲为她遮挡了这场大雨之后，注定了这以后的任何一次风雨都由她一个人面对了。

9

女人的去世在南许村引起轩然大波，大家都在谈论村长的哑巴女人为何在最后离别的时分忽然会说话，她来自哪里。这样的问题没有谁能回答出。由于女人在胥家没有经过明媒正娶，当然还有年纪轻轻便去世的原因，所以她死后不能进胥家的祖坟。她的丧礼也未按当地的葬礼规格大办。

在女人去世的那天晚上，水儿先交给许正兴刚生过孩子的媳妇梁爱玲看管，女人则被装入给胥先重父亲胥学义准备好的棺材里。入殓之前，胥家的五六个媳妇给女人打理了身体上的血迹，给她换上了一身干净衣服。在煤油灯下，几个女人忙碌着，却没有一个人对死亡感到恐惧，她们都不约而同地像对着一尊睡着的菩萨像一样对待她。在女人死去的多年里，当年那几个给女人擦拭身体的女人不止一次向村里人传递一个终极理念：女人的皮肤是用玉做的，男人若爬上去会滑下来。胥先重在她们给女人擦身体时，一个人踱到外面，卷了根旱烟对着夏日夜空中葱茏的桐林和槐林喷云吐雾，隐隐地感到一种失落。不时吹过的夜风拂过槐林，哗啦啦的树叶撞击声将这种空气中的落寞击得粉碎。是的，破碎，一切都在这个村庄中破碎了。

在深沉的夜幕中，一群人抬着一口棺材隐没在黄色的麦田里。在夜风吹过的时候，悄无声息地把女人埋在了胥先重大堤下的二亩责任田里。没有哭泣，只有麦田翻滚起无言的浪花，布谷鸟站在夜风里鸣啼了几声。不远处的齐渡河依旧平静地向前流去，在流水的概念中，没有昨天与明天，没有谁的离开和在世，有的只是奔赴远方的渴望，有的只是一去不回头的决绝。

对于胥先重来说，过去的半年如同一场梦，给他平凡而枯燥的一生增添了生动而丰富的一页。女人在南许村的来去，若不是有她所留下来的孩子，还真以为是一场虚幻。胥先重在女人辞世后很长一段时间内，面对着屋中的锅碗瓢盆，眼前总是浮现出女人平常忙碌的身影，看到井台旁的窗台，又想起女人在这里梳妆打扮的样子。有那么一段时间，他对村中的行政工作变得半冷不热，讲话时也不再灵光四射。

　　水儿要活下去首先得解决奶水问题，胥先重苦于自己没这功能，而每买一袋奶粉都必须得步行到洛宁镇上的供销社里。起先在镇上供销社工作的许正好给二哥家的儿子许依桐捎回来几袋奶粉，还曾经给村长家送来几袋，但毕竟不是长久之计。胥先重只好再去求自己酒友的老婆，把水儿抱到梁爱玲硕大的乳房前。许依桐平常都是在母亲胸脯上肆意纵横，不料如今却来了一个强有力的竞争者，自然进行抵制，但是几天后，他却对水儿产生了一种认同感，甚至发展到不见水儿的面便不吃奶的地步。梁爱玲发现这个规律后觉得不可思议，而当她把这个发现告诉许正兴时，许正兴在一旁嘿嘿乐了半天，憋出一句："看来他俩有夫妻的命啊！"梁爱玲啐他一口，说："孩子还这么小，就往歪处想。"

　　每当水儿哇哇大哭时，胥先重便手足无措，他不得不一而再再而三地把水儿抱到梁爱玲那儿去。村里人经常在街道上见到这样一个场景：在孩子清脆的哇哇大哭声中，曾经趾高气扬的村长手忙脚乱地抱着一个襁褓，在街道上慌不择路，即便踩着鸡屎或者牛粪也不停下往许正兴家方向飞奔的脚步。后来水儿在许正兴家已久，便错把许家当做自己家，胥先重一把她抱回去她就哭个不停，但是一抱回来和大小相仿的许依桐躺在梁爱玲面前时，她就像见到自己的母亲一样，立刻安静下来。这种现象令胥先重心焦不已，他唯恐这样长久下去，水儿真的把杭州作汴州，不知道何处是己家。他潜意识之中也意识到一定要有一个女人，否则便无法摆平这件事。而此时他看似无用的老父亲胥学义再次登上了历史舞台，并发挥了关键作用，这给了他意想不到的惊喜。

　　胥学义老汉有一次去洛宁镇上赶集，遇到了年轻时一起去山东宰过猪的老弟兄——夏桥村的夏国旺老汉。胥学义和老兄弟在集上最热闹的路口小摊处，就着几张油饼喝了几碗酿制的名流酒，他跟老弟兄谈了自己的忧虑之后，夏国旺给他提供了一条重要线索。他的同门侄女夏桂花已经25岁，因为长了一脸麻子，一直没有定上亲。夏国旺说他侄女虽说相貌有点说不过去，但是身段苗条，脑瓜机灵，更重要的是夏桂花的堂哥夏念祥，大学刚毕业就分配到了开州市委，前途无量。胥学义本来想婉言推却这门亲事，因为娶个丑媳妇回家，不仅他儿子夜里看着不舒服，他这个公公白天看着也会少喝一碗稀饭。但是一听夏念祥的大名，他内心顿时澎湃起来，君不知飞鸟不拉屎云彩不低头的封阳县，最近几年本没有出几个人物，但夏念祥绝对算一个。夏国旺在集上多喝了几碗酒，头脑有点昏沉，还故作玄虚地说这个夏念祥侄子过不了几年就会当市长，反正他已经是重点培养干部，前不久一个算卦的路过这里还说夏桥村乃卧虎藏龙之地，这几年挟东风之势，这一带要出一个大官了。

胥学义老汉越听越有劲，马上又让摊主添了几碗酒，到隔壁肉摊上买了半斤牛肉，又买来三个烧饼，一并铺到夏国旺的面前，让夏国旺吃饱喝足之后，无论如何回去也要撮合此事，要是事情成了，两条大鲤鱼和三只烧鸡一定送到门上。胥学义老汉兴致勃勃地从集上回来，顾不上回老院喂羊，径直去找胥先重，向他说了此事。胥先重当时正为水儿的哭闹忙得手忙脚乱，听到这事正求之不得，便觉对方就是长得像无毛鸡，也要娶回来应应急。

没过几天，夏桥村那边来信，说要见面。胥先重当时借了一身白色西装，穿上之后好像老榆树上裹了一圈白布，更显得老气横秋。他把水儿交给梁爱玲，便直接去了夏桥村。见面在夏桂花家的几间老土坯房内进行。夏桂花脸上搽了厚厚的一层香粉，企图将脸上的麻斑覆盖，但欲盖弥彰的麻斑在脸上如远处的蚂蚁一样若隐若现。她审视着胥先重的沧桑面孔，与她梦里所见到的翩翩少年形象相去甚远，心里十二分的不乐意，尤其是当听到胥先重还带着一个嗷嗷待哺的孩子时，夏桂花的嘴噘得能拴一头驴。

他们两个在堂屋落座，外面看热闹的人时不时在门边探探头。夏桂花用手摆弄着她的衣角，胥先重使劲地抽着旱烟，二人之间的静寂使整个见面场景无比尴尬，桌上的老式钟表的走针声声声入耳。胥先重毕竟是个村长，还有一些口才，他感觉到再这么沉默下去这事就成不了了，于是猛吸一口烟后猛地抬头，憋出一句："咱俩的事，你有没有意见？"夏桂花见他单刀直入，直抵主题，也毫不含糊，微微抬头，说："那……你那个孩子是从哪儿弄的？"胥先重头也不抬，想也不想就回答说："拾的。"夏桂花说："我这一过门就给人当娘，村里人该笑话俺了。"胥先重抬头说："你是跟我过呢，还是跟村里人过呢？罢了晚几年咱俩再生一个，这事还愁啥？"夏桂花通红的脸在几层白粉覆盖下看不出来，她说："听俺叔说，你在你们村还是个村长？"胥先重正怕她不问，他立刻挺直了自己的腰板，说："干了几年了，在俺村都是我说了算，你跟我吃不了亏！"夏桂花动了动身子，显然村长这个砝码压得她往同意的方向倾斜。先前给她说的几个小伙子虽说有的比胥先重长相好几个档次，但都是汗珠摔成八瓣，一辈子只能从地这头走到地那头的农民，宁可做凤尾，不甘做鸡头。再说这胥先重要是年轻一点，俊一点，能找上她夏桂花的门么？夏桂花咬了咬嘴唇，眨了眨那双被麻子包围着的小眼睛，说了句："回去准备咱俩的事吧！"说完垂着头进了里屋。

1987年夏天，在那个阳光灿烂的上午，满面春风的胥先重骑着一辆借来的凤凰牌大链盒自行车，载着当时假装温柔的夏桂花颠簸在通往南许村迂回蜿蜒的土路上。路两旁的麦子已经全黄，炫目的金黄麦田如同飘浮于大地之上的无垠黄云，垂着黄色麦穗等待主人来杀生。婚礼简单得令人难以置信，只杀了一头猪炸了几个肉丸，将胥姓人和几个关系不错的许姓人召集起来喝了一回酒，便宣告夏桂花加入了胥姓家族。

夏桂花来到南许村几天后便暴露了她的家庭主妇本性，她对水儿的啼哭显出了极大的厌烦情绪，每当夜晚她和胥先重经过一番大战准备酣然入梦时，水儿恰到好处的啼哭使她感到头疼。水儿也显然对这个新来的后妈怯生，每当夏桂花在胥先重面前假装笑脸抱水儿时，水儿就会在夏桂花的怀里反应强烈地恸哭不止，这令夏桂花更为不快。

夏桂花对新地方的适应能力显然很强，没过几天就堂而皇之当上了胥先重的贤内助。她到南许村后不久，凭借她令人佩服的捕风捉影的本领，迅速获知了去年胥先重那个所谓的哑巴前妻的前前后后，这使夏桂花的愤慨如火山般爆发。那天下午，她揪住胥先重，动用她所掌握的所有高级词汇和低级词汇将他骂得狗血喷头。夏桂花没想到自己竟然成了二房，而且那个孩子也并非拾来的，而是胥先重和那个女人的孩子，还光明正大地睡在自己家床上。胥先重一开始还试图解释自己与女人并无夫妻之实，但夏桂花龇着牙听着他的解释，冷冷笑着："那么一个大活人放在床上，你一个大老爷儿们会不动心？你姓胥的还是骗你祖奶奶去吧！她挺快活，把孩子一生给我放这儿了，让我操这份闲心。我告诉你，姓胥的，让我养这孩子，门儿都没有！"夏桂花动不动就躺在地上撒泼骂娘，哭声和喊叫声能传遍半个村庄，村里人纷纷议论村长在虐妻。胥先重纵有万般本事，在这样一个泼妇面前也是无可奈何。他一面抱怨自己的老父亲有眼无珠，给他找来这么个媳妇，一面暗暗后悔自己结婚之前没有把水儿的事情跟这个女皇帝说明白，以至于使自己现在夹在罅隙之中进退不得。白天他可怜水儿在床上哇哇大哭，对在一旁视若不见的夏桂花火冒三丈，但是就是不敢明烧，而到了晚上面对夏桂花如弹簧般柔韧的肌肤和一弹即破的白色乳房，他却对她身体的依赖如车轮依赖长路。

俗谚说，一物降一物，曾经狗见了也得让路的胥先重，在家中这个不吃荤也不吃素的婆娘面前，白天唉声叹气，晚上又忍不住在她身体上百般温存。后来他只要看夏桂花心情不好，便早早把水儿送到许正兴家去。水儿一见到梁爱玲就咯咯地笑，与许依桐抢奶吃，两个婴儿伸着小手，很是可爱。而一回到自己的家，她马上就涕泗滂沱，她的哭便导致夏桂花与胥先重新一轮争吵。

10

1992年秋天，平原上的秋作物比赛似的疯长。这一年的天气好得像被人掌控着一样，该刮风的时候风不请自来，不该下雨的时候雨戛然而止，老天若是帮忙，想不丰收都难。茫茫的田野上生机勃勃，一片绿色的海洋上摇荡着绿色的碧波。改革开放已经十余年，农民已经习惯了拥有自己的责任田，并习惯成自然地把田地当做自己的私有财产。虽然政府说责任田20年一划分，但任何人都觉得那一天的到来遥不可及。改革引来的开放，使中国大地好像百卉初萌的花海，大量新事物如雨后春笋般涌现。封阳县虽然处于后背胯下似的边远地带，所有的发展机会也随之边远化了，但发展的大潮挟来的海中之物，诱使他们睁开五千年的惺忪睡眼，开始幻想无尽远方的天外之天。

南许村人经过十余年的时间逐渐发现，钱开始以霸气的姿态横冲直闯于他们生活的方方面面。村里除了村长胥先重每月还拿着政府的工资之外，全都是收入上的无产阶级。由于田地争气，每年产出的粮食使饥饿已经成为他们的一种回忆，即使不挣钱，也不至于使自己饿死。但是人毕竟是高级动物，除了吃饱饭还想再做点什么，而做点什么的恒定前提是得有钱撑着，南许村人开始体会到金钱的捉襟见肘。他们缺钱时的第一反应就是卖粮食或者卖鸡蛋，从未想到过去远方挣钱，他们总认为世界上除了北京城之外，便是封阳县城最大，这个世界上哪个地方都没有自己的村庄好。要是离开自己的村庄，还要揣着足够几天吃的馒头，等馒头吃完的时候，便是归来的日期。

这一年开春的一天，许依桐的堂叔许运动刚走出家门，扛着锄头准备去地里锄第一遍草，意外地在邻居胥先重家门前发现了几张这位村长几天前扔出的废报纸。许运动仗着他小学时学的那几筐字，看到一张报纸上一块豆腐大小的角落里，有一则开州市的招工广告。这让他心里猛地动了一下。许运动早已对这个小村庄的角角落落熟悉至极，哪个地方一觉醒来多长出一棵草他都知道。他开始感到厌烦，想寻觅他不知道的地方。他心里萌动的这个大胆的想法使他激动得连续几天没有睡好觉，枕头下面压着那张报纸，平均每两个小时拿出来看一遍。后来他下定决心要去开州试一下，即便饿死在外面也无所谓，总算没有白来这世上一场。

一天晚上，一家人在院中杏树下吃饭的时候，许运动把这个想法首度说了出来。他跟父亲说的时候，老实巴交的大哥许运旺差一点儿把吃进嘴里的萝卜吐出来，他禁不住先于老子而发表反对意见："老二啊，那报纸上的广告能信么？天安门广场上还招升旗的哩，你咋不去？你人炮捻子高，识那几个字，还想去大城市，到了那儿你连茅房都找不着，还得提着裤子回来！"许运动火了还没以骂还骂，一旁一直不说话的老三许运亮忽然慢条斯理地说："大哥，你这话不对，不去看看咋知道是骗人的？二哥说出去看看，寻思着挣点钱，那也是没有办法。咱弟兄三个就你娶上了媳妇，俺哥俩干看着，你有人暖脚了，俺哥俩还得抱枕头，抱空气，为啥？穷呗！你结婚就把咱家老底掀得差不多了，二哥再不出去挣点钱，俺以后除了和老母猪过日子没别的辙了。"许运动见关键时候三弟投了他一票，禁不住感激地说："那一定，我混好了咱全家都好了！"许运旺还撇嘴说："穷泥腿子就是伺候庄稼的命，老祖宗都这样过了几千年了，到你这儿非得变变，你比别人有本事是咋地？"

父亲许世云一直在一旁"吧嗒吧嗒"抽旱烟，此时他咳嗽两声，低声地说："这去大城市能中么？这要是在外面有个三长两短，哭都找不到调呢！资本主义的路线咱老百姓走不得啊！"许运动和许运亮禁不住同时苦笑起来，许运动禁不住说："你看看你们一个个老顽固，光守着巴掌大的地方等麻雀往嘴里屙，早晚咱们得穷死。早走早超生，我反正主意已经拿了，是福是祸我认了，让去也得去，不让去也得去！"大哥许运旺被这句话惊得目瞪口呆，父亲许世云却在片刻的沉静之后叹了口气说："不听我这老人言，早晚会一头栽到坑里。你要是出去，光咱村的唾沫星子都能把你淹了。出去混好了没的说，要是混得差了，看你参我这一张老脸往哪儿放！"许运旺因为刚才老三那句话挠到了他的痒处，他缄口不语，唯恐他们又拿他有媳妇来说事。反正老二出不出去无关他的痛痒，只要不让他出路费便成。

一家人一时陷入沉默。夜风摇动着头顶这棵杏树，不时坠落下几片杏花瓣，天上几颗星星探头来偷听他们说话。隔壁胥先重家又传来夏桂花训斥水儿的声音："丫头片子，这么点活都做不了，还吃什么饭？"声音在夜里显得异常凄厉。这时许运动"噌"地从坐的板凳上站起来说："不管咋样，反正我出去是挣钱，又不是去胡混！你们放一百二十个心，要是在外面不行，我立马回来！"许运旺撇嘴小声说："别是明下午就回来了！"许运动假装没听见这句话，径直回西屋去收拾行李了。许世云老汉一脸诧异地望着站起身的高大儿子，深吸了一口烟，在烟雾袅袅里传来了他的叹息："咱祖坟就没放这个光，非要出去逞这个能。要是能出去，还轮得着你么？老子我早出去了。老子我能甘心在这么大的地方吃风屙屁？"说完沉默了一会儿，又冲在猪圈里和猪食的老伴喊了一声："明儿多抓几把面，多做几个馍！"

许运动知道出远门之前必须要像唐僧取经一样开个通关文牒，他必须到村长那里开个介绍信以确定自己身份。许运动家和村长家是邻居，邻居家有个风吹草动他都知道，例如他知道村长一天只有傍晚时比较清闲，那时心情好，说不定还能把这介绍信给开了。许运动把行李准备好，等到傍晚才去胥先重家，正好见胥先重背着手从许铁婆小卖部那边走来。许运动马上上前，把自己的本意一说，这位村长像看天外来客一样盯着面前这位熟悉得不能再熟悉的邻居。许运动略去了在他家门前看到破报纸这一细节，只是说看到《开州日报》上登的招工，想试试。胥先重的眼睛瞪得像豆包一样，诧异地说："那报纸上随便那么一登，你还信？再说你打小就没有出过远门，知道去开州坐哪一趟车？"许运动看村长这种强烈的鄙夷态度，心中早已做好准备，他知道如今是求人办事，即便受再大的委屈也得兜着，于是赔笑说："那是大报纸，能登假新闻？再说我一个大老爷们儿，身上又没一分钱，谁动我干啥？大不了再讨着饭回来呗！"胥先重心想这可真是南许村几百年来的怪事，还有人不当农民要去当工人！但是嘴上却被许运动这几句话说得哑口无言。他又一次打量了面前的许运动，许运动稚气未脱的娃娃脸在面前晃悠，使他压住内心的疑窦，便摆手说："走吧，回家我去给你开！"

当夏桂花从依桐家把水儿抱回家时，胥先重刚好要给许运动写介绍信。他坐在家里所谓的办公室中，找到了一支怎样画也不出墨水的破钢笔，蘸着桌角一瓶落满灰尘的当年女人用过的墨水，找了一张发黄的村委稿纸，一本正经地写起字来，这张介绍信是这样写的：

开州市的革命同志：

　　我南许村村民许运动，身体建（健）康，四支（肢）发大（达），是参加工作的好同志，今介少（绍）去贵处工乍（作），特正（证）明。

南许村村委
1992年农历三月初一

　　送走许运动时，天已经完全黑下来。夏桂花听丈夫说许运动要去开州市当工人，嘴马上撇到后脑勺上："运动要出去？一个农民掂动锄把就行了，还想王八上礼堂，我看这小子过不了几天就剩下一条裤衩穿着回来了。到时候我看你这个村长的介绍信会刮到哪个老鼠窟窿里面去！对了，鸡食和了吗？还没和？你还等着鸡给你和食啊！天都快黑了，我看咱喝东南风还是吃西北屁！"

　　此刻夜风暗地里起来，掀动外面的叶子，发出哗哗的声音，为夏桂花快板似的叫骂声伴奏着。水儿一声不吭地坐在板凳上，因为她已经在依桐家吃饱了。

　　在那个四月初的早晨，年轻的许运动背着他的几身破衣服和二十多个白馍，如同偷渡者一样在霞光中走出了南许村。那个早晨，菜花开得正盛,清凉的晨风夹杂着湿润的雾在空气里绰约飘荡,大地以沉默来送这个它养育成的年轻人远走他乡。许运动离开南许村后很长一段时间内,几乎没有人知道他的去向,南许村少了他如同少了一只鸡一样平淡无奇。许运动全家人都对他去开州这件事绝口不提,好像他做了一件见不得人的事情,因为只要把这件事说出去,村里人十人中有九人会撇嘴讥笑一番,家里谁都丢不起这个人。大哥许运旺在二弟走后,没事总是在村头遥望,他随时等待着在城里混不下去的二弟穿着破破烂烂的衣服回来,他已经准备好了许多讽刺二弟的句子,想以此来迎接二弟。在许运动走之后的第二天晚上,母亲还做了这个二儿子的饭,因为她认为她的儿子可能走到封阳县城就会打道回家。但是村东那条通向世外的路始终宁静无比,在那条路上始终没有响起许运动回家的脚步声。

一家人每天在杏树下吃饭时总会不约而同地想起许运动,但是谁都不提一句,因为对这样一个在外面流浪的亲人不知道该说些什么,不知道是应该祝福还是应该挖苦。随着杏花的飘落,树上零零散散地开始挂满了叶子,叶子浓郁地长起来以后,杏树里面挂满了果子,这个时候许运动还是没有回来。许世云老汉的老伴每逢十五的夜里都流着泪焚香,祈祷儿子在外面活得囫囵。村里人也很少提起许运动,后来经过夏桂花的宣传,村里人才零零碎碎地知道了一些许运动进城的消息,不过却成了夏夜乘凉时村里人笑谈的佐料。

后来,村里人跟许运动的大哥许运旺和三弟许运亮开玩笑时总说:"喂!运动去哪儿了?"说罢打麦场上响起一阵笑声,许运旺像受了侮辱一样,憋了句:"给你家丈母娘暖脚去了!"开玩笑的人见许运旺急了眼,便在众人的哄笑声中识趣地走开。有人这样跟许运亮开玩笑说时,许运亮有一些腼腆,总是面红耳赤地远远走开。后来许家一家人听到"运动去哪儿了?"这句话,都禁不住后脑勺发麻,好像是一种极大的羞辱。再到后来,连村里小孩也成群结队地跟在许运旺或许运亮后面,哄笑着一起大叫:"运动去哪儿了?"另一帮小孩就笑着接:"运动进城了!"许运旺回头大骂,这帮孩子才纷纷逃散。这时连五六岁的许依桐也跟在后面起哄,后来被母亲梁爱玲看到,回家后梁爱玲狠狠地踹了他几脚,说:"那是你本家叔叔,别的小孩叫你也叫,丢人不丢?"被重踹后的许依桐后来每每想叫时,总联想到那几脚的痛楚,便再也不敢了。

后来有一天，许运动的三弟许运亮下地的时候，遇到了和妻子去外村看不孕病回来的许依桐的三叔许正好。此时的许正好再也没有前些年时的风光，他和老婆被不孕症烦得焦头烂额，每个月必出一趟远门去看病，回来时再带回一捆一捆的中草药。这一次他们又远走了一趟邻县，又携带着许多草药风尘仆仆地回来，正沿着齐渡河畔的大堤走下来。看到许运亮在田里锄草，这个在村子里的精明人停下脚步，在路上向许运亮叫："忙着哩，兄弟？"许运亮抬起头来，见是本家哥哥，也忙回说："地里几天不来，又长满了水萝卜棵，得锄锄。出门了，哥？"许正好脸上一红，把手里的草药放在地头的桐树下，向许运亮的地里走了过来。老婆丁金兰走得气喘吁吁，脸色难看，便坐在地头的树疙瘩上喘气。

许正好浑身都被汗浸透了，头发上沾满了灰尘，额头上还有些许皱纹，苍老了许多。走近许运亮的时候，他信手从上衣衬衫口袋里掏出纸烟盒——再也不是先前的红金叶高档烟，而是普通的散花烟，顺手丢给许运亮一支，蹲在田埂上，轻声问："你二哥好些日子没见了，听村里人说，是……进城了，不知道有这回事没有？"要是其他人说，这也许又是一种调侃，不过许正好一本正经地说出来，语气中又有着关心，自然不是什么调侃。许运亮脸一红，忙接道："嗯，去开州了！"许正好抹了抹脸上的汗珠，显然因这个传言被证实而感到很吃惊，但紧接着说："厉害！我早就琢磨着运动这小子有出息。那你二哥有没有往家里写过信？"许运亮皱着眉头说："哪里有？我二哥识那几个字，自己用都不够，哪里还能写出信哩？"许正好忙问："那你二哥的地址你知道吗？"许运亮比谁都更想知道，他这个二哥已走了这么多日子，究竟在外是死是活尚不知道，便说："我要是知道早就找他去了！我娘天天念叨他哩！"许正好听了这句话，失望地弹了弹烟灰，许运亮这时才想起来说："你没什么事吧，正好哥？"许正好忙正色道："哦！没事，我就是想问你二哥点事情。要是你也不知道，那就算了。"说完站起身来，对他说："你接着锄，你接着。"说完便步履蹒跚地朝地头走了。老婆丁金兰骂骂咧咧地跟在后面，两人一前一后朝村里走去。

许正好打听许运动的下落也不为别事，还是关于自己与老婆的病，想让运动在城里打听打听哪个地方看得好，需要多少钱。他与丁金兰结婚快8年了，丁金兰的肚皮一直不见隆起，"不孝有三，无后为大"，虽然说许正好弟兄三个，传宗接代的责任他不负全责，但是在村子里没有儿子，实在是一件在村里人面前无法抬头的事。他在镇上的供销社上班，这样的活计便是给个村长也不换，又加上他个人精明，日子过得红红火火，但是最近五六年，他们夫妻为了看病几乎跑遍了方圆百里之内的所有大小医院，试过各种偏方，老婆依然是光接种不出苗。许正好听村里的老人讲，自古以来让妇女顺利怀孕有两个偏方，一是"照月得子"，二是"偷瓜得子"。许正好尽管再精明，也相信老年人这一迷信的说法。每逢中秋之夜，月升中天遥送清辉之时，他便让媳妇独坐在院子中央，让水一样的月光照耀媳妇，丁金兰每一次都在月光下坐不住，不是喊屁股疼就是喊露水重。有一年的中秋之夜，许正好也按照老年人的说法，谋划并实施了一个"偷瓜得子"计划。所谓偷瓜得子，就是中秋之夜趁主人赏月不在屋里的时候，由亲近要好的人为主人秘密实施，这个要好的人必须是已经生了几个子女的。然后这个人就会去选中村里最恶的一户人家，从他家园中偷得一个大南瓜，回来后在瓜上画上娃娃的面目，用一根五寸长的竹管插入南瓜腹内，顺着竹管往里灌水，直到灌满为止。送子人将南瓜藏在主人的被窝里，等主人回房睡觉的时候用手一拉被子，南瓜娃娃一动，水就像小孩尿床一样顺着竹管流出来。而丢瓜那家的恶人第二天一早因为瓜丢会破口大骂，骂得越凶，将来生的儿女就越强壮。如果第二年果真生了孩子的话，这孩子要拜送子之人为干爹或者干妈。

许正好自然想到由已经生了四个孩子的大哥许正高来担当这送子之人的重任。而村里最为泼辣的莫过于胥先重的媳妇夏桂花了，众望所归，那个恶人的名额自然落到了夏桂花的头上。于是兄弟俩密谋一番，许正高经过几天的踩点，在中秋之夜里终于将夏桂花墙头上长的一个大南瓜顺手牵羊地摘掉了。计划展开得出奇顺利，第二天许正好也没有去上班，就坐在家里等着听大街上传来的夏桂花的声音。夏桂花果真没有让人失望，当天中午提前一个小时在大街上来回游走，开始巡回大骂，为了一个南瓜，她高亢的语言里竟然将偷瓜之人所有近亲都涉及到了……尽管尝试了如此多的方法，许正好媳妇的肚皮仍然平坦得如一马平川。

许正好经过这几年的看病生涯，家里穷困潦倒，特别是1989年冬天的一天，丁金兰去赶会时，遇到了一位江湖术士，那个老者自称月下老人，包治各种不孕不育，用一包石灰粉骗走了丁金兰三百多块，整个家里存的钱算是彻底告罄。许正好下班回来后知道了此事，夫妻二人大吵了一架，许正好一气之下扇了她一记耳光，丁金兰痛哭流涕，收拾好包裹要回娘家。丁家在洛宁镇南面的丁塔村，丁金兰娘家势力颇大，而且还和镇上宁家一霸有着姻亲，方圆几里谁也不敢惹。许正好好说歹说赶到村头又把丁金兰给哄回了家，这件事给这个在村里向来视名声为生命的人的名声造成了很大的影响。

许正好为人特别在乎名声，他在村里向来以不树敌著称，从来不与人吵架，就算夫妻吵架，许正好也把门窗紧锁，自己压低声音，唯恐邻居听到。村里人也乐意让他在镇上供销社捎东西，每次许正好总是一两不差地捎回来。他总是认为树活一张皮，人活一张脸。自己最近虽说钱一直捉襟见肘，但是打死也不去大哥和二哥家里借，他张不开那张嘴。先前他宽裕的时候，谁家有个难事，他总是准时地登门，送上宽心话和几个闲钱，但是如今自己在难中，他倒是不愿别人来管，他最担心的事就是人家同情自己。

这次去邻县，又把家里卖麦子所得的五十多块花得差不多了。许正好每天愁眉苦脸，日日睡不着觉，烟抽的次数陡然增多。白天在镇上供销社上班，无精打采。然而近几日又听说国家要搞商品经济了，供销社作为计划经济的遗留产物，不利于商品经济发展，要拆除后作为私人经营的商店，许正好顿感屋漏偏逢连夜雨，要是工作丢了，还有什么？家里之事让他愁眉不展，精神恍惚。作为供销社的会计，有一次他因为收账时想着看病的事，结果少算了30元，后来等他报完账之后才发现，上面却没有发现这件事，使他虚惊了一场。现在他每天想着看病和供销社会不会倒闭，感到一种从来没有过的绝望。

11

在许运动走后的大半年内，许运动家人和许正好因为各自的苦愁而在村里人面前抬不起头，然而这一切在一个秋天的上午忽然发生了转机。那一天正刮着入秋以来第一场寒冷的风，大片大片的黄叶在南许村上空飘洒，密集的桐叶恨不得把小小的南许村埋起来，田野里一片金黄色。村里去上学的孩子第一次穿上了秋天的衣服。像往常一样，一辆绿色的自行车出现在村口，骑在自行车上的是镇上的邮递员。邮递员除了给村长家送报纸之外，还没有给村里其他人办过什么业务，因为村里人没有一个人在外面的世界发展。但是这一次邮递员给胥先重家送完报纸后，却问胥先重许运动家在哪里。胥先重诧异地往东指了一下，邮递员紧接着就敲开了许运动家的门。不到一个上午，整个南许村便传遍了一个消息：运动往家里写信并寄钱了，运动成为城里的大工人了。

这天上午，南许村人看到许运动大哥许运旺在村里许铁婆那棵大槐树下，向人结巴地背着他二弟信上的话。许运旺高声说他的二弟现在在工厂里了，而那工厂是开州最厉害的端木……端木家族的厂子，人家有钱得很，就是早上吃油条的钱省下来，也够南许村的人吃上几天的。人家城里人顿顿吃油条、喝豆浆，想吃多少吃多少。村里不少人的口水从嘴边流下来，他们在许运旺加工过的故事情节中想象着外面世界的美好，为南许村也有这么一个人走到那么美好的世界而骄傲不已。许运旺极具炫耀性的语言在秋天耀眼的阳光下飘荡，村里不少人围在他身边，都羡慕他和许运动从一个娘肚子里爬出来。更多人悔恨先前许运动在家的时候自己没有和许运动多说上几句话。不少许运动儿时的玩伴还互相骄傲地说许运动小时候吃过他们家一块馒头，而且还就着一块豆浆蛋。

先前在村子里不显眼的许运亮也像解放了的普罗米修斯，昂着头像斗胜了的公鸡一样，在村子里一遍遍地走来走去，期待着听到先前他最害怕听到的那句话："运动去哪儿了？"要是有人再问的话，这对他分明是一种赞美，他会耐心地告诉对方他二哥成为开州市第一制药厂第三生产间的工人了，而且上午还寄来了九十块零三毛的工钱。他还向村里人做了一个胜利手势，慢慢地复述出二哥信里的最后一句话：欢迎大哥和三弟在方便的时候进城找我。许运亮在村里巡视一番后，回家进屋开始收拾东西，他想象中二哥很快就会回来接他一起去城里打拼了。许运动的那封信高高地摆在堂屋正中央，和毛主席的瓷像放在一起。许运动的母亲在屋里一遍遍地数儿子寄来的九十多块钱，村里不少闻讯赶来的老妯娌们摩挲着那些钞票，发出啧啧的赞叹声，纷纷说这城里的钱就是不一样，摸着就比家里的钱顺手。许运动的母亲抹着欢喜的泪，说这个儿子快把她吓死了，出去大半年连个信都没有。旁边的人为她生了这样一个好儿子而纷纷竖起大拇指。在全村人注意力的中央，这一家人笼罩在一片节日的喜庆之中。

这天黄昏的时候，一家人再也没有兴趣聚在杏树下吃饭，他们不约而同地各自分布在村庄的某个地方，享受着久违的被村里人尊敬的快乐。许运亮又继续了上午他在村庄内未尽的游荡历程，向村里不少同龄人解疑答惑。那天许依桐和水儿看见那个在他们印象中腼腆的运亮叔以舞蹈的姿态走在大路上，在夕阳下他的脸上渗着汗珠，说话的声音都走了调。

许运旺则继续被村子里一帮妇女围着，其中包括邻居村长夫人夏桂花。夏桂花在许运旺吹嘘的同时插话道："哎，运旺，你啥时候给运动写封信，问问他能不能见到我堂哥夏念祥。"许运旺百忙之中回道："那城市那么大，怎么能说见到就见到？那可不是咱们村，在那儿见个人就像草棵子里捂绿蚂蚱，不容易。"夏桂花将嘴一撇，说："我堂哥夏念祥在市政府呢。听说那里有警察扛枪保卫，外人是见不到的。"夏桂花这样一说，人群里又响起一片啧啧声。许运旺听了这话，觉得这夏念祥明显比二弟在城里混得更好，便信口说："我二弟那儿也是大厂，厂门口也有门卫呢。"夏桂花又不屑地说道："你怎么知道？你又没去过。"这话显然击中了许运旺的要害，他随口反驳夏桂花说："你也没去过市政府，刚才怎么还说这么溜？"夏桂花冷笑着说："这谁不知道？县政府门口还有兵扛枪把门呢，市政府就更不用说了。再说我堂哥那可是个大学生，识字多。前些日子我回娘家，见他回来都坐着吉普车，后面还跟了几辆，整条路上都被车堵满了。那叫一个威风！"许运旺早就听说洛宁镇上出的这个夏念祥现在在开州市市政府上班，自己二弟确实和人家不是一个档次的，只好悻悻地说："那你堂哥出去多长时间了？我二弟才进城大半年，能比么？"于是周围爆发出一阵哄笑声。夏桂花像得胜的公鸡一样向周围扭了扭头，努努嘴，表示一下胜利。

许运亮在村里游走到快要天黑时，才意犹未尽地向家的方向一步一回望地挪去，走到许铁婆小卖部附近，刚拐了一个弯，便听到有人叫："运亮兄弟，先慢点走，哥有几句话想问问你。"许运亮回头一看，原来是许正好。他向来对这个村子里的能人有些尊重，便停住脚步说："啥事，正好哥？"两个人便在刚刚能够遮住树叶的夜幕中站定，路上还不时飘荡过发着淡淡火光的萤火虫。许正好递给许运亮一支烟，低头不好意思地说："还是上次我跟你说的那事儿。我下班回来，听村里人说运来信了。我想问问运动的地址，完了我明儿给他发封信，问他点儿事。"许运亮一听是这事儿，便豪爽地说："哎，你要是昨天这个时候问我，我也许还回答不上来，但现在哥你问，我咋能不知道？"今天他已经给村里人背过若干次他二哥的地址，当下便自豪地告诉了许正好。许正好是当会计的，记性很好，当下烂熟于心。等许运亮说完，许正好拍了拍他的肩膀，说了句："兄弟，将来跟着你二哥走，会有前途的！"说完便转身急匆匆地走了。

  许正好回到家后，当晚就给许运动写了一封信，在里面详细问了开州市治不孕症的医疗情况，并希望运动兄弟快点回信，第二日一早在上班之时把信投到了镇上邮政局的邮筒里。他在信寄出的半月之内，看见邮递员的绿色就莫名兴奋不已。虽然说回到家里还得看着妻子丁金兰喝下一碗碗中草药，她还是动不动就和许正好急躁上一番，但是日子总算有了一个盼头。

  供销社的生意日益惨淡，周围林立而起不少私营商铺，听说供销社不久就要倒闭了，里面的工作人员一律遭退。许正好心里想，做了将近十年的镇上人，要是突然这样回村里了，面子往哪里放？他心里日渐烦躁，抽烟越来越厉害。由于手头不宽裕，一天将近三包烟的量使他难以维系，后来只得抽五分钱一包的劣质封阳产香烟。然而在这样的艰难中，他的白衬衫还是像以前那样白，下班走在村里的时候，他依旧把脖子挺起来，微笑着和村里大槐树下的那些村民打招呼，看见玩耍的许依桐和水儿依旧会偷偷塞给他们一把糖，他想保持那样一种什么也没有发生的迹象，他认为面子问题很重要。然而风度翩翩的他回到家中，面对愁眉苦脸的肚皮不见隆起的丁金兰，听着别家孩子的欢笑声，他的笑容就骤然消失。

  过了几天，他没把许运动的信盼来，倒盼来了一纸文件，上级决定要撤销洛宁镇上这唯一的供销社了。供销社早已生意惨淡，柜员中找到着落的便说早就该倒闭了，在这里悬着人不人鬼不鬼的。没有着落的，便东奔西跑去找新的工作了。许正好作为一名会计，除了每日核账，他倒真想不出什么好的出路。每天步行穿过玉米田里的那五六里的土路回家时，他心里都感到十分落寞，他甚至怀疑明天此刻会不会再踏上这条路来上班。

  这一日午后，他坐在供销社的门口清算着账目。当时正是中秋时分，早先衰败的桐树叶子已经开始飘落，把破败的供销社门口铺满，风一吹，有几片叶子还挑衅似的拥进门里来。他正埋头工作着门口忽然响起了一阵铃声，他以为是镇上领导又骑车子来买东西，便没有在意。不料门口有人喊了一声："许正好，信！"这样的声音对他来说犹如天籁，他的心一阵狂喜，奔出门去，慌乱中把账本都碰掉在地上。见邮递员手里拿着一封信，许正好像接圣旨一样接住，信封上来信处写着"开州市第一制药厂"，他便知道是许运动回信了。回到供销社内，他用颤抖的手撕开信封，里面掉落出一张明信片，是开州市第一人民医院的宣传页，上面还有门诊楼的相片。许正好又抽出里面的一张稿纸，只见那稿纸是开州第一制药厂的专用稿纸，许运动虽说只是小学毕业，写的字歪歪斜斜，但是却是一笔一画，令人一看就明白。只见上面写：

正好哥：

　　见信好，信收到了。在外面这么多天，还真的很想念家里的人。嫂子们都还好吧？我在这里一切都好，每天都在上班，感觉比在家里过得他（踏）实一些。反正我已经出来了，是好是坏都远（怨）不得别人。我很想回家看看，但是我们小组长不准假，唉！慢慢ao（熬）吧，谁让咱们现在不如人呢！你让我给你打听的事，我chen（趁）着上个星期六半个休息日，上街给打听了，要是看病还是人民医院最好，至于看病的价钱，那要看是什么病正（症）引起的，没有一个确切的价钱，不过你还是要做好准备，我问了一下，看这样的病，最低也需要300块。有啥事先到了医院再说吧。对了，到了15号还有一个专家来这个医院进行会真（诊），我想你们最好那一天来，来了那（哪）都别去，我对这里还是比较熟的，到时先来我们厂找我，我再带着你们去。我的地址就是信封上的那一个地址，你们到了车站直接坐3路车就到了。先写到这儿吧，正好哥，我在这儿等你们。

弟：运动
日期我也不知道

　　许正好看过信后，很是欣喜，他翻来覆去地把那张明信片看了几遍，觉得那上面的人民医院大楼就好像西天灵鹫峰雷音寺，到了那里就可以医治好一切。傍晚下班的时候，他走在青纱帐包围着的路上，觉得整个身体好似要飘起来。到了村口，他遇到正在村头那片树林里玩耍的许依桐和水儿。许依桐每一次都盼望见到他这个三叔，因为三叔最喜欢孩子，但是偏偏没有孩子，每一次见面他的口袋里总是有很多糖，三叔一扬手，便是一个快乐的春天。这次许正好心情好，但是往兜里一摸，却发现兜中除了那封信之外空空如也，原来来得匆忙，竟忘记带点糖了。他笑着摸了摸依桐的头，说："下次吧，下次三叔一定给你带！"他又笑着摸了摸水儿的头，对他们说："天快黑了，可别玩得太晚了，记得回家吃饭！"说完急匆匆地向家里走去。

　　回到家里，他把信给丁金兰一念，丁金兰也兴奋不已，不过两人静下心来一想，便发现兴奋得过早，还有更大的困难摆在面前，那300块看病钱从何而来？细细盘算家里的财产，凡是能卖的都卖了，粮食只剩下一囤，勉强够今冬吃的口粮，家中还有几件还算不错的家具，其中两口子睡的那张床还是祖传下来的，要是卖了就只剩下四面墙壁，村里人知道了还不笑掉大牙？他们会说这个能人混不下去了。许正好无奈地看了丁金兰一眼，丁金兰马上咆哮："看我做什么？别指望我再回娘家借！我几个哥哥都结婚了，我爹娘再给我钱，被我那几个嫂子知道了，我爹娘还有好果子吃？再说，我哪一次回去不是借钱？我爹娘年纪这么大了，挣钱不是捡杨叶，你让他们去哪里弄？"许正好深吸一口烟，没好气地说："你那么大声干什么？我说让你去你娘家借钱么？"丁金兰冷笑了一声说："你是想说，但没好意思说。哎，我说，那运动说非得要300块？就不能便宜一点？"许正好说："你听说过看病跟人家医生砍价的么？自古以来就药不能砍价，要多少是多少。现在咱们手头就有八十块，还有二百多块的亏空，专家后天就坐诊了，人家可不会等咱一天的。"丁金兰说："那干脆跟运动说说，咱先借他点。"许正好皱着眉头说："咱是求人家办事，叫人家跑腿还不算，一到那儿还跟人家借钱，你说这嘴叫我咋张？再说，运动才进城半年，听说他前不久又给家里寄来不少，你说他手头还能有多少钱？"丁金兰叹了口气说："你说这病也不能不看啊！"两人一时陷入沉默，煤油灯上跳跃的火苗将屋中两人的人影弄得晃动不已。丁金兰好像猛然想起来什么，说："正好，你看这样中不中？你不是最近正在盘算账目么？你可以先从你单位借一点，不让人知道。反正就先拿上个两百多块，等咱啥时候有钱咱再补上，这不就行了么？再说你那个破单位，皇帝不管太监不问的，谁知道？"

　　许正好心中猛然一动，老婆说的办法显然是一个不是办法的办法，而且是最后的办法。第二天一大早他就步行去了镇上。他没有一次上班有这样惴惴不安的感觉，他坐在自己的办公位置上，正好有一批货物需要自己结算，他一直走神，神与魔在心中互相斗争着：一边是做人行事的准则，一边是因不能生育而被人看不起的苦痛和死后无子送终的寂寥。他冷汗直冒，打着算盘的手指湿润一片。整整一个上午，他坐在原地没有动一下，表情僵硬。同单位的一位同事以为他生病了，走过来摸了摸他的脑门，他受了惊似的猛然站起，清醒之后才连连摆手说没事，那同事诧异地走开了。

　　下午临近下班时分，许正好结算的最后一批账目快要完结时，他还没有下定决心。眼看着窗外的阳光一点点暗淡下去，心想明天就要踏上去往开州的看病之途，运动正在那里等着，他心急如焚，为自己行事不利索而痛恨自己。他的手指颤抖着，怀里好像有一个发动机在抖动不已。忽然他的身体抖动了一下，鬼使神差地把手下的一串数字"752.5元"抄成了"452.5元"，他的手从那一沓钞票中颤抖着抽出三张大团结，迅速地装入自己兜里。他的眼珠斜乜向四围，没有一个人注意到这个年轻的老会计不正常的动作。许正好全身抖得厉害，他第一次觉得做贼太过容易。他把那些账目小心翼翼地合上，起身离开了湿透的椅子，一只手又抄进兜中摸住了那三张钱，那熟悉又有质感的纸张此刻像一团火一样，在他兜中跳跃不已。他捂住那三张钞票，仿佛听到了旷远的婴儿的啼哭，他看到了自己在村里人面前骄傲地抬起头来。他长舒了一口气，但在轻松的同时却感到心里又似乎压下千斤重担。他不知道自己怎么离开的供销社，他甚至不敢回头去望他熟悉得不能再熟悉的建筑。他几乎是一路小跑似的走进回南许村的乡间小道，听见后面有声音就想钻进一旁的玉米地里躲起来。走进村里的时候，仍旧有不少在许铁婆小卖部门前打牌的人向他打招呼，许正好没像往常那样微笑着致意，或者上前与人聊镇上的见闻，他只象征性地抬了抬手，就匆忙地回家去了。当他推开门时，看到了丁金兰那张期待的脸，他像做贼一样地到了屋中，在丁金兰狐疑的注视下拿出了兜里被手攥得湿漉漉的三张钞票，随即看到丁金兰那张惊喜的脸。许正好掏出那三张着火的钱，一屁股坐在凳子上，哆嗦着点燃一支烟，再也说不出话来。

　　第二天，在天还没亮的时候，许正好和老婆丁金兰裹着十来个煮熟的鸡蛋匆匆出了村子。只有村头那棵大槐树看到了这一切，看到了一对夫妇消失在晨曦中的样子，南许村人谁也没有注意到。他们注意到的只是自家

65

的鸡今天下了几个蛋，下坑凫水的鸭子回圈了没有，至于别人家的事情，从不过多考虑，只有遇到坏事，才会细细地打探一番。

　　太阳按照以往的轨迹，从村子东头那棵大槐树上转到村子南面那棵大杨树上，逐渐地西移，影子也逐渐移动，而麦秸垛和土墙头纹丝不动，牵牛花藤蔓在逐渐延伸，渐渐地，光线暗淡下去，太阳在村西那棵大榆树上不再移动，开始沿着那棵大榆树的躯干向下滑翔，太阳好像使了个千斤坠，要坠落到地平线下面。在麦田里劳作的人们三三两两地回来了，他们朝着飘荡着炊烟的村子缓步行进，任凭黑暗把背后的麦田吞没。这个时候，村东头那棵大槐树再次看到那条土路上许正好夫妇蹒跚回来的情景。两个人一前一后，脚步挪移得有气无力，神情无比沮丧。许正好手里提的包里只有几张化验单。

　　两人到家后，丁金兰先开始一顿大骂："以前去看病，只查我的，你倒装得像个正常人一样，老娘背了多少黑锅，可人家专家一看，原来是你这大老爷们儿的事。呸！呸！晦气！"许正好呆坐在家里唯一的一张椅子上，面无表情，手里提的那张化验单上清晰地写着"许正好，精子存活率几乎为零"。丁金兰接着骂："人家专家说你这都是什么先天的毛病，后天不能治！你说这可咋整？这后半辈子没儿子叫咱们咋活人？你说你们弟兄三个，个个都强壮得像头牛一样，他们生的孩子一个比一个漂亮，咋到了你这儿就不行了？"许正好头脑中嗡嗡作响，伸手想往怀里摸烟，却发现怀里空空如也。

　　这一夜许正好基本上在丁金兰的唠叨声里没有睡着，第二天他起来去镇上上班，更觉得抬不起头来，觉得自己已经是一个等同于太监一样的男人，又贪污了国家的钱，就是罪人一个。罪人一路从南许村走到了镇上，脚步浮漂得像踩在云上。他上午坐在供销社自己的座位上，计算账目的时候大脑晕乎不已，忽然听一同共事的一位老会计说县城要来工作组验收这个供销社了，这个社要限期十天之内取消，转移货物，遣散在编人员。这个工作组还来专门查账目，看看有无漏账和谎报的。许正好连忙问："那这个工作组啥时候下来？"那老会计摇摇头说："谁知道啥时候？你想想，这个社是十天内取消，人家工作组不得提前下来？也快！哎，像你这样的年轻人也该寻个好的差事了。供销社一倒闭，我这老年人就提前退休，回家抱孙子喽！"许正好苦笑说："去哪里谋个新工作呢？对了，他们查账怎么查？总不能把这几十年的账都查了吧？"那老会计笑着说："哪里会？都查完那还不得累死？就挑最近几年的，看有没有啥差错。唉！都是形式主义！"许正好心里忐忑，但是故意装作不在意地说："那要是查出有啥问题还能把人抓起来不成？"那老会计说："这还很难说！咱们政府就爱抓一个典型，给别的鸡看看！前不久听说咱封阳县一个乡供销社查出一个副社长贪污了几千块，判了十来年呢。还不是判给我们这些人看的！"许正好心里咯噔一下，这一句话正中心扉。他背上渗出了汗，忙埋头于一本账目中，不敢再与那老会计交谈。他一上午也无法安下心来算账目，听到外面有个风吹草动心中便是一阵扑腾。

吃午饭时，他再无心思去镇上那家久已熟悉的面馆，而是悄悄地踱到镇上十字路口的烧饼摊，买了两个烧饼。卖烧饼的早已与他熟识，也早就听说镇上供销社要倒闭的事情，便同情地边铲出一个热气腾腾的烧饼边问他："许会计啊，你这过几天高升到哪里呀？"许正好黯然地一笑，啃了一口烧饼，挤出几个字："难说！难说！"说完便转过身，有气无力地走了。

他回去就着开水，只吃了一个烧饼，便再也吃不下，于是坐在座位上发呆。午后，又来了一批清算货物的卡车，把供销社里积存的货物又清理了一大批，轰隆着一路扬着灰尘开走。许正好看着渐渐空旷起来的供销社，像自己的心被掏空了一样。他有些失落地在门口对着纷舞的落叶抽了一支烟，头晕晕乎乎的分不清南北。一下午不知道怎样度过的，到了下午三点的时候，忽然供销社的社长走了进来，通知说明天工作组进驻供销社，要求员工明天都来上班，配合检查。许正好心里咯噔了一下，心里早已知这件事情会发生，但是在这件事情真的发生的时候，他还是有种如遭雷击的惧怕。接下来他就不知道该如何思考了，心里一直在想着那300元钱。钱虽不多，但是足以给他一个贪污的骂名。他依稀看到明天的自己被警察押到车上的狼狈情景。

黄昏时，橘红色的余晖依旧徐徐照拂着无尽的原野，洛宁镇如同一坨黑物在大地上盘桓，射出一条路向着不远处的南许村逶迤荡去。一轮惨红的夕阳下，许正好蹒跚地走在这条路上，如同一只蠕动的蚂蚁，将猩红的暮色穿破一点，却找不到将归的洞口。家在他心中如同一个地狱的终点，他心想自己是个无用的男人，等同于戏台上的太监，裤裆里空奁拉着一个卵蛋。南许村在面前随着脚步的逼近逐渐清晰，摇晃着的青纱帐在血色夕

67

阳的洗练下，庄重地排列出一种神圣的队列，一排排的玉米秆被晚风吹动，招摇在许正好四周，好像政府的兵士要将他团团包围。从镇上到南许村这段路程，许正好好像跋涉了万里长征。

快走到村口时，他忽然听见村口那棵歪斜着生长的槐树上响起一个孩子的声音："三叔，你下班了？"许正好吓了一跳，抬头看去，只见一个孩子骑在树杈上，正是二哥家的孩子许依桐，正咧着嘴冲他乐呵呵地笑。槐树下还站着一个秀美绝伦的小姑娘，正是村长家的女儿水儿。许正好笑了笑，冲着树上的许依桐叫："爬那么高，就不怕摔下来？快下来！"许依桐向来最听他这个三叔的话，只好噘着嘴顺着一旁的树杈下来。许正好从怀里摸出那个中午吃剩下的烧饼，递给许依桐说："拿着和水儿你们俩分着吃。烧饼有点干，别硌了牙。"依桐咧嘴一笑，忙拍了拍手上的灰尘，把烧饼接住，顺手又撕给水儿一大半。许正好又问："依桐，你看见你三婶出村了么？"依桐边啃烧饼边说："没有啊，没有。"许正好摸了摸依桐的头，说了句："三叔这就走了啊！"

这是依桐最后听到三叔的声音，也是人生的道别。若干年后，长大的他经常回忆起这句话，他感到三叔真的要和他作别。他还记得三叔说完这句话，有气无力地转过身，往村子里走去的身影，那身影是那么落魄，一直颓废地走，走……简直像要走进夕阳里。

12

丁金兰一直在说这几天就回娘家，她一直叫嚷着跟了许正好这么多年，到最后闹得越来越穷，连孩子都生不出一个，先前以为是自己的毛病，谁料想没有收成不是田地的错，而是种子的毛病。回到娘家一说，丁金兰的两个哥哥暴跳如雷，大骂妹妹这么多年原来跟了个没用的男人，此等耻辱传回来，令丁家上上下下蒙羞。他们马上让妹妹限期归还，说如果许家不准，就采取除和平以外的一切方式解决，反正南许村就那几百口人，大不了武力进攻。

丁金兰得了圣旨，底气十足地回来，准备收拾一下东西就回去。到了家里的时候，天已傍晚，许正好正萎靡地坐在堂屋里抽烟。丁金兰看见他旁边竟然有一条烟，心里火蹿上来，张口就骂："你个没用的王八羔子，家里都啥样了，你还有钱买烟吸？再吸你也吸不出来个儿子。"许正好原以为她已经回娘家，没想到她还会回来，心里不由得有些感激，谁知丁金兰马上说："我告诉你，许正好，俺娘家说了，叫我收拾收拾明早就回去。跟着你过我迟早得被村里人的唾沫淹死。你自己不能生，我倒替你背着黑锅。我凭什么替你背？"许正好惨然一笑，刚刚稍微欠起的身子又回到了椅子上，他又点燃了一支烟。丁金兰边收拾东西边骂："还吸！还吸！我看你这一辈子也就这么大成色了。"许正好脸上的肌肉好像在抽搐，但是他垂着头大口大口地抽烟，然后再把吸过的烟头摁灭在一旁的簸箕内。

天色已经完全黑了下来，中秋的一轮明月悠然挂起，透过院子里那棵枝丫交错的枣树，便看到白色的月亮中吴刚仍在不厌其烦地砍着千年不倒的桂花树。晚饭时，丁金兰到鸡窝里搜出了几个鸡蛋，用仅剩下的一些糖做了一碗荷包蛋，自己吃了个饱，把细细软软的收拾成包裹，早早地上床睡了。许正好一个人依旧坐在那把椅子上，低着头一句话也不说，只有身边的那条香烟在一根连着一根减少，火星明灭，许正好好像一个贪婪的婴儿，在用力地吸取最后一丝乳香。月光从天空倾泻下来，在院子里铺满一地，一大坨月光破门而入，森森然泻在屋里的地上，将正中间那座毛主席瓷像映照得异常清晰。几片枣叶被秋风抛上了夜空，纷扬着撒下，在如帛缎般的月光中乱舞，有几片还卧倒在了许正好的堂屋门前。

许正好只感到舌尖发麻，但他又无法制止自己的手一支又一支地抽出旁边的香烟。他不记得自己抽了多少支，只是这么不断地抽着，脑子里一直盘桓着明早的调查组和大半辈子无后的寂寥，心乱如麻，他感到呼吸急促，胸口发闷。他想去大哥和二哥家看看，但是又一想，去了又能做什么？只会自找没趣，他知道现在他到了哪里人家都怕他张口借钱。在最后的时间里，他想要一点面子。

月亮悄悄西移，那片惨白的月光也移动到了许正好的脸上，将他落寞的脸上涂满了惨白。他潜意识之中看到月亮已到了中天，远近的鸡鸣在秋风击落的沙沙落叶声中绵延不绝地响起，黎明似乎无情无义地即将来到，他害怕黎明。他坐了许久，感到四周的月光好像一只只手，将他的身体往空中拽，那些明亮的月光逼着他低头，向他诉说着另一个世界的清净。他不记得自己坐了多久，他只在等待着香烟抽完的那一时刻，他只愿那一刻来临得更晚些。

等到月光通过窗户和门扉大团大团地涌进来时，他发现最后一盒烟也仅剩下一支了。他哆嗦着手点着那最后一支烟，狠狠地抽了一口，那绰约而起的烟雾把月光蒸得热气腾腾。他挣扎着站起来，由于已经连续坐了半夜，他的腿酸麻无比。他手里攥着那支香烟，想永远钻进这温暖如被的月光里。他蹒跚地走进院中，煞白的月光中他的身影显得异常单薄，单薄得好像一张蘸满月光的纸。他把自己身上那件白色衬衫整理整理，又找来一块布条擦了擦脚下的皮鞋，好像一位即将去与恋人见面的小伙子。在月光的指引下，他顺利地找到了先前拴狗用的那条狗缰绳，之后他左手拿着那条缰绳，右手拿着那支燃着的香烟，推开门，在巨大的桐树和槐树勾勒的阴影下，走进了门前那个大坑中。

由于近几个月没有下大雨，坑里没有积存的水，只长满了低的弯曲着枝干的柳树。在斑驳的树影之间，他走上了一个土坡，最终选中了坡上一棵高低正好的柳树。他在那棵柳树下站定，月光调皮地挤过细长的柳叶空隙来看他做什么。许正好抽完手里那最后一支烟，把那个烟头狠狠地在地上摁灭，以他会计的缜密思维，他马上迅速地把那条绳子在柳枝上打好了一个和他脖子一样大小的圈。他最后一次看了看坑上的南许村，那些屋舍在月光下继续虚无般地存在，而且在他眼前幻现得越来越清晰，越来越大，几乎要越过坑道逼近他的面庞。一道月光被他头顶的那枝柳枝挡作两股，分披他的左右，好像索命的绳索一般。许正好在脚离地面的时刻，忽然感到异常的轻松，在这一个生命飘离地面的时刻，没有任何声音，只有坑上许姓人家的几只公鸡懒洋洋的几声啼叫，但这啼叫霎时就又被流泻在南许村的一大片月光淹没。

许正好的上吊是几年前哑巴女人难产之死后的南许村又一件大事，有人纳闷儿那么好的精明人怎么选择了这条不归路，但更多的人是做一个议论者。他死时所选择的那个大坑，在很长一段时间内无人敢入内，那棵歪头柳树只是时不时地有几只鸟在上面歇脚，然后又展翅飞去。许正好如此年轻就上吊，这在农村不是什么说得出口的事情。老婆丁金兰在许正好自杀后的第二天就匆忙逃回了娘家，他的大哥许正高和二哥许正兴一起为他简单操办了丧事。许正好的坟设在了村北大堤下的玉米田里。秋天的天空蔚蓝无比,深邃的蓝中还摇荡着几片白色的云舟,在这蓝色天空下的五彩缤纷的原野里,离哑巴女人的坟头不远,又添上了一座黄色的土坟。

许正好下葬后的第三天,正逢中秋节,村与村之间走着不少串亲戚送月饼的人。地里的玉米即将成熟,但是还没有掰去,空气中飘荡着一些只有麦收季节才会有的焦灼气息。村子里有些人家的枣子已经成熟,那些在院墙外露出的点点红色,早已经被孩子们惦记上了。秋天的阳光安详且无力,从高空遥寄下,抚摸着即将零落成泥的黄叶。南许村还没有从许正好上吊的震惊中恢复过来。这天中午,村头的路上涌进十来个精壮男人,他们推着五辆架子车,浩浩荡荡地开进了村里,径直走向了村子里的许正好家。许正好的家里刚刚举办了丧事,人死妻走,门上挂着一把锁,这个昔日能人的家中一派萧凉景象。这十来个男人到了许正好家门前,把架子车一放,见门上有锁,其中一个瘦小但显精明的男人从附近找来一块砖头,对着锁只狠狠一下,那锁便砰然而开,同去的一帮人不禁相视大笑,连连赞那人聪明,之后他们蜂拥而入,到了屋中见到什么便拿什么,统统往门前架子车上放。

这一帮人鬼子进村一样的强盗举动,迅速被坑那边小卖部的许铁婆看到了,她马上发挥了她善于报道小道消息的本领,踮着小脚风驰电掣一般便去报告给许正高和许正兴。许正高脾气火爆,这几天正晕晕乎乎,还没有从三弟自杀的悲痛中走出来,一听有这事儿从凳子上弹起多高,一路小跑着往三弟家赶。许正高的大儿子许依顺正在门口与几个小青年打扑克,输得正惨,看见父亲跑得这般快,顿觉有异,也抄起门边一条木棍紧随其后。这样一阵折腾,村里不少人都听到了动静,大多数闲人正围拢在坑边或十字路口侃大山,正愁没有节目可看,于是纷纷朝许正好家跑去,不一会儿,许正好家门前便聚集了几十号村里人。

许正高气喘吁吁地跑到时,门前的架子车上已经装上了那张许家祖传的红木床,其他的东西也已经被几个小伙子抬到门口,正准备搬运走。许正高一看祖传的东西竟然要被外人弄走,肺都气炸了,忙拉住一个还在向外搬东西的人,大叫道:"谁让你们搬东西的?"这时出来一个个头不高,浑身长满腱子肉的人,一看见许正高便满脸堆笑说:"这不是亲家哥么?我你都忘了?我是三全啊。我来替我妹妹搬搬家。"许正高如何不认得？这是三弟媳丁金兰的三哥丁三全。他一看这架势，自然知道善者不来，便忍住怒火说："正好人刚入土，弟妹最起码也得在家守够七七四十九天吧！要是这么快就搬回娘家，这外人还指不定会说啥。"丁三全听了这句话，把手里拿着的一个鞋刷子扔在了一辆架子车上，冷冷笑了一下，说："我说亲家哥，我妹妹跟了你弟弟十年，窝囊了十年，但我妹妹既然跟了个窝囊废，我做哥哥的就是难受能有啥法？现在人不在了，你让我妹妹再在这儿当寡妇，门都没有！"许正高听他骂自己的三弟，气得脸红脖子粗，舌头上的功夫及不上人家，拳头就要攥起替舌头鸣不平。

就在这时，许正兴一个紧急刹步赶到，忙在两人中间斡旋，说道："有话好说，可千万不要打架！"进进出出搬东西的那些丁楼村的人也停止了搬运，悄无声息地步步紧逼，准备参加战斗。许正高的大儿子许依顺已经赶到，一见有人要对父亲动粗，哪里忍却得住？把手中的木棍高高举起，即刻就要冲上来。丁三全嘴角歪撇，不忿地说："今儿就是不让搬也得搬，搬定了！"许正兴在中间忙说："让搬！让搬！除了这张红木床这里面的啥东西都能让弟妹拿走！"丁三全又冷笑说："你看看除了这床之外，还有啥东西是值钱的？今爷儿几个倒是啥都不稀罕，非拿这床不可！"这话一出，许依顺再也忍不住了，嘴里骂了一句，手里的木棍紧跟着横扫出去，丁三全头一躲，那棍打到了一旁的砖垛上，溅起几片砖渣。丁三全大叫一声："南许村的开始打人了！"后面丁楼村的人正等着开战，听丁三全一喊，马上抄家伙一起往前涌。南许村人虽多，但是没有几个真正敢往前的，对方人虽少，但是以一顶十，于是战事局面登时变得对对方有利。

就在这千钧一发的时候，忽然从许正好家里走出一个人。这个人也是随着丁三全来搬运东西的，不过他一直都没有参与，只是抄着手负责监督，明显是个头儿。这个人一见门口要打起来，不紧不慢地走到门口，大叫一声："都翻了天了是不是？"只此一句话，丁楼村的人便纷纷住手，南许村的一见此人也顿时脸露惧色。原来这个人是镇上的宁自强。在洛宁镇上只要一提宁自强的名讳，没有人不惧怕三分，在政府不在的时候，他就是政府。他嘴里衔着香烟，吧嗒吧嗒抽了几口，说："这么会儿就开始打起来了？活腻歪的跟我说一声！"他边走身体边跳舞般摇晃着，明晃晃的臂膊上那条文上去的青龙在阳光下更显狰狞。他晃到拿着棍子的许依顺面前，用手摁了摁许依顺的鼻尖说："你他妈的还拿着棍子！少林十三棍哪你！滚一边去！"说完伸腿一脚把许依顺蹬倒在地。许依顺尽管很彪悍，但他早就听说面前这个更是不要命的主儿，小巫见大巫，猖狂之心早就消失殆尽，他脸上尽是恐惧，在地上来了个狗吃屎。许正兴在一边当和事老，赔笑说："那什么！俺们也不是不明事理的人，弟妹要是想要什么，想要再嫁，俺们也不会说啥！就是……就是……"宁自强脸色一沉，扫了一眼战战兢兢的许正兴说："就是什么？有屁就放！"许正兴哆哆嗦嗦地指着那床说："就是那个红木床别拿，那可是我们许家祖传的东西，跟谁过不去也不能跟老祖宗过不去，是不是？"一旁的丁三全没好气地说："俺们来就是抬这张床的，就那张床值钱！其他的东西塞老鼠窟窿倒还是正好！我妹妹在这儿吃苦受累十年还抵不上这一张床？"许正高在一旁忍不住说："有啥不值得咱再说，怎么也不能让老祖宗的东西在我手上败坏了！"宁自强早已听得不耐烦，一挥手说："啥也别说了，这床先抬着，既然我来了，也不能薄我这个面子是不是？"后面几个丁楼村来的后生闻听此言，便凶神恶煞一般开始上手抬床。许正兴刚想上前劝解一下，却被宁自强狠狠一瞪，立定在一旁，眼睁睁地看着那张祖传的老式红木雕花床就被抬上了架子车。许正高在一旁嘴唇都已经咬出了血，气得浑身发颤，大叫一声："都别搬！哪个要搬先从我身上过去！"说完推开几个人，奋不顾身地跑上前，一下卧倒在红木床之上。这一下，原本噤若寒蝉的许家人往前走了几步，连刚才被宁自强震慑住的许依顺也提起棍子来跃跃欲试。

　　宁自强一见竟然还有人敢挑刺，眼珠子瞪得能跳出眼眶来，嘴里骂骂咧咧一声："呦！还真有不想混的人哩！"说完捋捋袖子，让臂膊上的肌肉在阳光下闪闪发亮，一步步朝架子车上躺着的许正高走去。就在这时候，村长胥先重赶到，着急地挤过人群，一步三摇地走到往前走的宁自强前面，双手抱拳哀求说："宁家大哥啊，看在我这村长的薄面上，有啥事别动手，慢慢说！"宁自强正准备动手，忽然见有人竟然敢来挡驾，拿眼珠斜乜了一眼胥先重，把头歪了一下，指了指自己的耳朵对胥先重说："你刚才说什么？你是什么长？哈哈！村长！呦呦呦！你可别把我吓坏了，这官可真大！今天别说什么村长，就是县长、市长来，也不能耽误我姓宁的在自家地盘上行侠仗义！"胥先重还想再说什么，被宁自强一伸手推到了一边。宁自强若无其事地环顾了一下周围的南许村人，大声说："今天姓宁的在这儿发个话，想乖乖活着的离得远远的，要是真有看不下去，想帮帮忙尝尝出头滋味的，那我姓宁的也成全。今天谁要是敢上前一步，我姓宁的今后在镇上看见，见一个揍一个！"

这话一出，南许村的又不由自主地退后了五六步。许依顺忙上前想把他父亲从架子车上拖下来，但是许正高脾气倔，躺在上面双手扒住床沿，就是不下。宁自强握着拳头上前，问了一句在上面怄气的许正高："你他娘的下不下？"许正高换了个姿势，趴在床上面，头也不抬直嚷嚷："我就是不下！这就是俺许家的床，我凭啥下？"宁自强脸色忽变，牙齿森然露出，猛地纵身上前，在一旁的许依顺还没反应过来时，车上的许正高已经被身手敏捷的宁自强一脚踹下。五十多岁的许正高在地上翻滚了几圈，被许依顺拦腰抱住，才停了下来。而宁自强则在一旁跺跺脚，以示弹掉鞋底上因踢许正高而粘上的灰尘。这时南许村的不少小伙颤颤巍巍地往前走了一步，宁自强斜着眼叫："南许村的，有啥英雄好汉看不下去的赶快站出来，让俺开开眼！"有几个人想出来，却被赶来的自家女人们的眼睛一瞪，当下再也不敢出头。宁自强回头对丁三全一伙人若无其事地一挥手："走吧！这个村子里有啥事，直接告诉我，都能摆平！"在许正兴和许依顺把在地上已经被气晕和摔晕的许正高扶起的时候，一伙人推着五六架装满的架子车大摇大摆地向南许村村口走去。宁自强吹着口哨背着手走在前面。南许村人如一群雕塑一样，默默地送这一群人远去，几分钟后，便被各自的女人叫走，继续于锅碗瓢盆、喂鸡唤狗的生活中。

从此以后，南许村人对洛宁镇上的人更为忌惮。南许村是小村，根本就不入镇上人的法眼，只有谁家有了红白事，夜里要放一场电影时，镇上几个闲散小青年才会想起这个小村庄，结伴来南许村看电影，看见哪一个姑娘漂亮就在姑娘身上拧一下，尾随一阵。他们骂骂咧咧地走过时，这个小村庄的村民谁也不敢言语。南许村的晚上放电影时，村民都叫姑娘们不要出门，以免被镇上的青年骚扰。许正高连吓带摔，在家里躺了半个月之久，没有出门。他每天在家里对着洛宁镇的方向破口大骂，叫嚣说有一天要打到镇上去，讨个脸面。不过他每日只是这样说，图个嘴皮子痛快罢了。许依顺向来对他爹有着崇拜之心，觉得他爹是顶天立地的男人，在南许村无人敢动，不料那日以后，他潜意识之中忽然感到父亲不行了，也感到南许村不行了。

13

　　水儿一天天长大，胥先重惊诧地发现，她的长相越来越像她死去的母亲，水儿的一颦一笑，特别是沉默的时候无不有着当年女人的神韵。水儿在家里时从来不笑，她那双水汪汪的大眼睛，长得与村里其他孩子截然不同，村里与她同龄的孩子要么鼻涕如悬着的瀑布，在鼻孔下下降又上提，要么黑不溜秋，邋邋遢遢，而水儿即便穿着破烂的衣服也显得无比整洁，就好比破烂的荷叶上照旧顶着一朵姣美的莲花。水儿走路也和她母亲当年相同，稳稳当当，仪态万方，即便是提着猪食去猪圈，那走势也好像一个人走进礼堂作报告一样。她盘成的麻花辫下白皙的皮肤，使谁看到这个小姑娘都忍不住多看上几眼。她穿的衣服没有一件是像样的，大多数是依桐的姐姐依禾剩下的，但是穿在她身上的衣服无论多么破旧，都显出一种与众不同的美。水儿经常穿着那件天蓝色的对襟衬衫，梳着一条长长的麻花辫，额上的一片刘海遮下来，黑发下面是一双如宝石一般的黑眼睛。村里见过当年哑巴女人的老人开始对水儿指指点点，他们都说水儿长得真像她那个苦命娘。他们议论的时候，看到夏桂花远远走来，就会立刻岔题岔到今年的麦子收成上。

　　1990年，依桐和水儿都已经4岁了，开始了农村孩子的疯玩。当许依桐瞅准机会踮着小脚轻快地溜到水儿的家门前时，水儿的身影十秒钟后必然会偷偷出现。两个孩子一天不见就要哭闹，水儿只有见了许依桐才会咯咯地笑。由于他们自小便整日里耳鬓厮磨，在一个奶头上吊大，基本上与亲兄妹无异。水儿从自己学会走路那天起，就把许依桐的家当做步行到达的第一站。当初水儿和依桐两个孩子轮流吮吸梁爱玲的奶水时，梁爱玲也向许正兴抱怨过自己就算是奶牛也经不住这两个孩子不停地吸吮，但是她看到水儿那一双清澈的大眼睛时，又生出无限怜爱，毕竟母性是天下女人的通性，时间一久，逐渐有了把水儿当做了自己亲生女儿的错觉。后来梁爱玲见到水儿身上不时有紫色的淤血伤痕，她气愤不已，但作为一个

75

外人，她不能立刻到水儿家去质问夏桂花这是怎么回事，她所能做的只有拿些药水给水儿擦拭伤口，让水儿来到自己家时享受依禾与依桐一样的待遇，甚至还要更好。当夏桂花气喘吁吁地找来时，她也只能眼睁睁地看着水儿可怜巴巴被夏桂花带走。

夏桂花一再地向胥先重表示要把这个长得像小狐狸精一样的丫头送人，得到丈夫的否定回答时，她气愤不已地还击："养一个孩子可不是养一只鸡，几月就喂成能下蛋了。养个孩子可要花大血本，再说水儿又是个女孩儿，早晚都得服侍别人，晚送不如早送，早送省粮食！"胥先重如老牛般蹲在墙角，嗡嗡地说："再怎么着水儿也是我身上掉下来的肉，照你说的女孩都得送人的理，那你在娘家时总不是要的吧？"夏桂花见这个窝囊村长的口才不是白给的，反而倒打一耙，只有拿出自己撒泼的杀手锏："好！姓胥的，你天天在外面吃五喝六的，抛下个孩子给我，你两腿一拍就走人，你倒是痛快……"胥先重知道接下来她会说出怎样的脏话，不愿恋战，因为他知道对付泼妇的手段是要么比她更泼，要么不跟她作直面接触。胥先重站起来，嘴里兀自嘀咕说："水儿哪里让你伺候过，还不是天天往正兴嫂子那儿去？"夏桂花听到自己的功绩被他一语抹杀，更觉气愤，冲着胥先重的背影禁不住嚎啕大哭，边大哭边顺势坐于地，吓得正在一旁打盹的公鸡拍着翅膀阔步走开。

生命若是成长，任何困苦均奈何她不得。当胥先重不在家，夏桂花在家动辄便对水儿打骂时，水儿却在夏桂花的拳头政策下表现出无比的坚韧。夏桂花几巴掌下去，无论劲力多大，水儿大不了泪水在眼眶里打转，从来都没有哭出声来。她面对夏桂花时并没有孩子式的沉默，有时令夏桂花打她时也禁不住发毛，怀疑是不是她那个死去的娘的魂灵扑到了她身上。令夏桂花放心的是，等胥先重回来时，她从不表现出一点挨打的迹象，也从不向胥先重哭诉。她穿着依桐的姐姐依禾穿过的衣服，将直直的黑发胡乱扎个小辫，依旧在猪圈和厨房中间来回忙碌着。有着白皙的皮肤和澄清的大眼睛的水儿，与长着满脸麻子和绿豆眼珠的夏桂花站在一起，令任何人都看得出她这个娘是个冒牌货。

水儿对夏桂花言听计从，夏桂花发出的每一道指令，水儿都毫无怨言地去做，尽管有些她还做得稍显稚嫩。有一次，夏桂花让水儿去给猪倒和好的猪食，因为盆子太过沉重，水儿用尽力气举过栅栏时，没有改变把盆子打翻的结局。水儿慌忙去找扫帚，不出意料的，在找到扫帚之前先找到了夏桂花的巴掌，巴掌打到水儿的后背上，水儿趔趄着倒在了堂屋门前的地上。她一声不吭地从地上坐起来，泪水在眼中打转，夏桂花在一边骂："这么点儿事情都干不了，以后到了婆家就是个受气的命，一大盆饲料就这么白费了！唉！败家子，要你干什么！去死吧你！"水儿慢慢地从地上爬起来，胳膊上蹭掉一层皮，往外渗着殷红的血，身上的布衫沾满地上的土与鸡粪，她可怜巴巴地望着夏桂花，夏桂花瞪着豆粒大的小眼珠，骂道："晚饭别吃了！猪吃不上你也甭想吃饭。看着我做什么？该干啥干啥去！惹急了我再揍你一顿！"

水儿只得慢吞吞地走出家门，不由自主地沿着去依桐家的路走。正是黄昏时分，她在路上拖着伤体踽踽独行，刚好遇上放羊回来的爷爷胥学义。胥学义一直很喜欢他这个小孙女，看见水儿慢吞吞地低着头走来，忙欢喜地叫她："水儿，天快黑了，又去哪儿？快过来，爷爷在河洼里给你寻了几个野草莓。"边说边往兜里摸，摸出后蹲在水儿面前，把红色草莓塞到水儿手里。水儿脸上的泪痕还未干，胥学义老汉在递给水儿草莓时不经意看到水儿胳膊上流着血，不由吃了一惊，忙问："呦！你这咋了？咋流血了？叫爷爷看看，给爷爷说是怎么回事！"水儿慢慢地把胳膊抬起来，低声说："是我不小心摔的。"胥学义看水儿的胳膊上青一块紫一块，显然是被人掐过的痕迹，老汉吃惊地问："这是谁给你拧的？"水儿嘴里嚼着一个野草莓，垂头不做声。胥学义老汉蹒跚着站起，到路边的草丛中寻来几棵七七芽治伤的野草，他在手里揉碎，给敷在水儿的伤口上，然后把羊拴在一旁的一棵树上，控制住自己的情绪，来到水儿面前说："你跟爷爷说，这是不是你娘掐的？爷爷不说是水儿说的。"水儿低着头，眼泪扑簌扑簌地往下落。

胥学义老汉见这情景，答案再也明显不过了，他心中的火腾地燃起，年轻时宰猪的豪情再一次回来，他心里想："再怎么着这水儿也是我亲孙女，以前对她小打小骂的我只当没看见，没想到越来越不像话。"老汉解下系在腰里的羊鞭，对水儿说："你先在这儿看着爷爷的羊，爷爷去那边薅把草。"水儿温顺地点点头，胥学义老汉提着羊鞭，迈步向村里走去。

快到儿子家门口时，刚好碰上提着发言稿从乡里回来的胥先重。胥先重见爹提着羊鞭一脸怒气地走来，凭着儿时养就的敏感觉察到不对，停住脚问:"爹,去哪儿?有啥事?"胥学义老汉看见儿子两眼都红了,过来抬手就是一鞭,胥先重没防备,这一鞭正好落在背上,胥先重小时候经受过父亲这种训练,所以第二鞭下来时他凭着儿时丰富的经验已经闪躲开,脚法奇快,瞬间便钻进了自己家的门里,用一根棍子把门堵住。胥先重在门里大口喘着气,仍心有余悸,隔着门缝向外面大叫:"爹,我咋了?有啥事你慢慢说,别一上来就开打。"胥学义在门外破口大骂:"小重子,我算是把你养成了,养成了一只没心没肺的狗!水儿是不是你闺女?你看她身上有没有一个好地方?你还当爹咧!啥时候这孩子让你们给活活打死才算完。你把门给老子开开!"胥先重见平日里不说话的爹恢复了年轻时的霸气,心里还是有些惧怕,死死抱住那根棍子,就是不开门,胥学义老汉在门外又叫:"你老子我还活着,就不许你作孽,就看不得你小子那一点良心叫狗衔走!你把门开开!"

此时夏桂花满脸惊悚地从屋里跑到院里,看见狼狈不堪的胥先重正死死地抵住大门,一时也有些吃惊,她忙跑到满头大汗的胥先重旁边问:"咋了?是咱爹在外面叫么?他咋了?"胥先重一只手扶住堵门的长棍,回过头来对夏桂花说:"咱爹说我打水儿了,我还不知道咋回事哩。"夏桂花脸色骤然涨红,环顾四周说:"我说这小屁妮子一会儿不见跑哪去了,原来是去告状了。"胥先重脸色一变说:"你真打水儿了?"夏桂花吞吞吐吐地说:"那她做错事我就不能……不能说她几句么?"胥先重这才明白这事是真的了,不由怒道:"那你也不能下那么重的手啊!"这时胥学义老汉在门外又叫:"那可是个四岁多的孩子啊,你们两口子没心没肺的,对个孩子下手这么狠。"胥先重对外面哀求说:"爹!你老人家消消火,小点声,好歹我还是个村长,你这样还不叫村里人看我笑话?"胥学义老汉在门外叫:"你还知道你是个村长?要知道丢人,打孩子的事你这村长能办得出来?"

夏桂花在一旁已经从惊恐中恢复了她的野性,她一撇嘴,向胥先重主动请缨:"这老东西不是神经了吧?平常窝囊吧唧的,今儿是咋了?我教育孩子还用得着他管?他放他的羊呗,平常还不得咱出钱养活他?我还怕他不成?你走开,让这个老头子进来,我看他到底会几招把式。"胥先重对夏桂花低声说:"你知道啥?我爹的脾气我知道,平常不吭,一吭起来就不是闹着玩咧!宰过猪的人都是这脾性。你先到屋里,我先把我爹哄

78

走。你别掺和，你越掺和这事越乱。别逞能，要不这场谁都收不下来。"

这时，门边已经聚集了不少下地回来路过此地的村民，在胥先重家门外闹哄哄地谈长论短，有不少人劝说这家丑不可外扬，天都快黑了，让胥学义老汉先回家去。有不少看笑话的许姓小伙子还开玩笑说让老汉沿着墙角处的砖垛爬过去，杀他个背后偷袭，时不时传来一阵哄笑。薄暮遮掩下来，院子里不时飞过叫做枪子的昆虫。门外的闲人越聚越多，殊不知吵架打架是村里人最好的娱乐，当事人越激烈，观看的人越多。这时外面许正高的儿子许依顺正率领五六个小伙子充当取笑人群的主力，朝背后评论着："这羊鞭没抽到咱村长身上，他倒是比羊躲得还快。"身后许铁婆那个歪嘴儿子林厂流着口水，冲胥学义老汉叫："大爷，大爷，你踩在我背上，我把你……我把你举到墙头上，你跳过去不就得了，还费劲叫啥门哪？"胥学义老汉正骂着，百忙之中回头骂道："你别让自己的口水掉地上就得了，想什么歪歪点子？"说完回头接着骂。

就在这时，胥学义老汉的大儿子胥先民走村串户宰猪回来，一看有人吵架，心头一喜，便把宰猪刀往腰上一别，兴致勃勃地来看热闹。他刚走到人群外围，一个胥姓小媳妇便对他说："先民哥，你爹和你弟弟吵架哩。"胥先民一听这热闹关乎自己家里人，立刻觉得不热闹了，他不由分说分开人群，把爹往家里拽。

水儿一直在等待薅草的爷爷回来，原地不动地看着拴在树上的那几只羊。天色已晚，见爷爷的身影还不出现，她就一个人蹲在路边，看晚霞在西天一点点消散，那一点粉红退隐去。她看见暮色渐渐把她身侧那条小路吞没，黑色从远至近一点点把大地上摇晃的麦海蚕食，把麦海上飞翔着归巢的黑色鸟群遮掩。她依稀听见牛羊的归家的叫声和村子里传来的嘈杂声，并不知道发生了什么。水儿蹲在路边，由于中午没有吃饭，她感到肚子有点饿。她看着面前这潜伏在黑暗中的田野，听着不远处树上的乌鸦和布谷鸟啼叫，忽然有种恐惧，她想回家，但是她知道回家又免不了一顿打，还不如蹲在村外这个谁也找不到的地方。她心想：依桐哥现在在干什么？一定吃完饭了吧！她一想起依桐哥就会意识到自己的委屈，就想流泪。她就这么蹲在原地，身边卧着一只温顺的小白羊，那小白羊一直咀嚼着并不咽下的草。

就在这时，恰好刚下地回家的梁爱玲路过这里。梁爱玲背上也背着一篮子草，见一个小姑娘蹲在路边，在暮色中一瞥，发现竟是水儿，忙把草放下走过去问水儿："水儿，天都黑了，你咋一个人在这儿哩？"水儿正想着依桐哥流泪，见来的是婶子，忙站起来说："婶子，俺爷爷让我在这儿等他哩，他去薅草了。"梁爱玲摸了摸她的头发，看了看四周，说："这天这么黑，哪能看见什么草哩？这个死老头子，让个孩子在这儿看着，跑哪儿去了？"说完梁爱玲解下树上的羊绳，对水儿说："天上都开始下露水了，凉得很，你先牵着羊和我一块儿回去吧。这个老家伙，连他孙女都骗。"水儿闪着一对与夜色一样的黑色眼珠问："俺依桐哥呢？"梁爱玲一听就来了气："那个小兔崽子，我让他跟我一块儿下地，走到半路上又跑了，不说我也知道他干啥去了，一定是去河里捉泥鳅了。回家我再收拾他。"

　　梁爱玲说着便把羊绳交到水儿手里，然后弯腰背起那一篮子草，赶着另一只羊，对水儿说："听婶子的话，你先把羊牵回你爷爷家去，罢了再上我家吃饭，那个小兔崽子今天还念叨着去找你玩咧。"水儿牵着羊，和梁爱玲在黑暗中的路上朝村子里慢慢走，水儿忽然抬头说："婶子，我想求你件事，你可得答应我。"梁爱玲听水儿这样说，不由有点想乐，忙说："好吧，说说。你婶子啥时不听水儿的？"水儿牵着小羊羔，用一双期盼的眼睛看着梁爱玲说："你回家可别再打依桐哥了。"梁爱玲听了这句话，又禁不住笑了，连忙说："婶子啥时候说打那个小兔崽子了？"水儿说："你刚才还说回家好好收拾依桐哥哩！"梁爱玲这才想起刚才似乎说过那样一句话，忙说："那是……那是婶子说着玩呢，当不了真。"水儿这才放心，与梁爱玲一起向村中走去。

　　自从上一次事件之后，胥先重和夏桂花好长一段时间内仍心有余悸，这也令夏桂花很长一段时间内对水儿只骂不打。上一次的事件在胥先重大哥胥先民的斡旋下，胥学义老汉才同意让前来负荆请罪的胥先重进家门。胥学义老汉当着胥先民的面，向毕恭毕敬前来请罪的胥先重说："你们小的时候我和你娘也打过你们，可那是因为你们确实做了错事。不打就要上房揭瓦的情况下，我和你娘才会打打你们的屁股敲敲你们的后脑勺。打人不打脸，那还是个孩子，哪能照死里打？水儿才四岁多，能那么打么？别说是个孩子，就是一头牲畜，那也被你打得三天不能下地了。我问你，小二，这孩子是不是你亲生的？"胥先重垂着头，冲口而出："不是！"胥学义老汉头一伸叫道:"你他娘的说啥?不是你亲生的?那个孩子是从哪儿来的?"胥先重这才意识到自己说了句不该说的实话,凭着村长的应变能力,马上解释说:"不是……不是我亲生的还会是谁亲生的?"胥学义老汉这才点头接着训话:"老子喂的羊还知道护犊,老母鸡还知道抱窝暖小鸡七七四十九天,你这么大人,又当着村长,做出这样的事,就不怕传到乡里?是,你爹我是没文化,不识字儿,但你爹年轻时也是见过世面的人,这十里八乡哪一个村的猪的卵蛋不是我刨的?就连山东府我也去宰过猪!不管咋样,咱这庄稼人就认准一个死理,对上要孝,对下要好,自古先人都说'谗言误国,妒妇乱家'啊,你媳妇头发长见识短,不地道,打孩子,你还跟她一块儿昏头?"

一旁的大哥胥先民忙和稀泥:"咱爹说的在理。先重,桂花是个后娘,水儿有个孬好村里人可都看着哩,咱爹和我的面子可以不要,可你是一村之长,大官啊,有个好歹可吃罪不起。"胥学义老汉一听这句话,一扭头瞪了胥先民一眼说:"谁说你爹我不要面子?我吃饭吃了七十多年,长的就是一张脸,不能让你爹我快入棺材了合不上眼。像咱这杀猪的,更得积积阴德!好了,小二,也没啥事,回去给你媳妇说说我的意思,前天我气糊涂了,回去你让她好好想想以后该咋办,我这做老公公的也不好明说啥!"胥先重看事情柳暗花明,忙应和说:"爹,你说得对,桂花那个脾气谁都受不了,我回去好好说说她。孩子是我的,我比谁都心疼!"胥学义叹了口气说:"你这句还像句人话。你说说我一把年纪了,一只脚都踩到坟头了,还能活几年?我还能指望水儿对我孝顺?这孩子是你们的,赶明儿你们老得不能动了,给你们端屎端尿的不是那些过路的。"又说了几句,才放胥先重走。由于天晚,又下雨,胥先重撑了父亲家的一柄黑雨伞,心有余悸地回家去了。

14

封阳县一高的精英教师,主要集中于高三毕业班和高一新生班,这就好比一根香肠,两头肉多鲜美,借以招徕顾客。正所谓"有钢用到刀刃上",教师分配之道便在于此。高三教师自恃为金字塔的最高级,暗地里把高一、高二的老师小瞧几个辈。高三教师的办公室集中于气势辉煌的综合楼,里面窗明几净,冬暖夏凉,三步一个饮水机,五步一个立地空调,这些阳光底下最光荣的人基本上都没见过阳光,身影在教室和办公室中间来回穿梭。特别是那些年轻的女老师,走路时高跟鞋在水泥地上有节奏地起落,发出抑扬顿挫的撞击声,下雨的时候打一把红伞遮雨,晴天的时候撑一把红伞遮阳光,多云的时候还打一把红伞遮面孔,一路过去暗香浮动,平常化妆的时间是教书育人时间的几倍。

依桐所在的27班居于一座破败古楼的一楼,每到吃饭时分,便路过第一综合楼,仰面见到处在高处五楼的"清华班"和"北大班",让普通班的学生徒生些高不可攀的自卑。"清华班"是全校高三理科班的最高等级,主要接收理科班月考成绩在全校排名前70名的学生,"北大班"则接收文科班月考成绩前70名的学生。"清华班"和"北大班"一月一换血,时常见有些月考考进前70名的学生抱着家当喜气洋洋地上去,一些跌出前70名的学生抱着家当失魂落魄地下来,钻进原来的班级,宛如被婆家休了的妇人,不肯出来见人。

那时在27班经常考第一名的是一个长相奇丑的男生,名叫吴仝,名字美得惊人,总让人想起潇潇雨中碧绿的梧桐树,但是吴仝其人从额头到下巴长得可以举办越野比赛,皮肤黝黑无比,乍一看还以为此君刚刚摆脱奴隶制度。才人无貌,烂扇多风,他虽在相貌上不如人,但在才华上却一览众山小。吴仝来自开州市,盛传此君跟随他外公长大,而他外公则是当年的一个私塾先生,古文知识浩如烟海,家中藏书汗牛充栋,一手培植了吴仝这么一个怪才。

吴仝自分到27班开始,考试成绩在班中号称独孤求败,他的失败不是失去了第一名,而是超出第二名少于20分的分数。吴仝的成绩向来在全校前十名之内,所以他理所当然便是"北大班"的长期居民,不料吴仝为人孤傲,向来以走偏锋自居,他搬到"北大班"一个月,便自动下来,重回了27班,说在里面的尽是些顽固不化的石头,死读书的蠢材,没有悲欢情绪,还不如在普通班逍遥自在。吴仝自以为自己定会留名青史,所以视"北大班"为粪土的这一壮举一定会为将来他的自传添上一笔。他每次自由出入于北大班和27班中间时,神气得羡煞旁人。第二名的好孩子祝效华则命途多舛。虽说他屈居吴全之后，暂列第二名，但是他与吴全总是有着30分以上的差距，就是这30分之差使祝效华始终与"北大班"无缘。尽管祝效华把"北大班"真正当做北大来考，但是光荣榜下来，他总是比全校第70名的分数线低五六分，考一次郁闷一次。真可谓既生华，何生全？在祝效华使出吃奶的力气猛追时，吴全的学习仍是全面开花。

吴全深得外公古文真传，写起文章来不仅满篇"之乎者也"，生僻古怪的字更是群星璀璨，星罗棋布，他的作文都是这样写：

黄昊号哭，舞醉狂啸，抒唢呐以聩苍天，立北风聊扫夐远。竹林乱舞，碎土拍天，斜枝兮姗萧，驾言兮湮风。忽拱风以推我去兮，将我志付尘，听鎏云排海鼓浪兮，欲掀落拓悲风。木动兮飘飘，卷楼船兮拊起。猛鸷驾风兮赴九天，蓂荚缠藤兮开日月。舳舻破浪兮万里。抛侘傺兮袖空空，对旻天兮身俅俅。浮红尘兮宏谟何子胪陈，龙马神兮何海鹤姿？四万辞章兮入苦辜，两百词言兮没坟莹。忽弹剑兮高歌，愤慷慨兮易水，沦肌兮高堂淳淳，浃髓兮来路萧萧。挺剑兮直击万魅，挣缰锁兮名利淹池。呜呼！莲花峰飔飔松风，寮房生辉兮援翰金光。引北风兮恨恨一啸，卷残云兮凄凄一奔。破灵榇兮赢我馔鱼俎上，忞我志兮树我参天蠹旗帜。

这篇文章最后还附有一后记：

欲以此文引李白斗酒，王勃无光也。

语文老师饶发久见吴全把一篇主题为保护环境的作文写成当年楚国风味，后又大言不惭地欲与李白、王勃一争雌雄，气愤不已，但平静下来细细想想，发现自己的气愤来自于嫉妒。饶发久的汉语水平半斤八两，陡一遇见这等高深莫测之文，读时如在沙土中行走般艰难。按照一般理论，凡是看不懂的文章都是好文章，但好文章既然看不懂，这"教"字就自然无从谈起。在应试教育下，老师所扮演的是通晓天地万物的圣贤角色，从老师口中蹦出"不知道"或"我不会"三个字极难，所以便由不懂引出一个必然结果：装懂。在查了字典仍无法参透文章的前提下，他选择了"既然无法征服一样东西，就要毁灭这样东西"这一处事原则，在评语

83

上写道:"这篇文章艰涩难懂,而且表达出一种中学生不该有的豪气和霸气,没有写出保护环境的意义,与高考大纲的要求不甚合拍,有跑题之嫌。写作文应该严格要求,不管是创新还是返古,写在高考试卷上,都是死路一条。望你多加努力。"

吴仝本来希望语文老师把它作为气贯万古的好文章推荐给人民文学出版社,不料文章却被棒打得半死不活原路返回,一时郁闷不已。作文课上饶发久操着一口方言读着那些高分作文,有一篇是叫李荷花的女生写的,饶发久在讲台上读得激情四射,那个叫李荷花的女生听着自己的文章,羞涩地垂着头,脸红得好像被红墨水涂抹过一般。那篇作文写得宛如一碗淡水,索然无味,开篇亮出论点,即八股里的"承题",其实她的论点也是所有人的论点:保护环境很重要,又加上若干"啊""哦"之类感叹词,列举了几个不注重环境而家破人亡的例子,中间穿插了一些司马迁、马克思、居里夫人的言论,最后一段总结道:

啊!保护环境多么重要啊!写到这里,难道你们不认为保护环境很重要吗?不管你们怎样认为,我坚持认为,那就是:保护环境很重要!

下面的同学听得个个像打了乙醚,吴仝感叹这样小儿科的东西竟在自己的大作之上,借着怒气在纸上龙飞凤舞地写下几句话:黄钟尽弃,瓦釜雷鸣,逸人高张,贤士无名。郁闷了一节课,便不再沉默,仗着自己第一名的优厚资本,掂起大作径直去办公室找饶发久。

饶发久读了一节课范文,舌头快干得成肉干了,刚坐回办公室咂几口水,便见吴仝拿着作文本鬼魂似的游荡过来。吴仝把作文本放在饶发久面前,只恨不能用古文说话以显示自己的水平:"饶老师,我这篇作文如何不登大雅?烦请老师当面给以指教,指出其中纰缪之处,学生好予以修正。"饶发久用五官制造出一个僵硬的笑,以示自己和蔼可亲:"这篇作文吧,很华丽,这表示你的水平是很高的,但毕竟有卖弄文字的嫌疑,我给你的命题是保护环境,你看看你这篇作文哪里提到过环境?你记住,高考时批改试卷的老师不看你作文的全部,只看开头和结尾。给你打一个不好听的比喻吧。看一个人的时候,只看看他的脸和大致模样,没必要扒了他的衣裳看他全部身体吧?"说完暗自为自己这句辩解得意。不料吴仝反驳说："那总不能一辈子写东西就拘泥于此吧？方今社会，只有个性之人方能打出自己的旗帜，如果只讲众口一词便处处平庸，文学史就别发展了。"一个没思想的人最害怕他面前的人有思想，饶发久便舍近求远，迂回反击："是，你说的有道理，但创新就意味着风险。高考你一生就一次，你玩得起么？我们有高考作文大纲，你细细读读，只有符合上面要求的才是好作文。我看吴仝啊，你每次考试成绩都是第一，但语文考试成绩每次都是120分左右，虽说这分数不算低，但也不能算高啊！好好反省一下，跟作文过不去就是跟自己过不去啊！"他看吴仝的嘴唇动了一下，暗想他想反驳，便抢先一步说："好了，快上课了，下节还得写作文，你回去准备准备吧！"吴仝转身悻悻离去，走了几步又回头来拿自己的作文本。饶发久身后有高考制度撑腰，望着吴仝离去的背影暗暗窃笑，窃笑过后又整理着装，道貌岸然地迈着八字步去教室传授作文之道了。

　　高考报名工作终于来了，按照必须在籍贯所在地报考的规定，不少在别处借读的本地考生纷纷托关系、找门路回到封阳一高来做插班生，等待高考报名。报名之前的一段时间内，经常见一个衣冠楚楚的家长领着一个唯唯诺诺的学生四下里游走找人，以图在此校报上名。与学生人数相应增长的是试卷，六门功课之间好像搞军备竞赛似的，争着发试卷，各科课代表每天都携来大批试题，这些习题是各科老师从天南地北的资料上东剽西窃粘贴而成的，往往第一道题是海南模拟试题，而第二道题是乌鲁木齐第八次联考精选。题目质量良莠不齐，印刷上更是粗制滥造，大片大片的字体比戴着面罩的阿拉伯妇女面孔还要模糊不清。

　　一个周三的上午，依桐下课后去办公室拿语文卷子。一出教室门，才发现校园中阳光明媚到极致，高考倒计时牌醒目地矗立在主楼对面，上面分秒继续直线式减少，到处飘荡的都是红色条幅，比如"俱怀逸兴壮思飞，欲上青天揽日月。""人生百步，关键处跑步前进！""人生不一定都考满分，但你一定得考最高分。"如此励志语言挂在显眼处，激励着学子奋力拼搏。依桐踩着脚下破碎的试卷纸屑，在彩带飘扬中来到办公室，见办公室里人声鼎沸，有填档案的学生，有整理报名表的老师。依桐进了办公室才发现饶发久不在，桌子上散落着几张试卷，他便过去在里面找到了要找的那张试卷。这时旁边办公桌上一位刚分配到此的年轻女老师正在对着桌角一个小圆镜自照,看一个学生在饶发久办公桌上鬼鬼祟祟地找东西,便抬头警觉地问依桐:"你是哪班的?找什么?"依桐见这个女老师瞪着一双眼圈被描黑的丹凤眼,便拿着卷子说:"我是27班的,来调换一张卷子,饶老师不在……"那女老师低下头,装作写东西的样子,看也不看许依桐,说:"哦,你们饶老师班里要转来学生,他去校门口接学生了。你拿吧!"

依桐取了卷子,转身要走时,见班主任刘同军同一帮老师正在办公室一侧,围着一个立地风扇高谈阔论。刘同军抽着烟,扶了扶眼镜。呷了一口茶水说:"夏念祥的女儿要转回来?我看咱学校又该有大动作了!"一旁一个戴眼镜的男老师说:"夏念祥是咱市里的一把手,这么多年为咱校扩建、评优出力不小,这下校领导终于找到一个表现的机会了。"刘同军说:"看来这夏书记的头带得很好,按照高考政策行事,不搞特殊。"一个女老师进来,边收太阳伞边说:"刚才看见陈校长亲自去接了,看来饶老师又接了一个大美差!哎,你们说,这夏念祥为啥不让他女儿进咱这里最好的'北大班',而让他女儿进普通班?"刘同军又呷了口茶,笑说:"这你就不懂了吧?要不搞特殊就不搞特殊到底,如果一进校就进'北大班',下个月一考试,他女儿要是进不了前70名,你说这个班是出还是不出?"一边一个政治老师用他政治的思维思索后说:"这刘老师历史不是白教的,分析得很到位。到时你说这夏千金要是出了'北大班'吧,夏书记脸上没面子,要是不出'北大班'吧,咱们学校的校规没面子,还不如进个普通班,万事大吉。"

已经快要上课了,他拿着卷子出了办公室,匆匆忙忙地向教学楼走去,不经意间见校门口的林荫道上,一帮人簇拥着向教学楼走来,其中饶发久在前面领头,六七个学校领导拱卫左右,中间是一个珠光宝气的中年妇女和一个身材高挑的女孩,陈秉公副校长还点头哈腰地向那个妇女介绍着什么。大约是阳光太过毒辣,那中年妇女还戴着墨镜,身后那个女孩则把墨镜挂在额上,走起路来婀娜多姿。依桐心想这便是所谓的高干子弟了。依桐看向那个女孩时,朦朦胧胧地觉得很熟悉,感到说不出的亲切。那女孩穿着一件紫色衬衫,短短的齐耳碎发,发上微微染成橘黄,耳朵中塞着耳机,正往两旁不屑地打量着。依桐好奇地看着一行人进入了教学楼,听到打铃声才反应过来,急匆匆跑进教学楼上课。

吃午饭时,依桐吃了两个包子,喝了一杯豆浆,勉强解决了温饱。

回到教室后，坐在座位上，困意袭来，他便想趴在桌上小寐一会儿，快睡着时，朦朦胧胧中听见蔡泽光的声音："同志们，你们知道么？对面26班转来一个超级大美女，现在去26班看她的人把门口都堵住了。听说那个美女还是市委书记的女儿呢。"正看体育报纸分析体育彩票的韩跃猛地抬头说："怪不得我刚刚去买报纸时，看见一大帮人站在26班门口，往里面探头探脑的。当时我还以为里面出了什么事情呢。"蔡泽光惋惜地说："唉！要是能转到咱班该多好，这可是蔡某生平一大憾事。咱们班的女生质量一直上不去，可真叫我这有心之士忧心忡忡！想咱27班帅哥成群结队，缺的就是美女。"陈益说："我在开州市区上高中时，就知道这个美女。"蔡泽光和韩跃马上起身，忙说："讲讲！说说！她有男朋友吗？"陈益不慌不忙地坐在座位上，拿起一本书当做惊堂木，一本正经地说："话说这个女孩当时在市一中，那是市里最好的高中，我在市三中，就是这样，我也听我在一中的同学说起过她。对了，你们不是什么都知道么？那么她叫什么名字？呵呵！"

依桐的睡意被彻底击溃，坐起身来听他们议论。看陈益一副得意的表情，挑衅着蔡、韩两人，蔡泽光不耐烦了："算你知道得多，快说，别磨磨唧唧的，吊人胃口。"陈益嘿嘿狞笑说："那得表示表示，我的消息可是收费的。兄弟这几天有点手痒，想上上网，要不这周末咱逃了老蒋那节课，你们请我网上冲冲浪，可否？"蔡泽光最近也正犯网瘾，无奈学校禁锢，无法逃脱，便随口说："成！成！不就是一个小时上网时间么？快快报上此女的名来！"陈益用课本敲了一下桌子，便见左右男生耳朵均抖擞地竖起，他说书似的说："她爸姓夏，所以这个女孩也姓夏，这个女孩的名字就一个字，可听好，她叫——夏天。"

15

上第一节晚自习的时候，教室内安静得如无风的草原月夜。刘同军所任教的历史课好不容易熬来一节晚自习，他自是对这节课加强戒备，他迈着碎步在教室内游走，以窥探有没有人看其他科目。在教室内循环运动了半节课，只有祝效华问了他一道选择题，他大事渲染，讲了二十多分钟，实在无聊，站在讲台上沉吟半晌，说了句："同学们，麦都快黄了，你们看着办吧。"这句话他每日来教室必说，谁人不知等麦子黄的时候，高考就要开始，他丢下这句话，自以为丢下了压力，便踱出了教室。

他的身影刚消失在门口，班内的细语声就茁壮成长，有人伸伸懒腰动动筋骨，有人抬起头若有所思。许依桐面前也摊着历史课本，从辛亥革命看到20世纪70年代末拨乱反正，回过头来品味，除了记住孙中山、毛泽东等几个主要人物之外，知识进入脑中就像水入海绵一般，踪迹全无。日光灯照到课本扉页上，反射出的白色光线刺得眼球隐隐作痛。耳边传来校外湖畔的歌声。湖的那一边有一个巨大的广场，广场从来都是夜市的集散地，那里有很多露天卡拉OK，五元三首，一到夏天就引来不少人一展歌喉，那些人调子跑得直入云霄，扯着喉咙可以去湖上炸鱼。每每歌声越过湖面，穿过围墙和建筑来到晚自习课堂上时，那些跑调的歌声都会引得看书、算题的学生一阵阵发笑。依桐把书放在面前，任耳边飘来阵阵歌声。不料那些老歌在静夜中听来，让人浮想联翩，进而有些伤感：

谁能与我同醉，
相知年年岁岁。
咫尺天涯皆有缘，
此情温暖人间。

这歌词伴着舒缓起伏的曲调传来时，空气中飘荡着一种温暖，依桐心中的暖流上泛。"谁能与我同醉，相知年年岁岁"，这个问多好！谁能伴我度此残生？他面前的历史课本上不知从何时开始浮起水儿的笑脸，一桩桩往事如电影镜头一样从脑中划过：冬日，悠远深蓝的天空中鸟儿倏忽飞过，齐渡河冰冻三尺，河岸上麦田绿意盎然，开阔无垠、通向八方。齐渡河大堤之上桐树成林，望去郁郁葱葱，好像另一个世界。春天来时，桐花盛开，嫩红的喇叭一样的桐花成群结队吊在枝头，花香袭人。听老人说有一年一群凤凰从这里的天空飞过，其中一只美丽的凤凰不经意往下观望，看到地上还有一片这么美的桐林，竟忘记了扇动翅膀，从天上掉了下来。这只凤凰摔到地上，头朝北，尾朝南，化作了一片土地。齐渡河北的那个村庄就是凤凰的头所在地，而南许村就是那只凤凰心脏所在的位置，尾巴一直绵延到六里外的洛宁镇上。那一群凤凰看有同伴牺牲，纷纷结群下落，在这片土地上啼鸣七七四十九天之后才频频回望地飞去。老人讲那一年村外麦地里漫天匝地都是彩色的凤凰，它们集体展屏。依桐和水儿在那个有着淡黄色阳光的下午听着这个美丽的故事时，都想象着黄色麦田里那些美丽的生灵起舞的唯美场景，他们一次又一次地结伴去那片桐林找寻过，直等到彩霞满天才恋恋不舍地回来。夏日雨后，他与水儿一起去那片林中寻找未出壳的蝉，有个风吹草动就以为是凤凰回还……那时的情景一幕一幕地从脑中闪过，使他坐在压抑的教室中不由得露出满足的微笑。祝效华正在做一张试卷，不经意看到依桐对着历史课本偷乐，吓了一大跳，心里想，历史是在讲严肃的事情，怎么会发笑呢？

　　直到前座转身问邻座祝效华题目时，依桐才如梦初醒，回到四面被书本包围的教室中。他责怪自己走神，惶恐地把历史课本翻到"改革开放的春天"这一章，正欲看时，忽然听见蔡泽光、陈益、韩跃三人密语下课后怎样去26班看夏天。三人设计好路线图，时不时地老鼠偷灯油一般咯咯叽叽窃笑一阵。蔡泽光见许依桐回头看他们，便盛情邀请："许依桐，下课后去26班看美女吧，我请客。"依桐推辞说自己要上厕所，蔡泽光笑说："看粪坑不看美人，许兄将来必成大器！"依桐并不知他这大器也包括尿壶一类的器，只嘿嘿一笑算作应答，然后回转过头去看历史课本了。

　　下课之后这三人像弹簧弹起一般，打闹着出了教室。依桐合上历史课本去卫生间，走到门口时，见吴仝在座位上正给慕名而来的几个女生讲数学题，唯恐天下人不知，嗓门如洪钟："这是一道立体几何题目，你首先得建立一个立体几何概念，立体概念懂不懂？然后综合运用百牛定理，再用正弦、余弦、反切公式。要解出这个题目，接下来的一步要用导数，最后把所得的数据带入二元一次方程组求它的精确解，并精确到小数点后四位……"那几个女生崇拜地望着吴仝，如仰望泰山，吴仝讲得兴起，还间接穿插了自己的数学学习心得，直接抨击了老蒋的解题错误，只恨不能明日数学课自己代教。望着那几个女生的脉脉目光，周围几个男生醋意横飞，用不服气的白眼扫射向吴仝，有的低声说："一个人长得丑，就只好努力使自己变得聪明些，以弥补自己的缺憾！"依桐无意中听到这句很有哲理的话，不由赞叹真是愤怒出诗人。他在这乱纷纷之中出了教室，见走廊下的26班门口又聚集了不少人，阻碍了去厕所的要道，仔细看去，蔡泽光等三人也在其中，他们正拼命往里挤，依桐只好绕道而行。

厕所中只挂着几盏橘红色的灯，引得夜虫在周围击打不已，其他地方一片昏暗。依桐刚刚站定，便听一个男生尖声尖气地说："26班转来的那个美女真是漂亮，听说他们班男生不看卷子单看她了。"一旁一个男生边紧着腰带边说："26班今儿可以开个旅游景点，估计这女孩收的情书的字数用不了多久就可以赶上《莎士比亚全集》。哈哈！"左侧黑暗中有个男生忽然瓮声瓮气地说："什么时候了？离高考还有几天？长得再漂亮高考时能给她加分？咱们可跟她耗不起！"先前发言那男生反驳说："兄弟，此言差矣！美女就是给咱们大老爷们儿养神的，看几眼能安神补脑。再说了，人家是什么来头，还怕这区区高考么？"黑暗中那男生好像已经出恭完毕，站起身来，再不做声，大约听出这个论战的另一方是文科班的，舌头上的功夫不济，于是不再恋战，以示自己清高。许依桐出了厕所，见就连男生厕所里也充斥着夏天的话题，她的风头竟然暂时压倒了高考，不由感叹古时一个女人可以亡国，今时一个女人可以亡校。

第二天早读过后，依桐摸摸兜中余钱，才觉数目寥寥，快要到弹尽粮绝之境。算算今天是星期六，下午只上两节课即可出校，不由连呼万幸。下午上到第二节课时，经过一个星期的牢狱生活，班中人早就坐将不住，待到放学铃一响，班中人呼啦啦已经走了一半，余下的对铃声充耳不闻，只顾埋头算题。依桐在座位上坐了一会儿，四周人已经全走，只剩下祝效华在做一张去年甘肃省的高考数学卷子。夕阳的余晖从西窗上偷偷溜进来，照在班中起伏不已的书山之上，教室中橘红一片，依桐望着到处都是书的世界和水一样流淌在桌上的阳光，刚才热闹的一切忽然变得一片冷清，开始计划着如何去姐姐家要生活费。

他迈着沉重的步子走出校门，正想进入摆满小商品的破街时，忽然见校门前停着一辆轿车，校长周广青和副校长陈秉公正打开车门，满脸堆笑着往校门里观望，依桐也好奇地回头看，原来是26班班主任饶发久陪着昨天转来的夏天朝校门走来。依桐这才看清楚传说中夏天的样子，她的身材有一米七多，十分苗条，脸蛋有着令人眼前亮数次的美丽，那种美丽不是浑然天成的，却自有一种气质衬托，特别是那双乌溜溜的黑眼睛使依桐有种莫名的熟悉,而这种熟悉究竟从何而来,依桐自己也不解。夏天一边听着饶发久在一旁喋喋不休,一边缓步走到轿车前,周广青忙上前与她说了些什么,夏天只点了点头,抚了抚头发,便潇洒地上了轿车,周广青亲自把车门关上,随即自己也上车坐在了前排。轿车鸣笛几声,几个卖炸豆腐串的小贩惶恐地把摊子往后挪了挪,轿车才得以前进。依桐依稀看到车里的夏天表情漠然地坐着,那个美丽的表情在车窗后面,一闪就从自己面前飞了过去。

依桐来到了姐姐家的楼下。有几个孩子在他身边的空地上穿着旱冰鞋滑冰,一阵阵嬉笑声传来,有的孩子还调皮地扶了依桐一把,从他身边滑过,依桐真想做个孩子,每天无忧无虑多么快活,可如今……他深吸一口气,定了定忧伤而焦虑的心,开始走入那个给他希望和绝望的黑洞洞的楼道。他沿着楼梯扶摇上着,每迈一步都极为痛苦,但脚步又不得不迈,头上的汗涔涔而下,整个空荡的楼道里回荡着他细不可闻的脚步声,那声音令他心惊胆战。一楼、二楼……他好像一个人走向断头台,知道断头台最终会来临,他只是尽量拖延到达的时间。最终姐姐家所在的三楼还是到了,依桐尽量平息一下心情,深呼一口气,暗自祈祷姐夫别在家,颤颤巍巍地伸出食指轻轻碰了一下防盗门。后来他意识到那敲门声自己都听不见,就稍稍加了一点力,小鸡啄食般敲了十来分钟,里面没有任何动静,看来家中无人。依桐如释重负同时又愁苦无比地下了楼,边下楼边想起一句诗,觉得用到此时无比贴切:满天愁雨下西楼,觉得古代人把愁苦形容得太好了,让后代人都找不到词来超越。

他郁闷地踢着一块小石头,刚走出家属楼时,就见姐姐依禾骑着电动车带着女儿卫卫在胡同口出现。依禾见到依桐,忙停车问:"你咋来了?什么时候到的?咋不在楼下等我?"依桐紧张地说:"我才来,见到家里没人就打算回学校呢。"坐在电动车后座上的卫卫知道她这个舅舅一来必是要钱,所以白了眼不理依桐,依桐红着脸和姐姐说话,装作没看见一边卫卫的表情。依禾扶了扶前篓中买的一些菜,说:"跟我一块儿回家吧,我给你做肉炒饭吃,在学校也吃不上肉。"这时后座上的卫卫嘴已经噘起,把头扭向一旁,不看依桐。依桐忙说:"不了,姐,我七点还上晚自习呢。"依禾听了这句话便从前面的车斗中拿出自己的包说:"又没生活费了吧?"依桐难以启齿的话被姐姐抢先说出,好像大热之时天陡降大

91

雨，他忙点点头，不自然的一双手无处安放，一只只好悄无声息地插入兜中。依禾从包里拿出200元钱，塞入依桐在外边的那一只手中。这时后座上的卫卫气得大哭："妈，你把钱都给了他，我的小汉堡可怎么吃啊？你答应我的。"依桐二度大窘，忙把其中的100元递给卫卫："给！舅舅给你钱让妈妈带你去吧！"依禾比较痛快，反手就是一巴掌，打得卫卫哭声陡然响亮："怎么这么不懂事？依桐你拿着，你看看把她惯成啥样了！"说完不管后面哭泣的卫卫，对依桐说："最近学习还紧张吧？这200元你先拿着，改天我再去你学校给你送些。你先吃吃饭，赶快去上晚自习吧，时候不早了！"卫卫的哭声此起彼伏，依桐点点头，伸手想拍拍卫卫的肩膀抚慰一下，孰料卫卫抹着眼泪早把肩膀转到一旁。依桐只好转过身，冲姐姐点点头，眼里热辣辣地向街上走去。学校组织的第六次校内联考将要开始了，这暂时压下了夏天到来所引起的轰动。学生以考为天，上次考试27班在校中排名仍旧处于中游，刘同军不甚满意，他自己30岁出头，正是晋升的大好时机，此时不春光灿烂一把，势必成黄花。前不久年级组长在饭桌上已经向他暗示过几次，让他做个历史组组长。他自知现在正是给自己向上爬长些筹码的时候，考试前这一星期，他采取铁血政策，每日晚自习不定时前来监督，窗户外时不时出现他形同鬼魅的身影，坐在窗户边的同学每到上课时分都惶恐至极，窗户外一有个风吹草动就立刻紧张兮兮变得如临大敌。此外，他还对27班实行严格的信息提供制度，班内有个动静就会有班干部记在那本黑色日记上，定时交给刘同军观看。刘同军还买来一张大纸，新制定了严格的班级制度，贴在了前面墙壁上，那制度是：

课间严禁追逐打闹，课前三分钟，教室中必须保持安静，交头接耳十次以上者，取消一切评优、评先的资格。

晚自习视为违纪的举止是：1.同学之间相互谈笑；2.同学之间讨论不相关的问题；3.抬头东张西望；4.坐姿不正，注意力不集中；5.随意进出、走动；6.利用老师在班辅导时讲话；7.在晚自习时吃零食。

处罚方式：

1.发现违纪，年级部将予以记载；

2.情节严重的将开出处理通知单；

3.在一切时间，老师有权摔毁MP3等播放器，有权没收一切课外书和零食。

依桐发现上面条例中自己基本上都已经违犯了，要不是运气好没被逮到，开除十次都有余，因此上晚自习时除了呼吸和写字，任何动作都不敢做，一时产生了身处纳粹集中营的恐惧。祝效华平常就是好学生一个，什么班规校纪对他来说都无所谓，因为他对自己的要求比那些条例还要严格。后面的蔡泽光和陈益先前上课时在下面下象棋，被班长邱力目击到，瞬间记在了当天的黑色日记上，果然效果很佳，晚自习时刘同军亲自把二位请出茅庐，痛批一顿，他们被要求写检查两篇并当众把检查深情朗诵出来。韩跃用书把书桌三面围起来，只余一面敞开向自己，从窗外绝对看不见他在里面干什么，其实韩跃在自己的根据地上无非干两件事：看体育报纸和推算下一期中奖号码是什么，每日用笔演算，无心插柳柳成荫，彩票没中，却制造出了用心学习的假象。刘同军见韩跃处在学混云集的最后一排而不染，在班会上把韩跃猛夸一番，说什么有人起点虽低，但奋起直追，必有一飞冲天的那一天，谁说盆地里就飞不出火箭，并号召一旁的蔡泽光和陈益向他学习。蔡、陈二人不禁气得牙痒。

在紧张的氛围中，第六次校内联考拉开了序幕，为了不与上课时间发生冲突，考试时间排在了星期六和星期日。到周五下午之时，学生们把教室中的教科书统一搬走，留下空荡荡的课桌，之后在课桌上贴上考号，教室就算变成考场。夕阳西下的时候，依桐吃完晚饭来到教室，见没了书山的课桌好像搬走了泰山的平原，偌大一个教室一望尽收眼底，使人没有安全感。晚上还有自习，桌上还余下几本书以资晚上临阵磨枪，教室中废纸屑覆盖了地面，班长邱力正带领几个女生打扫，在从窗口射进的金黄色阳光中，灰尘翩翩起舞。依桐也拿起一把扫帚，左右摇摆着酸软的胳膊打扫起来。

16

晚自习时，许依桐唯恐明天的数学又考砸，正用吃奶的力气复习推导公式，半节课推导出几个公式，不由沾沾自喜起来。做了一会儿，觉得底气已足，便随手抽出半年前买的高考模拟试卷，挑出其中一份，做了一节多课才做完，忙找出参考答案对照，孰料又是损兵折将大半，一时对自己的人生价值产生了怀疑，又拿着答案研究了半天，总算搞个大半懂。

一到考试，大家就感到无比放松，第二排几个平常不苟言笑的女生也和前面的男生嬉笑不已，只有少数人强迫自己注视课本，而心神早已飞到天南海北。后面蔡泽光聊得最起劲："我打听出来我的考号了，在43考场，前后坐的都是35班的复读生，个个学习超好，看来我的耳朵和眼睛又该施展才华了。"这时陈益掏出自己的手机说："明天就全靠它了，我跟几个学习好的哥们儿都商量好了，他们早些交卷给我发短信，假如不给我发短信的话，我自己用手机上网搜索。"韩跃正看体育报纸，忽然想起什么，话题一转："哥们儿几个打听了吗？那个新来的夏天同学分到了哪个考场？"蔡泽光经此点拨，蓦然兴奋："不知道，咱们的考号还没公布，我害怕要是真有幸和夏天在同一考场，我全没心思做题，单看她了。本来我还能考倒数第二，这下又考倒数第一了。"韩跃在一旁冷笑道："反正都是倒字辈的，都是偏房，你还争第一、第二的名分么？"

蔡泽光还想接口，忽见刘同军手拿一张纸匆匆忙忙从教室前门进来。本来教室内人声鼎沸，刘同军一进来那些声音马上自杀式消失，众人心中急躁，均伸长脖子预备听自己分到了哪个考场。刘同军说为了保证公平，学校分考场是按照学号随机分的，所以此考号发布下去，再无调动可言。念完考号后又开始动员性发言："同学们，第六次学校联考开始了，我知道，这是历史发展的必然结果，这是证明自己能力的两天。我可不管你文章多好，你乒乓球、象棋天资多高，你足球踢得多么出神入化，你篮球打得多么棒，我就认准一个死理：分数高才是硬道理，你的名次才是你的水平。同学们，拿出你们的小账本算算，离6月7号还有几天？不对，还有几小时？时间不多了，同学们，麦都快黄了，是该冲锋的时候了，高考其实对你们没什么要求，它就要求你们有答卷子的能力和天赋！"说到这里，刘同军摇了一下桌子以示自己充满激情，"而六次联考恰恰是你们练兵的演习场。同学们，为了你们的明天，勇敢地去解题吧！你们的班主任等待你们的凯旋。最后呢，我送给大家一句李白的诗：少年负壮气，奋然自有时！"他只恨没有音响制造出"时时时时……"的回音以增强震撼效果，然后他模仿闻一多，一甩袖子走下讲台，把刚才的话留给下面的人反刍回味。

祝效华扶了扶自己的眼镜，激动得血涌至脸上，几个星期以来第一次在上课时主动跟许依桐说题外之话："许依桐，这次我可下决心了，我要考取全校前70名，进'北大班'，快高考了，要是再不进就没机会了。你呢？你有没有机会进班内前30？"许依桐灵光乍现，忽然想起一本杂志上的话："跌下来的都是向上爬的人，我可没那个雄心。"祝效华整理着自己做过的一捆试卷，好像即刻就要搬到"北大班"一样，边整理边说："什么时候了？高考都快来了啊！你还说这样的话？不考高分怎么办啊？俺娘前天在村里给我算了卦，说我今年必将中魁元呢！我现在也觉得自己做题做得快不行了，但是我又一想，咱们学生除了做题还能干什么呢？现在我英语阅读理解的阅读速度还是提不上去，数学里三角函数和数列也是薄弱项，大综合还得巩固。唉！没学的东西还有很多呢，高考可不等你啊。这次我一定要进'北大班'，只要和那些最强的竞争对手竞争，我的分数还能再提高一大截！最近，我的身体又掉链子，鼻窦炎又犯了，头疼得受不了，可这样也得做题啊，你不做题人家正在努力着呢，不久就超过你了。好了，我不跟你说了，我要做题了。"

依桐一直出神地看着这个忽然话多起来的同桌，看着日光灯下他憔悴的面庞，心中不由泛起一阵酸楚。

许依桐被分到了59考场。第二天他迷迷糊糊地在教学楼上转了半天，59考场就是不见踪迹，后来他按照考场次序一路找下去，终于在第三教学楼五楼的楼梯拐角处找到了。此时考场中已经坐满了人，许依桐一头扎进考场，低头找到贴着自己考号的课桌，便立刻坐在座位上。刚坐下，便觉四周不对劲，他环顾了一下周围，才发现这个考场的大部分人都在看着自己。依桐大窘，以为自己穿反了衬衫抑或头发上粘了个脏东西，仔细检查后才发现自己一切正常，再看周围的人，才发现那些人不是在看他，而是在看他前面的一个女生。依桐长舒一口气，待他也看前面那个女生时，自己口中呼出的那口气竟然停在半空呼不出，原来坐在他前面的，竟是前些天他所见到的饶发久等人前簇后拥的女孩——夏天。

从后面看，只见那女孩微长的碎发，发梢上微微染上一点黄色，上身穿一件紫色T恤，皓白的脖颈上戴着一串玉项链，依桐心想，怪不得许多人为她着迷，要不是有更好看的水儿，连自己都几乎认定这是最美的人了。依桐依稀闻见些许香味，他自然不知那是柠檬加香依草的味道。他在背后看着夏天，那种熟悉的亲切感又不知不觉冒出来。虽说他与夏天见面仅仅两次，但他一直觉得夏天这个女孩很亲切，好像在哪里见过，甚至过去在某段日子里一直在一起，这种想法使他惊奇不已。他正盯着夏天的背影出神，忽然那背影回过头来，冲他微笑着说："同学，你好，你是哪个班的？"

依桐没想到她会忽然转过来并与自己说话，吓了一跳，一时不敢直面她的面庞，受宠若惊地说："哦……你……你好！我是27班的。"夏天捋了捋耳边的短发笑着说："原来我们邻班啊！我是26班的，我叫夏天，才转来的。"依桐心里说：谁人不知道你？他故作镇静地坐在原地说："我叫许依桐。"夏天笑着说："依桐？桐树的桐么？好名字！"依桐点点头，猛然想起一事，说："我是洛宁镇的，和你还是老乡呢！"此话说出之后便暗道后悔，先前装作不识夏天的谎言已经不攻自破，好在夏天没有在意："哦！真的么？那是我老家，可惜我还没回过几次呢。对了，你的数学成绩好么？"许依桐说："一般吧！平常考试成绩都是四平八稳的。"夏天笑笑说："那就行，考试时可要帮帮我喽。我数学可是很白，下午考的时候多照顾照顾。我刚转来，这次考试不能考得太没面子了。"许依桐这才明白原来她主动与自己说话只是这个目的，心里凉了半截，口中回应道："数学上我也算个贫下中农，那好吧，我们互相学习，贫帮贫，富帮富。"夏天还想说什么，监考老师已经手捧试卷袋走进来，她只好友好地对依桐一笑便转过头去。

来的这两个监考老师是一男一女，那男老师惜话如金，扫视全场后迈着沉稳的步子，以不变的表情和动作逐个检查准考证，女老师随即也在另一半考场开始进行相同的工作。当男老师检查到夏天的准考证时，猛地想起什么，忍不住又看了夏天一眼，那眼光里饱含着"久闻大名，不如一见"的意思，嘴里欲说话但是终究没有说出口，轻轻地把准考证放回夏天桌角，之后几乎是闭着眼睛不屑一顾地来到许依桐的桌前，像鉴赏古玩似的打量了许依桐一番，确定不是赝品之后，才将准考证掷到依桐桌上，向后排查去。

第一门考语文。卷子发下来，依桐凭直觉开始了第一题：找出读音或字形有错误的一组，出卷老师为了展示自己的学识，将题目出得十分古怪，恨不能将仓颉造的字全数搬到卷子上来，选项中的字全部都是从墙角里挖出来的，什么"彰善瘅恶""华妆绽缯"。第二题出的是找出用错的成语，不外乎"万人空巷""七月流火"之类容易出错的词，依桐看了半天，发现这些成语全部都用错了，仔细斟酌，又觉得全部都用对了，如此左右摇摆，心神更是不定。依桐知道这样的题目越是思考越是思考不出，索性痛下杀手对两道题开始了"蒙"，依照开门见"喜（C）"的理论，他不假思索便将"C"勾出，第二题则以蒙续蒙，跟在第一题答案后面蒙了个"D"，之后便所向披靡地一路蒙下去，选择题十来分钟便宣布告罄。接下来便是背写古文。今天默写的古诗文都是课外的，依桐一看便知道完了。第一道是要求填写晏几道的《阮郎归》：

天边金掌露成霜，_____。绿杯红袖趁重阳，人情似故乡。
兰佩紫，_____，_____。欲将沉醉换悲凉，清歌莫断肠。

第二题来了首唐诗与宋词分庭抗礼，来自于张若虚的《春江花月夜》：

白云一片去悠悠，_____。谁家今夜扁舟子？何处相思明月楼？
_____，应照离人妆镜台。_____，捣衣砧上拂还来。

此二题均是从课外拈来的，大多数考生与这两首诗是初见，均彷徨不下一字。许依桐也从脑袋里搜刮了半天，却发现储存夹空白，最终只得用三十六计里的"舍车保帅"，舍掉不写，以集中时间拼凑后面分数分量重的作文。正在此时，前面的夏天举起了手，示意监考老师要借橡皮。监考老师自是不敢怠慢，蹑手蹑脚地走来，随手从后面许依桐桌上拿起一块橡皮，像拿起自己的橡皮一样给了夏天。

终于支撑到了作文部分。他刚写完第一自然段就卡住了，开始思索编造司马迁、居里夫人的奉献事迹，以便征用到自己文中，见前后左右的考生均运笔如飞，自己便找到了些动力，脑子中胡乱编造出一些语句来，什么简·奥斯汀说过，罗曼·罗兰曾语曰，陀思妥耶夫斯基曾论过。那些语文老师平常都阅读工资数目和领导的脸面，阅读的书有限，更不会费时间去原作中查证，于是依桐大胆地代文豪言之，胡编乱造得甚是快意。正快意间，见前面的夏天起身交卷。全考场人吃惊不小，大多数考生作文才开个头，见竟然有人做完交卷，禁不住方寸大乱。夏天在监考老师和考生们愕然的注视中交完卷，回到座位上取回自己的笔，随手把橡皮放在了依桐的桌上，并用手摁了摁，开心地一笑，飘然地走到讲台上拿出自己的包，潇洒地走出了考场。

时间紧急，容不得许依桐胡思乱想，他赶紧编余下的作文，正在生造些托尔斯泰的话语时，他一时产生了全世界文豪和政要招之即来的领袖感。作文进展神速，不一会儿卷子上的作文格格数便被依桐写满了，文思还淋漓未尽，最后一句话还开出方格之外，"让我们记住车尔尼雪夫斯基那句振聋发聩的话吧：奉献，是人类的母亲，是人类的伟大施舍，并在施舍中鉴证了爱！"。

作文的超常发挥使依桐心中的一块石头落地，他立刻回转马来收拾前面落下的散兵游勇。无奈自己半个小时前不会的再做时仍旧不会。许依桐见时间不等自己流逝而去，只得拿了铅笔往答题卡上涂抹答案，涂一个算一个，不料忙中出错，把第六题的答案涂到了第五题上，便拿了桌上刚才夏天归还自己的橡皮来改正，没想到拿橡皮时发现橡皮厚重不少，不由感到奇怪，细看时，见橡皮的外包装内夹着一张小纸条。依桐对这一发现既惊又喜，眼珠忙平移到眼角扫视监考老师，只见那个男监考老师正和那个女监考老师套近乎，两人窃窃私语，女监考老师用手捂嘴咯咯笑着。许依桐忙母鸡护食一般捂住橡皮，用手指缓缓将纸条抽出，打开后用试卷的一边掩盖住，见那纸条上是从第一题选择题到诗词默写的全部答案，答案后面还附上一行小字，显然是夏天刚才所写：小心驾驶，安全第一。许依桐正愁天堂无路，此刻天降云梯，便欣喜地扫描了一下答案，就把自己的答案否决，把夏天的答案平移上去。令依桐惊诧的是，夏天竟把平素里没有见过的那两首诗一字不漏地填写出来，依次是"云随雁字长"、"菊簪黄，殷勤理旧狂"、"青枫浦上不胜愁"、"可怜楼上月徘徊"、"玉户帘中卷不去"，依桐作案完毕后，成就感十足，把纸条藏于最深的兜中，以资纪念。

下午考试时，许依桐去得极早。众科目之中他最忌惮数学，不过先前他考试都是一人吃饱，全家不饿，但是今日他身负二人的命运，上午夏天已经有恩在先，世间最难得的除了情人外，就是人情了。许依桐备了数张演算草纸，下午准备背水一战。

考场上还没一个人来，他坐在座位上把课本上的公式在心中默背了一遍，感到一种荆轲式的悲壮。他的考桌凭窗而设，背完公式后，无意间把眼投向窗外，见封阳县城的城湖卧在不远处，水波粼粼，在阳光下闪耀着金色的光辉。午后的暖风拂过水面，水波羞涩地荡然开去，一群水鸟在水中小岛上正抖动羽毛。考场中的人逐渐增多，依桐仍旧在座位上胡思乱想，就在这时，夏天背着带着卡通笨笨熊的包从前门窈窕走来，短发飞扬，坐在自己座位上，回头冲许依桐一笑说："上午做得还顺利吧？"依桐笑说："应该是抄得还顺利，谢谢你！"夏天用手捋了捋耳后的短发，闪着那双乌溜溜的黑眼珠说："语文卷子出得太小儿科了。对了，一会儿的数学卷子可要给我放放水啊。"依桐想了想，说："那还是采取你的妙招吧。我这橡皮你先拿着，等一会儿开考后我向监考老师借，罢了我再把答案放在里面还给你。"夏天嫣然一笑，说："嗯，想不到你学得还真快。"依桐说："好东西总是趁热才好吃！"正说着，监考老师走了进来，夏天只好转过头去，整理考试要用的笔。

依桐看到所来的监考老师时，不由吃了一惊，那监考老师长得肥头大耳，嘴角上的平地里也长出几根黑胡须，头顶上寸毛不生，一直到后脑勺才象征性地挂了几根头发，好像光秃秃的山崖上挂了几根枯草，肥大的身躯上充斥着脂肪，眼睛大如铜铃，睁开时却如死鱼般无光。他一进来就把卷子袋摔在讲桌上，在台下疾走一番。依桐见前面的夏天肩膀动了动，显然是她第一次看见这个监考老师的模样在发笑。依桐早就听说过这个人，姓黑名黟，单是听他的名字就觉得此人面黑如炭，他在封阳一中理科班教数学，教一个班时声音可以穿墙越院，令周围几个班都学数学。他嗓门颇大，讲课的时候下面的学生一个睡觉的也没有，全都被他无与伦比的声音震得睡意荡然无存。若是人类都如他的声音那般大，扩音器都没有必要发明出来。黑黟不仅擅长高音，更擅长监考，他是封阳一中学生皆知的"考场四大名捕"之一。这"四大名捕"厉害至极，依次是黑黟，饶发久，复读班42班班主任高一歌，理科班19班班主任赵恺阳。"四大名捕"监考功底超强，平常都是以捉作弊生为乐，年年被选为高考监考。

依桐所在考场的考生见黑黟进来，听说过他名头的心中都暗暗叫苦不已，依桐心中也道今日不走时运，竟摊上这么个家伙，便往前伸头对夏天

99

低声说："这个监考老师不是一般人，'四大名捕'之中的'冷血'，千万要小心。"夏天头也不回，伸手向后做了个"OK"的动作。黑黟在考场内游走一圈，才回到起点站在讲台上，带着坏坏的笑容，用他那闻名天下的大嗓门说："在座的诸位应该听说过我黑某人多年来养成的爱好吧，那就是找到作弊的学生并报上去。我希望在座的每一位都做识时务的俊杰，这不是高考，作弊没什么意义，你们不要做侥幸的打算，按照数学上的话说，你们在我眼皮底下作弊成功的概率为零。任何人都不会在我眼皮底下得逞的，绝对不会！"依桐便觉得耳朵嗡嗡作响，上面的日光灯恨不得轻摇。前面的夏天则用手指堵住耳朵，肩膀仍在抖动，显然是在笑。黑黟接着说："今天鉴于学校领导信任我的监考水平，派我一个人来监考这个考场，我相信在座诸位都会给我这个面子吧？要是有人拿与数学有关的书进考场，要么书出去，要么人出去！咱们学校的高考成绩在全市一向靠前，我们靠的是什么？那就是平常从严治考的政策。这就好比我们的足球，一个国家的联赛水平上不去，那它的整体足球水平也就升不上来。上午监考语文的时候我已经揪出三个作弊生，报了上去，我估计布告也快出来了！"

下面的考生无不听得毛骨悚然，都用一双惊恐的眼睛看着他。黑黟接着吼："有什么事举手，我们领导人从严治党，政府从严治国，今天我就从严治考场。我呢，最讨厌的事就是考前说一些废话，那会分散考生的注意力，今天废话我就不说了。人都到齐了吧？下面我开始发卷，同学们要耐心做题，不要管我，就当我不存在。你们卷子上的23道题目，就是你们的23个敌人，你们要全力杀敌！"最后几句话说得大义凛然，大家想笑但不敢笑，这时，夏天"扑哧"笑出声来，全考场的男生本来就一直注意着她，借此机会更是大肆看她。夏天知道自己失态，忙把头扭向一边。

卷子发下去之后，黑黟暂停说话，却也不闲着，坐于讲台之上，点了根香烟吞云吐雾，脚高高跷起在讲桌上，一双大脚好像肉铺悬挂的巨大猪蹄。许依桐无暇四顾，集中精力做题。好在今日的数学卷子看起来平易近人，好像在哪里见过一般，简单得令依桐都不敢承认它的简单。刚做了前面三道选择题，忽然眼前一亮，心中一阵狂喜袭来，他把这张卷子前后翻转看了看，不由道"天助我也"，原来这张试卷就是昨天晚上他做的高考模拟试卷，只是卷子的标题换成了"封阳一高第六次校内联考"。看来数学组老师为了省事，随便找了张卷子来顶替。依桐信心大涨，答案他心中都还记着，即使闭着眼睛也能把填空和选择全做对。就在许依桐欢喜间，忽然黑黪猛地跃起，动作迅捷得与他的重量不相匹配，一个箭步冲下讲台，大家还没明白是怎么一回事时，黑黪手中已经多了一张纸条，他面前一个男生已经哆哆嗦嗦地坐着听候发落。黑黪的胖脸狰狞无比，把那男生桌上的试卷攥在手中说："哼！考前我是怎么说的？不听！想以身试法，看看我说话算不算数是不是？卷子没收了，收拾收拾出去！这一门成绩作废了。"那男生似乎知道辩解无用，只恨自己命比纸薄，郁闷地卷起笔袋，垂头丧气地出了考场。

17

依桐见前面夏天桌上放着自己的橡皮，忙对着讲台方向举手。黑黪只顾耍威风"树威信"逮作弊，半天才发现考场中还坐着一位光彩耀人的美女，正凡心大动，用一双迷离的眼睛看着夏天，却蓦然见夏天后面一位高大瘦削的男生举手，忙迈着狗熊似的步子摇头晃脑地过去，向许依桐吼道："什么事？"许依桐恭敬地说："报告老师，请帮我借一块橡皮。"黑黪想也不想，伸手从许依桐后面一位男生那里抓来一块橡皮，扔到依桐桌上，立刻背过手向讲台上走去。

这一步实在出乎依桐和夏天的意料，依桐心中大叫不好，正思索着怎样把纸条给夏天时，只见前面的夏天举手示意试卷有地方不清晰，需要请教。黑黪见夏天召唤，正求之不得，忙走过去以少有的温柔语气说："怎么了，同学？"夏天一只手背向身后站起来，用另一只手拿着试卷递给黑黪。黑黪接过试卷，用那双不聚光的眼睛吃力地看着卷子上的字体。夏天那只在背后的手忙向依桐轻舞手指示意，依桐抬头见夏天站在了恰到好处的位置，正好挡住了黑黪硕大的头颅，忙把准备好的纸条塞进了夏天在背后的那只手中。这时，黑黪对夏天卷子上那字母分辨不出，本着为美女把事情解决到底的原则，便热情地跑到后面，一把抓过依桐的卷子看那个字母，分辨出那个字母是"G"后，才以温柔的语气告诉夏天，不忍心地走了。

交过卷后，夏天对许依桐笑个不停，依桐想着刚才的惊险场景，也笑着松了一口气。夏天低声说："那个老师长得像我包上的笨笨熊，他的精神简直都变态了，幸亏咱俩配合相当默契！"许依桐笑着说："什么是相当默契？简直是默契得一塌糊涂！"夏天拿起桌上的橡皮，对依桐说："给你橡皮，尽管没有用上。看来咱们这个方法该淘汰了。"依桐说："主要是这个对手太强了，幸亏没让他看出来。看来今天这'四大名捕'的场子算是让我们给砸了！"二人边说边走出考场，来到考生熙来攘往的走廊上，依桐站定，对夏天说："那就这样吧，我们明天见！"夏天抬起头，冲依桐一笑，说："今天我们合作得这样愉快，不如我请你吃饭庆祝一下吧！"依桐看到她笑的时候嘴角上扬，有着无比亲切的动人之处，心头一热，说："不了，上午你也帮我了，咱们是两相抵消，互不赊欠。再说我要是和美女共进晚餐的话，封阳一高不知道有多少男生要油炸了我，哈哈！那……明天见！"夏天脸上有着掩饰不住的失望，想说什么但终究没有说，只是说："对了，你的手机号是多少？"依桐心里道："穷到吃鸡蛋面还要考虑是吃大碗还是小碗，哪里还有什么手机？"被夏天问到了痛处，便敷衍说："早停机了。"夏天掏出手机正想记号码，见依桐这样说，又将手机缓缓放进包里，看依桐冲自己挥挥手，消失在楼道拐角处向下涌动的人流之中。

夏天在楼上远远地望着依桐在夕光下校园中人流涌动的人海中走的影像，过了一会儿，转身沿着楼梯也缓缓下楼了。

一高靠疯狂扩招来养疯狂扩建，再用疯狂扩建哺养疯狂扩招。靠扩招来的钱，都用到了建设教学楼和运动场等面子工程上。宿舍楼早就不够用了，校领导只好网开一面，学胡适的自由主义，晚上晚自习后开校门任学生出入，任凭学生在外租房，从而解决了一高宿舍楼紧缺的问题。依桐本来也在宿舍住，无奈宿舍条件极差，白天断水，晚上断电，晚上一个宿舍内蚊子驻扎一个旅的兵力。住了几个月，被蚊子围剿了出来，找来几个不同班的同学，也在外租房。依桐所住的地方距学校有200米远，那房子处在一个小巷深处，小巷独立成一个小区，巷子口悬挂着一个大牌子：幸福文明小区。一进去水泥石板铺道，下面是下水道，人走于其上咚咚作响，即便一个人走来远远听去也好像一群鬼子进村。依桐所住的是一户人家的二楼，一楼住的是房东一家人，楼梯独立于院中，是露天石阶，所以除却与房东一家人共用一水龙头外，其余互不相碍。房东太太五十多岁，容颜上刚有老色，但她嘴皮上的功夫却一点也不老化，每日见了依桐几人热情得令人鸡皮疙瘩掉一地。与许依桐一起合租的是三位一中高三的，其中一个是文科班26班的，叫何畔，他基本上没上过课，每日早出晚归或者不归，活跃于县城大大小小的游戏厅。另外两位一个叫周枫林，另一个叫米凌子，都来自于理科班。由于一中的文科班与理科班相距甚远，他们和依桐只有晚上才有见面的机会。

与夏天在考场分别后，依桐出了校门走在破街上，不知该往何处去，感觉腹中有些饥饿，在街旁胡乱吃了一碗咸得好像用死海水作汤的面，晃晃悠悠地回到了幸福文明小区。此时房东太太正在门口吃最后一碗饭，见许依桐回来了，仍热情地招呼一起在这儿吃，依桐忙推托说自己吃过了，转身上楼。院中房东女儿冉冉正用吃剩下的饭喂那只小花猫，见依桐回来只是笑了笑，依桐正打算问她怎么没学习，就听房东太太在门口叫喊："冉冉，吃过饭学习去，逗那只猫干什么？你们又快考试了，这次考不进前10名看我不打断你的腿！"冉冉只好极不情愿地噘着嘴回屋了。

屋里只有米凌子在，见依桐回来，便说数学考砸了，正在这郁闷呢。米凌子的父母都是中学老师，他是四人之中学习最为上进者，也只有他迄今还能为考砸这一单纯原因而忧伤。依桐安慰米凌子几句，便问："枫林呢？"米凌子苦笑了一下，说："还用问？和他女朋友一起去吃饭了吧。"何畔去了哪里，依桐连问也懒得问，不消说，定是去了游戏厅或者网吧，何畔每日的路线固定得就像京广铁路线。米凌子叹息一会儿，便拿出一个盆子，下楼去洗积攒的衣服了。楼下传来哗哗的水声和房东太太假意的大笑。

米凌子身材瘦小，鼻尖上戴着一副度数甚高的眼镜，若是把眼镜去掉，他连面前绳上的毛巾都摸不到。他从小家教很好，使得他还未进学校就已经饱读诗书，后来上了学，接触到了鲁迅的文章，暗道这老先生的文笔如蘸蜡，遣词造句生硬，没有别人夸赞的那么好，后来又遇到了杨朔的散文，诸如《荔枝蜜》等篇目，更是觉得无中生有，篇篇都是低智商的文字垃圾。由于他对语文课本上这些天王级人物说不，语文成绩遂一落千丈。初二时接触到金庸，才算知道了什么是真正的小说，米凌子用一年的时间读了金庸的14部小说，近视飙升到五百多度，总体成绩排名却与近视度成反比，在全班内下降了五十多名。米凌子那一阵走路都渴望折下一根树枝，运气成剑。上课的时候老师举起手臂写粉笔字，他就能从老师的腋下看出招数的破绽，直想运用独孤九剑破袭之。父母本来望子成龙，孰料子非龙，遂采取"焚书"但不"坑儒"政策，把家中儿子所藏金庸的书用一把火斩尽杀绝，下令米凌子除了数、理、化、政、史、地教科书以外，任何书都不准染指，如果还看课外书，发现一次就用拳头修理一次。这个政策使米凌子的课外阅读史变成一部白色恐怖史，现在看一本课外书还战战兢兢。

米凌子考一高时差几分没有考上，米父便靠这么多年在教育战线上的人脉资源，花了将近一万元打通各个关节，把他送到了一高。上了一高之后，米凌子开始奋发，学习起来颇有祝效华之风，但是无奈自己基础太薄弱，自己用半天只走一小步，而别人一小步就够他走半天，每次强逼自己学习，就像枪毙自己一次。高一时成绩在中上游，勉强混个温饱，高二上学期耐不住寂寞，在学校门口书店里借来《金庸全集》又温习了一遍，结果把成绩又温习到了中下游。米父看此情景，觉得非整治不可，亲自出马跑到县里一高，伸出巴掌左右开弓，让米凌子在书外领略到了真正的降龙十八掌。那一顿揍揍得惊天地、泣鬼神，直接把米凌子揍成良家妇女，以至于米凌子在与许依桐三人相处的过程中始终洁身自好，安然于学习。他达到了比出淤泥而不染更高的境界，那就是在淤泥而不染。

周枫林长得很健壮，足球踢得出神入化，最经典的镜头是有一次晃过对方防守队员7人，如同鬼魅狂奔到禁区，对方回头一看才发现球已在周枫林脚下。周枫林过人技术高超，但临门关键一脚奇臭，不是把球踢到门柱上就是把球踢飞，给对方守门员巨大的精神折磨。周枫林是校队的主力前锋，他把足球当做他的第二生命，他的第一生命是一个名叫谭婷的女孩。周枫林天生是一个情种，对谭婷的爱情三年如一日，二人自高一时就卿卿我我，打破了高中生恋爱半月就分的"半月谈"谶言，一直藕断丝连到高三。周枫林的女友谭婷的长相很平庸，站在周枫林身侧能低下半个身位，可爱情是没有任何道理可讲的，周枫林一见谭婷就魂飞半空，随后展开了狂风暴雨般的攻势。谭婷这块地本来无人来开垦，遇上周枫林这等有心之人，几番挣扎之后就不再挣扎，后来随着两人关系的升温，就剩下周枫林挣扎。

谭婷来自封阳县郊区农村，家中姐妹五个，到了第六顺位上才生了个儿子。谭父一开始以为生下谭婷是他一生中最大的败笔，因为这个女儿长相实在是磕碜，而且头顶有种顶着陨石的感觉，身材就是拱不上去，这个观点直到这个女儿考上了高中那天才被推翻。谭婷在家中排行老四，从小到大穿的都是大姐、二姐、三姐顺次穿过的衣服，穿过之后再传给五妹，她上高一时才穿上了最好的衣服：封阳一高校服。由于谭婷从小就生活在一个充满竞争性的家庭中，每次家中吃饭都是一场战争，所以谭婷的脾气比较暴躁，三五天就和周枫林闹一次分手，吓得周枫林苦苦哀求，回到住处频频抽烟，以烟燃愁。偶尔遇上何畔在游戏厅把钱花完，回来两人在一起相坐对抽，整个房间烟雾缭绕。许依桐与米凌子不抽烟，此时是嘴不抽烟但是鼻子却闻烟味，时间久了，二人的鼻子证明了达尔文的进化论，一天不闻烟味竟然还有些不适应，好像少了点儿什么。

何畔虽是学生，但自开学始，班门口他都没有进过几回，对班级唯一知道的信息就是班主任饶发久的性别。直到第一次校内考试，饶发久领到班级考场分布名单，才发觉自己班内竟然还有一个叫"何畔"的学生，吃惊不小，马上发动所有力量去找，孰料事情反映到年级主任那里，却被轻描淡写地回复过来。原来年级主任与何畔是远房亲戚，是何畔父亲的表弟的媳妇的娘家哥，这个年级主任早就和何畔的父亲在何畔来一中前一起推杯换盏。何畔的父亲是一个包工头，小学毕业后就开始闯荡天下，混得也算个人物。他说人不识字不要紧，关键是得认钱，说让这小子混到高中毕业就可以了，让老弟多操操心。这个年级主任此刻就到了操心的时候，他对饶发久说这个学生平常都是在校外学习，不必管那么多。饶发久懒得管那么多，唯恐把这个令人头疼的学生找回来搅得全班不得安宁，又有了年级主任这一句话当做尚方宝剑，就对何畔不管不问。何畔平常都是在县城各网吧和游戏厅游荡，游荡累了就回住处睡觉。此人善睡，往床上一倒就好像青蛙冬眠，睡到12个小时左右大家都以为他休克了的时候，他猛然从床上爬起四处找寻食物，逮到能吃的就吃入腹中。由于长期生活不规律，

105

何畔比许依桐还要瘦削。何畔每月回家拿生活费时，其父必嘱托："什么都要省，就是吃饭不要省，要吃饱吃好。"其实何畔什么都不省，唯独吃饭省，把从吃饭上挤出的钱都挹注到游戏机事业上。

这天依桐在住处躺了片刻，慢慢见暮色涨满了一扇窗户，便匆忙拿了本书去上晚自习。

依桐来到教室，走到自己座位上，见祝效华正在座位上垂着头。祝效华一见他，便哭丧着脸说自己考砸了，语文诗词一个也没填写出来。倾诉完自己的苦恼之后，又问依桐考得怎样，依桐谦虚地说还行。别人的幸福更加衬托出自己的不幸福。第二排的吴全正声情并茂地向周围几个女生讲述考试往事，时不时夹杂着一些希特勒式的手势："今日的语文卷子，出卷子的老师可谓伐功矜能，竟然给我出晏几道的词。我六岁时就接触到了晏几道，他的《小山词》我倒背如流，他的号是小山，字是叔原，但写的大都是男女缠绵悱恻你侬我侬的艳词，大丈夫不宜多读。今天考的这首《阮郎归》我凭借记忆批亢捣虚，基本上空我都填上了，只有一个空成了我超强记忆之下的漏网之鱼。出卷老师水平还是绣花枕头，有能耐怎么不考'前七子''后七子'是谁？李梦阳、王世贞、谢榛的东西读多少？最简单的，怎么不考'三从四德'是什么？徵、羽是五声音阶的第几阶？有一点道行就想凌云健笔意纵横，你们外行人乍一看可能如入巫山之云，但我这内行人一看就能识破其泾渭，断出其楚汉之界了。《论语·卫灵公》中不是说么'工欲善其事，必先利其器。'诸葛亮《诫子书》中也说：'才须学也，非学无以广才，非志无以成学。'这出卷老师如此大张旗鼓地卖弄，反而证明了自己是南箕北斗，败絮其中，我吴某人存在的意义，就是揭露这些人的可恶嘴脸。明朝冯梦龙《醒世恒言》里虽说'观棋不语真君子，把酒多言是小人'，但我今日不是观棋把酒，而是观卷把题，我偏学学王夫之在《读通鉴论》里所说的'以天下论者，必循天下之公'，说出些不好听的金玉良言。今天有几道选择题我就是蒙的，我以蒙来抗争这不合理的卷子。《老子》第八十一章中说'信言不美，美言不信'，以后我们一定要树立自己的旗帜，敢说出信言。左思《咏史诗》发问'何世无奇才'，老子就证明给他们看，奇才还有……"

周围的女生听吴全上下五千年，随处都可以空手套白狼般引用，钦慕不已，更加认为面前这位为百年一现的奇才怪杰。

18

  晚自习下课后，一高门口的破街上拥满了下晚自习的学生，三三两两的互相打闹而行，昏黄的路灯无精神地耷拉着脑袋，自管脚下光明一片。今晚的月色很好，像黄色绸布一样从空中泻下，在月光横飞中走路，让人直想伸手去接这片月光。依桐走在破街上，不时对着洒满月光的天空笑笑，心想水儿这时也该睡熟了，书上说"千里共婵娟"，何况这才和水儿相距五十里，同戴一轮月亮，怎能不引起月亮下面两地人的思念。

  依桐一路这么诗情画意地想着，拐入了幸福文明小区。皎洁的月光似水一样流淌于小巷的白色石板上，依桐领着他的影子蹚着这月光水缓缓行走，脚把石板踩得咚咚作响。他不经意往前看，见前面月光下有两个人在抱着私语，那一对情侣见有人不合时宜地走过来，忙松开了手，依桐走近一看，竟然是周枫林和谭婷。只听周枫林悄悄对谭婷说："我室友回来了。你也回去吧，明天还要考试呢。"语气温柔得可以绕指化钢。谭婷踮起脚尖在周枫林脸上蜻蜓点水一样吻了一下，用更温柔的语气说："早点睡！乖，梦里想着我。"许依桐一旁听得快要瘫掉，想爱情的魔力之处，便使人比食草动物还要温柔，纵使琼瑶到此也要弃笔，或者拾起笔回去给自己的小说再补上一章。二人在月光下又对视了几秒钟，周枫林才恋恋不舍一步三回头地随依桐而去。

  两人转身进了房东家门，依桐说："平常都是你送姑娘的，怎么今天姑娘送你了？"周枫林正怕他不问，不好意思但又无限幸福地回答："我今天晚上没去上晚自习，结果她担心我出了什么事情，就找过来了。哎，有人牵挂着真是美好！"依桐陪着他笑了笑，却不能陪着他一起幸福。为了不让他再对自己的幸福发感慨，依桐不再往下接口。米凌子正在走廊下洗脚，旁边褪下的袜子可以香飘几里。出乎意料地，向来不见人影的何畔竟然在住处，他穿着白色T恤和一条裤管已经破了的牛仔裤，一个人坐在床头，正与烟瘾抗争，一见周枫林进来，马上不再抗争，伸手向周枫林讨烟抽。周枫林掏出香烟，飞刀一般扔给何畔一支，又掏出一支含于口中，二人你一口我一口制造起化学烟雾，周枫林还时不时地耍杂技般吐出一个纤徐上升的烟圈，许依桐则躺在窗前的床上看夜空的彩云追月。

周枫林终于忍不住问何畔："怎么没去网吧？"何畔正疑惑他不问这个问题，便说："兜里只剩下十块钱了，留下点路费明天拿钱。"正在这时，米凌子趿拉着鞋从走廊上进来，冲屋里三人说："今儿月亮真好。我看月亮是情人约会最好的道具，你想啊，那光线正好，说亮不亮，朦胧得让人心痒痒。我估摸着今夜那只老猫又该找房东太太家的母猫了，天天叫春叫得人睡不着觉。"周枫林笑着说："让猫弄得睡不着的时候你可以直接出去，当房东太太家猫的替补嘛！"米凌子挨了骂，把脚盆扔到地上，说："你别给我整你那足球术语，我倒想当你的替补，在月光下和谭妹妹……嘿嘿……"周枫林正待还话，窗下正望夜空的依桐忽然说："那猫天天都在墙头上叫，叫得人有一段没一段地睡，人追女孩要有这猫一般的心境和毅力，哪怕十分之一，世间焉有不动心的女子？"何畔在一旁笑着，忽然想起什么，问许依桐："今儿我在网吧上网，听旁边两个咱们学校的学生说咱们文科班转来一个美女，还是咱们市委书记的女儿，真的还是假的？"许依桐心里道，这事竟然连不进学校门的何畔都知道，不由诧异起来，正准备为何畔解疑答惑时，周枫林早接上口："这事你随便在一高厕所里逮只苍蝇审问审问，它都知道，就你这孤陋寡闻的爱斯基摩人不知道。我告诉你啊，哥哥前天去她班门口亲自瞻仰了芳容，这女孩除了长得好看没什么毛病，这女孩有气质，身材那可是'横看成岭侧成峰'！"依桐见他第一次夸赞谭婷以外的女孩，不由连连叹奇观，随口调侃说："你这古诗引用来怎么染了色，变了味了？这要是谭妹妹听见，全世界的醋该减价了。"周枫林一本正经地说："我哪里敢追？怕是追她的人队都能排到月亮上。这样跟你说吧，在我心中，谭婷还是排第一的，夏天排第二，巩俐排第三，张曼玉排第四。"依桐在一边仰卧在床上，仍旧痴痴地望着窗外的月亮，心里想着家里的水儿，嘴里喃喃地说："夏天哪里是天下第一美？更好的你们还没看到呢！"大家只当是他吃不到葡萄说葡萄酸的牢骚，都没有理会。

月亮在云层中穿行，楼下院中忽然传来几声凄厉的猫叫，哀鸣无比，在墙头上呼唤情人，失眠的许依桐想将床下那双拖鞋扔下去，刚刚开了窗户准备做投掷动作，忽然听到楼下房东太太"吱呀"一声开了窗，随后见飞出一样东西，那只猫"嗷"的一声逃窜走了，周围便是不可思议的无休止的静。

　　许依桐因为昨晚失眠，第二天早上醒来时已是7点，脑中有着盘古开天地前的混沌，昏昏沉沉地出了幸福文明小区，直接去了考场。到了考场才发现，只有稀稀拉拉几个人。没多久，夏天从考场前门进来了，一进来先往自己座位方向上看了看，对依桐微笑示意之后，走到座位前，用餐巾纸把座位擦拭了一下。夏天款款坐下去之后冲依桐嫣然一笑，说："许依……桐，咱们家乡现在怎样？"依桐知道她问的是洛宁镇，就随口说："乘着改革的春风一日千里吧。你父亲还把夏桥村街街巷巷铺上了水泥路，家乡人都夸他领导得好呢。"夏天兴奋地一笑，嘴角两边隐隐露出两个酒窝，但随即她长长的睫毛弯了下去，垂下头喃喃地说："我倒不希望我爸爸是什么书记……其实他……唉！反正从小到大我都要比别的孩子强似的，真的活得很累！"许依桐万万没想到她竟然还有忧伤，而且这忧伤还向自己倾诉。依桐想了想，说："其实……其实生活就是这样，高处有着高处的不胜寒，低处有着低处的踏实。不要想太多，就和过去的自己比就行了。"夏天抚了抚她额前的一片微微有着黄色的头发，说："其实我一直想回老家看看呢。我一回到封阳县就有这个打算。你知道么？从来到这个学校到现在，我没有一天安宁过，总有县领导、学校领导找我，还不是想通过我接触到我爸么？我知道，每一顿饭都不是白吃的，可是有什么办法？还有，这里的男生是不是特会写情书啊？我现在都快收满一抽屉了，都是莫名其妙出现在我课桌上的，我都快烦死了！"

　　依桐见她把自己当自己人似的倾诉，一时受宠若惊，他笑着对夏天说："你享受多少幸福的同时也要承受同样的痛苦。比如当官的，他管着别人的同时也被别人管着，而农民一穷二白却拥有自由。也就是那句话：你的杯子虽然比别人满，但你却需要端得比别人稳。"夏天一直点着头。依桐说："什么时候有时间，可以和我一起回老家看看。我做你的导游。"夏天笑了笑，说："一定一定！"此时考场中人已经坐满，嘈杂声又响了起来，夏天对依桐说："好好考吧！许依桐，坚持就是胜利。今天我妈说来看我呢！真幸福啊！"说完又调皮地吐了吐舌头，转过身去整理笔袋准备考试了。

中午考完后，许依桐又晃悠到"面面俱到"烩面馆吃了一碗烩面，边思考着下午的英语考试该怎么应对，边向幸福文明小区走去。正是正午时分，阳光毒辣，从空中奔袭下来，街上车水马龙，封阳县唯一上了星级的紫西苑酒店在阳光下熠熠生辉。依桐远远看到夏天在紫西苑酒店门口的台阶上站着，从台阶下的轿车里下来一位40岁左右的妇女，那妇女穿一身黑色长裙，头发烫得弯曲成团，耳颈上挂满了金灿灿的首饰，身材略胖但尽显贵妇人之态。夏天依旧挎着她的笨笨熊小包，等中年妇女仪态万方地上了台阶之后，夏天亲切地上前挽住了她的胳膊，笑着撒娇，两人亲昵地向酒店大门走去。穿戴整齐的服务生站在酒店门口，用制造好的微笑看着他们的到来，躬身开了门，夏天与母亲款款走了进去。

许依桐忍受着刚才烩面带来的胃痛，踢着一块小石子，向幸福文明小区继续不幸福地走去。

下午考英语。夏天大约因为上午母亲来看她的缘故，全考场发下了答题卡时她才风风火火地赶到，来到后向依桐做了一个鬼脸，就开始匆匆忙忙地在答题卡上填写姓名。听力开始后，依桐也戴上耳机听了一番，不料校园广播发射力甚弱，依桐刚收到一点微弱的信号，那信号就飘忽走了，不一会儿又飘忽回来。本来就算信号清晰自己也听不懂，如今信号如此差，更是无法懂，于是只有在试卷上蒙个不已。听着对话的时候，开州音乐广播的信号忽然挤了过来，唱的是一首孟庭苇的《风中有朵雨做的云》，这首歌极其甜美，依桐终于真正听懂了一样东西，一时大感欣慰。正听得高兴时，那首歌的信号却忽然被校园广播的信号挤走，又变成了英语对话，不一会儿歌的信号又强势回归，把这一频率占了回来。于是在孟庭苇的歌和校园广播的争夺大战中，听力试题结束了。依桐终于结束了折磨之旅。

英语考试完毕之后，依桐头脑晕眩。夏天交卷之后，冲许依桐如释重负地出了一口气，说："终于结束了，在封阳一中考试真是一个自杀的过程！"依桐笑了笑，说："我都自杀了好几年了，一直没自杀成功。"夏天和依桐聊了一会儿，说她还要去送母亲，便和依桐匆匆作别了。依桐被英语强奸过，还在晕乎中无法还原，晚自习时看书总是看不进去，索性借了一本蔡泽光从地摊上淘来的《妇女生活》杂志，津津有味地看了一个晚自习。

19

  1990年春天到立夏之间，天好像惜雨水如金，开州地区一场正规的雨都没下。因为雨水少，蒸发得厉害，在农历五月十几时麦子就黄了。大地好像打翻了涂料，铺天盖地地从天边而来的黄色从8个方向包围了南许村。农历五月二十中午的时候，已经有几户在家里闲不住的人家拿着镰刀下地，哗哗地放倒了几亩。一有先锋军，马上就有人家接踵而至，于是正午过后在田野炫目的黄色里加入了密密麻麻的小黑点，那些人拿着镰刀在麦海中涌动，好像搏击和收获着黄色的海浪。

  许依桐的三爷许世云家临近南许村东那条土路，这条路通向五里之外的洛宁镇。许运旺和媳妇杜秋香，三弟许运亮，三人搭档拉了两辆架子车，浩浩荡荡地开进麦田，挥起镰刀在麦田里所向披靡。许运旺和许运亮两个男人每人割半亩麦子，杜秋香用巨大的叉子把麦往架子车上挑。许运旺是个力气人，拽起架子车来如头牛，摇摇晃晃的一座麦山不一会儿就平移到了地头。天气热得像漫天着了火，幸亏杜秋香肩头上搭着一条毛巾，她正拉起毛巾擦额头上的汗，不经意间见一辆自行车从东面洛宁镇上的路上行来。在白花花的阳光下，在当时自行车普遍很少的农村，大部分人只把这人当做城里来的干部，均停止割麦，好奇地观望。杜秋香向来对这事感兴趣，也停止了擦汗，想看看来的是哪里的干部。

  此人骑着车子越来越近了，在两边金黄色麦田映衬下，他的白衬衫在风中飘舞着，这个干部还时不时地按几下车把上的铃铛，从而更加吸引了田地里人的目光。许运旺正在挑一大捆麦子，当麦子被挑开时，面前的视线才被骤然打开。杜秋香眼力向来很好，平常家中老母鸡丢个蛋，不管下得多隐蔽她都能搜索出来。此时她望着自行车上那个越来越近的意气风发的人时，先是大吃一惊，紧接着马上向又弯腰整理麦子的丈夫报告了一个她最新发现的消息："哎！挨千刀的，我咋看那骑洋车子来的像运动？"许运旺用不屑的笑容攻击她的天真，认为二弟绝对不会在这个时候回来，就算回来也断然不会骑上自行车，但基于好奇，他百忙之中还是忍不住微微直起身来望望远方。接下来，他就由好奇转为惊奇了，因为凭他和许运动这么多年兄弟的直觉，他认出远方这骑自行车前来的就是两年前在鄙夷和白眼中狼狈远走城市的许运动！

许运旺马上扯起嗓子喊不远处在地里正弯腰割麦子的三弟，许运亮在大哥的提醒下也睁开热得发晕的眼向路上望去。但接下来许运亮忘却几秒钟前在田里干什么了，他的动作就是把镰刀和麦子一起摔在地上，撒开大步踩着麦茬往路上以超音速的速度飞奔。

来的人正是许运动，但此运动已非彼运动了，他的丝丝头发向后疾驰而去，乌黑发亮，皮肤锃亮发白，洁白的衬衫一尘不染，一个牛皮腰带束在腰间，黑色裤子搭配黑色皮鞋，令路旁的麦子见了这个"干部"一样的人也禁不住弯腰致敬。最让人眼前一亮的是他所驾驭的凤凰牌大杠自行车，好像仙人驾着的麒麟，不仅驮住了他的身子，更抬升了他的身份。三弟许运亮率先跑到地头，差点儿与运动撞个满怀，恨不得单膝跪于二哥面前，惊喜地说："二哥，回来咋不捎个信？你看家里正好在忙哩，要不早就回家烧好茶等你了。"许运亮下意识地用一双很亮的眼睛扫视着许运动的自行车，眼中迸发着无尽的羡慕。随后而至的大哥、嫂子则表现出了更大的迎宾热情，纷纷上来叫二弟。紧接着许运旺指挥着他的三弟和媳妇说："赶快拉车回家，地里麦子先不收了。"杜秋香听丈夫这样说，指了指还没收拾完的架子车，许运旺激动地说："咱二弟都两年没有回来了，麦子啥时候不能收？"回头又笑吟吟地对许运动说："运动，这回在家多住几天，不……不走了吧？"许运动客气地说："都是自己人，自家麦子，要不我收了麦子再回家吧？"许运旺一撇嘴，说："哪能让你这穿着大皮鞋的人下地干活？走，回家去。你这次要在家多住几天。"许运动好像党和人民随时召唤他似的，说："这回顶多在家住三天，厂里事情多，回去晚了要扣薪的。"他们显然听不懂这"扣薪"是何含义，但凭着许运旺的忖度，那必然是很严厉的惩罚。杜秋香麻利地收拾好架子车，在前头带路，许运旺和许运亮簇拥着许运动向村里走去，许运动的自行车跟在架子车后面，宛如拖拉机后跟着一辆宝马。许多村民已经认出了许运动，在田里对路上的他指指点点，许运动像检阅仪仗队一样从车把上腾出一只手向田里的村民挥手致意，若是有人迎面走来，他就会掏出兜中的香烟，散发一番，走了不一会儿，身边就聚集了不少人。

许运旺作为大哥，对二弟这个城里人的归来表现出了异乎寻常的热情，他像一个移动的广播电台一样不知疲倦地奔波着，四处炫耀着他二弟已经衣锦还乡。从许运旺新闻发言人一样的叙述中，村里人获知了许运动到家的每一个细节。比如晚上吃的什么饭，吃过饭后又去谁家做客，白天几点醒，许运动还下不下地。当时南许村村民从许运旺口中都知道了在回村后的当天下午，许运动还买了几张黄纸，亲自去了许正好的坟上焚烧，大家都在传着许运动在坟上对许正好说的话："哥啊，你糊涂啊！你看病没钱只要张张口，兄弟多少钱都给你借得来。咋想到这一步啊！"许运旺说："我二弟就是流泪，泪水哗哗的，但咬住牙憋住，一声也不哭出来。"

相对于大哥许运旺的在外炫耀，三弟许运亮则表现出了一些冷静，他从早到晚都跟在许运动后面的三米之内。二哥在回来之后开始对许家近门的逐门拜访，按照辈分，先去了许正高家，之后又去了许正兴家，每去一个地方都由许运亮陪同视察。他陪着二哥在村子里昂首阔步走的时候，看到村里人羡慕的眼光，感到了一种从未有过的满足。

接下来的事情就顺理成章了。当许世云放出话去，说他进城的二儿子要订亲时，村里一些平常擅长点鸳鸯谱的妇人们便闻风而动，纷纷来到许运动家的破宅院里提亲。先前都是许运动被别人选，今日轮到他选择别人。他用他那辆自行车驮着一个又一个媒人，行在收割得差不多的浩瀚麦田中间的路上，往返于各村之间，他的白色衬衫在风中飘荡，他的"红叶"牌香烟在兜中若隐若现。

许运动先前并没有对女人的相貌有何奢想，他从小就觉得自己能娶上一房媳妇已是走了大运了，就好比一个穷人，面对的唯一问题就是能否吃上饭，而不是喜欢吃什么饭。许运动对女人的朴素的审美观念遭受过两次冲击，一次是见到水儿的哑巴母亲，那是他第一次知道女人竟然能够美丽到这个地步，第二次则是在开州，他见到了城市里化了妆的女人，他发现她们是何等漂亮，她们走过后身上散发的香味是让他何等眩晕。曾经沧海难为水，如今村庄中这些槁项黄馘的姑娘根本不入他的法眼。

在一个太阳高照的上午，许运动用自行车载着许铁婆去十余里外大堤处的秋风河口村与春霞见面。秋风河口村紧邻着齐渡河，处在齐渡河的一个拐角处,傍着大堤而生。这里以前是一个渡口,只有几家供客人歇脚的客店,天长日久便发展成一个村庄。不过后来桥日益兴起,摆渡业逐渐没落,秋风河口村人就寻找别的出路,逐渐形成两大特产——沙子和腌菜,一部分人以在河道里挖沙子为生,也有一部分人靠在集市上卖腌的咸菜来糊口。这里先前只卖咸菜给渡口远行的客人当干粮用,不料咸菜确实味道好,经四面八方的客人一传扬,逐渐有名起来。买家一多,自然专门做咸菜的就多起来。

  许运动驮着许铁婆下了大堤进入村子时,闻到一种悠悠的酱菜香味,这些酱香从葱茏的槐林深处的人家发出来,伴随着林间筛落下来的淡黄色的阳光和河畔抽沙子的若有若无的机器轰鸣声。春霞家就在大堤下不远处的一个简简单单的院子,一进入院子,只见到处都是水泥池,池池相连,院子里也扯满了绳索,每道绳上都悬挂着风干的白菜或者萝卜。春霞长得很普通,但这普通中掩藏着一些乡下女人素来少有的妖媚,身体上该凸之处便隆起,该凹之处便深陷。春霞的父亲腌了一辈子咸菜,都卖了出去,唯独这个腌了二十余年的女儿没有推销出去,如今他坐在池边抽着未来女婿的"红叶"牌香烟,感到如今腌出的咸菜比蜜还甜。

  许运动和春霞在堂屋中首次见面,春霞搓着她常年受咸水浸泡的茧手有些激动得不知所措,眼珠偶尔瞟一眼运动又立刻吓得低头,好像看见了一条鳄鱼。许运动则用他鳄鱼般的眼睛把春霞脸上有几个麻几个斑都数精确到位了,他主动得像日军奇袭珍珠岛:"你的情况,俺许婶来的时候都跟我说了。你要是没啥意见,我就没啥意见。早早同意就没事了,我明天还得赶回城里上班呢。"春霞也急着要捞已经腌好的咸菜,她低着头说:"屋里我还腌着咸菜呢,我也得干活。听说你在城里上班,还是商品粮,我要是跟了你就能去城里,是不是?"许运动笑着用城里知识分子的样子说:"原则上讲是这样,只要我在城里,总不能让你再在家种地吧?"春霞抬起头,眼神里焕发出神采,她说:"那你回吧,我还干活呢!"许运动忙问:"那……那你是同意了?"春霞为他这一穷追不舍的问法而感到不耐烦,扑哧一笑,说:"傻瓜。"说完就卷起袖子去咸菜池了。

  说媒大事一定,许运动便向父亲提出他要回城的打算。许世云先前最愁的事情就是这三个儿子娶媳妇,这比他再生三个儿子要难得多,孰料二儿子不费吹灰之力就把他最愁的事情办成了，哪里会不喜欢？听到二儿子说要回城，他像一个大度的革命者舍弃自己的妻女奔前线一样，一挥烟袋，说："你走吧，社会主义建设要紧！"三弟许运亮这几天一直跟着二哥，除了上午因二哥去见媳妇而没有跟上之外，其他时间一直注意着二哥的举动，一听二哥明天要走，当下再也憋不住了，脸红得像关公一样，走到堂屋门口说："二……二哥，你……你们厂还缺人吗？我想，反正我在家也没事，要不我跟着你到外面看看？"许运动一见这个平常乖巧伶俐的三弟提出进城的要求，就说："那行啊，就怕你吃不了苦，在那里工作每天都得早起晚睡。"许运亮心中大喜，忙趁热打铁："看二哥说的！二哥干啥我就干啥，二哥能受的罪我一样能受，要是二哥有个头疼脑热的咱兄弟俩还能有个照应。再说，我还初中毕业哩，到外面跟着二哥吃不了亏。"

他一句一个二哥，叫得运动心花怒放，许运动笑吟吟地看着三弟，正想说话，一旁的许世云说："你还好意思说，初一念了几天你就回来不上了，老师还追回家来，你就是不回学校。你这窝囊事你参我都知道，就是不说。"运动和运亮一听这话，都忍不住哈哈大笑，气氛一下子活跃了不少。许世云又说："也好，我生了三个儿子，两个进了城。要是你二哥愿领你，你就去吧，这两年挣点钱回来续上一房媳妇。还不快谢谢你二哥？"这一句话把许运动的后路封死，许运动只好点头说："快收拾收拾吧，明天一大早咱们就动身。先到了那里，我再找找我们部门主任，看能不能先给你安排个活干干。"许运亮此刻只想进城，进了城之后到底干什么倒是其次，他一听二哥这样说，身后似乎有导弹驱逐，从凳子上弹起来回屋收拾行李去了。

黄昏的时候，许运动为了答谢当年村长胥先重的开介绍信之恩，想着回来也该去拜会一下这个当了几年的本村最高行政长官。他把皮鞋擦了擦，提了点东西就踩着余晖来到只有一墙之隔的胥先重家。夏桂花正在门口乘凉，见许运动大驾光临，她马上从椅子上弹起来，只恨不能行三跪九拜大礼，高声叫着，好像要让全村人听到城里人来她家的消息："哎哟！这不是我运动兄弟么？前天咱们都见过了，你先重哥正念叨着要去看你呢，看看你倒亲自来了。"许运动手里提着几包方便面和一桶麦乳精，这在夏桂花看来比看到许运动还要高兴，她一把夺过许运动手里的东西，说："你看看，来就来吧，还拿什么东西？又叫兄弟花钱了，快进家！快进家！"夏桂花忙得连扇子也忘了拿，一边领着运动往家里走，一边扯着喉咙叫："水儿！水儿！快叫你爹去，他在村头大槐树下打牌呢。"

厨房里应声出来一个小巧玲珑的小姑娘，梳着两条小麻花辫，拌猪食的脏手在自己的小围裙上擦了几下，抬起头看了一下来的衣冠楚楚的许运动。许运动看见水儿，心中一惊，想这小姑娘好像她母亲投胎再生，她的脸上虽然满面尘灰，但眼睛生得好像会动的黑色宝石一样，皮肤如玉，虽刚从乌油油的厨房里出来，但就像出于墨水中的白色花朵。许运动一下子想起了若干年前那个在胥先重家中沉默的漂亮女人，心里"咯噔"了一下。就在他想着的时候，水儿已默默地向门口走去。许运动看着水儿本来想说"这是嫂子的女儿吧"，一想水儿终究不是她亲生的，始终不妥，想说"这是先重哥的女儿吧"，又担心夏桂花听着别扭，只有笑着说："这是水儿吧？你看生得水灵的。"他从夏桂花手中拿出一包自己拿来的方便面，塞到水儿手里说："吃吧，这是城里的方便面。"夏桂花在一旁忙说："还不快叫你爹去？来，咱进屋，运动兄弟。"这边水儿已经捧着方便面跑出去了。

许依桐这时正和村里的小伙伴们在南许村东的沟里打坷垃仗。那沟由于长期无水，早已干涸，遗留下遍地的坷垃，正好充当投掷的武器。男孩子们分为两派，一派为东路军，一派为西路军，依托起伏不平的沟渠，互相冲锋。许依桐所在的西路军刚刚俘获一个东路军"战士"，在"碉堡"中审讯，许依桐问："春波，你们队伍有多少人？回去告诉他们，缴枪不杀！"那春波昂首挺立缄口不语，许依桐模仿着电影上的对白又说："你是人民的敌人了。我们坷垃有的是，不怕你们，我们早晚要消灭你们！"春波说："不知道！就是不知道！怕死、怕坷垃就不是共产党员！"正在这时，水儿在西边坑沿上叫依桐："依桐哥！依桐哥！"东路军的孩子从沟渠里探出头来，一起大笑："西路军，你们首领的媳妇来了！"因为依桐和水儿每日都在一起，许多小孩都拿这件事叫嚷。许依桐走出沟，冲那边的东路军大叫："嚷嚷什么？本将军有一点小事，先停战一会儿。"东边又有几个小男孩跳着欢呼起来，喊起一阵冲锋声。

依桐和水儿跑到麦场里，耸立的麦秸垛在暮色中似座座微型城堡，在平坦的大地上安然地坐落，西天幕上飞翔着群群倦鸟，穿破绯红色的晚霞，寻找今夜的驻脚。一架喷气式飞机拖曳着长长的白尾滑向西南角的天空,如血的夕阳正被广袤的黑色地平线蚕食,远方的村庄形成一个巨大的黑影,那黑影穿过葱茏的桐林和无垠的麦地,向这边游移过来,黄色的阳光映着黄色的刚收割过的麦地,勾勒出一幅壮观而绮丽的图画。依桐和水儿坐在一座矮矮的麦秸垛上,夕阳把两个人的身影也涂抹成黄色,几乎要和麦秸垛及田野合为一色了。

水儿把手里的方便面给了依桐:"依桐哥,啥是方便面啊?咱们能吃么?可别吃错了。"依桐看了看方便面包装袋上的面条图案,忙说:"能吃!能吃!你看看上面,那不是面么?咱们干脆撕开瞧瞧。"许依桐在袋子中间撕了半天,却无法撕动,嘴里说:"这城里的东西就是难受,要是他们天天吃东西都这么费劲,那还不饿死了?"水儿笑笑,看着许依桐不出声。依桐摸索了半天,终于在袋子上面的缝隙处恰到好处地撕开了,他顺手把袋子里面的面块拿了出来,放到自己鼻前闻了闻,又放到水儿的鼻子前,说:"这可是干面条!"水儿点点头,说:"这是熟的吧,要是生的咱就不能吃了。"依桐拿一块放到嘴里嚼了嚼,忙说:"熟的,熟的,还有咸味呢。"说完他也掰了一块放到水儿的嘴里,两个孩子你一口我一口吃得非常高兴,时不时地还打闹一番,引得松动的麦秸垛左右晃动着,夕阳也吓得逐渐藏在了地平线下面。

当水儿拿着方便面悄悄去找依桐时,许运动正在水儿家的堂屋里与南许村第一家庭聊着。许运动生平第一次在村长家的堂屋里对着村长跷起二郎腿,黑色皮鞋旋即悬在半空。他向村长以不高的嗓门充满激情地讲述他的城里岁月:"先重哥,你甭说,这人呐,就得去城里见见世面。我刚到城里的时候,咱们村傻子林厂是啥样我就是啥样。城里到处都是高楼,到处都是人,你一见就蒙。人家城里也有草地,但人家不放羊,人家城里人就在上面躺着,叫'休闲',我呀,整个人都看傻了,那车一辆接着一辆,冒着烟在大街上跑,自行车就更别提了,一抬眼就能看到十来辆同时从你眼跟前过去。人家男同志和女同志上街,女同志都挎着男同志的胳膊,很随意的,没有哪个王八蛋说这不正经。"对面坐着的胥先重和夏桂花大气也不敢出,瞪着眼睛听得流口水,两个人入神地听刺激了许运动的口才:"城里饭店一家连着一家,进去人家服务员就给你端茶倒水,伺候得比你亲生闺女都周到。"夏桂花禁不住提问:"兄弟,那城里有多大?"许运动沉吟半晌,说:"咱南许村放到城里,就是烧饼上的一粒芝麻，小得一口气都能吹跑，少说也能抵上几千个南许村那么大吧。"胥先重和夏桂花商量好似的，均倒抽一口凉气。

许运动从上衣口袋里掏出一盒"红叶"牌香烟，从容地从中抽出一支递给胥先重，胥先重忙伸出两只手接住。接下来许运动也优雅地从香烟盒中抽出一支，刚徐徐地衔到嘴上，胥先重划着的火柴已经恰到好处地到了许运动的烟尖上。点着之后，许运动吐出一个烟圈，又在这氤氲袅袅的烟雾中说："城里头咱这牛车架子车根本就进不去，人家大路口上就站着管这的公安，打着手势叫你从哪过你就得从哪过。现在人家城里人都听流行歌曲了，用录音机放的，磁带放进去，一摁按钮，就好像有真人藏在里面唱。知道开州端木药店的总老板家什么模样吗？据说那就是开州最有钱的人家，出远门人家都是坐飞机，到哪儿都是吉普车、轿车。我们厂虽说是公家的，但现在这个老板往里面已经投资注钱，也算得上我们老板了。人家药店开的分店遍布全国各地，市领导都得让他三分。"

夏桂花听得入了神，不由喃喃地说："你说这端木老板要是咱亲戚什么的该多好啊，那样我们不就可以想吃牛肉吃牛肉，想喝汽水喝汽水么？"胥先重看她唠叨不已，忙瞪她一眼，意思是注意气质。夏桂花不会注意气质，她根本就没气质，她接着问许运动："兄弟，我堂弟夏念祥在开州市政府上班，听说现在都当大领导了，你在那里上街时有没有见过他？"许运动皱着眉说："那不就是咱乡里考上的第一个大学生么？听说他现在厉害得很，我咋能见过他哩？人家市政府是高墙大院，门口站岗的士兵都拿着枪，没有上面的介绍信连个鸟都飞不进去。"夏桂花说："他好几年都没怎么回来过了。听村里人说他一开始在政府里给领导写稿子，现在是什么部长了，出息了。咱洛宁镇还没出过这样有出息的人呢。"

许运动和胥先重夫妻俩东拉西扯。聊了半天，天色已晚，许运动推辞说明天要走，回去收拾一下包裹，就起身告辞了。胥先重夫妻俩热情地送到门外，只恨许运动家太近，否则就可以送出几百米去。夏桂花故意和许运动谈话叫出声来，好引得路口乘凉的村民观看，以证明他们家与城里人关系紧密。

第二天太阳刚在东方浮起半边脸的时候，许运动骑着他的大自行车载着喜气洋洋的许运亮出现在通往洛宁镇的大路上。晨雾暧昧，露水初凝，默默注视着他们远去的背影，在大路之上，他们的车铃声渐渐变弱，几不可闻。

118

20

  春天来的时候,南许村所处的地方就成了花的演习场。梨花粹白,含着一树白色花瓣,高高耸入天边,月光下看时宛如画境。桃花夭夭,粉红花蕊高密度地排列在枝头,桃树就好比穿着绯红外衣的少女,在春天里舞蹈。每当此时,依桐和水儿就会来到村头那棵大梨树下,依桐坐在明月照积雪般的梨树上,向下面站着的水儿扔梨花,不料自己身上也被梨花瓣沾满。接下来就是癫狂柳絮随风舞来,落水桃花无奈逐水的季节了。在轻轻飘扬的杨花和柳絮里,依桐给水儿攀折着齐渡河边的柳枝,把中间的枝干去掉后,制作成呜呜而鸣的柳笛,两个孩子一起向着齐渡河中懒懒睡着的水鸟奏吹,吓得它们拍着翅膀朝对岸仓皇飞去。芳草绿了齐渡河两旁的堤坡,青青的河边草,从天涯之外绵延到了这里,黄、红、绿、白的野花,好像漂浮在雨中的花伞,装扮着冬天肆虐过的凄凉大地。

  河中冰凌化开,鱼儿上泛,依桐拿着柳条编成的鱼罩立于河边的浅水中,等待从此游过的鱼,鱼罩呈圆筒形状,上小下大,水儿则屏息拿着小筐站在岸上,等待依桐从河里抛出的鱼,之后两人一起回到柳条轻舞的堤上。依桐再折下巨大的桐叶,水儿则麻利地把鱼放在桐叶之中,用柔软的柳条捆扎。当田野里的荠菜和面条棵儿等野菜茁壮生长的时候,依桐和水儿会挎着小篮子在刚开始复苏的麦地上游荡,四处找寻野菜。有一回,他们不知不觉地走到了五六里之外,来到了齐渡河堤下河畔处那片有着百年历史的老桐树林。那里古木参天,褐色的巨大桐树高耸入云,树枝纠缠,遮天蔽日,下面盘根错节。白色的鸟粪覆盖了落叶霸占的地面,数以万计的麻雀、斑鸠、黄鹂在林间啁啾而鸣,依桐和水儿还在一棵粗大的桐树下面的枯草丛中发现了几个硕大的鸟蛋。

  桐花不言自证一岁春,花香无语空哄人间醉。刚到了烟花三月,桐花就开得昏天暗地,天地都被染成了粉红,远远望去就好像一座座燃烧的红山相连。粉红色的桐花呈喇叭状高高挂于枝头,肆意随风摇晃,团团簇簇,把一棵高高的桐树装扮得好像待嫁的少女。茂密的桐花和浓密的枝丫荫蔽着新生的绿叶,填充着湿润的风,等待着云破月、花弄影之时。桐花有着修长的花筒,花筒里还有一个修长的蕊,把桐花瓣去掉,剩下的花座好像莲花坐台,可以当做陀螺。依桐和水儿经常在花儿纷坠的路上比谁的陀螺转的时间更长。

有时到了黄昏时分,春雨不再吝啬,淅淅沥沥于廊前,狗与猫相拥而卧于廊下,一旁的鸡则抖着翅膀上的雨水,水儿和依桐坐在廊下的凳子上,等待着在屋檐下筑窝的燕妈妈回家。母燕子有着黑色羽毛、黑色眼睛和白脖、白肚皮,好像飞翔的微小企鹅,它在傍晚时分会衔着食物归来,每当这时小燕子都会伸着脖子叽叽喳喳地叫。有几次母燕在天黑的时候还没有归来,依桐和水儿唯恐小燕子会饿,就拿来白天从地里捉来喂鸡的一瓶青蚂蚱,依桐踩着摞起的板凳,把蚂蚱倒进小燕子的窝里。

柳絮刚穿帘,燕巢空又盈,一树花影匝地,两缕微风送香。在惨惨梨花已落尽,凄凄桐花未褪完春红时,槐花又银装素裹从天而降,一树树槐花好像碎琼乱玉砌成的一座白山,远远望去,棵棵槐树好比千堆雪,傲然挺立于南北东西路。槐花淡妆淡抹,共东风带语摇摆,似夜雪初积,千树万树垂垂而立,又好像素云压低,茫茫千里全是说不尽、道不明的没来由的白色。云海呈青,轻风吹香雪,村庄与村庄全都披上云衣银装,只想引得鸾鹤回,翔幽人往来。白白的槐花在风中发出窸窸窣窣的声音,如七弦琴上悠远的音调,把边远的村庄化成城市无法企及的童话仙国。花团层叠,花山嵯峨,枝叶疏疏,林鸟纵横,偶尔落花漫空,似波心月清辉发,又好像彤云密积雪初散,似四面云山齐崩动,只觉满地的云被东风吹散,一地白色羽毛被西风引走。

槐花开放的时节,依桐在树上开始对槐花大肆攀摘,小身板纵横于枝干间,水儿则依旧在树下翘首以待。待大串的槐花从天而降时,水儿就把枝上的槐花捋入筐中,一同回到依桐的家。水儿心灵手巧,会做很多槐花的吃食。如槐花茶:把水烧开之后放入洗干净的槐花,再放进调好的面糊,等烧开之后放凉,喝时花香秘醇,强煞茉莉花茶。又如槐花汤:先把槐花放进开水中洗一遍,再浇入磨好的花生油,放一点盐和醋,之后倒入盘中,即可成一盘可食的碎玉。此外还有用面粉伴槐花蒸成的槐花糕,绵酥中带有一点甜蜜蜜的口感,直入人的五脏六腑。最好吃的莫过于用半开的槐花制作成的槐花焖饭：先用清水清洗，晾干后倒入大瓷盆中，再放入面粉搅拌均匀，要使每个白色花朵上均沾满面粉；之后在笼屉上放一块纱布，把槐花倒入，在槐花堆中用筷子扎几个出气孔，上火蒸十分钟；出笼后放在盆里，搅拌后散开，放凉后入炒锅加油葱炒热，放盐出锅，才算大功告成。水儿的手法娴熟无比，老练得不像六七岁的小姑娘。有时她也会做烙饼。依桐先去鸡窝里偷出一个鸡蛋，然后去院中花椒树上摘下些许花椒，用盐调匀，倒入盛槐花的盆中。依桐用筷子搅匀，水儿则麻利地把面粉撒入盆中，与槐花搅拌成稠糊状，再用那个平常母亲炒豆子用的平底锅，加入花生油，待下面的一层烙至深黄时，再翻转过来烙另一面，依桐能吃五六个这样的烙饼。槐花的盛开，对于那时食物平淡、单调的农村来说，无疑是天降美食，况且槐花清热凉血，止血降血压，可谓功能齐全，养就大批饕餮之徒。

每年开春之时，离南许村七八里之外的洛宁镇上经常唱大戏。每逢此时，盛况空前，十里八乡的乡亲携老带幼，推车带凳，汇集于洛宁镇坑中戏台周围，树上、屋舍上，麇集了黑压压的人群，此时依桐和水儿也蹚过麦田，踩着乡间黄色的小路，穿过丛丛枯林包围着的村庄，迎着春日明媚的阳光去戏台。他们哪里懂得戏曲？只是去买戏台周围的冰糖葫芦、棉花糖罢了。老年人为戏曲的忠实听众，早早就带着凳子聚于戏台前侧，仰起头，眯着眼睛等待着《反徐州》《跑沛京》《闯幽州》《铡美案》《李天宝吊孝》，看得津津有味，如入其中。由于乡亲们接踵摩肩，人流攒动，不少生意人出摊于此，卖茶叶蛋的、卖烟酒的、卖瓜子的一个挨一个。水儿和依桐买过红艳艳的冰糖葫芦和软绵绵的棉花糖后，再在悠扬的梆子声和唢呐声中边吃边踩着来时的小路返回。有时在路上他们边走边踢着一个小石子，两人比赛看谁先踢住，这一颗石子能从镇上一直踢到南许村。

夏日，风吹处黄色麦浪波动，从寥廓的天边翻滚到天的另一边，麦子以舞姿涤荡着大地一贯的沉默和宁静。阳光炙热，依桐和水儿经常坐在齐渡河堤上，在阴凉的桐树阴影下看着滚滚黄尘般的麦浪从远方绵延开来。那时水儿常对依桐喃喃地说："依桐哥，听村里人说，俺娘就是在这个时候死的。"水儿说的时候，一双清澈如水的大眼睛里含有露水般的泪，她的柔顺头发耷拉在耳畔，白白的臂膊上隐隐有夏桂花掐过的青色伤痕。依桐大人般地叹着气，说："水儿，你想你娘么？"水儿摇摇头，一滴泪珠落在堤上一朵蝴蝶花上,她抬起头看了看前面堤下黄澄澄的麦子,说:"村里人都说是我把俺娘克死的,我是个克星,我现在的娘就是这样说我的。要不是生我,我娘就不会死。"水儿静静地看着远方,好像期待她的母亲再从那金黄的麦海中走来,她安静地说:"依桐哥,村里人都不知道俺娘是从哪里来的,连俺爹也不知道。他们都说俺娘长得像画里的仙女,我想俺娘没有死,她是回到天上去了,坐着咱村后桐树上的凤凰飞走的。是么?"依桐看她秀美楚楚的脸庞认真地看着自己,就一个筋斗从草地上坐起来,对水儿大声说:"咱们现在就一起往天上喊,这大堤本来就高,要是大声喊,你娘定会听见,让你娘下来看你。"说完他们一起朝着天上喊起来,只有漫天的桐叶摇晃,长空白云寂然无声。

夏天的风雨贼眉鼠眼,胡乱卷了几个云头就汹汹而来,雨后清新,小溪流淌入沟渠时,依桐和水儿经常打着伞拿着小铲在树林里寻找爬蚱。那些爬蚱向来在地下潜伏,雨水一冲刷,泥土便松动,它们此时才会怯生生地从地下露出头。依桐和水儿弯腰低头,细心地在地上寻找蛛丝马迹,依桐看到黑点便疑心是爬蚱,有时还摸到一手鸡粪,水儿见后笑得前仰后合。等到四下暮色降临,林影狰狞时,他们才满载而归。捉来的爬蚱需要放在水盆里泡着,否则一刻钟不见,它们就会蜕化成蝉,然后振羽飞走。

六月,麦子刚收割完毕,他们就提着小布袋去地里拾别人收割后遗留的麦穗。阳光似火,布鞋踩在麦茬之上,咔嚓一声便断。天干地燥,他们常用拾来的麦子去南地桃林找一对老夫妻换桃子吃。那桃林为了防贼偷桃,八个方向拴了八只狗镇恶,依桐和水儿提着麦子去时,那狗于林中狂吠不止,森然欲搏人,吓得水儿忙躲在依桐身后。待到换来桃子,依桐就背着十来个桃子与水儿一起沿着垄沟来到齐渡河边,把桃子在水里洗净。有时他先让水儿在大堤上吃桃,他则到河中扎猛子,等到凉快的时候才出水。水儿这时会在大堤上冲依桐喊:"依桐哥,快出来,水里可有水怪!"依桐听后在河水里露出头哈哈大笑,表示不信,实际上心里发毛。他听村里人讲水里的水怪在水里时不时拽人腿,他听水儿这样说,水里有棵水草轻轻拂他的腿他也觉得是水怪在作祟,忙从水里出来穿上裤衩跑上大堤。这些桃子两个人吃不完,水儿常常留下几个桃子,给快要放学的依禾和依香吃,两个女孩刚上村里的小学三年级,正每天形影不离地上下学。

夏日晚上的时候，齐渡河里青蛙的叫声似合唱团。天上的星斗罗列，璀璨多辉，月亮悬于南方中天，银盘中嫦娥凌波移步，玉兔依旧在桂花树下不停地捣药。依桐时常躺在院中的磨盘上，遥望一轮明月，期盼嫦娥能出月下凡，带来古老的桂花蜜。虫儿飞，蛐蛐鸣，在动物合成的夜的交响曲里，年年交汇成相似的过往。

有时，水儿和依桐也在田里和水儿的爷爷胥学义看瓜。那瓜地毗邻胥家祖坟，祖坟上建有几个贞节牌坊。听说那牌坊已经建了百年，牌坊经年失修，历经风雨漫漶，上面的字迹已经剥落。牌坊两侧悬挂着两个古老的铜铃，风一吹就发出轻轻的铃响。夜晚坐在瓜棚中，耳边不时听到风吹铜铃的声音，也时常见那边鬼火粼粼，吓得水儿与依桐用被子蒙着头瑟瑟发抖，而爷爷胥学义老汉好像无所畏惧，在瓜庵里望着月光下的瓜地抽烟抽得痛快。

月夜中，月光涂抹着瓜地里大大的西瓜和黄色的小白瓜，那些瓜在地上滚圆，逗人嘴馋。水儿却爱吃黑不溜秋的小瓜，那种瓜的瓜肉柔软无比，水儿吃瓜时时常噎住喉咙，依桐经常给她拿水。有时候白天下雨，胥学义老汉去家中喂羊或看牛时，就让水儿和依桐在庵中看瓜。那瓜庵四周爬满了豆角秧和南瓜秧，青青的叶从瓜庵口垂落下来，如帘如幕。雨中的绿叶沾满水珠，翠绿欲滴，而瓜则被雨水冲得一尘不染。南瓜的叶硕大，叶子刚被砸上一滴雨水就飞速地垂下一面，让那雨珠訇然坠地。瓜秧中穿插着的洋芋此时也抽出了宽厚的叶，芋叶上落满了宝石般的水珠，水珠在洋芋叶上却不落痕迹，在叶子上能自由滚动，煞是惹人怜。雨中，满地都是青色的叶和青色的果实，在密如织的雨丝里静静地洗着淋浴。

夏日的傍晚，常常有绮丽多彩的火烧云，如熊熊之火燃于西方天幕，依桐和水儿经常在村西头矮矮的土墙头上看西方彩云变幻成不同的形状，橘黄的暮色照在村庄每一户人家的西墙上，依桐和水儿的脸也被映照得红扑扑的。西天幕上游动的云彩经过夕阳的美容，全都镶上一层银边，时而变成苍狗，时而变成张牙舞爪的狗熊，时而如仙女婀娜，时而如千军万马西征，俄而有一束光线从云朵的一个缝隙中射出，俄而又收回。南天角上经常有座巍峨耸立的云山，如泰山一般矗立在天上，引得人直想驾云梯去爬。云山白如雪，八风吹不动，依桐和水儿眼睛不眨地望着天，想看婆婆之云会不会露出一角天机。直到夕阳下坠的时候，暮霭在地平面上升起，但看那无尽的天边，只有三三两两的桐树站立在渐渐浓郁的暮色里，好像霓虹灯下的哨兵，慢慢等待黑色之夜的袭来。

凉爽宜人的秋天里，南许村被周围田野里的玉米地包围，高高的玉米密密麻麻地立于苍凉的秋风里，黄黄的玉米穗像伸开的手掌向蓝色的长天致敬，风吹叶动，发出衣服摩擦般的声音。

依桐家的地在齐渡河堤下，这里地势陡，依桐母亲常种些固水土的红薯。每到深秋红薯成熟之时，依桐和水儿都会在大堤上割些已经枯萎了的长草，以储存起来做冬天的柴火。割累之时，依桐便到自家地里，兔子扒窝一般扒出几块大的红薯，与水儿一起到堤上陡处，刨个口扁肚鼓的窑坑，旁边留一窑门，收集一些被秋风扫荡下来的枯枝败叶，把它们塞进窑门，用火引燃。等窑被烧得发红时，再把红薯投入火中，用枯枝覆盖，继续以大火猛燃。烧十来分钟后，再用土覆盖，焐熟，等到扒出那烧得黑如炭的红薯时，一阵香气迎鼻扑来。依桐和水儿每次都吃得嘴角黑灰一片，好像李逵。之后两个孩子再到河边已经枯萎的芦苇荡里，就着河水洗把脸。吃饱后，在萧瑟的秋风中，两人再到大堤上打枯萎的黄草，扫沙沙作响的黄叶，刨棉茬。节节草此时也已经干枯，死死地搂住地面，还有狗尾巴草，一动其根就能扯起方圆几米的茎。此时正是蒲公英离开枝头的季节，水儿经常手拿一蒲公英在嘴边轻吹，嘴里喃喃地唱："蒲公英，轻轻飞，去天涯，云儿随。"不知名的黄花在秋风中摇晃，偶尔在草丛中还飞起几只花翅膀的鸬鹚，飞入远处河畔的芦花丛中。

两个孩子还经常沿着大堤走出几里，不知不觉走到了古桐林。桐枝已经枯了，桐叶如飞雪，漫天匝地地飘落下来。叶子落尽，枝上的鸟窝映入眼帘，枯枝败叶搭就的鸟窝驻扎在枝丫间。地下枯草间，黄、绿、紫、灰、黑、白花等各色蚂蚱蹦跳着，令依桐和水儿好像置身于惝恍迷离的境地中。秋风吹来，地上的叶儿倏忽飞起，唤起远离一年的寒冷回归。当依桐和水儿背着满满一篮子柴草从堤上归来时，常常会经过许家和胥家两家的祖坟，坟地中间仅有一条田埂隔开，不计其数的枯坟卧倒在黄色的芦苇间，诉说着死后的苍凉。在坟地中间，有三四个整齐的牌坊，它们像列队一样站立在原野上，每个都有五六米高。据水儿的爷爷讲，那都是为了纪念晚清和民国时候的贞洁女留下的。依桐和水儿尚年幼，不理解"贞节"

是何含义，胥学义说这其中有一个牌坊是因为她丈夫死了，她也跟着自杀了，另一个是因为她的未婚夫死了，她便为了这个没有见过面的男人守了七十多年的寡，死后埋到了这里，以示活着的人对她们贞节的尊重。依桐和水儿经常看到那几个牌坊，在枯藤老树之间，那充满沉郁气息的建筑整齐有序，显得庄严肃穆。

冬季里，农村尤其寒冷，齐渡河潺湲的河水被冻住了，霜降大地，长长的冰凌倒挂于土坯屋檐上，有时甚至终日不化。太阳远远地悬于地平线上，柔柔的阳光鞭长莫及，送不来温暖。褐灰色的桐树和槐树的枝干褪去了叶子，只余下健康的肤色展示给蓝天看，人们穿上了厚厚的冬衣在寒冷的冬天里蠕动。每个冬日的清晨，总会有很多邻村卖豆腐的小贩在村中街道上拖长了声音叫卖，这种叫喊时的声音有着公鸡啼鸣一样的意义，使熟睡于温暖如春的被窝里的人们蓦然醒来。接下来，卖馒头的马朋老汉饱含磁性的叫卖声由远及近而来。马朋老汉是五里外的马家铺村的，年老无后，靠卖馒头为生，他的馒头个儿大，又很柔软，被整齐地码成几排，放在架子车上的一个泡沫箱子里，他一路推着叫卖。马朋老汉卖馒头多年，他高亢的声音成了这一带人早上必听之音，他洪亮的声音能穿墙越院，引得院子里的大公鸡也不服输地抖擞翅膀应和几声。马朋老汉从鼻腔中制造出一种假音，然后把这个声音曳满整个口腔，最终把声音喷吐而出："称馍不称咧……"

下雪的时候，水儿会从家中溜出来，与依桐跑到田野里去。水儿穿着依桐母亲为她改做的依禾的夹袄，红红的棉袄映在洁白天地间，宛如一朵怒放的红色牡丹。他们在雪中奔跑，踩下两串凌乱的脚印，他们在大雪无痕的地方伸手迎接洁白的雪花，在厚厚的隐隐露出青色麦苗的地里找寻野兔的脚印。天地之间白茫茫一片，连为一体，遒劲的北风呼啸过枯桐树梢，发出"呜呜"的啜泣声。黑色的村庄却身披洁白婚纱，连一向奔腾不息的齐渡河也无语凝噎。纷扬的白雪从天空中飞舞下来，安详地飘落于大地的每一个角落，把一切颜色都变为纯洁的白，化去一年残留的污垢，以一尘不染的白色来迎接新的一年。大地好像一个肤色白皙的美丽女子，在害羞中等待新的一年这个情人的莅临。依桐和水儿曾长久地站在雪地上，惊奇不已地望着这个渐归于完美的世界，忘却了手已冻得如红萝卜，忘却了白雪将要把回家的路覆盖。

或许，从一开始他们就已经将这个世界的美好鉴证，所以他们才会用平静的心态去面对此后这世间的每一次苦痛。

21

　　1992年9月，6岁的许依桐已经到了上学的年龄，父亲许正兴领着许依桐去洛宁镇上赶会算了一卦，算卦先生一看依桐的面相，便摇头晃脑对许正兴说："这孩子额头凸起，天庭饱满，实在是文曲星下凡，状元郎投世，天生一个文人的料，他读书必将独占鳌头。"许正兴听不懂这些文绉绉的话，但知道是好话，高兴得找不到从洛宁镇回南许村的道路，一到家便告诉梁爱玲，说许家要出一个状元郎了，让她赶快给孩子缝制书包。梁爱玲当天就用碎布缝制好了五颜六色的书包，还在书包上缝了一只喜鹊。依桐不知道读书是怎么回事，他只是见姐姐依禾和堂姐依香每日去上学，于是去找水儿，要水儿和他一起上学。水儿咬着嘴唇，问依桐："依桐哥，你上学么？你要是上学我就上，你要是不上学我也不上。"依桐点点头，水儿低头说："我恐怕俺娘不让我上。"依桐说："别管你娘怎么说，我回家让我娘给你做书包去。"依桐没等水儿说话，就一溜烟跑了。

　　当水儿回家颤颤地向父亲胥先重提出自己要随着依桐去上学时，胥先重望了一眼水儿还没说话，正在院子里嗑瓜子的夏桂花先一撇嘴对胥先重说："上学能上出个啥？那书上的东西能当饭吃？再说，女孩家家的，学多少东西还不是给婆家带去？只要学会做饭、洗衣、下地干活，就算是有能耐了。长到十六七岁，寻个婆家，别读书再把人读野了。"一口气说完这些话，把头一转对水儿说："再过几个月，娘再给你生个小弟弟，到时还要你陪着他玩哩。这女孩子啊，就得大门不出，二门不迈。水儿啊，这书咱不读了，给你爹娘省一笔学费也算你孝敬，赶明儿你到婆家，娘给你多买几套嫁妆，听到了没有？"水儿低着头眼泪扑簌扑簌往下掉，只是不做声。夏桂花从椅子上猛然站起，大声对水儿喊了一声："听到了没有？"这一声甚是凄厉，水儿吓得一抖，点了点头，泪水掉得更多。

　　胥先重在一旁看不过去，轻轻嗔怪："你说话咋恁厉害？把孩子吓着怎么办？"这下夏桂花该吓胥先重了："谁和你一样？除了开会时声音大，平常说话像猫一样喵喵叫，我这是为她好，光惯着她，你看长这么好，赶明学坏了，到时候你到处都能当上爹。这小丫头这么小就长这么水灵，长大了还不知道搅多大妖风？"胥先重听她一直攻击，心下有气，嘴里只是说："要不是我看你怀孕，早……"话还没说完，夏桂花早挺着肚子站了起来："怎么了？姓胥的，你说要儿子我就帮你生儿子，我为你流了两次产，哪一回不是从阎王殿前又爬回来？我怀孕怎么了？怀孕就怕你不成？"胥先重脸涨得通红，愤怒就是爆发不出，只好悻悻地站起来，走为上计，摔着门出去躲躲风雨。水儿站在一旁，见两人又因为她吵架，就知道爹走后娘下一个撒气目标就是自己，也想低头出去，刚走几步，夏桂花便吼道："快给我把茶壶拿过来，老娘渴得要死，一天气我八回，啥时把我气死了你们就都有福了。"水儿只好惴惴不安地回屋拿茶壶消灾。

其实夏桂花和胥先重结婚6年之久，按照南许村人的生殖速度，便是4个也能生出来。夏桂花在来到南许村的第2年肚子就隆然而起，胥先重以为贵子降临，很早就做好了儿子的接待工作，孰料夏桂花的脾气是由煤油构成的，遇到火星就熊熊燃烧，燃烧得很旺的时候就付诸武力，除了打骂水儿之外还有摔板凳和砸水杯的优良作风。一次与胥先重拌嘴，摔水杯时脚下打滑倒在地上，不幸肚皮先着地，导致胎死腹中，生儿计划宣告破产。幸亏夏桂花的体质强壮，区区流产不足为道，经过一段鸡蛋加红糖的恶补，身体不仅恢复，而且还胖了几斤。再过1年，在和胥先重的合作下，肚子"梅开二度"，又微微隆起。刚怀孕4个月，又是因为水儿，胥先重和夏桂花再度开战，事实上不能算纯粹的战争，胥先重只是稍稍反驳她几句，在夏桂花暴风骤雨般的拳头袭来时象征性地挡了几下。为避免夏桂花再度毁坏物品，胥先重已经事先把茶杯藏于屉，自以为尧天舜日太平无事，孰料夏桂花为了报复胥先重，竟然偷偷吃了打胎药，并说斩草除根，打掉姓胥的恶种。这下给了胥先重垂直打击，原来他这个媳妇不仅泼，而且现在发现还彪悍毒辣。

既然碰不得，躲的功夫还是有的。经过两次生儿子的失败，夏桂花更是对水儿心存芥蒂，认为她就像老人说的那样，是个克星，不仅克死亲娘，竟然还接连地克死自己的两个孩子。由于她常常在胥先重耳旁鼓噪吹风，先前对水儿很好的胥先重也半信半疑水儿是克星的鬼话，还请了几个会看风水的先生到这里施了法术。夏桂花以为水儿是丧门星，是多余的人，动辄就白眼相向，拳脚相加。水儿身上的伤痕全都在背上和腿上，之所以如此，是担心被外人看到，尤其是担心被胥学义老汉看到。事实上今年夏天胥学义老汉在大堤上放羊时，一不小心摔断了腿，路都走不成，如何管得水儿家的事情？

夏桂花喜怒无常的暴戾脾气造成的异常紧张的家庭氛围，使水儿患上了极为严重的忧郁症，她在家中时很少笑，甚至话也不多说一句。胥先重为了能让夏桂花平平安安地生下这个孩子，就是自己受到再大的委屈也要忍着。他和夏桂花想的差不多，等孩子生下来水儿正好也七八岁，可以照顾孩子，这样又省却一个人的力量，所以他只有以沉默来面对夏桂花对水儿的态度。患上忧郁症的水儿只有见到一个人之后才会露出笑脸，说出很多话，那个人就是依桐。然而，她最要好的依桐哥要去上学了，而且是在她不能上学的前提下。

依桐在得知水儿不能上学的消息后，在院中哭喊，说水儿不上他也不上。父亲许正兴见状，左右同时出脚，两脚就把依桐踢了起来，之后拎掇起他和小书包便往南许村的小学走去。路上依桐在半空中刚咧嘴要哭，许正兴即刻就抡起了巴掌，依桐张开的嘴立刻闭上了。走到村中一个十字路口时，刚好遇上胥先重领着水儿要下地栽红薯苗。胥先重和许正兴近几年关系冷淡了许多，一个费尽心血要往镇上调，一个胸无大志，每天下乡卖香油，但见了面还是会象征性地互相打招呼。

许正兴见了胥先重，便把依桐放了下来，和胥先重寒暄。水儿在胥先重旁边，一双大眼睛盯着依桐，依桐刚哭过，见到水儿立刻眉开眼笑，水儿望着依桐背上的小书包，脸上的表情落寞不已。依桐悄悄过去对水儿说："放学了咱俩再一起玩。"水儿点点头，仍旧可怜巴巴地望着依桐的书包。胥先重假装亲热地摸着依桐的头，用稳重的语气对依桐说："好好干，争取考个状元，上大学。"依桐瞪了他一眼，被父亲拉走了。走出好远依桐回头望，才发现水儿拿着一把小铲跟在胥先重身后，一边向前走着一边不住地回头望着自己。

每日黄昏，水儿总是偷偷从家里溜出来，坐在门口不远的路口边的木墩上，等待放学从这里经过的依桐。盼望依桐回来成为了水儿一天中最为快乐的时刻。在家中挨过打骂之后，纵然再疼痛，当黄昏时分来临，隐隐听到小学里传来放学的钟声时,她也会一个人来到门口南边的路口。看到依桐背着书包远远地从路上跑来,她站起身,垂着头来到依桐面前,此刻,她内心的疼痛和一天的恐惧才算有个了结。她低着头在依桐面前大滴大滴地落泪,依桐看见她腿上和背上隐隐有紫色的伤痕,就说:"你娘又打你了?"水儿点点头。依桐咬牙学着大人骂:"这该死的婆娘,她不得好死!水儿,等有一天,我不上学了,咱俩都长大了,咱们就不住在这里了,我挣大把大把的钱,让你离你娘那个臭女人远远的,咱们天天吃方便面。"水儿垂着头,她相信会有这一天的。

之后依桐把水儿带到自己的家,他们一块儿吃着馒头赶着家里那只小羊去齐渡河畔放羊。依桐手里拿着自己的课本,模仿老师迈着八字步,来到河边碧草连天的草地上,让羊在一边自由地吃草,他则拿起课本给水儿讲书上的童话抑或是今天才学习的字。水儿听得津津有味,歪着头不时地问依桐:"真的么?"依桐挥舞着书说:"那还有假?这可是全国人民都学习的课本啊!水儿,你不上学没关系,我天天把在学校学的故事讲给你听。"有时依桐还拿着书给水儿猜谜语,依桐念谜语,若是水儿猜中了,依桐就自罚在草地上翻筋斗,若是水儿猜不中,就让依桐刮她一个鼻梁。

依桐时常把谜语念得乱七八糟,水儿居然能够马上猜得出来,比如依桐说:"丈二身子高,长节不长毛,穿着绿衣服,戴着红缨帽。"水儿大眼睛转了转,说:"高粱!"依桐叹了口气,无可奈何地在草地上翻了一个筋斗,又接着坐下念:"青枝绿叶紫根丫,一树开了两样花,先开金花结青桃,后开银花收回家。"水儿想了片刻,说:"棉花。"依桐"唉"了一声,只好又翻了一个筋斗,翻过后,头晕目眩地又来出:"老大老大,土木交叉,嘴里吃人,肚里说话。"水儿转过头,望了望远方河畔几个整理羽毛的水鸟,还是没有想出。依桐"嘿嘿"奸笑了一声,正想凑过来刮她的鼻梁,谁知水儿忽然想起,笑着叫:"屋子!屋子!"依桐只叹命苦,只好把书放下,紧跑几步翻一个筋斗,头晕目眩坐下喘息。不大会儿再接再厉:"一个小姑娘,坐在水中央,身着粉红衫,看着真漂亮。"水儿思考了一会儿,仰着脸闭上眼说:"这个我猜不出来,不知道。你刮吧,刮过之后可要告诉我是什么。"依桐翻筋斗翻了半天,终于时来运转,便轻轻地在水儿鼻梁上刮了一下。水儿睁开眼睛,问道:"那个小姑娘是什么?"依桐笑着说要想知道是什么得让他再刮一下,水儿佯装生

129

气,噘起小嘴不理依桐,说他装坏。依桐忙过去哄她,说谜底是荷花。水儿知道后,喃喃地说:"我还没见过荷花呢,怎么猜出来?你耍赖,你得翻一个筋斗。"二人的说笑声使远方夕阳余晖中吃草的羊不时停下来,回头迷茫地看他们一眼,暗暗想:"人类发生了什么事,是什么让他们这样高兴呢?"

22

1982年,距南许村七八里的洛宁镇旁边的夏桥村出了一件大事:这个村里出了洛宁镇开天辟地的第一个大学生。发榜那天,那个名叫夏念祥的学生一路连滚带爬地从县里跑回村里。母亲夏氏正在鸡圈前喂鸡,听到这个消息,她的鸡食盆子马上从手中掉到地上,高兴得连笑带哭,当即跪在地上对着太阳行大礼,连叫苍天有眼。

夏念祥的父亲是镇上的教师。那时夏念祥还未懂事,印象中只记得父亲是一个性格上接近于贾宝玉的知识分子,对女性有种天然的崇拜。他白天去镇上上课,晚上再回来做饭,对妻子说话轻声细语。"文革"时因为藏了几本小说和《胡适文集》,他遭到批斗。说他藏资本主义毒草,一连游行了十天。后来在批斗的第十天后,一身沾满别人唾液、鼻青脸肿的夏父被几个红卫兵"开着飞机"押回家来,路上忽然遇见十来个戴着红卫兵袖章的女红卫兵,见到被押解的夏父,不由分说上来,嘴里骂着"痛打资产阶级万恶代表",抡起铜头皮带照夏父的头顶便是一顿猛抽,夏父吃惊地抬起头看,他看到的是一群面如桃花的十六七岁少女,她们咬着嘴唇,奋力地抽打着这位曾经教过她们的老师。那帮少女强迫他跪在地上。面对着她们的死命的抽打,他不仅没有闪躲,脸上还荡漾出了一丝苦笑。这丝苦笑却使他招来了更多的皮带,罪名是嘲讽无产阶级对资产阶级的再教育。这帮少女抽打半天,又对地上的夏父踹了几脚,这才骂骂咧咧地走了。

对一个知识分子来说,支撑他活下去的往往只是内心深处一种对信仰的坚持,倘若信仰崩塌,身躯这副臭皮囊再活在世上已无用处。等当天夏父回到家时,他整整一夜没有说话,人好像一具枯尸。第二天早上,夏氏发现丈夫在院里的水井旁洗脸，她没有在意，等她再从屋里出来的时候，便见丈夫把头插入洗脸盆中，一动也不动，夏氏以为丈夫想用水使自己头脑清醒清醒，便没打扰他，不料五分钟后他依旧不动，夏氏这才隐隐觉得有些不妥，于是慌忙过去，只见丈夫脸色铁青，早已气绝。夏念祥的父亲只留下几句话，歪歪斜斜地写在烟盒上，算作遗言：

1.你要活下去，把孩子带大。历史是向前的，一切都会好起来的。2.不管怎样，念祥要念书。只有念才能祥。3.这是男人的事，男人都要面子。士可杀不可辱，我先走了。

顶梁柱坍塌，夏氏只好一肩把天扛起。全村姓夏的甚多，丈夫死后，有谁去管自绝于人民的资产阶级遗民呢？大多数村民们只抱着看笑话的态度，毕竟寡妇的难事多如天上的星辰，大家都静候着夏氏有一天因熬不住会改嫁，甚至有不少光棍每夜在夏氏家门外徘徊，预备着吃腥。

女人柔弱，为母则刚。夏氏咬着牙，白天不服输地干着各种活计，受到别人的冷嘲热讽连眉头也不皱。夏念祥自幼就学习刻苦，由于父亲早殁，他儿时在乡亲们的怜悯和孩子的嘲笑中度过，每天背着母亲给他缝制的碎布书包去上学，放学后便背着书包一路小跑到田里。母亲的坚韧深深地感染了他，他亲眼见白天母亲怎样以笑容面对别人的白眼，而晚上又怎样搂着他压抑着声音哭泣，母亲的泪，夜夜像雨一样打湿他的脸庞。那时母亲经常搂着他哭着说："儿啊，娘只有你，娘熬的就是你，盼你有出息了，让那些笑话咱的人看看。"

夏念祥从小就在心里确定了一个最低目标，那就是有出息，让先前看不起自己的人尴尬。他经常看到别的一家人早早干完生产队分下来的活计回家去，而母亲一人在田里拼命拽一辆深陷于泥土里的架子车。母亲从来都是如此，自己的活自己干，唯恐贻人口实，惹人垂怜。夏念祥记得一天有一个大人嘲笑他是没爹的孩子，母亲从这里经过，刚好听到有人对儿子说这样的话，她当即抽出一把铁锨和那人拼命，没想到刚刚上去，被那个身强力壮的男人轻轻一推便倒到地上，这时七八岁的夏念祥冲了上去，死死地抱住那人，用嘴在他腿上猛咬。

到了夏念祥在县里读高中时，不到40岁的母亲却老得像60岁，皱纹纵横交错于脸上。但她无论怎样艰难，都死死守着让她儿子上学这一个信念。夏念祥读到了高中，每个月都有一个午后，他背着一袋干馒头独自上路，从夏桥村到封阳县城有五十多里的路程，夏念祥吃过午饭后动身，黄昏时才到县里，每次走路，他脚下的千层底都要磨损一两层，有时他心疼鞋，甚至还把鞋脱下来，赤脚走上一段。

在高中里，他总会买来一包劣质盐，打来开水，在水中撒点盐泡干馒头吃。由于多年啃干馒头，鲜见油水，他脸色蜡黄，在同学眼里如非洲病人，但夏念祥却并不在乎饭是什么，而在乎这吃下去的东西是否能维持自己的生命。夏念祥就是在那时秉承父亲遗风爱上了文学，那是他唯一可以发泄感情的途径。他常常想，假如此时他有一架钢琴，那么他会发现自己或许也有音乐天赋，会爱上弹琴；假如他有颜料和画板，他也会爱上画画。但是只有文学需要的原料是最少的，只需要纸和笔就可以开展，所以吃饭尚无保障的他只有爱上文学。

当一个人得不到安慰时，就只能自我安慰，而文学无疑是自我安慰的产物。他常常在校园内空无一人，同学们都上街的情况下，一个人窝在教室里写诗。窗外昏黄的暮色照着身上的粗布褐衣，提起笔的他有着王者的气概。他每天沉默不语，走路的时候诚惶诚恐，上课的时候总是用书埋住自己，唯恐被人发现。夏念祥的成绩一向雄踞首位。高中的时候，他总是坐在最后一排，从不问老师题目，甚至上课的时候老师也望不到他，唯一知道的就是这个叫夏念祥的每次考试总是第一。

在一次回家的时候，已步行了四十多里而且一天没有吃过饭的夏念祥饿得两眼昏花，浑身如散架，坐在路边休息。这时，他看到不远处的沟里，在夏天阳光的曝晒下，一群乞丐一样的老人正在拾垃圾，在这群衣衫褴褛的老人中间，他看见一个年老的妇人低头在垃圾堆中翻捡着，找到一个能卖钱的就欣喜不已地装入一旁的袋子中。夏念祥眼睛呆滞不动，他分明望见那个妇人就是他母亲。母亲的黑发掺入白发里，跌跌撞撞地用眼睛吃力寻着。当发现一个塑料袋便慌忙弯腰双手抓住，单是这样，还有几个比她快的已经从她手下夺了去。夏念祥这才知道，母亲如今已是在捡垃圾来供养他读书了。那天傍晚回到家里，他第一次向满头白发的母亲说自己不读书了，要回来种地。母亲生平第一次扬起巴掌扇了他一记耳光，她说："我养你这么多年就是为了你读书，你说出这种话，你问问自己还有没有良心？我告诉你，祥子，你不读书那天就是我撞墙死的那天！"夏念祥知道母亲的脾气，他跪在母亲面前，哭着说："我读，娘，我读。"

夏念祥第二天就背着一袋子馒头含泪上路了。坐在教室中，想起昨天他看到的那个给了他一生刺激的情景，他知道了人若贫穷的后果是什么，那是连自尊都保留不住，连生命和基本健康都顾及不到的最低级的生存状态。他那天想起母亲捡垃圾的情景写了一首诗：

今天阳光如行刑的卫队
它们高傲地在半空
刺杀人类贫穷的母亲
让她遍体鳞伤后
再给她的儿子补上一刀
羊羔呵
你可知道
让母羊受这般的罪过
是你的奇耻大辱
让繁华的暂且繁华
而我暂时苦难
终将挪走这刺人的太阳
届时我一任宝马香车
给难民松绑

那天他一溜小跑跑到家，脚下的千层底如张开的蛤蟆嘴露出五根脚趾。母亲正在鸡圈旁喂鸡，他走到母亲面前，说："娘，我考上了。"夏氏多年的压抑终于释放，她手里簸箕中的粮食撒了一地，她冲儿子先是笑，笑到尽头却流出两行清泪，她的头发已经全白了，她用枯枝般的手抹去泪水，问儿子："哪个学堂？"夏念祥说："一个比较近，在开州市，叫开州政法学院；一个在北京，叫北京大学。我不知道上哪一个。"夏氏又抹抹泪水，头也不抬，说："就上开州那个吧，离家近，回家拿馍方便。"夏念祥也早就打算舍远求近，母亲年老体衰，恐有不测，再说星期天他也可以回来帮忙干农活。他毅然报了开州政法学院，当时一个负责招

133

生的老师深感惋惜,对他说:"你应该去北京,那有前程呢。"夏念祥没说话。他当天就写文章说:盖好男儿,谁不知千里入京求仕名达?但百善孝当头,忠孝不可全,吾母已为我空耗一生,我若舍母而去,只顾自己前程,算什么好男儿?如此不孝之才于国于民又复何用?全无血性之人,我夏某所耻之,吾终不能效颦。

  开州政法学院当时已赫赫有名,这所大学以政治和法律专业为主,当然,中文、艺术等各个专业也兼备,培养出大批政治和法律人才。建筑也古色古香,耸然屹立于开州市郊区,清净典雅。夏念祥报的是中文系,中文系实力虽弱于法学等系,但夏念祥是怀着一个文学梦报的,无怨无悔。上大学以后,他的个人经济能力比高中时没有提高多少,他此时已经感到了巨大的落差感。当寝室内的人相邀去餐厅就餐时,夏念祥不得不在床上推辞说看书,其实他饿得乏力,书本哪里读得进?待人已经走完后,他便提着饭缸,从床下袋中拿出一个干瘪馒头,跑到开水房打来开水,到校园后面一个小土坡上泡着吃完。当时他望着不远处校园内进出在餐厅门口的学生,把吃过的汤水放于一旁,常常泪眼蒙眬。一阵风吹来,从崩开的鞋跟处灌进来,陡增几分寒意,他常常大声朗诵着鲍照和李白的古诗词,借着里面的豪情来激励自己:"对案不能食,拔剑击柱长叹息。丈夫生世会几时,安能蹀躞垂羽翼?⋯⋯自古圣贤尽贫贱,何况我辈孤且直。"或背诵"欲渡黄河冰塞川,将登太行雪满山。闲来垂钓碧溪上,忽复乘舟梦日边。行路难!行路难!多歧路,今安在?长风破浪会有时,直挂云帆济沧海。"

  无论条件多么艰难,他都会找出一大堆名人名言来安慰自己。他的每一本课本上都写满了他从许多名著上抄来的名言,每天都要朗诵几遍,诸如屠格涅夫《父与子》里面"一个人的个性应该如磐石一样坚固,因为所有东西都是建立在它上面的",还有高尔基那句"我来到这个世界上就是为了不妥协!"陀思妥耶夫斯基《二重人格》里面那句"勇敢者是到处有路可走的",乔万尼奥里《斯巴达克斯》里的"一步也不要退,不是胜利就是死亡"⋯⋯这些警句使他在颓废中振奋,使他在懈怠的时候如清夜闻钟。

  大一上半学期的课程安排很松,夏念祥有课之时便上课,无课之时就在寝室床上,用捡来的一块木板,垫于膝上,抄写古诗词或写作诗歌文章。开州政法学院校园内团体很多,有"太极拳协会""芭蕾舞爱好者团""绿林文学社""天籁吉他社"等等,夏念祥一个都未参加,并非因为他自视清高，而是因为他感到自卑。他迄今为止还没有一件像样的衣服，穿的常常是父亲20世纪五六十年代的军装，这样的装束怎样去参加什么芭蕾舞会？他觉得自己就像天鹅群里的一只旱鸭子，只有隐匿起来修学问，而非行于人群中间做人中杰。在对付了饥饿之后，他便伏于床上，用铅笔在笔记本上游走于他的文学王国之中。越来越重的自我封闭终于使他不能自拔，他只有在握笔的瞬间才能恢复智者的荣耀。

寝室内一共有5个人，真正和"饥饿"为敌的，唯夏念祥一人而已。高干子弟中，有一个叫刘骏翔，他是夏念祥的上铺，与夏念祥交情很好。刘骏翔从小就受到了很好的教育，修养极好，为人单纯，常常分给夏念祥东西吃。夏念祥向来孤傲，忍住腹中之饥不吃嗟来之食，后来他发现这食物并非"嗟来"，也会伸手接住。刘骏翔发现夏念祥的另一面是一天他无意中看到了夏念祥留在床上的笔记本，那笔记本上写满了密密麻麻的诗与散文，刘骏翔看得激情澎湃，热泪盈眶。如上面的一首名为《青鸟》的诗：

孤独的青鸟背着蓝天
出自蓝天
请不要把它当做鸡龛
它只暂时停留在鸡圈一时

青鸟的爪只踩在蓝莲花瓣
它要正步走过广场
它用荡气回肠的飞翔
引来鸾凤的回翔

此外还有一些古诗，如：

长天曳海起，六龙纵横驭青驹，拔飞挺戈入日出，草书几度夕阳红。乱云飘月，惊飞苦心如愁兰，蹩躠堕月八千日。回风牧野光如刀，鹰隼魄动羁重牢。古愁不值哂，君子彰道力拂风雷。忽然悲歌抱恫瘝，北斗一贤傲然潮，披金挥斥紫云天，忽闻烈烈西南拖兵戈，安得虎啸平夷地，戬愁扶摇上西风，龙战风生射天玺。吾梦狂人凡尘笑，沧浪月色摇一斗，斗光映颜乱云飞。

夏念祥一直独自徜徉在自己的文学王国中，自咏自叹，不料忽地来了位身外人理解自己，欣赏自己，他心里升起一种少有的感动。一天晚上，刘骏翔在上铺又在翻看夏念祥的作品，忽地从上铺探出头来对下铺的夏念祥说："念祥，你别一直写而不发表，那样一辈子出不了名。"夏念祥抬头问："去哪里发表？"刘骏翔说："你先在小地方发表，比如咱们学校的文学刊物《西风》，听说一篇还给四毛钱的稿费呢。"夏念祥热血忽地涌了上来，不为别的，那四毛钱吸引了他，那相当于自己一两天的饭钱，假如自己投稿后侥幸被发表，名声且不论，饭钱却是实实在在的。说干就干，他连夜向刘骏翔讨来几张稿纸，工工整整地抄下了五首诗。为了防止因投稿失败而被别人笑话，他起了个笔名"文天"，只在稿子后面附上一个中文系，还有自己的邮箱号。开州政法学院十个学生一个邮箱，收信、寄信相对方便。他趿拉着已残破的鞋子，踱到校刊的投稿箱前，深吸一口气，把稿子塞了进去，激动得半夜才入眠。

三天后校刊《西风》编辑部回信，录用了夏念祥两首诗歌，并附来八角稿费，同时还有下一期的样刊，还勉励他继续投稿。夏念祥的心花骤然开放，他感到了自己的价值。他带着八角钱去学校门口平常路过只能咽咽口水的烧饼摊买了五个烧饼，之后坐在后面那个小山坡上对着天空大口咀嚼，吃饱后又翻着筋斗从土坡上下来，跑到宿舍内手舞足蹈。他一遍一遍地看着《西风》杂志上有自己诗歌的那一页，觉得铅字就是比手写的看着舒服，顺眼。

由于《西风》杂志是半月一期，一个宿舍一份，基本上每个学生都能看到。这一期忽然冒出中文系一个署名"文天"的家伙写的两首诗，其中一首名为《独不见》：

长剑怒扬紫莲排空
空腾志砺我许由身
凤飞云驾我伯夷心
独不见长天空空千鹤展
大刀劈云上青天

沧浪曳扁舟
红阳杲杲雪塞南
独不见大旗飘飘还乡路
衣锦泽被麒麟身
千诗拔空超红尘
独不见凉月满天暮鼓动
群鸦辞窗竹林间
独辟大道入朱门
扬梦奉觞补我高堂天
八步一回还
独不见山外天

还有一首名为《西天黄月》：

黎明时分西天飞黄腾达
一轮黄月自浩瀚天际欣然高挂
鸡声茅店人迹板桥
少年背剑在无边清寒中出发
黄月太平宛如你黄色锦缎
悠悠静止悠悠不动
卧在安详蓝色夜幕
辉煌如千里轴画
战国旗鼓晨风吹动
我自高歌伴随高亢唢呐
身侧空空唢呐之声挥发直刺黄月
黄月如水涟漪不动
安然缀于西天如你眉间清瘦
昨夜梦中与你舞剑对卷写遍千年诗篇
今朝甫醒催马踏路复又流转天涯
伊人何在陌路合卺
唯留我今朝月下数我初白之发

献给苍天橘黄之大月
头戴这万道月光跋涉千丈红尘
寻找月下未来之家
唯有一轮晚月无言俯瞰黎明崛起的尘世
藐视朝霞异军突起的东方
助我寥寂
助我完成
兔起鹘落的年华

  这两首诗一出来，全校皆惊。20世纪80年代中期正是文学的王朝，文学无比吃香，文学小青年比比皆是，谈必诗歌，论必小说。这两首诗只署名是八二级中文系文天，还写了其邮箱号，不少人看过诗后纷纷打听文天是何许人也，不料八二级中文系的学生均说平常没听说有这等狂才大人，于是只好悬置再议。夏念祥经此牛刀小试即露锋芒，忙又抄了几首诗歌投了上去。当时投的稿件虽多，但大多数都是奔着"发表"二字而去的，真正为了写作而写作的没有几篇，在伤花感柳、杏词桃诗中，夏念祥的诗就显得峥嵘出众。他一直用"文天"这个笔名，好在校刊编辑部真有几个慧眼独运的伯乐，很欣赏文天那种"不苦自苦，无力自力"的文风，所以文天的诗歌得以每期至少一首。

  一天，刘骏翔的父亲，据说是市粮食局局长，来宿舍看儿子。刘父不愧为粮食局一把手，吃得肚上面的肉凌空横长，身后也随着三四个随从人员提着大量食品，只恨不能把粮食局的库存搬来。刘骏翔给父亲介绍室友，刘父热情地和每一个室友攀谈他们各自父亲的工作单位，表现出一副"天下谁人不识我"的样子。当介绍到夏念祥时，刘父只是笑着点了点头，说："哦！你们那里我知道，那可是个穷地方啊，每年我们局都要往那里调运粮食。"接着就不再和夏念祥聊天，继续和其他室友攀谈了。夏念祥尴尬地笑笑，看着刘父为刘骏翔忙碌的身影，心里不由自主地想起了自己的父亲。他本以为十余年来早就把父亲淡忘，但当看到别人的父亲与儿子亲昵时，他还是想：要是我的父亲活着，也该来看我了吧？纵然他只是一个中学教师，但也胜却这孤儿般无人问津。

23

又是一个周末,夏念祥午后走出了他的寝室楼。已是深秋,枯黄的法国梧桐叶在风中飘洒,落在校园内纵横的小径之上。他只有无人时才敢一个人出来散步,如织的恋人搭着肩膀从夏念祥身侧走过,没有人会留意这个一脸土色、穿着朴素之极的男生。他不经意间走到了楼下的邮箱旁,一排排邮箱在风中等待,他看到有几个学生正从其中一个邮箱内取信。夏念祥忽然想起什么,也向自己的邮箱走去,打开来看时,只见邮箱内懒洋洋地躺着几封信,他忽然从其中的三四封信上看到"中文系:文天收",愣了一下,才想起文天就是自己,忙取出来,匆忙回宿舍了。

夜里,夏念祥点亮一支蜡烛,开始读那几封信。那都是其他系的学生看了他在校刊上的诗文之后写给文天的,说的都是些不痛不痒的话,什么"大作如贯宇宙","君有神来之笔","愿与君交为至交","如并肩李杜,睥睨万古"。夏念祥看过之后不由一笑。在这些信之间,夏念祥忽然发现一封信,却是与众信不同,那信封发着淡蓝色光,信封上的字体娟秀,只写着"中文系文天(笑启)",夏念祥随即放弃了其他信的阅读,好奇地把这封信的信封撕开,掏出一张散发着隐隐香依草香味的信纸,信用纯蓝色钢笔水写成,字迹娟秀漂亮,一看便知是女生所写:

文天:

你好,我不知道你会不会收到这封信,我猜出了"文天"这个名字是你的笔名,但我还是忍不住写信给你。因为我读了你的诗,所以才有了想写信给你的冲动。你的诗给了我一个不确定感,我不确定你的豪情和悲苦来自何处,又怎么能这么娴熟地把豪情和悲苦这两样相反的东西化为一处。我想象中你应该是一个彪形大汉,但又纯情如江南书生,你的诗作就是给我这样一种矛盾感。从你的诗中我读出了一种让我感动的况味,比如你的一首名为《写在新的春天》的诗,如果不侵犯版权的话,我在这里引用一下，因为我觉得每一行诗句都像一双手，在撩拨着如我读者的敏感心弦：

八岁的时候，我走上了山坡
秃鹫下盘旋着向前飞的河
那是一个美丽的五月，槐花盛开，夕阳如火
山与山不语，梦与梦不言
无尽的远方向我召唤
少年！速来！
忘掉家园，带着你的背囊，消失在母亲的眼光
那里有爱，有鲜花和幸福
那里是你梦中的理想之苑

十八岁的时候，我走下了山坡
天上消散了罂粟般云朵
那是一个告别的十月，背囊里只剩下黑白的诗歌
被欺凌的自尊不语，被侮辱的梦想不言
无尽的远方依旧向我召唤
青年！速来！
带着你的信念，你的成熟，消失在青春车站
尽管那里有更多的鄙夷，考验，苦难
但那里你历经千刀万剐
终将会有成佛的春天

八十岁的时候，山坡走向了我
远方的远方依旧匍匐成河
那是一个永别的十二月
我除了告别没有别的权利
我除了微笑找不到别的表情
无底的死亡向我召唤
老者！速来！
忘掉你悲欢交替的虚幻一生

恭喜你结束了活着的惩罚
走进死亡之门，来永恒地休息
为了你对这个世界的爱
请你毅然地告别！

可我还是一个青年
在我写这首诗的今天
我只希望你在初春的杨柳岸
向我微笑着招手！

先抄到这儿吧，何必在孔子面前再背诵孔子的言论呢？我一样热情于文学，但我始终没有报中文系。我从小就想当个钢琴家，虽然我起步较晚，但是我一直在练，只要前进，就会靠近梦想。不是么？

我是艺术系的，对了，你不会歧视艺术生吧？但真正弹琴的课却不多，老师整日讲理论，我很讨厌这种教育模式。"授之以鱼"却不"授之以渔"。好在我家里还有一架钢琴。对了，我想知道你的理想是什么。救国救民？呵呵！反正我的理想就是不被凡俗所吞食，我要高雅，尽量的高雅。

顺便说一句，你的那一篇《独不见》可真厉害，气势都快把我们逼倒了（笑脸）。以前我还以为你是多情的徐志摩呢，没想到还有匡世救民的李太白一面！在宿舍的时候她们都说我温柔如林黛玉，缺少愤怒感，所以就请你多多传染我些愤怒感吧！

写到这里，你还不知道我是谁吧？告诉你，我的名字可是如雷贯鼻孔！你要是没事想练练字，给我回信的话，就请写下面的地址：

艺术学院026信箱：文水收。

我这个名字可是跟你学的，待你告诉我真名的时候我也告诉你我的真名。我父亲经常教导我说赔本的生意不要做。最后祝你一日产百诗，把李白气活！

文水
1982年10月23日夜9点30分

夏念祥一口气把这封信读完，又忍不住读了一遍，宛如一个人在夜里走黑路,却忽地遇见一个同行者,而且这个同行者还是一位姑娘。他看了看信最后署上的日期,才知道这信已经写了十来天。他一边自言自语对着那封信说着对不起,一边急忙撕下几页稿纸,就着烛光走笔回信:

文水:

　　见信快乐!信我今天才收到,故而才回。古人曰:好事多磨,好信也是如此,非要在空中飘浮几日,在邮箱中沉睡几天,才能抵达收信人温暖的手中。不管如何,它还是到了。这说明一个道理:只要时间还在走着,等待就不是问题。来信说你对我的诗很有感触,这比夸我英俊还让我高兴。赞乌鸦要说乌鸦黑,夸一个父亲要说他儿子漂亮,对写诗的人自然要说诗好,这叫投其所好,撄刀锋、迎剑尖的从来就不是明智之举。

　　信中说了你弹琴,那太妙绝了。琴声是声音之王,钢琴声又是琴声之王,况且音乐是对语言空白的补充。现在我掌握着无声的语言,而你掌握着有声的语言,我们这两种语言一相逢,便胜却人间无数,简直完美得一塌糊涂。

　　我总以为,只要为艺术献身的人,艺术都会给他一个不朽的名字,并给他一颗多愁善感的心,能读懂我诗的人,与我心便相通矣!自百里负笈,入大学以来,便形单影只,凤夜不寐,钟子期无,伯牙就不鼓琴么?但我并不是什么昆山片玉,我只能效仿庄子,只是"打发自己的天才",写一两首歪诗以自泄,浇心中之块垒。你说你的理想是不助庸俗之势而扬其波,贫僧又何尝不是?我写作的目的就是借笔势之高一飞冲天,俯瞰大千,孰料最后的结果却是沉默的大多数借着看我的诗文,俯瞰了不沉默的我。

　　我想,我们既然生在这红尘之中,要想脱其大祟,其难也欤!餐菊饮霞的最终都会饿死,我们所做的就是尽可能地高雅,以书之累积,筑成己之玉山将崩气质,到时,即便我们不说,历史课本也会指着我们的名字说:这就是那两只鸡群里的鹤!懂我们的会说我们有鸿鹄之志,不懂我们的会说我们狂大跋扈。别管他们,只管做自己。鲁迅说得好:他们的尴尬是见了你爆发之后。

　　很期待你的"梅开二度"再度来信,我会定期去取信。最后我狗尾续狗尾,送给你一首诗,这首诗开始叫《曾想和你》,但是和谁呢?我只好改名叫《爱的展望》吧,这一首走的可是温情路线:

曾想和你一同走过金黄的麦田
斜倚危楼上看高鸿过尽
曾想和你徘徊在落叶铺路的林间
听秋风吹过江山相对无言
我知道一个秋天倒下会有一个冬天站起
而那条我们徘徊过的秋日长路
迄今黄叶上还倒映着你的芳香娥眉！

曾想和你一同爬上那高高的山坡
听枯草行于风上，笑望温暖的冬天日暮
曾想和你并肩油纸伞下，不归于斜风细雨里
我知道繁华落尽斯人已不在
会有千千阕歌，记录过往，飞去天涯
而我们曾经遥望的流水绕孤村
迄今风中还有当年秋日你我的笑语！

曾想和你牵手走进茫茫人海
看南来北往的人群挥手于陌生的站牌
曾想对你写首灿烂的诗在冬日的午后
我弹琴你轻读
我知道此生苦短一去的已不再
而我仍等在这里，固执地等在这里
等你经过的岁月
等与你并肩的刹那，永恒的瞬间

此生仅此一次，便已无憾。
刚才随笔写下来的，你趁热看看吧。夜深了，外面好像起风了，只可惜不能传信于风中，托风带走，要不你马上就会看到这封信的。
最后祝你快乐！（其实我想祝你"慢乐"，因为快乐太快了。）

文天

1982年11月6日 周六晚9点14分 窗外秋风肆虐

寄信之后的第二天，开州地区就下了一场雨。这一场雨一连飘洒了三天。一层秋雨一层凉，经过三天来雨的裹风扫荡，开州政法学院校园里的梧桐树的叶子凋零殆尽，枯黄的桐叶经过雨水浸透，平平地粘在地面上，几盆黄色的菊已露愁态，似乎要解落花瓣挥别人间了。夏念祥知道，每到黄昏时分邮差便开始开启邮箱，他在宿舍坐不住，便撑着伞在邮箱对面的槐林中站着看书。好不容易盼来了邮差，他还没等邮差把信放进邮箱，就迫不及待地问有没有寄给中文系文天的信。那个女生果真回复了，夏念祥胜利一样地打了一个响指，踩着铺满落叶的路旋即大踏步回到宿舍楼。

他脱去鞋子，做贼一般上了床铺，躲在床的一角，唯恐别人抢去一般，迫不及待地借来室友的小剪刀，小心翼翼地剪掉信封口。上铺的刘骏翔最近交了一个女朋友，那女孩是艺术系一个娇小玲珑的音乐生，恋爱后的小男人平常鲜见其踪，夏念祥也不用担心他会从上铺冷不防探出头来窥探。他拿出信纸，依旧是一股香依草的醉人的气息，摊开来看，依旧是用纯蓝色钢笔水写的熟悉的字体：

文天兄：

　　来信已至，晃得我睁不开眼。你的字体真的很好，好像松枝般有力。以前我的生活都是弹琴复弹琴的，现在好了，有人陪我聊天了。

　　现在我是在家里写这封信的，大学生活松懈得很，没课的时候我爸开车接我回家。上一次是在宿舍给你写的，旁边姐妹们吵得很，现在好了，家里很安静，可以静静地向你诉说，多么好。

　　你对生活有什么看法？我从小就认为生活就是生存，可是我发现我错了，那是低级动物生存的逻辑。生活不仅要生活，还要快乐地生活。可是快乐从哪儿来呢？从单调中就可以挤出么？在吃饱的基础上还得找乐。你说我们人类烦不烦？我很想知道你的看法。

　　这几天雨真多，从卧室中向外看，可真是下得紧，我不是李清照，要不我也会写一句"晚来风急时候，最难将息"。其实我不想待在家里，我父亲就知道赚钱，哥哥又在国外，母亲又有一帮麻朋将友，也真不怪她们，生命的意义是什么她们也不懂，只有在搓麻将中才能找到些活着的劲头。

　　我前天又看到你的诗了，那首《夏日鸟》是怎么写出来的？我推荐给我室友看，他们都笑话我成了你的崇拜者，只差不能喊文天万万岁了。世风日下，人人浮躁于名利，我只不过感觉像你这样有思想、有才情的人太少了。我想，你是这个时代列车遗留在月台上的一个珍贵文物。

　　知道我为什么叫文水么？就是天水一色的意思。唐朝人不是写了一首诗，里面有两句是"独上江楼思渺然，月光如水水如天"么？嗯，在你面前都不敢背诵诗词了，否则会被你挑出骨头的。

　　对了，我也不知道你长的什么样子，你长的什么样子又能如何呢？只要思想在，亚里士多德就算裸体也是美的。不过，一个写出美丽诗句的人再丑也丑不到哪儿去。（笑脸）

　　对了，我想知道你有没有见过真正的山？若是没有见过就太可惜了。我觉得只有见过山的人写出的文章才能真正挺拔，山代表着一种气度和胸怀，一种担天于肩上的承载。我希望你抽空去山里行走一下，读万卷书与行万里路永远是截然不同的，缺一不可。

　　写到这里往窗外望望，雨似乎更加密集了。唉！秋风秋雨愁煞人，我家窗台上正好有盆山菊花，黄黄的小花朵在这寒秋里却也开放得让人心怜。它们的花朵是娇小的，但却能顶着寒风的剑锋独自开放，看来它们已经在给我们展示活着的态度了。有时候我们的导师不是人，只要你留心观察，导师可以是任何事物。只是你思不思考、承认不承认它是我们导师的问题。

　　好吧，文天同志，给你写信总是絮叨得让我自己都吃惊。先到这里吧。校内邮寄信应该很快，我想后日此时，你应该捧着我的信阅读了吧？不知道那时候雨停了没有？

　　最后祝你"慢乐"！

文水
1982年11月8日雨天寒

　　附言：

　　对了，天要变冷，注意窝里添些草，别感冒了。

　　夏念祥激动地读完信，望了望窗外，几幢宿舍楼在雾气里矗立着，窗外那株梧桐也渐露愁态，黄黄的叶子脱发似的往下掉，雨还余势未尽地往下落。他忙拿出已经备好的稿纸和信封，简直有些迫不及待地回信：

文水：

　　雨还没有停，看来老天着实遇到烦心事了。它一露女儿态，我们每个人都得被它的泪水打湿。天阴地湿之时，正是人愁闷、忧郁之刻。不过没关系，雨天独坐斗室，与君言语，我已经是幸福得可以了。

　　你说你不是李清照。你幸亏不是，感花伤柳的情怀我向来不赞许鼓掌。刘禹锡的感秋诗我认为是不错的，"便引诗情到碧霄"，何其壮哉？我们需要豪情来激励我们前进，你说呢？

　　山我还没有去过，但是我可以想象出山的样子，那是大地弓起身子努力向天，那是一种傲然挺立的悲壮。我们平原也好，一望无垠，没有杂物阻挡，万里长风可以长驱直入，是一种自由。相比之下，我更喜欢自由。但我以后会去山上的，青山不老，绿水长流，趁我年老色衰，发白齿动之前，我定会去的。站在山的肩膀上，极目望连绵起伏的大好河山，听山风独语，观四海须臾，看松涛阵阵，一定很美——但不是现在。

　　以前我很自闭，回避着和其他人交朋友，但现在我发现与人交朋友是一件非常美好的事情。独学而无友，孤陋则寡闻，我觉得我应该放弃这种自闭，走出陋室，去参加一些活动了。人的社会必须是人的参加，马克思爷爷不是说么？社会性是人的本质属性。放心吧，文天不会在孤寂中度完此生的。

　　你说你在家里给我写信，那是多么的幸福！如若你能与我一样浪迹天涯，四海为家，一定会知道"家"这个字有多么重！你甚至看到这个字就会流泪。人生在世岂能处处为客？又岂能时时在家？放飞自己，牢笼不是问题，天地才是大家。现在我殊已相通，感谢你，文水。

文天

　　　　1982年11月18日夜10点32分 此为我的转折之日也

　　没有人知道这个夏念祥从哪里来这么大魔力，他好像转来的新学生一般，在上课的时候从先前的最后几排自动坐到了前几排，还时不时地与讲台上的教授辩论几句，那些教授们暗自诧异，从哪里来了这么个家伙，像平地里钻出一般。夏念祥也参加了中文系学生会的选举工作，并被选举为学生会文体部副部长。中文系组织的大小比赛都有夏念祥的身影，比如一年一度的朗诵比赛，夏念祥更是其中最活跃的一个，他借来刘骏翔的一身西服，衣着光鲜地站在演讲台之上，慷慨陈词。他的文学修养原本就极高，此刻忽然出世，好比一位修炼已久的高人蓦然出山又出剑，自然有扫荡群魔的威力。他在宿舍内也不再沉默，而是时不时地与寝室内的高干子弟纵论国家大事与中外文豪。此后他若是泡馍吃的话，便坐在宿舍内耀武扬威地吃。夏念祥一遍遍地对自己说：贫穷不是罪过，人若是为了贫穷而自卑，就是把父母不会赚钱的罪过加到自己身上，是十足的傻瓜。

在与文水的通信中，他一遍遍地说着一些豪言壮语，名义上是与文水说话，实际上是自己勉励自己，自己作自己的导师。当一个人打通思想的隧道，摆脱自卑，进而进入生命的另一个天地中时，与羽化成蝶和蜕化成蝉是一个道理。虽然饥饿仍会时不时地袭来，但他的精神旺盛，气顺神足，心态积极，从而减少了先前饥饿到来前那种孤立无援的恐惧感。在班内同学的眼中先前并没有"夏念祥"这一号人物，而如今，夏念祥凭着自己的本事异军突起，他身上的文学气质又非一般人所能及，大家对他的态度逐渐由"惊奇"转为"佩服"，又逐渐转为"尊敬"。夏念祥逐渐悟到：一个人纵然有通天之能，十斗之才，如果藏而不露，隐忍不发，他的一生只能是碌碌无为，与庸人无异，最后身填沟壑，被后人遗忘。当他把这个道理写信向文水阐述时，文水回信反驳他：那陶渊明便是一个隐士，视功名如粪土，采菊南山下，为什么他会名垂后世？夏念祥复信说：陶渊明名义上出世归隐，实际上还是恋世入世，因为写诗便是入世的一种。一个人若是真想高深，那便是入禅一样高卧东山，一语不发，奈何又提起笔来做什么文章？他只是借写诗来向世人表白自己的清高，从而达到自己入世时不能获取的名利，进而排解自己清高时的落寞。

夏念祥进入文体部后，他身先士卒，先出了一个展板，放于中文系办公楼学生往来最多的一角，在上面恳请学生提建议，并在上面逐条阐述中文系文体部的职责，还时不时地在中文系各班之间组织一次联谊，如出校冬游寻找最美的枯萎桐叶和枫叶，组织书法比赛和歌咏比赛，使整个中文系在短时间内活跃异常，风头压住了传统强系法学系。中文系辅导员屡次提名表扬文体部。夏念祥更是继续往校刊投稿，时不时还会在《封阳日报》的文艺副刊上看到他的名字，只是没有人知道"文天"便是他。稿费使他摆脱饥饿，有时他还会积攒一些钱买几双鞋子，有的给自己，有的给母亲。

  时间不知不觉向前滑行，转眼到了寒冷的深冬，校园中的槐树林彻底成了枯木林，杏黄色的叶子如大地的衾被。又到了一年一度的元旦，元旦晚会是开州政法学院一年文艺工作的重头戏，夏念祥与文体部几个干事商榷完毕，决定让中文系各班出节目。刘骏翔会吹些笛子，便拉来他艺术系会跳舞的女友冯晓星为他伴舞。选拔那天，外面下起鹅毛大雪，二人进入排练室，互相拍打身上的雪，刘骏翔一看夏念祥过来，忙停下自己手里的动作跟他打招呼，并向女友介绍夏念祥："星，这就是我们文体部部长夏念祥，也是我下铺的兄弟，年轻有为，非常有才华的。"冯晓星微笑着看着面前这个淳朴的男生，伸出双手与夏念祥礼貌地握了一下，笑着说："呦！这么有才，以后可一定要多多传染给你的上铺兄弟啊！很高兴认识你！"夏念祥也笑着说："早听骏翔晚上说梦话的时候提到你，今天终于见到了。这个节目是夫妻连理出场，我觉得你们一定会大放光彩的。"三个人又笑着寒暄了一会儿，夏念祥便忙着去布置选拔会场了。

24

  元旦晚会于元旦前一晚举行，夏念祥率中文系代表团参加了下午的排练，刘骏翔与冯晓星的节目顺利入选。晚会七点钟开始，夏念祥看了看时间，才五点半，礼堂内已经坐了大半学生，他忽然觉得有点饥饿，就步出会场吃了几个烧饼，精神抖擞地回到礼堂内，见里面人头攒动，他抖抖身上的雪，从礼堂的过道上走向舞台。他见前面中文系的演员正在舞台一侧做最后排练，忙上去指导。正在这时，刘骏翔和冯晓星从台下人海中挤进来，夏念祥笑问他："心里揣只兔子吧？"冯晓星笑道："哪里是揣只兔子，简直是揣头大象！"夏念祥笑了笑，说："趁晚会开始之前排练排练！"冯晓星底气十足地说："我的舞蹈绝对没问题，今天不是我一个人的战斗，我宿舍的姐妹们都过来给我加油了。"夏念祥忙拍拍刘骏翔的肩膀,说:"作为你的兄弟,我也为你加油!"

正说着,冯晓星忽然看到了什么,笑着向夏念祥身后挥挥手,热情地喊道:"钰晴!"夏念祥不经意回头去看,只见一个女孩正缓缓从舞台一边走来。这女孩长发微扬,明眸皓齿,穿着一件橘黄色毛衣,皮肤洁白如月色,身材袅袅婷婷,一笑起来酒窝微陷,几缕柔顺的头发延到额头,发上还微微有些雪潮,脸颊如天空中两抹彩云,黑黑的眸子深处乱云翻飞似蕴含无限深意,令人一看顿觉这是上帝造人的又一杰作。夏念祥的眼珠如打了石膏般静止不动,心里想,蒙娜丽莎到此也要收回微笑,林徽因在此也要献诗。他从诞生以来从来没有一个人能给他如此感官上的享受,心一时如盛开的石榴花一样霍然张开。最为标致的不是此女的容貌,而是她的气质。这个女孩走路的时候每一步都好像计算好距离一样,走势中彰显着一种雍容,几番华贵。这女孩微笑着走上前来,那种华美气质已经逼得任何人都停止动作来欣赏她的一笑一颦。夏念祥只想立刻找一个洞藏进去,来隐藏自己庸俗的身躯,来远远地将她偷看,然后再文思如万马奔腾一样为她遣词造句,纵然拈断数根须,也要写出与她相匹配的诗。

在这沉默间,这女孩微笑着越来越近,如静静驶来的开放着向日葵的画船,更如一幅游走的美人画像被风卷至面前。夏念祥只觉人声鼎沸的礼堂不复存在,一切形象只幻化为她的微笑。冯晓星忙松开刘骏翔的手,快乐地迎上去搭住那女孩的手,亲热地说:"钰晴,我还以为你今天不过来给我捧场呢!"那女孩依旧微笑着,一排如冬雪的玉牙微微露出,说:"哪能呢?风雪不阻人,我说什么也要过来。"冯晓星亲热地拉着她来到还在目瞪口呆的夏念祥和刘骏翔面前,刘骏翔显然和这女孩很熟,忙开玩笑:"钰晴,这么一个大美人来到这小礼堂内,我担心观众不看我们的节目就只看你了。"那个名叫钰晴的女孩也开玩笑说:"至少我会看节目,因为我自己看不到我自己啊!"刘骏翔这才想起一旁的夏念祥,忙介绍:"念祥,这是晓星的室友,叫端木钰晴,你可能听说过她,咱们学校的校花!"说着又转身,对端木钰晴说:"钰晴,这是我们中文系文体部副部长夏念祥,才子呵!你们才子佳人要是不认识一下,天理都不容。"端木钰晴的眼光从夏念祥脸上轻轻一扫,只含蓄地向夏念祥一笑,算作招呼,夏念祥只觉自己笨拙如南极企鹅,只讪讪地点头:"你……你好!"端木钰晴的目光轻轻从夏念祥身上拂过之后,就继续与冯晓星笑谈了。夏念祥心中隐隐感到一些失落，虽说见面才几秒钟，自己的喜怒哀乐却由这女孩的喜怒哀乐决定。正在此时，晚会主席唤他去舞台商量事情，他脚步如绑上千斤铁锤，万般不舍之下走上了舞台。等到他商量事情时抽空再向那里一侧望，只见冯晓星和刘骏翔两人正在笑谈，而那女孩则不见踪影，舞台下只有攒动的人头和跌宕起伏的人海。

对于那天的晚会夏念祥根本就没有一点记忆，等到他踏着落雪回到宿舍时，脑中仍是那女孩的笑靥。他很明白：爱情来了。他一向尊崇独身主义，认为大丈夫在黄金岁月应该存胸中韬略，安能为儿女情长所蹉跎？虽说当见到别人花前月下，偎红倚翠时，身为同龄人的他有时心上也浮起轻若杨花般的落寞，但他此时口袋空空，身上穿着粗布糙衣，浑身不名一文，有什么资本去搞小资情调？他崇尚功成名就之日抱得美人归的成功模式，而此刻，多年坚持的信条在心中砰然松动，禁锢自己的自闭城堡陡然射入漫天绚烂阳光。

刘骏翔把冯晓星送回寝室后就回来了，一进寝室，见夏念祥还没睡，便坐在夏念祥床边问他今天的演出是否成功，有没有为中文系长脸面。夏念祥对他的演出其实哪里还有什么记忆，只是满脑子的爱情冲动，就敷衍称赞了他几句，紧接着忍不住说："那冯晓星的室友真有气质，真没想到咱们学校还有这样标致的人物！"刘骏翔翻翻眼珠，说："那当然，咱们学校的校花啊！你就知道读书！说起来端木钰晴这女孩来头很大，她父亲就是咱们开州第一富户端木村。端木村你总该知道吧？开州市几乎没人不知道他，家里有钱得很。他和我父亲还认识，我上高中时就和这个端木钰晴在一起吃过饭。"夏念祥直奔主题，坦诚得令他自己都吃惊："那……她有男朋友吗？"刘骏翔用一种怪异的眼光打量了他半天，看得他心里直发毛，隔了一会儿刘骏翔忽然哈哈大笑，说："夏部长啊夏部长，我当你'一心只读圣贤书，两耳不闻窗外事'呢，这人间烟火看来你也食啊！看上了？那应该！长得那样漂亮男人看不上才有毛病。不过，那端木钰晴可高傲得很，追她的男生太多。好在啊，你是才子，咱有才，咱怕什么？哪个美女能吃得消你一首诗呢？"刘骏翔又拍着他的肩膀鼓励他："放心，我和晓星在她耳边加强舆论攻势，助你一臂之力。放心吧！"刘骏翔说过之后就好像没这回事一样，离开夏念祥的床铺去洗脸刷牙了。

晚上，夏念祥的喜悦欲从胸腔中溢出，按照积习，他又取出信纸，给文水写信以表达自己的喜悦：

文水：

见信好！我怀着激动的心情用颤抖的笔给你写信，报告你一个无比重大的消息：我好像喜欢上一个女孩子了！我不知道为什么忽然会这样，我实在无法抵抗她的美丽。以前我认为爱情杳如黄鹤，是我的梦幻泡影，可如今我才感到一种言说不出的甜蜜。她可能（或许一定）不记得我，但我此刻一想到她，满心就欢喜得紧。或许你会笑话我，但我又有什么锦囊妙计去医治我现在的狂乱？好了，不写了，期待你的回信，拉兄弟一把！

赠你一首刚写的诗——《爱情正在来临》：

静谧犹如玫瑰的颤抖
沿着人潮草绿伊人
舞别最后的黄昏
落幕处人海孤独
无泪箫声犹如我心潮之梦
枉自残杀

这清白的无言犹如清白我心
万道的含情怎抵一时的无衷
无风这似已死去的傍晚
依傍我嶙峋的孤独

幸会玫瑰重放已故他乡
天赐我馨一载悲苦
挥发懦弱之菊
喧嚣犹如唯美的夕阳
转身别过弹唱的激昂恋歌

文天
1982年最后一个夜晚 大雪

夏念祥几日来神采奕奕，走路时都恨不得插上翅膀，嘴里哼着南腔北调。他每天都期盼刘骏翔突然走进宿舍之内对他说大功告成，恭喜他，但他又唯恐那女孩已不记得他，令他一出军就铩羽，心田之上东风压倒西风，西风又压倒东风。然而刘骏翔几日来吊足了他的胃口，就好像那件事没有发生一样，这令夏念祥更加焦急，但这焦急同时又带着一丝等待的甜蜜。他独自在宿舍的时候，时不时地望着头顶的天花板露出一丝暧昧的微笑。刘骏翔虽然不提此事，但是文水的信回复得很快，隔了一天便来了。夏念祥取信时，发现竟然是两封，他拆开其中一封，还是熟悉的白皙稿纸，上面仅有一句话：

文天：
　　没想到你也是这样的俗，我原本以为你是和其他男生有区别的。

　　这封信没有署名和日期，写得很潦草，这两句话闪入夏念祥的眼帘，使他云里雾里摸不着头脑。他忙拆开另一封，却还是文水的信纸：

文天：
　　对不起，看到你的信后就一时冲动给你回了一封，待我悔悟时信已经到邮筒里了，我只好再补充一封，来弥补我上一封信的过失。
　　我首先祝贺你，爱情可遇而不可求，既然你遇上了，这本身就是福分。我读你的文章的时候，发现你是一个才子加智者，但自古以来再聪明的人在爱情问题上都难免陷入一种迷惘。文天，你有了你的爱情，我相信你的文学创作就真正有了题材了吧？我只希望，在你一心扑到你心上人身上的同时，别忘了你的学业和文学，你要把握好自己。以前你总说大丈夫当以事业为重之类的，我还以为你不近女色呢，现在我放心了，自古才子皆多情，你也是的。
　　最后祝贺那个女孩，竟有这么大一个才子追求，女为悦己者容吧，她也不枉了。我相信只要你追求，你一定会成功，只是假若你恋爱后，我们可别忘了通信啊！我们一定还要像以前那样无话不谈，我也可以为你的恋爱支招，没有比女孩子更了解女孩子的了。

这几天白雪落下来，可要注意身体，别太忙了，身体是爱情的本钱。君当自重。事情进展如何？烦请来信告知。

　　　　　　　　　　　　　　　　　　　　　　　文水
　　　　　　　　　　　　　　　1983年1月2日 时酷寒 水都变成了雪

　　夏念祥读完信后，把信放入一旁的袋子中。那里有厚厚一摞文水的信，他一封未丢弃地存于一处。此时他幸福地闭上眼睛，幻想他美妙的未来。

　　第二天中午午饭之时，他照例去学校门口买烧饼，孰料刚一出学校门口，便远远看见刘骏翔和冯晓星从门口的饭店出来，见到夏念祥一个人在街上走，他们忙叫着他的名字对着他挥手。夏念祥脸一红，心中想，莫非端木钰晴那边有反馈信息了？边想着边忐忑不安地走过去。他与他们心不在焉地寒暄几句之后，便见刘骏翔不好意思地搓着手垂头说："你的那个事，有点渺茫！"一旁的冯晓星补充说："有点棘手。"

　　他一直盼望的消息终于来了，但是却是以噩耗的形式来的。他的心骤然沉降，脑中嗡嗡作响，脸上的笑容如冻住一般，想说话但脑子里却找不到词语。冯晓星同情地看着夏念祥说："我在她面前一个劲地介绍你咧。那天元旦晚会你们就见过一次，她对你没印象，后来我反复提醒，她终于想起来了，她说……她说你不是她喜欢的类型。"

　　夏念祥的大脑此刻已经全部空白，他觉得整个世界都在下沉，连眼前到处都是的白雪也成了黑色，那些黑雪在眼前旋转。他不知道怎样和冯、刘二人告别的，怎样买了两个烧饼，又怎样嚼蜡一样把烧饼吞咽完毕，只是垂着头向宿舍走去。他失魂落魄地回到宿舍楼，又忽然若有所失地出来，魂不守舍地转到校园北湖一侧的小山坡上。对于一个搞文学的人来说，没有什么能比失恋让他感受到的打击更重，夏念祥忽然认为人生实在无快乐，熬来熬去终究是无休止的苦，他生平第一次想结束生命，一了百了，省却了此后的余劫。但他又忽然想起了父亲的遗书：这是男人的事，男人都要面子，我先走了。当初就是父亲把死亡当做逃跑的一种方式，才给予他和母亲二十年的悲苦，倘若他此时结束生命，那么母亲也注定会随之疯癫。他忽然抓起一把雪，狠命地掷向天空，暗骂：自己怎么了？端木钰晴只是与自己有一面之缘的陌生人，却让她决定自己的生命，岂不可笑？他想了片刻，猛然走下山坡，在凛冽的寒风中向熙来攘往的宿舍楼走去。生命中唯一的自杀欲念以最短的时间结束。

当夜，刘骏翔回来的时候给他冲了一杯麦乳精，夏念祥看到麦乳精，宛如丧失家园的难民看到别人送来的捐物。他喝着麦乳精，却觉得它苦若黄连，他已经激励了自己一千遍，可真正回到现实生活中那种巨大的痛苦感又铺天盖地而来，从肚中一股一股地往上泛。他冷静下来又想：假如端木钰晴屈尊应了自己，又该如何？让这所谓的开州第一千金来陪他一起吃烧饼？届时恐怕自己比现在还要窘迫，而此刻端木钰晴的先期拒绝，本是好事。自己本就是自作多情，而偏偏强迫别人与自己一起多情，不败奈何？自己思考半天，才算打通诸多关节，很自然地取出信纸，奋笔疾书：

文水：

我失恋了！五湖四海同惊闻。请你先陪我悲伤一秒钟吧！

好，一秒钟完毕。

我在爱情上已经没有出路，追求无望，只有退而自保。今天惊闻此噩耗，吾发朝如青丝暮成雪。

我失恋了，多么好笑，我现在才知道真正的笑话是以冷冰冰的方式讲给你听的。但我不气馁，也许错过我是那个女孩今生最大的损失。我已没有什么资本，此刻的我是不配拥有爱情的，也许"苦其心志，劳其筋骨"的过程还没有完，等一切受完之后，会有朝阳初喷射万道金光之时，我想我会一展鸿猷，抱得美人归的。你信么？

文天
1983年1月5日 雪化 冰冻三尺 酷寒

夏念祥写完这封信，靠着被子顺势躺下，想高声唱歌，却哽咽了，他忽地明白，真正的悲伤都是用沉默的方式表现出来的，他又掏出刚才给文水的信，在信纸背面补上一段：

以前，在我悲伤的时候，我以为我会写诗，可现在我发现，那是不对的，真正悲伤的时候是什么也写不出的。

文水的信隔一天就来了，这对遭受重创的夏念祥来说无异于见到亲人。夏念祥迫不及待地拆开来逐句阅读：

文天：

　　你的事情进展得比我想象中的要快。我不知道你是怎么失恋的，也不知道你采取了怎样的追求方式，但从你的信中不难看出，这件事对你的刺激之深。尽管你以豪气来掩饰你的痛苦，但这种痛苦是掩饰不住的。其实文天，真正痛苦的就是这几天，几天过去，你会发现你已在不知不觉中恢复正常，甚至那时的你会怀疑现在的你是多么狭隘。世界很大，值得我们去追求和留恋的绝对不是只有爱人一个。你的心，只是她的一个旅店，但是她这个旅客终究是要走的，她在你心中只是住一时，绝非定居。等到有一天，你找到了你的真爱，你会发现活着真好。你相信会有那一天么？我是相信的，我从不怀疑未来，怀疑未来的人就是怀疑自己的价值，就是跟世界过不去。不是么？

　　好了，让我们恢复正常吧，共同回到我们的文学王国和音乐王国中去，只有这两样东西才能疗伤。我建议你听听一个名叫罗大佑的台湾歌手（好像是新出道的）的歌，我是从父亲去广州出差时带回来的一盘带子中听到的，听着很有感觉，而且他总戴着墨镜，不知道他长得什么样子，和你的神秘很相似。我觉得他会成为我们歌坛的精神领袖，因为他的歌中有一种思想元素。

　　最后呢，我要班门弄斧，"文天门"弄"文"了。我自己在下午填了一阕词，词牌名是《浣溪沙》，下面就抄给你，望你指教：

恋恋风尘梧桐秋，落雪晚晴心事流，彩云西天背凉楼，愁空愁。
菊花影落琴悠悠，凉风水天君不留，朝夕卷花带月去，人世游。

文水
于即日

　　信虽不长，但是夏念祥的心好像被这些文字梳理了一番，呼吸也通畅了许多。文水的理解与支持使他感到一股从丹田往上升的温暖，他推开寝室后门，来到了阳台。漫天匝地的雪不再是黑色，在夏念祥眼中恢复了无瑕的白，那白雪突围学校围墙一直向远方延伸开去，无垠的天空下划过一只翱翔的孤鸟,冷风猎猎地吹,大地驮着白色的雪在傲岸的匍匐中彰显着无形的力量。夏念祥遥望片刻,顿觉自己如入杜甫诗中"飘飘何所似,天地一沙鸥"的孤独之境,他转身回到寝室,抓起笔疾书起来:

如你白衣纷降
今日天下缟素
白色大丽花轻放
谁被历史就此活埋
上天无路,入地无门
大雪十面埋伏,一时寥寂孤人
此处即天涯,就此安营扎寨
听北风如龙
呼啸过头顶天空
谁转动如椽之笔,思情四面横冲
谁心化为死灰
不再装饰你的梦
双手成冰,指头却射出诗行的温情
廊外是虎一样的咆哮
雪花纷撒,一如万古一体般纯情
今夜我慨然高歌,愤而舞剑
不想沛公
今夜我偏安一隅,笑傲天下
以此白雪丈量此世幽情
悠悠万千雪团着陆
愿赐我一冰清玉洁之真美人
与她雪上起舞
一扫二十年之寻梅不平
天下有事小人逐雪粉饰太平
君子独居雪中磨我宝刀
待得夜半积雪横跨不灭奇情
灌缨濯足清者自清

扬眉合卷不做书生
挥灭青灯剑气纵横
桐下听雪扬天外
雪上走笔风雅颂！

25

星期六一早，夏念祥身背一个布包，布包里塞上三个烧饼和一壶水，大踏步走出校门。从学校走至家乡洛宁镇夏桥村，将近一百里，每次需走七八个小时，往往到家之后歇息一晚，第二天又要原路返回。夏念祥不走官道大路，那样只会增加无谓的距离，他专挑麦田中间的羊肠小道走，不过落雪将先前的小路全都掩盖了，他只好凭着先前的记忆前进。

百里平原一望无垠，麦苗掩盖在雪之下，只探出翠绿的头来观察这世间，萧萧的风吹过不时经过的枯林，在万径人踪灭的旷远雪原上，一个黑点在孤独跋涉。雪地上不时跑过几只野兔，夏念祥对着这些奔跑的生灵大声呼啸，吓得它们在雪地上更为疯狂地奔跑，有的还跌在雪堆里摔一跤，引得夏念祥哈哈大笑，这是路上唯一可以观赏的节目了。除了中途坐在一个岑寂的小桥上吃了两个烧饼，喝了少许水之外，夏念祥一路上奔袭不停，即便这样，由于雪厚，走时吃脚，他在傍晚时分才到家。到家后他吃了些馒头，恢复了体力，就到院中拿起大铁锨，把墙角淤积的雪铲上架子车，拉到院外坑中，又攀上木梯用一把大扫帚把土坯房顶上的积雪扫下来，以免雪化之时侵蚀房顶。那土坯房已经摇摇欲坠了，墙壁已经剥落。

此时天已经全黑，星星排列在夜空，好像一面布满宝石的袈裟。

晚上他特地跑到母亲床边，给她讲讲他的近况。母亲望着他的脸，忽然说："祥子，我咋瞅你这一阵子又黄又瘦呢。娘知道，咱穷，吃穿都不比人家，但娘知道你，你这阵子是不是遇到啥烦心事了？想开些，多少苦日子咱们都熬过来了，多大的事也不算啥。咱乡下不是有句土话么？饼再大，也大不过摊饼的锅。人活着，就要活出个精气神，就要活得天不怕，地不怕。"夏念祥听到这几句话时内心一颤：是，饼终究大不过锅，困难终究大不过人，人生的困顿都斗不过一个"熬"字，同时在"熬"中也要"傲"，熬过去就是春暖花开。他的心豁然开朗。母亲又说："你这趟回啊，娘正打算跟你商量一个事儿呢。从上个月到现在，镇上的媒人来了七八回了，洛宁镇上有户人家给咱提亲呢，你也老大不小了。那人家的爹是镇上的中心校校长，闺女也是个文化人，读完初中就在家里。人家媒人都说过了，人家不图咱啥，就图你是个大学生，你看咱家穷得马上就馋咬舌头、饿咬腮了，连个要饭的都不进咱家门口。人家还说，咱答应了这门亲事，人家闺女也不现在过门，你还上你的学，等一毕业人家闺女再过门，到时人家马上给咱盖瓦房，你每个月的生活费人家给。你说这么好的事情哪里寻去？我也老了，光靠拾破烂也走不动了……"

夏念祥听得心惊胆战，头皮发麻。他一向在书本里浸染豪气，构思自己的前程，没曾想一回到现实之中，失恋之后便是婚姻，这些遥不可及的事情接踵而至，很快就到了自己身上。看着面前苍老的母亲和摇摇欲坠的土坯房，他想："母亲为了我付出了她的一生，难道还要被土坯房砸死在里面么？届时自己将成为十恶不赦的不孝子，'子欲养而亲不在'，终生受到心灵的折磨……"

夏念祥在这一分钟之内，脑子经过千回百转，把事情的后果思考了一遍，他再一次通过各个方面证明，自己与那端木钰晴是不可能的，正如天上的银河和地上的黄河永不会汇流，而接受定亲是一件转变家境颓势的关键之举，至于他是否与那个女子有爱情，他早已经看得恬淡了。还没等母亲说完，他就斩钉截铁地说："娘，媒人要是再来的话，你就告诉他我没意见，姑娘要是见个面也成，年关我回来时再说。"母亲没想到他这般痛快，竟然也有些惊奇了。

可到晚上回到土坯房一侧自己床上睡觉时，他又一次苦恼了，他一次次地想向母亲说那事他反悔了，他不想同意。可他的理性又一次次战胜了感性，自己不同意之后的后果是什么？自己毕业之后工作虽说国家负责分配，但是究竟分往哪里并没有着落，即便有了着落，三五年之内绝对安定不下来，而在这五六年之间还让母亲收破烂？他翻来覆去在床上折腾，一会儿想此刻端木钰晴在学校做什么，自己在雪野上这个边远的小村庄还想着她，而她却连自己是谁都不知道，一会儿眼前又出现自己家的砖瓦房拔地而起，母亲和镇上姑娘站在房前微笑的画面。他胡思乱想，不知何时才睡去。

　　第二天一早，母亲用脚蹬三轮把他送到了村外那条由洛宁镇伸来的道路上。曙光四射，哈气成冰，母亲裹着一条红色头巾，身上穿的棉袄露出破败的棉絮，瘦弱的她在寒气中弓着身子，往手里哈着热气取暖。母亲尽量把他送得远些，以减少儿子走的路程。此时从洛宁镇方向开过来一辆吉普车，母亲想伸手拦住那辆车，那车对于一个老妇人的招手视而不见，喇叭也不鸣一声，卷起路上两道冰凌就呼啸而去。母亲喃喃说："你说这车可真是哩，停一下把俺念祥捎上又能咋样？"夏念祥早就料到车不会停，便从三轮车上把装满馒头的行李负在肩上，央求母亲回去，母亲又坚持送了他五里，才从车上下来，对夏念祥说："祥子，要走大路，别走小路，碰见劫道的没个呼应。过一个月再回来。"说着从怀里取出一大把皱巴巴的角票，塞到夏念祥手里说："在学校别省，该吃啥就吃啥！"夏念祥说什么也不要，母亲急了："你不向你娘要钱向谁要钱？到学校喝西北风去？"

　　深冬早上的风如刀口，一阵阵地削着身上的温暖。夏念祥背着馒头走在雪路上，不时向后回望，看见母亲的红色头巾在晨光中跳跃，逐渐成为一个红点，眼中的热泪夺眶而出。他泪眼蒙眬地一步一步在白色雪野上平移，迎面只有阵阵无休止的寒风和漫漫长路。

　　夏念祥到校后，有一天去学校门口买烧饼时，看到一则招工广告，学校门口的钱记饭庄招收服务员，他想去应聘。钱记饭庄是学校门口比较上档次的饭店，正因为如此，夏念祥才认为这饭店发得起工资。他忐忑不安地向柜台后胖得如肉球一样的老板说明他的来意，老板看了看他的学生证，口中慢条斯理地说："我们这里暂时不缺服务员，昨天就招满了，不过这刷盘子的人手倒是不够，要不这样吧，你就做一个刷盘工，忙的时候也可以上前堂端菜。每天晚上七点到九点半，两个半小时钟点工，工资呢？每个月给你十块，晚饭这里管够！"夏念祥心中兴奋不已，一个月不仅十元到手而且还省掉一顿饭钱，如此喜事他生平罕遇，他有些不相信自己的耳朵，仍在屏息望着那老板，那老板以为他嫌少，便随意说："每个月十二块吧，冬天天冷，刷盘子是个苦活。你今天晚上就来吧，工资从今天记起。"

　　从这天起，夏念祥每到晚上六点时，便准时来到钱记饭庄，到后堂刷盘洗碗。后堂中刷盘洗碗的大都是勤工俭学的学生，夏念祥到此，与那些同是穷家子弟的人在一起，倒没有那种落差感。他一般都是早上吃两个烧饼，喝两口开水，中午饭不吃，硬撑到晚上。晚上饭店管饭，其实也就是客人未盛完的残羹冷炙，扔了可惜，老板才化腐朽为神奇，这些剩菜让服务员吃进肚中算作一种处理，不料这对夏念祥来说绝对是盛馔佳肴，大白馒头任凭人吃，菜里还有些肉末，每天到这个时候他才把囤积了一天的饥饿释放，吃得胃肠蠕动都困难。

冬日天寒，水更是刺骨，每每刷碗时手一浸入水中，便冻得红肿不堪，几天后他的手便生了冻疮，手背高高鼓起，手指头也肿得无比粗大，一到晚上手内骨头麻痒难耐，若是用手抓挠，皮肤便溃烂，疼痒交加。夏念祥上课时一般都把手压在臀下，以抗麻痒之苦。白天还好说，晚上则无异于地狱，尤其是夜半时分，他常常因手痒而猛然惊醒，翻来覆去睡不着，在支撑不住时，他只得把手在墙上猛摔，以减除痒苦，甚至想把自己的双手剁掉。有时晚上手症状刚消除一点，第二天再去饭店上班，手再次受冷水刺激，皮骨更是销魂，每一方皮就好像即刻要炸开，但夏念祥为了每月十二元钱和一天一顿的饱饭，咬牙坚持。

从饭店忙完，他还要到学生会文体部值班。由于手生冻疮，基本上握不住笔，他大都靠口述来讨论文体部工作。晚上回宿舍的路上，精疲力尽的他照旧去邮箱处领取信件，每天晚上读一遍文水的信，已经是他活着的最大乐趣。他咬牙用不听使唤的手给文水回信，写的每一个字所用的力都不啻于先前写十个字。在通信中，他们之间只谈人生玄理和心境世界，其余心照不宣地均不涉及。夏念祥本来想把家中定亲之事与在校门口打工的事情向文水说说，但他又唯恐文水可怜他，从而破坏了他们之间那种平等的心灵对话感觉，最终选择了隐忍不发。

由于每日饥一顿，饱一顿，还有平常干馒头、冷水的刺激，他的胃病愈演愈烈，他时常感到胃部锥心般疼痛。夜晚胃疼起来的时候，偏偏手痒也来凑热闹，他便不成寐，索性趴在床上，用枕头顶着胃部，手压在臀部以下，以减轻痛苦的程度。每当这个痛苦的时刻，他都会阅读文水的信，以精神上的愉悦来减轻身体上的痛苦。最近他手握不住笔，回复文水的信都很简短，但偏偏文水的信最近都很长，如12月18日这一天的：

文天：

　　这些日子你的信都很短，而且字迹潦草，笔画不再像以前那样有力，不知道你发生了什么事，作为你的朋友，我很想为你分忧解难。

　　昨天你在简短的来信上问我过得快不快乐，怎么说呢？在别人眼里，我是快乐的，拥有他们所拥有的和未拥有的一切，但是这些就是快乐的理由么？我想你说的对，如果我们每天都为了吃饱和打扮入时而快乐，那么人类这种高级动物就该去掉"高级"两个字。我以前也想，快乐为什么叫快乐呢？就是因为它快，快得我们来不及体会它的缺点，所以我们处于快乐之中才觉得它是那么美好。快乐与悲伤是人的两种感觉，但它们不是这世界的主基调，它是以一种不快乐也不悲伤的基调运营着的，只是我们在这中间收获着个人情绪的悲伤和快乐而已。

　　今天我与舍友们在一起，她们都说在冬天里人容易感到寂寞与寒冷，所以很想找一个爱人来依靠。你猜我怎样想，我觉得冬天是很美的季节：枯枯的树枝多么美好，看见它们的落寞就想作一些咏叹的诗；皑皑的白雪多么纯洁，铺盖住大地，让人觉得这是一年中最清洁的时刻；阳光显得更加温暖，明媚，它温柔而来，照耀到我们身上，我们虽然寒冷，但在厚厚的棉衣包裹中，却没有夏天皮肤暴露的不安全感。冬天也是一年之末，马上就要进入人人欢庆的春节，多么好！所以她们不快乐，但是我却快乐。这便是人的立定点和观察点不同。

　　我很想去郊外的乡下走走，在傍晚时分去走一下，枯藤老树昏鸦，古道西风瘦马，多么凄美！只是一直生活在城市里，没有这样的机会。或许是我太多愁善感了吧，或许是我也被你浸染成一个文学小青年了，呵呵！现在每每见到一个景物，总会想起有关联的词章，侬本多情也。最近我一直在弹贝多芬（Beethoven)的《月光奏鸣曲》（*Moonlight Sonata*），可惜冬日的月光没有秋日的明媚，好像很遥远了。但月光照在雪地上，却别有一番韵味。然而琴声是不分季节的，无论什么时候都能撩动起心中情感那根敏感的弦，只可惜听懂琴音的却极少。知音少，弦断有谁听？一会儿我还要抄一首我新作的词来吓你一吓呢，你就先做好准备吧。

　　马上要过春节了，不知你作何感想，是不是特兴奋？反正我是。尽管我的日子依旧孤独，但这个冬季有你的文字陪伴，感觉惬意不少呢。好了，先到这儿吧，我还要练琴呢。许多话下一封信再继续吧，未完待续，留下一个诱饵等待你这条小鱼上钩。

（下面我抄我写的词了啊，昨天下午才填的，我觉得还凑合，词牌名是《西江月》。）

浮云月下弹琴，琴声漫卷西楼，一席星天照红颜，指下清辉绕指柔。
素心强对尘世，黄鹤傍千辞留，明月长照我衣，中央心事长流。

文水

1983年12月18日黄昏日落之时楼下竹林轻摇

由于冻疮严重，手背上肿得高的部分已经炸开了口，露出红彤彤的肉，甚是慑人，他只好用白的纱布包住，所以写字时一用力，伤口处又痒又痛，但他还是坚持复信：

文水：

来信收悉，勿念。最近天下太平，民生康泰，尧天舜日之下我很幸福。你的词又上升了一个境界，李易安自叹弗如。你词中有一种超凡脱俗之味，所以我说汝本仙人，偶下凡尘。好好练琴，今日天寒，切莫让手过多受冻，否则生了冻疮无比痛苦，当自重。

关于快乐的解释，你是对的。快乐太快，所以我们要提高活着的速度，以便跟上它。所以我想，依照爱因斯坦的相对论，当我们与很快的快乐速度一样时，快乐就会永远静止于左右两侧。

宋代禅宗将修行分为三个境界。第一境界是"落叶满空山，何处寻行迹？"第二境界是"空山无人，水流花开"；第三境界是"万古长空，一朝风月"。我们虽在万丈红尘之中，但尽力地向这三个境界靠拢吧。你既然已经送给我这么好的词，我若不答应作一首，应是无礼。本诗暂无题，就叫《致文水》吧。

上空徒有青云，安能对泣新亭自挂东南枝，归去来兮，采菊抚松世空浊。仗剑只斩凡人苦，问鼎皇天安在哉，杜若灵芝终出汀，笑知五帝三王未开天。

文天

1983年12月20日夜11点23分星天轻摇白雪轻卧

不几日，文水的信又来了，不过这次的信比上次要厚重许多。夏念祥狐疑地打开，发现从信封里掉下了两帖膏药，药味扑鼻，他忙打开里面那张信纸，只见上面写：

文天：

兹邮去两张药剂，从你的来信中我分析出，你好像得了冻疮，征兆有两个：第一，你嘱咐我不要生冻疮，还加了一句"无比痛苦"，这无疑是过来人对未经历人的忠告；第二，你的字歪歪斜斜，不似以前颜筋柳骨般帅气，可能是你写字的手不听使唤。我不知道我判断的是否准确。这两帖膏药是疗治冻疮最好的药，我还想邮寄些药片，但恐怕会超重。你可以贴在手上，三日换另一帖，六天一个疗程，即可痊愈。若我判断失误，请将此药留下，以备后患……

下面的字夏念祥未看见，因为泪水已经模糊了他的眼睛。

夏念祥剥开手上的纱布，里面溃烂的肉已然发青。果真如文水所言，贴上膏药之后，他当夜就停止了痒感，夏念祥一个月以来第一次在没有痒感来袭的情况下安然睡去，但第二天晚上他仍旧去饭店受冷水浸泡，若是重复，手疮定然复发。幸亏饭店里有个服务生是数学系的，与夏念祥一届，看到夏念祥的窘境，主动要求夏念祥代他端菜，他代夏念祥洗盘子。夏念祥极为感激，心中想天下还是有好人的，所以这几天他暂免了手受冷水浸泡，又加上膏药药力的辅助，冻疮康复得极快。他也向文水复信表达了自己的感激之情，说些"吃君一席药，胜读十年书"之类的玩笑话。其间夏念祥从未回家一次，眼看年关将至，寒假即到，他便想寒假回家也不迟。

26

　　距离放寒假仅有几天了,最后两天是考试,他与文水互相勉励,彼此鼓励要考好。这一日已经快到晚上八点,饭店生意很好,夏念祥正在厨房窗口等待下一盘菜从窗口递出,不经意间往外一望,见饭店门口又进来一批人,男男女女有十几个,浩浩荡荡地走到了四号大餐桌边,围着桌子打闹着坐下。无疑,这又是班级聚餐。夏念祥端着盘子往外走,朝那餐桌扫了一眼,竟望到冯晓星在这一群人的中间坐着。夏念祥心中一紧,想:这莫非是他们班?他不由自主地在餐桌边的一围人中找去,很快地,他发现那个让自己魂牵梦绕的女孩就坐在冯晓星左侧隔了两位的地方。夏念祥再一次见到她,就像一个戒毒几月的人猛地看到海洛因一般。他努力使自己不去望,但此时他已经控制不住自己的眼睛,他对自己说:只看一眼,看她今天穿的是什么衣服,看她的头发长长了没有,就看一眼……

　　端木钰晴静静地坐在那里,身上穿着一件黑色的毛衣,长长的头发上还有一个蝴蝶夹,那蝴蝶夹在黑发上,好像即刻就要朝夏念祥振翅飞去。周围有几个男生表演似的大声谈笑,她时不时地也会轻声一笑,左侧有个女生拿着菜谱点菜,还不时地征求她的意见。已经看了不止一眼的夏念祥失魂落魄地退回到厨房那个窗口,险些撞到正往外端菜的服务生。夏念祥对自己说:别让她发现了自己,自己这等神情,这等打扮岂不寒酸?但他又一想,人家根本就不认识自己,看到与看不到又有何区别呢?

　　这时里面窗口又叫:"端菜!"夏念祥回转身,木然地端起那盘菜,恍惚中听到里面的厨师嘱咐是"四号",他心中一震,脚步退了一下,但是紧接着不由自主往前走去。他端的那盘菜是牛肉丸子,香香的烟雾升到了他的脸边,但饥肠辘辘的他已经毫无感觉。餐桌边一围人正在高声谈笑,依稀听得谈论的是今天的考试。夏念祥卑微得像只老鼠,谦卑地端着盘子慢慢走近,两个男生已经自动挪了挪凳子,好让这个端菜的服务生把菜放在桌上,一个男生欢喜地叫道:"牛肉丸子来了!我说是牛肉丸子先上吧，你们还不相信。"冯晓星正在与端木钰晴旁边的一个女生说笑，发现前来端菜的服务员是夏念祥，忙笑着跟他打招呼。夏念祥大窘，他确定此刻端木钰晴正在望着自己，他不敢朝她的方向看。他哆哆嗦嗦地把牛肉丸子放在桌上，差一点把盘子侧翻，引得周围几个男生惊叫起来，心想这个服务生怎么这么不专业！夏念祥大脑一片空白，隐约中听到冯晓星笑着说："夏部长，要不坐下一起吃？"夏念祥忙摆手，脸红得好像上了漆："不……不用了。"他挥了挥贴着膏药的手，说话的同时看了端木钰晴一眼，心立即沉入了谷底，她哪里在看自己？她正与旁边一位戴着眼镜的斯文男生交谈，那男生甚是健谈，端木钰晴静静地聆听着，不时抿嘴露出她迷人的笑容，哪里会注意到这个服务生上菜？

　　夏念祥心如锥刺，先前萌芽的微末希望又遭到彻底屠杀。他讪讪地转身，忍不住又看了端木钰晴一眼，希望她能看自己一眼，哪怕一眼，便已足够，不过她仍是垂着头笑着，那男生仍在她面前喋喋不休，她甚至永不会有看过来的可能。夏念祥这时才彻底放弃，慢慢地向厨房走去。他苦笑了一下，对自己说：她是顾客，自己是服务员，应该好好为她服务。他苦笑着从厨房窗口又端起一盘菜，出入于前堂与厨房之间，他多次发现，酸楚地发现，端木钰晴只是和旁边那个斯文男生交谈着，旁若无人地交谈着。

　　当夜夏念祥久久未曾入眠，他不由得再一次想起端木钰晴，这个只见了两次就让他相思入骨的女孩。他记得一本书上说过，单相思不叫爱情，所以他这也不叫爱情，充其量只是异性崇拜而已。第二日他与其他学生一样，考完最后一门课程就回家了，走之前他把铺盖卷起来，堆在床上，用报纸压住，以免鼠辈肆虐。他与几位老乡搭了一辆平板车，到了封阳县城，剩下的五十里又靠步行完成，即便这样，到家时已经半下午。

　　短短一个月寒假，他把该办的事情都办了，包括去洛宁镇上与那姑娘见面。那姑娘长相俊秀，毕竟她也是初中毕业，父亲又是校长，算是出身书香门第，所以她书卷气息甚浓。那姑娘对大学生很是好奇，一直问夏念祥大学的情况，夏念祥就被动地回答。夏念祥的岳父是镇上中学的校长，也是镇上有名望的人，对夏念祥家什么彩礼也不要。姑娘家说话算话，在夏念祥从镇上回来后的第二天，就雇人把新砖瓦送到了夏桥村夏家的土坯房外，等春节一过，择个黄道吉日即可动工。夏念祥深深知道，这不是自愿扶贫，对方付出多少，自己就会在情感上亏欠多少。

在家订婚大事一了，他便帮母亲干些杂活。春节之时，他又从平时的稿费和打工挣的钱中取出一些钱，到镇上割了一些肉，与母亲一块儿包了饺子。大年三十那天下午，夏念祥正和母亲在家包着饺子，镇上姑娘的两个哥哥前来，在夏家门口卸下了10斤猪肉和30斤大米，这是岳父家给的年货。夏念祥本来想拒收，觉得姑娘毕竟没有过门，如此不妥，不料姑娘的两个哥哥个个长得凶神恶煞一般，一个叫宁自强，一个叫宁二强，丢下这些东西不容回绝，连门口也没有进，就骑着自行车一溜烟回去了。

大年初一一早，过年的鞭炮声响彻夏桥村。夏念祥家饺子还没下锅，他正在灶间烧火，便听见有人敲门，打开门一看，原来是镇上那姑娘，一大早就来给未来的婆婆拜年。夏念祥心中无法接受，但是却不得不承认岳父会来事，他只得留下这个名叫宁姗的未婚妻一起吃了饺子。母亲看儿子寻了一个好媳妇，过年那天乐呵呵地一口气吃了三碗饺子。夏念祥见母亲高兴，心里欣慰，因为他早就发过誓，他有朝一日要让母亲每天都高兴地过。他想"来而不往非礼也"，自己若不到镇上拜年不免失了礼数，所以吃过饺子之后二人又一起到镇上给岳父拜年。如此一来一往，镇上岳父对他更是满意，等到农历正月二十夏念祥开学之前，镇上岳父又指挥着拉砖车送来几车上好的砖瓦。夏念祥开学在即，原想在家帮忙盖房，谁知岳父有先见之明，大手一挥，说："你先上学吧，读书第一，没事儿，有我和你两个哥哩，活还不够我们干的呢。"夏念祥又想起那两个如狼似虎、力大如狗熊的哥哥，便跟岳父说些宽心话，就欣然去开州学校报道了。这次他不再步行，姑娘的哥哥找来一辆自行车，硬是一路风驰电掣把他送到开州。

开学后不久就接到文水的信，问他年关在家的收获，夏念祥想写收获了一个媳妇，却久久没有下笔，只是东拉西扯讲了许多。他藏着的文水的来信已经有厚厚一摞了，他与文水相互倾诉彼此的心得，唯独不谈对方的相貌和彼此的真实姓名。夏念祥有时也有约文水出来见一见的冲动，但他又唯恐一见面便破坏了那种文字构建好的感觉，两个人在文字中揣测着彼此的心意，以文采斐然的文字来表达内心热情四射的青春——一切也只能如此了。有什么比友谊更能抚慰人容易受伤的心灵呢？在他因端木钰晴的高贵与冷漠而受到伤害后，文水热情的话语无疑使他重新燃起生活的希望，使他体味到活着是美好的，世界是正常运转的。

他每晚照旧去饭店上班，白天上课和管理学生会，大一快结束时他已经升任中文系学生会主席。他积极要求入党，写了很多申请书，并成为入党积极分子，经过大二一年的预备党员期，预计在大三就要转正，事业上可谓春风得意。先前还鄙视他为农村子弟的城市学生也对他这个夏主席毕恭毕敬起来。夏念祥一直相信那句话：每一个人都是因为自己的才能而受人尊重的。

夏念祥在学校渐渐地习惯了这种日子，他每日忙碌，七情六欲皆抛。他的经济宽裕多了，时常也能出入餐厅，吃一些便宜的饭菜。由于岳父时常委托宁姗的哥哥送钱来，再加上平时的打工工资和稿费，他每月还能挤出一些送回家里。饭一供应足，人也变得生龙活虎，先前清癯的面庞也变得红润，走起路来也能仰头向天，再无过去萎靡不振、邋遢不羁的模样。

夏念祥办事雷厉风行，也无官架子，能与同学们打成一片，他尤其擅长演讲。大一时他得了两个一等奖学金，而且还被提名为中文系竞选大院的学生会主席的候选人。奖学金到手后，这一笔巨资他生平还没有见过，他马上把其中的一半寄给母亲，用留下的一半给未婚妻买了一条围巾和一件颇为时髦的上衣，给老岳父买了一瓶极好的封阳粮液，给两个哥哥每人买了一条香烟。礼菲情不菲，颇能暖人心。宁老先生接到礼物后，连夸这个大学生女婿通晓事理。

时间在平淡中一点一点流逝，夏念祥进入大二，学生会换届，他辞去中文系学生会主席一职，全力备战开州政法学院学生会主席的竞选。夏念祥的文学才华无疑提升了他的整体实力，他在竞选演讲时不带稿，洋洋洒洒、有礼有节地演讲了半个小时，博得评委一致赞许。没过几天，竞选结果下来，夏念祥脱颖而出。这是中文系建系以来出的第一个大院主席，他的当选引得整个中文系一阵沸腾。

在开州政法学院，一向奉行的是学生管理学生，达到兵治兵的境界。夏念祥作为学生会主席，坚持让全校32个系每个系在学生会中都有任职，达到每个系有了事情都能及时上报，及时解决。夏念祥上任之后3个月，整个开州政法学院一扫先前的萎靡学风，早上晨读的明显增多，晚上时常见树林中男男女女抱着吉他举行晚会，学生与学生之间似乎更为和谐，系与系之间也打破了先前那种"鸡犬相闻，老死不相往来"的窠臼，没有了过去的隔阂感。更令夏念祥感到欣慰的是，他的努力得到了开州政法学院院长兼党委书记于夫剑的肯定，还同几个校党委领导专门在办公室里与他谈了话，鼓励他好好干，并送给了他一个奖励——一张免费餐卡，只要拿着这张餐卡，可以到学校餐厅的任意窗口打饭而分文不取，这直接解除了由平时吃饭而给他带来的经济压力。此外，他的文章在《开州日报》（文艺副刊）上发表数篇，已经引起报社编辑们的重视。但夏念祥并未感到得意，他想，这才是山坡，距离山顶还很远，他只是加缪笔下的西西弗斯，推着石块上山，永无止境。

繁忙而风光的生活重新塑造了一个夏念祥，他在繁忙之余常常不由自主地想，自己的名字早就被端木钰晴听说了吧，只是不知她还记不记得当初她曾拒绝过的那个自卑的乡下青年。在学生会主席办公室时，只要一见到艺术系的人，一听说艺术系的事情，他首先想到的便是端木钰晴。刚组织学生会的时候，他就连忙查加入学生会的艺术系学生的名单，他多么渴望能够见到"端木钰晴"这个名字，但是没有，他想，她那样仙人般的人物怎么会入俗，加入学生会呢。他又查了学校里音乐社团的入社名单，结果还是令他失望。

夏念祥拼命延伸自己的触角，他希望他的大名能传遍校内，为众人知，假如自己的名字能够传到端木钰晴耳中，自己做任何事都是值得的。每次召开学生会议，夏念祥在高高的主席台上发言时，都会不遗余力地搜寻台下每一个角落。每次他见到艺术系的学生，总想转弯抹角地打听她的最新消息，但他每次都是欲言又止。他想：这又有什么用呢？自己在家乡定了亲，更何况那般漂亮的女孩子应该早就不单身了，若是单身反而证明开州政法学院的男生眼睛全都瞎了。若是一不小心自己听到了她与男朋友的消息，反而徒增自己没来由的痛苦。这个将近一年没有见到的女孩已成为夏念祥心中深埋的一个梦一般的印象，抑或精神上的图腾。

大二上学期放寒假的时候，他回去时发现家中新房已盖好，于是专程去镇上向岳父表达谢意，并和岳父商量了他与宁姗结婚的具体时间，商量的结果是等夏念祥一毕业，两个人马上完婚。夏念祥之所以这样做，是因为自己家一直受宁家照应，不给出些实质性的答复是不通情理的。

他与文水的通信一直保持着。一开始他想向文水炫耀他的成绩，跟她说自己已经是学生会主席云云，但笔到纸上却蓦然停住。他想，与文水之所以能够维持这么长时间的友谊，很大程度上得益于彼此对彼此身份的不相知，若是向她明示自己是学生会主席，无异于告诉了文水自己就是夏念祥。

夏念祥第三次见到端木钰晴，是在学校举行的迎接前来视察的省教育厅领导的晚会上。那天夏念祥以学生会主席的身份坐在第一排，欣赏着枯燥的节目，昏昏欲睡，当主持人报幕说下一个节目是钢琴独奏《罗密欧与朱丽叶》，表演者是艺术系端木钰晴时，他浑身血液往上涌，陡地坐直了身子，令坐在他一旁也快睡着的副校长吓了一跳。夏念祥的眼睛像摄像机一样准备随时记录下将要出现的镜头。

这个一年未见的他的精神领袖一样的女孩终于一身白衣出现了，翩翩登上台阶出现在他面前的舞台上。只见那美丽的女孩先撩起裙裾向下轻轻鞠躬，之后就像一朵云一样飘到了钢琴边，悠悠坐下。一年未见，她的头发更长了，也变得比以前成熟稳重了，浑身散发着一种不可言说的尊贵和安详的气质。她转过头，微微对台下一笑，以表示将要开始，之后她低下头，手指飞舞于键盘之上。她如水的眼睛时而闭上，时而张开，一阵铮琮的琴声从台上流泻下来，如潮水般立体向八方扩散，席卷了台下观众的耳朵。那乐声时而婉转，时而飞腾，时而低吟，高低起伏不已，挂罥每个人的心头。随着她手指的舞动，整个礼堂似乎成了她感情倾诉的巨大心房和音响。端木钰晴低下她的脸，手指在琴键之上上下起飞，耳朵后的长发不时飞到她的前额，她好像端坐在莲花台，向周围四射着琴声的金光……

夏念祥在台下向台上痴痴地望着，如观望一尊天籁源头的雕像。他又一次觉得端木钰晴把自己打败了，他无法战胜她，更无法战胜自己。等乐声由中间隐隐低回转到最终消失，那美丽的女孩双手才轻轻在键盘上抬起，好像太极拳的收势一样优雅，然后她慢慢地站起身子，朝台下轻轻一鞠躬，便飘飘向台下走去……

第一排的省厅领导相视微笑颔首，显是对刚才的节目很满意。夏念祥整个思维陷入游离状态，尽管他知道他和她之间已无可能，但不管残酷的现实怎样强大，理性的思想怎么也捆绑不住爱的翅膀。夏念祥知道，自己的病真的无药可救了。

27

当晚他就向文水写信倾诉，信件的最后他还附上一首他听完端木钰晴弹琴后写的一首名为《听琴》的诗：

放琴中央似水流/云下千山皓月愁/八风凝固幡不动/蕙兰草管谩倚楼/忽有道风惊乍起/鹿奔鹄落貔貅走/戈横山摇烛摇红/风挑琴弦琴不应/宫商惨惨不成情/唯俟白衣琴女款款落/玉手一挥千古动/扫却万古不平声/飘风飒飒月茫茫/万壑有声空度情/袖拂琴弦琴心生/诉尽拿云少年情/风乍起处水中央/须臾绕指扫张狂/琴音嘶风十八拍/秋生啸林天心张/龙吟虎啸琴横空/徒引悠悠云上白莲发/长镳突变风雷鸣/天风横吹月华浓/电挟雷涌水火舞/肚中思肠转如轮/美人九霄不可见/瑶台天籁不盈怼/愿闻此曲脱红尘/直上云霄幽眇深/粼粼银河寻芍药/叱咤羲轮月光熊/骅骝竞进锦绣路/飞越千山长天空！

文水不久就复信说：

文天：

首先向你的诗歌表示崇敬！你的事情让我首先想起了我最喜欢的《诗经·国风·郑风》里的《野有蔓草》一诗：

野有蔓草，零露漙兮。有美一人，清扬婉兮。邂逅相遇，适我愿兮。野有蔓草，零露瀼瀼。有美一人，婉如清扬。邂逅相遇，与子偕臧。

我想虽说这诗歌已经写了千年，但是人类千年的爱情模式和由爱情带来的感情却是一成不变的。我以为你已经把那女孩遗忘，但是我发现这个女孩在你心中是无论如何也抹不掉的。这也许就是爱的宿命吧。你们只见了三次面，但是一见钟情是只见一次就够了，何况你还见了三次？你能在爱情的另一半几乎不记得有你这个人的前提下，还把她记在心里一年多不变更,这说明你不是一时的冲动,你是真正让她定居在你的心里了。那种感觉,我没有体会过,但我真的很羡慕她,我觉得能被人默默爱着、牵挂着本身就是一种幸福。如果你真的觉得自己无药可救的话,就再大胆地追一次吧,别造成终生的悔恨,毕竟一年过去,你和她都发生了变化。"江东子弟多才俊,卷土重来未可知",与其把这份情感憋在心中,不如痛痛快快地把它发泄出来。你说你已经失过一次恋,一次失败如何算失败?女孩的心是需要你软磨硬泡才可以融化的。不要自卑,我相信凭你的实力在咱们学校找不到第二个。

你说她可能已经有了男朋友,我的建议是她不一定有男朋友,即便有了男朋友又如何?那是因为优秀的你没有出现,她才会退而求其次,选择了比你差的人。不要再自卑了,我实在不忍心看你这般痛苦下去。关于情书的起草问题,才华横溢的文天同学就不需要我帮忙了吧,你快写吧。不惜一切代价地去追,单身的你有追求一切人的权利。关于我你就暂时不要回信了,全神贯注地忙你的爱情事业吧。

痛苦但却快乐地看"天"恋爱的"水"
1984年4月5日夜

夏念祥知道她信里所讲的是对的,爱情是给坚强的人准备的,无胆量的男生向来在爱情上翻盘。但他这样想的时候,首先想到家中那贤淑的未婚妻以及岳父的谆谆教导,更令他无法回避的是母亲村口遥望自己的目光和崭新瓦房下她幸福的表情。他又一阵抑制了自己的冲动,在灯下痛苦万分地摊开信纸,痛苦万分书写:

文水:

来信收悉,读了很受鼓舞,但一切都晚了,我已经丧失了追求任何人的权利。有件事我一直想告诉你,但是一直没敢给你写出,我现在不得不告诉你:我在老家已经定亲了,而且是我自愿的。有用么?所以,千言化无言吧,这苦,我认了!现在我难过得写不下去。

乌云翻滚的文天
1984年4月7日

夏念祥把信发出之后，心里惴惴不安了一天，他不知道文水从此以后怎样看他。文水的信第三天终于姗姗来了，夏念祥哪里等得及回宿舍看，当即倚在邮箱边就开始看起来。

文天：

收到你的信，看过，我整整震惊了五分钟，我不敢相信你说的是真的，你居然走了定亲这条在当今被我们大学生鄙视的道路！难道除了那个与你没有爱情的女孩之外你就没有别的选择么？这世界是有真爱的，请你不要怀疑爱情，不要因为你自己爱情的失败而自暴自弃，你太令我失望了！

我们一向是无话不谈的知己，你竟然瞒了我这么多事情，分明不把我当朋友来看。我觉得你再有苦恼也应该告诉我，让我与你一同分担！我本来不愿意给你回信的，我生你的气了。但是我管不住自己，今天坐在这里不知不觉又给你写了这么多。你是不是还瞒了我很多事情？如果你愿意把我当朋友的话，就一并告诉我，好吧？或者你再回信告诉我，上一封信你跟我说的都是假的，我想我会原谅你的。

盈盈一水间，脉脉不得语的文水
1984年4月9日夜 春雨淅沥 天在哭泣

夏念祥当夜复信说：

文水：

见信好。同时我坚信你会好。

作为朋友，我思虑半天，还是不得不痛苦地告诉你：我之所言，句句属实。风雪满天下，知己有几人？请你相信，我对你这位知己是倍加珍惜的，况定亲一事，劳君挂怀，已成冰冻不化之势，我再多虑亦怅恨久之，叹无回旋余地。况我是顶天立地男人，当以食言为天下第一惭愧之事。

关于这水煎火熬的过程，君非我，替我消受不得。日日有骑虎难下之惶惶感，但时光流转，日与夜都无声逝去，关于痛苦的问题，时间会替我解决的，一切只是潜移默化的问题。你说是么？

孤鸟独飞的文天
1984年4月10日

第二日夏念祥刚进入办公室，便有艺术系的学生干部来报送他们系先进分子的名单，这些人由于参与各种演出，是要加学分的。夏念祥一边低着头审视名单，一边与这几个干部交谈，忽地夏念祥住口不做声，因为他在这一串长长的名单上发现了一个名字：端木钰晴。由于别人名字都是三个字或者两个字，只有"端木钰晴"是四个字，甚是显眼。夏念祥陡然来了精神，与几个艺术系干部东侃西聊，聊艺术系的发展前景和老师的专业素质，之后转到报送的这些名单上来。夏念祥装模作样地问名单上这个人表现如何，那个人的学习作风怎样，顺次按名单滑下去，顺理成章地滑到"端木钰晴"的名字上。

他装作不在意地问："这个女孩的名字不错，平常表现怎样？"艺术系的一个副主席见夏主席问，便笑笑说："这女孩您应该听说过吧？这可是咱们市大企业家端木村的千金啊。这个女生很好的，还接济我们系几个贫困生呢。"旁边一个艺术系男生也插嘴说："人长得漂亮，平常也很文静，琴弹得好，但我没有和她多接触。像咱们这样的与人家一谈话，马上就该有人说咱'以权谋私'，和人家套近乎了。哈哈！不过听说她好像已经有了男朋友。"

夏念祥本来听得兴致盎然，听取梦中天仙般的人在生活中的真实模样，不料最后一句恰到好处，如闷然一刀便把夏念祥心中的快乐阉割掉。他"哦"了一声，强忍住心中上泛的"酸"意，与艺术系几个男生又有一搭没一搭地聊了几句，便在这些加学分的名单上签上了自己的名字。他签好字，把这份名单交给了艺术系的副主席，那副主席看到夏念祥的签名后哈哈大笑，原来夏念祥在意乱情迷、极度悲伤之下竟签下了"端木钰晴"四个字。夏念祥大窘，忙拿过来涂改掉，苦笑着解释："都是刚才聊的，一不小心给我自己新起了一个好名字。"

灿烂的春日宛如豆蔻年华的少女，无一处不透露着生命的美好。粗大的法国梧桐重新抽出翠绿的叶子，几株枝丫四处伸展的樱树也开出了红如云的樱花，校园中一片百般紫红斗芳菲的景象。当夏念祥获知琴房要招钟点工的消息后，怦然心动了。一个月十三元的工资已是不菲，最最重要的是，琴房是艺术系的教学之地，端木钰晴绝对会经常出现在这样一个地方。他几乎是不由自主地去找后勤部的说这件事，后勤部的老张还以为他要推荐一个人去，因为大凡勤工俭学的学生，必须要找一个可靠的人推荐，当夏念祥委婉地说出自己要干时，老张开玩笑地说这下不需要什么保举了。他给夏念祥排了班，时间是星期六下午和星期日下午，这两个下午夏念祥不去学生会值班，也没有课，平时需要随叫随到，夏念祥忙点头允可。

所谓在琴房值班，其实很简单，周六、周日下午一般很少有人来，夏念祥只需戴上工作证干些零散活计，除此之外，就是坐在琴房门口，检查一下进来弹琴人的学生证，非艺术系的人禁止入内。琴房外面是一椽葡萄架，葡萄藤纵横蜿蜒，趴在搭好的架子上，遮天蔽日，因此整个琴房小院很凉爽。琴房的墙壁上爬上了一株爬山虎，有的翠绿欲滴的叶子还从窗户上向内爬，出现这种情景，便是夏念祥这一员工的失职。而夏念祥却愿意这样，他觉得这样才有"窗外日光弹指过，席间花影坐前移"的妙境。

自从在琴房工作以来，他一星期倒有两个下午的悠闲时间，他就掂起借书卡到图书馆里借几本小说或者诗集，没事就坐在琴房门口吟哦。周六周日下午的时刻，夏念祥通常一个人坐在琴房门口，看葡萄藤缝隙中筛落下斑驳的阳光，看着太阳沿着不变的路线向西方滑翔，耳听着里面的琴声，目见着纸上的字体，神游古今。从这些书中他知道了黄侃的狂狷、钱锺书的睿智、陈寅恪的广博、吴宓的真性情、鲁迅的骨气、胡适的开明、沈从文的淡泊……这些都使他感到自己在这世上不孤独，令他知道原来这世界上还存在过那么多与己心有戚戚焉的人。

已经到了五月份，天气温暖可人。这一日夏念祥捧了一本名人传记，只穿了件薄薄的衬衫，坐在琴房门口看书。他看书省略一切，先从名人传记读起，他认为读这样的书就是读名人的一生，可以以此为鉴。琴房里没有一个人练琴，因为是下午，又是周末，艺术生一向好玩，暮春时分百花依旧争奇斗艳，他们早就携友人或恋人之手去四处游逛了。夏念祥感到读书时最需要宁静，擦好了琴身就坐在门口的阳光下看书。

夏念祥正看到精彩处，忽然觉得有人慢慢地走近，他以为是艺术系的练琴学生，懒得抬头，习惯性地对那人说："请出示学生证！"话音刚落便伸过来一双白白的手，轻轻递来一个学生证。夏念祥依旧头也不抬，随手翻开第一页，见上面赫然写着：

"端木钰晴，82级艺术系1班，学号19821314306"。

上面还有一张照片，那黑白照片上分明是那个夏念祥日思夜想的人。夏念祥浑身一抖，膝上的书差一点掉到地上，他连忙抬头，只见面前阳光下站着那美丽的身影，那张梦里出现过数次的脸庞正望着自己。看面前这个钟点工还未还给她学生证，端木钰晴就说："我可以进去么？今天可以练琴吧？"夏念祥激动得舌头发软，慌忙站起，递给她学生证，不料手抖得厉害，又不慎把学生证掉在地上。他忙狼狈地拾起，捧到端木钰晴的手里，嘴里嗫嚅着说："可……可以。"端木钰晴冲他点点头，一闪身，就从夏念祥身侧像流云一样拂过去，走到窗台边那架钢琴边，撩起下摆轻轻坐下，里面"叮咚"的琴声流泻而出，飘逸在风里。

夏念祥心跳如雷，怀里如果放一面鼓，用狂跳的心脏就可以敲响，手中的书再也读不进去，耳朵捕捉着房里钢琴边端木钰晴的每一点声音。时间不长，一个国贸系的勤工俭学的学生来接班，夏念祥硬是想出一个理由把那人的班也替了。端木钰晴在里面弹了将近一个小时，之后她款款起身，走向门口。夏念祥在门口拿起扫帚佯装扫地，眼睛的余光也斜到那倩影慢慢向门口踱近，慢慢地越过门口，出了琴房沿着琴院的花园小径分花拂柳远去了。夏念祥一直望着那倩影，直到那倩影出了拱形的琴房小门，再也望不见。

夏念祥的心翻江倒海了好几天，他强迫自己不去想那倩影，把精力投注在事业上，孰料大脑一直与他作对，但接下来的大学生文化月使他不得不感到疲劳，话剧周、乐器周、相声周、歌舞周……每台晚会他都要签经费，每项演出他都要审查。夏念祥也无心学习，每天忙得连午睡时间也没有，只是每到周六和周日下午，他总要到琴房上班，端坐在琴房门口如雕塑大卫般纹丝不动，等待梦幻中的女神，但是女神既然是梦幻的，又怎能随便出现在现实中呢？于是他望夫石般又等了一个礼拜。

这一日下起了小雨，春天的雨油酥般腻腻而下，已经变青的绿叶此刻受到雨的滋润，快乐地往下坠着水珠。琴房外的墙边几株牡丹邻墙而开，在雨中其花蕊上也积满雨水。琴院外是一片桃林，嫣红的桃花正开得热闹，雨帘的密缝中只望到鲜艳的朵朵红，在远方集结成一片灿烂的红海。夏念祥坐在琴房门前，望着外面的雨帘，心想：这场雨真是及时。清明时节，雨水刚好打湿了杨花，使它不再四处飞荡迷人眼，家里的麦田，又该是怎样地需要雨水？他不由自主地吟起唐朝诗人储光羲的《杂咏五首》里的《钓鱼湾》：

> 垂钓绿湾春，
> 春深杏花乱。
> 潭清疑水浅，
> 荷动知鱼散。
> 日暮待情人，
> 维舟绿杨岸。

  自己低着头背诵，仿佛置身于一片青幽幽的绿潭前，一轮夕阳点缀着杨柳岸，一个妙龄的青衫女子翩翩前来赴约。他不禁感叹：古人真是伟大，把一切好诗句、好景色都形容完了，让后世人徒有背诵的份儿。
  正在思考间，猛觉一团虹影飘进了琴房小院，抬头看时，只见一个女孩正在不远处的廊下收起一把红伞。夏念祥只看了一眼，心中就已经掀起幸福的狂澜，那女孩正是端木钰晴，只是一星期未见，她的头发剪得稍微短了一些。端木钰晴的鞋上沾了些带着芳草的春泥，她在院里的青石上把脚上的泥轻轻蹭掉，朝夏念祥坐的门口走来。夏念祥一颗跳动的心随着她的走近而加速，那脚步踏着节奏越来越近了，他明显感到那身影在自己身边停了下来，他以为她在看着自己，要与自己说话，忙鼓足十二分的勇气抬头去看，却看到端木钰晴并没有面向自己，而是正在踮起脚跟往墙上挂那把红伞。夏念祥见她努力了几次还没有碰到，当下再也忍却不住，站起来一把抓住那红伞，挂在墙上的钉子上。夏念祥不敢看她，只是说："请你进去吧！这伞我看着。"端木钰晴似乎友好地冲他笑了一下，说了句："谢谢！"然后就轻轻地走入琴房。
  檐上的燕巢已经筑好，几只小燕子探出刚长出雏毛的头，去望帘外连绵的春雨。雨水顺着长满青苔的琴房屋檐滴下来，轻轻叩击着下面长满苔藓的青石。里面琴声悠然而起，和着缥缈的春水从天而降，夏念祥觉得自己在守护着一个春天的女神。屋外连绵不断的春潮到了这个屋檐下也全部退去，琴声击溃了姹紫嫣红的春，捎带着剪不断、理还乱的一袭春雨远去。夏念祥觉得，端木钰晴今天所弹的一首曲子听着无比舒服，每一个音符都好像敲打着人的心扉，他便把板凳从琴房外向内稍稍挪动了一些，一半在屋外，一半在屋内，这样他既能看到端木钰晴，也能看到她的那把红伞。

端木钰晴好像看出这个眉清目秀的校工一直在入神地坐在门边听，似乎听得懂这首曲子，这一曲完毕之后她掀动琴谱的时候，就在里面不经意地说：

"这首曲子适合下雨的时候弹，你听得懂么？"

夏念祥正走神，没想到她竟然忽然说话，先环顾了四周，确信无人在周围后，才受宠若惊般对着端木钰晴指指自己。端木钰晴笑着点点头，夏念祥又一次激动得方寸大乱，忙回答说："嗯……这首曲子……我感觉这首曲子好像遭不到任何抵抗，瞬间就抵达人心的深处。"端木钰晴万万没有想到一个校工竟然能说出这样一句有诗意的话，不由抬起眼睛好好看了夏念祥一眼："你是来勤工俭学的学生吧？"夏念祥忙点头说："我是学生，勤工俭学……倒是其次，我来这里就是想多受受艺术的熏陶。"端木钰晴笑着说："可惜这琴房整天都没人来弹琴，偶尔来的，也不是艺术家，你可别被这些不出声的钢琴熏陶得沉默寡言了。这首曲子叫《小爱人》，不仅有曲子，还有词呢。你如果喜欢的话，也可以拿去看看。"夏念祥见她边说边从琴谱里抽出一张纸来，并把那张纸朝着自己所在的方向递出，忙哆哆嗦嗦地走过去，把这张纸拿在手里。只见上面密密麻麻布满了字，最上面有三个字，用书名号裹住，很明显是题目《小爱人》。题目下面是一行行的歌词：

当你唱着歌
走在海面上
白莲花与晚霞一起绽放
你说要带我 飞向夕阳家
洒下蔷薇漫天芬芳

当你笑着说
樱花已开放
我看见 你白衣上的花香
你说四月天 花草铺天堂
想要驾鹤陪我去求凰

当你唱着歌

舞在白云上

夕阳吻晚霞入画

你浅浅的酒窝　对我远远笑

秋水之西红霞飞

当你对我说

从此无相忘

月老已定鸳鸯谱上

枫叶红花天　与君长相守

读尽人间烟火　去远方

　　夏念祥读着这词，只觉里面的表达唯美惊人，不像歌词，更像一首诗。只听端木钰晴在钢琴后又说："这词美吧？这是我最喜欢的一首诗，刚才我弹的那首曲子就是按照这个词谱的。"夏念祥痴痴地看着这词，仿佛陷入一个惝恍的梦境中，他迷迷糊糊地把这首诗还给端木钰晴，端木钰晴也不再与他多说话，似乎觉得这个校工不能深深理解的意思。她翻转琴谱，按响琴键，接着弹奏下一首。

　　一会儿雨中走来几个打闹的学生，叫嚷着来琴房练琴，端木钰晴似乎不想被人打扰，便起身预备要走。夏念祥忙起身从墙上为她拿了伞，双手捧到她手里，端木钰晴冲他友好地笑了一下，似乎感谢他这个友好的举动。夏念祥想说些什么，但话到嘴边只说："为了《小爱人》，加油！"端木钰晴没想到他竟然会这样说，她又一次抬头，冲夏念祥笑了一下，说："谢谢！再见！"说完便撑开红伞轻移到雨幕中。夏念祥喃喃地说："但愿还能再见。"他望着她的背影，忽然感到一种销魂的快乐，他方才与端木钰晴道别时竟然看清了他心上人的面庞，他看到了她脸上嘴角处一颗不太明显的痣。他立在檐下，任凭春雨如绸缎般哗哗泻下来，喃喃地对自己说："这是一个人，不是一个神。"

28

许依桐的爷爷许世英英年早逝。他患上了那个年代的绝症——痨病，每日咳嗽不止，到最后背弓得如骆驼，在一个月黑风高之夜，看瓜的时候咳血死在瓜田里。许世英的胞弟就是许世云。许世英和许世云两弟兄可谓能干，各自生了三个儿子，许世英生了许正高、许正兴、许正好，许世云生了许运旺、许运动、许运亮，一家人中男的占去大半江山，唯有许世英生了一个女儿，却不幸早夭，引得许依桐一直悔恨没有见过这个姑姑，否则就不会一直生活在男人的世界里不能自拔。

许正高是这一带的名厨，谁家有个红白喜事必请他上前领着烹饪班子煎炒烹炸一番。每到这个时候，许依桐很希望能够见到这个平时不爱说笑，一发脾气地也抖的大伯，因为他见了依桐总会从口袋里掏出用报纸裹着的拔丝馍或者白馍肉片，笑眯眯地递给依桐。这时伯父的大手会摸着许依桐的头，重重地摁一下，笑着说："小子，听话！要是不听话，被大伯知道了，下一次见面伯父口袋里没有拔丝馍，只有巴掌！"所谓拔丝馍，就是把馍头切成条状，接着用油炸成馍头干，再用红糖熬成汤汁，把炸好的馍头干放入里面搅拌，出来时呈丝丝缕缕状，吃时甜而不腻，在口唇处粘成一团，分外养口。这是南许村一带待客的招牌菜，自古高人在民间，许正高就是民间烹饪的天才。

1992年，对南许村来说是个不平常的年份。这一年，电线杆开始栽于南许村的街道上。纵横交错的电线发散到各家各户，用了百年的煤油灯第一次被挂在墙上，束之高阁，电灯开始在家家户户落户，把屋中照耀得如同白昼。村里一些老人望着电灯，昏黄的老眼中浊泪横流，连夸已经仙逝16年的毛主席领导得好，实现了"电灯电话，楼上楼下"的第一步：电灯。

老太太们晚上在纺车前纺棉花时，再也不用拨灯头，剪灯花，而是在火焰静止不动的电灯泡下摇着车把，指挥着棉弦带动锭子，使嗡嗡作响的纺车在屋中如荷兰风车般旋转。各家各户的粮仓越长越高，由于单靠种田收粮不会饿死,但会穷死,所以在许运动做了第一个吃螃蟹者,尝到打工的甜头之后,南许村村民进城打工的风潮汹涌而来,年轻劳力如过江之鲫,纷纷扛着包去开州或者省会搞建筑。夏桥村和火王庄村有几个能人,他们自任工头,组成建筑队,带领邻近的闲置劳动力进城。夏桥村的工头最多,组织的建筑队活跃在开州市大大小小的建筑工地。南许村一带每到农闲时节尽是些老弱残幼,放眼望去,"十室九空",不空的也都是由红色娘子军把守,根本望不见一个男劳力。这个时候中国经济爆炸式发展,城市中大楼拔地而起,正好为大量的劳动力进城提供了平台。由于打工蔚然成风,所以当年许运动一枝独秀的华美场景已经一去不复返了。

1994年冬天,天气特别寒冷,将近年关时下了一场大雪,由于大雪掩路,赶会买年货的村民只得推迟几天。到腊月二十三小年这天,阳光终于露出头,积雪开始融化,路也露出带着泥泞的表面。按照当地的习俗,腊月二十三这天是祭灶的时候,就是打扫锅台,摆上糖糕,恭送灶王爷上天汇报一年的工作,所以家家户户飘香不已。雪像棉被一样覆盖了村外的道路,中午时分,灿烂的阳光剿杀着地上的积雪,背阳的那面屋顶上,积雪融水滴滴答答地往下流着,家家户户烟囱里冒着青烟。正在这时,村东布满泥泞的大路上,去南方打工两年的许正高的大儿子许依顺领着一个姑娘回来了。依顺容光焕发,上身穿一件绿色的大袄,下身穿一条牛仔裤,脚上穿一双白色运动鞋,耳朵上还戴了一个耳坠,头发烫成了弯曲的卷发。那姑娘更是标新立异,上身穿一件五颜六色的毛衣,头发不仅烫了,还染成了彩色。从远处看,好像一对小鬼在乡间游荡。两人身上背着几个小包,手牵手走进了南许村,大摇大摆地进了家门。

许依顺的母亲罗杏枝与女儿依香正在灶间炸糖糕和麻叶,四女儿依春蜷缩在墙角捡柴火。罗杏枝蓦然见大儿子领着个姑娘回来,惊喜得把炸糖糕用的箅子往锅里一丢,急忙从厨房里跑出来,差点跌一跤。许依顺领着那姑娘进入院中,见母亲从厨房里走出来,忙把包裹一丢,精神抖擞地说:"妈,我们回来过年了!这是我女朋友,叫小玲。"说完又回头向那染着七彩头发的姑娘说:"小玲,这是咱妈。"依顺很时髦地把先前称呼的"娘"改成"妈",又酷酷地向旁边那女孩介绍,旁边那妖里妖气的女孩忙叫:"妈。"罗杏枝迷茫无比,好像做梦一般,手在围裙上胡乱搓着:"顺子,这'女朋友'是啥意思?"许依顺马上进行名词解释:

"妈，就是还没过门的媳妇的意思。妈，饭做好了吗？我们两个都快饿死了。搭车搭到咱镇上，步行回来的。"罗杏枝心花怒放，马上招呼那女孩："闺女，快进屋！你看大冷的天，哎呀，看脚上的泥把裤腿弄的。快！依香，快把刚炸好的糖糕端上来，倒上开水，快！坐门口阳光底下，先晒晒暖。"罗杏枝手足无措，恨不得化身为丫鬟。她忽地想起一事，招呼依香说："依香，去，到村西胥二狗子家把你爹喊回来，快点。"说完又赶快招呼那小玲："快！闺女，进屋坐烟、吸茶、倒板凳！"此语一出，意识到语序有严重问题，马上又自我调整过来："喝茶、吸烟、坐板凳。快进屋！"

许正高正率领几个徒弟在村西胥二狗子家做菜，胥二狗子明日结婚，要待客。只见院中搭着大棚，支着五口大锅，许正高正指挥着徒弟们烹炒，整个院中香飘四溢，水雾滚滚，引得方圆几里的狗都在二狗子家附近游弋。院中正有人布置着新婚场景和待客板凳，几个老学究在阳光下的桌上用毛笔写着对联，全都是"新婚燕尔、举案齐眉、洞房花烛、白头到老"之类的吉祥语。胥先重的大哥胥先民正与几个小伙在院中剁肉，胥先民挥舞着菜刀，只闻"砰砰"声不绝，刀下之肉模糊一片，一会儿便大卸肥猪几十块。院中桐树上挂着从村长胥先重家拿来的扩音喇叭，青色的喇叭如一朵巨大的桐花，挂在高高的树梢上。喇叭是胥先民的大儿子胥有福挂上去的。有福从小就有爬树天赋，有着蚂蚁的稳重和犀牛的速度，他背上背着大喇叭三蹿两蹿就至树半腰，离地三四丈。桐树上枝丫交错，胥先重在树下仰头吩咐有福把喇叭对准新娘村庄的方向。有福刚着地，胥二狗子的弟弟胥三狗就在屋中间的扩音器中插入磁带，调好扩音器，这时桐树上喇叭应声而鸣："你就像那一把火……你那大眼睛明亮而闪烁……"正在写对联的几个老先生皱着眉头，其中一个许姓老先生愤然道："唱的是什么东西？一把火？一把火全给你们烧了！不三不四的资产阶级歌曲把人都腐蚀了！"胥先重也听不惯，在院子里叫："三狗子，放个戏曲，放个唢呐演奏的《百鸟朝凤》啥的也行，《朝阳沟》更好！"几个正在搬板凳的胥姓小伙子忙反对："二叔，听流行歌曲多好，这歌曲全中国都流行呢。说不定那姑娘一听这歌曲恁好听，今天下午就踩着麦地从她村自己跑过来了，哪用咱明儿个娶？"棚下一群正在忙活的人都哈哈大笑起来。

正在这时，依香气喘吁吁地跑过来，几个张贴"囍"字的小伙子跟胖胖的依香开玩笑："依香，快点去，你爹刚做好拔丝馍，正蒸着肉丸哩！就是吃了别再长肉了！"依香没好气地回了一句："用你们几个的大肥肉做的肉丸，我吃了还能长几斤！"她说完这句反驳的话，就在一片笑声中走进院中，向棚下正捋起袖子炒菜的父亲叫："爹，快回家，俺娘叫你哩！"许正高心无旁骛，正像创造艺术品一样观察油锅，创作菜肴，无暇抬头与依香对话，瓮声瓮气地说："我刚开始做饭，又叫我有啥事哩？家里糖糕你们自己不会炸么？你娘除了生孩子，啥事都得我亲自来。"棚下几个小伙子忙开玩笑："正高叔，就是生孩子也得你亲自来啊，婶子一个人来不了。""正高叔，快点回吧，婶子叫你肯定有事，要是没事咋会这么急着叫你哩！"在一片大笑声中，依香看父亲还在不急不躁地炒菜，只有把事情说出来："俺大哥回来了，还领着个姑娘，说是俺嫂子。"许正高随意说："回来就回来……"他猛地回过神来，把铲子往旁边的灶台上一摔，叫身旁正端盘子的徒弟过来接着翻炒，手边在围裙上边抹边走出饭棚，嘴里说："你大哥这个败家子咋这时晕回来了？快！快！跟我回家！"说完对廊下正与胥二狗子的父亲商量结婚事宜的婚事总指挥胥先重叫道："先重老弟，俺先回家一趟，依香说依顺回来了。"胥先重忙说："你先去，正高哥，反正这里有一帮人呢。"许正高不待他说完，早边解着围裙边问着依香出门回家去了。

下午，依顺的母亲罗杏枝用麦秸和晒干的狗尾巴草把西屋的床铺得高贵华丽，又拿出平时不舍得盖的花面被子，令人躺上去便觉得如躺入云端，软绵绵的，无比舒适。玲子反复侦察了这张床，确定不会有虱子、跳蚤出没后，才满意地点点头。依顺以前纯属是不用大脑做事之人，粗鲁无比，不料如今打工回来，对这女孩却露出别人从没见过的温柔一面，正如他的名字一样，对这女孩百依百顺。依顺与此女好像绑到一块儿，寸步不离。正可谓"娶了新娘，忘了老娘"。老娘罗杏枝对儿子这般表现不但不怪罪，反而在自己心里赞许儿子不费吹灰之力就使姑娘自己来了。这在南许村制造出的效应不啻于当年许运动进城打工。依香和还小的依春拾掇左右，如今家中来客，依香的地位便下降为丫鬟。

晚上的时候，噼噼啪啪的爆竹声远远近近地响起，胥二狗子家的喇叭在南许村上空鸣响，喜庆的唢呐声在夜空中久久回荡，似送别辛苦工作一年的灶王爷上天去。村民们只是足不出户来祭灶，家家户户天一擦黑就闭上房门。因为是下弦月，夜仿佛早熟人的爱情，来得极早，天地之间好像用黑色的墨水涂抹过一般，只有枯枝勾勒出排列着星辰的天空，南许村在音乐声和寒冷中像千百个过往夜晚那样沉默睡去。

第二天，老天好像因为昨夜灶王爷汇报工作不力而发怒，早早就灰着脸，彤云严密地覆盖了天空。中午十二点，胥二狗子刚和新娘在院中站定，准备拜堂，雪花便纷纷扬扬来凑热闹参加婚礼了。由于院中遮挡风雪的大棚面积不大，胥先重忙指挥几个年轻人爬上房顶，用几片小塑料布罩住露天一角，但雪花还是见缝插针地从缝隙中钻进来，不一会儿正在棚下看拜堂的南许村村民头顶上落满白花花一片。依顺也领着玲子前来贺喜。依顺领来一个媳妇之事早就在村庄中疯传，大家都纷纷来看玲子，一时间胥二狗子娶的那位新娘倒失宠了。依顺嘻嘻哈哈地与乡亲们打招呼，许铁婆的傻儿子林厂流着口水拉了玲子一把，被许依顺骂到一旁。

胥二狗子的新娘是用轿子抬来的，因为风雪大，放在门外的轿子上落满了白雪。许正高率领徒弟们在棚下挥舞着锅铲东炒西翻，忙得无暇观看。胥先重在男人堆里忙着招呼从新娘村里来的客人，端着盛满香烟的托子与他们侃得飞沙走石。夏桂花更不会放弃这一吃美食的战机，在即将上桌的饭菜旁整理着盘子，不时往嘴里扔几粒花生米。许铁婆穿着缎子袄，打扮得如一朵花一样鲜艳，正向前来的邻村客人打听有没有新的媒茬，因为一入年关，年轻人在家的甚多，许铁婆如只断翅苍蝇到各村乱窜，若不是今日有顿好饭，她自然不会抽空前来。许正兴也在其中忙着招呼客人，依禾和依香则站在门外的雪地里，看花轿上的雕刻，不时指指点点。雪越下越大，不一会儿就卓有成效地覆盖住屋顶，村里村外到处白茫茫一片。

夏桂花因为今日有吃饭大事缠身，早将水儿遗之家中，让她照顾刚生下来三个月的儿子。那孩子长得像夏桂花。自从生下这个儿子之后，夏桂花已经成为太后，而水儿除了做夏桂花的职业丫鬟之外又多了一个职业：弟弟的保姆。胥先重中年得子，已无断后之虞，每天欢喜无限，对夏桂花的泼辣更是失去抵抗力。儿子虽说长得五官挪位，对不起自己鼻梁上的眼睛，但只要是儿子，就昭示着胥家这一脉香火可以绵延相传。胥先重经常这样勉励自己：男孩长得丑，能活九十九。而此时依桐正随着母亲在锅炉旁帮忙盛菜，胥家几个媳妇慌慌张张地帮忙洗盘刷碗。依桐趁着母亲和周围人不备，早把口袋里塞得满满的，氧气都进不来。正在塞一团拔丝馍时，被梁爱玲发现，梁爱玲见儿子如此没有教养，怕一旁姓胥的媳妇看了笑话，忙把许依桐轰了出去。

此刻棚下开始了拜堂，由胥先重主持。他手拿一张红表纸，口齿不清地开始宣读："南许村胥二狗和索桥村索二花，经人介绍，经过一个阶段的磨合，感觉彼此步调很一致，有了结成连理的心愿。感谢东南西北各位高邻今天前来捧场，下面开始授头。先从公婆开始。"胥二狗子的母亲站出来，笑意盈盈地把几张大团结扔到桌上的盘子里，胥二狗子规规矩矩地跪倒在地，那新娘则被后面站立的一帮闹新娘的小伙子向下一摁，早就在一片哄笑声中磕下头去，四围人不顾风雪灌嘴，咧开大嘴哈哈大笑。接下来再来下一位出钱接受新娘新郎的磕头。

依桐穿过嘈杂的棚下人群，出了贴着"囍"字的门口，冒着风雪跑了出去。刚下过雪的地面还没有人走过的痕迹，依桐的小脚踩下一串长长的脚印荡漾开去，一路小跑到水儿家。水儿正守着烧着玉米棒心的炉子，在堂屋门前孤独地看院子里的落雪。弟弟在旁边的木摇篮车上已然睡熟。胥二狗家的音乐清晰传来，使水儿听了更加神伤，因为她很想去看新娘子。忽听门吱吱呀呀地响，依桐浑身是雪地跑进来。见依桐来了，她惊喜得从凳子上站起来。依桐一进来二话不说，双手老母鸡抱窝般搂住炉子，水儿忙给他拂去身上的落雪。依桐刚想张口大声说话，水儿忙以手指堵口"嘘"了一声，朝一旁睡着的弟弟处努了努嘴。依桐就压低声音说："水儿，我给你带好东西来啦！"边说边从口袋里往外倒东西。水儿见有这么多好吃的，笑着问他："依桐哥，你的口袋真不小！"依桐口袋里的一团拔丝馍粘在了口袋里，怎么抠都抠不出，水儿忙拿着剪刀过来帮忙，把口袋翻将过来，终于把拔丝馍与口袋之间的糖丝斩断。依桐对水儿说："快吃吧，一会儿凉了就不好吃了。"水儿拿一块递给他："依桐哥，你也吃。"依桐笑笑说："等会儿我还坐席呢，我得攒着肚子。对了，你在这儿等着，吃饭的时候我用馍给你夹肉片吃，给你送过来。"水儿担心地说："雪这么大，你可别滑倒了。"依桐伸了伸鞋子，说："我穿的鞋子不滑，你放心吧。在这儿乖乖地等着，我去也。"说完模仿电视里侠客飞檐走壁的轻功，伸展胳膊作飞状跑了出去。水儿在后面喊："你慢点！"依桐已经跑了出去，孰料刚出水儿家门口，便脚下一滑，出去好远,扑通跪地,迅即爬起来再跑。

因为依桐是孩子,必须得随母亲坐于一席。这桌坐了十来个女客,玲子也在其中,许依顺则被安排在下一拨男人席上,他与玲子只得暂别半个小时。依桐早早坐在母亲身边"枕戈待饭",做好战斗准备。不料此桌上还坐有一个吃坛高嘴:许铁婆坐此类席几十年,风卷残云的功力已臻绝境,此刻她潜伏在桌子一角,暗蓄杀机。第一盘菜端将上来,众人均不好意思先出手。许铁婆放眼四周,见几个妇女都作谈天状,而个个都偷眼于菜上,她身为长辈不宜先动手,一双筷子在桌下隐而不发。正在大家都盯着桌子中央那几盘菜处于战前的静止状态时,不料那外地姑娘玲子却半路杀出,旁若无人地伸手夹菜。俗语曰:夹菜不夹菜尖,即避开一盘菜的中央部位,先从菜的周围夹起,以示礼貌。可那玲子可谓兵贵神速,一出手便夹去菜中央那块牛肉片。许铁婆觊觎那牛肉片良久,不料竟然黄雀在后,心中暗暗后悔。但姜还是老的辣,既然玲子已经破了天荒,许铁婆的筷子也迅速尾随,一筷子夹去一盘菜的四分之一。桌上的胥姓妇女和许姓妇女见战事一开,即无南北,再不装矜持,纷纷操起筷子加入战团,不一会儿第一盘菜便瓜分完毕。

依桐是一个孩子,自己在这些大人面前根本没有战斗力可言,在一旁着急不已。梁爱玲见儿子什么也没有抢到,忙抢了一片牛肉放在依桐面前,而自己再去夹时,盘子已经空空荡荡。好在菜一直源源不断地上,妇女们声东击西,嘴里塞得鼓鼓的,个个像赌气的蛤蟆。梁爱玲的筷子在菜肴间七进七出,才算供应上自己和依桐的口。许铁婆更是施展平生绝学,东西简直是吞咽下去,但她吞咽有方,也不噎住,只是滑到胃中。

胥家为了展示自己娶妻大方,获得口碑,在菜上可谓做足功夫,凉调苹果、清蒸肉片、糖衣花生米、粉蒸肉片、红薯丸子、红糖糯米饭……三十多道菜在桌上遭受妇女浩劫。压轴菜拔丝馍过后,便开始上肉片,再上馒头,妇女们吃完后抹着嘴皮,拍着肚皮,腋下藏着夹着肉片的馒头纷纷站起身准备回家,整个桌上一片狼藉,盘中分外干净。依桐环顾四周,见周围桌上莫不是盘碟空荡,心里异常烦恼。正心烦间,见大伯许正高还在棚下忙着做菜,他便偷偷跑过去,对正在炒菜的大伯说:"大伯,我想吃馍夹肉片!"许正高向来喜欢这个长得眉清目秀正在读书的侄子,便一只手翻着菜,一只手摸着依桐的头说:"桐子,又没吃饱?你蹲下,别让别

185

人看见了,大伯呀,给你夹两个馒夹肉片,你拿了可哪儿也别去说,赶快跑回家去吃。"依桐正求之不得,忙一个马步蹲下。许正高到里面灶间拿了两个大的馒头,又到笼上取了一碗肉片,把肉片全部夹在了两个掰开的馒头中间,之后用一张报纸把馒头裹住,放到依桐手里,嘱咐说:"赶紧从门口跑出去,别让别人看见了,别人要问你拿的是什么,你就说是破报纸。外面雪地滑,可别滑倒了!"依桐紧紧抱住报纸,一溜烟从门口溜了出去。

依桐到了水儿家,与水儿一起把馒夹肉片吃完,又喝了几杯开水,才算吃饱。那孩子已经醒来,哇哇大哭,水儿忙用奶瓶喂他奶水。水儿边抱住弟弟边对依桐说:"饭一吃完,俺娘也该回来了,你赶紧走吧,依桐哥。"依桐对水儿说:"晚上在胥二狗子家门口的大坑里放电影呢,你去不去看?"水儿说:"我倒想去哩,可俺娘也说去看电影,又该把俺弟弟交给我看了。"依桐说:"不管你去成去不成,今晚我去看电影时都过来找你!"水儿点点头,警觉地看着门口,依桐这才出门,恋恋不舍地踩着雪走了。

29

南许村一带有个不成文的习俗,即但凡有红白事情的人家,在举办这一天晚上必放一场露天电影,以示所办事情的隆重。胥二狗子家门口是一个大坑,坑沿上低低落落,凸凹不平,坑沿上一门居高临下,坑中可容纳更多的人,是天然的电影院。黄昏的时候,雪恰到好处地停了,唯见地上厚厚的一层落雪。在一群孩子的欢呼声中,影布在坑中两棵弯曲的大柳树上挂了起来。村民们早早地带着板凳来占据有利位置,或蹲于墙头,或爬上砖垛。有一双生意眼的许铁婆已经瞅准此商机,在坑沿人流最大的地方摆上小摊,专卖瓜子香烟。夜因为有白雪的映射,分外明亮,强似月夜。胥先重等人正在胥二狗子家喝酒,划拳,猜酒令,声震屋瓦。

雪地上白茫茫一片,展开在错落的村落间,屋舍上全都披上了洁白的婚纱,南许村如安徒生笔下的童话王国,只是在这些洁白的街道上找不到卖火柴的小女孩。依桐踏着白雪小跑着来到水儿家门口,刚想在门口听听声音,以辨别有无夏桂花在家的声音,孰料从门口黑暗中忽地探出一个小身影来,冲依桐小声叫:"依桐哥,我在这儿!"依桐不用看就知道那是水儿,忙小声问她:"你娘去看电影么?你弟弟呢?"水儿高兴地说:"我娘晌午吃多了,胃疼,搂着我弟弟早就睡了。我从天黑就在这儿等你了。"依桐欢喜的声音都走了调:"那好!那好!走,水儿,电影快开始了!"两个小身影一起消失在白茫茫的街道上,引起一路轻微的狗吠。

依桐和水儿跑到胥二狗子家门前的电影场时,电影已经快要开始了。沟沿上黑压压的一片全都是人,邻村的也赶来凑热闹,这些黑影在雪地里,好像洁白的脸上的几点麻子,甚是显眼。夜空还朦朦胧胧,好像戴了面纱,电影场里人声嘈乱,如锅里炒崩的豆子:喊孩子的声音、口哨声、说笑声、叹气声、叫卖声……各种人类所能发出的声音均荟萃于此,将一个大坑变成了一座沸反盈天的倒置大鼎。坑中更是挤满了人,从坑沿上往下望,黝黑一片,电影幕布后也聚满了准备看倒影的孩子,他们嘻嘻哈哈地冲着半空中的幕布叫喊。此刻,电影场上所有人的目光全聚集于中间那幕布上,一束耀眼的光束从坑中央王金明的桌上发出,笔直地射于远处悬挂起的电影布之上,那幕布在夜色中发出神秘的白,令人无限期待一会儿上面将要出现的花花绿绿的人物。人们还在这光线中间来回走动,那些走动的人的身影便显现在幕布上,张牙舞爪,颇为狰狞。白布周围的一棵桐树上挂着一只亮得刺眼的灯泡,光线把周围照得如同白昼,连树上的积雪也照得清清楚楚。

依桐和水儿年龄尚幼,身材上相对没有空中竞争力,他们在人群中的人腿中间穿过,始终找不到一个好的观赏点。一群群的年轻人蜂拥走过,口叼香烟,骂骂咧咧,在他们眼中漂亮姑娘的魅力永远要比电影大。依桐和水儿在人群中东突西冲了半天,始终突围不出。幸亏依桐经常和孩子们在村中玩捉迷藏和打野仗,对村庄的构造熟稔于心,便领着水儿爬上了一座隐秘处的砖垛。砖垛上积雪甚深,夜晚上面又结了薄薄一层冰,依桐和水儿上去后不敢再动,唯恐滑下来。

这时的人已经越来越多,电影布好像一个巨大的磁场,将方圆几里之内村庄的人全都吸引到它的周围来。依桐和水儿蹲在砖垛上,望着脚下拥挤的人海。正在这时,射向电影幕布的那道光线猛然变了颜色,幕布也随即显示出红色，桐树上的喇叭中猛地轰鸣出一阵音乐声，惊得在桐树上卧着的几只喜鹊骤然飞起，人群中随即发出一阵欢呼，各种叫喊声如火遇冷水，自动停了下来，电影正式开始。这时水儿对依桐说："依桐哥，你看那些人，咋都拿着棍哩？"依桐循着水儿所说的方向看去，果然见坑边有一些人在游走，竖起一根根哨棒。依桐说："听说前天火王庄村王铁锁结婚，就在电影场打架了。"水儿听了赶紧往依桐身边凑了凑。

电影又演了一会儿，只见影布上一群解放军战士正在迅猛冲锋，桐树上的喇叭中也传来冲锋号和喊杀声，坑中的人群静止不动，目不转睛地看着电影上的我解放军战士怎样勇猛，唯见王金明桌上的电影轮子在灯光中旋转，铺满白雪的屋舍和树木被色彩斑斓的电影光线照射得斑驳陆离。依桐和水儿半蹲在砖垛上，遥望着坑中的电影幕布。大雪初静，冷风四下里陡起，直往人脖子里灌。砖垛下看电影的是一群老人，他们坐在带来的板凳上面，穿着厚厚的大氅，头顶上顶着火车头帽，时不时地在下面咳嗽一两声，吐出几口浓痰。坑沿下面站着一群姑娘，长长的辫子垂于背后，时不时地咯咯娇笑一阵，互相打闹。姑娘背后有一群男青年，他们如寻食的野狗一样走动着，有时还站在姑娘背后故意往姑娘身上挤，在黑暗的掩护下，手也变得出格的肆虐。那群姑娘大抵料到这群年轻人有不轨之意，忙往前平移几米。

远处传来猜酒令的声音，可见二狗子家酒席未散，正是喝到高潮时候。风逐渐起来，吹得墙头下面枯萎的玉米秆沙沙作响，那风好像从西伯利亚直接吹来，似裹了层冰，凉入骨髓。依桐正紧张地看电影幕布上解放军叔叔攻占一个山头时，一旁的水儿又向他靠了靠，幽幽地说："依桐哥，我手冷得很！"依桐忙把水儿的手藏到自己袄里，用手捂紧，又脱下自己的帽子，戴在水儿头上。水儿又说："依桐哥，你冷么？"依桐吸吸鼻子，笑笑说："我还热哩，俺娘说男孩子身上就是比女孩子身上热，夜里俺娘都把我当暖脚壶使唤。水儿，你要是还冷啊，我就送你回家，可别冻着了。"水儿慌忙摇摇头，手紧紧地攥住依桐袄里的手。

正当电影播放到解放军攻占最后一个阵地，挥舞着千疮百孔的红旗欢呼时，水儿见坑沿上一个手拿哨棒的人站起来，往天上举了一下哨棒，霎时坑沿上站起了十来个手拿哨棒的人，水儿还没来得及跟依桐说，就听坑中嘶喊起来："洛宁镇上来人打架呀！快跑啊！""快跑！镇上来人闹事了！"声音凄厉。顿时，整个电影场似炸开的锅，又似热锅上乱奔的蚂蚁，一时间呼儿唤母声、哭泣声、跑步声交织在一起于坑中各个角落响起，坑中人群开始往四面八方奔逃，刚才电影中厮杀的局面好像走出银幕，来到了现实中。由于坑沿上还有积雪，夜里又受冻，所以无比滑，不时有人摔倒。砖垛下的那群老人连板凳也不带，只是蹒跚地摸着墙根走。姑娘们嘴里咿咿呀呀地惊叫着，手拉手往家里跑，不时跑过的男青年忙趁乱掐她们一把。整个观看电影的场地顿时兵荒马乱一片乱世景象！

　　依桐反应很快，马上一个箭步从砖垛上下来，让水儿从砖垛上滑到他的背上。水儿下来后，依桐马上拉起她的手往家的方向奔逃。到处是奔逃呼号的人，走几步这两个孩子就淹没在狼奔豕突般的人腿中间，好在依桐熟悉南许村地形，忙拉着水儿往一条巷子里钻，他知道巷子的尽头通着南许村的街道，再左转可以到家。

　　此时村中领导人正在二狗子家聚饮，已经得知电影场发生的情况。胥先重的侄子胥有福此时已经酒醉七分，听说外面洛宁镇来人闹事，怒发冲冠，主动向叔叔胥先重请缨："叔！洛宁镇上的人骑在咱南许村人头上撒尿多少年了，现在又来闹，咱趁着人多，出去打跑他们！"胥先重向来以大局为重，他一直不想在村长这个位置上吊到老死，想往镇上调动工作，所以镇上的人他哪里敢得罪？他正在踌躇的时候，席上今日从外地才回的许依顺已经火冒三丈。先前父亲许正高曾被镇上的宁自强打伤过，许依顺一直窝着火。他才从外地回来，见过大场面，视乡野的一切为敝屣，虽说先前对镇上的人有些惧怕，但此刻酒劲上泛，他在下面扯着嗓子嚷起来："村长，别再想了！今儿这帮人来扇咱姓胥的和姓许的脸了，要是再不干，我第一个不答应！"席间不少人也随声附和。胥先重心想，此时要是不同意，自己的威望必然大大受挫，南许村更没有服气自己之人，于是他拿起酒杯在桌上敲了敲，说："有福，你把扩音器给我打开！跟他们干！"有了这句话，胥有福从板凳上弹起来，马上去开扩音器，席上的人瞬间站起来，骂骂咧咧地各自去院里抄家伙。

　　胥先重站起来，走到话筒旁，清清嗓子，用他惯用的语速发号施令："南许村人听好了，下面宣读村委决定，下面宣读村委决定：50岁以下，20岁以上的男人们全都抄家伙出来干架，谁不出来谁是狗熊！谁不出来谁是狗熊！"这声音中气充沛，尤其是最后一句涉及动物的脏话更是传播出去。于是全村各处响起了"咚咚"的脚步声，叫骂声、呼喊声在村舍间此起彼伏。鸡还以为天已初晓，从鸡窝里探头出来，引吭叫起来。

听到胥先重发号施令的声音时，依桐和水儿还在落满积雪的巷道里奔逃。仗着有白白的雪光反射，两人不一会儿就跑出巷子，刚到南许村大街上，便逢上一对拿着棍棒的男人，分不清是洛宁镇的还是南许村的，在依桐和水儿面前"咯吱咯吱"地跺着雪地跑过，嘴里还骂骂咧咧："别叫他们跑了啊，逮住一个非拍他一铁锨！"水儿紧紧地拉住依桐的手，在夏桂花面前坚强无比的水儿在依桐面前却无比柔弱，她带着哭腔柔柔地说："依桐哥，我有点怕！"在这世上，依桐最怕的事情就是水儿害怕。其实依桐心中也惊恐，他深知一不留神卷入那棍棒打斗之中，小命如鸡雏，两个六岁多的孩子还没有自卫能力。依桐回过身对水儿说："别怕，有我呢！咱俩专挑没有人的地方走，一会儿就到家了！"

依桐领着水儿转过了几个弯，听到前面路上有一群人叫喊着跑过，忙领着水儿躲到一个麦秸垛后面。从麦秸垛后伸头看去，只见路上跑过的黑影绰绰约约，发出的叫喊声甚是恐怖，颇似刚才电影中解放军叔叔和国民党反动派的巷战。水儿手心出汗，攥住依桐的手，匍匐在麦秸垛后面，麦秸垛顶上飘下的雪花落到两个孩子的脖子里倏地融化。此时听来，整个村庄狗吠声四下里开花，女人的叫喊声、孩子的哭泣声、男人的呵斥声杂交式糅合在一起，让人陡然生出几分紧张。不一会儿，路上那帮人叫骂着跑远，听着脚步声渐趋渐小，依桐刚想拉水儿接着上路跑，忽见北面一户许姓人家的墙头上现出一条黑影，那黑影哆哆嗦嗦地从墙头上蹦下，依桐和水儿大气也不敢出，坐在雪地上倚着麦秸垛一动不动。见从许姓人家的屋里射出一道手电筒光，一个女人在屋里叫，只是不敢出来："谁，又往俺家钻？小心放狗咬你！"那黑影刚落地，就忙着褪裤子，口中自言自语："命真背，掉到茅坑里了，茅房建得真不是地方！"那黑影吐着唾沫，显是被自己裤子上的臭味熏得眩晕。裤子褪下后，似乎不敢往大路上跑，慢吞吞地下了一边的大坑。

待到那黑影手脚并用爬出坑沿，从东边路上消失以后，依桐和水儿才敢站起身来。刚站起身，正好一条受伤的狗夹着尾巴从麦秸垛旁跑过，见黑影里忽地站起两个孩子，便停下来盯着他们。依桐和水儿如临大敌，牵着手也望着狗，与其对峙。依桐知道见了狗不能跑，若是跑就表示示弱，狗会更加凶猛，从而穷追不舍。他脑筋一转，想起了狗最怕的动作是什么，于是俯身作拾砖头状，那狗以为要砸它，"唔"的一声夹着尾巴逃跑了。

依桐和水儿担心坑中太滑也担心有冰窟窿，所以不敢从坑中抄近路，在坑边逡巡不敢下，又不敢走大路，唯恐遇上亡命之徒。最后依桐心一横，见大路上静悄悄的，料想也无人经过，便拉起水儿的手上了大路往家的方向狂跑。跑了数百米，水儿由于穿得厚重迈不开腿，呼吸急促，小脸通红，依桐恐怕她受累，忙蹲下身来背着她继续跑。

过了不久，他们便来到距水儿家最近的一个路口。依桐想把水儿送回家，水儿的泪水开始往下落，显是不愿与依桐分开，依桐说："算啦，干脆去我家和我妈睡吧！"水儿这才破涕为笑。依桐和水儿正眼观六路、耳听八方地往前走，忽然见前面路边有一个身影在左顾右盼，两个孩子又吃惊不小，孰料依桐仔细看时，却笑着对水儿说："那不是俺娘么？"梁爱玲见依桐出门至今还未归，而同样去看电影的姐姐依禾却早就回来了，今夜村中大乱，她担心依桐，顾不上外面危险，急急地出来找寻，见依桐和水儿一块儿回来，心中一块石头才算落下。梁爱玲说："你爹还没回来呢，可别出什么事！"依桐说："和水儿他爹在二狗子家喝酒哩！"梁爱玲说："你见他喝醉了么？"依桐说："我咋会见？我去看电影了。"梁爱玲忧心忡忡地朝大路上看了一眼，路上还是空荡荡的，她叹了口气，说："要是你三叔还活着就好了，有他在，你爸无论去哪儿都准没事！"她见水儿也随在依桐身后，就说："水儿今儿别走了，在我家睡吧。"水儿本来就没打算离开，一听更是高兴。梁爱玲深知平时夏桂花把水儿当做多余的人，就是一晚上不回去也浑不在意，说不定早就睡熟。三个人边说着话边匆匆下了路，踩着雪朝家走去。

第二天一早，伴着红彤彤的旭日升起的是一阵凄厉的哭声，原来昨晚去看电影的许世云老汉在混乱中被人踩死在了坑边，等到发现时，尸体已经冻成冰棍。许世云老汉的二儿子许运动和三儿子许运亮都在开州，家中只余下大哥许运旺。他把父亲的遗体拉回家，放在堂屋中，又哭哭啼啼地把院中两根桐木拉到邻村火王庄村一个棺材铺里做成棺材。

南许村昨晚惨遭浩劫，人们还没有从昨晚的惊恐中恢复，就又陷入黑色的忧郁中。许世云老汉辛苦了一辈子，这两年日子刚有些回暖，便这么不清不白地死去。同门的许正高、许正兴弟兄二人前来慰问，许正高脾气急,见亲叔叔死得这样惨,拿起菜刀要去找洛宁镇上的人玩命,被许正兴一把抱住,摁在了门槛上,许正高气呼呼地坐下后又开始对镇上的人破口大骂。

许正兴安慰马氏说:"婶子,人该是什么样就是什么样,这是俺叔的一难,是祸躲不过,反正事情已经出了,哭解决不了问题,该怎么解这个结,咱们坐下来平心静气来议议。俗话说得好,有多深的水就有多厚的土,天塌下来还有个子高的人顶着呢。"马氏一生相夫教子,生活过得比太平洋还要太平,哪里遇到过这等变故?她只是用老棉布手巾捂住脸恸哭,根本腾不出思维来听许正兴说话。许运旺拉着一顶棺材回来,见了前来慰问的弟兄二人,泪水又吧嗒吧嗒排着队往下落。许正高和许正兴帮忙把棺材放入正中,给许世云老汉换过衣服之后将其入了殓,堂屋顿时变成灵堂。忙完后,许运旺和马氏、杜秋香又啼哭了一会儿,才被许正兴劝到院中。许正兴沉吟半响,说:"运旺啊,一个碗打碎了,你就是再粘住也不能再盛水了。你是男人家,可别女人似的光知道垂着脑瓜哭。要是哭能把俺叔的命哭回来,我啥事都不干,跟你们一块儿哭!既然祸事从天降,咱不能光窝在家里叫老天爷,咱得想对策!"许运旺刚遭丧父之祸,六神不是无主,而是已经没有六神。他哽咽着说:"正兴哥,你看着办!反正……反正俺也想不出啥办法。"许正兴抽了一口烟说:"出这么大事,我做不了主,我看第一步先把运动和运亮从开州叫回来。运动在外面这么些年,他的见识比咱们都广,他回来就会有主意的。"

此时村民们已经被这件事吸引,在院墙外议论不已。昨晚的事情发生后,村长胥先重一直提心吊胆,心想:昨天晚上和镇上第一次硬对硬,会不会惹得镇上人再回来报复?他正苦思妙计,忽然听说许世云老汉被踩死,他的心这才骤然放宽,毕竟自己村里出了人命,理就更在南许村这一边。他连忙来到隔壁的运动家,一进门,接过许正兴递来的一根香烟,安慰了许运旺几句后,就挤下来几滴浑浊的泪:"运旺,世云叔出了事,我这个做村长的心里也不好受!不管咋样,等运动回来,咱们一块儿商量商量咋善后。"许运旺心直,把计划和盘托出:"要不等我二弟回来,咱们到乡里告状去!先重哥,你是一村之长,又熟悉乡里水土,熟人又多,你带俺们去!"胥先重本就怕此事,不料许运旺竟当着众人的面说出口,他不忍心拂逆,就顺水推舟说:"我早就这么想哩,到时咱们多叫些村里的人，一块儿去告状！"胥先重嘴里说着漂亮话，又敷衍了几句，就借故开溜了。

30

许世云老汉的死无疑给无所事事的村里人上演了一幕最好的大戏，世云老汉家门前围了好几层村民，在谈论着这件事的进展，咒骂着镇上人的霸道。许铁婆知道人多就有商机，遂又推着平板车来到这里卖烟酒吃食。许世云的妻子马氏从早上起就滴水未进，只知道掉泪，她原本就是攀金眼，一落泪，眼前又是模糊一片，儿媳妇在一旁规劝。上午十点多时许运旺就到镇上给二弟发电报，但一直到下午三点多时村东那条通往开州的道路依旧空空荡荡。村民们站在冰封的路上翘首东望，等待着那熟悉的车铃声从远方传来，等待的人群里不时有人指着东面大路开玩笑："回来了！运动回来了！"引得人群一阵骚动，定睛看时却是一条黑狗在路上晃荡。

年关午后的阳光碎碎地照在褐色的桐枝上，照在已经开始融化的积雪上，乌黑的屋檐也似哭泣，往下无休止地滴着雪泪，时不时地公鸡啼鸣一两声，把阳光击碎，天上的云彩也幻化成鱼鳞状，在冬日的天空中飘浮不定。昨夜留下的凌乱的雪地足迹，经过一天的融化，全都消失了，雪面又恢复了平整，要不是许世云老汉去世，人们还以为昨夜的事情没有发生过。下午四点多时，南许村东大路上终于有一个人蹒跚地扛着自行车逐渐出现在众人的视野里，村民们欢呼雀跃，有眼尖的早回去报信，说运动回来了。许运旺正在家中守灵，听到二弟回来的消息，忙哭着奔出门去。

许运动的出现使这陷入黑暗的一家人出现了太阳。在村口路上出现的他一身是泥，原本想骑自行车快一点，没曾想大雪初融，道路泥泞不堪，骑起自行车来车轮上粘的都是泥巴，如陆地行船，寸步难以推进，本来是他骑自行车，后来是自行车骑他。一到村头，他便看见很多乡亲齐刷刷地站在村头大路上，像盼救星一样盼望着他的归来。他放下车子，沉静无比地冲大家挥挥手，然后跺跺脚下的泥，伸手从上衣口袋里摸出一包"红叶"牌香烟，开始向周围人散发。他的表情里没有悲伤，脸庞在下午的阳光里显得无比刚毅，好像死的是别人的父亲。这时大哥许运旺涕泪纵横，呜咽着突破人群跑到二弟面前，扶住二弟的车把，未语泪先流："兄弟，咱爹……咱爹……"只是说不出话来。许运动扶起大哥，平静地说："大哥，哭个啥哩？让别人看笑话？家里的事咱回家再说！"说完扛起自行车平静地朝家走去，乡亲们也随即簇拥着跟在他后面。

　　许运动的母亲正在灵堂前垂泪，见二儿子回来，哭了一天的喉咙已经发不出声音，只是看着运动痛苦地耸鼻子。许运动顾不上弹掉裤腿上的泥，他轻轻地掩上堂屋门，把悲伤欲绝的老娘扶到了里屋，然后如一头沉默的犀牛一样，在灵堂中背着手转了几圈，之后扶住父亲的棺材，低着头一句话也不说，连一滴泪也不掉。这让大哥许运旺吃惊不已，他上前大哭着说："兄弟，哥知道你心里难受，你就哭出声吧。"运动只是低着头，脸上彤云密布，青筋似乎要爆出来，但扶住棺材就是不哭一声。

　　许正高与许正兴二人听说运动回来了，齐刷刷地往这里赶。看到堂屋掩着的门，听到屋里传来许运旺的哭声，二人知道运动才回来，一家人有话说，弟兄二人就在院子里燃起一把火坐等。许久，只听堂屋门"吱呀"而开，许运动红着眼圈出来，见了许正高和许正兴，沉默着掏出香烟。许正兴也红着眼圈说："运动，反正事情已经出了，还要你回来定夺呢。"许运动脸上的表情从回来后就一直不变，不笑亦不哭，他平静地看着许正兴和许正高说："活人不能叫一泡尿憋死，哥哥们放心吧，咱姓许的都不是白给的，这道坎儿要是过不去，还在这世上混个什么？"许正兴长舒了一口气，说："运动，下一步咋办？你心里有数吗？"运动说："俺爹不能忙着入土，咱们明天早上到乡里告状去，要没洛宁镇上的闹事这事也不会出。"许正高一旁杀猪似的咆哮："大不了咱一把火把镇子给他点了，也太欺负人了！他不让俺叔过这个年，他们也甭想过，反正现在咱是出窝的兔子，红了眼了。"许正高口不择言，自比兔子，好在众人心情复杂，无暇字斟句酌地挑刺。许运动对许正兴说："二哥，咱们先礼后兵，先来文的，说理就是说理。三条大路先走正中间。"许正兴说："要不咱拉着棺材去镇上，再借点锣鼓一路铿铿锵锵，叫全乡人都看看？"许运动忙表示反对："这事本来就是丑事，再一折腾，恐怕整个镇上的人都说咱姓许的遭人欺了。我在城里时，见人家告状就是告状，哪里有这么多花花套路？"许正兴又想了想说："依顺他们别去，性子急，昨天晚上他们在咱村才整了几个镇子上的人，到了镇上别照了面又打起来。"许运动说："那这样吧，让先重哥跟咱们一块儿去。我在城里见人家告状都要状子，咱也别空着手，我再带点烟，逮个麻雀还得一把粮食呢。"几个人商量完毕，天色将晚，寒气四盛，望见院子里萧索的情景和森然矗立的棺材，几个人心里都不是滋味。

第二天一早吃过早饭，胥先重、许运动、许正兴、许正高一行四人出了南许村，沿着一条蜿蜒的土路向镇上走去。朝阳刚用力挣脱地平面的枷锁，射出万丈光芒，那些黄色的光线斜飞出，匍匐在大地上，把棋子般的村庄囊括在自己的光芒里。大雪好像母鸡护雏般掩盖住麦苗的绿色胴体，洁白无瑕的雪染上了金黄色的阳光，如华美的锦被般平铺横贯而去。各人想着心事，一路上倒也不多言语，到了镇上乡政府门前，见门侧的牌子已经剥落，字体漫漶，本是"洛宁镇人民政府"，"人"字却少一撇，只有一捺残存，"府"字也残缺不全，成了"洛宁镇、民政厂"。进去之后，发现乡政府之内布局凌乱，派出所委屈地坐落于一隅，门口紧闭，想必派出所民警都回家过年了。相邻的是一个小型法院，只有寥落的一个小院，不少赋闲干部聚集在里面打麻将。胥先重经常代表南许村来此开会，地形颇熟，他说这里八点才开始上班，四个人只好裹紧袄在院子里的台阶上坐等。大雪已霁的天，早上最为寒冷，几个人刚才在路上走路还觉得很暖和，现在静下来，立刻觉得寒风刺体。乡里干部的家属院坐落于不远处，几个干部提着春节买来的鱼肉衣冠楚楚地进出，院子的厨房里飘出饭菜香味，扩散在风里。

四个人坐在乡政府中，日头逐渐迈到墙头之上，阳光也加大马力明亮了许多，此时整个乡政府没有一个办公室有开门的迹象。胥先重望着门口说："一到过年，这里乡上的干部都忙着往县里送礼，老婆在家里等着收各村的礼，都有活干。我看今儿没有一个人上班。"正说间，一个油头大耳的男人夹着公文包从门口进来，胥先重回头说："那是咱乡的副乡长，先找他套套话。"说完他忙迈着小碎步走上前去："梁乡长，梁乡长，上班么？您还记得我吧？"那梁乡长正旁若无人地走，听到有人唤他，一双眼睛如嵌在奶酪里的一对绿豆，眼皮往上抬了抬，稍稍止步，用白眼翻了一眼面前点头哈腰的胥先重："呦哈！这不是南许村的胥村长么？怎么了？大清早就到镇上来，来赶集割肉包饺子？"

胥先重知道这个副乡长素来嗜吃如命，话题总是离不开吃食，标准的食肉动物，忙笑着敷衍："哪里啊？今儿才大年二十六，包饺子不得大年三十么？俺村里出了点事，这不，我带着家属来找白乡长说说。"梁乡长一听此话，用绿豆眼瞟了一眼不远处的许运动等人，阴阳怪气地说："白乡长？白乡长去县里办事好几天了，估计今天也不会回来。这样吧，有什么事到我办公室去说，我也是一乡之长嘛！也可以分担一些白乡长的负担。走吧，我办公室就在东头。"胥先重一边说着客气话，一边向许运动他们挥挥手，示意他们跟着他。许运动几个人赶紧从台阶上站起来，拍了拍身上的土，随着梁乡长与胥先重走进走廊。梁乡长边用钥匙开门边问胥先重："老胥啊，听说你几年前养过肉兔，那兔子还是从南方引过来的品种，肉嫩鲜美，我正寻思着买你几只呢。呵呵！"胥先重忙赔笑："那都是八九年前的老皇历了，兔子还没等我吃它们，就吓得一只只蹬腿上西天了。要是养成了，早就拿过来让乡长您尝尝了，哪能一个人窝在灶里吃独食？"梁乡长打开门，哈哈大笑着在办公桌前坐下了。

　　梁乡长的两片嘴唇如刚炖好的两片红烧肉，上下开合："怎么了？什么情况？"那副傲慢的神情好像在说就是美俄开战到了这里他也能解决。胥先重忙把事情的经过说出来，并大事渲染了洛宁镇上的残暴无礼和南许村人的无辜可怜，诉说完毕后，梁乡长从肺部经过口腔长途跋涉出一口气体，脸上每块肉都手拉手般绷紧。此时，许正高不识时务地补上一句："梁乡长，你可得为俺们做主啊！"这一句话打破了窒闷，梁乡长待一口气叹完，顿着头说："这件事……可不好办啊！甭说白乡长管不了，就是到了县里，县长都得掂量着办。你们想想，你们有什么证据证明是镇上的人踩死的人？说不定还是你们村人自己跑的时候踩的，到时候有理说不清，反而被人家倒打一耙！"许正高在一边又忍不住发言说："就是因为镇上人来闹事才跑哩，这总跟他们有关系吧？"梁乡长噎住，转移话题说："就算有关系！话又说回来，镇上的人为什么敢这么做，就是因为人家有人。这夏桥村和洛宁镇挨得这么近，那就是左裤腿和右裤腿的关系，夏桥村的夏念祥的小舅子就是这个镇子的当家人，镇上有个好歹，夏念祥能不问？"胥先重怯生生地问："那依乡长的意思，我们这个亏算是白吃了？我们这个人算是白死了？"梁乡长的绿豆眼又斜了一眼胥先重，没好气地说："老百姓还能咋办？你们这叫证据不足，大过年的，法院、公安局谁不忙着过年？再说，就算打赢了官司，光是送礼的钱和磕头作揖的工夫你们就消受不了！"许正兴和许运动在后面一直没动。许正兴上不得台面，一到正事上就口拙；许运动端坐一隅，似尊石佛，一言不发，听梁乡长胡侃，面无表情。

梁乡长顿了顿，表情一变，开始哭穷："你们也得体谅体谅乡政府的难处啊！乡政府总不能在人家的地盘上还和人家作对吧？一个镇子上几千人，我们几个干部咋能压下来？现在凡事都得讲团结，我的意思是先回去吧，把老人葬了再说，大过年的停个棺材也不好看不是？"许正高在一旁忍不住又说："这镇上的人总得出个棺材钱吧？"梁乡长显然不耐烦："我的意思已经说得很清楚了，凭你们几个种几亩田还可以，现在都市场经济了，人人见钱说话，你说你们几个泥腿子想告状，想都别想，就是想去开州市政府，走也走不到！"说完，这个胖子的耐心显然是到了极限，霍地站起来，挥手说："你们走吧，我还有事！"胥先重沮丧无比地望着这个领导，不知道该不该站起，周围死一般的寂静。

蓦地，一把亮闪闪的刀子"嗖"的一声插在了梁乡长面前的桌上，紧接着许运动高大的身躯横在了办公桌前。许运动脸色铁青，咬住下唇一字一顿地说："老子昨天下午才从开州回来，谁说泥腿子走不到开州市？"说完拔掉桌上的刀子，一转身说："我告诉你，别披着人皮做狗事，万事都逃不过一个'理'字！"说完气势汹汹地收起刀子踹开门走出去，剩下一脸惊愕的一屋人，屋内接下来传出的，便是胥先重诚惶诚恐的道歉声。

回来的路上，谁也不敢和这个负刀之人喧哗，一出洛宁镇，许运动走在前面，胥先重一行人不远不近地紧随其后。年关的田野上空荡无人，阒静无声，唯有白得炫目的广袤雪野和隐隐露出尖尖角的麦苗，远远近近的枯树包围着的褐色村庄岿然不动，时不时地从村庄的方向随着北风飘来煮肉的香味，太阳好像一个坐在太师椅上的老人，端端正正地坐在半空，为年关的人们送来喜庆的光束。许运动一人走到一条干涸沟渠上的一座白色小桥上时，蓦然停步，低头点上一支香烟，青色的烟雾倏忽发散于阳光中。他回头对跟进的胥先重说："我决定了，明天我就去开州市，我就不信夏念祥不管这事。你们谁愿跟着我去就去，不愿去我也不强逼，反正事到如今，诸位哥哥已经做得够多了，我许运动谢谢诸位哥哥。"他说这话时的神情好像是此事已定，任何人都没有反驳的权利。许运动说完，转身继续向前走去，他们只是随着许运动在乡野之间向南许村的方向一步一步地挪动。

胥先重到家时，夏桂花正搂着孩子在门口晒太阳，水儿一个人在厨房用巨大的瓷盆和面。夏桂花见胥先重回来，半闭的眼裂开一条缝："回来了？乡长管不管这事？"胥先重不做声，夏桂花已经从他的沉默中分析出答案，从鼻孔中"哼"了一声，说："没人又没钱，还想去告状！"胥先重蹲在阳光灿烂的门槛上，没陪她一块儿愤慨，只是试探性地说："运动让我明儿陪他去开州告状。"夏桂花闻听此言，眼骤然睁大："你说啥？还告！乡里不行还跑到市里去？市里告不成说不定还去中南海呢！"胥先重说："他可能去找你堂哥夏念祥。"夏桂花冷笑着说："我堂哥现在是谁想见就见的么？这几年连我都见不上，他许运动咋能恁神通？我告诉你，明天哪儿也不能去，这都腊月二十六了，咱馍还没有蒸，哪儿像个过年的？明天你和水儿在家蒸馍，我看着孩子！"胥先重不做声，用一根小木棍划着门前刚融化的一摊雪泥。夏桂花再一次抛出撒手锏，高声叫道："你要去啊，姓胥的，我明天就抱着儿子回娘家，看你这个年咋过？"胥先重这才颓废，说："我不去了还不成么？"

第二天一早，许运动、许正兴、许正高三个人出了南许村。由于雪路多泥，自行车断不可再骑，三人只好迂回步行到镇上，一直到上午九点多三人才拦下一辆机动三轮车。那开车的是一个壮汉子，说是要到开州给人拉结婚用的家具，许运动赶紧让香烟，汉子说要搭车也行，就是上面太冷，一开动里面净灌冷风，三人哪里计较这客观因素，运动一看路旁有几个玉米秸秆扎成的玉米秸捆，马上往车厢里扔了几个，然后几个人爬上三轮车坐在玉米秸捆下，身上如覆盖了一层棉被。那汉子立即发动车子，机动三轮的车厢立刻因为路的崎岖而剧烈颠簸起来，车好像行驶在平平仄仄的波浪上，跳起华尔兹。开车的汉子拉下帽檐，束紧大氅，包裹得如同爱斯基摩人。虽然有玉米秸捆挡着，但冷风依旧从露天的车厢四周旋转进来，如密集的刀子刮着人脸，他们的脚早已冻得麻木，好像已经独立在人体之外。

车子一到封阳县城就驶入省道，那省道是一条柏油路，也是前几年的豆腐渣工程，时而平坦如江南绸布，时而坎坷如云贵高原。忍受着寒冷与颠簸，三个人抽着鼻孔缩在玉米秸捆下，只露出一张脸让冷风来舔。望着两旁的枯枝飞速向后方退去，各人心中怀着凌乱的思绪。路旁不时显现的村庄和县城飞驰而过，只见良莠不齐的建筑物在路旁，还有很多路旁的墙上粉刷着广告，什么"不孕不育，到我刘庄！""脚气不是气，叫人真生气！专治脚气，西关医院宣"，有的则言简意赅，三个字"治歪嘴"，"嘴"的下面还有一行小字，显然是地址。

车行到半途，车速猛地放慢，三个人本来在玉米秸捆下蜷缩，这下马上蛇出洞般探头观望，开车那汉子回头说："前面有个收费站，咱可别让他们查了。先看看有没有公安。"许正兴伸伸麻木的腿，往收费站望了望，说："现在大过年的，谁费心思查？"许运动头也不抬，说："只管冲过去，这正是过年哩，上面有文件，他们不能收过路费，他们只是想在这个地方赚点外快。"许正高没见过这场面，说："政府还收过路费哩？这政府还拦道抢劫么？"开车汉子踌躇了一会儿，踩着油门慢慢向前逼近。收费站里空荡无人，只当街一个拦路的栏杆横贯，车到了横杆前，许运动早一个箭步冲下去，把栏杆往上抬起。正在这时，一个身穿警服之人土地神一般从右侧岗位上走出来，大声叫道："干什么？干什么？"这一下唐突之极，连机动三轮车都吓了一跳。就在这气氛凝固的时刻，许运动边掏香烟边笑着叫："这不是郑哥么？大过年的还在这儿收几个零花钱哪？"那警察迷茫地看着许运动，显是认不出许运动是谁。运动掏出香烟塞到那警察手里，笑着大叫："您不记得我了？真是那个，'贵人多忘事'！几天前我还在这儿路过呢，咱俩还聊了半下午呢。"许运动边给那警察点烟，边腾出一只手向背后驾驶三轮车的壮汉子摆手，意思是快开车。那汉子正在害怕，没有看到运动这个动作，正好许正兴望见，忙对那汉子轻声说："快冲过去！"那汉子这才胆战心惊地猛踩油门，倏忽间冲了过去。那警察正听许运动乱侃，一看车开走了，忙大叫，这时许运动猛地转身，跑得飞快，一眨眼已经奔到车后，双手一抓车身一跃而起，到了车上，那汉子配合默契，加大油门猛向前冲，剩下那警察一脸迷茫地站在原地。收费站在视线中越来越小，几个人这才坐下，长舒一口气。

几个人惊魂甫定，许运动坐下，不紧不慢地总结说："这些人其实是捞些小利，过年时国家明令不让收过路费，他们要是看见公家车早就放行了，收钱收的就是咱们这种老实巴交的农民，回家后好买东西去丈母娘家。"许正兴狐疑地问："运动，你咋知道那警察姓什么？你识得他呀？"许运动说："谁识得他？我看他胸前挂着工作证，上面有他的名字，我就认识第一个字是'郑'字，就瞎编呗！"许正高和许正兴一脸崇拜地望着他，任凭车外路两旁的桐树向后飞快退去。

风正吹得紧。

31

依旧是冷风肆虐，三人的脚立刻又麻木起来。俗语曰：寒从脚底生，虽有玉米秸秆和棉袄护体，依然是不可言说的冷。三个人如冷冻的白条鸡，储存在巨大的冷冻车厢里，风吹动身上的玉米秸秆，窸窸窣窣作响，几束长长的黄叶还垂于车厢外随风招飐。不知什么时候，柏油马路变得开阔了，路面也变得平坦了，路两侧的桐树如腰粗，张牙舞爪地荫蔽住路面，两旁不再是雪水浸淫的无边雪野和远村近郭，而是不时闪过钢架和参差麇集的楼房。车行东方，楼房越来越多，从轮下所行的这条干道上射出越来越多通往八方的路，如从一棵树上分蘖的枝丫。

许正兴和许正高再也坐不住，迎着刮脸的寒风探出头去，这是二人第一次见到这么多的楼房。许运动裹紧大氅，坐在车厢的一侧一直沉郁不语，此时他冷冷地说："该到市区了。"车道越来越宽，楼房也越来越密集，路旁已经排着队站满了白色的路灯，好像欢迎他们入城的卫队一样，到处都是涌动的车与人，路中央还有整齐的花坛。许正兴惊奇地问："那是什么草，冬天还不落叶？"许运动说："那是万年青！叶子常年不落呢。这才是郊区，离市中心还远着呢。"周围市民们看到路上行驶着一辆寒酸的机动三轮车，三轮车上的秋秸下还埋着三个灰头土脸的人，均投来诧异的目光，有好几对散步的情侣对着这辆三轮车和三轮车上的人指指点点，说笑不已。许运动看在眼里，挣扎着爬起来，对开车的汉子说："大哥，你去哪儿拉家具？市中心好像不让机动三轮车过，怕影响市容。我们要去市政府，要不前面找个地我们下去？"那汉子开着车，头也不回地说："是啊，咱农民就会给城里人抹黑。我到三环外的家具店，不到市中心，要不就停在这儿吧。"车停在拥挤车流的一侧，三人跳下来。许运动为了答谢那汉子的载乘之恩，拿出一盒烟作为酬谢，那汉子不收，说："都是老乡，见外了，要不是你，我过路费早就被别人抢去了。咱这人情算是抵消了。"说完哈哈一笑，发动三轮车，消失在车水马龙中。

许运动说市政府在市中心，离这里有七八里，他们还得坐公交车去。许正高说："这满大街跑的都是车，真叫人眼花，咱坐哪一辆啊？总不能再搭顺车吧？"许运动说："这是城市，坐什么都得要钱，哪里有白坐车这一说法？除非你坐公安局的车。"许正兴彷徨地说："这城恁大，我咋分不清东西南北呢？"公交车站牌五百米一个，井然有序地矗立在人来人往的道路旁，城市的人们已经忙着过年，红色灯笼挂在路口，商场门前也高扬起"欢度春节"的横幅，穿着鸭绒袄的城市人推着购物车在商场里游来曳去，悠闲得如天上的云。各式各样的车辆在路口绿灯行，红灯停，无比默契地遵守着交通规章。高高的楼宇直刺更高的天空，有的悬挂着印有美女画像的巨大广告，那美女的微笑极其诱惑。

两个人迷茫地随着运动挤上一辆有着长长车厢的公交车，看见许运动很随意地在车门处投了三个币。车上座位已经坐满，有几个站立的年轻人一见有几个穿着破棉袄的人怯生生地上来，均向后刻意地躲了躲。许正兴见大哥许正高的头上还斜插着一片玉米叶子，忙给他取下，欲往窗外丢，不料司机从反光镜中看到了，在前面扶着方向盘大喊："请扔到垃圾桶里。"许正兴手一抖，忙四下里寻找垃圾桶，那种诚惶诚恐的表情引得旁边几个摩登女郎抿着嘴笑起来。一个白净的小女孩坐在妈妈腿上，用嘹亮的童声奶声奶气地说："妈妈，那是'锄禾日当午，汗滴禾下土'的农民伯伯么？"那位母亲显然对女儿的智商表示惊异："哎呀，我女儿太棒了，你看他们穿得多破啊！日子多辛苦啊！你长大了要好好学习，不好好学习的话也会成为像他们那样的。"许运动三人大窘，但又望到那小女孩纯净的笑容，满腔的愤懑只是发泄不出。

窗外楼房座座相连，宽阔的柏油路纵横交错于楼宇间，广告语和店铺陈于街道两侧，水泥浇灌着每一寸裸露的地面，衣着光鲜、白净油光的城里人在车窗外三三两两悠然而行，或夫妻携手散步，或年轻人骑着单车悠悠前行，或老年人提着大包小包购物回来，在路上微笑着穿行。这份宁静的悠然使许正兴他们更加觉得自己猥琐，好像闯入孔雀园的三只麻雀。

公交车在一种舒缓的音乐中驶在繁华的街道上，如一座巨大的房屋在游移着。车内时不时响起报站声："黄埔花园到了，到黄埔花园的乘客请往后门移动！""金工大道到了，到金工大道的乘客请往后门移动！"……形形色色的人群泻下去，神态各异的人群又涌上来，车厢内弥漫着香水味，鲜艳的服装摩擦出心神荡漾的声响。许正兴迷醉着窗外的风景，无暇顾及左右，蓦地听到车内报站："市政府站到了！"许运动领着他们二人忙往后门凑，几个站立的人看他们过来，早远远地躲在一旁，唯恐与他们相挨。还没等许正兴完全从车上下来，车子已经发动，许正兴一个趔趄，勉强站稳。许运动怒火雄起，瞪着眼望着公交车走远。

市政府巍峨的大楼耸立于宽阔的柏油路那畔。开州市政府最近大力提倡市区标志性建筑，首推的当属这栋市政府大楼，其次为开州市端木药业大楼。市政府大楼旱地拔葱似的耸入云霄，纵横29层，最高层上还有一个巨大钟表，每至整点时分，"咣咣"的报钟声响彻整个城市。与其遥相呼应的是西南方的端木药业大楼，单其主楼就有20层左右，基于政治为大的原因，不能力压市政府大楼，所以端木药业老板端木村建到20层就适可而止。主楼周围绵延两里之内全部是药房产区，药房不仅产药，其老板端木村用其雄厚资金，大刀阔斧地使端木氏的资产渗入开州市的房地产、教育、装潢、建筑诸行业，端木氏如一条巨蛇无所不吞，端木村无疑已是开州首富，而且有继续雄踞之势。

许运动三人下了公交车，正感叹着政府大楼的雄伟，却见市政府门前拉起一条警戒线，无数全副武装的公安和武警在门前游荡，路面已经封闭，唯留南边一条人行道以便公交车快速通过，几名武警手执钢枪对准人行道上的行人。许运动见状，眉头紧锁，在站牌前问一个刚下车的行人："同志，我想打听一下，市政府门前咋会有恁多公安局的人？"那行人鄙夷地看了许运动一眼，已暗示许运动提了一个多么弱智的问题，蔑视过后，一句僵硬的普通话喷吐而出："这你都不知道，才从农村来的吧？今儿省委书记陈超民下来春节慰问，市政府早把路面封锁了！"许运动恍然大悟，许正兴在后面自言自语："不是下来慰问么，怎么封锁路面呢？见不到老百姓怎么能叫慰问呢？"

许运动刚领着两人迷茫地朝前走几步，便见市政府门前的武警战士好像发现东面大路上的车队前来，骤然紧张，如临大敌。本来这些武警分散在马路对面疏导交通，听到中央有人吹哨，呼啦啦地迅速收拢，列队于路两侧，整理着装。许运动三人远远止步，见东面宽阔的马路上有一队黑色车队如一群乌鸦压地而来，由于马路已经封锁，所以车队如入无人之境，快速推进。离市政府还有一百米时，市政府门前所有公安和武警已经立正站好，朝车队方向敬起军礼，十来辆黑色轿车排成"一"字形，呜呜驶近，依稀可见车牌号，均是"001""002"之类，可见所来的是省的一号人物。门口武警的敬礼更是标准，目不斜视，恭敬无比。当先的一辆车如透迤前进的蛇头纤徐驶入市委大院。余下的车队排成竖体"1"字，紧随其后，蛇入巢般进入市委大院。门前的武警等车队最后一辆车进入大院后，立刻围拢。大抵有几个百姓举起牌子想在马路对面告状，早被黑洞洞的枪口逼出路面。

许运动三人远远地徘徊，来到市委大院墙根处。有一个武警正在这里梭巡，见许运动走过来，大声呼喊："干什么？"许运动忙说："武警同志，麻烦通融一下，我们三个是夏部长老家来的，想见见他，麻烦您松松手让条道。"那武警听了，把枪口放下，对准地面，说："你们有夏部长的预约么？"许正高慌了，在后面说："预约？啥是预约？"这个低质量的问题之后换来的是更低质量的回答："三位农民先生，麻烦别添乱了好不好？今天省委陈书记下来慰问群众，夏部长哪有空闲来见你们这些土地爷？麻烦了，这边厢请！"许运动还想再言语，那武警的枪已经微微抬起，语气里似乎能飞出刀子："快点！再不走都把你们当做上访者抓起来！"许运动无奈，自己身上又没有尚方宝剑，只得望而却步，领着许正高、许正兴蹚过车水马龙频频回望着走远。

市委牌坊楼上的钟此时轰然响下13下，巨大的钟鸣声使他们三人禁不住回头仰望，越是仰望，越是觉得那大楼高不可攀，几乎要伸到云彩里了。

就在许运动三人在开州市奔波的时候，胥先重在家里也没有闲着。依照当地的风俗过了大年初一，在半月内不准生火做馍，只有在年前蒸满一床白花花的馒头与包子，以资年关来食。胥先重拿来一个巨大的瓷盆，把已经发酵的面团抱到盆中，再在厨房的地面上用力地摁、搦、揉、搓，之后挪到面板上。水儿站在案板前，勉强与案板持平，最后不得不站在板凳之上。水儿的灵巧与她的年龄不相匹配，她把每一个馒头都设计得如同蒙古包一样齐整如一，工工整整地立于案板之上，以俟馍发酵，等馍膨大到一定程度，便在锅中添上水。胥先重把劈好的柴抱来，在灶里引燃，不

203

一会儿灶膛里的火熊熊燃起。等把水烧开,把第一锅馍排列到锅中之后,水儿又着手包包子。包子馅中掺入了夏天时就晒干的槐花干,小半棵大白菜,葱和粉条,由于夏桂花嗜肉,胥先重不得不割了些猪肉末,混淆于包子馅中。年关的包子必须讲究开花,水儿把包子拧成菊花般的笑脸,她的两只小手飞快地揉捏。夏桂花怀里抱着孩子这把尚方宝剑,在外面休闲得理直气壮,不时引头问烧好了没有,她已全然从前日的争食大战中恢复元气,预备今日再创吃界佳绩。

  傍晚的时候,西方天幕上还有些晚霞,如血一样流淌在半面天空。桐树上的叶子落得差不多了,幸存的桐叶萎缩成团状,在风中打不了几个旋就飘然坠地,砸住几只急急奔走的蚂蚁。西天角上还有几团红云,红云在天角静止不动,不知它们在天上今夜有没有棉被御寒。水儿坐在门前的台阶上,看幸存的几片桐叶在她眼前坠落,她抬头望了望不远处灰色的桐林,桐枝在寒风中沉默地抵挡着寒气,回头望去,黑色院墙上面是红色的西天,院墙边上还有一棵直直耸立的香椿树。此时,隐约的,一首歌从西方的一个村子里飘来,大抵又是哪户人家明天成亲吧?那是一个男人粗犷的歌声:

  乌溜溜的黑眼珠和你的笑脸
  怎么也难忘记你容颜的转变
  轻飘飘的旧时光就这么溜走
  转头回去看看时已匆匆数年
  苍茫茫的天涯路是你的漂泊
  寻寻觅觅长相守是我的脚步
  黑漆漆的孤枕边是你的温柔
  醒来时的清晨里是我的哀愁
  或许明日太阳西下倦鸟已归时
  你将已经踏上旧时的归途
  人生难得再次寻觅相知的伴侣
  生命终究难舍蓝蓝的白云天
  轰隆隆的雷雨声在我的窗前
  怎么也难忘记你离去的转变

孤单单的身影后寂寥的心情
永远无怨的是我的双眼

　　水儿听不懂歌词的意思，但是这歌唱得她心里酸酸的，使她呆呆地坐在台阶上。忙了一天，她感到疲惫不堪，柔直的头发被北风胡乱地赶到额前。她想去找依桐，但又担心母亲夏桂花叫她，她想回屋，但又担心依桐来找她，于是她只有独自坐在门口。水儿白净的面庞上嵌着的那对宝石般的黑眼珠在骨碌碌地转动，望着这个即将苍蒙的西天。远方传来的那歌声被寒风击碎，飘扬于乱如愁绪的深冬里。尽管那歌声破碎，但是它经过村外白雪掩盖的田野和成千上万的桐树树梢，悠悠地，细如蚊哼，不绝如缕地传入她的耳畔时，却让她感觉如母亲亲切的呢喃，给了她无上的安慰。

　　水儿呆呆地望着面前的萧索风景，听到从遥远的齐渡河畔吹来潮气的风在低吟哀唱，如以哀婉的小提琴做背景的音乐中，有一口哨在嘹亮地吹着。坐于这般凄凉的傍晚，看着暮色将四围的大幕拉起，逐渐把这世界合围成黑暗的褡裢，将南许村层层裹住。寒风把水儿家门前的大路扫荡得没有一片落叶，那平坦的路伸入七转八弯的村舍间。偶尔经过几个小孩子，均对水儿指指点点，学着小青年的口吻："看！看！那就是村长家的小美人！"水儿的面部毫无表情，她对别人的指指点点早已经习惯了，她只望向门前的路，路上没有依桐跑来的痕迹，只有无方向的风吹来荡去。水儿回头望去，西天那一丝残红也殒殁，只留下刺向天空的香椿树，光秃秃的树干在薄暮中伸出院外探望，狰狞无比。水儿搓了搓冻得通红的手，搂了搂怀中几个犹有余温的包子，暗想：依桐哥今天不会来找我了。

　　过了一会儿，她不经意间再看门前那条路时，却见依桐从薄暮下的路上跑来，小身影在空荡荡的路上移动得很快。水儿正绝望，见到依桐，笑容终于从她脸上荡漾出，而她上次微笑是她上次见依桐的时候。依桐跑到早已从台阶上站起的水儿面前，兀自气喘吁吁，水儿伸手把搂在怀里的包子递给他："依桐哥，包子！饿了吧？这是我包的。"依桐一把夺过，一口吃去大半，连连称赞："真好吃！还热着咧！"依桐不知道这热是水儿的体温，边吃边说："我运动叔、我大伯和我爸他们进城去告状，现在都还没回来，我娘正在家里挂念呢。"水儿说："去城里么？城里离这儿有多远？"她的黑色眼珠在薄暮中异常明亮，依桐咽了一口包子，噎得直翻白眼："听……听说坐车还得一上午的工夫哩！反正没事，我运动叔在那儿有住的地儿，我运动叔就是城里人嘛！"

水儿抬头看了看灰蒙蒙的天，见黄色的桐叶击在风中，乱如箭矢般纷坠。她喃喃地说："估计今儿不会回来了。依桐哥，我包的包子好吃么？俺娘一口气吃了五个。"依桐瞪大眼睛吃惊地说："那还不撑坏她啊？你比俺娘包的包子好吃！俺娘的手艺差，包的包子除了俺家的小狗谁都不吃。昨天俺家蒸馍，包子我一个也没吃。"水儿痴痴地望着依桐把包子吞完，说："你说好吃，我最高兴。对了，我在家里听今儿个外面有人一个劲儿地放炮，你可别放啊，放炮太危险啦，把手伤了就不能薅草、拾桐叶了。我要是看见你放炮，我以后就不理你。"依桐忙说："我今儿个看我大伯家宰猪了，哪有空再去放炮？"正在这时，院中传来夏桂花唤水儿的声音，水儿慌忙说："我回了，依桐哥，俺娘唤我哩。你回吧，天晚了，路上滑，可别滑倒！"依桐眷恋地点点头，看水儿像水一样溜进自家的门口之后才踩着初冻的积雪和冰一步三回头地走了。

32

许运动、许正兴、许正高三个人在开州市的繁华街道上等了半天，一辆顺风车也没有截到，倒遭了无数白眼。黄昏时分，交通十分繁忙，霓虹灯已经初上，缤纷闪耀于将至的暮色里，巨大的建筑矗立在七彩华灯之中，构造出璀璨而宏大的远景。许运动站在街道一边，对一同彷徨的许正兴和许正高说："要不咱们去我们厂将就一晚吧，反正离这儿不太远。"

三人步行了三里，霓虹灯渐少，楼房逐渐矮了下去，显是已经到了郊区。他们此时饿得无力迈步，眼前金星乱舞，头脑昏沉，浑身每一根筋仿佛都无力流淌血液。许运动领着许正兴和许正高走在一条无人问津、阴森黑暗的街道之上，两旁的灯将他们的身影拉长了五倍，投射在地面上，耳边回荡着路边草丛中蛐蛐的叫声。在这条路将尽的拐角处，有一家烩面馆快要打烊。老板娘正在收拾桌凳，一看进来几个民工打扮的人，就说：

"你们这大过年的，民工也不回家？"许运动寒暄说："明天就回，今天我们弟兄几个吃个散伙饭。"老板显然有着记者的天赋，刨根问底："我说哥几个，在哪儿打工呢？"许运动随口说："第一制药厂。"老板娘嘴一撇，说："就是离这儿不远的那个制药厂么？听说快要倒闭了，工人们都要失业呢。唉！这年头真是啥事都出，今儿我看许多工人都卷铺盖走人了呢。对了，听说市里的端木药业愿意盘下这里的一半工人，我看你们几个也应该试试运气。"许正兴和许正高听了这句话倒吸一口凉气，许运动则不为所动地说："那有个啥？这个厂子待不下去就去别的地方打杂，小喽啰跟着哪个山大王都是混口饭吃。"许正兴则惊恐地问："运动，就是你们厂子么？怎么了？不行了？"许运动平静地说："厂领导没本事，厂子也好不到哪儿去！好在解散后这里工人有一半指标，分到大厂了，端木药业，我去找了我们主任，让运亮去大厂，我回家。我把他带到城里，不能再把他带回去。二位哥哥，实不相瞒，这一趟来，一是为了告状，二是顺便把我的行李拿回家。"许正兴和许正高向来以许家出了城里人许运动为荣，孰料今日却听到运动说要重回老家，这噩耗不亚于许世云老汉猝死。

　　许运动抽了一口烟，对惊愕中的许正高和许正兴说："两位哥哥不必多虑，我许运动几年前还不是一个歪把子农民？现在打工的多得很，像蚂蚱过天，回去也没啥，说不定过几年有个合适的差事我胡汉三又杀回来了。咱这次出来，也是见见世面，开开昏眼，是葱是蒜往嘴里嚼嚼也能品出来味道。要是能见上夏部长，咱是不幸中的万幸；要是见不上，咱回去再想别的辙。我看俺爹的死算是给咱村敲响一个警钟，谁叫咱姓许的出不来一个顶事的呢？今儿俺爹可以死，那明儿他爹也可以死。弱马遭人骑啊！兄弟出来这几年，算把这个社会看透了，中国就是一个人情社会，衙门没人给你办事说话你就牛不起来，人家不用正眼看你！俺厂快要倒闭了，要被端木药业的老板端木村收购了，工人必须裁掉百分之六十。运亮虽说来得比我晚，但比我会来事儿。我是个粗人，不懂用脑子跟人交流，这哪行？拳头再硬也抵不上软绵绵的一条舌头，所以我跟人事主任说了，其实是我送给他两条软中华。人事主任说我们兄弟俩必须得走一个，否则对那些走的工人无法交代，我想好，让运亮留下，他比我有前途，我先回去帮忙扶持家，现在俺爹不在了，我大哥怕我嫂子，我怕俺娘在家里吃亏。这几天就是厂子关门的时候。制药厂已经不在了，运亮要到端木药业

207

去做试用工，俺爹死的事我没让他知道，知道了他一定回家。人家正试用你，你再请假，不是明摆着自己卷自己的铺盖么？两位大哥，天灾人祸谁也不能料到，人都没长前后眼，人家说你不行，你偏要做个强的样子给他们瞧瞧。明天我就送我爹入土，过了明天我就把春霞娶过来，以喜冲忧，放心，两位哥哥，这件事我还有别的打算，现在还不方便说。"

此时许正兴和许正高感到莫名惊诧，两个人一时忘却了饿。许正兴说："运动，你说得在理，我们这做哥哥的一直都佩服你！农村的老观念看来要改改了。你看这几年啥事不出？行，不是有那么一句话么？叫'君子报仇，十年未晚'。这件事咱先存着，我就不信他镇上的犯不到咱手里。"此时老板娘用托板托着三碗热气腾腾的面上来，老板娘笑着说："吃吧，打工的离乡背井，都不容易，一个碗里我多打了一个鸡蛋。"许运动忙道谢。一闻到面香，潜伏的饥饿感一起涌了上来，三人抢起筷子把碗里的食物平移到胃里。

从小饭店出来，三人一起在沉默中行走，不时发出几声咳嗽声，那咳嗽声马上被呜呜的北风淹没。三人穿过搁置着废弃钢铁的空地，拨开几株荒草，来到一排厂房的一个门前，许运动伸手从大氅中摸索出一把钥匙，在锁孔中拧转了半天，门才赌气似的开了。昏黄的灯光下，屋内只有一张双人床，一张桌子和两个洗脸盆，三个人长征般跋涉一天，疲惫不堪，刚才又骤然暴食，此刻如盛满粮食的袋子一般瘫在床上。许运动出门去，在呼啸的风中从门前的黄草丛中以手作镰摸了几把枯草，又晃到东面用手捧了些炭块回来，归来后把炭块和枯草放在洗脸盆中，又从抽屉里挖出一团褶皱的报纸，放在盆中点燃。火终于冲破重围焕发出它温暖的力量。在到处都是冷漠的他乡寒夜，有几米陋室和一盆火，不啻于一种大幸。窗外的寒风似一老人呜呜痛哭，刮卷着天寒滚过屋顶，直奔向南方的天空。三个人歪在床上，裹紧大氅和衣睡去。

次日中午，三个人手提行李重新站在南许村的地面上。许运动到家时，脸面依旧平静。当他对守灵的母亲和大哥说他此刻就从城里搬回不再归去时，母亲和大哥嘴张了半天没有发出声音，母亲继而开始哭泣，只是呜呜的发不出嘹亮的声音。许运旺布满血丝的眼里满是怨怼，嘀咕着说祸不单行。许运动二话不说，径直走进厨房，嚼了几个年关的馒头，出来后精神抖擞地对许运旺说："难受个啥，运亮不还在外面么？大哥，这事咱不能再推了，再拖咱爹放这儿就该臭了，中午就送咱爹上路。现在是叫天天不应，叫地地不灵，只有靠咱自己。这次咱不大办，叫咱爹安安稳稳上路得了。"许运动进里屋对垂泪的母亲说："娘，您别生气，我回乡下是为了运亮。运亮在城里发展比我好，等到他哪天可以了，再喊我去，到时把咱全家都接过去，我这是以退为进哩。"安慰几句，马氏才悠悠吐出一口气。几日来她一直因老伴的西去而哭泣，喉咙里早发不出声音，因此只用一双昏花老眼凝视着她的刚毅儿子，没有说话。

茫茫无语的大雪笼罩着麦田，祖坟后一条长堤驮着白色雪层逶迤远去，粗大的桐枝顶着一层白雪无语娉立，不远处的贞节牌坊上冰凌垂直倒挂，粗细有别的冰凌如帘子一样荡然而下，垂至牌坊中央。中午时分，阳光刚从云层中挣扎出来，便见村后许家祖坟又添了一座新坟。等前来送葬的几个许家人走后，许运动点上一支烟，放在坟头上让父亲吸，自己点亮一支，沉默着站在雪地上抽起来。他默默地蹲下，双眼灰蒙地望着这坟，父亲躺在里头，不再出来。50米之外水儿那无名母亲的坟已经缩小了些，在白雪覆盖下的众坟中间，已是微不足道。在这一方土下，埋藏了多少生前默默无闻而死后连名也找不到的人？他们在黄土上生活，最终又归为黄土。想到人的一生只为等一死，便觉着人活着滑稽。许运动把香烟往雪地上一摁，回头对坟说："爹，您歇着吧。"说完在寒冷的冬风里背转身，向不远处的响着鞭炮声的南许村走去，身后雪地上只余下一行错落有致的脚印。

午后，寂静的南许村街道上忽然响起一声响亮的吆喝："谢孝了！"村民们听到这一声吆喝，纷纷关了门，有在街道上闲聊的，也快步走回家，于是街道上变得空荡荡的，只剩下自由的风，南许村好像一座空村，陷入一片死寂。这一带有千年流传下来的"谢孝"风俗：凡是家中殁了老人，在埋葬老人的时候街坊邻居都出人帮了忙，在老人入土之后，老人的儿子要在丧事大总的引领下拜谢全村。所谓大总，就是村中每逢红白事，都要推举出来一位德高望重且懂规矩的人，来总管当天人员物资分配以及待人接客等杂事；所谓拜谢全村，其实并非一家一家地拜谢，而是大总领着逝者的儿子，在村中街道上走上一圈，逢人便磕头，以示对帮忙抬棺材埋葬老人的感谢，俗称"孝子头"。俗语曰"孝子头，满地流"，意思是孝子头不值钱，而人们认为遇到孝子为自己磕头是不吉利的象征，所以每当听到"谢孝了"的吆喝声,人们都会争相避让,或是在家中大门不出,二门不迈。

上午出殡的主事人是许正高。许正高领着许运旺、许运动弟兄在南许村街道上象征性地走了一圈,许正高在前面高喊着:"孝子谢孝了!"许运旺、许运动弟兄披麻戴孝走在后面,街道上顿时空无一人。当走到许铁婆的小卖部的时候,门前本来有许多打纸牌和打麻将的村民,看到许正高领着浑身缟素的许运旺、许运动弟兄从西边走过来,知道是谢孝,纷纷散场回避。只有许铁婆的傻儿子林厂坐在门前嗑瓜子,笑嘻嘻地看着他们前来谢孝,并不避让。依照谢孝风俗,只要是路上遇到一个人,就要跪倒以示诚意。许正高见林厂依旧流着口水,笑眯眯地坐着,并不移动,忙在前面大声呵斥他快点走开。孰料越呵斥他,林厂越觉得好玩,他稳稳当当地坐着,并不离开。许正高心想:总不能给一个傻子叩头吧?只好假装没有看见这里坐着一个人,示意运旺和运动继续走路。

许运动正面无表情地走路,看见林厂在小卖部前面坐着,他当即停住,慢慢撩起宽大的白色孝衣,面朝林厂徐徐跪下,恭恭敬敬磕起头来。许运旺没有想到二弟会向一个傻子磕孝子头,但二弟跪下,他呆立在一旁不好看,也只得随着跪下磕头。弟兄两人磕头完毕后,继续谢孝,向前走去。许正高回过头对运动说:"运动,向一个傻子磕啥孝子头呢?"许运动说:"大哥,上午那么多人帮忙抬棺材,我都过意不去,刚刚咱三个走了一路都碰不上一个人,咱村人都不接受我这个谢意,终于有人肯赏我这一个脸了,咋能不磕呢?不管人傻不傻,他终归是一个人,是咱南许村的人我就拜。"许正高嘿嘿乐了,说道:"我活这么大,头一回见你这么一根筋的人。"三个人围着村庄转了一圈,路上碰到的却都是些鸡、猫、狗,再也没有一个人愿意接这孝子头。最后三人又回到了出发地——许运动家的门口,三个人站住,许正高双手作揖,朝着南许村大声吆喝一声:"谢孝毕!"于是孝子回家。南许村里顿时响起许多开门声音,人们继续过正常的生活。

下午三点多时,水儿和依桐正在村后的大堤上打树上的枯枝作柴火,忽见运动叔推着自行车走上大堤。运动跨上车子之后,撒着车把骑到依桐和水儿面前,大声说:"打这么多柴呵,一会儿等我回来,我用自行车驮你们的柴火回去。树上有冰,小心别砸了头。"运动骑上车子歪歪地向西驶去，许依桐在后面大叫："运动叔，快点回来！我们打好柴可在这儿等你。"许运动按响铃铛算作回答，头也不回地向桐树夹道的西方伐西风而行。

大堤蜿蜒如长龙，死死护卫住身侧的齐渡河。齐渡河一入冬，就演化成明哲保身的平静老者，在寒气的围剿中噤若寒蝉地向西缓缓流淌。河北岸是一带村庄，那些村庄小如鸡卵却村村相连；河北岸的杏林傍河而长，此刻已至年关，苍凉的杏林之间勾错的枯萎枝丫清晰可见。大堤地势甚高，雪水就顺坡而下，所以堤路上较平坦，也无淤泥存留。车轮吻着路面一路向西，唯有整齐如士兵般的桐树向后退去。化雪之天尤为冷峭，虽是下午三点多，冷气已经迫不及待地冒将出来，急于发挥寒冷的功力。

许运动在大堤上行驶了将近二十里，方才见到堤下齐渡河骤然变宽，凌乱的木板搭在河堤上，纵横交错的沟道已经将河岸刨将殆尽，河岸上整齐地排列着山一样的沙堆，这便是以挖沙闻名的秋风河口村，因处于齐渡河由东南走向转为正东走向的遽转处，秋天时风力尤盛而得名。村庄处于堤南，与大堤紧紧依偎在一起，可见村庄与齐渡河关系之笃。

许运动凭着上次与许铁婆到来的记忆，下了堤坡入村，不一会儿就找到了未婚妻春霞家。一进门，他就感觉一股咸菜味道扑鼻而来，定睛一看，只见大院内未来的岳丈正在一个池内弯着腰忙活着什么。未来岳丈扭过头，眼神聚焦了半天，才认出是女婿到了，忙把女婿让进屋。许运动脱了大氅，掏出香烟递给未来岳父一支，岳父的手沾满了油星，也不擦，先套了几句闲话，继而劈头就问："这一趟来没啥事吧？家里我那老哥可还好？"运动说："我爹身子骨硬朗得很，我来的时候还在北地麦田里呢。"此言倒是不虚，许世云老汉确实躺在北地麦田的坟里。未来岳父点点头，又说："天恁冷，就别让我那老哥再干活了，一把老骨头累着了咋弄？春霞在屋后收拾风干的咸菜呢，我叫她去！"许运动忙说："不用了！一会儿我走的时候跟她说几句话就行。是这样，叔，我想过几天，就是大年初一那天把春霞娶过门，你看，老悬着也不是个事儿，俺俩的年龄现在加一块儿也有五十多了。"未来岳父的表情由惊奇转为惊喜："这么急！我以为还得一年呢。你城里的工作忙，春霞也不好这么早拖累你。嫁妆一年前就置办好了，只是大年初一办事是不是太紧了？这唱一场大戏还得敲上一阵锣鼓呢，恐怕这几天不听使唤。"许运动往前弓着身子，恳切之意溢出来："这样，叔，我就是怕您老人家操心花钱，才这么晚通知的。咱们就是喜事，喜事得喜办，花再多的钱到最后花的还是自己的钱，咱们是人结婚哩，又不是东西结婚。大年初一是个好日子，全中国早上的时候都放鞭炮为俺俩庆祝呢。"

未来岳父本来担心许运动在城里一久，便滋生春心，进而做出悔婚、退婚的事，届时他姓卞的老脸无处安放，不料今日女婿自己上门主动请缨成全秦晋之好，虽觉有些匆忙，但一想闺女待字闺中已然多年，早已经由豆蔻年华转为高龄姑娘，若再滞留家中，只会成为村里人的笑柄。于是未来岳父站起身来，在流动着咸菜味和陈酱味的空气里深吸一口气，说："我去叫春霞，你们商量商量。"运动忙站起来说："这样吧，叔，我在村后大堤上等她。"老汉想年关堤上有人，便想存心让村中人看看女婿是何等排场，便点点头背着手向屋后走去。

许运动推着自行车，弓着身子慢慢地上了大堤。粗大的桐树盘踞在大堤之上，繁密枝丫纵横交错成网状，遮蔽了天空。堤下是方平的麦田，积雪给麦田美了白，只隐隐露出麦子绿色的娥眉。不远处的齐渡河在寒风中呜咽，载着西方的余晖不紧不慢地向东运着河水。大堤上空荡荡的，东西相望，只有一条土路在两行桐树的包夹中一览无余地奔向远方，没有尽头，若是有人前来，远远只看见一个小黑点，半个小时后才能见此人到面前，所以是男女说情话的不二之处。许运动把自行车靠在一棵桐树上，裹紧大氅，点燃了一支烟。一阵冬日黄昏的风吹来，又有几片黄色桐叶应声离开枝头，乘兴在风中乱舞一阵之后才倾斜着坠在地面。

春霞从西边的路口上来。几年不见，二人俱已忘怀对方长什么眉目，春霞只是看到有个抽烟的穿大氅之人站在不远处，就踌躇着走过来。此刻夕阳衔着几片红云正在西方从容不迫地往下滑落，在错乱的桐枝背后，那团火红的暮色光芒万丈，桐枝在红色暮天的背景下觳觫抖动。运动见春霞过来，忙把烟头摁灭在地上，迎着她走过去。春霞穿着一件红色夹袄，宛如从夕阳中走出一般，她长满老茧的手不自然地垂于丹田前，长长的头发胡乱扎成一束，平凡的五官平凡地凑在一起，却显出另一种淳朴之美。

许运动说："你……来了？"春霞倒也不惧，看着许运动，好像看着一棵风干的红萝卜，冲着他说："你咋这时来了？俺家里还有些咸菜要腌呢，明早赶集卖哩！"许运动的眼被西方夕阳逼得眯成一条缝，继续说："咱俩的事，你啥意见？"春霞说："五间大瓦房，还得分给我五亩地。"许运动脑袋"嗡"了一声，只是说："那没有，这个……没有。"春霞"扑哧"一声乐了，说："瞧你这城里人，还犯愁哩！给你开玩笑呢。"运动心里陡然落下那块磐石，抬头看着她。春霞继续说："俺村里人都说我是水命，这几年结了冰，几年化不开，我成不了亲，你倒好，现在就结婚。刚刚俺爹跟我说了。"许运动忙问："那……那你啥意见？"春霞紧盯着他说："我嫁不嫁还不是你这娶家说了算？俺村里人都说你这城里人看不上我，想和我退亲呢，没想到你这城里人比我还急！"许运动心里好像打翻了糖罐，甜得快要引来蜜蜂，也开玩笑说："我就是等媳妇过年呢。你回去准备准备，大年初一我就用花轿把你抬过来。"春霞接着问："那咱是不是结婚后就进城？腌咸菜腌了这么多年，我都腌烦了。"运动哄她说："到时候再说，到时候再说。"

此时西边夕阳已经吻别地平线，运动心中充满了豪情，他对自己说：向洛宁镇复仇的时候到了。

33

那个飘雨的下午，夏念祥和梦中的女孩终于说了话之后，一个人淋着春雨唱着歌曲回到宿舍。办公室那一堆公务他此刻也无暇顾想，他在脑中一遍遍地回想着端木钰晴的每句话、每个表情，越回想他越感到快乐。他摊开信纸，把这快乐与文水分享：

文水：

见信不好也得好！春天又铺展在我眼前了。她的妩媚与清新，一并送到我面前，让人除了美没有其他企图。我在今天的春雨中快乐地颤抖。我感觉到了与异性交往的美好。契诃夫《手记》里的那句话说得多好：不和男人交际的女人渐渐会变得憔悴，不和女人交际的男人会渐渐变得迟钝。我实在不想再迟钝了。世界是美好的，当它把美好展示给我们看时，谁能参透其中深味？

泰戈尔的《飞鸟集》里说：爱是充实了的生命，正如盛满了酒的酒杯。我这个酒杯空了数年,多么渴望美酒的莅临。我现在也近乎要发出这样的感叹了。春天不会辜负我们的,定会给我们带来崭新的希望,我确定。这几天的春雨真是美极了,绿树红花被它洗刷得无比鲜艳,叫人怜爱。要不咏春的诗歌怎么会占据诗歌界大半江山?

好了,其他的先不写了,近几日春寒料峭,有些回寒迹象,冬天是不会这么痛快地把位置让给春天的,夜里只叹被寒,你注意抵挡些风寒,只是恐怕刚开的桃花无法忍受这寒意,明早又该是绿肥红瘦了吧?祝你成为百花中最静的一朵。

赠你一首刚写的诗,叫《花儿盛开的春夜》:

月光加大马力蓓蕾怒放你起舞
月下古道忽然斑驳退去
未名的花恰如未名的你我
酒杯已把花香灌醉
颠倒着风四处游移
白花垛满玉树静立在幽暗的夜
宛如千百婚纱下新娘集结
我拂去诗篇忽然高歌
八百里天涯回暖抵不上一时春望
古道岑岑潜伏凝固泼墨的槐影
春影叠嶂夜风袭来伊的思量
纸鸢倒飞背负昨夜星光
圆月挥舞月光横跨我独立的奇志
花开哽咽吐出天底岁月
谱成一曲栀子之歌风弹琴
你歌唱夜飘散

文天

4月7日夜8点32分 春暖花开,幸福夜流转来

几天之后,以给夏念祥送棉衣为名义,洛宁镇上那姑娘竟然来到了他

的学校，而且逗留了一个上午。自此之后，关于夏念祥的新闻开始传播，在乡下已有婚事的消息被人添油加醋地散播了出去。每当周六、周日步行去琴房值班时，他的心里就充满了不可名状的快乐，他知道这种快乐源自什么，源自他还与端木钰晴有偶遇的可能，所以他端坐在琴房门口再也看不进书本，门口有个风吹草动他都战栗着去看。

可是过了一周，端木钰晴没有来，他坐在琴房门口看弹琴的学生进进出出，心里涌起一种失落。在这种挣扎中又过了几周，一直到那天他看到端木钰晴穿着夏日的长裙翩翩出现在琴房小院时，他的心湖才又一次刮起旋风。这一次他没有先前好运了，端木钰晴自始至终都没有和他说一句话。她大抵已经忘记了她先前和这个校工曾经说过话，她只是坐在钢琴边默默无语地弹琴，弹的也不再是《小爱人》，是首什么曲子呢？夏念祥不知晓，他只是默默地聆听着，但夏念祥想这已经足够了，只要能够看到她，复有何求！

但接下来的情景便令夏念祥肝肠寸断了，他看到端木钰晴弹完琴，走出琴房，穿过洒下暮春阳光的石径出了琴院时，一个陌生的戴着眼镜的成熟男生在门口等着她，然后他看到端木钰晴亲热地挎上那个男生的胳膊，似乎还亲昵地擂了那男生一粉拳，两个人说笑着飘然远离了。是的，远离！夏念祥失魂落魄地坐在原地，无尽的挫败感和失落感吞噬了他。他一遍遍地自问：她和你什么关系？你没有权力不让她恋爱，你只是自作多情！道理谁都知晓，他甚至能旁征博引说出大堆道理，可真正一到这个时刻，一切慷慨的道理在悲伤面前都不值一提。

他傍晚时分来到学校酒馆，买了一瓶劣质白酒和一袋花生米，独自来到自己的办公室，锁上门，在里面就着花生米饮白酒。他喝到半斤之时才意识到，喝酒只会让自己更加苦楚。他伏在桌上，蒙眬中他看到了母亲，看到了童年时母亲牵着他的手在田地里劳作的情景，看到了他的村庄，看到了他俯身投盆自尽的父亲，他又看到了自己当年孤身一人在落日苍茫的路上跋涉，前无村后无店，只有孤独的路陪伴着孤独的自己。他看到蔚蓝的天空中悬挂着一条长幔，上面写着四个大字：悲伤无用。他还看到乱舞的槐花和飘落的紫色桐花，冬日枯枝后的天空中倦归的鸟群，一幕幕的风景如长蛇般拖曳过心中。那夜他睡在办公室，事实上他已经走不出办公室了。

第二天他的脚轻飘飘的，走起路来摇摇晃晃，走到邮箱处取了自己的信，才回到宿舍。刘骏翔问他昨夜去哪儿了，他含混说去看一个同学，说完就歪在床上看文水给自己的信。

文天：

　　见信希望你无比的好！上一封信我晚收了一天，所以也晚回了一天。不好意思。

　　转眼间我们已经通信两年了，大学生活也过去了一大半，想起来真让人伤感，时光走的速度是我们的脚追不上的。已经到暮春了，即将开始漫长的夏天。夏天有什么风景呢？我想只有夏天的雨最美。我特别欣赏夏天的雨将要到来的情景，那么直接，那么威猛，好像天地之间都是它的力量。做人尤当如此，要有威力，要是都如春雨般柔情，我们的发展可能还在封建社会里打转吧？

　　最近没有听到你讲你的感情问题，你是不是已经好转了？只有时间可以疗治伤口。现在咱们学校又举办什么艺术月，我不想报名，你报么？也不知怎么了，我觉得参加学校的演出有些掉价，总是提不起兴致，你是不是和我有同感？这几天要准备专业考试，莫扎特、海顿那几首曲子我还没练熟，所以要写信相对少一点。不过没关系，一有安静的场地和独处的时间就会给你写信的。

　　我最近很少回家，就见到了我哥一次。下一个星期因为文艺节的缘故，我们都要停课一周，你准备干些什么？继续写作？还是准备出去玩几天？以前都没有这种艺术节的，听说是学生会主席夏念祥申请才有的，他好像很得民心哪！我觉得下一届他会连任，我周围很多同学都爱提起他，他是中文系的，你应该识得他吧？其他的暂时不提了，出个好官不容易。这个星期我会一直练琴，迎接下一周的考试。

　　祝福我吧，下一次考试我一定会成功的。等见面了我给你弹一首埋在我心中的曲子，这是我保留的秘密。在你们考试的时候我们艺术系的却忙这种没来由的考试，实在是不公平。就这样吧，还是那一句话：只要时间走着，考完就不是问题！哈哈！over~!

　　也回赠你一首诗吧，来而不往非礼也。今天我看到校园里的梨花谢了，就模仿你的笔风写了一首《梨花谢》，请你雅赏。

216

争将白衣附身
为谁把半空霜雪
换了浅吟低唱
春风分作两袖里
菱歌飞凌夕阳
追春天四方画角
于轻摇枝头起飞
君倒骑黄鹤
飞渡一帘迷惘
我亦轻歌
复踏梨花路
斜行于飞花纷纷
护驾芬芳
千朵白花颤抖
笑伊天涯歌唱
谢我一生冰心
慰你百花香
借我千丈年华
还你别来无恙
柳绿了一纸诗歌
花开了一线春江
燕子低语说
梨花谢的时候
青年
请你踏花归来
别再流浪远方
别再流浪远方
期待你的回信！

　　　　　　　　　　文水
　　　　4月17日晚 春的晚 晴天

夏念祥此刻正是心被烧成死灰兀自冒烟的时刻，不过他一提起笔就恢复了应有的豪情，他取出木板垫在膝上复信：

文水：

你的来信疾如闪电，怎敢说"慢"字？有我们二人在，学校邮差的鞋不知要跑烂多少双。

春天即将过去，"萋萋芳草春云乱，愁在夕阳中"，估计比我们还伤春的是那些芳草，我们没必要伤感。易卜生说得好：眼前的第一件大事是将你这块材料铸造成器，其他什么都不重要！在销魂的日子里别忘奋斗，在颓废的岁月中更别忘奋斗，大器既然能早成，又何必晚成？"任他雪山高万丈，太阳一出化长江！"就按原来的步骤前行吧！不要怀疑自己的价值，更不要哀叹自己无药可救，因为人有四百病，药有八百方。人岂能因一粒沙而阻了行程？那样即便旁人不投来无望之目光，自己也会贬低自己于地下。

这些话题我们已经探讨了将近两年，可有些时候我做得也不好，这是值得我深思的。但"蓬生麻中，不扶自直，莲生泥中，虽污且白"，人只有遇到事情才能知晓。不是有那么一句话么？我们遇到事情后检验的不仅有身边朋友的真伪，更有自己！

去时披云遮月，来时干戈寥落。人生并非处处逢春，路路顺风，还得用"那盾去抗击盾后黑夜的袭来"，在原野的呐喊中赢来天狼星的战栗。好了，暂不说了，这些理性的东西是诉说不完的。

你下星期要考试，我也不闲着，一直忙着文化节的事情，你问我参与否，我不得不参与（夏念祥于此处想写那文化节就是他提议创立的），因为文化的东西总归到高雅一方来，而这高雅也日益陨灭了。我们只有把握住其间的微末机会，进而做出一些有益于文化的事情。

先写到这儿吧，我的膝盖已经很麻了。呵呵！看看窗外，阳光又灿烂起来，那些黄色的蝴蝶穿过花丛，又奔那边忙了。近几日有些燥热，可能是夏天的先头部队吧！祝你在夏天安好！考试又顺又利！

先送你一首关于夏日的诗歌，叫《你是吹过夏日的一阵风》。

你是吹过夏日的一阵风

歌声里响过林间的喧哗
在似水的琴声中，六月是一种落寞
羞涩间，低声诵读一道迷蒙
我不管千家的烟雨，已经飞凌江天
你无所谓了岁月的争鸣，坊间落红

你是吹过夏日的一阵风
掀翻夏日的绿海，风声里有着骄傲的年轻
风吹过的时候
短笛接上短笛长亭连上长亭
在你我不再说别离的季节
谁在夕阳下的牛背上
横吹出心中渐次叠出的思情

你是吹过夏日的一阵风
风声里嫁来一蓑梅时的飞雨
风经过的时候整个夏天拜倒
裙边与年华共舞动
在你的身后雨上是雨
虹边有虹
别为了晚霞消融的时候人去后的楼空
只愿今昔你是我身边风中的风
昨夜梦中的梦

文天
4月19日夜 星空如衾

　　接下来的文化节使他无暇顾及其他了。他只有在上课之时才能稍稍休息一会儿，由于自己的时间大量分配到了学生会工作上，他不得不在上课时一边听讲一边突击功课。所幸他还有人倾诉，文水的温暖话语一直勖勉着他，他的精神支柱——他的母亲还在心中给他释放着无穷的能量。此时，夏念祥已经无任何信念，他的信念就是早些毕业，使他早日施展抱负，闯荡出一片自己的天空。每当他想到实现自我价值的那天，他就激动不已。他想早日脱离有端木钰晴笼罩的世界，进而放逐自己。所以他不再读有关于爱情的诗作，而是捧起了一些经史子集，于枯燥但令人奋发的阅读中，以千百年来寂寞文人的寂寞文学救赎自己的寂寞灵魂。

夏念祥似乎真的要将端木钰晴忘记了，他已经在回避任何关于她的消息，甚至听到"艺术学院"和"钢琴"这几个字他都恨不得捂住耳朵，唯恐自己联想。每当放学时分，他步出学校吃饭，走在人来如织的路上时，他都垂头走路，唯恐再看到端木钰晴，但他的眼角瞥到穿白裙的女生从他身边掠过，还是会忍不住心跳加速，回头看看过去的到底是不是她。

这个周末，为庆祝学校校风校纪强化月的落幕，夏念祥和几个学生会的部长去学校外面聚餐，要了五六个小菜，十来瓶啤酒，开始张口大嚼。夕阳已经西下，路灯已经亮起，晚风吹来的凉意直入人心脾。几个人边喝边聊。这个摊位濒临大路，从学校门口涌出来吃饭的学生络绎不绝，文体部的部长是艺术学院的，坐在夏念祥的对面，对着大路上路过的漂亮女生时不时地吹着口哨。几个部长对夏念祥频频举杯，夏念祥来者不拒，一连干掉六瓶啤酒，感到头晕目眩。

不料就在晕眩间，蒙眬中听对面那文体部部长朝大路上吹了声口哨，那部长对周围几个部长响亮地说："看！实在是美极了，咱们学校的校花！"几个部长正在喝酒，也笑嘻嘻地看向大路，一起吹起口哨。夏念祥背对着大路，听他们这样叫，也木然地回头，只见路灯下面，熙来攘往的路上，一个漂亮女孩正和一位戴眼镜的斯文男生亲密无间地走着。那不是端木钰晴是谁？端木钰晴微笑着，深情地看着那个男生，男生还和她开着玩笑，引得端木钰晴脸上漾出一阵愉快的笑。他们很快就消失在灯火中的街道人群中。

夏念祥如遭电击，他的心好像被人又猛地踹了一脚，像泰坦尼克号一样向北大西洋的海水中无情地下沉，下沉。他不记得自己是怎么转过头来的，他抿了一口杯中的啤酒，觉得索然无味，又尝了一口面前的小菜，觉得吃到嘴中的是空气。他好像已经成为游离态，风一吹就会骤然飘飞。

在回宿舍的路上他跌了几跤，幸亏是晚上，校园中没人认出这个醉鬼是他。他到了宿舍，便直接歪在床上，浑身上下沾满泥巴。宿舍中的几个人第一次见老练深沉的夏念祥这个样子,议论纷纷,大家手忙脚乱地把他的衣服去掉,让他躺在床上。夏念祥随着地球一起自转,大脑中好像有一个车轮,在忽忽地转圈。他感觉自己好像躺在一团棉花上,在夏日的风中晃荡,在自己家的田地里等待着母亲的采摘。他的脑中翻来覆去只是那一个场景:路灯下的人海中,斯文男生,端木钰晴,他们相依而去。而此时,不用开动他文学家联想的思维,他都能想到,在这样一个醉人的夜里,端木钰晴和那斯文男生会像这世上无数对情侣一样,正……夏念祥心如刀绞,他感觉呼吸困难,他在痛苦地幻想,再以幻想巩固自己的幻想,他猛地坐起身,全屋人都吓了一跳,他三步并作半步跑到阳台上,对着自来水管,让如箭的水流冲刷着自己的头颅,他像一只受伤的狼一样在水的冲刷下发出乖戾的嗷叫。

一连几天,夏念祥都活在一种巨大的悲痛里,他行尸走肉一般地活着。他的脸上依然挂着惯有的微笑,他仍旧有条不紊地处理各种事宜,但是他的心已经成了八级地震后的废墟。一周过去了,两周过去了,夏念祥还在逼迫自己把她忘了,一定要把她忘了,否则会生不如死。无奈他一次次地强调,一次次地失败!

他和文水继续通信,只是他把这种痛苦隐藏得更深了。夏念祥经历多年的苦难生涯,已经把心态打磨得波澜不惊,而此番爱情的大痛他已经遇到,有此伤心在前,恐怕他以后也不会再因为爱情而在情绪上有什么波动了。还有什么伤心能比得上这次的伤心呢?

34

再入骨的悲伤和销魂的快乐,也敌不过忽倏而去的似水流年。事情过去一个月之后,他的伤口正慢慢愈合。一天午后,他正在办公室值班,一个艺术系的学生会干事来办公室提交近期活动申请教室审核表。夏念祥正给她签字,这位干事忽然说:"夏主席,我觉得咱们学校现在办个活动越来越难了。学校一边讲要提倡大学生参加文娱活动,可一边却禁止教室和礼堂举办活动,如果要申请还得一层一层地报批,麻烦死了。我感觉这中间的制度是有问题的。"夏念祥笑着说:"你说教学楼的教室如果都举办活动,到处都有弹琴声和鼓掌声,上自习的学生还怎么学习呢?"那位干事又说:"但是活动没有活动的场所,巧妇再巧,没有做饭的地方,那不是白搭么?像我们音乐系的吴晓波老师,扬琴弹得那么好,就是没有一个晚会可以登台表演,还有音乐系的端木钰晴,人家本来想申请咱们学校的大礼堂来开钢琴独奏会,可学校就是不给批。有才的人却没有地方展示,你说冤不冤?"

夏念祥本来正低头盖章,忽然听到一个名字,身子不由晃动了一下。他装作不在意的样子,继续盖章,但是他却又忍不住抬起头来,自然得令他自己都吃惊:"你刚才说那个端木什么的?那个申请什么?"那位干事没有觉察出什么,继续说:"就是我们系的端木钰晴啊!她是我们系钢琴弹得最好的,一直想申请大礼堂来开独奏会,还有我们系的刘春晓,她二胡拉得也很好,还会吹葫芦丝,也……"这时她的话已经被夏念祥打断:"你说端木钰晴想申请大礼堂?有没有这回事?"那干事诧异地说:"有啊!怎么了?"夏念祥点了点头,当即没有说什么。

等那个干事走了以后,夏念祥当即联系了负责大礼堂管理的学生会文体部,他说他需要大礼堂的钥匙,近期举办一个活动。半个小时以后,大礼堂的钥匙便摆在了他的办公桌上。他马上又以校学生会的名义通知艺术学院学生会,说让他们派一个干事过来,夏念祥把钥匙交给校学生会外联部的干事,他自己并不出面,只是开了一张条,上写:

校学生会获悉你院音乐系82级3班端木钰晴同学有举办独奏会的意向,经商榷,特批开州政法学院大礼堂为其举办地点,本周日前请将钥匙交还给校学生会外联部。

开州政法学院学生会
即日

在下面盖上学生会的章之后,他算了算时间,今日才周二,本周还有四天时间,给端木钰晴预留了充足的准备时间。

本来申请大礼堂而不得,而这天艺术学院文体部通知她去领大礼堂的钥匙，说学校获悉她想举办独奏会的意向，已经把大礼堂批下来了。端木钰晴感到莫名其妙，但是同时又有一种梦想成真的感觉。文体部的干事问她计划周几举办，好向上面汇报，端木钰晴想了想，为了时间不紧张，就定在周六。她好奇地问那个干事，究竟是学校哪个部门这么神通广大，那干事也一脸迷茫，说他们也不知道，是上面批下来的，他们只负责传达。

那位干事所说的向上面汇报，最终传达到的就是夏念祥这里。夏念祥获知端木钰晴计划在周六举办独奏会后，马上通知宣传部，让八位干事同时上阵，制作宣传板和海报，贴于学校各处。同时，他通知文体部，让几个负责组织平常学校晚会的副部长亲自布置周六这晚的会场。夏念祥还找了几个学校放音响的音响师，甚至连帮端木钰晴抬钢琴的人他都找好了。

于是端木钰晴体会到了一个梦幻时刻，她不知道自己怎么忽然有了这么大的影响力，一时间全校中贴满了她周六独奏会的海报，每当她上课的时候，所有同学都望着她，而这一次却不仅仅因为她的漂亮。到周六这天下午，大礼堂内已经焕然一新，条幅和彩花张贴得到处都是，下午六点时分，早就有八个大一学生等待在琴房下面，预备着给她抬琴。因为宣传到位，在七点多时大礼堂内已经人满为患，连走道里都是人。

八点整，端木钰晴穿着一袭白裙登场，礼堂中立刻爆发出一阵海啸般的尖叫声和掌声。舞台中央摆着一架钢琴，端木钰晴走到钢琴边，缓缓撩起裙摆，朝台下轻轻鞠躬，随后便款款坐在钢琴前。她掀开琴谱，静思一会儿，才慢慢扬起双手，随即与琴键成四十五度角猛然下落，手指飞舞，一串音符激散而出。她脸上一直保持着惯有的微笑，那种微笑那么圣洁，使她的酒窝如天上的星光一样若隐若现。她先弹的是肖邦的《幻想即兴曲》，随后是巴哈的《E调前奏曲》，还有鲁宾斯坦的《F调旋律》，勃拉姆斯的《匈牙利舞曲第五号》，贝多芬的《月光》，莫扎特的《土耳其进行曲》，当然，还有中国曲风的《梁祝》《彩云追月》……

端木钰晴十指在琴键上飞舞，如同燕子在春波上空忽高忽低，又如同清风拂过十里牡丹江水，一时间月皎波澄，缕缕琴声如丝丝绿水，荡漾过众人耳畔，琴声忽高忽低，忽左忽右，虽说是在无形的空气里流动，但却好像有形的手在给人的心灵按摩一般。人们虽然坐在礼堂内，闭上眼睛却看到花红柳绿，一时间好像来到了百鸟朝凤的凤凰驿站，耳边只闻天籁回旋，丝弦鸣动。端木钰晴端坐在舞台中央，显得异常圣洁，又异常孤独，她在借助乐器之王发散出美妙音符，漫天风霜和灿烂时光一起席卷而来，在琴声中你追我赶，过尽云帆，阅遍千秋，食指引领中指隔绝沧海，断绝桑田，春夏秋冬、月月日日一时凝固。人群中的无数心灵任她十指摆布，时而抛上蓝天，时而陨落海底，时而遇春天而展蓓蕾怒放，时而在秋天变萧瑟而纷落。人们屏住呼吸，时而又长舒一口气，感觉音乐真是发人类之未发之情，说口舌之不能说之语，神妙至极。

在人海中，在大礼堂过道的后方，在掌声淹没的地方，夏念祥默默地站着，遥望着舞台上正缔造天籁之音的女神。他抱臂而立，只是默默地看着，默默地听着，任胸中起遍海啸，但是脸上却毫无表情。没有人注意到这个青年，没有人发现这个所谓的学生会主席，他只是沉默地站在人海中，做平凡倾听者中的一员。

到晚上九点多时，端木钰晴已经弹奏了二十多首曲子。就在独奏会走向尾声的时候，她手指走向陡然一变，顿在半空，她像一尊优雅无比的思考着的希腊女神，在音乐的浸淫中陷入宁静。大家都等待她弹奏下一首曲子，结果端木钰晴还是静止在那里，不言不语。于是观众开始窃窃私语，都不知道她下一首要弹什么，而她这样沉默是为了什么。

许久，坐在第一排的观众发现，舞台上陷入沉默的端木钰晴黑宝石一般的眼睛里忽然渗出一滴眼泪，那滴泪瞬间滑过她皓白无瑕的脸，滴落在她手下的钢琴从左边数第五个琴键上，随即又出现第二滴，泪水源源不断地从她脸上滑落，像露水从天缓缓而降。于是岑寂的礼堂内有人开始窃窃私语，说："她哭了！"夏念祥此时有点儿站不住了，他最不能看的就是她落泪，夏念祥忽然想上台为她擦去那泪水，无比地想问她今晚演出那么成功为何还伤心，是不是还有缺憾，自己能为她做些什么，他会马上为她摆平让她伤心的一切。

就在这时，端木钰晴的手指忽然轻轻触摸一下琴键，随即左手五指飞快左扬，在左边琴键上横扫出一阵优美的音调，一串更为唯美的天籁横贯而出。全场顿时响起一阵惊呼。夏念祥忽然被那音调电住，那个下雨的春日，他在琴房曾独自听端木钰晴弹过那首曲子，那曲子名叫《小爱人》。但那天绝对没有今天这样震人耳膜，鼓动心田，好像明月静好的夜空中忽然炸开一朵烟花，又好像千山冷雪蓦然依次融化。夏念祥脑中一瞬间现出那首唯美的《小爱人》歌词，他只觉浑身上下被泡在白莲花盛开的海水里，被海水包围，又被海水托出水面，从头到脚说不出的惬意。

　　一串音符如炸开的烟花缤纷过后，又如牧童在春江水面打过的水漂一样沉入江底，钢琴曲开始转入低吟，此时，忽然传来美妙的歌声，沉默弹琴一个多小时的端木钰晴却忽然开口轻唱了，那歌声恰到好处地填补了琴声的低沉，就好比湛蓝的天角忽然被一团白云填充。只听那熟悉的歌词是：

当你唱着歌
走在海面上
白莲花与晚霞一起绽放
你说要带我　飞向夕阳家
洒下蔷薇满天芬芳

当你笑着说
樱花已开放
我看见　你白衣上的花香
你说四月天　花草铺天堂
想要驾鹤陪我去求凰

当你唱着歌
舞在白云上
夕阳吻晚霞入画
你浅浅的酒窝　对我远远笑
秋水之西红霞飞

当你对我说
从此无相忘
月老已定鸳鸯谱上
枫叶红花天　与君长相守
读尽人间烟火　去远方

　　夏念祥和礼堂内的所有人一样，听得如痴如醉，一时恨不得要飞起

225

来，与她共同隐出红尘，飘离海面。在端木钰晴唱完最后一句的时候，她手指的音符恰到好处地渐渐变低，逐渐隐没，成为虚无。端木钰晴缓缓站起，朝台下深深鞠躬，她的脸上依旧挂着泪珠，却显得那么娇羞动人。台下的观众这时才从静止中恢复过来，忘我地进行鼓掌。端木钰晴站在台上，好像一位展屏完后的凤凰，又像一位才从神坛上走下的公主，显得疲惫而且稍显孤独，让人忍不住去垂怜。夏念祥出神地看着，真想穿越人群走上前去，哪怕让她看到自己一眼也心满意足。

而这时，坐在第一排的那个先前夏念祥见过的戴眼镜的斯文男生忽地站起，猛地跑上舞台，把舞台上的端木钰晴抱在怀里，在大礼堂诸位观众的注目中，他们拥抱了。礼堂内又发出一阵尖叫和口哨声……

夏念祥转过身，默默地穿过人群，在掌声中向礼堂的后门孤独走去。

钢琴独奏会已经过去很长时间了，在这期间，夏念祥依旧去琴房值班，偶尔他还是会见到端木钰晴，但也只是见到了而已。当那次独奏会上看到她和他拥抱的温馨场景时，夏念祥就知道自己已经是一个出局的兵卒，此时他的心已经毫无涟漪，每次见到她，就如一名虔诚的佛教徒面对舍利子的膜拜，只是膜拜，却不奢望与之对话和占有。

周六和周日的午后，夏念祥便拥有了一个隐蔽的时间，推除一切杂物，躲在琴房的门口来心安理得地做个校工。这个星期非常忙碌，连给文水写信的时间也没有了。周六的午后正好有时间，他买来一个信封放在琴房门口的桌上，自己在一旁摊开信纸来写。午后的安静令人心伤，偶尔风摇绿叶的沙沙声伴着篮球场上的运动员的呼喊声传到这里，更令人感到幽静。夏念祥写信向来极快，但今日他却独自坐着，听着耳边似有似无的风声，看着一旁躺在桌上的沐浴在阳光中的信封，久久没有动笔。他在思考着一些问题来给文水讲。

正在思考间，背后响起细碎的脚步声，一个穿着紫色长裙的女生在他身旁停了下来，似乎随意地看了一眼他桌上的信封就轻轻地走进琴房。夏念祥不用抬头去看，就感到一种熟悉的晕眩，凭着直觉，那不是端木钰晴是谁？他立刻把桌子往门口处移了移，用眼睛的余光看到端木钰晴坐在窗前那架钢琴旁，夏念祥感到随即耳边传来几个舒缓的音符，但是那音符戛然而止，紧接着便听到端木钰晴幽然地叹了一口气，显然是对自己弹的那几个音符不甚满意。夏念祥这边给文水写着信，思绪早就飞到了那边。当他写完第一自然段时，发现里面的端木钰晴已经没有任何动静，他听不到她的琴声就感到发慌，于是停止写信伸头去看，只见端木钰晴的头垂下，一缕长发垂在琴上，正在写些什么。夏念祥心想，也许她正在记琴谱吧？他埋头继续写信但着实想不出给文水写些什么，他见了端木钰晴之后心中正澎湃不已，早就找不出语句，只得写：

文水：

　　寂寞的午后，我摊开这张纸，给你乱描一些话语。你可能想象不到，我一直膜拜的女神，令我神魂颠倒的我的心上人，就坐在我七米之外的地方，而且这个空间内就只有我们两个人，这对我来说是一个玩笑，一个令我笑不出的玩笑。多么好的机会但是我们却不识，而且以后会永远不识且不得言语。呜呼！满腔的话语只能压在喉咙之下，眼望着风景却不能触及。人世间的苦痛莫过于此吧！然而这苦痛还要持续下去！忘却吧！忘却吧！就像春天忘却今晨飘落的那瓣桃花，就像今天忘记昨天沉沦的那轮夕阳。先到这儿吧，我着实写不下去了！

　　只要时间走着，等待就不是问题！

文天
4月25日 长阳横扫 树移影动

　　夏念祥本来想借写信来捋顺自己的思维，未承想越理越乱。他悄悄把信装入信封，写上文水的地址，原本想去寄信，但端木钰晴还在里面，自己又不舍得离开，就不由自主地坐在原地耗时间。外面蝉高高鸣叫在树巅，端木钰晴似乎在里面已经停止了书写，开始弹琴，琴声悠悠中似乎隐有几丝杂乱，夏念祥悬着一颗心屏息着倾听，时间便在这种状态中不着痕迹地流逝，琴院门口每一个人影晃动都能使夏念祥的心怦然而动。

　　他坐了片刻，看了看墙上的老式钟表，已经快到下午三点钟了，他知道每天此时便是校中的邮箱开启之时，邮工会取出信送到指定位置，他必须要在下午三点之前把信投入到信箱之中，否则这信将晚一天到达文水手中。他往琴房里探探头，见端木钰晴似乎已经找到了弹琴的感觉，她的手指在键盘上飞舞，一串串流畅的音符从手下发散而出，一时半会儿还没有离开之意。夏念祥心想，索性先离开三分钟，把信投入琴房外梧桐道边的邮箱中，再迅速折返回来。

他缓缓站起身，不料却碰倒了板凳，他把板凳扶起来，一只手拿起桌上的信封，便要走出这琴房。只听琴房内琴声蓦然止住，一个令他魂牵梦绕的声音说道：

"你好！请问你要去寄信么？"

夏念祥身子一颤，慌忙回转来，只见端木钰晴坐在钢琴旁，看到他拿着信封出去的场景，正歪着头睁大眼睛问他。夏念祥连忙回答，却显得有点语无伦次："对……嗯……去寄信。"端木钰晴微笑着站起来，顺手拿起她桌上刚写完的信，缓缓向夏念祥走来："那麻烦你把我这封信捎过去吧，投到邮筒里就行了。我练琴呢。谢谢你了！"

夏念祥望着款款走来的她，一颗心早就突破胸膛，便是此刻面前这人让他寄一颗炸弹他也义不容辞。他连忙伸出手去，说道："没关系，我……我正好给你捎上。"端木钰晴边把信递到夏念祥手里边说："那太感谢你了！下周要考试呢，我得抓紧时间练琴。"夏念祥接过端木钰晴白玉般的手中的那信封，目不转睛地望着她，要把这一难得的亲密接触的镜头储存在心里。他顺手把那信封和自己手中要寄给文水的信放在一起，将要转身时，不经意间看到端木钰晴那封信的信封上有两行他熟悉得不能再熟悉的字：

开州政法学院0824信箱
文天收

这两行字他何止是熟悉？两年来，这两行就意味着春天般的温暖，就意味着在万般萧凉中射来的一丝彼岸的阳光！他与文水上百次通信，文水的字体和惯用的信封他一瞥即知。夏念祥脑袋中"嗡"了一声，他又一次睁了睁似乎已模糊的眼，他分明看见：这信封，这字体，甚至那熟悉的香依草香味，正是如假包换的写给自己的文水的信。夏念祥蓦然止住脚步，手颤抖着把左手的信交到右手，只觉得面前每一个字都在眼前晃悠成幻灭的舞蹈，那舞蹈连带着他一起幻灭！

端木钰晴本来交给他信后转身要离开，见面前这个校工看着自己的信露出奇怪的神情，不由自主地止住将要离开的脚步，诧异地看着他。夏念祥手捧着那信，双眼蒙眬地缓缓抬起头，心中方寸大乱，一种狂喜将他的心冲击成片片飞鳞，他还是不敢相信这等好事会来临，他自出生以来就不相信天上会掉馅饼，纸上不会长出玫瑰，他心中想，这一定是端木钰晴捎带的文水的信，她们在同一个系，可能会识得。他神情痴呆地看着端木钰晴，问她："这信……是你……是你自己写的么？"端木钰晴杏眼圆睁，诧异着点点头说："是我写的，怎么了？有事么？"夏念祥的身子好像即刻要从这大地上升起来，他被一种从未有过的心不想事竟成的惊喜感所淹没，站着一动不动，看着端木钰晴，口里喃喃地说："那我们的信都不……不需要邮局了，已经寄到了！看来……文水，只要时间走着，相见……就不是问题！"

夏念祥边说边把自己刚才写给文水的信向前递出，端木钰晴见面前这个校工竟然说出一句她和文天经常说的话，全身不由一抖，她又看见他递过来的信上赫然写着的也是她再也熟悉不过的字：

开州政法学院0745信箱
文水收

端木钰晴的身子明显摇晃了一下，那双有着黑色眸子的大眼睛发射出惊喜而又迟疑的光芒，她显然压制了一下自己的激动，重新定位了一下面前这位气宇不凡的校工，白净的脸瞬间变得桃花般绯红。她的手颤抖着接过那曾经接过几百次的信，眼睛望着面前夏念祥的由于亢奋激动而同样通红的脸，空气一时间凝固。

夏念祥缓缓地伸出手去，打破了这一岑寂，他强压住内心的波澜说："你好！文水！我没想到我们见面会这样快，也没想到会用这样……特别的方式！我是文天！"端木钰晴此刻从震惊中恢复，那张绯红的脸好像四月芳菲中灿然飘动的牡丹花瓣。她曾无数次想象过文天的样子，在无数的无助而寂寞夜里向这位想象中的才华横溢的男生倾诉自己的苦恼和欢乐，双方都把彼此当作唯一的知心人而共用一个心灵，而当蓦然间这个人物从想象的天国降至自己面前时，宛如走失数年的兄妹相认，那种巨大的喜悦和亲切感令她一时没有反应过来。

端木钰晴望着面前这个男生，拼命地把她内心深处想象的文天形象与面前这个人贴在一处。在春日午后的流动的风中，在几十架钢琴沉默的注视下，夏念祥的手和端木钰晴的手终于慢慢地握在一起——夏念祥明显感到端木钰晴的手心渗出许多汗，显然也是激动之极。

　　端木钰晴笑着说："真……巧！那……我们都不用去寄信了！"夏念祥也很局促地笑着说："我没想到……文水竟然是这样的漂亮，正如你没有想到文天是这样的腥龊！对了，我叫夏念祥，不过你还是可以叫我文天，我以后是叫你端木钰晴还是文水？"端木钰晴显然惊讶夏念祥竟然知道她的名字，她笑笑说："文水、文天只属于我们两个人，当然还是照旧了。我想……我想我再也没有弹琴的兴致了。嗯？你的名字叫夏念祥？怎么这么熟悉？"夏念祥笑着说："你的信里好像提到过我们学校学生会有个叫夏念祥的家伙干得不错，那个姓夏的家伙就是区区在下。"端木钰晴又收获了一个惊诧，她习惯性地捋捋耳前一缕黑发，好像在嗔怪夏念祥一直不早说的样子："那……那你怎么还在琴房这边做校工？"夏念祥连忙说："想体验一下真正的艺术生活。"端木钰晴点点头，绯红的脸颊上此时更是飞上了几朵浓墨重妆般的彩云，她的眸子转了转，笑着提议："那不如这样吧，我们现在就拆开信来看，然后呢，彼此给彼此来个口头回信。"夏念祥直道羞也，不由脸红到耳后，他刚才所写的正是向"文水"倾诉对端木钰晴的绵绵相思之情的一封信，但他不忍拂逆端木钰晴的好意，只得慨然应允："好啊，那么在这儿口头回信，就不用再署上日期了吧？"端木钰晴笑着看了他一眼，只是不答，手里已经拆开夏念祥刚才写的信。夏念祥也拆开"文水"的信，又是那熟悉的香依草的气息，而这一次拆信的感觉与先前再也不同。他看着这封信，心早就飞到了端木钰晴那边，只见她边看信边沉默，夏念祥心跳得更加厉害。他手中"文水"的信是这样写的：

文天：

　　坐在钢琴旁，竟异常浮躁，键盘被我弹得紊乱。下周就要考试了。而我却像一只失去头的红蜻蜓，只是没有方向地胡乱冲撞！唉！无聊！我喜欢寂静，但寂静总是和寂寞相伴而来，现在又是寂寞又寂静的午后，所以更是把我心带到寂寞了。

　　春天开放了无数的花，但我却没有开放，好像美丽与自己无关似的。

有什么办法呢？寝室里的姐妹大都有男友了，她们个个好像很炫耀的样子，不知怎的，我对这样的事情竟然没感觉。现在有个男生死缠着我，每天都在楼下等我，我感到十分苦恼。我真的很讨厌他，可他却说真的很喜欢我，所以我每次出宿舍楼总是诚惶诚恐的，好像在躲避暗杀的政客。我是不是有点神经过敏。最近那个男生越发大胆了，他那天截住我说要送给我九百九十九朵玫瑰，一天送三朵，还说要连续送三百三十三天。原来我的名声可是清白的啊，可现在我宿舍的姐妹都拿这件事跟我开玩笑。先前追我的男生大都知趣而返，没想到还有这样的人！

对了，你的感情生活最近怎样？你说那个女孩有了男友？我想也有可能，这个现实你早晚得面对，那么优秀的女孩子没有男友倒也怪了。所以活在现实中你要学会面对，包括它的幸福和苦恼。我的事情你大可不必挂牵，我不想让我父亲知道，我父亲如果知道了事情就大了！我没事的。最近天气一天天闷热起来，你要保重自己的身体。

看看窗外，阳光柔柔的，真想乘着这轻柔的风飞到天上去。不知道你在干什么？先写到这儿吧，我想我该练琴了。向你倾诉这一番，我的心也似乎平静了。没有事情的，我们都很平安！不是么？

关于那女孩有男友的事情，你不去想即可。都说有情人终成眷属，可为什么银河岸隔断双星？无奈的事情总是有的！

祝您老人家安好！

文水

即日午后 日期不告诉你 保密

夏念祥心神不宁地把信读完，发现端木钰晴脸颊绯红，正低头揣摩着自己那封信，不禁大窘，心中既兴奋又羞涩。端木钰晴忽然抬起头看着夏念祥，悠悠地说："我没有男友，你为什么说我有男友呢？"这句话说得极轻极柔，好像唯恐夏念祥听见似的，不料夏念祥已然听见，他嗫嚅着不知如何回答。端木钰晴又问："信上说的，就是……就是我么？"夏念祥一颗心将要怒放，觉得自己置身梦中，便说："嗯……这里就我们……两个人，我不会说是那架钢琴吧？"说完自以为自己很幽默，制造出了一个笑容。端木钰晴抬起头说："原来你一直……一直都识得我，这……呵呵！很好！这下……这下我们公平了！嗯，我想琴我也弹不下去了，不如……不如晚上一起吃个饭吧，庆祝文天和文水的相见！"

35

　　夏念祥进入了他一生中最为快乐的时刻，他从琴房回到自己的办公室后还手脚舞动，难以自已，停下来之后又对着花草树木和书桌板凳傻笑。最后他终于清醒过来，立即召集了学生会自律部的几位干事，安排了晚上的一次行动，之后，他马上回到宿舍，换上了白色衬衣和黑色西裤，又蘸了些水抹了抹那双老式皮鞋，这一套行头是他平时参加典礼和大会时穿的。夏念祥边刷洗边唱歌曲，令几个室友睁大眼睛对视了半天，暗道：平时一脸深沉的这家伙怎么了？

　　他和端木钰晴原本商量好七点半之时在校门口见面，他在办公室坐不住，六点半之时就赶到学校门口，在空旷的广场上徘徊等待。他的脑中涌上成批的话要对将要来的心上人说，但是想起的一批话瞬间又忘掉。他不时遥望学校大门，三三两两的学生络绎不绝地走出来，每一个走出的人都令他悸动半天。太阳在西方渐渐煞去轻狂而沉静下去，不多时成为了一个殷红的橘子，广场上聚集了不少下了课或散步，或吃晚饭的学生。夏念祥的影子越拉越长，他低头踱着步，心里边想着一会儿见了端木钰晴说什么，嘴里边默诵着泰戈尔的一首诗：

多年前，微风轻拂的三月
春的细雨是慵懒的
芒果花掉落尘土
水波粼粼水花轻吻河畔的铜壶
那微风轻拂的三月天我深深怀念
但不知道为什么
黑夜降临牛羊回了它们的栅栏
牧场孤寂茫茫
村里人在河岸等待渡船

我慢慢踱步不知为了什么

夏念祥打发时间的方式便是朗诵诗歌。当他把这首诗歌默诵了两遍时，只听身后一个熟悉的声音说："你……等很久了吧？"他猛然回转头去，见夕阳下的对面出现那梦中出现过数次的脸，正微笑着望着自己。端木钰晴穿了一条白色长裙，眉毛黛黑，唇上微红，她本来不化妆就已经出奇的美，这一打扮更让夏念祥惊为天人，他缓过神来忙说："嗯！我刚到，你……紧随而至！"端木钰晴笑笑说："那……我们找个地方吧？"夏念祥在做一件事之前善于计划，以免到时措手不及，他早就想好了要到先前他做服务员时和端木钰晴偶遇的那个饭店。他把双手斜插到兜里，对端木钰晴笑着说："水跟着天走吧，让夕阳看着。"端木钰晴也回头看看夕阳，笑着对夏念祥说："应该是让夕阳跟着。"两个人在不少人羡慕的眼光中穿过广场。

饭后，夏念祥伴着这位白色长裙笼罩下的佳人走在校园中的夜景中，他恨不得把自己过去二十年所听到的笑话悉数讲给端木钰晴听，他征用漫天词汇，给她讲天文地理。端木钰晴只是微笑着倾听，她的白色肌肤在朦胧的夜色中愈显清新，她微笑的时候隐隐露着白玉般的贝齿。夏念祥与她走在路上时，路上不时路过的男生向他投来羡慕的目光，他心中乐开了花。先前他独自行着的时候，看到路旁树林里、草地上一对对相拥的恋人，心里毛乱半天，每次他都用无数的理由来压制自己，比如郁达夫那句"自己本是魔鬼，怎配拥有爱情？"他不止一次地说服自己坚守孤独，只待华美的明天，翱翔的百灵，缠绵的杜鹃，一切都会拥有。

如今他和她并肩而行在校园的小径上，光线昏暗，端木钰晴的左手就在他的右手附近，摇摇晃晃，若即若离，夏念祥把全身的力量运到右手上，心里对自己大叫：你这个窝囊了二十多年的家伙，你只需把右手往右平移几厘米，就抓住了你的幸福！他满头大汗，右手动了一下便又呆滞不动，用尽力量又使自己的右手前进了一下，但是又停在半空。他一时有点语无伦次，他的心怦怦乱跳，觉得他的右手有点像在外的将军，军令有所不受。这时他的脑中想起司汤达所著的《红与黑》中的于连，于连说：要是今天晚上十点以前握不到德·雷纳尔太太的手，就回到自己房间自杀了事。他想如果自己是于连就好了。夏念祥的右手失去了知觉，他真想此刻

233

猛地地震，把自己这只右手震到她的左手上，但是周围还是令人失望的太平。他第一次感到尽管自己的右手和她的左手只有几厘米的距离，却像隔了一海金波般遥远。

夏念祥陪着端木钰晴，一时失去了思维，不知道该往何处去，这个平常雷厉风行的人忽然失去了主见。他想了半天，才说："我们楼下的那片槐树林开花了，要不我们去看看吧。"端木钰晴马上说："好啊！我最喜欢槐花了，以前上课的时候，从你们楼下经过，我都忍不住看几眼。今天正好好好鉴赏。"夏念祥笑了，有了目的地之后，再散起步来就显得特别惬意。

在夜风的轻轻吹动下，他们来到了那片葱茏的槐林中。到了地方才发现，由于没有月光，槐树林中一片漆黑，是根本看不到花朵的。夏念祥恨不得拿手电筒把整个槐树林照亮。他和端木钰晴不由得相视一笑，尽管花看不到，但谁都不忍离去。

夏念祥和端木钰晴找了一个石凳，在黑暗中坐下。他和端木钰晴紧挨着，闻到了一股淡淡的香气。端木钰晴的手像白色的玉石，在她腿上凭空而出，伸到夏念祥面前三厘米处，像招摇的花朵，等待着他来握。夏念祥心中不由又打起战鼓，他的手再一次蠢蠢欲动，想握住那手。他的手借助着夜幕，一点一点地向前伸去，要逐渐接近那幸福。就在他勇气大增，将要握住之时，端木钰晴不经意地把手移动了一下，他心里一沉，心想：是不是她发现了我可能轻薄于她，故意回避的。而这猜想逐渐占据了他的心田，他心想自己只不过是一个穷酸青年，而她有着冰清玉洁的气质，如何会让自己握住她的手？他暂时先放弃了握手的打算，在万分惆怅中开始了与端木钰晴的聊天。

夏念祥从未向外人当面谈过他的苦难家事，而此时他面对端木钰晴，却忽然有了倾诉的欲望。他自己也觉得奇怪，好像端木钰晴是一个已经与自己交往十余年的知心好友。端木钰晴沉默着听着，长长的秀发在面前垂下，她听着夏念祥的苦难历程，时而垂下哀怜的泪，时而把长发埋在双膝间，显得很是痛苦。夏念祥知道，她在同情他，在为他鸣不平，甚至在等他的拥抱，但是夏念祥仍旧不知疲倦地讲着，失落无比地讲着。

端木钰晴听他倾诉完，才悠悠地说："人都是要经历一些东西的，其实苦难也是一所大学。高尔基不是写过《我的大学》么？在社会上经受磨砺，也是教育的一种。其实……其实我也有过磨难，我小的时候，我爸还坐过牢呢，他是被红卫兵以资产阶级遗留毒草的罪名逮进监狱的。不过我从来不知道，当我问旁边的人我爸去哪儿了，他们都说去外地了。我到去年才从我哥那里听说我爸坐牢的事情。"夏念祥点着头，他在夜幕中看到一粒槐花飘到了端木钰晴的额头上，忙伸出手去，给她拂下。夏念祥努力了好久，终于假装不经意地问她："对了，我好像见一个戴眼镜的男生来接过你，那是……那是你一个很好的朋友吧？"端木钰晴笑了，调皮地说："嗯！你猜！"夏念祥大窘，心里极其希望得到她的答案，但是又不好意思再问，心悬在半空。端木钰晴故意看了一下腕上的手表，不经意地说："已经十点多了，我们回去吧。"夏念祥不舍得她离开，就说："再待十几分钟吧，我觉得这样的机会挺难得的。"端木钰晴马上笑笑说："我一直都没动啊。"

一直待到晚上十点半，夏念祥才把端木钰晴送到女生宿舍楼下。两人站定，端木钰晴羞涩地把头垂下，双手在裙前合拢，对夏念祥说："谢谢你！陪我度过这么好的一个夜晚。"夏念祥擦擦额头上的汗，把僵硬的右手插到兜中，说："同样，这个夜晚我也终生难忘，上楼吧，我目送你的背影。"端木钰晴笑笑，冲夏念祥扬扬手算是告别，夏念祥忙问："以后，我们……怎样联系？还是写信？"端木钰晴莞尔一笑，说："看大才子的文字已经成为我生活中的一部分，写信也可以啊。当然，如果你愿意，我可以去找你，你也可以来找我。"夏念祥兴奋地说："我求之不得！求之不得！"端木钰晴冲他眨眨眼睛，便转身走上女生寝楼的台阶，忽然回转头对夏念祥笑着说："夏主席，那个接我的男生是我生命中最重要的人之一，你会猜到的。晚安，再见。"说完，她调皮地摆摆手，向着宿舍楼回转了。成群结队的女生提着暖水瓶在宿舍楼门口鱼贯进出，端木钰晴的白色长裙在人群中异常显眼，她走到门口欲进去时，回头看了一眼，见夏念祥还站在原地看着自己，又挥了挥手，才不舍似的走进大楼。她走进宿舍大楼后才想起来："今天那个骚扰者怎么没有在门口给我送花呢？"

第二天上午无课，夏念祥在学生会主席办公室值班。大二学年结束在即，许多大三的毕业生忙着办理档案和介绍信，需要夏念祥亲自盖章，他的办公桌前围绕的全是身穿毕业服饰的毕业生。他正忙着，忽然见门口有个白影一闪，那是昨晚令他幸福得眩晕的白色，他本能地朝门口望去，果真是端木钰晴，她正笑盈盈地站在那里。夏念祥忙把档案扔到文件柜里，向门口走去。端木钰晴笑着说："我冒昧前来，没影响夏主席工作吧？"夏念祥激动地搓着手说："貌美的你冒昧而来，是我的幸福。"他回头看了那一帮毕业生一眼，发现他们都笑嘻嘻地往这边看着，夏念祥忙冲他们叫道："章自己盖！"说完回头对端木钰晴说："这里简陋些，咱们出去说吧。"

夏念祥知道此时自律部无人值班，便领着端木钰晴去自律部办公室。夏念祥让她坐下，兴冲冲地出去倒了一杯热茶，放到端木钰晴面前："敝处简陋无比，让你见笑了！"端木钰晴歪着头笑道："让我见笑？难道你不喜欢我的笑么？"夏念祥忙说："人世间最美的表情莫过于笑脸了，更何况是你的笑。"端木钰晴望着四周，假装一本正经地说道："我这次来，就是专程来参观我们开州政法学院的学生会办公场地的，并提出指导意见。"夏念祥也立正，一本正经地说："欢迎端木钰晴同志在夏念祥同志的陪同下指导工作！若有不当之处请指示！"端木钰晴说："办公场地没有问题，就是学生会主席长得太帅了，这一点请你们务必酌情处理。"二人一起笑起来。端木钰晴这才正色说："我刚才去图书馆借了几本琴谱，回来路过这里，就一时好奇，上来看看你在不在这儿。没想到你真在。"夏念祥忙说："每周一到周五我都会在办公室，上午我一般不在，今天因为毕业生们档案上要盖章，所以我来加班。"端木钰晴笑道："没想到我是误撞上的，可真巧！想想明年这个时候，我们也该毕业了，真有些伤感。你有什么打算？"夏念祥笑道："要是真让我具体来说，我还真谈不上来，我不是算命的，再说我们活到二十岁以上，谁还相信'理想'二字？不过我倒是有个大致方向，想步入政坛，只有这样，一个人说出的一句话才有一句话的分量，要不中国怎么会有'人微言轻'这个成语？"端木钰晴点点头说："我也看出来了，像你这样的就有从政的天赋，将来当上什么长什么主任，可要记得我，再见到我可别这样说：这位端木什么的有点面熟，倒像在哪里见过一般。"

正在这时，学生会一个干事来送一份材料，见夏主席和一个漂亮的女生在这里，忙识趣地退了出去。夏念祥脸一红，便顾左右说："马上就要考试了，复习得怎么样？"端木钰晴笑笑说："临阵磨枪快磨好了，只是还有些钢琴操作部分需要练习。"夏念祥说："我一直忙学生会的事情，连磨枪的工夫都没有，也找不到枪，考前一星期开始闭关修炼。对了，昨晚睡得好吧？"端木钰晴眼里有些发红，听夏念祥如此问，看他眼圈也有些发黑，才知双方不约而同地失眠了，嘴里却说："睡得还行。"二人又聊了一会儿，听到走廊上脚步声越来越多，可能第一节课下课的学生要来值班了，端木钰晴忙说下节还有课，先匆匆走了。夏念祥一直把她送到楼下才兴冲冲地回来，边走还边愤恨自己的懦弱。

　　接下来的一个星期夏念祥便陷入考前复习的汪洋大海，他每当复习累的时候就会想起端木钰晴，心中充满甜意。夏日燥热，空气里仿佛含有三昧真火，把大地当做锅底来烤，连绿色树叶也打着卷，树与树在太阳底下垂头丧气。人若是找到一件事情干，时间就会快得惊人，夏念祥感到才开始复习，考试就已经结束了。考试刚一结束，校园中仿佛人去楼空，学生们归心似箭，一窝蜂地往家赶。夏念祥在校停留一天，想静下心来看书，没承想自己习惯了在人海中的热闹，猛地冷清下来却又感到寂寞难耐。他忍不住想去找端木钰晴，但是他在她宿舍楼下野猫般转将几圈，甚有"万径人踪灭"之感，一个人影也没有遇到，归来后看书也看不进去，只是字在眼前铺展，与大脑无法链接。第二天他就搭了个便车，回家去了。

　　夏念祥把家中活、田中事样样料理完毕，就背着干粮回到了学校。到校后，他照样露出惊人的精力，先组织学生会各干事把校园中假期里滋生的杂草清除了一遍，又做好了新生接待工作。接下来便是上一学期的奖学金评定问题，他获得了校、系、班三层奖学金，可谓日进斗金。夏念祥想以繁忙的工作来遏制自己去见端木钰晴的冲动，他每次走在校园中时，看到迎面走来的穿白色长裙的女生心中都会忍不住一阵悸动，他既期盼又唯恐见到她，这种矛盾使他痛苦不已。他每次走过那个邮筒时，总有一种拿信的冲动，但是再也找不到文水的感觉了，他只好带着无奈的笑容走过。开学一个月后，有一天他鬼使神差地开了楼下自己的邮箱，发现那熟悉的字体已经躺在那里十来天了，信封上依旧写着"文天收"，夏念祥心中一阵激动，他依旧像先前那样用颤抖的手打开信封，里面抖落出散发着香依草香味的信纸，字体依旧是那种令他痴迷的娟秀：

文天主席：

　　是不是从地球上蒸发了？我找了几次都没有找到你，去你的办公室你也不在，看来你的工作确实很繁忙。暑假在家过得怎样？是不是融入了农民队伍，乐不思蜀了？没关系，一切都要向大地看齐，只要你日子过得好，活得逍遥，文水这片水就风平浪静。知道你很忙——你一定很忙，我就不多打扰你的御目了，倘若你动动你的圣手回回信，小女子当然感激不尽，但假如你无法将宝贵的时间分给小女子一些，那就请你放心地投入到服务人民的行动中去吧。

另送你一篇我新近写的小诗吧，叫《我盼望着》，望君笑纳。

我盼望着有一年的雪后
我涉过了浮着冷箭和寒潮的江河
站在开满雪莲的白色岸上
那油纸伞下的
是你

我盼望着所有分离的伤心都被相聚的欢喜彻底代替
一切痛苦都消融在江上小雨里
从二月的草长莺飞中
你的离家背影后，永远开放着妈妈温暖的笑意

我盼望着每一颗真心都得到另一颗真心的回报
我的长发在你身边像朵朵白云一样飘逸
在颤抖的玫瑰到达的终点
是心上人含笑接受的消息

我盼望着一切落叶在一场风后全部返回枝头
我在雪地上写下的你的名字永不会匿迹
此去经年在平淡与平淡流淌着的凡俗
我的生命与你的生命牵成一个奇迹

我盼望着一切美满和幸福都从诗人的纸上下凡
你的左手在我右手上柔柔地画出一个绮丽

在十二月深冬的漫天寒星下
你的酒窝将盛住我一切温暖的霜天话语

我盼望着所有人的友情和爱情都像午后的油菜花一样盛开
一切亲人永远生活在美满富足的故乡里
在生命的寂静林间，在记忆的触角延伸到的地方
到处都有微荡着幸福的涟漪

我盼望着幸福的外衣覆盖住这地球上的一切人
路和路连接住相思的两地
我盼望着这首温暖的诗被未来一个日子里的你轻轻读出
我盼望着你与这首诗相对时，你脸上荡漾着笑意

可是我还是盼望
有一天的月光下
在我背着行囊的踽踽独行中
从前方柳暗花明的路上
迎面走来的
是你

望穿夏（秋）水的文水
10月19日

　　夏念祥看完信，心中一直压抑着的对端木钰晴的思念腾然而起，再也压制不住，他下定决心等晚上一定去找她。
　　晚上九点半，女生宿舍楼前潜伏着许多等待女生或送女生的男生，一时热闹无比。夏念祥如今也加入了这一人群。正在守望的时候，他蓦然发现几个女生嬉笑着从北面的路上回来，走到宿舍楼门口时，借着宿舍楼的灯光，他惊喜地发现走在中间和别的女孩说话的正是端木钰晴——在这世界上只有两个女人他不会认错：一个是母亲，另一个便是这端木钰晴。他哪里顾得上其他，忙叫："钰晴！"端木钰晴显然没有听见，仍旧与几个女生打闹

着往里走，夏念祥忙紧走几步，又复读机般叫了一声，端木钰晴这才隐约听到有人在叫她。也许是先前被人堵截怕了，听到有人喊她的名字，不由心中发怵，回头警戒地看了一眼，忽地看到夏念祥站在阑珊的灯光里，脸上马上绽开笑容，匆匆与旁边女生作别，三步并作两步冲夏念祥跑来。

她奔到夏念祥的面前，兴奋的眼睛在夜色中闪出动人的光芒："我当是做梦呢，夏主席今日光临此地，莫不是只是找我吧？"夏念祥充满歉意地说："信今天才看到，所以我今天来找你，权当回信。可能……可能来得太唐突了！在这儿等你并叫住你，可能会使你感到一丝害怕，但是我实在想不出怎样才能找到你。"端木钰晴忽地垂下头，说："你在这里等我，我感到……高兴。好长时间没有听到你的消息了，还以为你有什么事情呢。"夏念祥知道她记挂自己，心里一热，张口想说什么，但见周围人越来越多，没有说出口。端木钰晴好像看出了他的意思，忙说："不如我们走走吧！"夏念祥马上迈出脚步，付出"走走"的行动。

二人各有各的兴奋，沿着校园中的小路走到了湖的长廊上。已经是月悬中天，皎月吐出白光，遥遥洒下清辉，湖面上闪烁着粼粼白光，微微荡漾。二人手扶住栏杆，久久无语。许久，只听夏念祥说："独上高楼思渺然。"端木钰晴立刻笑着接："月光如水水如天。"夏念祥望着在微风的吹拂下秀发微动的端木钰晴的脸庞，那皮肤向外渗出水一样的光彩，如仲夏红色的蜜桃，黑色眼珠如黑色的潭，直让人望她的眼光陷落下去。夏念祥真想俯下身去吻那片清波，但他最终强迫着自己把眼光转向别处，看月光掉入水中，嘴里不由地说："水与天，很好！水与天原本就是一处。"端木钰晴手扶栏杆，也痴痴地看着水面说："'秋水共长天一色'，只有在秋水和长天两种风景相会处才能坐看云起。"

过了一会儿，夏念祥说："将来我有一个孩子的话，一定取名叫做天。"端木钰晴悠悠望着月光下水面上凫水的水鸟说："嗯，夏天？很好的名字，男孩女孩都可以叫的。那……我的孩子就起名作水儿吧。"夏念祥心中一动，想若是叫夏水多好，但愿不是什么俗气的张水、王水，他只是说："然后我一定让两个孩子通信，就像我们现在一样。"端木钰晴出神地想着，表情里充满了向往，月光流淌在她的四周，将她的倩影在朦胧中剪接而出。夏念祥悠悠叹了一口气，说："我今天怎么了？怎么计划起后代的事情了？看来真是老了！"端木钰晴说："这说明你是一个有着父爱的人，你的父爱先于你的孩子诞生了。你的心理年龄超常了吧。对了，想知道我毕业以后的打算么？"夏念祥忙说："想！和钢琴有关？"端木钰晴说："我除了弹琴，其他一无所长啊。我爸倒想送我出国，可是我现在心里不情愿。"夏念祥听到她要出国，心里忽然涌上来一阵失落，忙说："你父亲想让你去哪儿？"端木钰晴说："西欧的一个国家吧，具体的还没有定。我哥哥在国外，这半年回来了几次，都是为我出国的事情。我父亲请教了好多钢琴方面的专业人才，他们都说钢琴本来就是西方传来的乐器，在我们这里学钢琴难以维系，现在我基本上处于无师可教的状态，再想往上攀登，除非去国外。"夏念祥失落地说："那你去了还会回来么？"

端木钰晴本来期待他说出一些挽留的话，不料却是这一句，她流露出掩饰不住的失望："现在我一点儿也不想去呢。再说了，要是我在国外，给你写一封信就一天到不了了，你说多麻烦。你觉得我是去呢，还是不去？哪方面好一点？"夏念祥在心中无数次大叫：不去！但口中却说："这是一个许多人可望而不可即的梦，全在你把不把握。对了，作为深受人民爱戴的夏主席，我是不希望一个优秀的钢琴人才流到海外为资本主义所用的。"他自认为这句话很幽默，但端木钰晴好像不为所动，仍旧是那样一个悠悠的表情，怀着期待地说："那……那就是不希望我去，其实我也不想去，但是在这里——我用成语了啊！哈哈，抱残守缺总不是个办法，反正走一步看一步吧，事情谁也计划不来，因为变化太快了。"

两个人看着月亮在云彩里穿梭，想着浩渺不可把握的前途，都有人生无常的迷惘。白色的月光继续装扮着湖上的风景，两人扶住栏杆，如月亮般沉默无言，听着夏风从头顶纤徐吹过。

36

夏天过后，秋天紧随而至，风一日比一日遒劲，寒意似乎想杀出人的孤独，夜以继日地围剿着人最后的暖意。开州政法学院有许多法国梧桐，叶子纷飞之后，经常把水泥路面掩盖。每到傍晚时分，夏念祥总是到路上漫步，后来在偶尔的日子里，他也会忍不住叫上端木钰晴，若是逢上连绵冰冷的秋雨，二人则共撑一把伞，在伞下徜徉。一个是学生会主席，一个是名扬全校的校花，若是有个风吹草动一定会引起全校风雨。关于夏念祥和端木钰晴的传言一浪高过一浪。

最吃惊的莫过于刘骏翔和冯晓星二人。两人已经将当年夏念祥追端木钰晴之事忘却，却忽见两人在一起，暗道：夏念祥施展了什么魔法，让那样一段感情不仅死灰复燃，而且还燃起熊熊烈火？但只有夏念祥知道，他与端木钰晴什么关系都没有，他们在一起时，从来不说儿女情长之事，始终谈论一些历史上的文人骚客和国际关系，散步结束后两人有时还去门口的饭店吃饭，仅此而已。他们从来都没有向对方明确过关系，但凡端木钰晴的事情夏主席必然出现或者插手，而夏念祥一有不适端木钰晴也随即出现在面前，这种超越一般革命同志的关系无疑是别人宣传的大好资本。他之所以一直未和端木钰晴明确关系，事实上她也等待他的明确，是因为他总是想到他已有妻室，而她也知道他已经有了妻室，于是两个人都压抑着自己。最痛苦的是夏念祥，每次见端木钰晴之前他都经历着折磨，他强迫自己不去见她，但是两天之后他的心里就对她充斥着刻骨的想念和惦记，总是不由自主地出现在她的面前。

一个秋天飘然而过，冬天到来的时候，校学生会主席换届，夏念祥从学生会主席的位置上光荣退下，他开始为继续深造或者找工作而奔忙。虽然学校负责分配工作，但他唯恐学校分配的工作不为己所满意，所以自己开始依托双腿在市区内奔波。先前对他有意的开州日报社，他此刻却不感兴趣，因为靠笔杆子生活毕竟没有权力，他要慢慢接近权力中心。

时间的列车开到了这一年的深冬，1985年的元旦刚刚过去，就一连阴沉了两天，北风渐起，推着乌云在天空盘桓，黄叶被北风蹂躏着，飘向更高的天空。这一天是周五，到了傍晚的时候，夏念祥与端木钰晴在校园中梧桐树对峙着的道路上散步。端木钰晴穿了件高领的黑色皮毛长风衣，一头乌发从领上呈瀑布状笔直落下，更衬得她俏脸如玉。两人见面后，迎着被风卷起直拍面的黄叶默默走了一段路，端木钰晴好像经过很大的努力，沉默了一会儿，说："明天是周六，你有空么？"夏念祥本来准备去市里参加一个秘书培训班，但他忙说："没有事情。你有事么？"端木钰晴低下头，红云满脸："我爸想……想见见你。"夏念祥心中一动，忙说："好啊！只要伯父有时间，我随时听候！"端木钰晴裹裹风衣以迎接将至的一阵冷风，说："明天上午九点，我们在校门口见面，我爸的司机开车来接我们，到时候你去我家。"

夏念祥激动得一夜未眠，第二天早上就把他平常出席会议的压轴衣服——西装取出，穿上那双半旧的皮鞋，又抹了些水，以便让它更亮一些，同时往头发上抹了些油，看上去头发油光可鉴，整个人从头到脚修葺一新。他深知端木村在整个开州都是数一数二的人物，"文革"后仅靠三年时间就把解放前他们端木家族的产业恢复，重新树立了"端木药业"这个全国闻名的药房品牌，开州政要无不唯他这首富马首是瞻，他要见自己这一无名小卒并不是随便的，看来钰晴已经把自己与她的关系告知了她的父亲，但是自己与她又是什么关系？又能是什么关系？他忐忑不安地从寝室踱到校门口，预备着各种见了端木村之后的说辞，心里委实不安至极。

他在校门口站了将近一个小时，天气奇寒，昨夜似乎已经飘过一阵小雪，他不时跺着脚以驱脚上的寒冷。微不足道的小雪片还在空中沉浮不定，远处的楼宇也堆积了一层白色的雪。八点五十分左右，一辆黑色轿车纡徐开来，到了夏念祥身边时本来想停下，但由于地面结冰，车轮打滑出去一丈远。待车停稳后，车窗玻璃徐徐落下，里面的端木钰晴冲夏念祥笑着招了招手，夏念祥忙小跑过去，端木钰晴在里面打开车门，让他进去。他第一次坐轿车，上去的时候由于激动还差点碰了头，坐到端木钰晴的身旁后，他连忙伸手去拉车门，却总也关不住。端木钰晴忙从他背后伸出手去，笑着把车门关住。她为了和他坐在一起，特地放着前面的单个位子不坐，坐在后面一排。前面开车的司机正从反光镜中好奇地打量着久闻的小姐的心上人，端木钰晴屈身向前，红着脸介绍："韩叔叔，这就是念祥。"夏念祥忙说："韩叔叔好！"那韩叔叔冲夏念祥微笑着点了点头，然后回转头去，紧打方向盘，驶出了大学城区。

由于车上有司机，端木钰晴和夏念祥没有多说话，偶尔言语，还都是窃窃私语。车子驶进市区主干道，转入一条最繁华的路段——凤凰大道，车子在凤凰大道上驰骋不久，就转入一个很大的小区，停在一扇宽阔的大门前。此时往车窗外望，雪花显然增了肥，正下得密集。有个老者正在门房里守着一盆炭火取暖，见老板的轿车前来，忙出来打开大门。车子驶进大门之内将近一百米才徐徐停下，端木钰晴在车内冲夏念祥笑了一下说："到了！"两人下了车，一阵雪花猛地扑来。她走在前面，夏念祥随着她走上了一条长长的走廊。夏念祥此时才定睛四望，才发现这里坐落着五幢小别墅，每座相隔有50米远，别墅中间隔着相同的花圃。端木钰晴边走边指着五幢别墅中间的一幢对夏念祥说："看见了吗？我的卧室就在那儿。我平常的起居也在那儿。对了，我写给你的信中，有一半是在那儿写的。"夏念祥望着那楼点点头说："那将来我要在这儿建立端木钰晴文学纪念馆。"端木钰晴又一次笑起来。

她在前面走着，像一个雪中的精灵。她看了看轻扬着雪花的天空说："真好，又下雪了！别着急，快到了，我爸要在书房见你。现在我们去他的书房。"她边走边接住从风中飘来的一朵雪花，在手中又把它吹飞，回头对夏念祥说："你不用担心，我爸其实很随和的。"夏念祥点点头，她又说："我爸也热爱文学，你们之间一定能找到共同语言！"夏念祥点点头，看所过之处都有嶙峋的怪石，还有冬日里兀自翠绿的美人蕉、万年青，院中还有一株梅树正凌雪傲放着朵朵梅花，亭榭处布有石凳长桌，在雪中别有一番情致。他以为这是开州市一处公园，不由随口赞道："真没想到，开州市还有这样好的地方！"端木钰晴在前方走着，不经意地说："这都是我家，你早些来我家做客，早看到了！"夏念祥又是一惊，没想到这方圆将近二里的别墅区，都是端木村的家宅，其富由此可想而知。

他随着她左转右折，出了长廊，来到一个很幽深的庭院，院中除了中间一条石径之外，其余的地方都是花圃，花圃里有着大约几百种植物，虽是严冬，植物大都凋零，但仍有许多飘动绿叶，斗雪红蕊。石径尽头是一座方形三层小楼，小楼精致方正，每层楼上均置一个阳台，两边各置两扇窗户，每个阳台上都放满了盆栽美人蕉。此时雪已经很大，大团的雪花从风中抛洒下来，砸在这庭院，美人蕉的叶子尽管打滑，但也落上了薄薄一层。端木钰晴领着他进了一楼客厅，她很熟练地褪去脚上的长靴，在门边的鞋架上取下两双拖鞋，将一双交给正在发呆的夏念祥："给，快换上啊，发什么呆？呵呵！"端木钰晴又笑着给换鞋的夏念祥拍落身上的雪花，夏念祥边换鞋边说："伯……伯父呢？"端木钰晴笑道："没事儿，你先坐下等着，我去楼上书房请他。"

夏念祥第一次穿上这样舒适的棉拖鞋。他看着蹦蹦跳跳的端木钰晴走上红色楼梯后，开始环顾这间阔大的客厅：两旁摆放着红木沙发，中间有一个大的鱼缸，鱼缸中游着几十条黄绿色的鱼，里面安置了一个巨大的照明灯，把鱼缸照射得如同一个微型海洋。墙上悬挂着各式各样的字画，东墙为字，楷书、草体、隶书应有尽有；西墙为画，画中不乏山水楼台，日出沧浪。东墙上挂着一首诗，那书法为草书，那笔画如秋日乱风，又如蓬中杂草，中间无不露出狂放不羁和卓尔不群，旁边还画着一枝梅花，上面所书的诗歌是鲍照的《梅花落》：

中庭多杂树，偏为梅咨嗟。
问君何独然？
念其霜中能作花，露中能作实。
摇荡春风媚春日，念尔零落逐寒风，徒有霜华无霜质。

旁边有一幅字画，画的是风雪扬天中瘦马上一人戗风独行，一片萧瑟之气，旁边配了一首纳兰性德的《长相思》词：

山一程，
水一程，
身向榆关那畔行，
夜深千帐灯。
风一更，
雪一更，
聒碎乡心梦不成，
故园无此声。

左侧也有一幅山水画，山水画画得极其磅礴，旁边的诗也书写得极其大气：

挂绝壁枯松倒倚，
落残霞孤鹜齐飞。
四周不尽山，
一望无穷水。
散西风满天秋意，

245

夜静云帆月影低，
载我在潇湘画里。

这幅画的旁边是一幅长长的古代美人图，那美人手中拿一团扇，发髻高高盘起，桃花般的脸庞微垂，樱桃红唇在白皙脸庞上微微一点，满身华衣锦服，独立在画中，宛如凉月下的彩虹。她秀眉微蹙，神情略带忧愁，旁边一藤蔓上叶子正骤然飘飞。这幅画也有辅诗：

北方有佳人，绝世而独立。
一顾倾人城，再顾倾人国。
宁不知倾城与倾国，佳人难再得。

夏念祥边看边想，若是钰晴站在家乡的麦田，对着麦子微微笑一下，想必一定会使整个麦田都倾倒的，那时的景象想必不亚于这倾城。夏念祥微笑着继续看下去。只见中间墙壁上左右垂着两副巨大的对联，上联是"一夕瘴烟风卷尽"，下联是"月明初上浪西楼"，中间有一个巨大的"舞"字，笔笔带刀，尤其是"舞"下面的一竖笔，上粗下尖，如一把利刃刺向大地，使整个字虎虎生风，镇住整个厅堂。两联中间是一幅巨大的壁画，讲究字画结合。壁画中是一乌篷舟在水中挂帆斩浪，远处楼宇在旭日东升处隐隐现出，右下角的水中还隐隐荡着一轮白月，来与左上角的旭日遥相辉映。画中配有四句诗，其中左上角的两句是用草书挥就的"长风破浪会有时，直挂云帆济沧海"，右下角的两句诗是用隶书写成的"独上高楼思渺然，月光如水水如天"。夏念祥看到这两句诗时心中怦然而动，他与端木钰晴曾在一个月夜说过这两句诗，水与天，不就是他和钰晴么？看来今日吉人天助，是一个好兆头。夏念祥不由得出了神，正胡思乱想间，只听楼梯上一阵碎步响，他忙抬头去看，只见端木钰晴正随在一个人身后下楼，她还在那人身后朝自己使着眼色，他立刻便知，这人便是大名鼎鼎的端木村了。

端木村身材伟岸，头顶处头发自然而然向两边分开，脸虽有些老态，但掩不住曾有的俊美，只是肚子微微有些发福之态。他身穿一身紫色睡衣，走路的时候稳重之极，每走一步就好像知道自己的脚必然会落在何地一样，尺寸与上一步刚好，从楼梯上下来，不语之间有股凛然之气。端木村走下楼来，也不看站在沙发边的夏念祥，只是抬手说："坐吧！"端木村声音低沉，有种磁性，让人不得不服从。夏念祥忙鞠躬说："伯父好！"端木村看也不看，口中"嗯"了一声，坐在沙发上，腿微微跷起，拿眼斜乜了一眼还站着的夏念祥，又说："坐吧！"转头又对端木钰晴说："钰晴，你去看看你妈回来了没有？要是回来了就让她到这儿来，顺便安排一下中午饭，大家一起来吃。"端木钰晴笑笑，好像很欢喜地往外走，到了门边趁着换鞋的空当，冲夏念祥做了一个鬼脸，才一步一回头地踩着雪去了。

端木村点燃一支烟，夹在食指与中指之间，朝一边的茶几上的烟灰缸里弹弹烟灰，对夏念祥连看也不看，冷冷地说道："你叫——"这个"叫"拉得甚长，显然是等待夏念祥回答，夏念祥忙接上："回伯父，我叫夏念祥。"端木村的表情里读不出一丝悲喜，依然用那种冷气逼人的语气说："华'夏'里念出一个'祥'字，很好。你知道墙上那两句诗是谁写的吗？"端木村显然是指正墙上那"月明初上浪西楼"两句，夏念祥没料到他忽然这样问，忙回道："回伯父，应该是唐代诗人贾岛《寄韩潮州愈》中的尾联二句。"端木村一惊，认真打量了夏念祥一眼，继续用不温不火的腔调问："你知道法国么？"夏念祥不知他何意，忙点点头。端木村又道："奥地利呢？"夏念祥又疑惑地点点头，不知他意下何在。端木村淡淡地笑了一下，那笑在嘴角如清晨飘过的雾气一闪即逝，说："你毕业后有条件去这两个国家么？"这下轮到夏念祥疑惑地摇摇头。端木村又弹了弹烟灰，不紧不慢地说："钰晴的哥哥正在欧洲留学，已经为钰晴安排好出国的事宜。她原本是一心一意出国去的，但最近忽然态度大变，说什么也不愿出去。据我的考虑，这大概是因为你的缘故。"

夏念祥此时已经大致明白他所说何意，但只是不知如何接口，只以不变应万变，静默着听端木村继续说话："天下之修为，最高境界莫过于一个'放'字，放生放生，一放即生，既然注定是两条水平线上的人，不如放手，这样还能让她跑得更快，飞得更高，否则只能一个为另一个所羁绊，一块儿死在地平线上。我的意思你能懂么，年轻人？"

……

夏念祥一颗心迅即陨落下去，他听到了自己的心受到重创后的碎裂声。他一分钟之前还在像憧憬童话一样憧憬自己与钰晴的关系，但他忽略了一个铁的事实：他和她注定要活在这个现实统治着的大地上。是的，道理显而易见，如果洛宁镇就是奥地利，夏桥村是维也纳，那么一切问题就迎刃而解，但夏桥村与维也纳的水平相差有多远，他与端木钰晴就有多远。夏念祥看着对面沙发里老气横秋的端木村，无端涌上来一股悲壮，他不由挺直身子，说："伯父，您的意思我听出一些大概，但我需要说明一点，以免引起您的误会，那就是我与钰晴只是一般朋友关系。另外，我还要补充一点，我在家中已定亲了，毕业后就完婚。"端木村的嘴角又闪过浮云一般的笑。假如夏念祥第一句话所表达的意思还能让他怀疑这个年轻人与他女儿有瓜葛的话，那么夏念祥已定亲之事则无疑把这层嫌疑封死。端木村何等精明，赶紧以太极拳之式化开。他不经意地往门外看了一眼，大雪正纷纷扬扬地下着，已经把庭院的小路掩埋，他还是以低沉之音说："雪是个好东西，以温柔的下降方式来达到雨的效果，既上不愧于天，又下有恩于地。做人尤当如此，冰清玉洁，在感情上不留痕迹，不负于任何人。"

夏念祥听说过端木村虽是商人，却擅长附庸文字风雅，以此来洗自己身上的铜臭俗气，不过从没想到过他的俗气洗得这样干净，谈吐优雅，竟不亚于中文系的教授。端木村接着说："中午别走了，留在我家一起吃个便饭，算作认门饭，以后若在学习和生活上有什么麻烦，可以直接来找我。"若是端木村不说前面那些隐晦的话，这句话也可当做挽留之语，但如今此言一出，分明是逐客令了，夏念祥忙起身恭敬地说："谢了！伯父，这次来就是拜访一下您，我既然已经聆听了您的教诲，就不枉此行了。我学校还有些事情，先告退了。麻烦您一会儿告知钰晴一声。"端木村的左腿总算从右腿上下来，说道："好！年轻人当以学业为重，作为长辈就不便打搅了。雪厚路滑，我让司机开车把你送回去。"夏念祥惨然一笑说："不用了，如您所说，雪是好东西，冰清玉洁，我要在雪中好好学学做人的道理。伯父，您保重，我们还会再见面的。"

夏念祥说完这句话，头也不回，昂首走入雪中的庭院。他听着呼啸的风声，脸上受着冷冷雪花的撞击，雪在他脚下"咯吱"作响。等走出端木府第，在宽阔的街道上望着这个冰清玉洁、披上婚纱的城市时，他才发现，脚上还穿着端木家的拖鞋。

夏念祥在宿舍睡了一下午，醒来后又穿上了他的老布鞋，晚上抖擞精神去雪地里走了走，仰天长啸了几次。第二天他接着去参加秘书培训班，很晚的时候才步行从市区回来，端木钰晴他不敢去想了。这样一连过了三天。这天他从市区步行到宿舍，脚被冻得失去知觉，便躺在床上睡了几个小时。等他睁开眼时，见刘骏翔走进了宿舍。刘骏翔一脸坏笑地说："念祥，你怎么在宿舍呢？我还以为你没从外面回来呢。钰晴正在找你。白天她找了你几次，现在又在咱们楼下站着，正好遇上我，让我看看你在不在宿舍。什么事啊，让咱们的校花牵肠挂肚的？"夏念祥听到端木钰晴的名字心中隐隐作痛，他此时什么都不想，连忙拿起在书柜上放着的端木家的拖鞋，冲下了楼。

夜色中的雪地上，果然在宿舍楼不远处站着端木钰晴，她戴着厚厚的手套，不停地跺着脚，脚下还放着一兜东西，正往男生宿舍楼出口处望着。见夏念祥出来，她连忙地过来，一脸焦急地说："你去哪儿了？真叫我好找！那天你怎么了？怎么走得这么急？"夏念祥看着她被冻得红扑扑的脸庞，心中心疼但脸上装作平静地说："哦！那天有点急事，走得太匆忙了。对不起，没来得及给你说。"端木钰晴这才放心地提起脚下的一兜东西，说："我还以为你有什么事情呢。那天你连鞋都没换，这不，你的鞋我给你拿过来了。"夏念祥也拿出那双棉拖鞋说："正好，你把你们家的鞋也捎回去。"端木钰晴忙说："这双棉鞋我不拿了，送给你吧，你正好没有拖鞋。"夏念祥心想收下也行，算作这次受辱的纪念。端木钰晴忽然害羞地说："那天你走后我爸一直夸你，说你是个人才，还说……还说我的眼光高。你和他说了什么？我就说嘛，你们在文学上应该有共同语言。"夏念祥后背上冒出一阵冷汗，心想端木村果真老辣，杀人于无形，明明否决了自己，还不让女儿看出一点端倪。他只心中虽如是想，嘴上却说："你爸很好。以后你要按照他说的做，他害不了你。钰晴，风太大了，站在这里很冷，你先回宿舍吧？"端木钰晴几天没有见到他，很是担心，此刻一见到有许多话要说，但是他忽然让她回去，端木钰晴脸上显然露出了失望的神情，但是她从夏念祥平静的脸上却看不出一点事情，只好说："那……那我先回去吧。以后可不要再像这样忽然消失了。我会再去找你的。"

端木钰晴的身影在雪地上越来越远，路旁那片灰色树林在雪地上呈现一种清晰的空蒙，他看着钰晴的背影，心中泪水长流但是脸上却挂着微笑。那个他取过无数次信件的给过他幸福的邮筒就在不远处，此刻他从里面再也取不出信件了。他回到宿舍，把那双拖鞋放在了自己书架的顶端，每当他读书读累的时候，就会看看书架上的那双高贵的拖鞋，然后对自己说：夏念祥，你没有权利说累，你要走的路很远，最起码你要让你将来的孩子穿上一双这样的拖鞋。那拖鞋在书架顶端沉默不语地看着他，俯视着他，好像永远在鞭笞着他前进。

37

　　学校已停课，夏念祥除了每周上一节选修公共课之外，大部分时间都花在了考秘书资格证上，他拿着发表着自己文章的刊物、介绍信、学生会主席证等各种能够证明他水平的证件，每日奔波在市委市政府和学校中间。由于他在任开州政法学院学生会主席期间，接触过不少莅临学校指导的市委领导，那些领导对他留下了深刻印象，答应让他在市委秘书处实习三个月，三个月后再决定是否录用。他白天在市委秘书处起草一些歌功颂德一类的文件，晚上再回宿舍就寝，基本上已经成了先期毕业生。

　　他不再像先前那样惬意，他和端木钰晴已经很少见面，实在想念她了就晚上提前从市委回来，偷偷到端木钰晴所住的宿舍楼门口，找一个僻静的角落，等待她从这里经过，偷偷看上一眼，之后掉头就走。市政府离校将近十里，他没有自行车，只好步行过去，但每天早上总是比那些住在市委大院的正规职员先到。他在秘书处很勤快，擦桌、扫地、倒开水无所不包揽，而且他写文章速度奇快，倚马千言，出口成章。许多老牌秘书倚老卖老，懒得动笔的文章都交给这个初来的年轻人去写。夏念祥知道自己初来乍到，又在试用期，凡事要"忍"字当头，所以凡是别人交代的事情，他都一丝不苟地去干，没有口味的他在单位迎合了每一个人的口味，到最后许多老秘书都觉得离开这个年轻人就像少了一个书童或丫鬟，这种依赖感一形成，他就成功大半。

　　毕业在即，毕业生们每天都忙着一些写毕业纪念册或照合影之类的事情，散伙饭一顿连着一顿，系里的、班里的不一而足。许多人晚上都是醉醺醺地回来，东倒西歪地睡在地上。夏念祥不敢喝酒，他喝完酒后就入骨似的想念端木钰晴，先前不醉时他还可以借助无数事实和道理，用理性的剪刀剪断感情的乱麻，酒醉后则不然，他发现端木钰晴无处不在，使他艰于呼吸。但宿舍的散伙饭不吃是说不过去的，他夏主席若不参与，难免有摆谱之嫌。刘骏翔提议说既然是室友散伙饭，就应当在宿舍内聚餐，并要求每人都带女友来，这样才有团圆之意。这日晚上室友数乘以二减一，慢慢聚满一屋子，室友七人中，只有夏念祥是孤身一人，其他全都携上了女眷。

凡有女人之地就少不了话，众人叽叽喳喳地说着，分外热闹。刘骏翔的女友冯晓星与端木钰晴同室，夏念祥与端木钰晴的事她岂会不知？席间，她看夏念祥强颜欢笑，大口饮酒之间难以掩饰落寞，趁众人都谈笑的空当，坐到夏念祥身边，笑着说："夏主席，今天怎么没叫……那个主席夫人来？"夏念祥苦笑着呷了一小口酒。冯晓星狡黠的笑容无不含有打趣的成分，见他不语，又补充说："我说夏主席可是一直办实事，这么低调就把端木小姐的芳心给掠取来了。哈哈！今儿怎么不把她叫来，算正式跟大家见个面，要不以后可没机会了。你们以后若是办婚礼我可装作不知道，不参加。"这话一出引得寝室众弟兄一阵哄笑，大家都怂恿夏念祥。夏念祥此时已经酒醉五分，他忍不住说："她在宿舍么？要不咱们一块儿去找她？"冯晓星站起身来，笑着说："早该这么干了！我来的时候见她还在宿舍，估计现在还在，我去叫她。为了表示你的诚意，你和我一块儿去。"在大家的笑声里冯晓星和脚步打飘的夏念祥出了宿舍门。

天色已经全部暗了下来，远处树林里还闪着烛光，露出一方祥和的光明，隐隐还有吉他弹奏声。路上夏念祥忍不住问冯晓星："你来的时候她问你去哪儿了么？"冯晓星故意刁难他："'她'是指谁？"夏念祥只得说："端木……端木钰晴。"冯晓星说："我告诉她我男朋友宿舍吃散伙饭，她表情很快就变得很专注，又想问我些什么，但嘴唇动了动，没说话。"夏念祥心想她肯定很落寞，不禁一阵心酸。冯晓星很快又说："哈哈！心疼了吧？是个女生都会生气的！你平常办起事情来那么厉害，可偏偏在爱情上这样窝囊，钰晴也是大小姐脾气，两个人互相喜欢却偏偏不说出来，你们不说还想让第三个人去说么？"两个人边说边走到女生宿舍楼外，冯晓星快步跑入楼中，夏念祥只得忐忑不安地在楼下花坛边等。

由于毕业在即，女生宿舍楼边川流不息，有赶夜车回家的，有与朋友作别的……夏念祥哪有心思去看这些。他把眼光投往不远处，忽然看到一个场景，那个场景使他一下子立在原地：端木钰晴和先前他曾见到过的十分成熟的男生站在离他二十米远的路灯下，那个男生笑着拍着她的肩膀，两人说着话，显然很亲热，男生手里还提着端木钰晴的东西，不一会儿，他把那东西塞入一旁的轿车后面的后备箱中，搀着表情有些无奈的端木钰晴进了轿车。由于二人就在路灯下，所以夏念祥把这些动作看得无比清晰。他浑身冰冷，看着那车洒下一溜青烟，一路鸣着喇叭驶离女生宿舍楼前的人群，朝学校大门口开去。

冯晓星过了一会儿才从寝楼上下来，见到正蹲在花坛边状如行尸走肉的夏念祥，气喘吁吁地说："我到了宿舍，看见锁着门，里面也没人，钰晴不在，真不知道去哪儿了。你是在这儿等着，还是回去？"夏念祥魂不守舍地说了句："今天她是不会回来了！"说完就拖着身躯，没带上灵魂，蹒跚地在冯晓星疑惑的目光中向来时的路走去。

端木钰晴的苦恼此时只会比夏念祥多。近几个月以来，她感到与夏念祥有着难以捉摸的若即若离感，起初她认为是因为那天父亲对夏念祥说了些什么，但随即又想到父亲对夏念祥赞不绝口更令她感到迷惑。从小到大父亲从未干涉过她什么事，但在她的感情问题上父亲却如护雏的老母鸡一般，凡是与她接近的男生，都被他用筛子筛过一遍。

自从上学以来父亲就对她寄予了殷切希望。端木村认为真正的学问在国外，而国内的东西都是从外国嫁接过来，所以都显得不伦不类。他年少时就有出国的梦，但是由于政治原因，他出国之梦破碎了，虽然当时处境艰难，但他仍不忘在家偷偷辅导儿子端木钰天，高考一恢复，他立刻让儿子参加了高考，大学未毕业就把他送到法国学哲学。所谓"送"字说时容易，做时却百般艰难，需要强硬的经济作为后盾。端木村认为一个儿子的成功就是强过他老子，而一个老子的成功则是使他的儿子强过老子，他决定重金打造儿子的前途。好在钰天颇为争气，出国前学了半年英语，在巴黎留学半年，又转学至伦敦，在伦敦毕业后，又辗转于奥地利与法国之间，拿了几个硕士学位，渐渐地在西欧站稳了脚跟。

对女儿钰晴，老谋深算的他早已为她设计好了前途。在他看来，女人应为艺术而生，因艺术而美，而女儿钰晴也出落得娇媚无限，这坚定了他只有琴才配女儿学的观点。他既然能够用大把钞票把儿子送出国外，就能不惜重金把女儿打造成钢琴名家。他为女儿从北京找来不少钢琴名家当面传授琴艺，不料20世纪80年代我国钢琴业先天不足，后天又营养不良，钰晴进入大学后不久就陷入无师可教的尴尬境地，她常常拿着莫扎特的奏鸣曲、肖邦的A大调《波洛涅兹》波兰舞曲、舒伯特的即兴曲、巴赫的《赋格》、李斯特的《森林的呼唤》自弹自赏。开州政法学院艺术系虽盛，但毕竟起步晚，与国外无法抗衡，只有负笈海外方能钻研琴道。

钰晴本来也向往音乐之都维也纳，幻想着能像哥哥那样光耀门楣，再加上父亲的教育，更使她觉得非出国不可。上了大学之后，蓦然从信封中蹦出个文天，把她的心第一次搅乱了。她本来就视恋爱为猛兽，觉得天下男子一般俗，而女子则是金雕玉琢，容不得半点玷污——这都得益于父亲的教育。端木村知道，他这个女儿长大了，长相不说倾城倾国，也是惊世骇俗，唯恐她将来为凡尘俗事所累，为了能够使她专笃琴业，打小他就教育女儿，男子都是危险品，到了女子身边易燃易爆。在父亲这种思想灌输之下，钰晴向来对男生敬而远之，从而获得一个"冷美人"和"冰山美人"的称号。

孰料在大学里她发现了文天，他愤世嫉俗，他文采飞扬，他用那些动人的句群表达出了她用琴声一直想要表达的意思，这使她感到某些男生还是不俗的，在芸芸浊流中还有一条金鱼游过。在与文天的通信中，她欣慰地发现，他们有着共同的生活感悟和共同的为艺术而生的细胞，他的文字是她琴声的补充，文天填补了她内心中设定好的白马王子的框架，她像一个探险的旅人一样走进了文天的内心世界，渐渐地发现了更多的自己所需要的矿藏。她虽然没有见过他，但他遒劲刚健的字体，幽默挥洒的文风，无不在刻画着他光辉的形象，她坚信她的直觉，她一直兴奋地期待他们相见的那一天。等待的过程漫长但幸福。她在信中读着他的悲喜，她也在信中向他袒露着心扉——这是她第一次向一个人痛痛快快地诉说自己，这中间有迷茫，有痛楚，有欢欣，有骄傲，先前被"端木千金"这一名号所压抑着的天性在和他写信的时候可以肆无忌惮地流泻出来。她平生第一次感到一种无助的悲伤是在那天，文天在信上说他定亲了，在读到那句话的一瞬间她的心感到一种锥心般的苦痛。自己为什么这么苦痛？自己为什么有一种被一个世界抛弃的感觉？他要和另外一个姑娘共度余生，与自己何干？一个一个问题她都无从答起，到了不再问而沉默的时候，她才知道：自己已无可辩驳地喜欢上他了。

当等待一个人的讯息成了习惯，那毫无疑问只有爱是唯一的邮差。端木钰晴感到无助以后，心中暗暗怨文天不知己心，当文天陷入单恋的旋涡不能自拔时，她同样也面临着不为心上人所知的苦痛。定亲不等于成亲，她暗暗对自己说。他们之间的联系有增无减，依旧抒发着各自对这个世界的感悟，但唯独不提未来，未来对他们来说已令他们感到一丝惧怕。

　　其实，即便没有琴房的偶遇，钰晴也迟早会去找他的，他们相见只是个时间问题。他们见面后，文天变成了大名鼎鼎的夏念祥，夏念祥的形象无疑符合了纸上的文天形象，高大但是显得瘦弱，文质彬彬的外表下潜伏着事事敢为天下先的硬骨头，他隐忍的性情中却露出锋芒，一手拿笔作诗，一手持权从政。她越来越觉得夏念祥超越庸庸众男生之上，单是他生于贫贱之中而不甘贫贱，带着超乎寻常的鸿鹄之志去击溃贫困，带着故乡突围，这一昂扬之志就非一般人所能及。当她一次次地挑选夏念祥信中的经典段落念给母亲听，向母亲神采飞扬地讲述文天的好时，看着女儿长大、熟稔女儿习性的端母焉会不知？女儿这是有中意的人了。

　　端母的娘家也是名门望族，与最讲究门户的端木家联姻，原是图个强强联合之意。端木村以事业为重，先前对婚事不甚热心，后来见到这姑娘，立刻感到美是一把利剑，当下再不和母亲在婚事上顶板，马上同意了。姑娘入门后相夫教子，团结上下，为端木村恢复生意事业起到了重要作用。端母待字闺中时就已识字断文，钰天和钰晴受母影响不小。端母听到女儿诉说文天之后，虽口头上没有说什么，只是要她重新背诵一下她儿时就会背诵的《诗经》中的《卫风·氓》，当钰晴背到"于嗟女兮，无与士耽，士之耽兮，犹可说也，女之耽兮，不可说也"时，才明白母亲的良苦用心。她当下说："妈，我认准他了，我觉得和这样的人能够认识一次就是最好的事，更不用说和他相爱一场！"母亲第一次看到女儿有这般坚定的神情，心中当真是一惊。几日之后她抽空向丈夫说了此事，端木村听了之后沉吟不语，但内心却惊起波澜。他自从女儿小时候起便对女儿这种事严防死守，努力消除一切这种事情出现的因素，没想到在女儿即将出国的最后阶段出了这种事情。他马上责备一直在学校暗中监督钰晴的几个眼线，不料钰晴与夏念祥一直是纸上往来，连钰晴也不知道夏念祥的样子，更不用说那几个眼线了。

　　端木村当机立断，马上采取措施：一有闲暇就把女儿接回家来，以避免女儿在校和这个小子接触，接着约见这个小子一面，当面谈妥。他告诉钰晴说："你要是真有意，不如叫他来家里吃顿饭，这样才名正言顺，光明正大嘛！"钰晴暗地里心花怒放，她没想到事情会这样顺利，他们之间还没有互相表白，父亲竟这样大度请念祥吃饭，假若念祥能来，就等于确定关系，胜过一万个表白了。但她没想到，父亲要她去找母亲只是把她支开，当她到了母亲的房间时母亲竟然不在，而是上午就去了市北一个庄园室内钓鱼，她又到厨房吩咐中午做一顿丰盛的饭菜，才撑着伞，冒着风雪匆忙回到父亲书房，却只见父亲一个人在客厅里背着手踱步。她四下张望，想寻找夏念祥，父亲说："已经走了，他学校中有些急事。"正当她狐疑时，接下来父亲就开始了对夏念祥的夸赞，连夸此人一表人才，日后必成栋梁。端木钰晴欢喜地想，既然父亲对夏念祥如此高看，那一定是刚才聊得很愉快，绝对不会有赶他走的道理，可能他学校真有急事。她又看到橱柜上还留着夏念祥的皮鞋，暗暗笑他粗心，用纸包起来，拿到自己的阁楼上，涂抹上鞋油，打磨一番。

钰晴一直等待着夏念祥的主动靠近，后来她发现这样下去是怨妇的行为，等待的结果可能是白马王子的翩翩来临，也可能是一阵无人驾驶的风。哥哥钰天已经从欧洲回来，他是特地来接她赴欧的，好像投奔老牌资本主义国家对她来说是一个必然结局。她有什么不舍？与夏念祥不明不白的感情么？

宿舍的室友也在吃散伙饭，系里的、院里的散伙饭不计其数，她坐在狂欢的人群里黯然神伤，她坐在满是室友和室友男友的酒席上独自开放。父亲在她离国前最后一段日子里对她看管得更严了，虽然父亲总是以和蔼的方式表达出来。他总是对钰晴说没事就在家里，每天都让司机接钰晴回家，自从哥哥钰天回来之后，干脆让钰天开车来接。钰天与钰晴向来无话不谈，但是这种事情她吸取了告诉母亲的教训，向哥哥只字不提，因为有些事情是即使烂在肚中也不能吐出一字的。她到了家里就感到窒息，有一种面对四壁的囚徒感。在学校她还有见到夏念祥的可能，而到了家里她只能面对一架无言的钢琴。

窗外的花园里开放着寂静的花，里面长着美人蕉、百合、水仙，最近端木家的园丁还栽种了风信子，每到傍晚时分，花园里就静悄悄的。端木钰晴独住一幢二层小别墅，她从小独居惯了，由于人静天阑，她常常独自享受寂静的氛围。钢琴虽好，但是有个致命的缺点，那就是不能与人互动。她弹琴累了的时候就站在阳台上看晚霞，晚霞平铺于西方天空，太阳以体面的方式美丽着每天的死亡，那是一种幻灭之美，徐徐出现于城市上空，依托着楼群而生，又傍着楼群缓缓飘落，旋即把天空让位于无尽的黑夜。

一进入六月份，雨季便翩翩而至了，乌云常常在不打招呼的情况下布满天空，紧接着雨开始对大地进行突袭。她是喜欢雨的，雨是燥热的行刑者，雨后的楼群就像一排排刚出了恒河水的圣人，清洁了全身向天空朝拜。她喜欢这个世界的一切，尽管她一直被富贵的襁褓包裹着，但她向往着襁褓外的一切。她一直想去夏念祥的故乡，那个叫做夏桥村的村庄，他们在一起的时候，她总听他讲那里有高大的桐树，婀娜的青纱帐，金黄的麦田。但是所去之日在何时呢？

自从那天见过父亲之后，他们之间就出现了一丝尴尬，虽说这种感觉极其微妙，但是钰晴能够感受出来，两颗本来趋向于一起的心无形中渐远。距离离校的日子只有两天时间了，她心急如焚，先前父亲和哥哥催促她上路，她还能以未毕业、学校有事等为理由搪塞，而如今毕业离校，再也找不到可以推延的有力理由。她坐在宿舍里心乱如麻，室友冯晓星打扮一新，告诉她男友宿舍里吃散伙饭呢，她瞬间便想到夏念祥，想说：他也在吧？但愿他今晚别喝醉了。但张了张嘴唇，终究没有说出口，她听到门被冯晓星轻轻合上的声音，带着失落幻想着那即将开始的聚餐……她听到时间走过心田的声音，心想：哥哥也该开车来了吧？今天又见不上他了！她发誓：明天要不惜一切代价见到他，她想起昨天也说过同样的誓言，脸上不由露出了可怜的苦笑。走廊上传来女生的笑声，她心烦意乱地收拾了几本书和几身衣服，就听见楼下响起车喇叭声。

路上哥哥边开车边告诉她，已经买好大后天的飞机票了，她想问哥哥为什么不和自己商量，但又一想，商量有什么用呢？最终还是难逃出国这一结局。钰天又说："妹，咱爸让你明天不要回学校了，你宿舍的东西一概送人，不能送人的就派人给你取回来。那些东西拿回家了也没多大用处。"钰晴急忙说："可我还没跟同学们正式告别呢！"钰天笑着说："告别？呵呵！我告诉你，再见等于再也不见，你们这些同学之情什么的，一毕业就什么都没有了。我毕业这么多年，从来没有遇见过一个老同学，世界太大了！对了，明天和后天咱爸还有安排呢。"钰晴心乱如麻，随口问："什么安排？"钰天望着前面的柏油马路，打方向盘，回头冲她笑笑："咱爸为了送送咱们，决定全家去一趟开州市北的小抚仙湖，听说那里现在凉快得很。咱们痛痛快快地玩两天,晚上在那儿住一夜,后天一早他就直接把我们送到省会机场。飞机是大后天上午的,直接飞巴黎。"

钰晴首先想到的是这下没希望见到夏念祥了,依照父亲的习惯,言出必行,是不会让自己再回学校的。她望着车窗外耷拉着脑袋的路灯和闪耀的霓虹灯光中的楼宇,街道旁摆起的夜市摊位,忽然感到这个城市触手可及却又那么遥远,遥远得令自己再也无法把握。

38

寝室室友只剩下两个人,其余的全都回家或者奔赴新的城市参加工作了,同乡也已给他捎来信,说什么时候放假说一声,宁姗的哥哥宁二强会骑自行车来接。夏念祥知道这是何意,只要他一毕业,新娘似乎就在新房前等待郎归了。他站在阳台上看楼下毕业生拿着大包小包走在回家的路上,这时才知道古人江淹的话是对的:黯然销魂者,唯别而已矣!三载相思终成空,梨花带雨泪带梦。他狠狠地擂击了一下阳台,只觉得去日苦多,而过去想做的,如今似乎已来不及了。

夏念祥坐看着渐渐空荡起来的宿舍,想着再过几个月,又会有一批新生共居这室内,演绎不一样的悲欢。他坐下来,忽然想抽烟,他想说些什么,张开嘴来却说了句:"钰晴,你还好么?"

他忽然想起了毕业证还未领,便拖着身躯在燥热的空气和嘹亮的蝉声中下楼。不料刚下到一楼,便遇见满头大汗正准备上楼的刘骏翔,他刚刚给女友冯晓星搬完宿舍,见了夏念祥就说:"念祥,我正找你呢。我刚才去晓星的宿舍,看见钰晴的东西都被钰晴的爸爸叫的人搬走了,可能钰晴不会来了,你怎么也不去送送?"夏念祥听到这句话,才感到事情升级了,他没来得及细问刘骏翔什么,就点点头,朝学生会飞奔而去,他想领取了毕业证,接下来就只做一件事:哪怕付出一切,也要找到她!

端木钰晴终于知道了智慧的重要性,早上她连饭也没吃,躺在床上一动不动,将一些茶水胡乱地洒在脸上。一家人本来说好今天出发去两日游的,母亲见钰晴未醒,就急忙过来探望,她看女儿躺在床上,满头大汗，确定女儿病了，钰晴说："昨天晚上睡得不好，早上感觉不舒服。你们先去吧，我不去了，如果因为受了风吹而病情加剧的话就耽误后天的飞机了。"母亲一见女儿病了，当下表示自己也不去了，要留下来照顾她。钰晴大惊，没想到弄巧成拙，忙起身下床在地上活动了一下，蹦蹦跳跳地说："你看我现在不是没事了么？你就放心地去吧！我爸这几年一直忙事业，你们很少有这样的机会。我爸也去，您可得给我看好啊，路边有很多野花！"端母嗔怪说："多大了，还跟你妈开玩笑？那好，你好好歇歇，你爸那我给你说说。"端木村和端木钰天听说钰晴病了，纷纷过来探望，在确定钰晴病情不是很重后，才放心地离开。离开之前，端木村还吩咐钰晴哪儿也别去，钰晴忙说："现在这个样子，我还能去哪儿？"端木村点点头，给她掖掖被角，才背着手下了女儿的楼。

　　九点二十分，一家三口戴上太阳镜总算出了大门，钰晴站在阳台上看到太阳下父亲的轿车消失在大门口，她长出一口气。她忙穿上那条心爱的白色长裙，回到屋中打扮一新，然后撑起太阳伞下了楼，她要去学校找夏念祥，告诉他她要走了，真的走了，问他有什么话对她说，哪怕所说的仅是"再见"或者"保重"……她设计好了路线，要乘公车去：先出门坐34路到凤凰大道，再转乘55路至终点站开州政法学院。

　　此时天热得发狂，阳光从天空射下来，裹着熊熊火苗舔舐着大地。她走到大门口时，门房的孙老头见她要出门，忙过来拦着她说："小姐，老板早就吩咐过了，让您在家养病，哪儿也不准去。您看您是不是先回去？"钰晴忙说："孙大爷，我到学校真有急事，我去拿本书就回来。"孙老头此时的表情比钰晴还苦，哀求说："小姐，我知道您平常很照顾我这个老头子，但今天您要是走出这个门后有啥闪失，那老板回来问我可叫老头子说不出话来。要不您回去等着，我差人去学校给您拿过来？求您体谅体谅！"钰晴只好满腹委屈地回来，泪水在眼眶中打转。

　　她在回来的路上一直想怎样和夏念祥联系。写信是不可能了，就算写的信寄出去也只能明天才能收到。那该怎样？钰晴踢着一颗小石子边走边想，忽然灵机一动，她想到了电话。当时电话极其罕见，但是她记得校学生会外联部有一部电话，夏念祥做主席的时候她还给他打过，不管怎样，这是最后的救命稻草，钰晴回到自己楼上，翻检出电话簿，找到那个电话号码，冒着毒辣的阳光小跑到家中第一幢小别墅中的会客厅，只有那里有一部电话。

夏念祥跑到学生会，他心急火燎地领取了毕业证，盖过章后，敷衍地回答了几个低一级的学弟向他询问的找工作的问题，就急匆匆地走出办公室。他边走边看着这里的一切，感慨地想，当年就是在这里秣马厉兵，追求理想，而如今就要离开这个地方，他又想起当年钰晴没事就来这里找他的情景，更感到无限酸楚。他已计划好，今天无论如何也要找到她。他已告诫自己，是个男人就自己告诉她爱她，就不应该再让心上的人受折磨，要想争取到完美的爱情，就必须和自己的懦弱决一死战。

夏念祥想着，激动地下了楼梯，正好遇上外联部一个干事满头大汗地跑进走廊，他见了夏念祥便叫："夏主席，我正找你呢。刚才跑到你宿舍，见一个人都没有，正愁到哪里去找你呢？"夏念祥狐疑地站住，问道："什么事？我一直在学生会办公室办毕业证呢。"那干事擦着脸上的汗说："谁知道你就在学生会呀？要不这一趟就不用跑了。有个女孩给你打电话，让我转告你一句话：速来我家，那女孩还说她是文水。我正寻思着这么蹊跷，话说得不明不白的……嗳！嗳！你已经去……"干事话说到这里，发现夏念祥猛转身，狂奔出学生会所在的大楼了。

阳光更为炽烈，没有一丝风，开州市进入入夏以来最热的一天。夏念祥在路上如一头朝日飞奔的犀牛。当他跑到端木氏巍峨的住宅区附近，望见高高的红色墙壁时，他激动的心怦怦直跳。阳光从高空中射下，把地上照得白花花一片，红色的墙壁在太阳下似乎想要冒出青烟。夏念祥在没吃早饭的前提下狂奔了十里，此刻骤然停下，走起路来跌跌撞撞。他扶住墙壁，大口喘了一会儿气，才算平静了自己心中的悸动，刚想转身进入大门，只听传达室里有人吼道："干什么的？闲人免进！"夏念祥刚想开口说话应对，忽然看见端木钰晴已经双眼含泪却笑吟吟地打着伞站在不远处的阳光里了。

当夏念祥随着端木钰晴走进她的那幢小楼时，静止的空气才算苏醒，微微起了一阵风，掀动了楼下几片芭蕉叶。客厅里，钰晴为他倒了一杯茶，夏念祥呷了一口，忍住腹中饥渴不敢多喝，钰晴似乎已经看出他的窘态，笑了笑，又拿出一瓶饮料，打开后放在夏念祥身边。端木钰晴见了他，只觉一切又鲜活美好起来，面前又有一座可以依靠的大山了。她说："昨天晚上我哥去接了我，他说我们后天就要……走了，没想到我爸从今天起就不让我出门，我怕走之前……见不到你，只好让你到这儿来。你放心，他们都不在家。"

夏念祥此刻心中又喜又愁，喜的是昨晚见到的那个男子是她哥哥，不由痛恨起先前对她的误解，但随即又因她后天就要走了而难受起来，便觉前面那个喜讯只是给他后来的噩耗做个补偿。夏念祥心中涌起一股愁绪，他不由站起来，对面前的钰晴说："你后天就……走？去欧洲？"钰晴点点头，好像在等待他挽留的一句话，说："嗯！确切地说是明天，我明天就和我哥哥动身去省城，后天一早的机票。"夏念祥心中的悲伤骤然扩大，他心中翻腾着无数的"不要走"，他的嘴唇颤抖，手慢慢地向着端木钰晴的方向游移，端木钰晴似乎也在等待着，等待着那只手最终靠近自己，她知道那是最后的挽留！但夏念祥伸出的手却在离端木钰晴半米远时抖落下去，他的表情木讷，嘴里只是喃喃地说："那……祝你一路顺风！一路顺风！"钰晴忽然仰起脸，往前走几步，似乎咬着嘴唇问："你希望我走么？"

此时夏念祥来之前路上的豪气已损耗殆尽，他心中一万个不愿意她出国，他知道只要他一句话，她就会留下来，但是留下来又能怎样，做个小职员的妻子么？夏桥村的蛙叫蝉鸣也和钢琴声没有任何干系！他深知她还是属于维也纳的，在西去道路上她的前途光明万丈，而自己也会抛弃宁家姑娘，在洛宁镇上落得一个不忠不义的骂名，此刻夏念祥的心中理性又占据了上风，他回避着端木钰晴炽热的目光，支吾着说："去国外，那……那样你才会有前途，以你的才华，在国内只能害了你，所以……"

端木钰晴听了他说的这句话，脸上满是隐藏不住的失望，她摇着头，全身颤抖，猛地上前几步，双臂抱住了还在说话的夏念祥，泪水大滴大滴地流下来，滴在他的衣襟上，她边哭嘴里边喊着："可是……可是我已经爱上你了啊！"

夏念祥全身一震，只觉怀中的身躯娇柔似水，如抱了一片云，他的心里同时涌上来一阵狂喜，他一直在等待着这句话，他也一直在与自己作战，克服自卑想对她说出这句话，但如今这句话骤然从她口中说出，他的心好像被一片云托起，缓缓上升，即刻在空中被欢喜撑大，几乎要炸裂开去……

风好像再一次静止，虫儿的翅膀稳稳扎寨于美人蕉的叶子上，人每呼吸一次好像都要用尽全部力气。蝉还在拼却气力发出憔悴的哀鸣，远处的高楼不知疲倦地直刺着更高的长天，在车水马龙的声音上面，隐隐传来隆隆的雷声。小楼里面，钰晴已经从厨房里端来几盘菜，又找些水果制作成拼盘，取了一瓶红酒和一瓶白酒。夏念祥经历了刚才的狂喜，看到她哭泣后的梨花带雨的脸庞，真的恍如梦中。他真的感到：这大抵是他们最后的晚餐了！

钰晴眼角含泪却笑吟吟地坐在对面，一动不动地看着他，夏念祥倒了一杯酒，举起了杯："钰晴，想知道我第一次见你是什么感觉么？就像一个登山探险者在跋涉了厚厚的雪山后忽然看到一朵姣美的红雪莲，那个时候我才知道英国政治家里德说的对：美是力量，微笑是它的剑。我当时就对自己说：你就是我发现的最美的雪莲，我的探险活动到此结束。你的眼睛只要一望到我，我就觉得那里面含着只有我能翻译出的一种语言，你的深眸里有金黄的麦田、乱云飞渡的傍晚、碧波无垠的海面，还有每一首都值得流传千年的美好诗篇！我想起了普罗帕克斯说的话：眼睛是首先宣布温柔爱情开始的前驱，你的眼睛虽然不会说话，但每一次黑波流转，无不在向我传递着你无法言说的美！你的身影里有着亲人般的对我的蛊惑，举手投足间都使我感到亲切，我每时每刻都想拿笔诠释出——不，准确地说是还原出你的美丽，但我发现我每一次努力的必然结果都是失败！我先干了这一杯！为了你的美！"钰晴也微笑着举杯，和夏念祥的白杯在空中轻轻碰了一下，将杯中的红酒慢慢饮下。

夏念祥又斟满一杯白酒，望着钰晴款款地说："我没有给你写过情书，甚至……连向你表示过什么也没有，因为我知道，眼光是最好的情书，不用打草稿，一气就呵成。我每次想提笔给你写些什么时，什么'园中花''残秋红''花蓓蕾'之类的语言在你的面前都那么憔悴无力，后来我才知道：真正完美的艺术品是不需要语言和画笔渲染的，因为每一次的渲染都是对它的亵渎。蒙娜丽莎一笑倾城只能让人欣赏她的神秘，梵高笔下的向日葵只能让人空对它的瑰丽。我看你的时候，只能静静地、远远地遥望，然后搜罗一些散词游句，表达出我对你的迷恋。我从没想到过有朝一日会离你这样近，我不敢想，就像不敢想有一天会坐在月牙上摘星星。我有'有美一人，清扬婉兮。邂逅相遇，适我愿兮'的欣喜，但还有'优哉游哉，辗转反侧'的踌躇。当那天我们在琴房偶遇，我知道你就是文水时,我感到……我感到我正活在真实的梦幻中,生命的每一天又都充满狂喜,我形容不出那份……心情!"夏念祥仰天又吞下一口酒。

窗外雷声似乎又响了几分,"呜噜噜"的声响逼近这座城市,室内的光线渐趋黑暗。钰晴随手点亮了桌子一旁的红色蜡烛,夏念祥好像以舌代笔,喃喃地说:"钰晴,我骨子里有着摆脱不掉的自卑,这是我不敢靠你太近的原因,我怕……我怕不能给予你什么。但我骨子里又有着摆脱不掉的骄傲,这是我一直不能放弃你的原因。每次看到你,我都会兴奋好几天,身体上每个细胞甚至都能绽放出玫瑰花,但见到你之后却又摆脱不掉一种痛苦,就好比……就好比看到漫天绚丽的彩霞却不能接近它,拥有它。也许……也许我毕生所奋斗的终点就是你一生的起点,也许你华丽的所在就是用我这一生也不可企及的天堂,但我相信我会扬着朝圣的旗帜向你一步步前进的。你知道么?对于我而言,最大的毒品不是海洛因,而是你,你使我憔悴,又使我振奋。我的心好像月亮,围绕着你这轮太阳不停地公转,一刻不息,我转了三年,今天我累了。请原谅我给你倒了淤积两三年的话!"夏念祥仰口又饮了一大杯酒,钰晴含泪微笑着为他轻轻斟上半杯,被夏念祥按住酒瓶,把剩下的半杯续满。

这时室内光线骤然变黑,烛光显得柔和而明亮,乌云似乎已经包围了楼顶的天空,门外的风好像发怒的泼妇,不分方向地到处撒着怨气,四下里响起清晰的门窗闭合声,夹带着雨气的凉风从门外闯进来,将角角落落的暑气涤荡,风声、雷声在天空媾和,演奏着气势磅礴的交响乐,窗台上一个花盆被风掀落下,重重地砸在地上。夏念祥诉说得沉醉,钰晴听得更是沉醉。他酒劲上来,脸色潮红,只觉对面的钰晴朦胧中愈加令他心醉和心碎,而这令他心醉和心碎的人明朝就要远行,他们在以后的日子里可能碧落黄泉终不相见。

他面前酒瓶中的白酒已经空了大半,他的谈兴随着瓶中酒线的下降而提高,钰晴只是不时地点着头,做一个幸福的听众。夏念祥边饮酒边说:"你使我颠覆了对美的理解,改变了我的一切,能与你在一起我不敢奢望,至少目前,但我可以奋斗!只是……只是我现在奋斗的终点就是你的起点,而若干年后,你又高高在上……"钰晴静静地望着他,终于说了听众的第一句话:"可你的才华、你的气质又使我感觉你高高在上!更何况你为什么这么在乎现实中的东西呢?这一点我对你……对你很失望!"

夏念祥又饮了一口酒，说："以前我也是生活在虚幻构造的浪漫中，幻想着花红柳绿，但后来我知道，人无法回避现实。当我写完诗歌面对着中午的一碗面时，当我长途跋涉走进夏桥村时，当我坐着你家的轿车进入你家时，这些都令我不得不反思这使人未语泪先流的现实。现实是我们的立足点，又是我们的回归点，它使人清醒，使人奋斗。我们总是在看到差距时选择逆来顺受，却从来没有问过一句为什么会这样。你也许会说我是野心家，但野心有时候是雄壮理想。"他面前的酒瓶已经快要空掉，他面色潮红，说话时眼神迷离，再也不是平常矜持稳重的模样。钰晴从来没见过他如此剖心地说着言语，只是陪着他饮酒，出神地听他演讲，今天，她是他唯一的听众，这些话他也只对她一个人讲。

蓦地屋外哗哗声不绝，瓢泼大雨终于迫不及待地倾吐而下，砸在窗台上，崩裂成无数的碎琼乱玉，风也配合着雨珠，在院中四下冲荡。坐在屋中，只听见风声、雨声不绝于耳，顿觉这座小楼就是浸在惊涛骇浪中的诺亚方舟。

夏念祥茫然地看了看外面的大雨，悠悠地说："酒罢雨歇就是兰舟催发时，毕业毕业！明天又能怎样？钰晴，我告诉过你我有婚事，但是你为什么从来……从来不问我这方面的事情？"端木钰晴在烛光下闪着乌黑的眸子，忽然垂下头去，凄然地说："你觉得我应该问么？又该怎样问？"夏念祥忽然朗声说："一朝优柔，终生寡断！只恨当初！只恨当初！一生经过你一个绿洲，其他对我来说都是沙漠。"钰晴看他饮尽这瓶中最后一口酒，知道他喝得已经差不多了，在空腹的情况下他足足喝了一斤白酒。夏念祥忽然说："还有酒么？在你面前，我可以放心大胆地喝！在我的人面前，我可以……袒露我的美好，也可以袒露我的……丑陋！"钰晴哪里会让他喝，忙从身后取来一杯白开水，没想到夏念祥一把抓过倒进嘴里大口饮完，连连说："好酒！好酒！来得好！"端木钰晴第一次看他喝醉，先前从无所不知的英雄忽地在她面前变成了三岁小孩，她感到无比心疼。楼外雨声正紧，夏念祥摇摇晃晃地站起来，嘴里说："我为你……为你朗诵一首词！"端木钰晴忙连连点头。只见夏念祥蹒跚地在桌前走了几步，口中诵道：

"天边金掌露成霜，云随……雁字长，绿杯红袖趁重阳，人情似故乡。蓝佩紫，菊簪黄，殷勤理旧狂，欲将……沉醉换悲凉，清歌莫

263

断肠！"

端木钰晴知道这是晏几道的《阮郎归》，表达千年以前一位才子在异乡同样的悲凉。夏念祥边吟边泪流，好像这份悲凉穿越千年，来到这位醉中的同样为才子的他身上，端木钰晴泪流满面。夏念祥忽地止步，醉眼蒙眬地看着她说："你能为我弹一首曲子么，就是那首……《小爱人》？"钰晴抹抹泪，点点头，站起来说："琴在楼上卧室里。"此时夏念祥已经走不成路，端木钰晴挽扶他跌跌撞撞地上了楼梯，夏念祥嘴里呢喃着："谁说我不喜欢你……我知道法国……离了你我真的就完了……我心里面爱的只有你……"端木钰晴听着他嘴里一直念叨着那句她期待已久的话，虽然这句话来晚了些，但是最终还是来了！她挽扶着他，心里充满着欢喜和哀愁，她挽扶着他，只想一生就这么与子老去。

到了楼上，她把夏念祥放在书房一侧的椅子上，然后坐在钢琴前，打开琴盒。窗外大雨正紧，屋内光线暗淡，钰晴想打开电灯，却因大雨的原因这片小区集体停电了。她看了看琴键，摁响第一个音符，音乐缓缓地从指下淌出，弥漫了整个屋子。窗外爬上来一支绿藤，叶子在雨点的击打下正战栗着。端木钰晴十指舞动，飞响着最后的乐章，款款地以清歌来粘上断肠。她依稀听到那熟悉的歌声从心中发散出，弥漫着《小爱人》的凄婉和唯美的歌词悠悠飘转……

夏念祥如一粒雨点，在琴声中缓缓下降，又如狂风在琴声中四处游动，蓦地他感到自己来到飘忽不定的六月，在无尽的金黄色麦田上空，携着钰晴双双凌越着麦芒飞翔，"读尽人间烟火，去远方"。他似乎又来到了冬日的傍晚，他们站在麦秸垛上，踏着云朵在晚霞中上升！上升！快接近夕阳的时候猛地炸开，喷放出万道金光，留下一地的诗歌碎片。夏念祥忽然感到自己要炸开了，他忽地起身跑到窗前，推开窗户头朝下大口呕吐，大雨旋即乱卷起来，大团大团的雨雾长卷向钢琴，将琴谱抛向天空。

端木钰晴忙停止弹奏，顶着风雨快步来到正在窗口呕吐的夏念祥身后，伸手在他背上轻轻拍打。雨势更加猛了，风裹着雨几乎横着冲过窗台，黑暗的天空骤然一明，整个世界犹如白昼，紧随而至的是一声刺耳的炸雷，雨点砸在两个人身上。钰晴和夏念祥浑身已经湿透，在急如利剑的风雨中，钰晴用尽力气把他从窗台上携下来，用力地合上窗户，室内霎时恢复了平静，只有湍湍急流的雨水从书桌和琴台上流下来。窗外，又一阵疾风，一个花盆从窗台上掉下去，在几近沸腾的风雨声中，没有听到一丝声响。

此后多年，夏念祥总会回忆起那一天，那个刮着龙卷风、暴雨骤降的一天，他的记忆开始因为酒精而模糊，却因岁月的冲刷愈显清晰。他记得他上了一个松软而又香气四溢的床，他还记得端木钰晴流着眼泪为他擦拭他衣服上的雨水，他还记得他怀里抱了一个很柔软的身体，他还记得什么呢？多少年里他拼命回忆却回忆不出，那个夜晚对他而言就是一个梦，一个上了天堂之后又下来的梦，那场大雨从东下到西，那场大风从南刮到北，在他心中哗哗哗哗，多年以来一直没有停止过。

他唯一记得的，就是第二天早晨他与端木钰晴分别的情景。当时端木村已经在早晨提前回来，他们沿着小道从侧门像贼一样溜出去，在分别之前，匆忙的场景使他们忘记了太多语言，钰晴伸出手去重重地握了夏念祥的手，说："下次回来时我一定去找你！"说完泪珠滚落下来，即将转身前，夏念祥忽然叫住了她，对她说："只要时间走着，等待就不是问题！"端木钰晴听完这句话，双手抹着泪哭着快速地跑远。这份伤感的告别，在大雨初歇清新无尘的清晨，是那样如印般镌刻在夏念祥心底。

39

南许村自古以来，都是丧喜事不同行，凡是家中有了丧事的，三年之内不准办喜事，而许运动则违背了这一百年教条，家中刚葬了父便娶亲。大年初一那天，许运动摆出了大办的架势，高高的桐树上三只喇叭轮番向四周播放着喜庆音乐，宴席摆了三十余桌，许运动又找来一顶雍容华贵的轿子，迎亲人群从上午十点就从南许村出发，沿着村后大堤浩浩荡荡一路向西，一路上炮声大作。前方一个唢呐队开路，笙箫奏鸣，引得一路上麻雀惊飞失林，路两旁村庄的村民纷纷出来观看，还以为马戏团从这里经过。

中午拜过天地，下午就开始在运动的院中摆席，按照计划，晚上在运动门前的空场地上放电影。许运旺恐怕出事，找他二弟惶恐地说："运动，前几天才因为看电影出事，你要是再放电影，镇上的人再来闹事咋办？"运动对他大哥斩钉截铁地说："我不怕他们来，就怕他们不来。"

　　天刚漆黑，热闹了一天的许家大院中灯火通明，门口的电影场依旧是人声鼎沸。许运动暗地里给放电影的王金明塞了几条好烟，让他放几部好片子，吸引看电影的人越多越好。礼是润滑油，今晚放的片子果真不再是解放军与国民党反对派对攻，而是几部国产大片。许运动暗中布置好，让村中所有许姓小伙子编成四组，一组八个人，每人身上一条棍，在许运动家院中黑压压站了一大片。许运动站在院中一个榆木疙瘩上，让大哥许运旺给每一个人发了一包好烟，然后说："人活着不能被人欺，凡事只要占住一个'理'字，腰板就得直，一路走大道，人不欺负我，我也不欺负人。但今儿别人不让我们过日子了，这口窝囊气还得我们吞下去么？南许村不是外村人的公共厕所，谁想来就来，谁想走就走。今晚不管外村来了多少人，一律拿下！但记住一条，不准打人，今晚我就在这儿啥事不干，专听你们的信儿。"下面一个小伙子开玩笑说："运动叔，你洞房花烛夜，让嫂子守空房，就不怕嫂子生气？"许运动见众人哄笑起来，也笑着对那小伙子说："我看八成是你小子急着听新房吧？等电影一散场，我在床底下给你铺上一条被子，让你听到明儿个鸡打鸣！"在场的均是年轻人，只有荤笑话才能让他们发笑，于是响起笑声一片。运动听着外面的音乐声起，估摸着电影已经开始，便下令让这三十余人分布到指定的村中位置去。

　　电影场上热闹无比，村民们踩着"咯吱咯吱"的雪从各个小巷中汇集到这里，人们踩着冻得冰凉的脚丫，在厚重的棉衣包围中眺望着色彩斑斓的影布。按照运动的布局，各个小组按照指定位置到了目的地，南许村的小伙子均把棍棒藏在大氅中，抽着香烟打量着周围的风吹草动，只要发现目标，就点燃手中发好的冲天炮。

　　许正高和许正兴也在运动家里喝喜酒，许正高这个大厨忙了一天，心安理得地坐下吃自己炒的菜，留几个年轻徒弟在灶间打理。许运动也请了几个许家的本客，在贴满"囍"字的正房里吃菜喝酒。许运动先斟满一杯酒，对许正高和许正兴说："大哥、二哥，这几天家中事情不断，全凭哥哥们上下打理，这里兄弟先干为敬。"许正兴忙说："运动说的哪里话？咱自家墙头内的事，还能端出去让过路的管？俺几个过来只要不添乱就行了！"许正高闷声闷气地说："运动，你说今儿把春霞的事情办了，我开始寻思不通，我老叔刚入土，你就圆房，后儿我又寻思你是进城见过世面的人，知道哪条河能蹚，哪道江能渡。对你办事，我拍着胸脯说放心。你老哥啥话也不说，咱许家就得有个主事的，你决策的事，我许正高不说个二！"许运动喝完一杯，又斟了一杯，忙说："正高哥，可别那么说，我才奔三十，毛孩子一个，你们作为哥哥的，过的桥比我走的路都多，凡兄弟错了，该打骂兄弟伸手张嘴就是。就是咱姓许的为啥这么受人欺，归根到底就是咱不会硬，咱家里面都是麦垄上、猪圈前一滴汗珠摔成八瓣的农民，走的就是几里路，咱没见过的东西多了去了！我这几年出去，一事无成，但真叫我眼界变宽了，知道了啥叫活得值，啥叫活得不值。"

许正兴身披一个巨大的黑袄，只有一颗瘦头在袄外露着，一双眼睛如安了弹簧一样左右旋转，在一旁坐着，狠吸了一口烟接茬说："运动说得对，不过理是这个理，上嘴唇一碰下嘴唇都是道道，关键是在咱这一亩三分地上难做啊！我年轻时也是不甘心锄地种麦，但每走一步都难，一结婚就安分了，老婆要花钱，孩子要喝奶，老娘要供着，哪一分都得你去挣。家真是一把锁，把人锁住了。"

屋里人抽着烟，桌上的菜也往上升腾着白烟，那白烟呈问号形，在电灯泡四周围绕，外面杂声沸腾，电影对白和音乐传来，更是撩人耳朵。许运动接口说："二哥说的是实话，但咱应该能多走一步就多走一步，人要是一步都不走，就看不到前面的好景。二哥，其实咱都有一个心态，这个心态是最让人害怕的，那就是甘心，甘心现在的活法，人一甘心，就全完了！"许正兴拢拢披在肩头上的黑袄，叹了口气说："不甘心能有啥法？"许运动手里把玩着一只瓷酒杯，似笑非笑着说："改变这活法说它难它难，说它易也易，就是让下一代的小孩上学，不上学就没出路。这一点二哥你做得对，让依禾和依桐读书。咱这一辈子是没啥长头了，但咱能发发余热，挣点小钱，把腰包硬起来，腰包硬起来了，咱的腰也就直起来了。"许正兴说："依禾上学不中，学习成绩上不去，女孩子上学没有后劲，我打算再让她读几年就回家找个婆家。那个小家伙依桐读书还算行，只要他上，我就供。要是他不想上，我也不强逼，扛着锄头回家种地，过几年给他定亲！"许运动忙说："我看那依桐是个读书的料，长得水灵灵的，有灵气，一点就透……"正说着，席间众人忽然听见外面一声飞天炮响，只听电影场那边一片嘈杂，还夹杂着叫骂声，许运动慌忙站起身，奔

267

出院去，许正高等人忙紧紧随后。

许运动等人刚出门，就见许依顺领着七八个人叫骂着过来，借着电影场的灯光，看见前面有两个人被五花大绑，正被许依顺几个人推搡着往前走，许依顺边推前面一个，边用腿踹另一个走得慢的。见许运动等人过来，许依顺忙扯着破锣嗓子请功："运动叔，活捉了两个。本来有四个，那两个比泥鳅还滑，溜了，剩下这两个笨蛋，被……被我群众成功制服！"依顺在外学了几个洋词，赶紧兜售出去。许运动见灯光太暗，忙问："是不是镇上的？"许依顺身后一个小伙子说："怎么不是？外村的根本就不会来，上次来咱村闹事的人中就有他。"许运动忙转身说："先带回去，回去再问。"许运动又差遣几名小伙子去送信，让剩下的人遇到洛宁镇的赶走即可，不可再活捉，有什么事情场外解决，要不电影场就该混乱了。

这两个洛宁镇上的人被押到运动家的西侧房中，两个人中其中一个二十岁左右，另外一个稍大，有三十多岁，小一些的正瑟瑟发抖，显是惧怕，另一个则嘴角连撇都不撇，似是显示自己坚贞不屈。许运动背着手进去，见许依顺等几个年轻人手中均拿着皮鞭棍棒，佯装怒道："干什么？连毛主席都说要文斗，不要武斗，拿那些东西干什么？吓唬小孩子么？"几人忙把皮鞭丢在一旁。许运动过去忙给两个人松绑，给每个人嘴里上了一支好烟，其中年轻的那个狗抖毛似的乞求说："大……哥，俺们……几个真是来看电影的。"许依顺在一旁骂道："胡说！逮你们时，你们身上都揣着刀子！"许运动点点头，问："顺子说的可是真的？"许依顺伸手拿出一把弹簧匕首，说："这就是！"许运动点点头，收敛了脸上的微笑，对这二人说："就算你们镇上的人知道我许运动大喜，忍不住来庆贺，也不用带什么刀子吧？你们两个放心，在这里我们一不打你们，二不辱你们，只是大鱼大肉地伺候你们，今儿我大喜，蚊帐里不能钻一个蚊子！"这时那个稍大一点的人终于忍不住说："我们带刀子就是……就是恐怕你们找我们的事！"话刚说完，被许依顺一脚踹在一旁，依顺嘴里骂道："还敢犟嘴？"许运动瞪了一眼许依顺，不紧不慢地说："日本鬼子进中国还恐怕中国人找他们的事！我这个人做事一向有个原则：跟讲理的人讲理，不讲理的人不讲理。上次你们过来把南许村弄得鸡犬不宁，还搭上一条人命，今儿还想怎样？你们两个今天留下一个人，剩下一个人给我回去报信，我看你这小子挺大胆的，我挺欣赏你，你就留下吧！"许运动指着那个兀自桀骜不驯的人说。剩下的那个已经如吓瘫了的鸭子，糊在地面上，被几个人架了出去，扔到了外面的雪窝里。许运动又过去，扔给他一包香烟，让他在路上压惊，那人从雪窝中艰难地爬起地，一瘸一拐地跑了。

许运动回来，对留下来的那个镇上的年轻人说："你别装出一副英雄样，留下你，就是想杀杀你们镇上人的狂气，叫他们知道什么是山外山，楼外楼。"那年轻人眼珠转到眼角，只留一白眼，显得更加不屑，对许运动说："知道我是谁？"许运动佯装一副很吃惊的样子，嘴里叫道："今儿就是王母娘娘被抓到这儿，玉皇大帝来说情也不成！"那年轻人轻轻撇了一下嘴角，瞥瞥许运动说："我叫宁二强。知道夏桥村的夏念祥么？那是我妹夫！"在场的南许村人均出了一口凉气，心下均想这下把祸闯大了。许正兴在门口一直听着，听到此处再也忍却不住，过来对许运动低声说："运动，这下事大了，咱把人送回去，再赔个礼什么的，兴许没事。"许运动说："二哥，你别担心，出了事我负责。"说完转过头，笑着对那宁二强说："真的来头不小，可把我姓许的给吓坏了。夏领导是好官，这十里八乡都知道，我想他不会让他的亲属擅闯他村扰民吧？我今晚和你睡一个屋，所以这不叫囚禁，这叫留客。我每天好吃好喝地供着你，没准儿你在这里住几天还不想走了呢。"

运动吩咐两个人先看住他，便到正屋与许家人商量此事。菜还未凉，杯中酒还没空，一伙人又按原来次序坐下，许正兴还没坐稳，就对运动表示忧虑："运动，我看这事咱兜不住，要是那姓夏的领导真闹下来，咱泥腿子农民可还兜不住！"许正高也说："我当抓过来的是条泥鳅呢，没想到是条大鱼！不过恐怕这条大鱼有刺，扎嘴啊！"许依顺带队带了半天，饥肠辘辘，看到菜如饿虎扑食般扑了过去，吞咽中吼道："怕什么，大不了流血一小盆，骨头一小堆，跟他干！啥都怕不要命的！"

许运动点燃一支烟，吐出一团灰色的烟雾，不紧不慢地说："今儿可真是老天爷帮咱。以前我很少读书，但是我听说过一句话：擒贼先擒王。今儿咱几个抓住这一条大鱼，算是把住他们的命脉了。他们不敢不跟我们讲和的。这个宁二强，我好好待他，这不犯王法，要是论犯王法，他镇上的闹事在先，这就好比我们在自家院子里抓了一个贼，所以理被我们先占了。这件事我什么也不图，就图出一口气。要是他找夏念祥出面，那

269

真是好上加好，最起码也让夏念祥知道了有这么档子事，我到开州还见不上呢，这下好了！"许正兴在一旁说："要是这夏念祥不出面，只托他手下的其他人出面，到时整咱们一把，而夏念祥却落得清清白白，一问三不知，咋办？况且这又是他娘家哥，这枕边风要是一吹，一刮起来就要换天气，可就……"许运动举起酒杯，饮了一口酒说："哥哥们别担心，只管看云晒麦就是。"当夜许运动留几人在堂屋睡，将院门全都堵死，又到新房里安慰了春霞几句，就携了几床被子到西屋与那宁二强同睡。

第二日一早，镇上的说客就进了南许村，几位老者在镇上德高望重，咳嗽一声就能吓死几只鸣叫的知了。进了运动家的堂屋后，各自点燃了手中许运动让上的香烟，其中一位说："昨个夜黑，几个不懂事的年轻人摸错了路，来到了这块风水宝地，冲撞了土地神，就请你们大人不计小人过，放他们回家过年吧！今儿个我们这几个快要填坑的老家伙来，就是当个中间搭桥的，再大的怨过过桥，摆摆渡，也就都没了！"另一个说："二强的哥哥非要来，那都是来添事的，不是来和事的。你说他一个李逵，到这儿一红眼，谁能挽住这事儿的缰绳？"最后一个老头儿假笑着说："1949年北平城都和平解放了，这点小事搬到台面上一说，我就不信和平解决不了。南许村的心情和咱们一样，没有见祸就上前的主！"

三个老者似说相声般捧哏了半天，黑白脸角色分明，许运动也不答话，等三个说客各自发过言之后，他弹了弹烟灰说："镇上的贵客要来这穷庄破地的做客，我招待还来不及，哪有那个种去动粗？各位来的都是有脸有面、通情达理的老前辈，到我这年轻后生面前只管指教点拨，转弯抹角就不必了。前一阵子贵村来了一帮人，提着棍棒打打杀杀，我爹受了惊，年前先走了，所以肉不剜在谁身上，谁不知道痛！昨晚你们镇上来了大约十五六个人，每个人身上都带着家伙，这么多人一块儿来，不会是来给南许村筑路架桥的吧？南许村这几年就是一个大锅饭，谁想舀一勺就舀一勺，南许村的人如果再这样窝囊下去，谁还有脸去赶个集、串个亲？各位找的人对，我一人做事一人扛，宁二强是在我这里，你们回去跟他们说，只要出五十块零六角，我爹的丧葬费就花这么多，再写封道歉信，盖上你们村委会的公章，我就会放人。少一个条件都不行！你们软的、硬的随便来，我姓许的都接招！"三个老者看许运动主意已定，便对视一眼，只好说回去再斟酌斟酌，下午听信，说完就各自顶着刚升上杨树枝的冬日太阳走了。

胥先重昨晚就知道许运动要挑头闹事，他家与许运动家毗邻，有个动静焉会不知？但他身为村长，见许运动视自己为虚设，处处出风头，心中不由有气，昨晚他假装酒醉，早早睡去，第二天他深知再装不知道就说不过去了，于是背着手来到许运动家，眉头皱得如春风拂起的水纹："运动，可别出大事啊！这镇上姓宁的都是拼命的主，弄不好镇上的人再来，出了人命，你说咋整？"许运动忙摆手说："先重哥，你放心，危险的棋路我不出，要不人家将咱一军，咱弄个被动挨打，图个啥？我就是想把事情搞大，让镇上的恶人瞧瞧啥是正义，给咱南许村长长面子。"胥先重经常去镇上开会，对镇上的人颇为熟稔，他说："那宁家在镇上数一数二，宁老先生是老校长，虽说才去世，但是人家的热气还没散呢。你知道他家女婿是谁？那可是市里的人物，脱一只鞋就把咱村兜完了。到时咱武斗斗不过人家，文斗又没有人家衙门有人，看你最后咋收拾！"许运动微笑不语。胥先重无奈，唯恐事情波及自己身上，托辞说上县里开会，先走了。

这一天是大年初二，过年送大馍串亲戚的人们在南许村大路上来来往往，南许村困住镇上人的事情经过口耳这无线传播，远近皆知。许家经许运动协商，这一天所有男壮丁均不能走亲戚，只让女人去，而女人又不放心男人，唯恐家里出事，所以都没去。而外村在南许村有亲戚的，照常来走。

许依桐很纳闷儿大年初二为什么没有去外婆家送大馍，只好去找水儿，水儿从家里溜出来，随依桐来到了村后的河堤上。冬天的大堤上只有枯黄的草静止在风中，匍匐在地上，在金黄的阳光下显得高贵而又有些落寞。高低错落的桐树裸体站立，挂满了白色的物体，分不清是霜还是雪。齐渡河的冰面上还有积雪，河好像一条洁白的哈达，平铺在两岸白色麦田的夹峙中。

依桐和水儿来到堤上，在没有人经过的雪地上用手指写字，依桐的字横不平竖不直，整个字看起来弱不禁风，水儿不识字，却直夸他写得好。堤半坡的雪是被旋风卷来的，达到半米厚，依桐和水儿勉强拔出脚来。水儿忽然指着依桐写字的那一片雪地说："依桐哥，听说我娘就是在这儿被捡到的，那也是冬天的时候，你能在雪地上画个我娘么？"依桐看了看她说："我是鸟和花什么的都能画，但是要是画你娘就有点难了，因为我没有见过你娘，听村里人说你娘可美了！"水儿忽然抬起脸说："人家都说我长得像我娘，你就对着我的模样画吧。"水儿的一双大眼睛露出期待的

271

眼神。依桐捡起一根长长的桐枝，说："那好，我就照你的模样画。可是啊，你长得太好看了，我可能也画不像。"依桐说着在雪地上画出一个扎辫子的小人，左看右看也不像水儿，无奈地叹了一口气。

水儿忽然指着不远处一串长长的梅花脚印说："依桐哥，这是野兔子的脚印么？"依桐点点头。水儿忙说："那咱跟着这脚印找找兔妈妈的窝，找些兔宝宝拿回家喂吧！"两个孩子暂时忘记了画像，滑着雪从大堤上下来，深一脚浅一脚地追着兔子的脚印下了大堤，踩着麦地的雪，一路到了村口。

两个孩子正低着头看着兔子的脚印走时，水儿不经意间一抬头，见村口的远方大路上有许多蚂蚁一样的黑点在移动，不由让她吃了一惊。因为有白雪的映射，水儿很快就分辨出那是一群人，他们正手拿铁锹和长棍从洛宁镇方向朝南许村方向沿着那条土路徐徐而来。水儿马上把这一发现告诉了依桐，依桐立即把兔子的事情忘了，他们忙踩着"咯吱咯吱"作响的雪奔向村口。到村口时，只见这群黑压压的人已经逼近村口，一时南许村村口围满了人，大路上站了不少不认识的人，每个人手中都拿着铁锹、木棍，正想往村里冲。

那边依桐和水儿早就跑去报信，许运动听到信后连忙领着人往这边跑来，离村口还有几百米远，就已见村头铁锹舞动，人群打成一团，叫骂声不绝于耳。许运动跑在最前面，他奔跑的速度极快，只看到他草绿的大氅上下飘飞不已，最先跑到打架所在的地方。他到场之后二话不说，一脚踹倒一个正往许依顺身上招呼的镇上人，又一脚踩倒一个冲上来的镇上人，接下来大吼一声："都给我滚！"

这一声大吼使人耳根发麻，两方人都不由自主地停止了撕扯，均看来的这是何人。今天随着镇上人到来的还有许多穿着便衣的派出所民警，他们与镇上的人沆瀣一气，来暗助镇上人一臂之力。若是再晚来一会儿，这四五个南许村人非吃大亏不可。许依顺没什么大碍，只是刚才那一巴掌打得太过生猛，他的嘴角还在淌血。

许运动环顾四周，看镇上来的都是二三十岁的精壮男丁，个个如凶神恶煞一般，手里紧紧地攥着棍棒，大约有五六十人。他知道今日一场恶战在所难免，看着镇上的人不慌不忙地说："谁是领头的？给我站出来！"那个穿西装的宁二强大哥宁自强拍着手口角歪斜地站出来，油腔滑调地说："老子便是，叫老子怎地？"许运动不紧不慢地说："既然咱俩都是领头的，那好说。你叫你的人退后50米，我叫我的人退后100米，咱俩单干。先说好，一会儿不管谁有个意外，要是缺条胳膊少条腿，都跟对方没关系。"许运动边说边悠悠地走上前，走到宁自强面前说："让我们这小村庄的人看看镇上的人是真有种还是假有种！你敢么？要是不敢，说出来，跪下磕几个头，还来得及！"那宁自强瞪圆了眼珠说："咋不敢？洛宁镇上的怕过谁？还怕你这小南许村么？"许运动笑道："好得很！好得很！有种！"说完他声音提高八度，收敛了笑容，对镇上来的人喊道："枪挑一条线，话从两边来，有些话先说明白，一会儿谁有个三长两短可说不准，家中有老有小的先留个遗言，我们南许村的负责免费提供纸笔，免费传递到家！现在谁要是后悔还来得及，走一个算一个！"宁自强极为不屑，口角一歪直奔耳后，叫道："后悔啥？都给我退后50米！"

身后身材稍高那人负责维持秩序，镇上四五十号人步履不整地往后撤，许运动头也不回，往后扬扬手，意思是南许村的也往后退。许运旺忽然从南许村人群里抖着双腿跑过来，哀求说："运动，运动，咱回吧，咱爹的仇咱不报了，可不能再让你有啥闪失啊！"许运动头径直看着前方，轻声说："大哥，回去，别在这儿丢人！"许运旺只管哀求，许运动眼里能渗出血丝，当下也不再管，甩开大哥，往前走几步，笔直地站在雪地上。此时，洛宁镇上的人除了宁自强之外都已撤到线外，宁自强正在不远处勒紧腰带准备战斗。

冬日的阳光呼应着皑皑白雪，晃得人睁不开眼，场上一时宁静得从枝头上落一片雪花都能听得见。北风呼呼扫荡着随处可见的白雪，吹起来一团团雪雾。南许村人和洛宁镇人都睁大惊悚的眼睛，看着白白的天地之间站着的那两个身影。天地之间充塞着可怕的静，那静让人感到自己的呼吸更加凌乱。

几乎没有人看清在那一刻许运动是怎样从大哥许运旺身旁消失的，大家只看到晃眼的阳光中一个身影奔袭到宁自强身边，一抬腿宁自强便摔倒在地，在雪地上滑出好远，宁自强嘴和鼻子里灌的全是雪，这小子反应很快，四肢撑地爬起，刚站稳又被许运动一脚扫倒。镇上的人见势不妙，开始撕破规矩，一时间四五十人不约而同，呼啦啦提着家伙都往前来，刚才一直站在宁自强身边的那个高个子冲在最前头，手中的砍刀在雪光的反射下发出寒光，晃得站在墙头上的公鸡扑棱着翅膀差点从墙上失足而下。南许村的见镇上人不再讲规矩，也呼啦啦地往前涌。

眼看一场群殴在所难免，许运动站在两条战线的最中间，看两边的人墨水一样从身前身后朝自己涌来，忽然两手伸向天空往后一扬，身上穿着的绿色大氅立刻向后斜着倒飞了出去，他大吼一声："都别动！"

镇上的人正往前来，一看中间的许运动猛地除去大氅，正跑着的各自的腿都猛地静止，站立着不动，均惊愕无比地看着站在中央的许运动。此刻南许村的人也大惊，一时想不出话来叫他。只见白色的阳光下许运动的背上背着一兜裹得严严实实的炸药，褐色的捻子一直伸到许运动的腰间，好像一点就着！

许运动一看双方都不动，便站直了身子，白眼乜了乜镇上的人，吼说："都不动了？不是有种么？都来啊！"说着他不慌不忙地从兜里掏出火柴，众人心中全都一紧，他又从内兜中掏出一支香烟噙到嘴里，还掏出一支向镇上人扬扬，说："谁要？谁要谁举手？"当下镇上的没有一个人敢言语。他看没有一个人要，便低下头从容地点着烟，深吸了一口，朝镇上人吐了一口青烟，咬牙切齿地说："谁要是敢上前一步，就跟老子一起上路！都吃了哪门子迷魂药？整天你打我我打你，有什么用？你们看看人家城里人在干什么？人家都在忙着赚钱！今儿个是识相的都给我滚回去，你们都不能让老子服气，谁过几年挣个几万块我就服谁！谁混得让城里人看得起咱歪把子农民我就服谁！都给我滚！五分钟内要是让我再看见镇上的人，别怪老子没有送客！"

镇上的人开始扔下棍棒，跌跌撞撞地踩着刚有些开化的雪后退，有人扶起宁自强，宁自强表情尴尬，瘸着腿被人架着蹒跚地回转，口里嗫嗫嚅嚅不知在唠叨些什么。许运动忙叫："你们两个听着，下午五点之前把五十块零六角丧葬费还有道歉信送来，这事两清，我放人，否则咱就干到底！"说完披上刚才扔在雪地里的大氅，抄起手向村口沸腾的人群走去。

到了家里，许运动才卸下身上的"炸药包"，抖落掉里面的沙子，只是他的肩膀已经被勒得很痛了。

40

　　下午三点多左右，一辆轮胎上裹满泥的红旗牌轿车徐徐开进了南许村。南许村并非官道要塞，平常土路上多泥，便是野狗到了这里都拔不出脚来，今天忽然进来一辆四个轮子的东西，还是开天辟地第一次，村民们比看电影更带劲，不少人争先恐后地追着这轿车跑，孩子们也围着这轿车嬉笑乱转。

　　水儿刚好在门口，看见依桐在一群孩子中间追着一辆四个轮子的家伙跑，也兴高采烈地围上来看。轿车在开到离村长胥先重家门前五十米处停住，因路上泥太多，路道又窄，司机示意前面开不过去，一位年纪大约二十七八岁，气宇不凡的年轻人便从车上下来。这年轻人皮肤白皙，肚子微微隆起，腋下夹着一个公文包，油亮的头发往后脑勺直奔而去，一身黑色的中山装，脚下的皮鞋锃亮。他下车后就向周围人打听许运动家在何处，只听来看热闹的夏桂花在人群中发出一声尖叫："念祥哥！念祥哥！哪阵风把你给吹来了？哎呀，我的天哪！"她说着手忙脚乱地从人群中左冲右撞出来，上前便握住那年轻干部的手。年轻干部很诧异这个小村竟然还有人识得他，用迷惑的眼看着夏桂花。更迷惑的是南许村人，他们都诧异夏桂花竟然还识得这个从轿车里下来的官员模样的人。夏桂花兴奋得甚至能蹦起来："念祥哥，你不认得我了？我是桂花啊！你四叔家的桂花啊！"夏念祥这下终于想出了："桂花？你就是桂花？这么多年没见，你的模样都大变了！你家就在这村？"夏桂花忙说："可不？！上我家坐坐！上我家坐坐！"说着夏桂花唯恐南许村人不知道似的，忙拉着他的手向周围人说："这是我本家堂哥，他就是夏念祥！"这时人群开始沸腾起来，夏念祥忙向周围群众微笑示意。他见夏桂花热情似火，忙说："桂花，今天我来主要是找你村的许运动有些事情，完了我回市里还有个会，等有时间我一定去你家做客！"夏桂花在众人面前和市里大领导攀亲认朋，身价倍增，她只好不情愿地说："那中，哥，我家就在运动家隔壁，有空一定来视察。"说完忙得意地头前带路，领着夏念祥往运动家走去。

许运动家门上贴着紫色的"奠"字，以示刚刚出殡，门上"奠"上又贴了个"囍"字，夏念祥一看不由诧异。刚把夏念祥领进门，夏桂花就退出门来，扯着破锣嗓子喊水儿，让水儿去找刚从县里回来的胥先重。她早就想把丈夫介绍给这个做官的堂哥，只是一直没有机会，今天机会送上门来，岂可错过？水儿正在门前看轿车，听到母亲叫，只好不情愿地放弃看轿车去找父亲。

这时夏念祥已经到了院里，没听见这个堂妹在院外的喊叫。许运动已经得到信，早从屋里赶到院中，他把夏念祥让到堂屋正座上，倒上珍藏的茶叶泡的茶，夏念祥的手边握住茶杯取暖，边微笑着说："今儿是大年初二，我正好回来去镇上给妻母送大馍，到镇上已经十二点了，就听说了这件事情。今天这大过年的，一福压百祸，我这次就是专程为解决这件事来的，咱们开诚布公，以和平的方式坐下谈，没有什么冤枉，要相信政府。"许运动忙说："夏领导，您是好官，这我知道，但清官脚下也有孬喽啰啊，下面的情况有时您可能不大清楚。出了事之后，我也到市里找过您，可门卫没让进去……"夏念祥端坐在椅子上，把茶放在一旁，微微一笑，摆摆手说："中午吃饭的时候，我在镇上已经把事打听清楚了，镇上的人闹事在先，老人走得也突兀，也冤枉，你要的条件也不过分，所以这构不成绑架犯罪。上午来闹事的人回去之后我已经让镇上的老人批评了他们，武力解决不了问题，只会添问题。你放心，我以个人的名义担保，这种事情以后不会再发生，若是再有此种事情，尽管去找我，把账算到我头上，算我渎职。"说着他从包里掏出一纸信封，双手捧着放到桌子上："这是镇上给出的丧葬费，还有一封道歉信，另外的50元算我个人对老人的一点心意，我的两个妻哥这样……我也有错，这一点有愧于家乡乡亲！"许运动忙站起来说："夏领导，让您费心了。其实但凡有一条路我也不会这样做，关键是欺压人哪！在拳头面前舌头不顶用。"夏念祥笑了："你说的有道理，也让他们知道还有拳头解决不了的问题。我们的国家在进步，现在到了法治时代，雄辩胜于武斗。好吧，以后有什么事尽管去找我，门卫不让进那是不对的，人民的政府人民不能进么？我得赶回去，下午六点还有会。怎样？运动兄弟，让二强跟我走吧，行不行？"许运动见夏念祥这么高的职位来送道歉信，用商量的口吻与自己谈事情，不由感动，忙让许依顺等去放人。夏念祥离座走之前，忽然想起一事，问许运动："你家门上怎么贴了一个'奠'字还有一个'囍'字呢？"许运动忙说："我父亲年前才出殡，我是大年初一结的婚……"夏念祥不解道："按照咱们这里的习俗，好像丧事之后三年内不准办喜事吧？"许运动笑道："我要是不办喜事，怎么能放电影招引镇上的人来呢？"夏念祥忽然领会意思，开心地大笑起来。

宁二强见了夏念祥，脸一红，悻悻地坐进车里。许运动一直送夏念祥到路上，围观的南许村村民很多，大家都用惊奇的目光打量着镇上第一个大学生蜕变成的父母官模样。夏念祥最后与许运动握手作别，将要上车时，便见夏桂花提着一篮子鸡蛋拉着胥先重过来，她非要夏念祥捎走这一点心意，又特意引荐胥先重，说这是村长。夏念祥看了一眼胥先重，与他寒暄着握握手，胥先重见了市里的大领导，惶恐中只敢看一眼。夏念祥说什么也不要鸡蛋，最后被夏桂花硬塞进车里，她又热情地向夏念祥指着不远处自家的庭院，说以后一定要下来歇歇脚，那就是自家，胥先重在一旁赔着讨好的笑。夏念祥看了看不远处那家很普通的庭院，他只是看一眼，只看到那里有一株枣树，还有一棵香椿树，墙头上还蹲着几只公鸡，他就说自己以后一定去。他坐进轿车，车子发动，后尾排出一尾青烟，呜呜之中平移开去，周围的人眼睛一眨不眨地看着，似乎在看着一座宫殿远去。轿车因为路太窄的缘故，在村中不敢开得过快，水儿和许依桐等一帮孩子在后面追，车子出了村口，这帮孩子才望着越来越远的轿车无奈地站在村庄的原地。夏念祥坐在车中，不经意回头看了看那帮孩子，笑着对司机小王说："村里的孩子就是比城里的活泼得多。"

这一年年关注定是不平凡的几天，当村民们还在议论着许运动的壮举给南许村大长脸面时，大年初四那天，许正高家出了一件很令人吃惊但又在意料之中的事情：年前陪依顺回来的那个姑娘玲子，陪同着依顺家五百块钱外加五块上好的丝布一块儿消失了。依顺发动了村里青壮年劳力辐射状向外搜寻，哪里还有踪影？许正高火气压将不住，脱了棉鞋照依顺头上便扔，口中骂道："老子早就看出那是只狐狸精，来年要坏大事，你小子不听老人言，天上的馅饼，白捡的媳妇，哪一样能要？"许依顺攥起拳头，想要反击父亲，被赶来的许正兴拉住。许正兴劝大哥："谁有前后眼？人跑了依顺比谁都难过，再打有啥用？快看看还少了些什么。"这一句话提醒了许依顺的母亲罗杏枝，罗杏枝进屋翻检了半天，最后嚎啕着出来说祖传的那个黄镯子没了，许正兴跺着脚说："这是打探清楚后才下的手，把值钱的东西打听得差不多了才敢下手偷的。"许正兴建议说去找找许运动，他见多识广，听听他有什么意见，有人说运动走亲戚去了，初二那天有事，没有走成亲戚，所以推到了初四。许依顺蹲下抱住头，一筹莫展，许家陷入一种失望和被愚弄的悲哀中。

许正高一家初四后就没敢出门，唯恐村里人问起此事。所幸年前的蒸馍足够食用一个月的，年货又充足，坐吃几天还不至于山空。大年初十这一天，村庄街道上飘荡着红色的灯笼，孩子们拖着红纸扎成的灯笼快乐地游玩，白而大的月亮如刷好的半个玉盘静止在半空，流泻下如水的月光，将村庄与屋舍紧紧抱住，远近明灭的烟火在宣告元宵佳节的驾临。吃过晚饭，正闭关锁家的许正高一家人忽然听到门响，依顺打开来看时，见门外月光下站着许运动和他新婚的妻子春霞。依顺忙叫："运动叔，婶子。"把他们让到堂屋。许正高见许运动夜访，很是感动，各自坐下后，点燃一支烟，运动对正高说："正高哥，这几天我一直忙着串亲戚，才听说顺子家里出了点事，今天过来看看。"不提此事便罢，一提此事许正高便怒火中烧："都怪俺们看错了人。小丫头片子，我从见到她起心里就不顺！"下面坐着的许依顺听见这句话心里也不顺："那你咋不早说？都是事后诸葛亮！"许正高怒道："你小子要不是老母鸡护窝，我早就把这小狐狸精放到锅里炖炖做菜了！"许运动见父子二人又抬起杠来，忙说："我从回来就忙我爹的事情和结婚的事情，那个姑娘我也没见，所以当时没有说出来个一二三。其实初四那天马上派人去镇上车站和县里车站堵堵，还有追回来的可能。你们是在哪儿认识的。顺子？你知道她老家吗？"许依顺见运动问，知道再撒谎无益，就说："在火车站认识的。"许正高眼睛一瞪："那你咋说是在南方厂里认识的？"许依顺说："那不是怕你又说我么？"许运动叹了口气，说："车站里的人，南来北往的，杂七杂八，三六九等，谁都有迷眼的时候，以后得个教训就成了。人不怕犯错，就怕再犯一样的错误，事出了，也别怕别人说啥。咱活给自己看！"运动又说了几句宽心话，吸了两支香烟，就携着春霞出门回去了，许正高与许依顺父子俩把他们送到门口，只见白如绸布的月光下运动和春霞一前一后地走着。

1997年，当到处都洋溢着庆祝香港回归祖国的喜庆时，南许村依旧平静得像死水面，好像万里之外的香港回不回归都与他们的鸡鸣狗跳毫无关系。这一年依桐在村里上完了小学五年级，预备升镇上的初中。南许村小学五年级的功课由姓许的几个老先生兼任，实际上只有两门课，一门是语文，一门是数学，教室依旧是几十年不变的老砖头盖成的屋子，真的有"民国时候的屋子，国民党时代的板凳，新中国的孩子"三者合一的妙境。当时考初中是依桐自出生以来面临的最大规模的考试。因为在整个洛宁镇都找不到一个可以容纳全镇小学生的考场，所以考试只能移到夏桥村村外的一大片树林中进行。临考试之前，教语文的许姓老先生拿出了他的看家绝宝——作文考试老十三篇。所谓"老十三篇"，便是许姓老先生写于20世纪80年代初期的十三篇得意文章，这些文章专为小学生考初中设计，每一篇作文都有十来个题目，以此类推，十三篇作文就有一百多个题目，广撒网总有网住鱼的时候，这十三篇作文总有命中今年中考语文考试命题的时候。许老先生要求每一个考生都要会背这十三篇，一个一个地过，他拿着教鞭站在教室门口，谁背不会便不让谁回家吃饭。第一篇作文的大意是这样的：

风呼呼地刮着，雨哗哗地下着，我披着油布深一脚浅一脚地去学校，走在路上的时候，忽然看见路边的麦田里有一头猪正在吃麦苗，我心里想：这和我没有什么关系，再说麦田里这么多泥，会把我的鞋弄脏的。我看了看脚上穿的新买的鞋子，就继续向学校走去。但是当我转身想要走远的时候，雷锋叔叔高大的形象出现在了我的面前，我想了想：是啊，我还是少先队员呢，看见猪啃麦苗竟然不管，我对得起我少先队员的身份么？于是我转回身，跑到麦田里把那头猪赶了出来。尽管我的脚上沾满了泥，但是到了学校，我却感到很舒服。

这篇作文扩充有四五百字，极尽抒情之能事，这一篇所配的题目有《助人为乐的一件事》《集体和个人》《少先队员的光荣》《雷锋叔叔的力量》《让我快乐的一件事》《让我充实的一件事》《选择》《永远地爱集体》等十五个。依桐看到这十三篇味同嚼蜡的作文就感到头昏，更不用说背了，不料每一天许老先生都拿着教鞭杀气腾腾地站在门口，依桐每每想起背不会就不准回家吃饭的结局，就忍不住加油背，硬是把这十三篇作文塞进了脑中。

考试那天，南许村小学五年级的学生拿着自己的板凳，揣着煮好的鸡蛋，排着队浩浩荡荡地穿过麦田小路，去七里外的夏桥村外的那片大树林参加考试。只见高大的桐树下面排满了来考试的学生，那些学生在铺满桐叶的地面上席地而坐，把自己随身携带的板凳放在自己面前，做答卷时写字用的垫板。主考官在树林中央一吹哨，就开始统一发卷。队伍东西排列甚长，从林子这边到那边绵延甚至有一里，卷子从林子一边传到另一边就可以耗费十来分钟。这片树林极其葱茏，树林外就是一望无际的麦田。在学生答卷的过程中，树枝上的鸟儿们似乎没有见过这么多人在自己的领土上活动，纷纷在枝头上探出头，好奇地向下打量着。

整个夏天过去之后，依桐便开始到镇上上初中了。许正兴在一次下乡卖油的过程中，路过一家废品收购站，见到了一辆破旧的自行车，就花了三块钱给依桐买了回来。那自行车除了铃铛不响什么地方都响，轮子上面还没有挡泥板，下雨之时旋转起来，轮子带动泥巴飞舞不已，人坐在车上，浑身上下很快就会沾满泥巴，骑着车子到了学校，整个人就好像罗丹手下的雕塑。依桐每天骑着这破车子去镇上，中午时分和黄昏时候再回来。每到黄昏的时候，他总会看见水儿站在村口或者大堤之上，他知道她在等他，于是他把这辆破车子蹬得更是飞快，两个轮子恨不得脱离车子支架飞起来，带着它好像哪吒的风火轮一般。这成了那个时代特有的风景。

41

倘若高中学生为做卷机器，那么高中老师则对应为改卷机器，改起卷来目光如电扫，几个小时就可以料理上百份卷子，并附带计算出分数，这种神功乃每一个老师立坛讲学之必需。校内联考过后只隔了一天，各科分数便相应出炉。先发的是数学卷子。祝效华望着纷飞发下的数学卷子双手紧攥，激动得快成机动车辆，脚下安个轮子就能开走。前排几个先见到数学卷子的女生开始惊呼起来，或是因为看到了高得吓死人的分数，或是因为看到低得吓死人的分数，引得祝效华恨不得变成长颈鹿引项相望。班中全是卷子翻转的"哗哗"声或看到分数后的"啧啧"声。

由于数学卷子曾让夏天参考，若是考砸就会颜面尽失，所以这次依桐也坐不住了，心焦得撒把盐就可食用。眼看着数学课代表拿着几张试卷朝后排而来，依桐和祝效华的心跳随着她脚步的临近而逐步加快。不料那课代表走到后排，发的却是陈益等人的卷子。陈益一看卷子上的分数，只恨不是古人，可以散发弄扁舟，他把卷子狠狠地砸到桌上，嘴里慨叹着："死去了！数学！你坚决地死去了！"旁边的韩跃一看自己的分数，嘿嘿直乐："这回还前进了10分，看来没白抄袭，要不是因为监考老师太严厉，我还能再抄10来分，那监考老师的鼻子太灵了，有个风吹草动他就能闻出来。"蔡泽光看看自己的卷子，面无表情，口中说："月儿弯弯照九州，几家欢喜几家愁，蔡某人是把分数视若云烟了。"

祝效华那边卷子已经发了下来，他见到自己的卷子后先深吸了一口气，接着用手捂住卷子左上角的分数，然后将手慢慢挪开，嘴里默念："130，130……"这实际上等于祈祷。他手下先冒出一个个位数"3"，接着又出了一个十位数"2"，下面的百位数不用说就是"1"了。祝效华长舒一口气，觉得这个分数还算差强人意，检查了一下卷子，嘴里自言自语："这怎么能扣分数呢？这个老师太抠门了！明明用这种方法也能证明嘛！"又看了看填空，只恨不能分身回到前几天的数学考场替自己改过来："呀！我犯了一个多么低级的错误！这怎么能得个'4'呢？以后不再犯！以后不再犯！"依桐没有心情听他神经般唠叨，他的眼睛盯着数学课代表手中越来越少的试卷，如一个人在半夜时盼望远方的公共汽车。

"公共汽车"终于发到了依桐手上，在接卷的一刹那，他心中道：这次可别考了低分，要不丢人就丢到市委了。数学课代表在发每一个人的试卷时都有偷窥的欲望，她看了依桐的试卷后"呀"了一声，依桐本来就感到很紧张，这一惊叹更是让他听得胆战心惊，他惴惴地接过试卷，思索再三，决定直接看分，痛快地给自己一个了断。待他看到分数时，不由一惊，一种久违了十来年的成就感铺张扬厉而来，试卷上赫然写的是"138"。依桐自盘古开天地以来数学分数第一次考得这么高，高得令自己一时缺氧，他以为是老师看错试卷了或者自己拿错试卷了，翻来覆去看了好多遍，结果发现果真是自己的字体，高兴得只恨不能全球直播自己

281

考了高分。祝效华在数学上的造诣向来是许依桐的N次方倍，不料如今依桐翻身农奴把歌唱，祝效华心中酸味四溢，开始吃上了分数的醋，他拿起依桐的试卷检查真伪般检查了半天，见没有检查出毛病，就对依桐说："你前面的是不是坐着一个高五或者高六的同学？"依桐听他话里藏着仙人掌，但他考了高分，心情很好，有着胜者的大度，一挥手反讽说："好像有吧？但我让他抄了几个题目，估计他至少也得考120。"祝效华在口才上拼不过依桐，拿着依桐的卷子恋恋了半天。

夏天只抄了依桐数学这一个科目，所以其余科目无论成败，都是她自己一个人的事情了。依桐立刻变得轻松起来，先前绝望过的高考也枯木逢春般高兴起来，似乎这成绩已经是高考成绩，以自己的实力即使到了高考考场上也无所畏惧，自己一定能横扫千军，一天来他走路时嘴里唱着歌，脚步也轻盈得好像踩在云端。晚自习时大综合和英语试卷也发了下来，依桐考得差强人意，没有像数学那样出现分数暴增，也没有泥石流般分数下滑，对这两科而言，保持稳定就是成功。

第二天发的是语文卷子，依桐一看自己的卷子得分，更是吃惊，语文竟也考了132，前面夏天给的答案几乎一分未扣，直到后面文言文翻译和作文才扣了10来分，这下语文和数学两朵奇葩绽放，把依桐开放进高歌猛进的春天。祝效华先前看许依桐一向昏昏沉沉无所建树，忽然间建了这么大一棵树，不由得来不及调整自己对依桐仰望的角度。晚上班主任刘同军在讲台上宣读此次成绩，第一名是吴全，这好像已经成了珠穆朗玛是第一高峰一样，是全球公认的真理。祝效华这次考试正常发挥还是平常的成绩，全部都考得一般齐，不像依桐那样语文数学红得发紫而综合英语还是平民，所以祝效华只以五分之差险超依桐，而许依桐仗着两门的高分巨峰挺进第三名，终于有了高处不胜寒的快乐。

祝效华还是没能如愿进入全校前七十名，与"北大班"又失之交臂，依桐根本就没有过进"北大班"的想法，所以最快乐的人是起初没有梦想的人。吴全见第一集团军中猛地挺上来一个许依桐，不由暗暗生了戒心，暗道：后生可畏，说不定这小子什么时候就赶英超美了。更吃惊的是班主任刘同军，他向来把许依桐放在培养视线之外的，一向认为这小子能考个大专就是造化，不料这匹黑马如今腾空杀出，一路奔腾到第三名。

下课后他便把黑马叫了出去。教室门口走廊上的灯昏黄，照着三三两两出入的同学，走廊上一片肃杀式的喧嚣。刘同军先盯着许依桐的脸露出能气活蒙娜丽莎的微笑，依桐的心被他笑得如雨后的土墙一样直长毛。刘同军笑了10来秒后，自以为这笑能改观自己在依桐心中的一贯印象，进而带来一种亲和力，便开口轻声说："依桐啊，这次考得不错，可以说出乎了我的……意料，呵呵！我早说过，你只要努力，会是一棵很好的苗子，总有一天会在高考前长成参天大树。有什么困难尽管和你刘老师说，别不吱声，你不说我怎么知道你需要什么？"说完刘同军用一段笑声来增加幽默的气氛。依桐被他笑得浑身不自在，恨不得立刻变成既盲又聋的人，听刘同军第一次斩姓留名称呼自己为"依桐"，他再一次印证了自己在班主任心目中地位的上升。刘同军又亲切地拍了拍依桐的肩膀，好像毕生希望都运到了左臂上："就剩下两个多月了，好好干！这一星期我们学校要举行七十周年校庆，基本上上不了课，你们在末排要清者自清，不学习的就坚决和他划清界限。要不我给你调调座位？调到吴仝的附近吧，正好你们可以切磋切磋。"依桐向来安土重迁，再说要是调到吴仝那里，别说切磋，单是他的傲气就能把人给切磋回来。依桐忙说："不用了，老师，反正就只剩下两个多月，很快就过去了，再调的话需要适应。"刘同军微笑着说："那也是，反正只要用功就行了。要不你先回吧，我就不耽误你用功了。"许依桐受了这么高规格的语言待遇，兴奋得双脚在回教室的路上直打飘。

　　高考倒计时仍在一天天地减少，由不得谁再去荷载独彷徨了。依桐也深知这是什么时候，只得推推鼻梁上的眼镜，拿过纷乱的试卷，做着永远无止境的题目。他越做越感到力不从心，好像一个老农望着连绵到天边的杂草，越锄杂草越多。他时常会在去吃饭的路上遇见夏天，夏天每次见了依桐总是双手高扬，兴奋地打招呼，毕竟是同一个战壕里的战友，曾经同仇敌忾。依桐每次见了她都有一种亲切感，他对自己这种感觉感到奇怪，不过他们也只能擦肩而过了，他面对的唯一任务就是解出一道道题目和剿灭一张张试卷。日子单调得如太阳的路线。不过依桐在从一道题目过渡到另一道题目的间隙，会不由自主地想起水儿，不知水儿近来怎样，在家里有没有事？一想起这些，时间好像掉进了思绪里，许久都拔不出来。

42

  齐渡河仍旧日复一日平静地向东流去，两岸的麦子在春夏之交温暖的阳光下争先恐后地往上生长。依桐的同龄人，已经娶亲成家了，南许村的面积也扩大了五分之一，村后盖了不少气派的新房，已经逼近村后大堤。日子在平静中改变着周围人的容颜和生活。

  开春以来，胥水儿便陷入了一种巨大的彷徨中。自从许铁婆在三月初的一天进了自己家门提亲以后，每隔三四天就会进来一个老头儿或一个陌生妇女，进了屋之后和胥先重、夏桂花密谋许久，再笑吟吟地出来，出来时都会意味深长地看水儿一眼。每来一个陌生人，她都会不由自主地躲到村后去，来到那一片麦秸垛中间，那是她和依桐经常来的地方。

  又是一年春末，绿色的麦子在艰难地抽取弱穗，视野之内又是风吹着麦浪滚滚而来，艳红的桐花刚刚飘落，早有粹白如玉的槐花挂满枝头，空气里的花香含在西风里，从夕阳下落处徐徐飘来。水儿已经长得很高了，有一次她去赶会，到做衣服的裁缝那里量了量，已经长到了一米六九的样子，村里的姑娘谁也没有她高，她此刻可以不费力地摘下路旁延伸出来的一串槐花。她边走边踢着一个小石子，方格的褂子在绿色麦田中很是抢眼，两条辫子挂在胸前，乌黑发亮的眸子深处有着滚滚麦浪涌动。脚下被两旁麦子夹峙的土路上覆盖着干燥的尘土，鞋走过总会扬起一点点灰尘。在不远处，破旧的柏油路依然指向远方，在那条路上，她的依桐哥已经两个月都没有回来了，水儿紧咬嘴唇，雪白的牙快要把鲜红的下唇咬出血来了，她想怎么会不回来呢？

  在一片烦恼中间，她又走上了大堤，看着大堤远处的风景，忽然想起当日和依桐在春天里相约到河那边挖野菜、摘桐子的情景。依桐哥说等到齐渡河水干的时候，他们就一同过去，可是这么多年来，齐渡河水竟然没有干过一次。只有在这里，在她和依桐哥共同欢笑过的地方，她才能找到一点快乐的迹象。她正高兴的时候，忽然想起那一拨又一拨提亲的人，心倏忽间沉了下去。这几年，附近的七村八里谁不知道南许村出了一位这里从没有过的绝色姑娘，每当她去串亲赶会的时候，总会有些莫名其妙的小青年在后面追赶她，每到半夜的时候，还有不少人在水儿家的院墙外吹口哨。村里的人都说胥家那个姑娘长得没一点毛病，该凸的地方凸，该凹的地方凹，见过当年水儿母亲的人说水儿长得比她母亲还要漂亮，村里人都得意自己这方水土也养美人坯子。如今，这个年近19岁的姑娘说什么也要定亲了。

　　定亲，这是一个什么字眼？便是从今以后要到一个陌生的地方与一个陌生的男子共度完这一辈子，每当想到这一点，水儿都会从心底往上打一个寒噤，天知道那个地方怎样，那个男子值不值得终身托付。从小到大，关于此生的陪伴者，她的心上无可争辩地只盘桓着许依桐一个人的影像，她把依桐作为她依靠的大山和快乐的源泉，这从他们在同时分吃梁爱玲两个奶头的那一天就已注定。每当依桐离开村庄去求学时，她都会掰着手指头等待依桐归来的日子。她已经习惯了这样等待的日子，正如她习惯了夏桂花的暴戾脾气、胥先重的懦弱和太阳的东升西落。

　　胥先重有几次想向水儿说定亲的事情但是强忍住没说，只有夏桂花不知疲倦地放出话去，说自己姑娘要订媒，这种信息的传播速度极快，立刻立体扩散于邻村，从开春始，来提亲的人如雨前排队入洞的蚂蚁，不是西边火王庄村王家的三小子，就是东村马屯边马老五的大儿子，如此这般折腾了一个春天，许多到了夏桂花那一关便被毙了，原因是对方不够富有。夏桂花一直希望靠水儿捞上一笔，至少每年几次女婿回家拿的东西可以够她几天享用。胥先重每次从镇上回来，夏桂花总是迫不及待地问他镇上或者乡政府有没有合适的，胥先重如头老水牛一样没好气地回答："我这不是在找么？那不是找一个猪娃儿，到处都是，咱这得打听好。"每次听到这样的话水儿都会禁不住打一个寒战，她最怕的就是有一天父亲和母亲忽然带给她一个即将成亲的消息。每来一个媒人，水儿都会害怕半天，害怕父母会突然同意。她多么希望每一个媒人说的男孩都是傻子，那样她就有充足的理由去拒绝。这样矛盾的心情如蛇般将她缠绕。仅仅两个月，水儿原本红润的脸就变得清瘦而苍白，原本柔顺的头发也变得凌乱了。

　　然而这一天还是降临了。在镇上工作的胥先重黄昏时骑着自行车、拎着公文包回来后，就和夏桂花进了堂屋，两个人鬼鬼祟祟地说了半天。水儿在厨房做饭，注意到了父母的异样。果不其然，一会儿在堂屋内做作业口渴了的弟弟春望去厨房喝水,对水儿不经意地说:"姐,刚刚我听到咱爹跟咱娘正在说你呢。"水儿的心骤然一紧,忙问:"说我什么?""嗯,说给你定亲呢。"春望显然不知定亲是什么意思,只是把他刚刚听到的词向水儿转述一遍。水儿的心立刻沉了下去,她沉默着给弟弟倒了一杯水,手禁不住微微颤抖,然后她又去剥一根葱,剥了好久都剥不下,一种预感告诉她:她一直最怕的事情降临了。

吃晚饭时,胥先重、夏桂花和水儿三个人各有心事。水儿一直回避着爹娘异样的眼神,沉默地往嘴里扒已经不知道味道的饭菜。晚饭后,水儿正收拾碗筷,胥先重和夏桂花对视一眼,夏桂花向水儿努努嘴,意思是让他先说,胥先重终于忍不住说:"先放那儿吧,水儿,我和你娘有点事跟你说。"水儿手一抖,把碗放到桌上,微颤着把手缩回去,睁开那双乌溜溜但一时丧失了色彩的大眼睛,慢慢地坐回原来的座位。胥先重点上一支烟,假装轻描淡写地说:"水儿,到今年麦黄的时候,你都19岁了。我不说你也知道,你看前面几家的二妞、文霞,还有比你大一点的依禾、依香,人家都是18岁就出嫁了,你和人家比,现在也算是一个老姑娘了。我和你娘也着急你的事情,要是再这样耽搁下去,你也不好寻婆家,到时候难的还是我和你娘啊!人家不是说么?姑娘不嫁人,愁死娘家人!一家有女百家提,这些天你也知道,咱家来了不少人,那都是相中你来提亲的,我跟你娘一个都不同意,为啥?人家配不上咱。你爹在镇上上班呢,你长得又不丢咱姓胥的人的脸,要是给你寻一个风里来雨里去的泥腿把子,你嫁过去拖累我和你娘不说,受罪的还是你自己啊……"

夏桂花在一旁忍不住接口说:"你爹和我作为长辈,不能把你往火堆里推,虽说……你不是我亲生的,但我养了你十来年,就是一棵小树苗养这么大也有感情啊!我让你爹一直操着心哩!这不,你爹给你相中一个,小伙子在镇上上班呢,长得也是一表人才,这还不说,小伙子和我是一个村的,按辈分还得叫我姑呢,将来有个啥事都好说。"胥先重像说相声一样捧过哏:"小伙子家境好得很,他爹在开州市领工地呢,他爹和他村的那个当市委书记的还是穿一条裤子长大的。现在人家在开州混得可好了,你过去啊,那绝对是吃香的喝辣的,不受一点罪。"夏桂花在一旁接口:"到时候你可别把你爹娘给忘了!"两个人东一句西一句地罗织半天,好像婚事已定,那小伙子是潘安再生,罗成转世,骑着龙、弄着箫即刻就把水儿接走似的。

水儿坐着垂着头，感觉到四周都在转动，低沉的春夜在呜呜哀鸣，所有的语言都徘徊在耳朵外面，大脑里只剩下单调的白，不知道何时起泪水已经从双颊上不争气地向下滑落，砸在桌旁的地上。夏桂花见水儿掉泪，心里就不痛快："咋又哭上啦？这给你觅个好婆家去享福呢，你还不情愿？女孩到了时候就得嫁人，你娘当初我也是不情不愿，到了最后还不是跟着你爹这个长着南瓜脸的人过日子？这不过得挺好，身上也没掉一根毛！"胥先重听了不高兴了："嫁了我看把你委屈的，当时你一脸麻子还吓我一跳呢。"夏桂花白了胥先重一眼，压压火气没有说话，此刻她和胥先重是同一战壕的，不能内讧，目前第一大事是说服水儿——其实用不着说服，水儿从小到大她说一水儿向来不敢说二，所以这事只是跟水儿说说，决定权已经在握。

夏桂花清了清嗓子说："我就是先把这事给你透个风，过几天人家男孩子来，你看看。这事要在麦黄前办了，别耽搁新女婿给咱收麦。"胥先重白了夏桂花一眼，说："你就这么大理想，人家是镇上的工作人员，能下地抡镰刀给咱收麦？"夏桂花丝毫不客气："咋了？我的女婿我想怎么使就怎么使，你管不着！你说我养这么多年一个活人就白白给他了？那不便宜死他？"水儿对爹娘一天八次的争吵早就习惯了，但她耳朵有些轰鸣，此刻听不见。她低着头收了一桌碗筷就默默地回厨房了，头碰在了门框上也不知道。她不知道是怎样刷了碗筷又怎样上床的，一切都在懵懂中展开，懵懂得令她心碎！

南许村在平静中睡去了，深蓝的天空里排列着无尽的繁星，在夐远不可及的银河畔眨着未了情的眼睛。水儿的窗外，那棵槐树在夜里开满了雪白的花，夜风吹过，它摇着白了头的枝丫，在夜里微微舞着忧伤的舞蹈，从窗户缝里送来甜蜜的槐花香。静！可怕的静！将人的无眠渲染，把人的悲伤夸大。在夜的层层包围中，水儿却感到无比安全，如先前依桐牵着她的手沿着齐渡河结冰的河面走。她在黑暗里睁着那双如水的大眼睛，怎样也难以入眠。失眠的堤岸被层层烦恼的线牵引，却怎样也延伸不到睡眠的彼岸。

南许村的狗此起彼伏地在角落里吠起来，打破了尴尬的宁静，那吠声似乎要蔓延到全村的狗了，水儿家那只小黄狗也象征性地叫了几声，鸡还以为黎明提前到来，全都引吭鸣叫起来，为狗的吠叫配上伴奏，这群人类最亲密的朋友在夜里创造出安慰人类寂寞的宏大交响乐。村落间的槐树和桐树在这乐声中激动得战栗起来，掉落下朵朵将败的花。巨大的夜幕似帐篷，覆盖了矗立着的原乡，抚慰着忧伤而孤独的魂灵。星星没有多言，只是眨着眼睛啜泣，夜仍旧在这宁静中向前奔腾，开往人们不得不前往的明天。

43

　　明天还是来了，胥先重家门前中午时围了不少人，都是来看小伙子模样的。那小伙子被媒人领来后，一看门口这么多人，忙掏出准备好的香烟四处散，不一会儿三盒好烟就告罄。不少人开玩笑说："别一根一根地散了，干脆把烟盒子给我，我给你散！"人群里爆发出一阵笑声。小伙子其貌不扬，浑身上下的西装被熨帖得平坦若飞机跑道，里面穿着一件方方正正的雪白衬衫，衬衫上还打着一条鲜红的领带，头发被啫喱水"冻结"过，显然是做过一番精心打扮。媒人领着男孩子进了胥家的院落后，直接被让到了堂屋。堂屋里胥先重和几个胥家长辈正襟危坐，等待着考核这候选新郎。媒人有两个，男方是夏桥村的一名老者，进来后吸着胥先重的香烟笑呵呵地坐下，女方这边则是南许村第一媒人许铁婆，各有专业人士，说起事情来也方便。

　　小伙子很懂事，进来后先逐个地让烟，胥先重见小伙子的烟让过来，嘴里说着不要，手却接得无比爽快。胥先重的眼睛如电脑扫描仪般打量着小伙子每一根毫毛，待小伙子坐下后，胥先重便按照农村常规问："你叫啥名？多大了？"其实这些他早就通过媒人了如指掌，无奈找不到别的话，只好按照常规来办。小伙子规规矩矩地回答："叔，我叫东华，今年23了。"胥先重只好问："现在在干啥哩？我听你叔说你在镇上上班，咋没见过你呢？"那东华回答："我在镇上民政所呢，正不准备干了，跟着我爹去开州领工地去。"

　　胥先重几个人有一搭没一搭地跟小伙子聊天，这边夏桂花早跑到水儿房里，正在动员水儿来偷看未来的女婿，水儿只是坐在床上不动，任夏桂花怎样说就是不挪地方。按照先前的习惯，夏桂花早开动三寸舌头开骂了，孰料今天里里外外都是客人，不好张扬，只得压低声音说："你还小么？这是一辈子的事情，咋长得水水灵灵的，关键时候就是不开窍呢？"水儿低着头，先前油滑乌黑的辫子也没有梳，只散乱地把头发拢在耳后，露出雪白的颈。夏桂花急得原地打转，恨不得一巴掌把水儿打到堂屋门前。水儿根本就不愿意定亲，可又无力抗争，只得采取这"非暴力不合作"方法，只是坐着不去看。夏桂花生气之极，声音都走了调："你不看是吧？好！你不看就是愿意了，到时候可别怪你爹娘给你看走了眼，指错了路！"夏桂花佯装走几步来诈水儿，孰料水儿仍坐在床上不为所动。夏桂花心中像着火一样，她转回来后走到水儿床边，阴阳怪气地说："我知道你心里放不下许家那个小子，可你咋能和他比咧？！他今年就是大学生，不是当农民的命。你们俩一个天上飞，一个地上爬，你根本就撵不上！你瞅瞅他爹那个神气样子，好像除了他家你就嫁不出去一样。不就是卖个香油的么，神气个什么？他们许家有啥？要房没房，要车没车，许家那小子是大学生不假，将来一毕业还不是白手起家啥都没有？！你嫁给那小子就是嫁给一穷二白。就算你再等他五六年，到他毕业时你多大了？二十四五了！谁还要你？那小子倒好，到时候在大学里谈几个有钱的媳妇，把你一蹬，死不认账，你可咋办？"

自从夏桂花说出"许家那小子"几个字起，原本压制着自己的水儿再也忍却不住了，大大小小的泪珠不住地往下滑落，落在方格交错的床单上。水儿心如刀割，痛苦地闭上眼睛，双手捂住耳朵，只愿成为聋子，不愿再听。外面传来胥先重几人挽留的声音，显是那小伙子要走，从窗棂中传来，院墙外面有许多看热闹的人的大笑声，不过对于水儿来说，那只是乌鸦哀鸣般的噪声。

第二天夏桂花开始四下里撺掇人去夏桥村看小伙子的院子，她的笑声如生了锈的老钟一样四下里飘荡。胥先重找了一辆机动三轮车，由本家的胥二狗子充当驾驶员，拉着邻里的胥家妇女去夏桥村相院。灿烂的阳光从万里高空送下，映着白色云朵和铺天盖地的令人炫目的槐林。水儿家门前那株槐树似乎受了阳光的感应，花开得正欢，浓郁的香气能熏晕正在上树的蚂蚁。胥二狗子发动起机动三轮车，"咚咚"声震天响，满车的妇女叽叽喳喳地说着，正预备着一会儿挑出男方家院落的毛病。机动车从水儿家门前出发，沿着村口那条东去的柏油路一路开去。

水儿像一个被抽去了思维的布娃娃,好像所有的一切都与自己无关,只管在模糊中独坐。泪是决计不会再流了。墙外响起了孩子攀折槐花的笑声,水儿觉得自己好像树上的一朵槐花,四月的风微微一吹,自己也将要随风飘逝了。

由于去相院的女方代表中,除了司机以外不能有男人,所以胥先重留在了家里听信。难得没有夏桂花的约束,门口车一发动,胥先重就乐呵呵地坐进屋中独自饮酒,菜是几碟咸黄瓜和开春制作的豆浆蛋。半斤酒进肚,酒意上泛,蹒跚着走进水儿的屋子,见水儿低着头坐在床沿上,神色黯然,胥先重站也站不稳,口中说:"水儿……你别不愿意……孩都是好孩……你参我啥都不图,就图个门当户对……把你嫁出去,嫁给一个好人家……我就对得起……就对得起你死去的娘了!"

一提到水儿死去的娘,胥先重的泪水忽然在眼里打转,借着酒意,他依稀把坐在床边的水儿看做了那个哑巴女人。胥先重想起水儿要出嫁,拍拍脑袋忽然想起什么东西,他嘴里含混不清地说:"我告诉你啊,你娘好得很……长得跟你一模一样……我一看见你……就想起你娘……唉!你嫁出去,我算完成任务了!"胥先重舌头打转,掏出钥匙,开了墙角那个已经被虫子咬了几个小窟窿的老木箱,边说边在老木箱里翻找,口中说:"你娘也走了快二十年了,你……也要走了,过得真快啊!你娘一死,我就把她的衣裳呀什么的全烧了……免得我看见难受……她以前活着时候经常写呀、画呀,像个干部一样……我也不识字,我刚才忽然想起你娘还留下点东西……过几天你出嫁,你就带走吧……逢年过节的留个念想……这个小箱子我也没有动过,里面有几张破稿纸……但那是你娘的东西,你就带走吧!我也不亏欠她啥了。"胥先重酒醉七分,嘴里絮絮叨叨地在老木箱里找了半天才找出一个小木箱,丢到水儿床边,蹒跚着念叨着"快二十年了!快二十年了!"打着饱嗝歪歪斜斜地出去了。

望着那个已经漫漶掉漆的小木箱,水儿正在惆怅的心忽然射来一道阳光,她连忙把那个小木箱拿在手中。这是水儿有生以来第一次接触到生母的东西,母亲在她心目中就像一个传说,一个童话,一个绰绰约约地存在于天上的影像。此时窗外的槐树上不知何时站上了一只布谷鸟,正在扑棱着翅膀酝酿着啼出下一声。

箱子打开了。里面别无他物,只有几十页稿纸和一本笔记,没有出现水儿所希望的母亲的照片。经过二十年的沉睡，稿纸已经发黄，上面写满了娟秀的小字，水儿一个字也不认识。笔记本是红色软皮的，封面上有一座远山，她翻开笔记本，发现里面也夹满了各式各样的稿纸，稿纸上也写满了字。

水儿的泪水又落了下来，她流着泪对自己说：娘曾用双眼看着这些纸张，用温暖的双手摩挲这些纸张，一笔一画地写成这些字，那时她是什么模样？她是笑着写这些东西的么？水儿看着这些字，仿佛看到母亲在纸上向她微笑……

去相院的一行人中午时回来了，夏桂花兴奋异常，说那户人家盖起了三层小楼，是典型的深宅大院，比自己家阔绰多了。她回来后见胥先重满身酒气躺在床上睡觉，暴脾气又压不住了，大骂一阵，中午赌气不吃饭——春望放学回来后只泡了一碗方便面，倒是水儿哭过之后进厨房擀了一些面条，暂缓了一些矛盾。

在每天灼热的阳光蒸发下，麦子日甚一日地黄了，无垠的麦海又一次汹涌在南许村四围，往八方延伸开去。黄昏的暮色像经过艺术家的彩笔浸染，黄红相间的阳光洒入黄绿的麦田。桐树已经抽新叶，槐花也将落尽，纷纷扬扬的槐花雪覆盖了地面，路上也落满了粉红抑或枯黄的桐花。布谷鸟在高树上啼鸣，远处的桑葚树上结满了紫红的桑葚，数不清的归巢的鸟儿停下来，在树上叽叽喳喳地开始了加餐。大堤上开满了野花，蒲公英迎着风开始左右摇摆，一只流浪的狗背上沾满了带刺的种子，在麦田中间的小路上负重走远。

水儿茫然地坐在大堤上，手中摆弄着一朵紫红色的蒲公英花朵，看着麦浪从远方奔腾而至，听着头顶的杨树叶哗哗作响。金色的夕阳悬于无数的麦芒之上，似乎被麦芒扎痛了，焦急地抓来几朵彩云垫在西方地平线上。水儿的怀里揣着母亲留下的笔记本和稿纸——自从那天胥先重给她这些东西之后，她一直片刻不离身，好像这样母亲就能时刻随着她，保佑她一样。她心中此刻只徘徊着三个字：怎么办？过了明天就要和那小伙子见面了，到时就是不同意也得同意，那也是定亲的最后一步了。这件事情如磐石一样压在心上，使自己呼吸困难。先前她有什么事情都是等依桐回来再与他一起分担，听他拿主意的，可现在等不及了。该怎么办？

水儿焦灼地望着远处麦田中那条青色的柏油路，上面没有人走过，好像带着永远不会有人走过的迹象。水儿失望地闭上了美丽的眼睛，隐约听到了风吹过树梢的声音，那声音中夹杂着夏桂花说的那一番话，一种无比绝望的情绪如风吹麦浪一般吹过了她的心田，她睁开双眼，望到了远处似乎来了夏汛的齐渡河，河水咆哮着奔向远方，远方的杏林在夕阳的余晖中微微露出黄色的果实。夕阳正死在晚霞的怀抱里，晚霞将要死在村西那片树林里。

在这个世上，她最依恋的，也无可替代的人无疑是依桐，她深知她和依桐就像两棵根连在一起的树，若是拔除其中一棵，另一棵就会元气大伤，进而死去。水儿的脑海里忽然划过一道闪电！死去！死去！这是怎样的一种解脱？死去便什么也不知道，就解除了后半生绵绵不绝的苦痛，自己也不会和一个陌生男人过活，依桐哥也不必再为自己操心，从而好好参加高考，奔他的前途。水儿想到这里，忽然开朗了，她抬起一双沉重若铅的腿，一步三挪地走过拾到她母亲的那个堤岸，下了大堤，沿着麦田里的小路向不远处咆哮着的齐渡河走去。

起风了！麦子又翻江倒海一样涌动起来，几只白色的蝴蝶在麦芒上翩跹起舞，小路上青青的草也随之招摇，水儿边走向河岸边想：我娘给我起的名字真好呵！水儿！到了水里才是我的家，只有和水永远在一起，才不会有这么多烦恼事。她站在河岸上，望着县城的方向，视线里看到的只有连绵的堤岸、无尽的麦田以及夕阳下若隐若现的村庄，晚风吹起她鬓前那缕柔发，她的脚下是从远方连绵来的青青河边草。水儿流着眼泪喃喃地说："依桐哥，我……先走了……我也想见你一面，可我害怕我见了你我会哭……我这几个月心里苦得很……以后过年的时候……你在我坟头上给我烧点纸钱……我和妈妈……会去你家过年……依桐哥……以后我不能再站在大堤上等你了……等你回来的时候……我让咱们大堤上的桐树站在那儿替我……替我等你，依桐哥……我见不到你了……我去找我妈妈了……去找我妈妈了……"

水儿哭泣着下了河水，冰凉的齐渡河水在她脚下流淌。水儿抹着泪水，她想起小时候她和依桐曾多少次在里面捉泥鳅，有几次她差点掉进水里，把依桐吓得脸煞白，她又想起有几次在河边有些洗澡的孩子捉弄她，依桐放学回来时看见了，把那些孩子打得鼻青脸肿，最后牵着她的手离开这里……她哽咽着一步一步往水中央走去，心里充满着对这世上最后一个人的留恋，她的脸还望着县城的方向，那里还是只有连绵起伏的大堤和无尽的麦田，夕阳下现出隐隐约约的村庄，村庄座座相连，寂寞成群，一直连到五十里外的县城，她再也望不到县城了。她哭着一步一步走向水的中央。

此刻风好像停了，在听河水低低地啜泣，忧愁似乎被一笔勾销在无声的风景里。

44

在水儿一步一步走向河中央的那天下午，五十里外的县一中里，阳光下的另一端，许依桐继续为高考奋战着，准备着第二天的高考体检。第二天，成群的高三学生从封阳一中的校门处鱼贯而出，排着长队向县医院进发。依桐所在的27班在上午10点左右出了校门，沿着破败的古街向东缓慢进军，等到他体检结束走出医院，一看医院主楼上的钟表，已经11点25分了。

当水儿一步步走向齐渡河中央的时候，齐渡河水似乎更加湍急了，水儿的裤管已经湿透，河里柔软的青草在抚慰着她的双腿，她揉揉眼睛，只见下午的阳光涂抹在水面上，显得更加支离破碎。她一心只想着了断此生，嘴里哭着依桐哥，一步一步地走向水深处。她正蹚着河水走着，却不经意间看见河面上还倒映着一个黑影，那黑影在她的后方，她往前走一步，那黑影也往前走一步，水儿吃了一吓，心想莫非真是母亲来救我？她忙回头去看，只见自己身后10米远的地方，河水里还站着一个人，那个人衣衫褴褛，头发蓬乱，脸上涂满了煤灰，是几年前就已经变傻的运动叔。许运动站在水里，也不说话，只是笑嘻嘻地看着她，水儿往河里走一步，他也走一步，似乎要跟着的样子。水儿的心里不害怕了，她见运动叔跟着自己，便更加地有了死的决心，心想自己纵然死了，也不会落得无人收尸，最起码这个运动叔会。这时水已经漫到腰深，她忽然想起母亲遗留下来的稿纸和笔记本还在她的上衣兜中，那是母亲遗留在这个世界上最后的东西，她想她无论如何也不能弄湿，但是她如今将要死去，却无论如何不得不弄湿了。

她心中忽然闪过一个念头，这是母亲的东西，自己必须要托付给一个可靠的人，自己不识字，何不交给依桐哥，让依桐哥给自己读读母亲在上面写的什么？自己这样不明不白地死去，又算什么？母亲的死已经给她带来20年连绵的苦痛，自己这般死去将给依桐哥带来多少年的苦痛？她的手紧紧握住上衣口袋里那一沓稿纸和笔记本，忽然又鼓起了在这世界上横竖要活下去的勇气。她想只要这些稿纸和笔记本有了安全的地方，也算对得起自己的死去的母亲，她一想起这件事，忽然觉得见依桐一面更是必须的。她一直强迫着自己不去见依桐，实在是因为找不到第二条理由说服自己去见，而如今要托付这些东西给他，忽然觉得找他是必然的了。

想起要去见依桐哥，浑身忽然苏生了一种力量，她攥紧上衣口袋里母亲的东西，在快到河水中央的时候转过身来，蹚着水回到岸上，身后运动叔也笑嘻嘻地跟在后面，蹚着水一并上岸来。水儿到了岸上，拧了拧裤腿上的水，又回头看了看湍急的河水然后再次向县城的方向望了望，忽然下定决心，明天一早就进城，找到县一中，见到依桐，无论如何也要把这些东西交付给他。要是情况合适的话，她还会跟他说说自己的事情，问他究竟该怎么办。如果依桐哥说"水儿不要嫁，听我的，跟着我走"，她想她从小到大都听他的，这一次也不例外。水儿这样想着，坚定地转过身，向大堤上走去。

身后的许运动则穿着湿漉漉的衣服，笑嘻嘻地爬上了河岸的一个麦秸垛，卧倒在上面继续看天。

第二日清晨，水儿乘着洛宁镇发往县城的公交车已经到了封阳车站，这次出来她骗夏桂花说要去镇上买些见面用的东西。水儿到了镇上就坐上了发往县城的公车。这是她第一次进城，她懵懂地望着车窗外的一切，等到售票员提醒才知道自己要买票。车一路走走停停，穿越很多的村庄。到了县城车站后，水儿随着人流下了车，眼看四周都是人和建筑，一时间站在车站口，不知道该往哪里去。她回忆起依桐曾经跟她说过，如果去县一中，要沿着车站往东走，于是她迈着脚步穿过吆喝着卖小吃的摊位往东去。

刚一出车站门口，立刻上来一群拉客的三轮车主，水儿不理他们，那车主还不怀好意地冲她叫："去哪啊哥哥带你去！"水儿臊红了脸，心想城里人真的不知道害臊，人家没有理你还继续厚着脸皮说话。不料往东走了一二十步，却是一个十字路口，路口到处都是涌动的人流，有一方在停，有一方在走，水儿连想也未想就上了十字路口，这时远处一个交警急忙叫她："小姑娘！小姑娘！别穿人行道！你没看见前面是红灯？"水儿忙止步，果然看见远方有红灯在闪，突然想起了小时候依桐给她讲的红灯停、绿灯行的知识，心想这城市果真是这样。她想起依桐跟她说的有事找警察，就过去向警察问路。那交警背着黄色护夹，扫描着路口的过往车辆，见一个穿着方格子褂子闪着黑色眼睛的姑娘向自己问路，不由生出好感，就笑着说："你别叫我叔叔，我才26，比你大不了几岁。你说县一中啊！你沿着这条路往前走，在路北面有一扇大门，上面挂着牌子，牌子上面写着呢。"水儿低头说："可我不识字。"那交警仔细打量面前这姑娘，活脱脱就像画里走出的人，不由得不看车辆单看她了。那交警一双眼睛盯着水儿说："没关系，你只需要看哪一个门口最大，里面的楼最多就行了，那就是县一中。姑娘长得这么水灵，怎么会不识字？逗我玩的吧？今儿我们头儿要查岗，要不我就带你去。"水儿见这警察叔叔这么热情，不由感激，恭敬地鞠了一躬，然后穿过车水马龙往东而去。那交警盯着水儿的背影看了半天，让几个没挂牌的农用车辆活脱脱从眼皮底下溜走，嘴里还不停地喃喃自语："真养眼！真养眼！"

　　水儿沿着这条热闹的街道向东走去，心里记着那交警的话，大门在北面，一直走了20分钟，忽然见前面一个大门口里像放闸的流水一样，涌出来许多学生，水儿见那些学生都和依桐哥差不多大，心想那可能就是县一中，忙加快脚步来到县一中门前。从门口出来的学生人人手中都拿着一张表，她不知道这些学生要干什么，只隐约听他们说要"体检"，她忙焦急地踮起脚跟在大门口涌出的令她眼花缭乱的人头中寻找依桐的身影，无奈这些瘦瘦的戴着眼镜的学生，在水儿眼中都长得一个样，她看了一会儿没有在人群里面发现依桐的熟悉的脸，很快队伍就走出完毕，再走出的都是稀稀疏疏的老师。

　　水儿失望地看着空荡荡的大门，一时想不出该怎么办。这时几名县一中看门的保安正坐在门口闲聊，其中一个看见水儿在门口徘徊，就向其他几个挤眉弄眼说："大伙看，那小妞不错！"另外几个响应号召，也都转头去看，才发现门口那姑娘长得岂止是不错，于是向水儿吹口哨。这群保安原本都是社会青年，在学校领导中有关系，所以才有机会在这里看校门。水儿正在踌躇，见门口这些人穿着警察模样的衣服，忙走进大门问："警察哥哥，麻烦帮我问一下，许依桐在么？"几个人模狗样的家伙听有一个漂亮姑娘叫他们"警察哥哥",看也不看她,抽着烟卷相视大笑起来,不过笑着笑着就不再笑了,因为他们看清了越来越近的水儿的脸庞,一时不由走神得厉害。其中一个走神程度稍浅的保安先回过神来,道貌岸然地问她:"你刚才说的什么桐是哪个班的?"水儿一时语塞,想了想说:"我……我也不知道我依桐哥是哪班的,反正……反正是高三的,叫许依桐。"旁边一名保安笑道:"这个校区都是高三的,全高三四十多个班五千多人,你说的这个叫'许依桐'的,叫我们怎么查?"几个人见这个乡下姑娘无助的样子更是美丽,便如赏鉴一个国宝一般,觉得她多留在这里一会儿,自己多看一会儿就是占了很大的便宜。

因为教育局的人在医院为夏天安排好了一切,所以今年她不用体检。难得一个上午不上课,夏天在公寓里睡到了十点才起床,洗漱之后预备回教室上自习。刚走到校门口,不经意间听见旁边一个保安说了句"你说的这个叫'许依桐'的,叫我们怎么查?"便停止了脚步,在意起来。她转过头,见几个保安正不怀好意地围着一个乡下姑娘调笑,忙走到那姑娘身后问:"你找的人是叫许依桐么?我是他的同学。"水儿忙回头,见一个身材比自己高一些,打扮得很入时的漂亮女孩正关心地望着自己,忙用力点头。更吃惊的是夏天,当这个乡下女孩转过头来,她顿时觉得面前这个乡下姑娘漂亮得不可思议,特别是她刚才惊喜时露出的深深酒窝,她依稀好像在哪见过一般,是在照片上?抑或是在生活中?一时间她不由得盯着水儿入了神。

水儿见她忽然看着自己不说话,忙说:"你认识许依桐么?麻烦你把他叫出来好么?"夏天这才回过神来,忙说:"好!他们都去体检了,我不知道都回来了没有,我到他的教室去看看,你先在这儿等着。"夏天看了看旁边几个不怀好意的保安,她又唯恐自己走后他们再骚扰这个美丽的姑娘,忙拉着水儿的手说:"你先跟我来。"那几个保安不识得夏天,其中一个忙叫:"陌生人不能进校园,必须在门口等!"夏天正牵着水儿的手往前走,听到身后保安在叫,猛地回转来,边走边掏出学生证,大步走到那几个保安面前亮出说:"我是高三26班的夏天!你们要是不想干保安和我说一声,我可以跟校长打个招呼!"几个保安没想到这个高个女生这么大脾气,一个保安正想拿出校规反驳,这时旁边一个年长的保安猛地站起,摆手说:"过去吧!过去吧!"夏天这才收了学生证,不屑地看了他们一眼,转身领着水儿向花红柳绿的校园深处走去。

这时一个保安望着夏天和水儿的背影对其他人感叹："这女人要么柔得很，要么泼辣得要死，真拿她们没办法！"旁边放行那个保安此时才战战兢兢地说："你们知道什么？那可是夏念祥的女儿，才转过来一两个月，惹了她，校长都保不住咱们。"几个保安的嘴巴顿时张得像峡谷，忙收了板凳，再也不敢在校门口闲聊，个个回到传达室，以免与夏天再度碰面。

45

夏天领着水儿到了教学楼下的一个花坛边，冲水儿笑了一下，露出和水儿一样的酒窝，她让水儿在这里等着，急急忙忙跑进了教学楼。水儿兴奋地站在原地，目不转睛地望着楼道口，期待着依桐从里面走出来。春天的蝴蝶飞过花坛边的几株松树，蹁跹到矗立着的教学楼群那一边去了。不一会儿夏天就从里面出来，跑得脸颊红扑扑的，她跑到水儿的面前，捋了捋飞到额前的一束黄色碎发，充满歉意地说："不好意思啊，许依桐他们班去医院体检了，说不定什么时候回来，要不你下午再过来吧？"水儿的眼睛里掠过一丝失望，不好意思再麻烦这个高个女生，就说："谢谢你啊，真的不用麻烦了！"说完转身就往校外走。她想着先到校门口等等再说，她相信依桐体检完后回学校必会经过校门口。

夏天看这个美丽的姑娘失望地离去，便对着她的背影说："你找他有什么事？要不，我给你传个话，等许依桐回来告诉他？"水儿心里暗暗地笑，她要跟依桐哥说许多话，自己的婚姻大事怎么能让人传话？她回头笑笑说："不用了，谢谢你。"她不知道该叫夏天姐姐还是妹妹，所以她什么也没叫，只是感激地一笑，转身走向通往校门口的古松夹峙的柏油路。夏天望着水儿的背影不由出了神，直到看着她走出校门口，才抱着历史课本若有所思地回教室上自习。

水儿走到学校门口，想找个地方坐下等。只见街头的人川流不息，数不清的电动车、自行车从水儿身旁流过，她茫然地站在路一旁，看着街道东边的方向，她刚才看到许多去体检的学生就是去向那个方向的，她知道依桐也一定会从那个方向回来。此时正是11点左右，依桐正在县医院检查最后一项——视力水平。水儿正茫然地观望的时候，忽然听见街道的另一边有人叫："水儿！水儿！你咋在这儿？"她心里一惊，忙转过头去看，只见依桐哥的父亲许正兴手里提着一袋子方便面和水果等物品穿过马路激动地一瘸一拐过来了。

许正兴唯恐儿子回家后知道水儿的婚事，故此今天一大早就进城了。他到了县城后，先提着一小罐家里磨出的香油到了依禾家，依禾见父亲这个时候来，还以为家里出了什么事情，待许正兴坐下，把事情原委简单地说了一遍之后，依禾才哭笑不得地说："原来是为了这事啊。那你还跑一趟干啥啊？你给我打个电话，我跟依桐一说不就行了？"许正兴喝着水，摆摆手说："这事不是儿戏，你们办事我不放心，必须我这老将亲自出马。到时候你再一说就漏了，这小子的脾气我知道，他敢马上回家闹事去！那什么……我这就去这小子的学校看看，罢了，中午把他领过来，见了他你也敲敲边鼓。"他心里盘算着中午领着儿子在女儿家里吃一顿好饭，预先给女儿打声招呼，好让她买好菜。依禾见他去看依桐，不能空着手去，连忙去一旁整理了一些方便面、水果之类，让他给依桐带去。

许正兴提着东西逛着大街，一路晃到依桐的学校门口时，日头已经快到中午的模样。他想，必须得踩着饭点回去，要不坐在女儿家的客厅里等着饭菜多不好看？快到县一中门口时，却不经意间看见学校门口徘徊着一个女孩，长得很像水儿，他心里一惊，手里的方便面差一点掉在地上，再揉揉眼，果真是水儿，他心里大叫：坏事，莫非她已经见到依桐了？他颤巍巍地叫了一声水儿，就三步并作两步朝水儿跑去。

依禾正在家里做饭，她给丈夫龚美明打了一个电话，说爸从老家来了，让他中午早些回来。龚美明心里虽说不情愿，但是不得不回。依禾炒了几个菜：黄瓜鸡蛋、西红柿鸡蛋、青椒鸡蛋，几碟花生米，又思量再三，切了三个苹果，撒了些白糖，算做一个冷拼。她又给龚美明打了一个电话，托他从街上捎回来几个菜，要不整个饭桌上该成鸡蛋开会了。龚美明心里更是不情愿，心想：一个乡下老头子来能拿多少东西，到了自己家里还享受这贵宾级待遇！既然依禾吩咐，一个菜都不买终究不好看，就把摩托车拐入一旁一个小熟肉店，买了一盘最便宜的鸡爪子，还砍了半天价，之后才不紧不慢地把鸡爪子挂在摩托车把上，不紧不慢地往家赶。

依禾刚把菜摆到饭桌上，就听见有人敲门，不用说，是父亲和依桐回来了，要是龚美明，早掏出钥匙闷声闷气地打开了。不料只猜对了一半，父亲倒是回来，可身后却跟了一个女孩，仔细一看，竟然是半年不见的水儿。许正兴在前面，一边给依禾使着眼色一边进了门。水儿见了依禾，脸一红，说："依禾姐。"依禾心中一惊，上午还说着依桐和水儿的事情，没想到事情来得这般快，忙手忙脚乱地把水儿从门外让到门内。许正兴在屋里大声对依禾说在学校门口碰见水儿，赶上饭点就叫她回来吃饭，下午再一块儿去县一中。依禾忙让水儿去卫生间洗洗脸，看水儿进了卫生间，才把父亲拉到里屋。许正兴说："依禾，说啥也不能让她见到依桐。你下午先出去一趟，就说去县一中叫依桐，回来呢就说依桐去外地考试了，甭管咋说，就说依桐不在，五六天还回不来，下午我再领她回南许村，反正她明儿个就该见面了。过了今天啥都好说。"依禾心里感到很无奈，可是看到父亲那急切的眼神，就矛盾着答应了。

此时，她听见外面有响动，显然是水儿洗好了脸，她忙推开门出去给水儿拿毛巾。依禾边拿毛巾边笑着和水儿说话："水儿，我还是半年前回老家时见过你一次，那时候你去北地摘棉花，我在村口刚好碰到你。哎呀！这半年不见又漂亮许多呢，你看看你长得好看的，比电视里那些明星还好很多呢。"水儿勉强地笑着，擦过脸之后看依禾在厨房里忙活，忙过去给依禾搭手，依禾不让她帮忙，但是哪里及得上水儿麻利的手脚？依禾没话找话，边刷酒杯边对正在洗碗筷的水儿说："进了城你就该到依禾姐这里看看。你看看，要不是碰见我爸，你还想不起来到你姐姐这里来呢。依桐哪一次见到我都提到你，小时候你在咱家，咱们就像亲姊妹一样。"水儿手拿着筷子晃了一下，笑脸竟然收了回去，显然是听到了"依桐"的名字，依禾这才忽然想起什么，忙笑笑把话题岔到了一边："我正说最近回老家一趟呢。你看看，卫卫天天上学，早晚要接送，就中午不回来吃饭，晚上还非要闹着和我睡，一天到晚走不脱，我也是瞎忙……"正说到这里，忽然听见客厅里门"咣当"响了一下，显然是龚美明回来了。依禾边擦着手走出厨房，边对水儿说："你姐夫回来了。"

客厅里，龚美明把鸡爪子递给依禾，正有一搭没一搭地跟许正兴寒暄，突然见里屋走出来一个女孩，看了一眼马上想看第二眼，依禾忙在一边给龚美明介绍："这姑娘是咱老家村里的，叫水儿，是咱先重叔的

299

闺女。"她又转头对水儿说:"水儿,这是你姐夫。"水儿忙羞涩地叫:"姐夫!"龚美明一双绿豆眼睛如镶嵌在眼眶里看着水儿一动不动,心想这女孩怎么生得这么好看。他一向认为依禾是她们那一带最漂亮的姑娘,没承想还有比依禾漂亮几倍的,暗暗后悔当年没有在南许村多转几圈。

龚美明除了尊敬领导之外,还尊敬美女,忙让水儿坐下吃饭,嘴里说:"我哪一次回去,都要和你爸喝两杯呢,快坐!快坐!真没想到先重叔有这么……大的一个闺女!"他原本想说漂亮,但是想到岳父和依禾都在场,夸赞别的姑娘有些不合适。水儿推让了一番,就坐在了桌子的一角,依禾忙去拿酒,不料龚美明已经伸手从饭桌底下拿出半瓶前天的剩酒,嘴里说:"把这酒喝完,别浪费了,喝完咱再开新酒。"许正兴虽点着头,但是毕竟心里不痛快。龚美明与许正兴碰了一杯后,忙招呼水儿:"水儿,吃菜!吃菜!到了这里就像到了自己家一样。"然后又说了一句自认为很幽默的话:"世界上只有氧气、氢气,没有客气。"水儿象征性地夹了离自己最近的那一碟花生米。龚美明不时用小眼睛偷窥水儿一眼,把话题主动转移到水儿身上,猛然说:"呀!我见过你,想起来了,刚才依禾还给我介绍你呢,不用介绍!我那年跟着你姐回家,你还小,和依桐在一起玩,哎呀,没想到一转眼就出落成大姑娘了!可真是……"依禾在一旁接口说:"你再晚几年不见,你自己就该当上外公了,现在的孩子长得多快!你看咱家卫卫,一年一个样。"

龚美明又和许正兴喝了几杯,找不到话题,就随口说:"依桐怎么没来?咱爸来了,咋不叫他从学校到这儿来吃顿饭?"水儿正在喝米汤,听见龚美明这句话,猛地停住,看着他。许正兴的脑瓜反应有些慢,一时竟接不上来,依禾心想:平时这个挨千刀的想不起依桐,偏偏这时候想起了。她看了看水儿,忙说:"可能学校有事,我吃完这碗饭就到他学校去看看,把他叫到这儿来。"水儿的心里泛起一些喜悦的泡沫,觉得先前无味的米汤也甜了。龚美明很随意地接了句:"嗯!我说上午骑摩托车上班时,看到那么多学生排队在大街上走呢。"依禾觉得向来擅长随意乱侃的龚美明终于把话歪打到正点上,唯恐再这样下去又说错话,就草草地吃完饭,穿戴整齐后去了县一中。走之前她告诉了水儿卧室的位置,说吃完中午饭可以躺下睡午觉,水儿嘴里同意,其实哪里睡得着?只是兴奋地看着将要出门的依禾点着头。

依禾下楼来，到附近的几个市场转了一圈，给水儿买了一身夏日穿的裙子，估摸过了一个多小时，就提着裙子慢悠悠地回来。刚把钥匙插进房门，里面就有人把门打开，露出水儿喜悦的笑脸，水儿忙向依禾身后看去，只看到依禾身后空荡荡的楼梯，水儿的笑如水面的波纹慢慢沉静下去。依禾换着鞋，装作漫不经心地说："到了学校啊，找到依桐他们班主任，原来依桐代表他们班去开州参加一个什么比赛去了，要三四天才回来呢。哎呀，回来的路上看到一身裙子，挺适合你的，就买回来了。你姐夫和你大伯呢？"水儿在一旁显然是悲伤至极，竟低着头没有说话。依禾又问："你姐夫和你大伯呢，水儿？"水儿这才缓过神来，说："我……姐夫上班去了，大伯先午睡了。"依禾装作看不见水儿的悲伤，忙笑着叫水儿试衣服。这时许正兴从里屋出来，假装揉着惺忪的睡眼，听依禾说依桐不在学校，许正兴演技很佳，口中说："这小子……还没进大学门，就忙得连老子的面都不见，下一回我要是来得提前预约啊！"说完嚷着要走，说夏天天气变化快，一会儿不走就可能下雨了。水儿无奈，只得提着依禾给她买的衣服跟在许正兴后面。

依禾跟在他们后面下了楼，水儿到了楼梯口坚持不让依禾再送，说："依禾姐，你回吧，我和大伯一块儿呢！"依禾心中不舍，到了路边拦了一辆出租车，执意要把他们送到车站。水儿第一次坐进这种小轿车，车门也打不开，依禾忙把车门打开，陪她坐在后面的车位上。出租车行驶在街道上，依禾见水儿对车窗外的景物很关心，见到一个学生模样的在街道上走就回头去看，忍不住握了握水儿的手。水儿抬起黑亮的眼睛望了望依禾，说："依禾姐，麦子黄了的时候，你回村看看吧。"依禾想和水儿说话，但实在想不出什么语言，正如面对一块将要破碎的玉而无能为力一样，她看着水儿秀美的脸庞，心想：这个女孩长得多么好看，要是世界上的女孩都长成她这个样子，那全世界的美容院岂不是要全倒闭？她心中叹着气，陪同水儿一同望着窗外飞逝的封阳县城的破败建筑和午后街道上懒洋洋的行人。

车站里站着几辆将要发往附近乡镇的公共汽车，依禾找到了去洛宁镇上的客车，上面还没有坐满人，肥头大耳的司机正在驾驶座上大嚼着烧饼。许正兴上车后拣了一个靠窗的座位坐下。水儿和依禾走在后面，上车前水儿对依禾说："依禾姐，你先回吧，我这就走了哩！"依禾点点头，只是说:"路上慢点,拿好衣服。"水儿点点头,抱紧依禾给她买的新衣服,转身要走时,忽然想起要托付给依桐的母亲的遗物,她想这时何不给依禾姐,让她转交给依桐哥?但是又一想,这东西她必须要亲手交给依桐哥,毕竟这是母亲最后的东西,她迟疑了一下,什么也没有拿出,只是鼓了很大的勇气对依禾说:"依禾姐,见了……依桐哥,你叫……你叫他好好读书,考出个好成绩,别叫……家里人看不起,我走了啊!"依禾见水儿猛地转身跑上了车,找了个靠里的位置坐下,把头埋在膝间,似在低低地哭泣。依禾心中的酸楚也往上泛,她的眼睛里也是湿乎乎的,走到那司机的窗前,付了水儿和父亲的车费,一步三回头地向车站外走去。

  客车开出了县城,车窗外依旧是无尽的麦田和田中还未谢去的黄色菜花,陌生的一座座村庄向后退去。车窗中泻入的风吹着水儿的黑发,她在心里喃喃地说:"再见了,依桐哥,从此以后,我们将各走各的路了。这一次,我的心真的死了。"车上返乡的农民浑浑噩噩地睡在各自的座位上,没有人发现这个女孩在车厢的一处独自伤心。车窗外孤独的春光印在苍茫的麦野上,黄色的油菜花四处点缀指向远方。

  许依桐体检完毕后,不想回学校,便晃晃悠悠地回到了幸福文明小区租房处,进到屋中便感到眼皮发沉,倒在床上昏昏睡去。由于一有早自习时他向来都是早起,偶尔一有机会沾床,积攒了数天的困意纷纷来讨债,这一觉竟然连下午也睡了过去,睁开眼睛的时候发现室内光线暗淡,往窗外一看,已经日头偏西。醒来后口干舌燥,他便下楼去向房东太太讨来一碗水喝,喝着温温的茶水,自这小院中望了望西方残霞。依桐自责下午不知不觉竟然逃了课,心里愧疚不已,晚饭也不敢吃,就慌忙去了学校。

  他刚到学校门口,正好赶上下午放学——说是放学,其实是给学生50分钟校内就餐时间。正往教学楼那边走,遇上几个去餐厅吃饭的同学,他们跟他打招呼,依桐迷迷糊糊地挥手算作应答。正在走的时候,正好遇上蔡泽光,他一见依桐就笑嘻嘻地问:"许依桐,下午怎么没有去上课?"依桐挠挠脑袋说:"睡过了,班主任查班了吗?"蔡泽光愤然地说:"怎么不查?他可能不查么?不过啊,你是前三名,最近正是红人,谅他不敢把你军法处置。"正说着,他好像看到了什么,往依桐身后指了指,说:"我看那个女的怎么像你姐姐,在那儿摆着手好像在叫你!"依桐回头去看,果然见姐姐依禾正在校门口冲自己摆手。依桐心里一惊,已经没有工夫再和蔡泽光聊天，心中想：莫非刘同军已经将自己逃课的事通知了家长？边想边惴惴不安地往校门口跑去。

由于有家长作保，依桐顺利地出了校门。依禾领着依桐走到了学校门口附近的一个地摊，天刚落幕，地摊上三三两两地坐满了喝啤酒、吃羊肉串的学生和附近的市民。依禾和依桐随便挑了一个位置坐下，让老板烤了十个羊肉串和一条鱼，那鱼尚活着，被新疆来的高鼻梁的地摊摊主一把掼到地上活活摔死，然后用铁条串住洗刷一番。依禾和依桐在一旁看得心惊肉跳，后悔要了那条鱼。

依禾把包放在膝上，看着依桐说："咋又瘦了？别那么努力，考上就上，考不上就算了，别硬撑着。"依桐见姐姐决计不提他逃课的事，暗道姐姐或许只为看他而来，就长出一口气说："考上考不上都得考上，我咋丢得起那个人？"依禾试探着问他："你们最近不放假吧？"依桐苦笑了一下，伸手接过一个维吾尔小贩递过来的羊肉串，说："一个多月都没放假了，我们班有许多请假回家拿生活费的，我们班主任不让，现在是非常时期，让家长来探监。对了，我们下星期可能要放假一天，再不放假我们学生就要举行'五四运动'了。"依禾忙问："那……那你不回家吧？"依桐以为姐姐要让他往家里捎什么东西，嘴里边嚼着羊肉边递给他姐姐一串，说："吃！姐！别光看着我吃。我……我还没想好，但我想回家看看。你有什么东西，尽管给我，我保证送到位！"依禾忙说："别回家了，家里最近啥都好，你安心读书就行了。没生活费姐给你。听姐的话，啊？"依桐停止了吃羊肉串，抬头看了依禾一眼，说："没什么事吧，姐？看把你紧张的。"依禾忙微笑了一下，说："没事！没事！姐就是怕你一回家就分心。剩下的天数不多了，高考完再回家，到时候姐和你一块儿回家看看，带上卫卫。"依桐点点头，又拿了一串羊肉串，说："嗯！有道理！一鼓作气拿下这场战争！你也吃呀，姐！"依禾把羊肉串放到嘴边抹了抹，说："依桐，你要学会长大，你都快20岁了，该到迎接挫折的时候了。姐像你这么大，都结婚进城了。不管咋样，不管事情多大，都要先冷静，知道么？你是男人啊！"依桐笑笑说："不就是一高考么？我应付得了！放心吧，我会尽力的。"依禾见依桐把自己的意思误会成高考，苦笑了一下，只是看着依桐吃。

姐弟俩吃到依桐上晚自习之前，依禾才与弟弟依依惜别，临走前依禾忽然说："你有没有零钱？姐一会儿要充点儿话费。"依桐忙伸手从兜中掏出一张20元的纸币，递到依禾手里。依禾接过，随手把两张票子塞到依桐手里，说："你先拿着，生活费不够了再跟姐说！"依桐低头借着地摊上的灯光看去，见姐姐递给自己的是200元钱，这才明白刚才姐姐之所以向自己要零钱，实际是给他一个心理缓冲。她知道依桐自尊心很强，直接给他钱恐依桐难以接受，只好用这种芝麻换西瓜的交换方式。依桐嫌多，不要，依禾忙说："姐知道你没钱了，你还跟姐客气么？现在你是花姐的钱，将来你上班了，姐还要花你的钱呢，拿着！有啥脏衣服拿回去我给你洗，你最近可别回家啊！"依桐手里捏着那带着姐姐体温的钞票，心里泛起一阵温暖。他握了握姐姐的手，用力地点点头，转身去了。依禾望着弟弟高大但瘦弱的身影走在路灯昏黄的街道上，又转过弯进入冷清的县一中大门，心里又不自觉地想起老家的水儿，两眼热辣辣地朝家的方向走去。

　　许依桐回到班里，最后几排人还是很少，大约蔡泽光他们又趁着自习课前的几分钟去外面书店租借漫画书看了。座位上正在做数学卷子的祝效华，抬头看依桐回来了，扶了扶眼镜说："许依桐，下午有个女孩来找你，你一直不在，她来了两次了，刚才又来了一回。"很少有女孩找许依桐，他忙问："那女孩长什么样子？"祝效华正在算一道题，迷迷糊糊地说："AB+BD=AD，嗯……那女孩反正挺漂亮，高个儿，有点黄头发，好像……好像是邻班的吧。"祝效华说完就接着在一个几何图形上去连线构造所谓的相似形了。

　　能让祝效华这个一心只读圣贤书的家伙记住并说出"漂亮"二字，确实不易。凭他说的特征，许依桐已经判断出那个女孩一定是夏天。"夏天找我有什么事？"他满腹疑惑地走出教室。刚出教室后门，恰逢夏天又来找他，夏天见了依桐便叫："你可回来了！我到你班都去三回了！好啊，许依桐，我发现你竟然逃课，我这坏学生还不逃课呢。"许依桐知道她在开玩笑，便局促地回答："嗯，下午在住的地儿睡过了，逃了一下午课。对了，你找我没什么事吧？"夏天这才捋了捋额前一束短发说："上午有个女孩来找你，刚好被我碰见。那女孩穿着方格子的裙子，长得特好看，比我要低一些，说话好像怕吓到人一样……"依桐听夏天绘声绘色地描述着，凭直觉那是水儿无疑，忙打断夏天说："那她跟你说了什么？她是怎么走的？"夏天有点所答非所问地说："我告诉她你不在，她就很失望地走了，我也没多想。本来打算等你班体检完后就去找你，可是一直没找到你。对了，说句我不该说的话啊，我看那女孩对你很有情意，女孩看女孩从来就是很准的……"

　　这时从楼道里走来借书归来的蔡泽光、韩跃、陈益，三个人看到夏天和许依桐站在班门口说话，诧异无比，心里想：这小子什么时候和大美女挂上钩了？三人走到依桐和夏天身边时，故意放慢脚步，蔡泽光还故意拍了一下依桐的肩膀，坏坏地笑了一下，又向夏天看了一眼，韩跃则吹着口哨，进了班门口时，还不忘探回头看了一下。夏天看到三个家伙的怪状，对许依桐摊摊手，笑着说："这是你班的吧？他们以前见了我总对我指手画脚的！"依桐心里记挂着水儿，嘴里笑着敷衍说："他们就是这样子，进化不彻底，见了漂亮女孩就走不动！那……她什么话都没留？"夏天见他魂不守舍的样子，笑着说："没有留啊！要是留的话我能不告诉你？留着那话也不会给我涨利息……"

　　说到这里，依桐看到夏天的班主任饶发久在走廊的尽头摸着光滑的脑袋缓缓走来，他对夏天说："你先回吧，你们班主任来了，看见你和邻班的学混子说话不好。对了，谢谢你啊！"夏天回头望了一眼，果然见班主任饶发久正缓缓走来，嘴里说："怕他什么？哼！"不过脚步已经在移动了。她终究没有忍住，回头问了许依桐一句："那女孩……该不会是你女朋友吧？"那表情很期待依桐回答"不是"。依桐此时已经快走到班门口，迟疑了一下，便重重地向夏天点点头，回班去了。

　　饶发久此时已经快到班门口，见了夏天想打招呼，见夏天沉着脸进了班，刚制造好的笑脸只好硬憋了回去。

46

　　快黄昏的时候，水儿回到了家里。夏桂花疑惑地问她怎么去镇上买东西买了一天，这么晚才回来，水儿掂着衣服说镇上的衣服不好看，所以又乘车进了城，在城里转了一天，才买了一身中意的。夏桂花一见她手里果真拿着一条连衣裙，就不再盘问。因为许铁婆下午时分来过，说夏桥村的

305

小伙已经做好了准备，明天见面，夏桂花正求之不得，一看水儿竟然为了见面买回来了衣服，心里也高兴，为了明天能够顺利见面，她什么都顺着水儿。这一天晚饭后也不让水儿刷锅洗碗，自己破天荒第一次进了厨房。水儿心情不好，又奔波一天，早早就进屋睡了。夏桂花与胥先重又密谋一会儿，包括明天烧几壶茶待客和向夏桥村那边要多少彩礼钱，两个人在某些方面还达不成共识，一时又忍不住争吵，折腾到半夜方睡。

第二天中午时分，胥先重家门外又站了好多人，那个叫做东华的小伙子来到之后立刻被请到了水儿家堂屋里。为了这次见面，他特意到镇上理发店里让理发师设计了一个发型，他本来头发很少，遮天蔽日不够用，那理发师给他的头发上打上了油，勉强盖住了头发稍少的后脑勺。这小伙子在堂屋里坐下后，胥先重、夏桂花和媒人就自觉地退出，由水儿去和男方见面。在夏桂花的监督下，水儿今日穿上了昨日依禾给她买的衣服，多日蓬松的头发梳理过后，黑亮柔顺，她刚从里屋出来，就怯生生地坐在墙边的椅子上。

那小伙子抬头看了水儿一眼后，板凳差一点儿从臀下滑到一旁，他忙伸手摁住，以保证稳住自己的身体，他的眼光能直成一把五百年不变的金尺。他听说过姑娘的美貌，可没想到水儿竟会这般美貌，一时激动得找不到语言，看了半天，越看越想看，嗫嚅着说："你是……胥水儿吧？"说出后才领悟到自己说的是一句废话，见水儿点点头，便激动地又加上一句废话："我……我叫夏东华。"他见水儿没有反应，只是低着头，更加不知道说什么，话到嘴边竟然说了句："我没意见！"这类痛快的答应在洛宁镇定亲史上开了先河，见水儿仍不言语，甚至连看也不看他，就迫不及待地说："你要是答应，那什么，咱的房盖好了，麦前就结婚！"见水儿仍不说话，心里想这莫非是哑巴？但转念又一想，就算是哑巴也愿意。那小伙子还想找其他话，水儿计算着夏桂花交代的时间已经差不多，就站起身来向里屋走了。整个过程持续时间不到半根烟，她自始至终没有看那小伙子一眼。

小伙子惴惴不安地在南许村村头等了15分钟后，见许铁婆屁颠屁颠地从南许村村口跑过来，边跑边叫："人家姑娘同意了，同意了！回家准备送帖吧！"

此刻，小伙子高高跃起，恨不得把骑的摩托车扔起来。只见槐花被风从枝头吹落，扬散在风中，飘飏若雪。一阵风吹来，麦田摇晃，在疯狂的拔穗抽节中，无语凝噎成别样的生命，团结在南许村周围。南许村村头一垛砖垛上，许运动仍旧穿着那身破烂大氅，坐在灿烂的阳光中，微笑着看了看村头那个兴奋的年轻人，然后不屑地转过头去，继续仰望看不破的湛蓝的天空。

这些天许依桐仍旧焦头烂额，晚自习上得昏天暗地，早自习来得迫不及待。由于长期的缺乏体育锻炼，不少高三生体弱如草，且随着时间向夏日推移，温度也奔月似的往上猛蹿。天一热就难受无比，且依桐所在的是木楼，热气不易扩散，头顶吊扇是决计没有的。在一片热气中，整日听到的就是沙沙的书写声和哗哗的翻书声。空气炙热，有时做着题想让人割去鼻子省掉呼吸。依桐桌斗里、桌面上放的全是劣质试卷。本来学生是想买正版试卷的，没想到学校却用学生交的买正版试卷的钱去买盗版的卷子，从中牟取一半以上的利润。有的一道题做得人吐血也做不出，原来少印了一个字母。书读百遍，其纸必烂，有些书本被翻已久，纸张显得甚是破碎。

学校隔三差五就从天南海北请来某某著名讲师、某某教授或者某某扬名海外的师长做演讲，这些所谓的专家以微动口舌来赚取外快。高三学生隔三差五就被驱逐到运动场上，接受风吹和日光浴，等待着高考专家来布道授业。这些高考专家吃的就是鼓动人心这碗饭，来邀请的学校多如蝗虫东南飞，生意甚好，夹着笔记本借提纲发挥一通，发挥过后钱到手，就夹着尾巴走人。有时也会请某省某年的高考状元来讲述自己这块钢铁是怎样炼成的。依桐一般都不听讲座，躲进教室成一统，只有祝效华如慕神明般虔诚而去，再激动无比地回来，先狂学几个小时，再跟许依桐说："同桌，我要发奋了，我觉得那些状元和我的经历一样，我今年一定会成功。"

一个星期过去了，依桐在昏黄的教室中放眼望去，前面只有连绵不尽的低着的人头，到来的是做不完的试卷，窗外不时闪过刘同军那形同妖魅的身影，讲台上只是一朝又一朝老师换代的情景。他看到教室窗外的一枝桐枝，先开出粉红的喇叭状桐花，又长出桐叶，看到鸟儿落上了又飞走，那是他所能看到的唯一的带有生命迹象的东西。囿于斗室之内，人被羁绊得堪比黄花瘦。他除了吃饭、睡觉、上厕所时不得不出教室外，其余都老僧入禅般坐于原地，修炼做题笔法。

正规的报名表第一次审查开始了，依桐为了报名方便，开学时就把户口本和身份证拿来了。待到审查自己的报名表时，发现上面的籍贯和其他报名信息都不错，唯独身份证信息这一栏出了差错。他趁着晚自习刘同军来班中转，刚走出门的空隙，忙拿着户口本到走廊上叫住了他。若是先前，刘同军理也不理他，但是最近他忽然考了一个第三名，风头正劲，刘同军很热情地接待了他。刘同军理智地分析了户口本和身份证号以后，对许依桐说："这样吧，明天我批你一下午的假，你赶快赶回你们乡里，到派出所查一下。"依桐领了圣旨，立刻做好了第二天下午离校回洛宁镇的准备。

中午刚吃过饭，依桐就拿着户口本和身份证走出教学楼，凭着刘同军给开的假条顺利出了校门，到了学校门口停车处，取了自行车便走。那自行车几个月未被骑，生气地以轮胎干瘪来表示抗议，依桐又花两毛钱打了打气，他边打气边想：要是到派出所办事顺利，我就顺便拐回村里看看，天黑时耽误一会儿晚自习也成，反正刘同军知道自己办事去了。水儿上次来不知道找我有没有事，这次回去我见了她就走。

午后阳光明媚，由于破街上人多，无法骑车，依桐只得推着车子慢慢行，他见路旁有许多掂着花花绿绿的架子兜售项链和首饰的小贩，便停下了车，给水儿买了一个"心"形项链，他正准备给那小贩钱时，那小贩却说这个项链是情侣项链，要是卖了一个另一个便卖不出去，要买只能买两个。依桐马上掏出5元钱，心想正好和水儿一人一个，拿起那两条项链，迫不及待地骑上车子，朝洛宁镇的方向驶去。

水儿自从城里回来这一星期之内，家中把定亲的事情全都打理好了。夏桥村那边押帖的彩礼金不菲，押了8888元，装入一个红信封中，用一张帖裹住，信封里还装了一把麦麸子，以示以后有福之意，里面还装有12个硬币，预示以后一年12个月均有钱花。背面用毛笔正楷写着小伙子父母的名字和水儿父母的名字，上面还有"百年好合""白头偕老"等祝辞，给水儿送了缎被8条、衣服8套、瓜子88斤、糖果88斤、白糖裹制的点心88斤等等，盖以88为限，东西垛满了半个西屋。夏桥村那边让人看了风水，算了八字，说婚期定在阴历的四月二十最宜，这个日子是良辰，对男女双方都吉利，正好那一天是2006年6月7日，那个时候外出打工的男人们也大多因为收麦而回来，正好赶上帮忙。胥先重代表女方已经谈妥出嫁事宜，他在镇上每日东跑西忙购置家具。

水儿每日里大门不出，只是黄昏的时候会挎上一个草篮子，把她母亲留下的那个木盒子放在草篮子底部，接着走出家门，在大堤上割上满满一篮子草，然后坐在大堤上，看着彩霞把西天再度染满。那个时候她仍死死地望着村头通向县城那条道路，幻想着那个熟悉的身影再一次出现。那路上依旧空荡，好像空荡的她的心。她怨怼的黑眼睛望不来她所熟悉的破自行车上的身影，只有麦田在继续地转黄，她知道麦田黄了的那一天，她就要出嫁到另一个村庄了。她手里没有马良手里的神笔，不能再把这些麦子统一染回绿色，只有身后的齐渡河像诉说着幽怨一样，载着一河哀愁向东流去，除此之外，她所看到就是许运动裹着破烂衣服在大堤上望天的模样。

许依桐这天为了节省时间，能把自行车的链子蹬飞，一路上出了县城，在无垠的即将变黄的麦野中央，在那条冲破滚滚麦海的柏油路上飞奔。轮子飞速旋转，依桐骑到高兴处还大撒把，伸开双手大声歌唱，风灌满他身上每一个细胞，他不时伸手拽下路旁伸过来的一个麦穗，伸手摘来头顶一处将谢的槐花。

五月的太阳好像在外疯玩的孩子，忘了回家。在派出所办完事后出来，依桐心想，太阳今天最好不回家，好多留些时间让自己回家。他蹬着车子出了洛宁镇，便看见那条柏油路往南许村方向笔直而去，他将车把一拐，就上了去南许村的这条路。路依旧是往日的路，只是上一次走之前还未发出的新的桐叶已经遮住路上方的天空，晚谢的槐花覆盖了地面，车轮从上碾过，留下一条痕迹。依桐愉快地唱着歌。麦田里有不少人正在梳理营养膜下春天时栽种的棉花，由于麦子已经长得很高，所以一时有"天苍苍，野茫茫，风吹麦低见牛羊"的风景了。北方的齐渡河堤与柏油路保持齐平，伴随着柏油路向西而去。大堤上浓郁的桐树在西方夕阳的照耀下，正在风中跳着婆娑的舞蹈。

依桐不一会儿就穿过火王庄村到了南许村村头，正在思量着怎样找到水儿时，忽然看到不远处的齐渡河堤上正有一个女孩在芟草。依桐与水儿在一起十来年，只需稍微一瞥即知那是水儿，他向大堤上喊了一声"水儿"，就调转车头拐入往北去的麦田小路，向着大堤骑去。

47

当水儿听到依桐喊出的那声"水儿"之后,她手中的镰刀不由掉在地上。她站在原地,泪眼模糊地看着依桐推着车子一步步走上大堤。

依桐见水儿站在那里用衣服抹眼睛,手脚有些微颤,忙把自行车靠在一棵桐树上,冲水儿说:"我胡汉三又回来了!咋又在这割草呢?我正准备去村里找你呢!"水儿眼珠一动不动,唯恐依桐要消失一般,只是说:"你……咋回来了?"依桐像往常一样,麻利地把水儿割的草统统装入一旁放的草篮子里,边收拾边说:"割这么多草?你一个小姑娘能背得动?走,我带着你回家!"说罢要把篮子往自己自行车后座上放。水儿忙说:"依桐哥,今天……今天你不走了吧?"依桐走过来说:"咋能不走呢?我的身份证号码错了,下午去镇上改了一下,老师就给了我这一下午假期。唉!时间紧得很……你咋哭了?你娘又打你了?"水儿忙摇头,泪水又从她的黑眼珠里滑落下来。依桐又向前一步,因为这时他看清水儿比几个月前瘦了很多,他着急地问:"几个月没有见,你怎么瘦了这么多?没有吃好吧?"水儿抹了一把泪,哽咽着说:"我看你……又瘦了,我心里难受。依桐哥,高考……高考咱不考了吧?"依桐心里一暖,知道她心疼自己才落泪,忙低声说:"我当是什么事呢。傻丫头!咋能不考呢?我熬了这么多年就是熬这几天啊。没事,等麦子熟了的时候我就考完回来了。啊?听见了么?你也是大姑娘了,还动不动就哭,人家要是看见了,还以为是谁欺负你了呢。对了,你前天进城了吧?我还以为你有什么事呢。今儿我回村来就是看看你,罢了我就走。"依桐边说边从怀里掏出那条项链,在水儿梨花带雨的脸庞前晃了晃,笑着说:"看我给你买的什么?"说着戴到水儿脖子上,又掏出一个,戴到自己脖子上,由于自己手伸不到后面,一直没有戴上,水儿伸出手去替他在脖子后挂上,那两个"心"形项链在夕阳的余晖中闪烁着动人的光芒。

依桐笑笑说:"咱俩一人一条,戴上了,就表示你在我身边,我也在你身边，我高考能多考几分呢。"依桐回头看看西方的太阳，感到时候不早了，唯恐50里的回城路在天黑前走不完，他于是决定立刻返回。他看到夕阳下水儿含泪的脸庞，心里不禁浮上来一阵温暖的怜意，他伸出手去，给她抹了抹眼角那一滴渗出的泪，对她说："这一篮草你能背动吧？要不，我把你送到村头？我看天快黑了，我也要准备回去上晚自习呢。"依桐说完转身就要去推车。

水儿本来站着没动，见依桐转身要去推车，而她知道这一次的离开意味着什么，她往前紧跑几步，抱住依桐的后腰放声恸哭起来！这下出乎依桐意料，他只感到水儿的身体极其柔软又极其寒冷，她的脸庞贴住自己的后背，泪水将自己的衬衫打湿一片。

依桐的心里忽然涌上来一种奇异的温暖，心里瞬间绽放出一朵鲜红的玫瑰。多么好！水儿竟然抱住了自己，他大脑里只感到片刻的晕眩，堤下无垠的麦田则似乎已经成为满天地间摇荡的玫瑰花！依桐此刻只想捧住下降的落日，让成长的麦子不再扬花抽穗，让不远处回城的长路就此断绝，一种强烈的幸福感激荡着他快要被高考煎熬熟了的灵魂，而那被高考蒸得枯燥无比的心田正在回流着快乐的小河！

水儿伏在依桐后背上哭泣。过了一会儿才反应过来的依桐轻轻地去掰绕在自己腰上的水儿的手，没想到水儿的手抱得更紧了，她边哭边哽咽着说："依桐哥……我没办法……没办法……你要照顾好你自己……要对自己好……别对自己不好……"

依桐想着水儿心疼自己，感动得想笑，但是笑到尽头眼角也渗出一滴泪，他心里想，多么好的姑娘，给了自己亲人般的关怀，记挂别人胜于她自己！

他把水儿的手轻轻拿开，转过身去，见水儿仍旧揉着那双黑亮亮的大眼睛，眼里全是明晃晃的泪水，便伸出手去，给水儿的眼眶边抹了抹泪水，替她整理了一下被晚风吹拂到鬓前的长发，轻声说："别哭了，多大的姑娘了，你还当是小时候啊！没事！读书哪有不吃苦的？我受那点罪算什么？今年全国有多少万考生，都跟依桐哥一样，人家也在吃苦，有的吃的苦比我还多！不苦咋能甜呢？别哭了！"水儿勉强停止了流泪，但仍不停地哽咽……

此时晚风又起了，送来了皱起的麦浪，大堤上的桐树更是起舞得欢。

河北岸几个放羊老人开始赶着羊回家，羊群在红黄相间的暮色里"咩咩"叫着，走向开着芍药的北边的大堤，向绿色和黑色包裹的村庄走去。依桐又一次回头看看暮色，又望到对面暮色里姣美得令他不敢正视的脸庞，把镰刀别在自行车把上，把水儿的草篮子放在车子后座上，对水儿说："我把你送到村头吧！天晚了，这草篮子太重！"

水儿看着依桐哥为她忙活，心里想这也许是最后一次依桐哥这么护着自己了，便酸楚地跟在依桐哥自行车后面往村头缓缓地走。要在平时，水儿看天色这么晚，她早就催着依桐赶路，不过今天大抵是二人二十年的总结，便觉得能和依桐哥多在一起一会儿就是好事。她看着高大但却瘦弱的依桐哥推着车子在暮色里缓缓走，鼻子又酸楚起来，依桐推着车子说："我现在除了睡觉少一点，其他没有什么。你以后再到城里，就先去我姐那里，让我姐领着你去找我。那群保安都不是东西，必须得给他们烟他们才让进去。"依桐又望了望身边的麦子说："哎呀！这麦子长得可是真快，一眨眼又快黄了！我们呢，马上就20岁了，麦子黄的时候，就该是咱们的生日了！多伟大啊！咱们已经平安活了20年！这就是胜利！"说完依桐转身对身旁的水儿自信地说："等麦子全部黄的时候，我就回来了！等着我，水儿！"

乡间小路崎岖不平地延伸向村头，红蜻蜓正飞翔在村外空旷的天空，贴着麦田嬉戏着低飞，村边树林里有一群孩子正拿着长把的扫帚向天拍着红蜻蜓。黄色的甲虫在晚风里嗡嗡翕动，隐约传来村里妇女呼唤孩子的声音。依桐和水儿慢慢走到村口，在即将走上柏油路的岔口时，依桐把水儿的镰刀和草篮子从自行车上卸下来，把镰刀递到水儿的手里："我就不进村了，还得往学校赶呢！"水儿目不转睛地望着依桐，像要把依桐的样子镌刻在心里永不相忘，她只是说："路上慢着点，走到镇上别忘了吃点饭！"依桐点点头，笑说："放心吧！凭我这体格，就是不吃饭骑到城里也没问题！"

水儿鼻子一酸，似乎又要哭出来，她猛然想起了什么，伸手往草篮子深处搜寻，不一会儿摸出来一个小木盒，递到依桐手里说："这是我亲娘临死前留下的东西，我也不识字，本来想叫你回来的时候读给我听听，可时间太紧了，你先替我保管吧，反正……反正我也用不了了……上次去城里就想给你，我想了想没敢给旁人，这里面说不定我娘写了什么，别人看了会笑话！"依桐双手接过，放进了车斗里的帆布包中，和自己的户口本等贵重物品放在一起，转身上了车子说："放心吧！我会好好保管，等回来的时候读给你听！你先回去吧！穿这么薄的衣服，别着凉了！"依桐见水儿站在已经昏沉的夜色里，对自己恋恋不舍，表情里充满了当时依桐还无法解读出的绝望和失落，依桐心里也是一酸，在车子上伸出手去，轻轻抚摸了一下水儿的肩膀，又说："等麦子黄了的时候，我就高考完回来了！在家等着我啊！我走了！"说完在夜色里骑着车子摇摇晃晃向东驶去。

最后一次校内联考即将展开了，依桐也被鼓动起来，他上一次考试暴得大名，他想这次绝对不能跌份。考试之前他又一次做了一次数学模拟卷子，希望能够有上一次的好运，但是第二天数学卷子发下来，他才感到这次数学完了，上面的题目无比难，且是第一次和依桐见面。他费了九牛二虎之力，在对选择填空一阵狂蒙之后，才勉强做出来三道大题，这时收卷的铃声已经响起。

最后一次联考的成绩终于出来，成绩出乎了除依桐外所有人的意料，依桐的数学成绩只考了九十多分，跟上一次的成绩比，差了很多。语文成绩也不温不火，只考了一百零几分。依桐从全班三四十名骤升至第三名，又从第三名狂跌到全班四十多名，好比一个平民到了天子堂又回来。这次考试之后，刘同军和祝效华看依桐的目光再也没有上一次考试之后的那种亲切和佩服，而是夹杂着一层更深的寓意，祝效华甚至直言不讳地说上一次依桐考试大约就是好风凭借力，才得以上青云。依桐知道对待一件事既然辩解不过，那么从开始就不要辩解。祝效华本来以为依桐会反驳，不料依桐的置之不理倒出乎他的意料，讽刺了几句后，才算出了上次依桐数学考分超出自己的恶气。依桐一直期待着刘同军再次找他谈话，但是刘同军知道怎样才能折磨一个犯错的人，那就是不去理他。考试成绩出来之后，依桐等待了刘同军几天，但是刘同军就是不出现，他不由得惶恐不安了一阵子。

他再次从学校光荣榜上看到吴仝高高地踞在前10名的位置，他甚至在上面也看到了夏天的名字，但是自己的名字就算是把光荣榜往下再延长50米，也是决计轮不到的。他看到前几名的每个人名后面都跟着一个高得吓人的分数，他们分数的高度就算依桐雇上登山队，也无法在剩下的一月中攀登其五分之一。每次走在路上的时候，他仰面看见五楼的走廊上，"北大班"的学生倚在栏杆上，向下面走过的学生高傲地俯视，每次都忍不住对他们投去不服的眼光。"北大班"最后一个月因为不再有校内联考，里面的学生已经不再动，一年的车轮战终于有了一个终点，所以最后滞留在北大班里的人算是最后的胜者，他们每到下课时分便集体在走廊上，向校园中走过的人们吹着挑衅式的口哨。

离高考仅仅剩下半个月了，空气里已经有了火药味，每个人甚至都能闻到高考试卷的气息，最后的时间里封阳一中采取延续多年的老方法，就是对全校高三学生颁布大赦令，每个学生可以自由选择复习地点。教室一天比一天空荡，有许多学生选择了回家复习，纷纷抱着书本回家，这些人拿了主要的书本，那些拿不走的书本则就地卖掉。高中三年，积攒书和卷子无数，每个人的书都需要两个人去抬，每年这个时候，学校门口都有许多收废品的小贩看准商机，拿来一杆秤当街收书。依桐也卖了五十多斤的书，孰料书就好比再嫁的女人，买的时候都是天价，再卖之时却成了废纸。

这天离高考还有10天时间，天气无比燥热，依桐在教室中上了一上午自习，教室里的人已经差不多走了一半，所以一时显得有些空荡，地上扔的都是撕掉的碎纸片，白花花一片。他感到下午必须要在住处上自习，这样变换地点才能有一个学习新鲜感，于是顶着晕乎乎的头拿着书本往外走，心里想着中午饭是吃烩面还是包子，是吃包子还是烩面，就这么思考着踩着地面的碎纸片走出教学楼，忽然听见前面有人叫他的名字，他抬头一看，只见夏天站在教学楼外的花坛边，她似乎正要准备出去，不经意间回头看见了许依桐，才在花坛边停下等待他。

夏天下身穿着一条牛仔裤，上身穿一件白色背心，一头短发很自然地梳到耳后，洒脱地站在原地，对他露出很熟悉但是也很骄傲的微笑。她站在花坛边的绿荫处，等依桐过来，就高兴地说："终于看到你了，许依桐，你最近都在哪里复习？"依桐笑笑说："狡兔有三窟，我只有两窟，所以只能在教室和住处来回乱转。"夏天笑笑说："我还以为你找到了一个风水宝地，躲在里面修炼呢。对了，上次考试光荣榜上我怎么没有见你的名字？"依桐苦笑着说："我也没有发现，大约写光荣榜的漏写了吧。"夏天问："你复习得怎样呢？我正打算让你给我指导指导数学呢。"依桐不禁露出开心的笑："我能把你的数学成绩从一百多分直接辅导到七八十分，请相信我有这个能力。"夏天以为他在开玩笑，就说："那好，你能把我辅导到和你考的一样多就行了。对了，吃饭了没有？要不去我住的地方做做客？我可是很少邀请人的。"夏天一脸的真诚让他又不忍拒绝，于是他说："那我就这么不胜惶恐地登门造访，不会打扰你复习吧？"夏天高兴地说："哪里啊？和你多接触接触说不定还能多考几分呢！走，就在学校门口。"说完两个人并排，沿着空荡荡的校园路向大门口走去。

夏天所住的是学校门口的一处高级公寓，她领着许依桐不一会儿就进了公寓。依桐以前数次从这座楼下的破街走过，从来没想到这楼里面的装修竟然会这样精致。夏天领着依桐上了三楼，开门进了房间，只见一个五十岁模样的妇女正在厨房忙活，见夏天领回来一个男孩，好奇地打量着，夏天对那妇女说："陈姨，这是我同学，中午在这儿吃饭，你多做一点！"依桐本没打算在这里吃饭，但是听夏天如此说，不便反驳，只得在一边不做声。

这所公寓装修豪华，夏天对许依桐说："随便坐，不要客气！"依桐找个沙发的一角坐下，笑说："真没想到你竟然住这样好的地方！"夏天不以为然地说："这地方算好么？我倒不觉得！许依桐，离高考就有10天了，你打算怎样复习？"依桐把书放在一旁的桌子上，双手向后伸直倚在了沙发上，深深呼吸："我打算啊，好好玩，好好睡！你想想，死刑犯一般被枪毙之前怎样过？那就是有什么好吃的吃吃，有什么好玩的玩玩！"夏天笑笑，连连赞道："好主意！好主意！你看我这周围，快叫书把我包围了！现在我的生活啊，就是看书再看书！"依桐见客厅周围果真放满了书本，就问："那以前你在市一中上的时候，是不是不像咱们封阳一中这样变态？"夏天说："我们那里的学校也是变态，但是封阳一中不是变态，是根本没有态！"依桐笑了笑，不经意间看到墙上悬挂一个镜框，里面挂着一张照片，照片上是一个戴着眼镜的发福男人和一个体态稍显臃肿的妇女，不消说，那自然是夏天的父母，那男人依桐在电视上见过，正是开州市委书记夏念祥。依桐看旁边的墙壁上还挂着一条横幅，那横幅上有一首诗，那诗用楷书写成，依桐喃喃地念出这首诗：

"小……爱……人"

当你唱着歌

走在海面上

白莲花与晚霞一起绽放

你说要带我 飞向夕阳家

洒下蔷薇漫天芬芳

当你笑着说

樱花已开放

我看见 你白衣上的花香

你说四月天 花草铺天堂

想要驾鹤陪我去求凰

当你唱着歌

舞在白云上

夕阳吻晚霞入画

你浅浅的酒窝 对我远远笑

秋水之西红霞飞

当你对我说

从此无相忘

月老已定鸳鸯谱上

枫叶红花天 与君长相守

读尽人间烟火 去远方

夏天见依桐在看这首诗，忙说："这首诗是我小时候我爸教给我的，我特别喜欢，后来我找人把它裱了起来，走到哪里就带到哪里。这首诗写得真是美，名字叫做《小爱人》。"依桐入神地看着墙上那诗歌，嘴里喃喃地说："全诗真是不落一点烟火痕迹。虽然我不懂诗歌，但是我知道这是好诗。我要抄下来。"说着从上衣口袋里取出笔，写在了自己随身携带的高考复习资料的扉页上。

吃过饭，两人坐在客厅里闲聊，夏天指着墙上的照片对依桐说：

"那个是我爸,那个就是我妈了。这是他们几年前的合影。"依桐看着照片说:"你长得挺像你爸的。"夏天说:"我爸年轻时可是一个帅哥,现在不行了,将军肚也起来了。"依桐说:"像你爸那样的已经是难能可贵了,现在官做得越大,肚子就越大。"夏天忽然喃喃地说:"许依桐,你觉得官场可以改变一个人么?"依桐说:"怎么不能,高考还能改变一个人呢!"夏天忽然失落地说:"我感觉我爸变了。以前我小的时候,他是很好的,每天都陪着我妈还有我,那个时候,他告诉我很多做人的道理。他很清廉,做人也很刚正,他上学时读了很多文学书籍,也爱写诗,那个时候我真的以他为骄傲。但是现在我发现他变得很世故,他以前告诉我的那些道理,现在他做着的就是在违背那些道理。他现在经常不回家。前些天我妈还打电话,说我爸又去了省城,在那里待了半个月都没有回来!"依桐劝她说:"你有这么好的一个爸爸已经不容易了,有时候他在江湖,是身不由己的,这由不得他。有时候一个人都不知道自己的改变的,他以为自己没有变,而在别人眼里实际上已经变了。"夏天故作笑容说:"今天我怎么对你说这些不开心的事情?快高考了,咱们都应该想一些轻松的事情!"依桐点点头说:"是的,这年头要想活下去就得找一点奔头!对了,以后没事的时候啊,我会背背这首《小爱人》,我觉得它能给我提神,给我一点飞上天的感觉。"夏天笑笑说:"嗯!我每天早上都会轻轻地读上一次,有时候我都感到这世上真有这样的小爱人。"依桐又一次看了看墙上那诗歌,喃喃地说:"有的,要不人家怎么能写出来呢?"

48

齐渡河仍旧日以继夜地向东流去,那些河水激起的浪花,如匆匆过客,一去永不再回。河岸上的小麦黄了之后便是无穷的青纱帐,青纱帐消失后又是绿油油的麦田,一年又一年的循环使人们可以忽略掉时间流过的痕迹,唯一可以看出今年有别于去年的,是河堤上增加了年轮的桐树和蔓延的枝丫。河堤不远处的南许村四周又新添了不少新瓦房,每添一户,就代表着又有一户人家娶妻生子,也宣告南许村的面积又向四围的原野拓进一步，鸡鸣狗跳，婚丧嫁娶，这是大地上平凡的一个国度。

许运动自从娶了春霞之后，不但没有进城，反而在村中大模大样地过起了日子。这令春霞开始的时候很是不满，她以为自己会跟着他去城里做一个工人太太，可没想转了一个圈又回到了在秋风河口村过的一样的日子，这使她感到受了许运动的骗，不过俗谚曰"嫁出去的姑娘，泼出去的水"，她既然来到了南许村，就再也没有回去做姑娘的道理。自从结婚之后，春霞也把祖传的手艺带来，在许运动的帮助下，在大院子建了若干水泥池，又买了许多瓶瓶罐罐，加上从娘家带来的器皿，开了做腌制咸菜的生意。许运动家悬挂着萝卜、黄瓜、洋芋等物，到处随风摇摆，方圆几里之内尽是些酱油之香，每到傍晚时分，便有附近赶集的小贩们来此批发收购。水儿和依桐也经常在傍晚时分来讨取一小节酱萝卜和酱黄瓜就馍吃，而这个时候运动叔是决计不会要一分钱的。

由于他在村里的威望很高，假如在东西两家因为院墙而争吵或者因为田埂而打骂，都是运动过去调解，他一到场就先把场面压住，再巧舌如簧让双方各退一步化解干戈。大家都想着他是去过大城市的，前不久就是他领着南许村人把镇上的人打了回去，所以在南许村只有他能够服众。而村长胥先重虽说身居高位，但村民们除了有事去盖个村委会章谁也不去找他，胥先重虽说表面上不表示什么，但是心里却酸得掉牙。如今运动拥有这么多拥护者，自然就扫了胥村长的锅台，好在运动除了腌制自家咸菜和别人请他才出马外，并不多管闲事，但是胥先重仍旧对他保持高度的警惕性。

春霞嫁到南许村七八个月之后，肚子已经大到不能走路，许运动只好把家中里里外外的担子都挑起来，一面照顾妻子，一面腌制咸菜。大哥许运旺要是过来帮忙，回到家后媳妇的脸色就阴沉得能下雨，运动知道嫂子的脾气，凡事就独当一面，并不麻烦别人。只是母亲许氏还可以时不时地替运动分担一些家务。

其间三弟许运亮回来一次，如今他已经被改编成端木药业的在编工人，回来的时候也是骑着一辆锃亮的自行车，浑身上下穿着端木药业工人的制服。运亮回来后就听说了自己的父亲已经死的事情，他到坟上哭了一场，回来后却坐在自家堂屋里绘声绘色地给那些四邻们讲述自己在城市的光辉历程。大哥许运旺和嫂子又复制了当年运动从城里回来所表现的场景，他们对这个正规工人身份的三弟刮目相看，一脸崇拜地坐在他的对面，听他讲述端木药业的大楼是何等雄伟，厂房是何其敞亮，老板是何其有钱。当大家都围在屋里听他的那个神采耀人的三弟讲述时，运动依旧面无表情地坐在院中梳理那些风干的咸菜。许运亮不知不觉之中感到已经与这个二哥有了隔膜，他本想着二哥也会像别人那样对他露出崇拜的神情，巴结自己，希望带着他重回城市，但是二哥对自己的神气表现出了不为所动，甚至在他眼中三弟还是原来的三弟，这使他的心里微微有些不爽。

有一天，他腕上的手表在阳光下闪烁着金色的光芒，在外面耀武扬威地游荡一圈，接受了无数村里人的夸赞回来。他看见二哥正在一个咸菜池旁忙活，便嬉皮笑脸地走过去，第一次打破了与二哥的尴尬场面而打招呼："二哥，忙着呢？"运动回头看了他一眼，依旧用一种平静的表情说："哦，三弟啊！"许运亮心里说：你已经不是先前的城里人，对我这城里人摆什么架子？但是他心里还隐隐感到若不是二哥就没有自己的今天，他只好压制自己的不满。他笑着再一次向二哥诉说自己在城里的神气，主任怎样欣赏他，他又是怎样地在城里住上了一套好房子，并准备娶上一个城里媳妇，每一句话里都含着一个"我很厉害，你不行"的意思。许运动光着膀子，在咸菜池里照旧整理他的咸菜，时不时地"哦"一声，算作应答。许运亮多少年在城里屈居人下，希望回来后能从村里人的身上获得一些近乎崇拜式的自尊，但是他却在二哥这里碰了钉子。他自讨没趣地又说："二哥，你在家里干个啥？能挣几个钱？要不你跟着我去得了，我去跟主任说说，你给我打个下手，没准主任看在我的面子上，你一月工资还有我的一半。"运动一边把一个酱瓜泡在缸里一边说："你嫂子怀着孕，我走不开。"许运亮本来想卖弄的神气到了这却自讨个没趣，只好讪讪地走开了。

第二天许运亮就离开了南许村，临走前他对别人说，这次回来谁都好，但他就是对二哥这个人很失望。他说他二哥变了。

南许村五年一届的换届选举即将举行，胥先重已经干满了两届，但是他还想再干一届。由于他在前不久的洛宁镇和南许村的事件中始终处于中庸地位，所以很受镇上人的赏识，那个肥胖的梁乡长已经几次表示要他调到镇上来，胥先重知道梁乡长是什么意思，于是就花了一月工资去县里买了些烧鹅，亲自送到了梁乡长的门上，梁乡长吃了烧鹅之后也拍拍"翅

319

膀"给他办事，不久之后他就被调到了镇上。虽说是镇政府的一个小职员，但是九级古塔一级压着一级，他已经从村里的人晋升到镇上的人，每天胥先重走在路上的腰又挺直了些。同时他还兼任村长，他干村长这么多年，深知村长这一职位只要不出差错就是政绩，每个月还拿着政府的几百块钱工资，何乐而不为？但是南许村人的素质逐年提高，有些出去的打过工的已经知道了当村长是怎么一回事，开始对选举重视起来。

这天选举时县里派过来两名监督员，把所有村民都召集起来，给每位村民手里发选票，写5分钟后收，再当场进行公开唱票。结果这次选举百分之九十以上的南许村村民都写了许运动，这大大出乎胥先重的意料，他自以为在南许村干了10年村长，没有功劳也有苦劳，而且他最失望的是竟然姓胥的也选他许运动，一时间气得在镇上住了数天没有回村。而许运动得知自己被选上村长时，还在妻子的床前忙活，因为春霞最近新添了一个女儿。运动马上表示自己不是当官的材料，还是交给先重哥干，不料县里的干部说这是人民赋给你的权力，他没有权力拒绝，因为他的得票率太高了。许运动从心眼里感谢这些对自己寄予厚望的村民，就说自己试着干干，要是不行就主动辞职，还是先重哥当。村民们欢喜雀跃，自己一直在胥先重手下窝囊了10年，而许运动办事有魄力，能扛住台面，大家都在为运动当选而庆幸不已。

于是在一个阳光明媚的上午，村里几个小伙喜气洋洋地拆掉胥先重家那棵桐树上的大喇叭，那个象征着权力的喇叭被转移到隔壁运动家那棵老杏树上。胥先重心里酸得要命，每天去镇上上班之前，都忍不住酸溜溜地仰望那个在自己家里存在了快10年的东西，他知道自己的声音再也不会通过它传播出去了。

运动刚当选村长之后，还没来得及正式上任，就被通知到镇上去开会。他到了镇上，进了只能容纳下二十多人的小型会议室，洛宁镇镇长白传德就传达县里精神，说县政府最近来了一个胡县长，新官上任要先燃三把火，他看中了咱们洛宁镇这块地方，说咱们镇一直种麦子和玉米，没有特色，他说咱们乡要统一种植中药材，比如板蓝根、芍药、牡丹，每家每户统一配送种子。许运动当场就忍不住发言说："现在玉米刚出苗，药材这个时候没办法种，总不能把玉米苗活活拔了栽种药材吧？"白镇长见这个新上任的村长还没有到自己家进贡，对他正有气，见他又没大没小在不适合他发言的场合发言，当下就没好气地说："这是上级的命令，你没有权力问为什么，回去给村民传达到就是，要是不把玉米苗拔掉的，派出所就强制拔掉！"许运动见在场的十来个行政村的村长一起望着他，心想自己才上任，还没坐稳，不能无端耍硬，当下隐住怒火不发。

中午回到村里，他到村前村后的地里转了几圈，发现地里的玉米长得正青，实在无法下手把这么多玉米苗拔掉，他当即骑上自行车，风驰电掣一般到了县里，找到了农业所，咨询了几个县里的农技师。这几个农技师平常都是给别人广告几种农药，赚取一点外快，对农业知识只是略知一二，对他提出的问题作不出回答，就给他找了几本农业书，让他自己查里面的资料。许运动看了之后才知道中药材一般都是三年之内不能成熟，他在回来的路上想：要是种药材的话，在三年之内村里将收不上来一点粮食，叫这些靠地产粮、靠天吃饭的农民吃什么？再说三年之后要是这些药材长不成，市场上再没有销路，到时候找谁算账？他知道封阳县县长流动性大，三年后这个县长不知道又要调到什么地方，他从来没有到洛宁镇考察过，又能了解什么？许运动当即下定决心，不对南许村村民通知这件事，还种自己的玉米。

半个月后，整个乡都开始了轰轰烈烈地拔除玉米种药材的活动，外村的农民尽管不情愿，但是村长和镇上三令五申，不拔又有什么办法？一时间只见乡野间涌动的都是拔玉米苗的村民，那些绿油油的玉米苗几天时间就铺满了地头，大地又恢复了原先的荒芜。白传德亲自带队，到各村督促拔苗事宜。在拔苗事业蒸蒸日上的时候，全镇三十多个村，唯独南许村不动声色，地里的玉米苗仍旧长得喜人。白传德到了南许村村头，见状大怒，见还有人违背县政府和乡政府的两级指示，忙把南许村的村长许运动叫来。运动当场就把他查的资料向白镇长说了一遍，白传德当场再也忍不住，说给南许村三天时间拔苗，要是不拔，派出所就会调来警力强制拔苗。许运动当场也不示弱，说不能看着自己的村民往火坑里跳，除非自己不干南许村的村长，否则不会看着自己村地里的苗子被拔。白传德被气得团团转，他为官了这么多年，还是第一次见到自己的下属和自己顶着干，当即开车回到了镇上，紧急召开了洛宁镇党委会，提议并一致通过撤销南许村村长许运动的职位。许运动的村长生涯只维持了一周就宣布结束，改由原来的村长胥先重兼任。

胥先重没想到竟然这么快就官复原位，重新回到南许村村长的位置后，把在许运动家的大喇叭又转移到了自己家那棵大桐树上，日日夜夜地向南许村村民讲述种中药材的益处，动员南许村村民拔除玉米苗改种中药材。起先村中无人动，不料镇上果真来了一批派出所的人，把南许村村南的几十亩玉米苗拔了一空，村里人这才知道胳膊拧不过大腿，不情愿地把自家的玉米苗拔除。运动很是无奈，他高坐在村头的麦秸垛上，抽着烟看人们在地里劳动，一夜间好像老了许多。

由于春霞在娘家做姑娘时就经常赶集、赶会，有生意头脑，每当第二天早上时，春霞都会出摊到镇上集市上去卖，中午时分便回来。运动在家操劳一切。第二年时，许运动家又添了一个女儿，运动也不在意，在他眼中，男女都一样，都要好好养大。他给大女儿起名为玲玲，二女儿起名为丽丽，合起来是伶俐之意。两个孩子一张嘴就要吃奶，运动甚感捉襟见肘，他也想干一些副产业，但是一时没有出路，他知道自己没有文化，不敢搞养殖，于是只有继续制作咸菜。春霞一直希望运动有一天能够重新返城，但是她一次次地失望，她不止一次地动员运动去城里找他的三弟，但是运动每一次都拒绝，这使春霞的怨怼之意与日俱增。

许运亮第二次回来的时候就不再回运动家，而直接去了许运旺家，因为他从大哥运旺那里能够得到他需要的夸赞，而从他二哥那里他只能得到一种平静，这种平静在他眼中就是对他的贬低。运动知道三弟回来后，也基本上不主动去拜访，他不想听到运亮那动不动就炫耀自己的话语。与运亮一起回来的，还有他新娶的城里媳妇，那女人膀大腰圆，嘴唇涂抹得像刚吃过猪血。她到来后许运亮领着她在村前屋后转了几圈，遇见人就给人介绍一番，然后听见别人的一番夸赞后，得意地迎接下一个人的夸奖。许运亮领着媳妇在村中不可一世地转的时候，时常听到那女人嗲声嗲气地说"脏"，好像农村什么都是脏的。运动对这些充耳不闻，他依旧光着膀子面无表情地在自家院子里做他的咸菜。

不料许运动的平静生活在1998年秋天的一天忽然改变。那一天他正去县里菜市场进一些腌制咸菜必要的原料，一伙镇上的干部忽然开车来到运动家里，两个女儿正在里屋嗷嗷待哺，春霞正坐在院中梳理那些萝卜丝。这一伙干部来到之后就开始查运动家的准生证，说他们已经超生，不符合如今的计划生育政策。春霞第一次听到有准生证这么一个东西。这几个镇上干部让上缴3000元的超生罚款，就先以家里家具为抵押，等什么时候凑到钱了，再去镇上把这些家具赎回。说完摆摆手，身后派出所一帮人如狼似虎地开始搬东西。春霞坐在地上嚎啕大哭，运动的母亲也哭着连忙阻止，但是哭声是阻止不了一切哭声之外的行动。这帮人把堂屋中的几件像样的家具统统拉上车，之后开着车风驰电掣地离开运动家又开始清查南许村的下一户。

运动拉着一三轮车干菜满身疲惫地从城里回来后，见到的是一个满目疮痍的家。他听完春霞哭泣着讲述的事情经过后，气得脸色铁青。他先平静地到了屋里，详细地点了点家里还有多少存钱，依靠多年的积攒，只有1000多元，离3000元还有一半的距离。他如只困兽一样在屋中团团转，看了看床边两个正在哭泣的瘦小的女儿，先让春霞别急，之后硬着头皮来到了隔壁胥先重家，想问问这个镇上干部有什么主意。夏桂花对他的到来表现出了无比的冷漠，不过她还算礼貌地对许运动说胥先重进城里去开会了，得十来天回不来。其实这次计划生育全乡大整顿，胥先重自然知道南许村会有不少人家遭殃，因为有不少人家超生的线索就是他这个父母官迫不得已提供的，他唯恐那些人再求他去镇上说情而令他左右为难，只好回避一下，以图自保。他其实哪儿也没去，就住在镇上的一间宿舍里，十来天后才鬼鬼祟祟地回来。

运动的母亲和春霞在家里抹泪，不知道该怎么办。春霞更是边哭边唠叨："本以为……本以为和你能去城里过好日子，可你看这几年……这几年过的是个啥？要吃没吃，要穿没穿……我说让你去城里找运亮吧……你还抹不开面子……抹不开面子你倒是有本事也行啊……没本事还死要面子……"听着妻母的哭泣，看着屋里玲玲和丽丽弱小的身影，他脸色发黑，默默地取出了他那辆自行车，再一次在六七年之后踏上了去开州的道路。他想去找他以前的工友借点钱。

到了开州之后，他才知道这六七年不见，开州的变化有多大，他基本上靠问路才来到原先的厂区，到了厂区才发现，原先的地方如今已经开辟成一个大菜市场，更别说去找以前的工友了。他站在偌大的城市中，有着不知该往何处去的茫然。他推着那辆生锈的自行车，在大街上晃荡。当他晃荡到那片端木药业工业区时，才知道摆在自己面前的只有最后一条路，那就是找三弟运亮借钱。

他鼓着十二分的勇气，按照先前他无意中听到运亮给别人吹嘘时的地址，找到了运亮所在的家属院。他想不能空手去，便推着自行车到附近的水果店买了二斤苹果和一斤香蕉。他把自行车停在楼下，提着那几斤水果惴惴不安地上了楼。运动穿着一身粗布的上衣，下身是沾满了咸菜油星的裤子，头发蓬乱，令人一看就知是从乡下而来。当他敲响运亮家的门时，还在为自己来到这个地方而暗自后悔。他不止一次地想回头，但是又一想回头之后能怎样，只得又硬着头皮敲门。

门开了，露出一张肥肥的女人的脸。她见一个乡下人站在门前，首先起了戒心，只把防盗门开了一半，而她也只露出一半的脸，问门外的许运动找谁。运动忙笑着说："这就是……这就是弟妹吧，我是你二哥啊，从老家来的。运亮在家么？"孰料那妇女一听这句话，马上脸一沉说："谁知道那个混蛋跑哪去了，没得见！这哥那哥的，老家怎么那么多哥，谁知道真的假的？等他回来你再来吧！"说完重重地关上了房门。

运动结结实实地吃了一次闭门羹，他站在关闭的门前，提着手里那几斤沉甸甸的水果，感觉到有一个洞自己就能钻进去。他甚至想踹一脚那门就离开，永远不再来这个鬼地方，但是他这么多年就在一个字上下功夫，那就是"忍"字，他就忍字当头，坐在台阶上，等三弟回来。许多上下班的人从楼道里过，看见这里坐着一个人，都用惊奇的目光看他，有一个孩子被母亲牵着手从他身边经过，还用稚嫩的普通话对他说："叔叔，垃圾是下午才倒呢，你来得有点早了！"一旁那妇女扯扯那孩子的手，明显觉得那孩子不应该和这样的陌生人说话。运动冲那孩子微笑着点点头，知道那孩子把自己当做拾垃圾的人了。

他坐了半天，感觉有点饿，就吃了一个苹果，一个苹果吃过之后，感觉不过瘾，就又吃了一个，就在他准备吃第三个时，听到楼道里脚步声响起，只见三弟许运亮揣着一只公文包上楼来。运亮正低着头上着台阶，猛地发现自己门前坐着一个人，仔细一看之下，才看出那个人是二哥。他脸上透着惊奇，说："二哥，你咋来了？"运动一看三弟回来，不得已露出尴尬的笑脸说："三弟，我一早就来了！那什么……你不在家。"运亮一脸的优越，说："咋不进家？"说着绕过二哥，来到门前掏出钥匙开房门，运动提着那几斤水果诚惶诚恐地跟在后面。

推门进去，那个胖妇女正坐在客厅里看电视，一看运亮把那个乡下人领了进来，拿眼斜了一眼，一脸的不高兴，运亮忙着介绍："美菲，这是咱老家二哥，你去到屋里整几个菜，叫咱二哥吃点饭。"那美菲坐在沙发上，脸色阴沉，对运动连看也不看，身子就好像镶嵌在沙发上一样，纹丝不动。运亮觉得应该在二哥面前摆摆谱，就提高了一点声音对美菲说："听到没有？咱二哥来了！"美菲忽然脸色一变，把声音提得更高，对许运亮用普通话咆哮说："你老家怎么那么多这哥那哥的？叫我去伺候，我不去，要做你自己做去！"运动在后面脸色红若鸡冠，第一次听到这么难听的普通话，他忙劝三弟说："运亮，我吃过了，不用麻烦弟妹。"运亮叹了一口气，还是用那种城里人的优越感说："二哥，走，咱出去吃！"刚出了屋门，便听见那美菲唠叨着说："我前天给你那两百块钱可不能花了啊！"说着里面传来重重的关门声。

运亮边下楼边充满歉意地说："这女人就是这么没素质，二哥，你也别太在意！"运动苦笑了一下，才发现手里还提着那几斤水果，刚才大脑一直麻木，给人家的礼物竟然没有放下。运亮似乎已经从刚才的尴尬中走出来，好像是炫耀自己有钱一样，对运动豪情万丈地说："走，我领你下馆子去！"

49

许运亮领着二哥来到家属院门前的街道上，运动推着那辆残破不堪的自行车，运亮边走边笑他："二哥，你那辆车子现在就剩下两个轮子能转了，像一堆破铁一样，还骑它干啥？"运动说："有总比没有强吧？就这比我步行快得多！"两人来到了一个比较简陋的烩面馆，运动心想找他有事，喝了酒好说话，就说："咱哥俩多少天没见，今天见了就喝一杯吧。以前在开州时候没少喝！"以前那个时候许运亮还是一个毛头孩子，运动在开州带着他没少经历这样的喝酒场合，运动这样说也有提醒他不忘旧情之意，许运亮只是点点头，也不答话，对服务员说："来两碗烩面！"

之后他好像又很阔绰地冲服务员喊了一声："要大碗！"

运动表情依旧尴尬，他坐在桌子的这边，终于忍不住对那服务员说:"服务员,切一盘牛肉,再来一瓶开州大曲!"许运亮唯恐花钱,忙对二哥摆手说:"算了,算了,二哥,咱们简单一点……对了,二哥,你这次来找我有啥事?"运动这才说:"你嫂子去年添了一个女儿,这不计划生育正罚么?一下子就罚了3000,我正寻思……"话说到这里,就被许运亮机警地打断:"对了,忘了问了,咱娘身体咋样?"运动知道他已经听出来什么意思,正在岔题,索性一并地说出:"咱娘还好着呢,我刚才说就是计划生育吧,镇里的人把东西都拉走了,说要是没有3000块钱,就不还东西,我寻思着能不能上你这儿凑点!"许运亮终于知道这个二哥来没好事,他摸了摸头皮,支吾着说:"二哥,你看……你看家里美菲那个样子,我这……我这一个月就那几百块钱的死工资,你说我在城里,也没有地,一顿缺了钱就吃不上饭,那……"运动失望地说:"那你要是真为难,就算了,不能让你再夹在中间不做人。"运亮想了想,显得很大方地说:"那二哥,既然你来找我了,做兄弟的不能不管,是不是?我这儿正好还有一百多块,你先拿着!"运动见三弟像施舍乞丐一样,忙伸手盖住他往公文包里取钱的手,说:"别拿了,你先花着!"

就在这个时候烩面端了上来,服务员不确定他们究竟要不要牛肉和酒,趁着上烩面的空当询问:"二位到底要牛肉和酒么?"许运亮忙摆手说:"不要了!不要了!"运动看到三弟那腼腆的样子,心里悲苦,他颤抖着声音对服务员说:"一盘牛肉,一瓶开州大曲!"那服务员显然不听这个穿着破烂的,而是一直看着衣着光鲜的许运亮,准备听他发话是要还是不要,许运动当即忍却不住咆哮起来:"我说你看他干啥?我说要就是要!一会儿少你一分钱我把手指头剁这儿!"那服务员这才生气地看了运动一眼,转身而去,边走边说:"要一盘菜发这么大脾气做什么?"

许运动等牛肉和开州大曲上来,铁青着脸用嘴把酒瓶盖子咬掉,又向服务员要了两个杯子,把酒"咕咚咕咚"地倒进两个杯子里,之后把那一盘牛肉一分为二,一半用筷子扫到了三弟的烩面碗里,一半倒到了自己碗里,一大碗烩面被他三分钟之内吃得一干二净。之后他举起那杯酒,对着对面还在惊异之中的三弟一字一顿地说:"运亮,你二哥一向待你不薄,我把自己在城里的机会放弃掉,让你留在这儿,就图你会有出息,咱家能有个扛事的。二哥今天来到你这儿,说实话,我心里不痛快!二哥今天就想跟你说一句话:无论啥时候做人都不能忘本,不能飘起来!树高千尺连着根！二哥先干为敬，以后你回了南许村见了二哥叫一声，不想叫就背背脸过去，二哥不说你啥！"说完当先把这一杯酒灌到肚中，喝完之后还没等运亮反应过来，就站起身来，把一张钞票拍到柜台上，转身走出这个小饭店。许运亮在饭店门前尴尬地看见二哥的身影连同那破自行车一起消失在街道上。

开州之行回来后，许运动的精神受了极大刺激，假如说先前一直使他受气的来自于外人，那么这一次是完完全全的自己人使他绝望。他在西屋仅存的一张破床上睡了一天，才精神恍惚地起床，开始满院子找东西。他甚至把他的那辆破自行车也拖到了三轮车上，歪歪斜斜一路蹒跚走着，到邻村火王庄的一个废品回收地点去变卖，不过所卖的钱无论多少，也就是杯水车薪了。他拿着凑齐的仅有的2000元钱到镇政府上，希望能通融一下，不料镇政府说："这是国家的政策，不能砍价，3000就3000，不过你拿过来这2000就先收下，缺多少罢了你凑齐之后再拿过来，家具呢，你先拣一些重要的拉回去。"

许运动见自己的家具垛在镇政府库房里，那里堆满了全乡收缴来的无数家具，之所以让许运动拉走一些，实在是全乡超生的太多，强制收上来的家具放不下。运动见自己的那个柜子在被乡政府搬运的过程中，由于工作人员用力过猛，而折断一条腿，他去找镇政府的工作人员说理，孰料工作人员没好气地说："要是真感到委屈就别超生啊！我们负责搬运你的东西还负责维修啊！那乡政府不成家具修理厂了么？"运动双拳紧握，要不是隔了一层玻璃，他早就把那小子从玻璃后面揪出来打一顿了。他精神恍惚地拉着一车家具回来。路上他经过镇上先前的供销社，见那里已经没落得不成样子，供销社门前长满了杂草。他想起了七八年前就上吊死去的许正好，双眼一时感到热辣辣的。

刚好镇上的一帮痞子正在街边的一个饭馆里饮酒，其中就有几年前在南许村折了大跟斗的宁自强，他手下的一个小兄弟正往窗外寻找过路的漂亮姑娘，无意中看到了一辆三轮车，忙对宁自强叫："强哥，你看！"他们看见一身落魄的许运动正蹬着三轮车拉着一车破烂家具叮叮当当地从窗外的街道上走过。宁自强自从上一次南许村受辱之后，一直在等待这样的机会，他使了一个眼色，于是手下这一帮人应声而出，像一群飞天的蚂蚱一样，到了街上追上运动的车，其中最先追上的那个愣头儿青飞起一脚，

327

就把三轮车上的一个板凳踹下，又在路上狠命地摔上一番。运动一看有人动他的家具，忙下车来看看情况。还没等他说话，这一伙人已经一拥而上，将他摁在地上，他只感到乱如急雨一样的拳头和腿从四周密集袭来，有个家伙打人特别凶狠，抓住许运动的头发骂骂咧咧地把他的头往地上猛摔。在饭店里的宁自强一见这样打，担心出人命，忙在饭店窗口处摆手停止。这一伙人对地上的许运动补上几脚，才骂骂咧咧地转身走开。围观的有不少路边做生意的人，知道这一帮人平常在镇上胡作非为，没有几人敢上来阻止。在几个打手走后，才有几个好心人过来把嘴角淌血的蜷缩在地上的许运动扶起来……

　　从洛宁镇到南许村这一段路，他蹬着那一辆卖咸菜的三轮车，颠簸在路上。田野里长满了枯黄的中药材，放眼望去，一片枯萎，他知道这片土地适合长什么，要是不长麦子、玉米这片土地就会没有生命力。但是他却看不到麦子了。他头发蓬乱，眼眶青肿，他忽然感到一种窒息。路上正在铺柏油，听说这里要开成中药材基地，所以要修柏油路了。许运动蹬着三轮车，他的大脑嗡嗡作响，他看到灿烂的阳光正照在土地上，麦田中出现一些人的影像，那里面有那个美貌绝伦的，但至今仍不知道是从哪里来的村长家里的哑巴女人，还有穿着白色衬衫的许正好，更有满面慈祥、穿着大氅的父亲，还有若干年前默默死去的无数的他的前辈先人，他们正排成一队，在麦田里行走，麦穗招摇，太阳浩荡，这些人正顶着千年不变的太阳的光辉，在麦田中央游行……运动费力地蹬着车子，他的眼前模糊一片，他费力地揉了揉眼睛，才发现他什么也没有看见，只有枯萎着的板蓝根在地里懒洋洋地长着，一阵阵的风裹着地里的沙子，向路上扑来，向他的脸狠命扑来。

　　此后的一年时间内，许运动基本上都没有睡过好觉，他每天夜里都会在半夜时分突然醒来，进而感到大脑中嗡嗡作响。他听到了无数的声音，那里面有鸟叫，有流水声，还有他从城里回来时候听到的欢笑，当然还有他在村里定居之后的无数冷嘲热讽。他不止一次地看见过那冷漠的弟妹的脸孔，他也一次又一次地坐在三弟的对面吃牛肉和烩面，而他又时常梦见他的两个女儿快要饿死而自己无能为力，他一次次地看见镇政府的大车又停在他家的门口，要将他睡的这张床搬去……他的幻觉越来越重，以至于晚上痛苦不堪地端坐在床边不能入睡，但他又恐怕打扰孩子和妻子睡觉，他只有穿上那件大氅到村前屋后和大堤上转上半天。这个时候，每到夜半时分，南许村的人时常看到一个身影在大堤上的桐树底下漫无方向地转悠，开始时以为是鬼，后来村里人才逐渐传开，那不是鬼，而是许运动。于是有人大胆地提出一个想法，说运动要疯了。

许运动彻底地疯去是在那些日子。那些时候他的妻子春霞照旧去镇上集市上卖咸菜，但是有时候晚上不再回来，后来的她晚上就永远地不再回来了。南许村的人逐渐从一些角角落落里听说春霞跟着一位修伞的开州人走了。直到后来的一天，县里的法院送来了一纸离婚协议书，送到了许运动家，并说10天后庭审，到时候财产和孩子分配问题两家需要再对簿公堂。当时许运动的大哥许运旺作为许家的当家人接住了这个离婚书。当他们在大堤上的一处枯草丛中找到运动后，告诉他他媳妇要跟他离婚了，运动听完后扬起一把枯萎的桐叶哈哈大笑。

那是一个阳光灿烂但却刮着六级风的上午，那是一个平凡但却让人心碎的上午，那天上午，许正兴和许正高以及许运旺一人骑着一辆自行车上了大堤，沿着大堤向东面的洛宁镇而去，他们打算在那里上了柏油路，去往50里外的封阳县城的一个叫做法院的地方。那天他们特意给运动穿上了他当年的白色西装，并给他洗了脸，梳了头。当时许运动唱着豫剧，欢快地骑着一辆借来的破自行车，在前面把车子蹬得飞快。许正高和许正兴的自行车后座上，各自还带着玲玲和丽丽，许运旺的后座上还带着抹着眼泪的运动的老母亲。他们一同看见高大桐树筛落的阳光下，那个似乎从不曾疯去的运动在前面骑着自行车奋然前行，风把他的白色西装吹得猎猎作响。他并不知道他这一去是要干什么。他快乐地唱着豫剧，就像当年那个是开州工人的许运动风度翩翩地骑着他的凤凰牌自行车去往开州市一样。

法院宣判简单得不能再简单，春霞和她新任的丈夫站在审判席的一边，憨憨笑着的傻子许运动站在审判席的另一侧，有些茫然，但他显得很高兴。他看着对面站在一个陌生男人身边的他的媳妇，眼神里似乎没有一点爱和恨。春霞和她的两个女儿一见面就抱头痛哭。而法院的判决很快，孩子全部判给春霞，因为运动是一个智障人，没有抚养孩子的能力，财产则判给许运动，事实上家中已经没有什么财产。判决结束后春霞哭着来到了运动母亲的身边，叫了一声"娘"，说："娘我对不住你们，我实在不能和一个傻子过一辈子啊！"玲玲和丽丽似乎知道要和奶奶分别了，她们

329

抱着奶奶大声痛哭,运动的娘也抹眼泪,对春霞只是说:"闺女你走吧,娘知道运动对不住你,娘知道许家对不住你……"

回来的时候,许运动仍旧穿着那身白色西服,蹬着那辆借来的自行车,行在封阳县城去往南许村的柏油路上,桐树高大而且稠密,桐树根根相连。后面的许正高、许正兴和许运旺用力蹬着车子仍旧追赶他不上。那时的阳光依旧很灿烂,灿烂地照射在运动的白色西装上,那是他在南许村人的印象里最后一次穿西装。这一行人回来的时候少了玲玲和丽丽,他们都知道玲玲和丽丽永远不会再回来了。运动的娘依旧坐在大儿子运旺的自行车后座上抹眼泪。他们一起听到前面的运动在灿烂的阳光下高声唱豫剧,他们依稀听见了几句戏词,那几句来自于豫剧《卷席筒》,讲的是一个关于小苍娃的苦命人的故事,只听见从前方飘来的运动口中模糊不清的几句戏词是:

小苍娃我离了登封小县
一路上受尽了饥寒
两差役好比那牛头马面
……

不久之后,县里又发通知,说洛宁镇的水土不适合种植中药材,望全镇父老乡亲统一按照县里指示,把中药材拔掉,再种上小麦和玉米。事情改变的原因是原先主张种植中药材的县长已经调走。于是全镇在新县长这一新指示下,又轰轰烈烈地开展了拔除中药材的活动。乡野间扔满了枯萎的药材。南许村村长胥先重的喇叭上开始没日没夜地动员。每当村里人在地里拔除中药材的时候,看到大堤上微笑地看着人们忙活的许运动,他们才回忆起在那个似乎遥远的日子里有一个人曾反对种植中药材的情景。人们用一年的颗粒无收才换来一个观点:原来那个傻子是对的。

就在许运动逐渐走向疯癫,而许依桐正在镇上初中上到初中二年级的那一年,依桐家里发生了一件大喜事,那就是他美丽的姐姐找到了一个城里婆家。那一天依禾正和几个姑娘在门前的槐林下绣花。那时候龚美明和他们单位的人从县城下来搞宣传,路过了南许村,不经意间见到了在槐林中的这一帮姑娘,她们正在飞花轻扬的槐林中绣着白色的花朵,那些散落的白色槐花落在了她们的身上。他当即放弃了宣传工作而选择了专门对这一帮姑娘宣传。无疑地，他发现了这几个姑娘中最漂亮的依禾，她好像花朵里最大的一朵。那个时候的依禾已经萌发着一个进城的梦想，她看到了这个城里来的胖男人，开始以理智的思想思考她和这个城里男人的关系。诚然，以她的姿色她完全可以找到一个不错的农村小伙，但是那注定了她一生面朝黄土背朝天的命运。依禾不喜欢这个城里男人，但是她深知喜欢这个东西是不能当饭吃的。她不止一次地看见她村里的女孩面无表情地同意了和一个陌生男子的婚事，那种表情自然得就像是同意了新买的一个猪娃，比如与她一起长大的依香，她与一个邻村的男孩子见面不超过5分钟，就同意了自己的婚事，之后她继续回来绣花。

　　当那个城里的胖男人提着一兜又一兜的东西进入依禾的家门时，父亲许正兴表现出了极大的热情，他极力撮合女儿和龚美明的婚事，一次次地陪同龚美明在堂屋里端起酒杯，他甚至已经迫不及待地想进城，要在女婿家住上一晚。但是那个时候母亲梁爱玲则不以为然，她以一个女性的角度很理性地审视了龚美明的长相问题，她认为龚美明的长相很是一个问题，别的且不论，单是那一个大肚子就能延伸出二里地去。他和她的女儿不仅不配，而且简直是没有配的道理。但是这毕竟不是她出嫁，而是她女儿出嫁，她很惊奇地发现她那平素不把一切男子瞧在眼里的女儿，竟然对这个城里男人没有表现出一丝的抵制，她心情复杂地看着这一切，好像看着一点点地朝她不喜欢的结局发展的一部电影，她这种心情一直持续到女儿出嫁的前夜。

　　依桐对姐姐的出嫁是有着抵制心理的，他不明白如花似玉的姐姐在家里生活了十来年，一直生活得好好的，为什么突然要去一个陌生的地方，和一个胖得如同猪悟能一样的人过生活。他是知道女孩向来都要去另外一个地方和一个陌生的男子过生活，为他们传宗接代的，但是这一切都是别的女孩子的事情，与他的姐姐无关，更与水儿无关。他一向认为他和姐姐、父母、水儿会一直在一起，永远不会老去，就这么一成不变地活着，但是他这种思想很快被姐姐的出嫁而打击得灰飞烟灭。姐姐出嫁那一天，他一个人跑到了齐渡河堤上，泪眼蒙眬地看着姐姐的花车出了村庄，他知道自己的姐姐要嫁到一个陌生的地方，和别的男子睡在一起，他感到了一种被侮辱的委屈。

那天水儿在村里没有找到他,就知道他一定来到了他们经常去的地方。她走上大堤,来到他的身边,默默地坐在一旁,什么话也没有说。许久,等秋天的落叶把身边的地铺满,依桐问她:"水儿,你以后也会坐上花车走么?"水儿摇摇头,她的眼神里一片坚定。沉默了许久,黄叶又飘落下来,水儿问:"依桐哥,你今天不用去镇上上学么?"依桐站起来,说:"我其实一点儿也不想上学,只想天天在家和你在一起,放羊、玩弹弓、玩玻璃珠……我看见课本心里就乱。我真恨我爹,上什么学?唉!"水儿望着远方喃喃地说:"其实,依桐哥,我真的想和你一起去上学,从小就想!可是我娘不让我上……"依桐转头看了看她,看见水儿的表情里充满无奈和忧伤,一时不知道该说些什么。他听到村里已经没有任何鞭炮声,知道迎娶姐姐的嫁车已经远去,于是拉起水儿的手,说:"走,水儿,我们回村去!"

两个孩子的身影穿过斑驳的桐树影,一齐朝村里走去。依桐和水儿还轻轻地唱着当时流行的歌曲:

星星点灯
照亮我的家门
让迷失的孩子找到来时的路
星星点灯
照亮我的前程
用一点光温暖孩子的心
……

50

依桐每日都在镇上的初中读书,中午和傍晚各回来一次,那个时候水儿就时常在村头等他,随着他们年龄的增长,彼此懂得了害羞,再也不像平常那样在村里光明正大地在一起了。依桐和水儿后来逐渐学会了找没有人的地方偷偷说上几句话,更多时候则是依桐拿着从家里带出的好吃的东西，和水儿在大堤上找一个僻静的地方一同享受。

随着电力的普及，更多的电线杆被栽到了南许村的街道上，不知从什么时候开始，电视走进了南许村人的生活。每到傍晚时分，已经先有了电视的人家就把电视搬出来，放在院中或者路边，周围围满了人群。那个时候，《新白娘子传奇》和《西游记》正是风靡的时候，每到电视播出的时分，整个南许村回荡的都是电视剧里面的曲调。露天电影逐渐减少，多起来的就是电视，那电视剧演得断断续续，时不时被电视里面疯狂的电视广告打断，那些广告涉及农药、医药，广告起来没完没了，一集电视剧能被广告大卸八块。电视的周围围满了村民，他们像观看当年的露天电影一样，看着这个显示着人物的小方盒子。每到中午依桐放学去学校之前，他也要挤到镇初中门口的小门市部里看一会儿电视，直到看到离上课只有一分钟时，才一步一回头地向教室跑去。

下午从镇上放学回来，依桐会照旧牵着家里那只羊羔，到齐渡河畔的草地上放羊。那个时候水儿会不约而同地来大堤上割草，他们会一起到河畔的草地上说一会儿话，在说话的同时依桐会用镰刀割一些长草，水儿会把它们收拾到一旁自己的篮子中。有依桐在的时候，水儿是不用干一点活计的，所有活计都让依桐一个人承包。水儿的身体正在发育，她长得很快，白皙的皮肤好像永远不能被南许村的阳光晒黑，她把自己乌溜溜的长发编成交错的麻花辫，身上穿的依禾的褂子。走在村中的时候，她总会引来一些年轻人酸溜溜的目光，她依旧是脸一红而离去。有不少年轻人跟她开玩笑："水儿啊，怎么没有听过你说话？听说你的声音像百灵鸟一样好听呢。"水儿连看他们也不看，仍旧独自转身离去。村里的一些老人看见她都说："这姑娘长得越看越像她那死去的娘！"旁边有个老人接口说："我看哪，这闺女将来比她娘还要好看一些！芝麻梭子越往下越好嘛！"周围的几个老人不约而同地叹了一口气，表示一种惋惜。只有看到水儿的时候，南许村村民才会想起若干年前那个寒冷的冬天，齐渡河堤上拾到的仙女的故事，要不是水儿的存在，村里人大约都记不清那个女人了。但是大家想起的时候都缄口不言，他们只是用鉴赏当年女人一样的目光去赏鉴水儿，他们都说南许村几百年还出不来一个这样水灵的姑娘，趁着还有几口气，鼻子上面还顶着两个眼珠，就姑且先看着。

依桐的个子也是蹿得很快，按父亲许正兴的话来说，就像入了二伏的玉米，一天一个样地往上猛长。他的喉结开始突出，说话的时候声音开始变得浑厚，走路的时候也不像往常那样蹦蹦跳跳，而是显示出一种男子汉特有的稳重。他和父亲的话开始变少，甚至有时候对父亲的话不再言听计从，他沉默的时候许正兴有时候还得压低嗓门跟他说话。依桐的头发变长，逐渐向两边分去，从镇上回来的时候，他的头发在风中飘动，显示出一种男孩子特有的帅气。村里人都说依桐是南许村一个最英俊的后生，英俊得就像年轻时的许运动，要是不上学，早早地就该有人给他瞅好媳妇了。

许正高的女儿许依香在依禾出嫁不久也出嫁到一个离南许村有20里远的村庄，依香拖着依旧肥胖的身躯就像走一个远房亲戚一样，随着来迎娶她的几辆农用三轮车慢慢消失。依香和依禾从小就朝夕相伴，这一出嫁从此便天各一方，两个姐妹一年之中见不了几次，只有依禾在春节时回来走亲戚，而依香也在大年初二这一天回娘家送大馍，两个昔日的闺中好友才有机会见面，见面之后只能交流一些如何教养孩子的经验。而依禾在城里保养得甚好，回来时依稀还是年轻时的俏丽模样，而依香的胳膊和脸被晒得黝黑，身后带着几个孩子，在和依禾说话的时候若是听到自己其中一个孩子和另一个孩子打闹，还很随意地出手，反面照着孩子就是一巴掌，任凭孩子发出夸张的哭声，还兀自转过脸来，继续笑意盈盈地与依禾聊天。有时候她连看也不看，便伸手拧去自己孩子鼻子上垂下的一摊浓浓的鼻涕，再在干净而文雅的依禾的注视下，很随意地就把这一摊鼻涕弹出多远。依香的身子越来越胖，两个硕大的奶子就像两个布袋，在前面吊着上下晃荡，村里人都说这样的女人好，能生。而依禾则不然，进城这么多年，只要一个孩子，浑身上下洋溢着成熟女性的气息，说起话来句句都有一种回音。几年过去，她回到村中来，村里人都说依禾还是年轻时姑娘的样子，都说依禾掉到福窝里了。

依禾自从嫁到城里以后，每当她和她的那个胖大丈夫出现在南许村街道上时，总是能够迎来村里人近乎夸张的打招呼。他们提着从城里买来的很多东西，让母亲梁爱玲不知道该用哪一只手提到厨房才好。龚美明每次坐在堂屋里，和岳父许正兴总是用一种夸张的声音说话，许正兴每次都是点头，从来没有对女婿摇过头。有时候村长胥先重也过来当陪客，吃饭的时候，堂屋里飘荡的都是龚美明的演讲和胥先重附和的声音。那个时候龚美明坐下的时候，将军肚却不因他的坐下而缩小，使他坐着的姿势只能是一种昂首的姿势。那个时候他总是指着桌上的一盘菜，以夸张的声调说："这在我们市里面啊，可得要八块钱一盘呢！""这在我们市里面啊，可是吃不到的土特产呢！"

他说话的时候三句话里面必有一句"这在我们市里面啊……"好像这句话永远是他的一句发语助词，胥先重和许正兴总是以一种近乎谄媚的表情随声附和，想象着那个50里外的叫做封阳县城的"市里面"。而依禾每次回来都要偷偷地塞给从镇上放学回来的依桐几十块钱，权当零花钱，但她发现她这个弟弟在她面前越发沉默寡言，似乎与她已经有些隔膜了。依禾权当不知。依桐每次回来，见到龚美明总是远远地躲开去，匆匆地扒上几口饭就回学校，但他扒饭的空当依旧能够听到胖姐夫把那句"在我们市里面啊"重复七八遍，他皱着眉头把饭吃完，匆匆到姐姐面前说一声"姐我走了"，就在姐姐的嘱托声中蹬上一辆破自行车去学校。等下午放学后早早回来，他知道那个时候姐姐和姐夫已经回城，再匆匆地找出上午姐姐回来拿的城里东西，揣在怀里，牵着羊去河堤，他知道水儿必将去河堤上割草，那个时候他们可以一起把这些好吃的分享。

虽说随着水儿一天天地长大，夏桂花对她的吵骂收敛了些，但是多年以来培养的动辄就打骂水儿的积习一时还是无法改掉。2000年夏天的一天，夏桂花因为在外面打麻将打得过晚，又输得过惨，中午回家时发现水儿没有做饭，事实上是昨夜水儿剥玉米剥得过晚，中午太困歪在床上不经意睡了一会儿，心情不好的她到了水儿的屋里扬手就是一巴掌，水儿刚想闪躲，又结结实实地挨了夏桂花一脚，水儿的半边脸立刻变得红肿起来，身上被踩的部位也感到钻心的疼。她捂住发红的半边脸去厨房还要给夏桂花做饭，烧过饭后，她看夏桂花的脸色依然阴沉，知道她的心情还是不好。她低着头拿起草篮子满腹委屈地准备去大堤，走到村口时正好遇见正在镇上上初三放学回来的依桐。依桐骑着那辆当时已经更破的自行车，看见水儿正从村头路上低着头慢吞吞地走来，紧蹬几下来到她面前，喜气洋洋地叫了几声水儿，却发现水儿在他面前不敢抬头，他感到有点不对劲，忙低下头去问水儿："你咋了，水儿？"刚一低头他就看见水儿的脸与平常不同，嘴角上还有一点血迹，半边脸还有些红肿，依桐心痛无比，当即把自行车一摔，车后座上的书包中的书撒了一地，他来到了她的对面，说："你跟依桐哥说，这是谁打的？"水儿的泪水开始往下掉，依桐当即就已明白大半，强忍住怒火问她："是不是你娘又打了你？"水儿还是不做声，依桐见到她的脸上被打得那个样子，比巴掌打到自己身上还要难受。依桐火冒三丈，当即一捋袖子要去找夏桂花，水儿忙死死地拉着他的手，哭着说："依桐哥，我娘碰了我一小下，她真的不是故意的，错在我，谁叫我……中午没有做饭呢。"依桐咬牙切齿地说："水儿，你小的时候她就打你，长大了她还打你，还要打到什么时候才算完？现在咱们都大了，谁要是再动你一根毫毛，你叫她先从我身上跨过去！"说完迈开大步向村子里走去。水儿恐怕出事情，在后面一直哭着追他，希望他跟自己回去。可是她哪里赶得上依桐的脚步？

依桐沉着脸，不一会儿就来到水儿的家里，夏桂花刚吃过饭，正坐在廊下拿着一根细树枝剔牙，见一个毛头小伙子气冲冲地进来，忙抬头去看，才分辨出是许正兴家的小子许依桐，还没等她说"水儿不在家"，依桐就铁塔式地站在她的面前。夏桂花睁着一双疑惑的眼睛抬头看，依桐看着她一字一顿地说："婶子，以后你要是想打水儿的话，就先忍着，叫水儿去叫我，我过来替她挨几巴掌，男孩子身上肉多，能扛住！"夏桂花一听这小子话里有话，当即说："咋了？你啥意思？"依桐说："我没啥意思，水儿以后你一根指头都不能动，要是你再想打她的话，除非先把我打死，只要我活着，我就跟你没完！"夏桂花一看这小子在自己面前如此横，泼劲上来，当即就要准备开骂，依桐火气早就压不住，立刻一拳挥上去，坚决制止了她张开的准备说脏话的嘴。就在这时，水儿进门来，哭着把依桐拖出门去。夏桂花无比惊愕地挨了一拳，一时站在原地还反应不过来，等反应过来的时候依桐已经被水儿拖出门外。她惊魂甫定地站在原地，对自己说："这昏头小子！我管教女儿关你什么事？我找你娘评理去！"

当天晚上，依桐面对着许正兴和梁爱玲两个人联合的唠叨一言不发。许正兴说："你小子真牛，竟敢跑到人家家里打人，你爹我窝囊了一辈子，还没干过几件这样大气的事呢。"梁爱玲说："幸亏没有出事，要是有一点闪失，这夏桂花跑到咱家撒泼，你说咋办？"依桐始终沉着脸，他说："她来咱家闹事的话，我顶着，跟你们没关系。"

依桐所做的没几日就得到了效果，夏桂花虽口头说去依桐家评理，但始终没有去。她对这个愣头青一样的越来越强壮的家伙第一次有一点忌惮，这使她每次骂吵水儿的时候都唯恐那个小子再一次杀过来。而依桐则保持着每天都要见水儿一面的频率，见了水儿就要在胳膊上和脸上留意，看看今天夏桂花又动了她没有。依桐像一个警觉度很高的猎人，在敏感地看护着水儿这一只小羊羔不受夏桂花这只狼的侵袭，自从那次事件发生之后，夏桂花更是收敛了。她撒泼了一辈子，到最后还是被泼制住，损在了拳头之下。每次在村里遇见依桐，依桐对她都侧目而视，好像一副任你再泼，我比你更泼的样子。

2001年初秋的时候，依桐从镇上的初中毕业，参加了中招考试，考出了一个不温不火的成绩，刚好够得上封阳一中的分数线，他面临着是回来务农还是上高中的抉择。依桐当时的感觉就是无所谓，上亦可，不上亦可，他根本考虑不到上高中之后为了什么，他就图个去县里上学的新鲜，而不上学也可以，可以在家里种地，农闲时去打个工，而且最重要的是，在家里每天还能见到水儿。母亲梁爱玲则对读书表示了强势反对，说农村人读再多书也是没用的，肚子里面只要盛住几个字，够自己使唤的就可以。再说村里和依桐一般大的人，大部分都已经定亲，有的已经在外面打了五六年的工，新瓦房都已经建了起来，依桐要是再这样上学下去，越读书越是穷光蛋，而自己猴年马月也抱不上胖孙子。父亲许正兴则表示了中立，他沉默了几天，对依桐说："进城找你姐看看。我听说高中的学费可贵了，要是你姐要你上你就上，她说不让你上你就不上。"许正兴这样说有他的打算，依桐要是读高中，需要大笔的资金作为保证，他把算盘打在了女儿身上，可以用女儿身上的钱来养儿子，这叫以兵养兵，这都是他把依禾嫁到县城时就计划好的。依桐不知道父亲肚中的花花肠子，当即去县里见了依禾，他把情况和依禾一说，依禾的态度简直可以用斩钉截铁来形容，她用诧异的表情看了依桐一眼，说："为什么不上？我前天已经给你报过名了。"

当依桐准备去县里上高中时，最失落的莫过于水儿了，她知道她和依桐哥再也不能一天见一次，她也不能每天再在村口等待依桐哥了。那天依桐穿上报名时县一中发的校服，那是一身黑色的中山装，左胸处镶嵌着封阳一中的校徽，依桐穿上之后显得无比帅气。依桐从县里报名回家后，父亲许正兴陡然对他的儿子高看几个辈，就连一向反对依桐上学的母亲梁爱玲也对着穿着学生服的儿子赞叹说："这穿上还倒是像一个人！"

依桐去县城上高中之前去和水儿告别，因为平常他们已经不敢明目张胆地见面，所以他们约在了晚上，在齐渡河边见面。那天晚上月亮高悬在玉带一样的齐渡河上，显得无比旷远，齐渡河水也闪烁着粼粼白光，河道里发出一片光亮。田野里高高矗立着玉米，玉米的顶处吐出金黄的穗子，向天延伸，好像一道道利剑排着队指向天空。青纱帐好像一层层栅栏，把南许村远远地隔在那边，遥遥地只听到若有若无的鸡鸣狗吠。河边一片宁静，只闻见草丛里蛐蛐的轻鸣。秋天的月亮大而圆，齐渡河则在月光的爱抚下安静地流淌向无尽的远方。河对岸的杏林在月光下也显得无比清晰。依桐和水儿站在河边，看着从远方流来的河水又向另一个远方流去，大团大团的月光淹死在河面上。水儿看着面前穿着中山装学生服的依桐哥，露出很羡慕的目光，就像依桐第一天去小学报名水儿望着他的羡慕目光一样，这一次是羡慕他什么呢？有一个好姐姐么？而自己呢，以后的日子依旧单调而且重复，她甚至能够准确地预测出明天这个时候、后天这个时候在什么地方，在干什么。每天她在南许村从北走到南，从厨房走到猪圈，在这一种枯燥中她生活了十来年，而且还要继续生活下去……

依桐对水儿说："没事，水儿，我在学校得空就回来看你。你娘要是再打你，你就躲到门外去，你把她打你的时间记下来，等我回来的时候一块儿跟她算账！"依桐梳着偏分头，一身黑色中山装在月光下发出闪耀的光辉，气宇轩昂地说着上面的话。水儿则好像没有听见他说话一样，闪着那双黑亮的大眼睛痴痴地说："依桐哥，你长得可真漂亮！"依桐脸一红说："我们语文老师说，漂亮这个词是形容女孩子的，要是说你就是很漂亮！我们男孩子就应该说是帅气潇洒！"水儿点点头，显然没有语文老师给她讲这些，她连忙笑着改口说："你真潇洒！"依桐哈哈一笑说："那当然！我天天和你这个小美女在一起，能不传染帅么？"水儿心想只要依桐哥能够过得好，自己心里就感觉舒坦，哪怕自己一个月只能见他一面也成，好像依桐哥是另外一个自己，而另外一个水儿也去县城里上学了。

他们站在月光底下，感觉月光快要把他们淹没，只有草丛里的夜虫和身边流淌的河水在俏皮地听他们谈话。依桐看着月光下秀美的水儿，看见她对自己的依恋，真想伸手去抱抱她，但是他感到只要站在一起，只觉对面站的是彼此，能够看到彼此，就足够了。

第二天水儿无限悲伤但是又无限祈祷地站在大堤高处，含着热泪看见穿着中山装的依桐张着双臂，大撒把地骑着那辆自行车，消失在去往封阳县的道路上，消失在麦秸垛上躺着的半眯着眼的运动的眼光中。

但她知道依桐哥会回来，所以这是她执着地遥望远方的唯一理由。

51

封阳一中的高考倒计时牌子已经到了"7"这个数字，那上面每掀过一页，高三学生的心就抖上一抖，只剩下黄金一周的时间了。此时的成绩按照班主任刘同军的话来说，就是已经定型，即便再努力，也就是高考后是要全尸还是半尸的差别。班内只剩下一半的人数，那一半人都广泛散布于家中，或者自以为凉快的地方临阵磨枪。

这一日上午无比燥热，坐在教室中好像坐在火的中央，使人头晕。就连平常把天公视若无睹的祝效华也扛不住，到教学楼前的水管旁冲了几次，后来祝效华干脆把自己洗脸用的毛巾拿来，在水管处用凉水浇湿，回到教室做题时包在头上，以防止中暑。依桐看祝效华好像怀孕的妇女一般，头上包着一个花花绿绿的手巾，不禁又在一旁笑个不停。祝效华对他的笑充耳不闻，做题累的时候才用白眼斜依桐一眼，没好气地说："笑什么笑？你不感到热么？"不料依桐这笑也持续不了多长时间，逼人的酷热也让他头晕无比，他看着数学课本里的"解析几何"一节，感到晕上加晕，只恨当今高考不能像古代科举那样，赶到寒冬腊月白雪纷飘时举办。

依桐看一会儿数学课本，就掏出前天在夏天住处所抄写的那首叫做《小爱人》的诗歌，朗诵不止，祝效华听到他激情澎湃的朗诵声，隔着厚厚的镜片诧异地看了依桐一眼，看这厮在这样的环境下不做题还朗诵诗歌，暗想不仅写诗的大都是疯子，连读诗的也成了疯子。依桐读了半天，暗忖自己就像"文革"时候读红太阳语录的红卫兵一样，一读就神清气爽，经脉畅通，接着放下《小爱人》继续看数学书，看了一会儿，便觉头蒙蒙的，而呼吸也好像精兵简政，短促了不少。他忙到水管处冲了半天，才稍稍感到凉爽，回到教室看了数学课本又晕了一阵，正在怀疑自己是中暑还是没中暑的时候，忽然听到前门座位上一个女生喊："许依桐，有人找！"

依桐晕晕乎乎地走出教室，只见姐姐依禾站在教室门前，左手里提着一兜东西，右手里拿着一柄刚合上的太阳伞。依禾见依桐走过来就焦急地说："这天这么热，你咋还在教室学习呢？我们楼下的那个高三女生都回家复习了，家里还有空调呢，你怎么不回我家去？"依桐擦擦脸上的汗水说："不用，姐，我倒不觉得天怎么热。"然后又说了一句自相矛盾的话："天这么热，你怎么这个时候过来了？"依禾把手里的一兜东西给了依桐，说："我不是挂念你么？给，姐给你带了点水果还有十来瓶酸奶，要是这几天有了病，你这么多年的努力不是白费了么？"依桐接过那一兜沉甸甸的东西，感觉里面着实有十来斤重，他心里很是过意不去，依禾又说："要不你回家复习吧？你姐夫这几天出差了，晚上我在家里做好饭等你，下了晚自习你就回去，我给你把家里的客房腾出来，那里面还有空调呢。"依桐本来不愿去，但是一听到姐夫出差了，他想何不去姐姐家住上几晚，这几日晚上在租房处也是酷热难当，躺在床上就像躺在蒸包子的笼屉上，而且半夜时分经常有蚊子大举进攻。于是他点点头说："那好，姐，那我晚上就去。对了，我姐夫出差去几天？"一提龚美明依禾就没好气地说："你管他干啥？你该去你的去你的。他跟我说得三四天呢。"依桐这才如释重负，在转身之前，依禾忽然说："那水果里面有点东西，你回去拿一下，我先走了，晚上我在家等着你！"

依桐把姐姐送出了教学楼，之后大汗淋漓地回到教室，打开那一兜水果，见在一堆苹果和橘子间，有着三张百元钞票。依桐心里一酸，忙把钱取出来，把酸奶和水果倒出来一半，给了一旁的祝效华。祝效华头上还裹着手巾，对依桐给了他这么多东西显得受宠若惊，一时停止了做题，连连说："给我这么多，你吃什么哩？"依桐边倒边说："你看看你，还不吃一点好的，都快瘦得不行了！"他自己留一半带回住处，其实带回去又要被米凌子、周枫林等瓜分。

当晚上九点自习课结束后，他就准备按照原先的计划去姐姐家。他把手伸入桌斗深处，拿出水儿给的那个木盒子，装入自己的帆布包里面，他要做到对这个珍贵的东西随身携带。走在街道上，夜风才算有了一些凉意，路旁昏黄的路灯下聚集着成千上万的夜虫，它们在围歼着路灯。依桐不一会儿就在路灯下走出破街，来到了县城主干道红旗路上，这条街很繁华，路旁有一些招待所和小宾馆，依桐听周枫林说过这里就是封阳县的小型红灯区，一到晚上甚至还有拉客的妓女出现。他望了望前面，心想穿过红旗路再转过几条街，就到姐姐家附近了。

　　正在他专心走路的时候，不经意间看见前面昏黄的路灯照耀着的路边，一个浓妆艳抹的女子搀扶着一个硕大的喝醉了的胖子，歪歪斜斜地向那一群小宾馆的方向走去。依桐一看之下打了一个冷战，凭着他的直觉，他看着那个胖子很像姐夫龚美明。他马上提高了十二分的警惕，把帆布包在身上拷紧，悄悄地三步并作两步跟在他们后面。离得越近，他的心里就感到越冷，那个胖子不是龚美明是谁？只见姐夫一只手搂住那女子的腰，另一只手还不忘往那女子的胸前摸索。依桐心想姐姐今天还对他说姐夫出差了，看到这一场景，肺简直都要气炸了，他感到他和姐姐一起受到了一次极强烈的侮辱，依桐在后面强忍住怒火，在跟到他们有五六步的距离时，颤抖着向前喊了一声："姐夫！"

　　龚美明身子明显一震，他觉得这个声音很熟悉，于是醉意阑珊地回头去看，那个女子也迷惑地与龚美明一起回过头来。依桐哪里忍却得住，他一跃而起，两秒钟之内就奔到了龚美明近前，抬手就是一巴掌，在龚美明肥厚的脸上留下了一个巴掌印，在旁边那女子的尖叫声中，接着又飞起一脚，把龚美明踹得踉踉跄跄移了几步，紧接着龚美明这厚重的一坨肉就倒塌到了地上。那个女人还想喊叫，依桐马上指着她的鼻梁喊："快给我滚！否则连你一起揍！"那个女人这才惊恐地一步三回头地沿着红旗路的路边向远方的黑暗跑去，直到拐进一个黑暗的胡同消失不见。

　　此时的龚美明已经被揍得清醒，他捂住自己通红的脸颊，对依桐赔着笑说："那……那是我的一个同事……这不……天黑么，我送她回家！"依桐一听，提着拳头还想要过来，龚美明本能地在地上往后缩了缩，依桐指着地上的他怒道："同事？同事还要搂着走路，同事还要摸人家的大腿？你对得起我姐和卫卫么？我姐哪一点对不住你？我告诉你，我高考可以不考，我宁愿进拘留所，今天也要把你揍进县医院！"龚美明看面前这个他向来瞧不起的小舅子在路灯下像铁塔一样站在自己面前，攥紧的拳头像小沙包一样，马上点头颤抖着说："你姐……哪儿都好，你姐哪儿都好！是我不好！是我不好！"依桐的心里此刻想过无数个念头，他想这就回去拉着姐姐回家，不再和这个拈花惹草的人过，但是之后呢？姐姐会在南许村遭受无尽的冷嘲，而且她已经和他有了一个孩子，卫卫该怎么办？

依桐的心被狠狠地扎了几下，他想了想，对还在地上的龚美明说："以后好好地和我姐过，这事就当没发生，要是再让我撞见一次，到时候我先拉着我姐和卫卫回南许村，我一个人再回来要你中间那条腿！"龚美明只是捣蒜似的点头，坐在地上还不敢起来。

晚上九点五十的时候依桐才来到姐姐家，当时依禾正在客厅看电视等着依桐，卫卫已经睡熟，依禾一边责怪依桐来得太晚，一边下厨房给他热饭。等饭上来，依桐张口大嚼，只是不做声。依禾看弟弟的脸色不对劲，连忙问他："怎么了？今天有点中暑了？"依桐说："没事，不过这天热，人就是感到不舒服！"依禾赶快把客厅的空调又往下调了几度，嘴里说："我正寻思这事呢。你说你学校里连个空调都没有，让人咋活？"依桐还瞒着依禾在外租房的事情，他只是说："我们学生那里有没有空调不打紧，只要学校领导那里有就行！"依禾叹了口气说："你高考后回不回家？"依桐说："高考的第二天就估分，估完分后就填报志愿，我打算填报完志愿后再回家。"依禾心里好像是有事情一样，她连忙说："要不高考后姐姐领你去开州市的一些景区旅游旅游，放松放松！行不？"依桐头也不抬说："你上次去找我的时候不是说高考完了就和我一起回家看看么？"依禾这才想起上次在吃烧烤时她跟依桐说过他们一起回南许村的事情，依禾又说："嗯……反正……反正这时候回去也没有事情，还不如出去转转呢，散散心，庆祝庆祝你高考结束！"依桐笑了笑，摇摇头说："你还是和我姐夫待在家里吧，我姐夫身边少不了人。"

其实姐弟俩心中各有心事，依桐是不想让姐姐知道龚美明的劣举，而依禾则在上午时已经接到了老家胥先重的电话，向依禾通知了水儿五六天后要出嫁的消息。她当天上午放下胥先重的电话后就上了街，她不放心依桐，唯恐依桐知道了水儿出嫁的事情回家闹事，但是到了一中后见到依桐，才发现弟弟和往常没有两样，她这才放心。她下午买了一个价值一百多元的毛巾被和一对特制的中药材枕头，枕头上还绣着一对戏水鸳鸯，送给新婚夫妻正合适。路上依禾又算了算水儿出嫁的时间，正好是依桐高考的第一天，那一天依桐断然不会回去。不知道怎么回事，她想起水儿就会感到心里一阵心酸，她想着事情原本不应该是这样。但是又能怎样呢？

她回来后把买的东西放在家里鱼缸的上面，唯恐依桐晚上回来会看见。但是等依桐吃完饭，她抢着去厨房刷碗，从厨房回来时却发现依桐正站在鱼缸前好奇地看上面那一对枕头，依禾心中一紧，忙说："我买的枕头怎么样？卫卫的班主任要结婚，这不是个送礼的机会么？我寻思着该送点东西，让她给卫卫安排个好座位！"依桐点点头说："应该送点东西。"依桐进卧室的时候他还给姐姐说了句："那一对鸳鸯真好看！我看她一定能给卫卫安排个好座位。"

当依桐望着校园中的高考倒计时计算着一天天的减少时，水儿也在南许村开始了自己的婚前倒计时。水儿痛苦不堪地等待着这一天，每当夕阳西下的时候，她的心都会揪紧。她对依桐的心虽说已经绝望，但是这种绝望就好比熄灭之后的火苗，还在冒着残存的青烟，她对依桐开始了刻骨的想念，她已经不止一次地做梦梦见依桐，她梦见全国已经废除了高考，依桐哥风度翩翩地回来，身上还穿着那身一中的中山装校服，他在水儿面前脱去那校服，换上了平常人的衣服。她也梦见过她死去的母亲，母亲在梦里的影像模糊无比，但是母亲穿着很有气质、很漂亮的衣服，在冲她微笑着，而水儿却看着微笑的母亲哭了。

在这个世界上有两个人值得她留恋，一个在天堂，一个在人间，她不止一次地想去追寻母亲去天堂，但是另一个人却死命地把她往人间拉扯，她之所以在世间还坚强地活着，很大程度上是因为这个人也在活着，她只要一想起这个人也在人间活着，就会增添自己活下去的勇气。

胥先重则在家里家外忙上忙下，他就这一个女儿，所以无论如何也要搞出一点阵势。他到了夏桥村和男方商量事情时才欣喜地知道，原来男方那边娶媳妇这次动用的阵势更大，小伙子夏东华的父亲夏沛恒为了置办儿子的婚事，提前两个月就放下在开州的工地，回到夏桥村。夏沛恒已经提前和亲家胥先重表过态，说自己这么多年都在外面，开州的朋友多，老家四邻的也多，他要准备筵席八十多桌，要从开州的饭店请来名厨，每个桌上要上来八八六十四个菜，他还看见那天待客的香烟是十元一盒的红叶牌香烟，单是这香烟就买了二百多条，他不由咂嘴感叹亲家的阔绰。

夏沛恒和夏念祥从小在一个村庄长大，夏念祥在开州荣升之后，他背靠着夏念祥这棵大树，依靠小学文化水平在开州领工地，迅速崛起，积累家产已经逾百万，正好儿子结婚是他的头等大事，他自然会借助此事显示一番阔绰。他把开州的朋友请了一个遍，为了面子问题，还亲自到市政府去见了夏念祥市委书记几次，诚挚地邀请他参加这一婚礼。夏念祥说：

"既然是自己家孩子的终身大事，那一天我尽量回去凑凑热闹，但是碍于自己的身份，要是光明正大地出席婚礼实在是不便，我就静悄悄地回去。"夏沛恒本来就是想借着市委书记回去参加自己儿子的婚礼使自己脸面大长，听夏念祥如此说，也只得颔首答应，只要能回去已经是给了他最大的荣耀。他提前回来操办此事就是为了确保万无一失。

胥先重看见亲家这般大气，在商量事情的时候连大气也不敢出。夏沛恒一看亲家如此龌龊，不由大感得意，他当场就更加得意地把市委书记夏念祥也可能回来参加婚礼的事情讲了出来。胥先重一听感觉更是非同小可，夏念祥是时常在电视里出现的人物，而自己开会的时候时常传达的就是他的精神和指示，一听这么高级的官员也来，不由当场提出了一个大胆的问题："市委书记要是来，那些记者们也一定来，这场婚礼会不会也上开州的报纸？"

夏沛恒一听，马上说："这件事是保密的，最起码是市一级的保密级别。念祥兄弟自从当了市委书记后，夏桥村基本上还没回来过几次，这次回来纯粹是看我的面子。对了，亲家，这件事万万不可向别人说。"胥先重点头如捣蒜，当场就说："这党的机密我咋能说呢？我最起码也是个党的基层干部，党性我还是有的。"

当天商量完事情，他心情激动地走出夏家时，不料自己的女婿夏东华一脸微笑地追上来，先往老岳父的手里塞了一盒好香烟，嬉皮笑脸地说："爹……不，伯父，你看能不能拜托你点事，我想和水儿见个面，和她商量一下结婚那天在哪一家婚庆店化妆和穿什么婚纱，我不知道水儿喜欢什么样子的，想见她一面说说这事。"胥先重忙说："她喜不喜欢不要紧，关键是你喜欢就行！"不料心里一想，便想出了年轻人的心思，可能这个新女婿耐不住性子，找个理由急着要和女儿见一面，当下就改口说："那……见一面也不少，我回去给她说说！"夏东华马上欢喜地说："好！我明天下午四点多就在……就在你们村后的大堤上等她吧！"胥先重说："那……那我回去说说，到时候让她去见你！"

52

  胥先重从夏桥村得意洋洋地回到了南许村，一路上哼着豫剧小调，进入村口时，他看见路边一个砖垛上躺着衣不蔽体的许运动，用白眼扫了许运动一眼，感觉自己更加优越，就继续哼着豫剧小调进村。到家后他做的第一件事情就是眉飞色舞地向夏桂花复述在夏桥村所听到的内容，夏桂花一听，更是激动得恨不得代替水儿再嫁一次，她激动地对胥先重说："咱们这可是攀上有钱人了！"胥先重接下来就开始违背他的党性，把亲家如何把喜事办得排场，甚至市委书记也回来参加婚礼的事情也得意地向夏桂花透露出来，夏桂花一听，声音提高八度："我念祥哥也回来？"胥先重重重地点了点头："那可不是？这夏沛恒和这夏念祥是啥关系？这孩子一辈子就结一次婚，还能不回来给老伙计捧捧场？你这官做得再大，也得要朋友啊！"夏桂花激动地说："我跟你说，你那天也得去一趟，说啥也得见上我念祥哥一次，你不给他留点印象，以后你找他办事他咋能认你呢？"胥先重当即说："咱这嫁闺女哪有娘家爹也去的，这不成笑话了？"夏桂花马上说："规矩是规矩，事儿是事儿。有我这一层关系在这儿放着，你要是和他搞好了关系，他的车走到县里，随便见一个县长、县委书记什么的，把你的名字一提，你过几天说不定就直接去县里上班了。这叫机会，你懂不懂？还说我们女人头发长，见识短呢，我看你一个大老爷们儿，你这见识还没我的头发长！"胥先重一想，也的确如此，这年头谁要是再守着规矩谁就得原地踏步，谁就得吃规矩的亏，他对这件事也不再表示反对。

  第二天，夏东华修饰一新，穿着一身黑色西服准时在四点来到南许村后的大堤上，还叫来了几个他的朋友，他已经无数次地向他的朋友吹嘘他的未婚妻是何等漂亮，这几个朋友也都迫不及待地想远远看水儿一眼，于是一伙人开着一辆面包车来到南许村村后，停在大堤上。此时麦子差不多已经微黄，在黄色麦子的包围中，他们从那一条路上看不来一个身影，于是一伙人向夏东华开着善意的玩笑，说这新娘子还真能拿住架子，故意迟

345

到，还考验你的耐心呢。夏东华哈哈一笑："这耐心是有，正发愁着没人来考验呢。你们几个可要准备好，一会儿人来了可要吓你们一跳，到时候你们羡慕我还来不及呢。"正在说笑间，却忽然见一个身影从麦田夹着的小路上走来，摇摇晃晃上了大堤，其中一个眼尖的对夏东华说："看，那不是你老岳父么？"夏东华定睛一看，果真是岳父胥先重，他正背着手朝这边走来。后面夏东华的一个朋友笑道："这新媳妇没有等来，倒是等来一个老岳父，这生意可赔了本！"

玩笑归玩笑，夏东华看老岳父走过来，忙收了笑容向前紧走几步，胥先重一脸歉意地走到近前说："水儿病了，正发烧呢，我恐怕她上了大堤再受了风寒，就没让她过来。"胥先重此语甚是巧妙，言下之意是水儿要过来，他不让水儿过来。夏东华一听是这样，心里虽有些失望，但是他马上说："这我更应该去看看她，我去家里看看。"胥先重忙说："不碍事，不碍事，你看看你这么多朋友，这一下子要是都过去了，你们也不好说话，是不是？没有多大事情，水儿也打针、吃药了。"夏东华这才说："那……那让她多保重身体，有啥事给我打电话啊，我第一时间赶到！"胥先重马上说："这一定！一定！再说你们的婚事也快近了，你还得办很多事，要不今儿你们几个就先回去吧！"夏东华只好一步三回头地转身走去。

其实水儿真的是病了，这些天她的心里一直承受着巨大的压力，她甚至每夜都在独自流泪，夜夜都望着黑漆漆的天花板无眠，心里一直为一件事情纠结。这一天夜里她又一夜没有睡着，只是坐在床的一角，由于晚上下了一阵雨，窗户没有关，水儿受了一点风寒。第二天夏桂花起床后，见水儿没有起床，她没有像往常那样对她显示出一副龇牙咧嘴的嘴脸，而是一声不吭地去了厨房，她正在抓紧最后几天向水儿示好。等到她做好饭，见水儿的房门还没有动静，她心里起了疑心，因为多年以来水儿一向是全家起得最早的一个，睡得是全家最晚，她轻轻推开水儿的屋门，却发现水儿仍和衣睡在床上，一动也不动。夏桂花叫她也不应，过去一摸水儿的额头，却是烧得烫手，夏桂花连忙叫胥先重，胥先重正在井台边刮胡子。当他听到夏桂花说水儿病了时，一时不由慌了神，忙到水儿屋里，看水儿秀眉微蹙，一动不动地躺在床上，他用手摸了摸水儿额头，发现烫得烧手，他马上推起院子中的自行车，去镇上请医生。胥先重骑着自行车心急火燎地往镇上赶去，心里颤抖得厉害，他已经被二十年前大雨中那件事情吓怕了，他看到了刚才水儿病中痛苦的表情，那个表情与二十年前那个大雨中的哑巴女人有着惊人的相似。他唯恐水儿再步她母亲的后尘，所以他蹬起车子在麦田中央的路上拼命往前行。

胥先重带着镇上的一个医生不长时间就回到了家，医生到水儿房间诊断了一番，竟然发现水儿已经烧到了四十度之多，便直接给她挂上了吊瓶，说要是再烧一上午，人就危险了。吊瓶挂上不久，水儿就从昏睡中稍稍醒来，眼皮微动，露出那对黑黑的眸子，旋即又合上，她又看到了一帮她不愿看到的人，她的神志已经烧得迷糊，眼前幻现的都是恼恍的风景。在她清醒的这几天，她独自一个人在和强大的农村几千年养成的习俗抗争，她又和执行着这一习俗的千万个人抗争，同时她又和另一个不愿出嫁的自己抗争，直到这一失去神志的时刻，她忽然意识到自己是多么思念依桐。她原本想自己不能和这个世间唯一让她眷恋的人在一起，她只有去找那个在天堂的让她眷恋的人，不过她还是放弃了，因为她想自己得活着，不为别的，就为二十年前母亲以死的代价换取了她的生，她自己没有结束自己生命的权力。

在飘忽的思维中，她的身体好像在飞翔，左手上牵的是依桐的手，她梦见6月7号那一天遥遥不可濒临，而她则永远生活在6月7号之前。她感到无比的渴，唇上似乎能冒出火来，她又梦见依桐哥好像已经知道她病了，从县里回来，坐在她的床边用勺子喂她水，那水是何其香甜，使她在火的中央被解救出来，好像1986年的那场大雨，把世间的一切炙热浇灭，而床边坐的只有依桐哥一个人，他高大的身躯抵挡住了夏桂花和胥先重，抵挡住了夏桥村徐徐驶来的嫁车，抵挡住了一切伤害她的东西……她嘴里发出模糊不清的声音，她在问喂她水的依桐哥怎么不去高考了，她又说不要管她，不要耽误依桐的前程……她嘴里呢喃着话，胥先重依稀只听到她嘴里喊的是"依桐哥"三个字，他心里"咯噔"了一下，他原先以为水儿和许正兴家那小子这么长时间没有联系，可能已经没有什么瓜葛，但是水儿在出嫁前一直伤心，他原先还搞不明白究竟为何事，此刻似乎明白一些了。他心里愤愤然说：大学生算什么？能挣到钱就是大道理，人家夏桥村的比他强多了。你看他老子许正兴那个神气样子，这一回我就叫水儿找一个有钱的主儿给你看看。他对着还在昏沉中的水儿信誓旦旦地说："没事，爹给你找了一个更好的！"

许依桐在姐姐家住了几天,一直住到那个胖大的姐夫"出差"回来,他才又回到学校。他没有向姐姐提任何那晚上的事情,而龚美明回来见了他则脸一红,就讪讪地忙自己的事情了,再没有先前见依桐时候的不屑。依桐不愿和他多在一起一刻,就立刻收拾东西回学校。学校中的人已经比前些日子多了许多,因为快要发高考准考证,许多人已经从家里赶回了学校复习。每年这个时候,便是班主任刘同军最清闲的时候,因为他在剩下的日子里只需把高考准考证一发就万事大吉了。这几天他在大学期间交的女朋友也来看他,他每天上街买菜回家做饭,伺候这个未来的妻子,以等待她伺候自己的一天。刘同军还找了附近一些清闲的家庭主妇来陪女朋友打麻将,三缺一的时候还自己上阵。只是在晚自习的时候到办公室转转。这天他又转到了班里,站在讲台上,对着讲台下正奋笔疾书的学生深沉地说:"同学们哪,麦都黄了!这花轿都抬到门口了!你们抓紧时间奋斗吧!"最后他说:"这几天,按照平常时间作息,也别吃大鱼大肉,就吃些清淡的食物。有些学生如果实在不行就别学了,还不如在这剩下的几天好好放松一下,高考时候再爆发一下。"他说完之后捋捋黑亮的头发,迈着八字步在教室中游走一番,步出了教室。

依桐就属于那种成绩已经定型的一类学生,他深知就算给自己一万个爆破筒,考分也爆发不起来。这一日他在班中看书看不进,就去校园中闲转。他在校园中看着绿树红花,想着这真是美妙的人间,而在这样美妙人间的人类却人为地编出这么多考试来为难人类,真是相煎何太急。他回到教学楼的走廊,不经意间看见了对面的26班,忽然起了一点想法:看看夏天在不在,看她复习得怎样?

他走到26班门前,往里边探探头,只见班内有一半以上的黑压压的人头,他探头探脑了半天,始终没有发现夏天,便冲着门口处坐在第一排的一个学生叫:"嗳!同学!请帮我喊一下你们班的夏天,好么?"那男生正做着题,听到有人让他喊夏天,马上没好气地说:"要给情书自己给去,要喊夏天自己喊去!"他旋即又埋下头做题了。依桐一看碰了钉子,当下不服,就直接从前门冲进教室,往下面的人头看了半天,没有发现夏天,就只好悻悻地出了26班,自然得好像进出自己班级一样。第一排那男生看他如出入无人之境,不禁低下头撇嘴赞叹:"这哥们儿追女生真是有种!"

依桐出了26班,在门口站了一会儿,心想不如到夏天的公寓看看。

他出了校门,按照上一次夏天领着自己去的记忆,进入了校门口那栋公寓楼,不一会儿就上到了三楼夏天的门前。他伸手摁响门铃,不一会儿一个半老的妇人把门打开,正是夏天叫她"陈姨"的那个保姆。依桐问:"你好,阿姨,请问夏天在么?"因为依桐穿的衣服和上一次来的时候不同,那陈姨显然已经记不太清依桐曾经来过,她忙说:"哦,夏天不在,你还是先回……"话音没落,只听里面传来夏天的声音:"是许依桐么?我在家,快进来!"又听见她的声音:"陈姨,那是我同学,让他进来吧,不耽误我读书!"

依桐刚走进客厅,只见夏天穿着睡衣揉着通红的眼睛从卧室里走出来,见了许依桐强挤出一个笑,让依桐坐,夏天激动地说:"今天怎么想起来到我这寒舍了?我以为你正一日千里地复习呢。"依桐坐下,接过陈姨递来的一盘水果,对夏天说:"我刚才去你班里找你,你不在,我正寻思着你应该回开州家里复习去了呢。"夏天低下头说:"我昨天去省城了,今天上午才回来,所以这几天都不在学校。"依桐庆幸地说:"看来我来得真是时候,没打扰你休息或者读书吧?"夏天又揉了揉红的眼睛,忙说:"哪里?我心里正闷呢,你要是再不来我的心就焖成红烧肉了!"

依桐这才注意到她的眼睛通红,似乎是才哭过的痕迹,夏天一看依桐关切地望着自己,当即也不兜圈子,随意地说:"哭的。"依桐陡地直起身子,忙问:"怎么了?"这句话说出之后才感觉有些唐突,他又赶紧补充说:"当然,我的意思是在你方便和愿意告诉我的前提下!"夏天更加直白,不在意地说:"方便!我昨天去了省城,是为了一件不好的事情。"依桐点点头说:"那是一定的,要不然你也不会在高考只剩下三四天的时候出远门!"夏天转过头看了看墙上父亲和母亲的合影,幽幽地说:"前天我妈来这里看我,我觉得她不对劲,就问她是不是发生了什么事情,她这才哭着说原来……原来我爸在省城有了一个情人!要不是我妈雇私家侦探,还真是发掘不出来这秘密,我爸一向做事谨慎得很。"依桐不由震惊,他坐直了身子。夏天接着说:"我想到过我爸会变,但从没想到过他变得这样快和这样彻底!我听了之后非常生气,当天下午就去了省城,按照我妈提供的地址,轻易地就找到了我爸金屋藏娇的位置。我见了那个女的,看上去只比我大几岁的样子,我敲开门之后就进去,先扇了那个女的一巴掌,我说我是夏念祥的女儿,我可以叫你姐姐,你要是再破坏我的家庭，缠着我爸，我就三天来闹一次！"

依桐看着对面沙发里桃花一样灿烂的夏天，让他时常隐隐感到和水儿一样柔弱的夏天，竟然做事情这样果断，丝毫不逊色于一个男生，真是大大佩服。夏天继续说："你猜那个女的怎么说？她哭着说她原来只是一个疗养院的护士，我爸作为市级干部去那里疗养，因此和她认识，她说她很爱我爸，我爸也很爱她，她还说……还说她怀了我爸的孩子！"夏天说着肩膀抖动着，显然是在控制着自己的愤怒。许依桐听到最后一句话又是一惊，夏天眼里渗出一点泪，但是没有流出来，说话也有些哽咽："我爸自从当上市委书记之后，就慢慢地被那个圈子同化了，他任期快满的时候，他想往省委调，每天都往省城跑，运用他培植和建设的关系网找门路，他只想往上爬，年轻时他对我说的那些大道理他全部都忘记了。我想好啊，男人对权力是有欲望的，这怪不得他，他也是一个人，我知道他小时候没有过过好日子，他一直是一个自卑的人，所以这就更需要别人对他的肯定。他要没有这么强烈的欲望，根本就不会爬到市委书记这个位置上。他在市委书记的位置上坐久了，就觉得这不够高，还想往省里走，但是在这个过程中，他接触到的环境和人已经潜移默化地影响了他，这我都可以原谅，谁叫他是一个政坛上的人呢？但是他却……他却也包上了'二奶'，把姑娘家一辈子的幸福全毁了！我以前一直以自己是他的女儿而骄傲，可是现在……现在我提起我爸就感到羞耻！许依桐，我真的想知道：假如你是我，你该怎么办？"

依桐前些天刚刚遭受了与此一样的事件，不同的是他的姐姐遭受了背叛，依桐选择的是几乎和夏天一样的选择，那就是把拳头伸出去，教训一下那个负心的人，但是此刻依桐知道，他作为一个冷静的局外人，应该把事情往好的方向拉扯，而不是给夏天火上浇油。依桐沉吟了一下，问："你觉得你父亲可能和你母亲离婚么？"夏天说："我觉得不可能。我了解我爸，他虽然从一开始就对我妈没有真正的感情，甚至只是为了报恩才和我妈结婚，但是他是领导，他必须要装出一副家庭和睦的样子。现在正是他往省里升迁的关键时期，要是在这个时候他要为了一个情人离婚，不符合他的风格，而且他比谁都清楚做这事的后果是什么。"许依桐马上说："夏天，假如你对你父亲的判断成立的话，我觉得你接下来应该这样做，第一件事就是在七天之内不去想这件事。"夏天奇怪地说："为什么？我现在翻来覆去想的就是这件事。你想想，我爸一直是我的偶像，我从小就在模仿他，崇拜他，可是我的偶像却给了我致命一击，我可能不想么？"依桐马上说："七天之后就要高考，要是你在长跑离终点线最后十米的地方趴下来不再跑，你不觉得你亏么？你只有把自己做好，才能更好地解决其他的事情。"夏天静静地听他说完，点点头说："许依桐，你说的很对，可是我一想起那个……姑娘肚子里的孩子在一天天发育，我就什么书本也看不进去！"依桐马上斩钉截铁地说："七天时间之内孩子还不至于生出来，等高考一完，你就全身心地解决这件事。作为你的朋友，我提出的建议就是这些！"夏天若有所思地说："你说的很有道理，我会尽力去做，不过……不过我害怕我做不到！"依桐看了看墙上，那里还悬挂着那首《小爱人》，依桐对夏天喃喃地说："当你想这件事的时候，你就背这首《小爱人》吧，它会根治你的躁动。我这几天一直在背，真的很有效果。"

夏天的眼睛里忽然闪现出一丝神采，她把眼睛投往墙上，那里还挂着那首叫做《小爱人》的诗，诗行中间好像有一种别样的世界，让人去掉残存在世间的污垢，去向往天外那片文明还不曾污染过的洁净的圣土，诗行行有情，字字含笑，好像振翅欲飞，把人因为肮脏的凡俗而生出的愁绪涤荡得一干二净，唯留下以美为至尊的方外世界。

两人许久都没有说话，只是默默地盯住那首诗，过了一会儿，夏天悠悠地吐出一口气，说："许依桐，谢谢你，我要复习了！"

53

婚期一天天地接近，每天都有街坊四邻送来的礼品，有新茶杯、新水壶、新被子等等。到了6月5号那天，在县城的依禾也特意为了水儿的婚事回到南许村。她先到了自己家，之后就提着毛巾被和那对鸳鸯枕头来到了胥先重家。胥先重在镇上置办水儿出嫁的东西，忙得焦头烂额，没有在家，只有夏桂花和水儿在。水儿的病情虽说有些减轻，但是烧还没有完全退，只是每日躺在床上，下午时镇上的医生会来挂上一瓶吊瓶。水儿的精神恢复过来一些,只是还有些恍惚,她每天都能听到屋外院中传来的街邻来送贺礼的声音和夏桂花喜气洋洋的拜谢声,她面无表情地听着,把头转向床的里侧,轻声发出一声声叹息。

这一日她像这几天一样正躺在床上,恍恍惚惚中忽然听到了院子里面夏桂花近乎夸张的迎接声,水儿知道依禾姐从城里回来了,她心里一喜:依桐哥会不会一块儿回来?带着一闪即逝的零星希望,她挣扎着坐起来,准备去见依禾姐时,就听见院子里夏桂花的声音:"你看看,依禾,买这么贵重的东西干什么?哎呀呀,又叫你破费了!"依禾很有气质的声音传来:"婶子说的太见外了,我就水儿一个妹妹,水儿这一辈子就这一次喜事,花这几个钱算什么?对了,水儿呢?我想看看她!"夏桂花想说水儿不在家,不料水儿已经在屋里发出微弱的声音:"依禾姐,我……在这儿!"依禾已经听到水儿的声音,笑着对夏桂花说:"几年没有来过婶子家,都不知道水儿睡在哪个屋子了!"说着迈着细碎的脚步向水儿屋里走来。

在床上躺着的水儿让依禾甚是吃惊。水儿前些天还进城去过她家,那个时候依禾还见过她,虽说只有半个多月的工夫,但是水儿已经瘦得让依禾认不出先前的样子,只有那对乌溜溜的眼睛还有着那天的神采,她半躺在床上,虽说还像昔日那么美丽,但是表情和说话的声音无一不透露着一种憔悴。依禾吃了一惊,刚想说话,水儿的眼泪就流了出来,一滴滴地落在了身边的床单上。她自小在依桐家长大,依禾在她心中就像亲姐姐一样。当一身连衣裙、烫着头发、有着成熟女人气质的依禾走到她的床边时,就像她幻想中的母亲形象走到她的身边一样,这让水儿止不住地流泪。依禾伸手握住水儿冰冷的手,眼睛也变得潮乎乎的,说:"水儿,跟依禾姐说,还缺什么不?缺什么姐在县城里给你买,结婚是你的大事呢。"水儿痛苦地摇摇头,表示什么都不缺,她似乎痛苦得不想再提结婚的事情。依禾伸手给水儿捋捋她额前的一绺黑发,把那束黑发挽到水儿耳后,她看到水儿床上悬挂着昨日下午打过的空吊瓶,更是吃了一惊,忙问:"水儿,是你打吊瓶了?生病了么?"水儿点点头,依禾问:"那好点了么?"水儿抹抹眼里的泪说:"放心吧,依禾姐,就是受了点风寒,已经好了!"依禾说:"现在快收麦了,天热,你保重好,热感冒可不好治!可别结婚那天……可别以后几天还发烧!"依禾本来还想提水儿的婚事,又一想,不应该提,以免水儿伤心,只好不再提。水儿一直希望依禾姐能够告诉她一点依桐的消息，她知道依桐哥还好心里就踏实，但是依禾似乎知道水儿的心事，故意不提依桐，以免引得她听到之后伤心。

这个时候夏桂花在堂屋里捧着一杯开水过来，边走边说："依禾啊，你说这大热的天，你还跑这一趟干啥，找个人把东西捎回来不就行了？快！喝点茶！这可是你先重叔托人从开州捎回来的好茶呢！"依禾接过那杯茶，连连说着谢谢婶子，用嘴唇轻轻碰了碰茶水面，就把那杯茶放在水儿床一边的小桌上。夏桂花在一旁说："孩子都好着呢？正说大半年都没有见过你了，你说你这家在县城，回来一趟确实不容易！"依禾说："那可不？要是我嫁到邻村的火王庄，我把饭温在火上，到这里走一趟亲戚，回家还不耽误吃饭呢。"夏桂花一脸赔笑："还是你在城里住好，在城里住有大市场，你看在咱们家里有钱都花不出去！"依禾笑笑说："在城里有钱是花得出去，但是就怕没钱也想花！"

水儿在一旁听着只是不做声，她原本还想单独和依禾姐说一会儿话，但是夏桂花在这里一直絮叨不已，水儿和依禾也难以进行单独交流，最后依禾握了握水儿的手，似乎想说些什么，但终究没有说出口，她看见水儿那双蕴含着泪的黑眼睛，心里一酸，不忍再看，忙出了水儿屋门。夏桂花一直把她送到院门口，水儿听到夏桂花以一种夸张的声调和依禾告别，那声音越来越远，才忽然发现刚才依禾姐握过那只手里多出了200元钱。

依禾刚才面对着水儿和夏桂花她还能控制住泪水，但是一出水儿家的门，眼泪就夺眶而出。她流着泪走在南许村街道上，泪眼蒙眬中看到胥先重的邻居许运动家，院落里面已经破败不堪，甚至能从墙内伸出几棵杂草。她听母亲梁爱玲说许运动靠着他老娘每天做饭，才勉强能够吃上饭，他们家现在穷得炒菜时从来不用油，许运动白天像乞丐一样，总是从柏油路两边闲聊的村民身上讨来些烟头吸，若是讨不到，就从地上捡烟头吸。他晚上口渴或者饥饿的时候就喝凉水。依禾忽然想起了什么，她听说胥先重大哥胥先民的儿子胥有福在南许村开了一家超市，生意火爆，因为这个超市的原因，现在都没人去许铁婆的小卖部买东西了。依禾忙走向位于村中十字路口的超市，一路上她看着街上迎面奔跑过来的村里孩子，大多数她都已不认识，南许村一代又一代的人在繁衍，而新的一代已经活跃在南许村新的街道上，村里和依桐一般大的，大多数都已经结婚生子了。

依禾走进这个乡村微型超市，里面的老板胥有福似乎还能认出她是许依禾，忙笑着跟她打招呼。依禾与他寒暄过后，优雅地走在柜台间，挑了一桶食物油，又买了一条香烟，让胥有福把这些东西包起来，走出超市，她又缓步沿着去许运动家的方向走了过去，把这些东西放在了许运动家的门口。那木门已经破碎，只留下一道门槛，她一想这样不安全，就又把这些东西放在了门的里侧。依禾做完这件事后，感觉到心里踏实了许多。她踱回了家里，见母亲梁爱玲正在做饭，她心里不舒服，感觉在南许村待的时间越长，心里就越堵得慌。她对母亲说不吃了，下午卫卫放学早，还得早点去接她。她立即收拾了一下，在村口拦了一辆去镇上的车，到了镇上，搭公交车匆匆地回了城。

已经到了6月5号，距离高考仅剩下两天，整个封阳一中的空气中都飘荡着火药味，好像划一根火柴整个学校就能炸开。5号晚上，依桐和同住的去县城的大排档喝了十余瓶啤酒，头晕得厉害，回到自己的床上时仍感到晕眩。他的眼前幻现的都是水儿的笑脸，他躺在床上，只感到一种窒息，他忽然发疯一样地想见到水儿，于是从床上爬起，晕晕乎乎地向门外走，其他三个人还以为他酒喝多了要去卫生间，均没有在意。

依桐蹒跚地走出幸福文明小区，来到了路灯照耀的街道上，街道上岑寂，只有游走的几只野狗。冷风一吹，依桐头脑才有些清醒，他深知在今夜见到水儿是万万不可能的，因为县城距南许村五十余里，一时半会儿无法赶回去。但是他忽然想起了夏天，自然得令他自己都吃惊。他知道夏天正在高考和父亲给她的煎熬中彷徨，而这几天他们一直没有见面，依桐心里一直很记挂她，甚至就像记挂水儿一样。他心里默念着水儿，不知不觉地向学校门口夏天所住的公寓楼一走三晃地走去。

夏天此时还没有睡，她正在卧室的床上逼着自己看语文诗词，这几天她一直靠强迫自己才能看书，看累了就睡一会儿，睡醒了就背一会儿《小爱人》。令她出乎意料的，父亲今天上午给她打了一个电话，父亲在电话里的语气依旧亲切，他详细地问了女儿最近学习怎样，夏天先前听到父亲的声音就会感到温暖，她会在电话里撒着娇与父亲交流，但是现在听到他的声音忽然感到浑身发冷，她控制着自己，在电话里用颤抖的声音敷衍着父亲的问话。父亲告诉她高考那天他会回来，为她加油，并顺便回老家参加一个婚礼。夏天想说"你最好不要回来"，因为父亲一回来她就不能达到心无旁骛，但是父亲没等她说话就哈哈大笑着说不打扰女儿复习，然后把电话挂了。

夏天刚看了一会儿，就听见门铃在响。她出了卧室，穿过客厅到门口，从门的瞭望孔向外一望，只见不是别人，正是几天未见的许依桐，那小子正在门外用一双迷离的眼左顾右看。她心里又惊又喜，忙把门打开，嘴里说着："许依桐，你怎么这个时候来了？不会是梦游来的吧？"只见面前的许依桐满身酒气，站在门口趔趔欲倒，只是茫然地盯着夏天，嘴里喃喃地说："水儿！"原来他酒醉的蒙眬中，误把笑着给他开门的夏天看成了水儿。夏天听他一进来就叫"水儿"，误以为他酒醉要水喝，忙把他扶到客厅里坐下，嘴里说："你怎么这个时候还喝酒？后天可就要考试了，你劝我要好好复习，我好好复习了，你怎么又自暴自弃呢？"依桐歪倒在沙发上，只是盯着她看，嘴里还是说："水儿！"夏天见他又要水喝，忙起身去倒水，嘴里说："渴了吧？别急，我给你倒水！"依桐挣扎着起来，这时候才猛然想起自己是来到了夏天的住处，面前的不是水儿，而是夏天，他马上意识到现在是深夜，而自己则是在一个多么不合适的时间出现在一个不合适的地方，日后被人捕风捉影传出去，夏天就是有百张嘴也说不清。

他挣扎着向门口走去，夏天正给他倒水，见他忽然起来要走，忙把茶杯放在桌上，跑过来扶他。夏天问他："你去哪儿啊，许依桐？"许依桐用手指了指远方说："回我来的地方，我住的地方！"夏天不放心他，忙说："那你这个样子还能走成路么？"依桐已经走到门口，对夏天伸出一个手指头说："这是一！"又伸出一个手指头说："这是二！"然后说："我没醉吧？"夏天看他坚决地要走，就说："你今天来找我没有事吧？"依桐说："没事……就是看你还好不好。水儿……不，夏天，没有过不去的坎儿！放心……麦子黄的时候……你就在大堤上等着我……不……你就安心地高考……你父亲的事情等高考之后再说！"他一时糊涂地把夏天当成了水儿，一时又清醒地认出了夏天，语言上有种逻辑的混乱。夏天没有在意他口中说的什么，见他醉着还跑过来安慰自己，不由大为感动，她把依桐搀扶着送到楼下。依桐考虑到夜深，夏天是女生，在街上行走甚是危险，就不让她再送。夏天担心地站在楼下，看他摇摇晃晃地在灯火幢幢的街道上行走，几个寻食的野狗正在漫无目的地游荡。她站在原地，直到看见依桐到十字路口，歪歪斜斜地走了几步不见后，才放

355

心地上楼来。等到了屋里,看到了已经被刚才客厅里动静吵醒的陈姨的复杂的眼光,她尴尬地对陈姨说:"哦!那是我同学!喝醉了……嗯,来看看我!"

依桐一觉睡到第二天早上十点,米凌子唤醒他,让他去学校领准考证。依桐迷迷糊糊地起来,依旧有些头沉,忙步行去学校。此时校园中游走的都是领着准考证的学生,大家在互相打探彼此考场的所在。学校超市处人满为患,大都在购买2B铅笔和橡皮。依桐忙赶到班主任刘同军的办公室,办公室内更是塞满了人,刘同军正站在办公桌前拿着一沓准考证向领准考证的学生详细介绍考场和考试细则,忙得无暇顾其他。依桐挤过人群,向刘同军领取准考证,刘同军一看是他,懒得给他找,直接把那一沓准考证给他,让他自己找。

依桐找到准考证后出了办公室,如同捧着圣旨一般。先前在他心中的高考圣洁无比,好像集体被赶到云上考一般,此时一见才知道和平常考试一样,也需要考场和考号。他终于知道了自己的刑场地址,全身感到说不出的轻松,多年的紧张终于有了一个了断,一时倒还有一些空虚。

下午在住处,米凌子、周枫林、何畔也各自领了准考证回来,4个人各自报了考场号,才发现都不在一处。此时房东太太也好事地上楼来,打探他们分的考场怎样,还举出例子说去年在这里租房的几个学生分的考场如何云云,说完一大套理论,好奇心得到满足,就下楼去了。下午去认考场,4人凭着准考证进入校园内,发现考场号已经贴好。依桐的考场在第三教学楼东侧,他进去之后,对着考号很容易地找到了自己的考桌,那考桌凭窗而设,正符合自己的口味。大事一了,他回到住处不由感到困乏,歪倒在床上,竟然又沉沉睡去。

54

6月6号黄昏时分,水儿再一次走上了齐渡河河堤。听说不远处的齐渡河来了入夏以来第一次夏汛,河水打着旋,驮着水面一层晚谢的槐花,漂浮着上游冲来的一些东西,忽忽地顺流而下。近几年,由于沿岸建设了许多工厂，废水无处排放，只有一股脑泄进齐渡河里，齐渡河水受了很大的污染，离得近了还能闻到一丝难闻的味道。

水儿刚从热闹非凡的家里出来，走在村庄的街道上。随着夕阳艰难地游移，她苗条的身影投在大地上。黄昏的余晖像母亲的眼光，慈祥地从西方长空穿越亿万里照射下来，爱抚着横贯八方的寂寞大地。她徘徊在大堤上的高大桐树间，样样的桐树叶子被晚风一吹，发出"哗哗"的声响，在地上显现出跳动的舞蹈。不远处的黄草在夕阳下跳跃着自由摇摆的舞蹈。她在大堤上默默地看着远方，看见金黄的麦田依旧浩荡地排列向远方，麇集着无垠的炫目的黄，在曛光下洋溢着跣弛的华彩。麦田是羁绊，麦田是跨不出去的海面，连绵不断的黄色海水将自己的八方与世界隔断，使自己听到了四面楚歌。水儿感到自己真的是一汪水，但注定将流淌在这夐远的麦田中了。明天就在嫁车向自己开来的时候，依桐哥也将要走向考场，他将要用他的笔破开一条路突围出这麦田，而自己呢？却用出嫁这一步使自己更加留在这麦田中了。她又一想，留在麦田中又有什么不好呢？

她张开她那美丽的眼睛，望向那片在落幕时分显得朦胧的蕤蕤桐林，那些桐树像崛起在地平面上的士兵，整齐地排列着，在金黄的夕阳下面，它们展屏一般向着长天舒展着桐枝，营造出一片巨大的黑魆魆的阴影。傍晚时分的氤氲薄雾已经起来，飘荡在远方，而那片桐林在白白的雾气中，则像传说中的仙山楼阁。

眼看着夕阳越来越温柔，袅袅炊烟又飘荡在南许村的屋舍上，她不知不觉地下了大堤，走向金黄的麦田，那些麦子好像知道她的到来，一阵风吹来，远远近近那些沉甸甸的麦穗向她点头致意。水儿走在水样的麦田中，吹来的麦香使她感到了成熟的气息，阡陌纵横的四围麦田里，飞扬着千篇一律的寂寞与孤独。她不知不觉地走到了大堤下那片祖坟前，那个耸立的黑黝黝的贞节牌坊像展翅的黑色蝙蝠，牌坊两边悬挂着已经生锈的铜铃，西风吹处依旧发出喑哑的铃声，好像在哭诉着百年前那个守贞女人蘸着血泪的往事。

眼看着夕阳已经沉到麦田下面，麦田上空只留下一朵桃花般灿烂的云霞，一群蝙蝠和喜鹊拍打着骄傲的翅膀，穿越晚霞，俯视着摇荡着麦田的大地，寻找今夜歇脚的枝头。暮色从东方漫天匝地席卷而来，追击西方仅存的光明，夕阳落荒而逃。无数的麦穗奔走相告，惊悚不安地看着黑暗的来袭。水儿抬头看看天色将晚，对着那坟头喃喃地说："再见吧，妈，露水重，您盖好被子。等逢年过节的时候，我会给你烧上很多很多纸钱，今夜你还得一个人睡吧。"

水儿抹着眼泪转过身，向在暮色中投射着巨大阴影的村子走去。晚风似乎又大了些，西天上早亮起几颗小星星，在调皮地向即将转成夜的世间眨着眼睛。麦田那畔行着一个穿着破烂衣服的人，他巨大的身影在薄暮中变幻成一朵游走的黑云，似乎也快要被锐不可当的暮色吞没，那正是傻运动，他没日没夜地游走在这麦田里。水儿流着眼泪走过麦田，此时麦海依旧对她的背影发出哗哗的响声，似乎南许村四围的麦子都望着她的背影，低声地哭了。

由于依桐上午睡到十点，下午又睡了两个多小时，生物钟一时紊乱，到了晚上的时候，一屋内鼾声四起，依桐躺在床上，用尽所有气力就是睡不着，好像睡眠是一个小猫的尾巴，而小猫就算原地累死也追赶不上。他把自己床头上的台灯打开，抓起课本看了起来，看了一会儿，似乎有微末的倦意袭来，他忙把台灯关掉，躺在床上等待那倦意扩散，孰料一躺下，精神却立刻抖擞。

楼下的猫此时也来捣乱，喵喵声一直不绝，他在床上翻来覆去，身子像海浪一样起伏不已，从床这边翻到床那边。忽然他被床边一个盒子硌住，后背一阵酸疼，他忙把这只盒子拿到一旁，以免翻身时再次碰到，孰料他的手一碰到盒子，立刻产生了一种欲望：反正此刻睡也睡不着，反而把头弄得更加晕乎，再说自己白天已经睡过，不如此时就找点事情来做，他的心中忽然划过一道闪电：他要看看水儿的母亲究竟写的是什么！他的心里既然已经想到，就立刻打开台灯来做。这几个月来他一直控制着自己不去做这件事，实际上是找不到做这件事的理由，此刻失眠的痛苦激发了做这件事的欲望。在明亮的台灯下，依桐小心翼翼地打开那个盒子，就像捧着一捧雨水那样诚惶诚恐。

盒子打开了，里面的东西泛着黄色，在白色的台灯光下面，更显出一种年代久远的沧桑。依桐很清楚地看见，里面躺着的是一沓厚厚的稿纸，在厚厚的稿纸下面还铺着一本笔记本，那笔记本是红色皮，依桐把那笔记本取出，笔记本封面是一幅湖边宝塔的风景。他打开，只见第一页上有一个红印章，上书"开州政法学院83年全校钢琴比赛第一名纪念"，旁边写着一行娟秀的小字：

艺术系钢琴班82级3班：端木钰晴

在扉页的右下角还有一段诗，依桐看时，不禁惊呆了，那几行诗是：

当你对我说
从此无相忘
月老已定鸳鸯谱上
枫叶红花天　与君长相守
读尽人间烟火去远方

依桐心想，这正是《小爱人》那首诗的最后几句，怎么会突然出现在这里？莫非那首诗在当时就已经流行？他又看这笔记本竟然还是钢琴比赛的奖品，"开州政法学院"他听说过，那是开州市唯一的一所大学，在市政府的提倡下，最近几年才改名为"开州大学"。他看到了"端木钰晴"这个名字，觉得起得像小说里的名字，"端木"这一姓氏向来很少见，而四个字的名字更是少见。他心里起了一点光亮：莫非水儿母亲的名字就叫端木钰晴？但他又转念一想：这会不会是水儿母亲拿的别人的笔记本，而笔记本的持有人名叫端木钰晴？

他心里胡乱想着，打开了第二页。这笔记本相当厚，他打开来看时，才发现笔记本里夹着密密麻麻的信纸，少说也有三四十张。笔记本里面的纸页上记着的全都是琴谱，依桐不识得音律，也不知上面记的是什么钢琴曲，他随手翻了翻，忽然见一页琴谱上写的琴曲名是《小爱人》，他心里一动，这几日他不停地背诵《小爱人》那首诗，此刻却忽然见到一首和《小爱人》同名的曲子，不由感到很亲切。他只恨自己不通音律，否则就可以看懂。他把其中夹着的一张信纸抽出来看，那信纸上的字写得狂放不羁，但是笔画之间自有一番洒脱气质，显然和笔记本上娟秀的字体不是一个人，如果判断准确的话，笔记本上的字体无疑是女性的字体，因为那字体横平竖直，每写一个字都好像用了很大的心思，但是信纸上的字体则好像是一个男生的字体，因为只有男生的字才会写得这样遒劲洒脱。

依桐把那信纸抽出来，那信纸历经二十多年，纸张已经孱弱不堪，好像稍微一用力就要碎裂的样子，纸面上泛出焦黄色，而钢笔字则有些漫漶，有些字还显示得不清晰，好像是水渍（其实那是泪水浸染的痕迹）。他抽出的那一张还算清晰一些，只见上面洋洋洒洒地写满了字，在台灯的照耀下，他开始字斟句酌地读上面的字，一时觉得自己就像一个孤独的探险家，探到了一个深藏宝藏的隧道，而自己正在这隧道中躬身向前行，只见上面写道：

文水：

　　你的信我昨天就收到了，因为最近学校诸事猬集，所以现在才给你回信。你知道，我是一个对事情急盼速成的人，无论做何事都戮力而赴，对自己督责甚严，凡事情能做到七成好的，我唯独要力求做到十成好。有时我觉得自己真的活得很累，真想把缠在自己身上的羁轭去掉，但是心灵的枷锁是不能速求它离身的，一些所谓的道义和名缰利锁已经把我捆绑了这么多年，一时半会儿要想拿去，真真是不容易。从这一面看来，我真是一个俗人。需要你来信对我好好地批判。我若是不整风的话，我就疯了。

　　最近天气很冷，我不知道你最近在这寒冷的天气里怎样，过得好么？来信中你问我这世界上有真理么。最近我也一直在考虑真理的问题，我相信这个世界上是有真理的，但是发现真理的人又极少，而发现真理是不能直说的，所以这才显出真理的可贵。狄金森有一首诗，叫《要说出全部真理，但不能直说》，我觉得这首诗第一部分很好：

　　　　要说出全部真理，但不能直说——
　　　　成功之道，在于迂回
　　　　我们脆弱的感官承受不了真理
　　　　过分华美的宏伟

　　由此可见，人们总是更乐意接受虚幻的东西，而对真实的东西，则采取鸵鸟政策。真理是存在的，但是存在更多的是愚昧，真理每前进一分，愚昧就要退却一分，所以愚昧此刻就会对真理的步步紧逼殊死一搏了。革故鼎新向来是件难事。

人类的寿命很短，而探寻真理的过程又是极其漫长的，漫长得需要用光年去计算。中国有句成语，叫"绠短汲深"，意思是井很深，但是打水的绳却极短，这就好比我们能力薄弱但是任务重大，我们总是以有限的年华来获取无限的真理，人类这样做简直有点像愚公移山，又有点像夸父追日。我们总是嘲笑柳宗元《蝜蝂传》里的蝜蝂，觉得这个小虫好负重物，可笑它的不自量力，但是我们人类是何其缺少蝜蝂这类人才？要是人人都不自量力，向着自己不可企及的更高点攀登，那么我们人类社会的文明将要向前大跨步不止是一个世纪。

如今处在凡俗阛阓中央，想要突围出这万丈红尘，何其困难？但是古往今来，一切青史留名的豪客都是竭尽其一生所能，有多远便走多远。企及事业的辉煌是需要用尽自己一生的能量的。我闲暇时候经常读司马迁的《报任安书》，我觉得那篇文章太过伟大，每每读起来都惊心动魄，司马迁的激情和忍辱无不给后世人一种形而上的力量。此文可谓字字含血，真的是引人入一种骄傲的境界，我何尝没有过这样一种惶恐？在我生命结束之前，我还没有完成一件可以让我骄傲的事情。

一个人要活下去，而引他活下去的不仅有食物，更有一种信念。这种信念使这个人即使荷戟独彷徨，即使古道西风瘦马，也能发现爱的光辉。文水，我觉得我们就应该这样，找到一种信念，在这个大千世界里坚强存活，创造出一种属于我们的美的东西。

夜深了，先写到这儿吧。明天早上我还有一节课。外面秋风又起了，看来我国的节气真的是很准的，立秋之后，真有一种秋天的意思了。你多添些衣物，多保重自己。

文天

1983年8月24日 夜11点30分 寒风敲窗时独坐被中，倍感温馨也

这封信是在1983年写的，距今天已有二十多年了。他感到文天的文学造诣才华很高，读完此信，就好像读了一篇很优美的散文，作者旁征博引，文笔老练，俨然是文坛宗师的气质。依桐回忆了一下当今文坛，二十年过去了，怎会没听说文坛有这类大才著出煌煌大作行世呢？依桐一时又对"文天"和"文水"这两个名字搞不明白，他知道中国的百家姓里也有"文"这个姓氏，比如文天祥就是姓文，但是这两个人这般巧，竟然一

个叫文天，一个叫文水。文水是谁？难道就是水儿母亲的名字么？那"端木钰晴"又是谁？文水和端木钰晴是什么关系？依桐头乱如麻，一时彷徨无计，只好抽出第二封信，却还是那文天的字体，依桐看信件最后署的日期是1984年4月。

文水：

　　见信一笑。最近学校的邮差好像得了脚气，送信速度极慢，你三天前写的信，昨天才收到，故今天才回信，勿念。你问我有没有忘了那个女孩，说实话，我没有，若是她忽然出现在我面前，对我说：你陪着我去跳崖吧，我想我会毫不犹豫地跟着她去的。

　　明知道自己得不到，所以就只有遥望的幸福了。无奈的。古往今来这样的事情不知道有多少。我不知道你有没有读过沈复的《浮生六记》，像沈复、芸娘那样的神仙眷侣能有几对？徐志摩眺望过林徽因，郁达夫为了王映霞漂泊，才子与佳人真能结合么？我想有情人终成眷属的事情真的不多，不成眷属的事情倒可以举出一大堆。比如银河两岸的牛郎和织女，只有纤云弄巧，飞星传恨，只有七七之日才会银汉迢迢暗度。其中苦味，当真只有个中人方能深味。

　　提到了林徽因，你说你很喜欢她，我真的很高兴，因为她是我最欣赏的女性（请注意，没有"之一"）。林徽因更多的是有一种气质，一种书卷衬托出的婉约，就像一阵夏日的风。要是我能与林徽因生于一个时代，我说不定也会追她，就算遭遇的依旧是徐志摩一样的失败。当才与美在一个女子身上结为一体，那么无论如何，这个女子都应该值得一个有心的男子拼却一生苍老，只为了换取她红颜一笑。你说你很喜欢林徽因的《你是人间的四月天》那首诗，我不单喜欢这首诗，也更喜欢她的《灵感》，我觉得她的诗圆润如玉，好像妙手偶得的天成之物，我宁愿把这首诗背写下来：

　　是你，是花，是梦，打这儿过
　　此刻像风在摇动着我
　　告诉日子重叠盘盘的山窝
　　清泉潺潺流动转狂放的河
　　孤僻林里闲开着鲜妍花

细香常伴着圆月静天里挂

且有神仙纷纭的浮出紫烟

衫裙飘忽映影在山溪前

给人的理想和理想上铺香花

叫人心和心合着唱

直到灵魂舒展成条银河

长长流在天上一千首歌

你看看这诗，像不像凡人写出的？所以我说林徽因本是仙人偶下凡尘，她死在了1955年4月1日，死得真是好极了，既是四月天，又是一个即将动乱的年代，要不她在1958年这一关就得受大罪。我一提到林徽因就有着说不完的话，唉！只后悔自己晚生了70年，否则就可以做梁思成、徐志摩的情敌了。

对了，你说你还是不想回家，我的意思是你可以对你的父亲说你是学生，应该在学校。我想他会理解的。你或者把回家的次数减少到两个星期回去一次。那是可以的。

嗯，好吧，文水，今天就先聊到这里，敬祝你什么呢？祝你万事如意吧。我觉得万事如意这个祝福词语真是把一切人的希望都包罗进去了。那我再晋一级，祝你亿事如意！

文天
1984年4月23日 花儿轻摇 醉人春夜

依桐看完这一封信，又受了一次文学的熏陶，他从这一封信中更看出这个名叫文天的男生的才情。因为文天都是解答她的提问，还可以猜出文水上一封信的内容。依桐很是疑惑，搞不清楚文天和文水的关系，他忍不住把笔记本中夹着的几十张信纸全部拿出来，其中只有一封信最短，只有一句话：

文水：

你问我该怎么避免言多必失？我想起了古希腊哲学家戴奥真尼斯的一句话：

我们有两只耳朵，可只有一个舌头，为的就是多听少说。

所以，多听少说，当"言"不多的时候，"失"自然无从谈起。

文天

1983年12月27日 酷寒

这一封信字写得歪歪斜斜，依桐也搞不懂这封信为什么这么短（他当时自然无法猜到文天正遭受冻疮折磨）。他把所有信件整理了一番，发现所有这些信从1982年11月开始，一直绵延到1984年春天。频率最高的时候曾经三天之内写过两封，有的用的是普通作业本用纸，有的是开州政法学院的办公用纸。有的信用铅笔写成，有的则用钢笔写成，大部分信上都有人用纯蓝色钢笔在字体下圈圈点点做了记号，似乎是文水在读时细心地画出的。依桐相信其间有许多封信已经散佚，他想找出文水的信，但是这些保存的全部都是文天寄给文水的信，想必文水的信已经寄出，在文天那里保存。

依桐对着这些信件一直挑选着看，却没有发现有价值的线索。依桐越看越感到迷茫，他想既然文天爱恋着另一个女孩，而且还和这文水一直通信，但是为何又痛苦地和另外一个女孩定亲？连依桐这样的局外人从文天单方面的信中都能看出这个名叫文水的女孩对文天用情很深，但唯独文天这一当事人似乎在不懂装懂地回避着这样的问题。他隐隐觉得，文天似乎活得很累，心灵纠缠得很厉害。

他正在思考的时候，忽然写在1984年春天的一封信让他眼前一亮，依桐看看墙上挂着的表，已经显示半夜十二点多了，但是他的大脑更加亢奋，似乎今天要把这些东西看完，只要把心中的种种疑惑搞清楚，明天就算被杀头也在所不惜，他早已经把明天的高考忘得一干二净。

文水：

我想还是叫你文水吧，叫钰晴真的不习惯。你和我已经通信了这么长时间，一直是纸上之交，我们把彼此当做无话不谈的知己，在心中早已相知了千百回，但是当见面的时候，我才知道，上帝一直是对我微笑的，只是我背转了脸看不见他在对我微笑。

当我知道你就是端木钰晴的时候，我真的感到整个春天又回来了，我想歌唱，我真的想对每一棵花草抱着亲吻。那天我在琴房，与你确认身份的一瞬间，我大脑里一直回旋着席勒《欢乐颂》第五节里的诗句：

从真理的光芒四射的镜面上
欢乐对于探求者含笑相迎
她给他指点殉教者的道路
领他到美德的险峻的山顶
在阳光闪烁的信仰的山头
可以看到欢乐的大旗飘动
就是从裂开的棺材缝里
也见到她站在天使的合唱队中

那一刻，文水，我真的是无比的狂喜，好像我经列夫·托尔斯泰的点拨而复活了一样，多么好，一切自然得让自己都不敢相信。这个结局是一个最好的喜剧作家也难以设定的。我整整一夜没有睡着，脑子里面一直浮现着你在认出我的那一刻惊喜的表情，我真的以为那个时候是我们心灵相通的时候，因为我正有着与你一样的惊喜。浮生只恨春光少，生命中哪怕有一次，也是至高无上的享受，我应该珍惜才对！

与你这般的相识，目前我不羡慕这世界上任何人的幸福。

你问我是应该叫我文天还是夏主席，还是念祥，我想还是叫我文天吧。因为文天和文水是只属于你和我的名字。

最后说一句：我的爱已经装入这信封中寄出，请君查收。

附：
有一美人兮 见之不忘。
一日不见兮 思之若狂。
凤飞翱翱兮 四海求凰。
无奈佳人兮 不在东墙。
张弦代语兮 欲诉衷肠。
何日见许兮 慰我彷徨。
愿言德配兮 携手相将。

不得于飞兮 使我沦亡。

——《凤求凰》

愿你我携手同飞，永不沦亡。

永远的文天

即日凌晨2点30分 春雨淅沥只叹无眠也

55

依桐看完这封信，脑子里面无异于刮过一阵清凉的风，把刚才心头的疑窦吹散。从信中不难看出"文水"就是端木钰晴的笔名，但是文天又为什么知道端木钰晴就是文水之后，就表现出了非凡的惊喜呢？信中更有一句话引起了依桐的注意，出现在信的最后一自然段："你问我是应该叫我文天还是夏主席还是念祥，我想还是叫我文天吧"。

许依桐从这一句话里分析出与文天名字有关的两个有价值线索，一个是"夏主席"，另一个是"念祥"，而不难看出，夏主席是对姓夏的一个人的职位的敬称，无疑"念祥"是这个人的名字，那么文天的真实姓名很可能就是"夏念祥"。依桐脑子里像划过一个闪电，夏念祥？这个名字好生熟悉，像是一直听说一般。他又想了一会儿，猛地脑子一震：夏念祥不是开州市委书记的名字么？而夏念祥也是夏天的父亲，他前几天还在和夏天讨论着她的父亲，这个名字他怎么能不熟悉？

依桐猛然坐了起来，但他稍稍一想，马上否决了自己的想法：世间焉有这么多巧合的事情？天下叫夏念祥的何止百千，而自己只是知道一个混出了出息的夏念祥而已，市委书记夏念祥他也从电视新闻里见到过，虽说风度翩翩，但也将军肚隆起，俨然一副政客的样子，哪里像眼前纸上这位文天文思非凡，一副典型的文人士子的模样？再说夏天和自己的年龄相差无几，那个时候估计夏念祥已经和夏天现在的母亲成婚，断然不会和南许村的这个哑巴女人有什么瓜葛。

排除了市委书记夏念祥是"文天"后，更多的疑问接踵而至：端木钰晴珍藏着这些信，无疑是想保留一番对文天的怀念，但是他们在写完这封信以后又发展成了什么关系？有情人终成眷属了么？端木钰晴后来怎么会愿意和农民胥先重生活，而且还给胥先重生了一个水儿？女人为什么在南许村装哑巴，又偏偏在最后诀别这个世间的时候才开口说话，却放着很多更重要的事情不说，单单给自己的女儿起了一个"水儿"的名字之后就撒手人寰？最重要的是，又凭什么能够确认这端木钰晴就是水儿的母亲，万一只是水儿的母亲收藏着她的好友端木钰晴的信呢……他好像一个逆风行船的船长，一个浪头打过，更多的浪头又过来，一个又一个的疑问前赴后继，依桐费尽心思想求出这些答案，但显然单靠这些信件是远远无济于事的。

他又想，假设这个端木钰晴就是水儿母亲的话，那么按照写信的年份，大都在1984年，而自己和水儿都是在1986年麦季出生的，根据村里的老人讲，女人是1985年和1986年新年之交的冬天时才来到的南许村，按照这个时间来算，这与写信的年份错了大约有一两年之久，在这一两年之内他们经历着大学生活，或者短暂的毕业生活，在一起结婚的可能性不大，而这两年之内又发生了什么事情，使端木钰晴在一个寒冷的冬天，从开州政法学院竟然来到了平素里鸟都不落脚的荒凉的齐渡河堤上？她被救了之后，怎么又心甘情愿地在南许村这个她陌生的地方居住下来，还为胥村长生了一个孩子？依桐越想越乱，他索性把最后的希望都寄托在那一沓稿纸上，那是仅存的最后的线索，要是从这些稿纸上再不能读出答案，水儿母亲的身世就永远沉于岁月的海底了。

依桐把那一沓稿纸更加小心翼翼地取出。这稿纸上面显示的是"封阳县洛宁镇南许村委办公专用"，可以确定这些纸上的字是哑巴女人写的字。依桐把稿纸上的字体与笔记本上抄写琴谱的字体对比，很明显是一个字体，一个疑问已经解除：端木钰晴就是水儿母亲的名字，而先前与文天通信的文水正是水儿母亲本人。

那些稿纸质量本就不好，经过二十年的岁月沉淀，稿纸纸页泛黄，好像一抹即刻就会散掉，只见上面的字写得还是像笔记本上那样娟秀，但是字体已经不像先前那样优雅，用的笔是铅笔和不怎么下水的圆珠笔，这很可能是在胥先重家里写东西时找不到好笔的缘故。

依桐把稿纸按照次序摊开，孰料他刚刚看了第一页的几行时，一种莫名的狂喜就袭上心来，他发现稿纸上面的文体格式正是日记格式，依桐拿着这些稿纸的手也颤抖不已。第一篇日记显示的日期是1986年1月17日。

1986年1月17日 星期五 阴转多云 酷寒

今天终于找到了些许稿纸，又从抽屉里翻检出一个铅笔头，找到它们真的就像找到一个亲人一般，又可以向你诉说了。文天，我打算给你写信，但是又上哪里找邮局呢？只好写些日记吧，但愿他日相见，能把这本日记给你看。我一想到你会看到这篇我写的东西，我写着就有无穷的动力。

念祥，你猜猜现在我和水儿在哪儿？我就在离你只有七里的地方，你想得到么？今天我就似乎感到夏水儿在我身子里动了，难道知道离你很近要出来找你么？

这一个月的遭遇真的像做梦一般，我竟然来到了这个地方。念祥，我真的无法向你诉说这几个月的遭遇。你现在一定在想我在维也纳弹琴吧？但是我却在这个陌生的小村里。对了，你还不知道有水儿吧？我已经提前给我们的孩子按照我们的约定起好了名字，叫夏水，这样的名字真的很好听。很感谢当初我们能有那个约定，也要感谢唐人赵嘏写出那首《江楼旧感》了：独上江楼思渺然，月光如水水如天……

这里没有钢琴，我现在只是寄居在一个姓胥的男人家里。我在奥地利知道了自己已经怀孕以后，无时无刻不在痛苦中煎熬，我知道在那里会轻而易举地把孩子打掉，但是我一想起这是我们两个人的孩子，我真的是一万个心疼。我回来，就是想当面问问你，孩子你想不想要？我知道水儿是我们两个的孩子，你不会不要这个小生命诞生的。当我偷偷地坐飞机回国的时候，我真的无法进我的家门。我知道只要一进家门，这孩子就必死无疑。但是我如果不离开奥地利呢？我哥哥就会时不时地从欧洲过来看我，因为我的肚子会越来越大的，他有一天一定会知道我怀孕的事情。我苦苦思索了几天几夜，终于想出了一个不是办法的办法，我向我所在的乐团请了一个长假，说我要去德国进修，我觉着一切假象被我制造得天衣无缝的时候，就飞回中国来了。

念祥，你知道么？我带着我们的水儿在天上往中国的方向飞的时候，我的眼睛看着飞机窗户外面的白云，真的很高兴，因为又能见到你了。飞机每往前飞一米，我心里的欣喜就增加几分，我知道我就会离你近一米，这样的感想是不是有点傻？当飞机上的乘务员说已经飞到了中国国土的上空时，我望着窗外的白云热泪盈眶，多么好，窗外飘着的是中国的白云，那片白云俯视着我们的大地，甚至你有可能正站在那朵云下，一仰头就能看得到这架飞机。

由于飞机场在省城，我冒着严寒回到开州之后，就直接去×××（这里有三个字不清楚，依桐分辨不出）找你。我回到开州后还买了一条围巾，用这条围巾把我的脸蒙起来，因为我害怕有人会突然认出我。家里比欧洲冷得多了，我被冻得浑身打哆嗦，尽管还穿着一件呢子大衣……（依桐看到这里忽然觉得字迹又开始不清，原来端木钰晴是用铅笔书写的，到了这里铅笔字忽然显示得甚为模糊，他费力地看，还是没有看出，这里将近有一百余字无法还原出）……我从里面出来后，感觉整个天都塌了，你竟然已经结婚了！我想到过你会屈服，但是我没想到你会这么快屈服！

怎么办？该怎么办？我一次次地问自己。他们说你虽然工作还在这里，但是在市里还没有解决住房问题，你和妻子都住在老家。我坐着飞机不远万里回来找你，就是想告诉你水儿的事情，我想你一定会很开心，我想我能为了你放弃在欧洲的事业，你一定能为了我放弃你旧日的婚约。只要我们在一起，我真的觉得任何困难都不叫困难，哪怕我的父亲阻碍！（写到这里字迹忽然变得有些慌乱）我先不写了，念祥，那个男人又回来了，还从外面带回来一个人，看样子是想在这喝酒的意思，我还得下厨房做饭，等明天我再写啊！

第一篇日记到了这里就戛然而止。依桐惊心动魄地读完，才发现自己浑身已经被汗水湿透。依桐读到了他这一生最为扣人心弦的东西，有时候真想放下日记纵声长啸一番，他震惊无比，简直不敢相信这上面所写的是真的。自出生以来他就认为——而且所有人都认为水儿是先重叔的闺女，但是这篇日记无疑显示：水儿是这个女人来到南许村之前就怀上了。这个女人好像还在欧洲的奥地利，但是突然发现了自己怀孕，而且从信中不难看出来，怀的正是这个叫做"念祥"的人的孩子，她不顾一切地回来，就是想为他生下这个孩子，为的他们在一起。

依桐读高一、高二时候读过很多台湾的三流言情小说，大都是这个情节：父母反对，女儿怀孕与心上人私奔，而且信中也显示了这个端木钰晴的父亲好像反对女儿和这个叫做念祥的人在一起，没想到这种奇事真真

369

切切地发生在自己身边了。依桐又回忆了一下，端木钰晴是1985年11月底才来到南许村的，又在南许村住到1986年5月末才生下了水儿，在这中间有着6个月的时间，有句话叫做"十月怀胎，一朝分娩"，那么按照常理推算，他们在一起的时候最迟应该在1985年7月份左右，而他们在一起的时候很显然念祥还没有结婚，因为信中显示端木钰晴出国的时候还不知道他结婚，这中间只有短短4个月的时间，这个对端木钰晴很痴情的夏念祥怎么会结婚这么快？既然两个人明知道不能在一起，在端木钰晴去欧洲之前，又怎么会有了床笫之欢进而导致端木钰晴怀孕？信件中还有一处有三个字显示不清楚，信里说"从▢▢▢里面出来之后"才知道这个念祥结婚了，那么这三个字无疑是念祥的工作单位，但是叫三个字的工作单位太多了，比如"财政局""公安局"，又如何分辨？信中第一自然段有一句话，引起了依桐最强烈的注意："念祥，你猜猜现在我和水儿在哪儿？我就在离你只有七里的地方……"

信中显示，夏念祥所在的地方离此时端木钰晴所在的地方很近，甚至"只有七里"，而端木钰晴此时所在的一定是南许村，那么夏念祥所在的地方就是距离南许村七里的地方，那是哪里？依桐把信放在一旁，把头仰在床辕上，长出一口气，在脑子里面建立一个空间概念，把距离南许村方圆七里的地方想了一个遍：南许村北面七里处是梦桥村，梦桥村只有三四百人，比南许村还小，可能性不大；东北七里处是一处发电厂，那里不住人；西面七里处是一个叫做七里岗的村镇，七里岗是一个大寨，极有可能；西南七里处没有任何村庄，是一望无垠的麦田；往南七里的地方是洛宁镇南面的丁塔村，而东南七里处则是夏桥村，东面七里处又没有村庄，而东北七里处则是一座齐渡河上的木桥。他的脑子像一个指向标一样，把南许村方圆七里以外的地方从脑中过了一遍，从这些地方中他真的想不出这个夏念祥所在何处？

他正在呆呆地想的时候，忽然脑子里面响了一声炸雷，他又一次坐起来，因为他猛然发现刚才自己想过去的村庄里面有夏桥村，他刚才想的时候不甚在意，但此刻猛地在意起来。夏念祥？夏桥村！市委书记夏念祥的老家不就是夏桥村么？他打小就听无数人讲：夏桥村出了建镇以来第一个大学生夏念祥，而夏桥村则距离南许村七里，莫非……接下来依桐都不敢去想。就在半个小时之前，他甚至想到过市委书记夏念祥就是文天，但是他很快把自己否决了，因为那样太过巧合，但此刻市委书记夏念祥又作为重大的嫌疑人出现在依桐脑海里。他出生之前夏桥村的夏念祥已经考上了大学，那个时候全镇人只有他一个大学生，而夏念祥是不是在开州政法学院上的大学？这依桐倒没有听说，但他此刻脑中反反复复出现的就是电视新闻上他看到过的那个发福的市委书记的模样，要是夏念祥真是信上所写的夏念祥，那么水儿的父亲莫非就是他？

依桐又出了一身冷汗，如果这种假设成立的话，从开州转学回来的夏天和水儿岂不是同父异母的姐妹？而就连从小就虐待水儿的夏桂花也成了水儿的姑姑，因为夏桂花与夏念祥是堂兄妹关系。自己说服自己相信这个假设，果然便有一连串更多的嫌疑袭来：他自从见到夏天那天起，就觉得夏天与水儿有点相像。此刻依桐似乎能解释为什么他见到夏天之后有着见到水儿的微妙错觉了。依桐激动得心战栗。他为自己这个假设而欣喜，而剩下的就是为这种假设寻找证据使之成立。

但是还有一个重大问题没有解决，那就是端木钰晴是谁？她来自哪里？这是最关键的。信中显示水儿的母亲是从维也纳的一个乐团回来的，这说明端木钰晴是去那里学习音乐，而前面文天给文水的信中也频频提到过钢琴问题，看来文水一定会弹钢琴，甚至这个笔记本还是通过钢琴比赛才获得。

信中有一句也提到了她的父亲："父亲用了无数金钱和关系把我送到国外，就是想让我奔个好的前程……"20世纪80年代初期就有人有如此眼光和如此巨财，在开州市真可谓屈指可数。依桐只想马上见到夏天，当面问她父亲大学是在哪里上的，只要答案是开州政法学院，问题基本上就可以迎刃而解。依桐思考了一会儿，觉得面前的云雾散去了一些，他忙摊开下一页稿纸，来看端木钰晴所写的第二篇日记。这篇日记写自1986年1月26日，与上一次写日记间隔了9天。

1986年1月26日 星期日 小雪 酷寒
这么多天我真不知道忙什么，天天混混沌沌地过，也找不到一次可以写信的机会。上一次写日记用的铅笔找不到了，今天用的这个笔是我从抽屉的一角翻出来的。现在姓胥的那个男人出去了，他是村长，总是要开一些莫名其妙的会。我趁着这个机会来跟你说说话。真的有点想你了。上一次写的日记我给你说了我的遭遇，但是没有说完，我会在今天的日记里补给你的。

今天我看见了一本小日历，翻了翻，竟然是农历腊月十七了。文天，你这些天好么？和你新婚的妻子相处愉快么？我这样问是不是让你听着有点不舒服？但是我真是出自内心的。只要你过得好，我就过得好。一开始我真的对这里的气候和水土不适应，但是我一想到你就是在这样的环境中长大的，我心里就会踏实许多。没人的时候，我就和肚子里面我们的水儿说话，告诉她我们是在她爸爸的家乡生活，她好像还很开心呢。

来这里已经一个多月了，似乎有些习惯这里的生活。我对自己说：端木钰晴，你要战胜你自己，不为别的，就为肚子里面那个嗷嗷待哺的小生命，她不应该还没出生就被这世俗扼杀她生存的权力。文天，未来有一天，你也会为我这个选择骄傲的，不是么？

前天晚上发生了一件事，真的让我有种末世的感觉，那个时候我真的想到我快要死了。自从来到这里那个姓胥的村长一直对我很好，也很有礼貌，他想着我是个"哑巴"，就总是和我絮叨一些他们村子里的琐事，说他的村长怎么难当，他知道我不会说出去。但是前天晚上他从外面喝酒回来，忽然进了我的屋子（自从我来之后他就睡了西屋），像条恶狗一样向我扑过来，想褪掉我的衣服，念祥，那一刻我想到的就是你，我觉得你就在我身后，我拼命地闪躲，甚至用嘴去咬他的手，用脚蹬他，就在他把我赶到墙角我无路可退的时候，他忽然醒转过来，猛地停手，跪倒在我的面前，说他刚才喝醉了，让我原谅他，以后再也不会这个样子了，他一直用他的手打他自己的脸。那一刻我原谅了他，他是个好人，再说要没有他的收留，我真的不知道我和水儿该寄身何处。他到最后把我的床给我铺好，就去西屋睡了。我久久没有睡着，我从枕头下面摸出了你以前写给我的信，想着你抱着那些信默默地哭了，我想着要是你没有结婚该多好！要是你能在我和水儿身边该多好！

这里真冷，我找了一块小木板，把稿纸铺在上面，坐在床上，写一会儿手就冻得麻木了，我还得把手放进被窝里暖暖。我现在往门外望望，外面正下小雪呢。听姓胥的那个村长说，这里已经三个月没有下雨了，这个时候下雪，真的是一场好雪。雪花好像盐一样，哗哗地洒下来，真的是好看，外面院墙上还竖着许多玉米秸，这些玉米秸上面落满了薄薄一层雪，风一吹就哗哗地响。这个时候你在干什么呢？在去开州的路上么？不会淋了吧？带伞了么？上一次的日记写到那个地方就没有写完，下面我接着写：

那天我在开州徘徊了半天，终于还是想见见你，于是我想起了你的老家，你跟我说过你的老家，我还记得。我就冒着严寒去开州车站，终于找到了一辆去封阳县的车，天色已不早，那是最后一辆车。上面人可真多，都是你们县城来开州办事的乡亲，我连个位子也没有找到，只好在人群里面站着。我看到整个车厢里的人都用异样的眼光看我，他们似乎没有见过一个女的这样打扮吧？我才知道我的穿着太不像本地人了，我身上的大衣还是在奥地利的时候买的。车厢里还有几个年轻人对我指指点点，当时我万万没有想到他们大约看出我是一个有钱人，在快到封阳县城车站时候，他们紧贴着我下了车，我当时没有在意，当我到了封阳车站的时候才发现，我的包被割了一条长长的口子，我的钱包还有护照等都被那几个人偷走了。我真的是欲哭无泪，那里面可是有着我的全部家当——我回国的时候就知道这次可能需要一点时间，就带来了足够我花销三年的钱，但是这一次彻底没有了，连回欧洲的护照也找不回来了。不过幸福的是，我们相互倾诉的信还在我的大衣兜里，就像你依在我身边一样。

我丢掉了被割坏的包，无奈地在车站徘徊。我身上一分钱都没有，我看见西面的夕阳已经很暗淡，时候已经不早了，我心里惶恐得很，我在县城车站上转了一会儿，没有发现去洛宁镇的公交车。我不知道该往哪里去。以前有钱的话我还可以找个旅馆住上一夜，但是现在我身上没有一分钱，真的陷入绝地。我从小到大都没有遇见过这种情况。这时候遇见了一个好心人——一个50岁左右的老头儿，他赶着一辆牛车经过这里，牛车上装满了青菜，他是来县城里的市场上拉菜的。他看我在车站里徘徊，就停下车说这个时候没有车了，问我去哪儿，我说出了你村庄的名字，这个老头儿就说他家是七里岗村的，离你的村庄有十来里的路，可以捎上我一程。我说我不知道七里岗村在哪儿，也不识路，那个老头儿就说放心吧，他把我拉到那个路口我就下车，到时候给我指点一条路，我沿着那条路走，就能走到那个我要去的村庄。我心里想真是太感谢他了，我感到这个世界是好人与坏人共存的世界，坏人刚一给我们失望，好人就会给我们希望。

那天可真是冷啊！我中午知道你结婚的消息，难过得也没有在开州吃饭，这个时候已经是下午五点多钟了，我坐在满是青菜的牛车上，出了封阳县城沿着一条土路向南走，这是我第一次坐牛车，在牛车上感到四面透风，风一吹我就冻得浑身颤抖，我还感到了饥饿，有点头晕，在车上真的有种行将死去的感觉。你也知道，深冬里天一黑天气就变得森冷，我刚从气候温暖的欧洲回来，穿得也很单薄，但是我一想起要去的地方是有你的地方，浑身上下都感到温热。那个老头一路上不停地和我说着话，不时地用手里的鞭子抽打着前面的那头牛，那头牛可真可怜。我看着西边惨红的落日，它在麦田上面悬着，好像随时都想落下去，我多么希望那落日不要落下去，最起码在我找到你之前别落，我不想让黑暗来到。那个老头儿赶着牛好像夸父一样，在追逐着西面的落日。

牛车在土路上颠簸了一个多小时才走到一个大堤口，天色已经完全暗淡了下来，还刮着呜呜的北风，幸亏还有一轮月亮，那天的月亮可真圆，但是洒下来的月光却清冷得很。那个老头儿从牛车上跳下来，指着月光下的那条大堤对我说："闺女，你就沿着这大堤往东走，就能找到夏桥村了！"（依桐看到这里猛然一震，此处第一次出现了端木钰晴要去的村庄名字，果然是夏桥村）我当时已经冷得浑身颤抖，神志有点晕厥，但还是向那个好心的老头儿说了一声谢谢，然后从牛车上下来，迈着沉重的双腿向东面的大堤走去。

我感到××××××××（因为是铅笔书写，此处又有一大段话显得模糊不清，依桐只好先隔开，大约一百多字后，字迹又逐渐恢复）那条大堤上遮天蔽月的都是桐树，我第一次见到这么多的桐树，那些桐树都十分粗大，从枝叶的缝隙中筛下来许多月光，月光让这一条土路显得很是斑驳，我就沿着这条大堤向东走，直直地走。北风越来越大，月光这么好，还刮着这么大的北风，可真是一个奇怪的天气。我路过了一片更为茂密的桐林，粗大的桐树两个人都抱不过来，这些桐树把桐树脚下遮蔽得一片漆黑，合围成另一片天地。我走过这一段大堤时，心里还有些害怕，因为这些桐树把月光也遮挡住了，路上一片黑暗，我还听到了几声凄厉的猫头鹰叫。×××（有几个字不清晰）我感到越来越头晕，我摸了一下自己的额头，烫得厉害，可能受了风寒。我又冷又饿，拖着冻得麻木的腿向前走。慢慢地，我感到面前的月光越来越白，越来越朦胧，我的腿越来越沉，等过了那一片茂密的林子，大堤上就恢复了月光的白，我感到越来越难受，北风这个时候却更加猛烈了，每吹一下，我都感到快要把我吹得倒下去。我不知道走了多久，也不知道走到什么地方，只隐隐约约地看到大堤下有几个黑色的村庄，我不知道该在哪里下大堤，我只感到难受，眼前一片蒙眬，从内往外出不来气，忽然又一阵更大的北风吹来，我眼前一黑，倒在了路边。

我当时真的感到自己快要死了，真的有这样一种错觉，我不知道昏睡了多长时间，浑身上下没有一丝知觉……

（依桐看到这里明显感到了字迹变得潦草，似乎写的时候又是慌乱）我先不写了啊！念祥，我听到了门响，似乎那个男人又回来了。我明天会接着写的。等着我。

56

依桐终于读到了他见过的最好的"小说"，短短两篇日记，端木钰晴用平缓的文笔娓娓道来，一举消释了依桐心头无数的谜团，基本上可以窥看了二十年前那惊心动魄的一幕。他把信合上，不忍卒读，仰面躺在床上，逐渐把刚才的线索捋顺，越来越觉得清晰无比：现在的市委书记夏念祥很有可能是水儿的亲生父亲，而胥先重则只是养父而已。依桐从内心里开始佩服胥先重了，正是由于他的保守秘密，既为自己保留了作为男人的面子，也使水儿在南许村得到了应有的尊重。

依桐心里起了巨大的波澜：如果水儿是夏念祥的女儿，夏天，夏水，这竟然是一对姐妹，一个是众星捧出的月，一个则是在野外遭受栉风沐雨的草芥！水儿这二十年受了多么大的委屈！她本应该有她的生活，而她却困在了一个叫做南许村的小村庄里，受着后母的虐待，每天干着千篇一律的活计，甚至连上学的权利也被无情地剥夺了。依桐双眼含泪，拿着这些信件的手也禁不住颤抖起来，短短几个小时，这些信件好像把他带到了另一个难以置信的世界，在他眼中的水儿已经翻转成另一副模样。端木钰晴、夏念祥、水儿、夏天一个又一个的名字在心中翻转。在混乱的思维中，百忙之中他看了一眼墙上的钟表，已经是凌晨2点25分了。

同一时间，距县城五十里的南许村也在下弦月的照耀下沉沉睡熟，但是水儿这时候却没有睡着，她也看了看墙上的钟表，再过四五个小时，似乎嫁车就要开来了。窗外只有虫儿轻鸣，残月倒挂，桐树影和槐树影在风里相对舞蹈，通过窗户向她的耳边送来风吹过树梢的"哗哗"响声，这是她在南许村的最后一个夜了。她想：今天是依桐哥高考的第一天，他这一夜睡得好么？会不会因为激动而像自己这样失眠呢？

今夜，当水儿为自己的境遇无限悲伤时，依桐却为发现了水儿的身世无限喜悦，在他眼中，明日要不是高考，就算有天大的事情，他也会飞奔回去告诉水儿这一伟大的发现。依桐下定决心，一定要把端木钰晴的身世考证出来。他当下又拿出了端木钰晴的第三篇写在南许村的日记，小心翼翼地把那泛黄的稿纸摊在灯下，大约是因为放在中间的缘故，这篇日记的字显得相对清楚，依桐忙字斟句酌地读起来。

1986年2月9日 星期六 晴

念祥，这几天我没有写东西给你看，是因为这里要过年。农村过年要比城市过年讲究得多，从腊月二十三开始每一天都有事情做，否则明年就不会吉利的。今天我剁了一上午的饺子馅，又包了一下午饺子，胥村长还贴了门联。今年的大年三十下午你是怎么过的呢？以后见了我可要好好给我说一下。

今天天气晴朗，我在院中抽空看了看天。天空真是湛蓝，就像青花瓷碗的碗底一样，在蓝得透底的天上还镶嵌着几朵云山，那云山真是漂亮，虽说是大年三十，但是这里却能看到夏天才看到的云，那朵云山就好像一座巍峨的真山，舒卷着一番白璧般的无瑕，就好像在蓝天上开了一朵巨大的棉花。我突发奇想，真想找到一根长棍，举到天上，把那团棉花糖一样的云挑落下来，那该多么好！我真的想摸摸那片云，哪怕只有一秒钟也成。下午我看天的时候，不由想起了李清照的那首《清平乐》，现在我还能把它背写下来：

年年雪里，常插梅花醉。挼尽梅花无好意，赢得满衣清泪。今年海角天涯，萧萧两鬓生华。看取晚来风势，故应难看梅花。

在这样一个孤村，我真的找不到任何与文学、音乐相关的东西，但是我却发现这里的景物很唯美，天天飘落下巨大的黄叶，日日都有血红晚霞在枯枝后隐没，有时一直看着万千枯枝交错后的天空中那轮夕阳逐渐逝去，我都忍不住眼含热泪。多么好！

每一夜醒来，我都像做梦一样。我在维也纳的时候，有时候半夜忽然醒来的时候，也总是会产生一种错觉，会以为自己还在开州的我们的学校之内，但是我如今在这个村庄，还总是觉得在我们的学校之内，这又是为什么呢？

最近脑子里面浮生上来许多以前背诵的诗词，因为找不到一个人来聊文学，我只能把我的感想写给你了，此所谓《红楼梦》里的"诉衷肠"一折也。梦醒的时候，总会想起宋朝的朱敦儒的《一落索》，我总是把它戏读成"一啰嗦"的，我觉得古代人真的很伟大，他们总是把一些千古相通的感情抢先写了去：

一夜雨声连晓，青灯相照。旧时情绪此时心，花不见，人空老。可惜春光闲了，阴多晴少。江南江北水连云，问何处，寻芳草。

如今又到何处让我寻芳草如你呢？此时是夜里，胥村长出去了，村庄里面响着零零落落的鞭炮声，到处都静得很，桌上的一盏煤油灯发散着光辉，那些火红的火苗跳跃着，把周围照得很是祥和。念祥，你此时在干什么呢？吃到团圆饭了么？

我身体弱得很，来到这里总是有些病。这个村庄竟然连一个卫生室都没有，要是看病还得到镇上去。这里的人有病了都是硬扛着，实在不行了就到镇上随便包些便宜的药。他们真的生活得很辛苦。前些天我受了风寒，一直发烧，胥村长就到镇上给我买了些药，我接过那些药一看，差点哭出来，你猜猜为什么？那些药竟然是我们端木药业的药厂生产的。我看着这些药物的包装，想着我的父亲，禁不住流泪了。可能他万万没有想到，自己厂子里生产的几盒普普通通的药竟然被他远在"欧洲"的女儿吃到了（依桐读到此处心中一紧）。

上次的日记写到了我在大堤上晕倒，就因为有事没有写下去，你肯定很担心。今晚是除夕之夜，我有的是时间，就让我就着这如豆的灯光，听着窗外的鞭炮声接着写吧：

等我醒来之后，我发现身边围着很多人，我已经被这个叫做南许村

377

的地方的人救到了胥村长的家里,他们给我找了许多许多火盆。当我的身体恢复过来以后,我还是想不顾一切地去夏桥村找你,但是他们问我许多话,我怕泄露了我的身份,所以就是不说话,谁知道这个时候有人忽然指着我对别人说"这可能是一个哑巴",我忽然灵机一动,将计就计,哑巴就哑巴吧,这个年代还有什么能比做哑巴不说话更安全呢。于是我就故意装作哑巴的样子。他们对我很好,特别是胥村长,他甚至有收留我的意思。我一开始很排斥,我回来只是为了寻你,但是我冷静下来仔细一想,就慢慢地改变了主意。那天在市政府有人对我说你现在正准备在组织部里往上调,是你政审的关键时期,我要是在这个时候出现,一定会影响你的形象的。我想反正我现在欧洲也回不去,开州的家更是不能回,如果走上面两条路中任意一条的话,水儿就会没命,我不如在这里留下来,先把孩子生下来再说。等孩子生下来之后,再在这个地方待三个月,等水儿的小身体无大碍,我就会带着她再回欧洲,到时候如果哥哥再问我,我就说是别人寄养的孩子,他知道我喜欢孩子,这样我既拥有了水儿,也能保证让我哥哥不怀疑。

我要把我们的水儿平平安安地生下来,让她降临这个世间。等离开了南许村回到欧洲,以后我就会教会她弹琴,那个时候她的琴艺一定会超过我的,一定是一个小端木钰晴。等到她长到七八岁时,我要带着她游历欧洲的阿尔卑斯山,去安徒生的老家丹麦走走,也会去伦敦的牛津、剑桥。当然,我更多地是带着水儿回国,让她看看祖国的大好山河,去云南古城,去抚仙湖,去与天堂接近的青藏高原和纳木错,也去云雾缭绕的黄山,广袤无垠的内蒙古大草原,凡是这个世界上能够给人美的东西我都要带着她看一遍。当然,我也会让她回夏桥村,看看一望无际的麦田,更要见见你,让她知道她有一个文采飞扬的父亲,我想那个时候她一定会很为你而骄傲的。

念祥,这些都是我的计划,我的梦想,我觉得如果天遂人愿的话,一切都会实现的,放心。我们都要好好活着,好好活着才是体会一切幸福的前提。你说是么?

以后我一有空闲就会给你写日记的。不管这个世界怎样地与我们作对,让我们有情人不能成眷属,只要我们心在一起,一切都是无关紧要的。

先写到这里吧,时候差不多了,胥村长也快回来了。在这里感到枯寂和难受的时候，我都会背那首《小爱人》的词，我记得我给你弹过那首曲子，不知道你还记不记得。我真的想给你再默写一遍那首曲词，每每默写一遍我心里就安详很多：

当你唱着歌
走在海面上
白莲花与晚霞一起绽放
……

这篇日记就写到这里，依桐含着眼泪读完，仰起头，用手抹去渗出的几滴眼泪，久久不语。命运和水儿开了多么惨烈的一个玩笑，假如没有1986年的那场大雨，假如说1986年南许村有哪怕一点医疗设施，现在的水儿就有可能端坐在维也纳的教堂中弹着唯美的钢琴。她就好像一块美玉，诞生在了岑寂的山坳，日日上面站上的都是无名的野鸟，月月接受的都是枯寂且清冷的月光和霍然而降的村雨，埋没于斯，终不可为世人闻。他这个时候才知道，水儿在1986年失去的不仅是母亲，还有她自己，这个世界上最懂她的只能是她的母亲，能够给她提供一切可以实现她才华的条件的也只能是她的母亲，母亲给了她生命，也可以给她活着的方式和资本，而如今的水儿，连上学的权利都被剥夺了。这篇日记里还提供了一个重要线索，引起了依桐的注意，这对解读端木钰晴的身份具有决定性意义：

前些天我受了风寒，一直发烧，胥村长就到镇上给我买了些药，我接过那些药一看，差点哭出来，你猜猜为什么？那些药竟然是我们端木药业的药厂生产的。我看着这些药物的包装，想着我的父亲，禁不住流泪了。可能他万万没有想到，自己厂子里生产的几盒普普通通的药竟然被他远在"欧洲"的女儿吃到了。

端木药业这个企业依桐岂会不知？这个药厂虽说其总部已经迁移到了北京，但是其生产基地还在开州，老板端木村更是开州地区唯一一个上了全国富豪榜的企业家。这一段话引起了依桐的联想：为什么端木钰晴称这药是"我们端木药业的药厂"生产的呢？她还说会想起她的父亲，她的父亲？

端木钰晴？端木村？都是端木！莫非……端木钰晴是端木村的……依桐心乱如麻，不敢想象下去，今天晚上他一次又一次地突破自己的想象极限！

依桐再次从床上坐了起来，他想假如端木钰晴真是端木村的女儿的话，那么先前出自贫窭农家的学子夏念祥，就和当时就是开州第一首富的端木家是门不当户不对了，这样才和先前的读到的"父亲反对"的片段组成一个合乎逻辑的故事。如果刚才的假设真能够成立的话，那么就可以导出一个结果：一个人的父亲既然是开州市委书记，外公是享誉全国的大企业家，那么如何才能将这样一个身份与和自己一起长大的楚楚可怜的先重叔的女儿水儿联系在一起？

依桐一时间有点六神无主，他又注意到了这篇日记最后引用了一首诗歌，那首诗歌依桐怎么会不熟悉？他自从那天从夏天处抄来后，基本上每一天都要读上几遍，夏天告诉依桐说那是一首诗歌，而端木钰晴在日记中却说这是一首歌词，而且这首曲子她还给夏念祥弹过，可见夏天可能是误记。依桐又想起夏天说这首诗是父亲在她小的时候教给她的，可见夏念祥也知道这首《小爱人》，这就更加佐证了现在的市委书记夏念祥就是与端木钰晴谈恋爱的夏念祥。

依桐兴奋地想着，看了看墙上的钟表，已经显示5：35了。新一天的黎明即将突围出东方黑暗，向这个世间再次布散烈烈朝晖，宣告新的一天的诞生。依桐似乎觉得今天有什么事情要做，他头脑昏沉地握着女人的日记想了半天，终于想起来了：今天高考！

黎明到来的时候，一辆接水儿去盘头和穿婚纱的车也驶出南许村。水儿独自坐在后排，而来接水儿的夏桥村的几个小伙子则坐在前面。车窗外招摇着已经泛着杏黄色的麦田，千千万万的麦穗在金黄色的朝霞中低着头。水儿默默地看着窗外，她并不知道这次盘头去什么地方，她以为是去镇上。车子出了洛宁镇，继续向前狂奔，水儿这才意识到不是去镇上，她刚想问这是去哪儿，只听坐在前面的那几个小伙子闲聊，其中一个说："这东华结婚可真是阔气，我想咱全镇有这样规模的还真是找不到第二家。"另一个说："这年头只要有钱，啥事都能办成。我听说今天中午光轿车就十来辆，帅气得很哪！"另一个点头说："今天咱们出村的时候，已经来七八辆了。"……

水儿听着他们的议论，看着车窗外的风景，这个时候似乎才有点明白,这次走的路和她上次进城走的路一样,这次盘头去的地方一定是县城。她忽然想起同样在县城的依桐哥,自然得好像车窗外刮过的风。

57

车子开到了城湖畔,在一个叫做"倾城之恋"的婚庆店的门前停了下来,因为已经预约好,所以在很短时间内,几个迎宾小姐就领着水儿来到了展出着若干件婚纱的柜台前,让她来挑相中的婚纱。水儿哪里有心情挑这种东西?在她心中这就相当于囚衣。她木讷地站在柜台前,那个笑靥如花的迎宾小姐就自作主张给她选了一款,领着她到更衣间,在那里换上了洁白的婚纱,紧接着就来到了理发台前,几个理发师正严阵以待,吹风机、剪刀、啫喱水……只听电吹风呜呜地响着,只听理发师不停地赞叹着,水儿默然无语地接受着一系列流程。等一切大功告成的时候,已经是上午八点了。

当水儿穿着洁白的婚纱,上了淡淡的妆,走下理发台时,婚庆店所有的工作人员都惊呆了,有一个年轻的理发师只顾看她,剪子还不由得掉落在地。婚庆店的女老板刚好从店外回来,她看到水儿后当机立断,马上招呼摄影师带着水儿免费照几张相,作为以后婚庆店的宣传照。那摄影师抓住相机从各个角度给水儿猛拍。他还要求这个美得惊人的新娘在照相的时候笑笑,但是水儿就是笑不出。他只好就拍一副冷美人的样子。等水儿出了婚庆店,那个女老板马上责成摄影师今天洗出放大,明天就作为宣传相片展出,把以前那个拍得不温不火的照片换下。

几个开车来送水儿化妆的夏桥村的小伙子也算开了眼,他们面面相觑,以一种惊若天人的眼光看着水儿穿着婚纱进入车内。开车的那个小伙子不停地从反光镜中看身后那个美丽的新娘,车发动几回都没有发动响。一车人没有一人敢作声,心中都酸酸地骂东华那小子好福气,娶了一个天仙。

过了许久车子才发动,开始驶入县城的主干道。车内,穿着洁白的婚纱的水儿在车窗内着急地向外望,她在着急地寻找依桐,她希望能从窗外闪过的学生中看见依桐。她几乎是贴在车窗上,这个动作让前面一直偷看她的几个小伙子暗暗有点纳闷儿，不知道这个先前还温柔如水的美丽新娘这么焦急地要做什么。正在行驶间，水儿忽然感到车慢慢停了下来，她忙转过头向前看，只见前面围满了人，因为县一中门口站满了送考生的家长和车辆，所以校门口一时拥堵，车子一时半会儿过不去。周围站满了不少荷枪实弹的交警和武警，他们在维持秩序。

　　水儿心中暗自庆幸，但愿这车永远堵下去。水儿依旧贴在车窗上，用力向外搜寻着。只见县一中门口聚满了人，有的学生拿着准考证还在向送他的家长垂泪，那家长正抚摸其肩膀以示安慰鼓励；有的考生则手持准考证站在警戒线前摆造型，旁边的家长正拿着相机拍下以示留念。武警站在警戒线处，杀气腾腾地堵截着每一个想要往里进的家长。在旁边开了一个小口，许多考生拿着准考证正从那里鱼贯而入。水儿用那双乌溜溜的眼睛通过车窗，用力地盯着那个入口。

　　这时忽然听见校门口处喇叭齐鸣，原来刚刚开过来的一队交警把交通疏通了，车辆开始纡徐地向前驶去。她随着车子的慢慢移动，还是扭过脖子去费力地看校门口，那个小口处还是有着长长的考生队伍往里进。车子还在慢慢前行，似乎离校门口越来越远。水儿失望的泪水又开始蓄满眼睛，她恐怕看不清校门口，忙用手抹去眼里那晶莹的泪。就在抹去泪水的这一瞬间，她猛然看见校门口有四个男生正在并排往前走着，他们手中都拿着准考证，而左边第二个穿着黑色T恤的那个正是她夙夜想要见到的依桐哥。二十年来，她无数次受了委屈后都会冲着他的身影叫他，而他都会回过头来，以最快的速度赶到她的身边，保护她不受伤害。水儿终于大声地哭出声来，她这个时候爆发了惊人的力量，开始冲着窗外嘶哑着声音大声地叫：'依桐哥！我……在这儿！我在这儿！依桐……哥！'

　　她发疯一样地晃着车窗，哭着喊着"依桐哥"，她拼却全身的力气，想把那车窗打开。这是她此生第二次坐车，她不知道怎样打开，她的手胡乱在车门和车窗上抠着，甚至指甲处还抠出了血迹，可是她还是执着地透过车窗向外望，她希望在校门口的依桐能够听到她的呼唤回过头来，她知道那是自己最后的呼唤！不料那车窗怎么也打不开，水儿又哭着晃动车门，对前面几个小伙哭着喊："求求你们把车门给我打开，把车门给我打开，求求你们，我求求你们！"前面那几个目瞪口呆的小伙子一时间不知道发生了什么，用惊恐的眼睛看着穿着洁白婚纱的圣洁的她，一时间他们不知道这车门是该开还是不该开。

就在这一瞬间，尽管隔着车水马龙，尽管到处都无比的喧噪，依桐似乎还是听到了那声无比熟悉的、令他朝思暮想的叫声。当时他正把手里的准考证交给一个武警审阅，他转过头来，眼光越过无数人的头顶和车辆向水儿所在的那辆车附近看来，大约因为一夜没有睡的缘故，他在眼镜后面的眼睛眯起来，看着远方极力搜寻着，像搜寻茫茫桐林里的一片桐叶，像儿时他和水儿坐在桐树上，向着高空搜寻着极目处飞翔的凤凰……

就在他费力看的时候，面前那武警已经检查完他的准考证，对他挥挥手，似乎在提醒他进考场，后面的考生也迫不及待，催促他快一点。100米外，水儿还在大声地扒着车窗，哭泣着叫着，但是依桐似乎没有看到什么，他只看到了无数车辆和无数人头，他的眼光最终还是从水儿车辆附近无力地收回。他转过头来，听到武警提醒他入考场，他对着那武警笑了一下，很轻松地从武警手中接过准考证，又迟疑地回头向外面看了一眼，才转身走入考场。紧接着的后面依旧是冗长的队伍，那些考生往里面走着，走着，似乎永无止境地走着……

依桐来到了考场外。考场门口有两个监考老师正提着一个仪器在考生身上进行扫描，以确定无手机等作弊工具。队伍游走得很快，不一会儿就排到了依桐，那监考老师手拿仪器，从他头顶到脚跟上下扫描了一遍，依桐感到心里发毛，忽然那黑色的家伙在经过他的肚皮的时候"滴滴"声大作，提示有意外情况发生，那监考老师示意依桐掀开腰间看看，见只是一个铁质的皮带头让仪器产生了反射效应，那监考老师忙示意他进去。

考场中的考生大都面色凝重，好像等待上绞刑架的死刑犯一般，前面有个黄头发的女生腿部在桌下还兀自在发抖，显然是无比激动。等考生坐满了整个考场，那两个监考老师也走了进来，开始拿着一张贴满所有考生照片的纸逐个核对，监考老师的表情像参加追悼会一般，沉痛无比地面对每一个考生，一时间考场中静得掉根头发都能听得见。就在监考老师核对照片之时，忽然前面有个女生举手，说要去卫生间，一有牵头者，考场中顿时有4个考生群起而应。那女监考嘴里嘟哝着说："非要憋到这时候！"于是率领那4个女生去卫生间。

等核对完考生身份，那个监考老师在前台站定，用一成不变的目光打量着整个考场，继续人为地制造一种恐怖气氛。这时忽然从前门进来一个

383

肥胖的巡考，那巡考脖子上悬挂着证件，枣红色眼镜后面一双小眼忽闪不已。按照一个官员的职位大都和将军肚的大小成正比的真理，此君的职位看来不小，从考场前门进来时人还未进来，肚子就已经先一步进来。他脸上荡漾着作为监督人员的神圣感，甫一进入考场，先用一种幸灾乐祸的微笑面对着觳觫不已的考生，如得胜的公鸡一样，接着在考场中咔咔阔步走了一圈，最后踱到讲台上，挺起那可以直接进入妇产科的肚子，向台下用一种威严的语气说道："这是高考现场，我不说大家也知道这次考试是怎样的神圣！大家苦读了这么多年，我不希望你们因为一些小事而把前途毁在了今天，我提醒大家，今天务必要遵守考场纪律，我们第三教学楼附近的这一片考场是模范考场，上午可能有市领导下来检查，我希望诸位都不要犯什么差错，否则谁都吃罪不起。"这位巡考说完，就挺着肚子向考场门口踱去，这次换做是肚子先出去，人再消失不见。

卷子刚刚发下来，便听考场中"扑通"一声，依桐忙抬头去看，只见第三排的一个女生已经晕倒，那监考老师好像早经历过此事，处变不惊，马上掏出手机向楼下指挥部汇报，不一会儿就招来了在楼下待命的救护人员，他们七手八脚地把那昏倒女生抬了出去。依桐心里一面悲哀这个女生多年的辛苦付之一炬，一面开始战战兢兢地对付将至的难题。

第一题是辨别读音，依桐看了半天却发现头脑中昏沉一片，脑中翻来覆去的还是昨天日记中的内容，睁眼闭眼都是水儿的样子。他头发昏，竭力想把思维转移到答题上来，但是每次都失败！端木钰晴、夏念祥、水儿、夏天，一个个名字在心中打架作结，他甚至在做到阅读短文这一题时还在推敲着女人日记中的情节，还在想着下面的日记中女人又会写些什么。依桐好不容易写到了作文，他脑中不由自主出现的都是夏念祥的信中那些文采飞扬的话，也想着端木钰晴近乎平淡但却唯美的文笔，他在作文中甚至还不由自主地引用了一些那里面的句子。依桐满头大汗，写着卷子的时候好像在遭受酷刑，心同时又想着告诉不告诉水儿那件事。告诉水儿的身世么？什么时候告诉她合适？告诉夏天么？

在一片无法自已的晕眩中，在笔尖的走动中，他忽然又想起水儿，他不知道为什么想起她心中便生起一种巨大的悲伤。他听到了旁边考生沙沙的书写声，他听到了忽远忽近的监考老师的踱步声，他用左手时不时地握住脖子上他和水儿成对的那条项链，一遍遍地在心中呼唤："水儿我在为你坚持！"他右手攥着笔好像在攥着自己和水儿的命运，他竭尽十来年的所学拼命地书写，他写出的每一笔好像都渗着水儿这二十年来的苦难和自己十来年独身求学的艰辛，那些笔画颤抖，那些字写得弯弯曲曲，弯曲若手心上弯曲的命运线！

就在他作文快要写完的时候，忽然监考老师如临大敌，本来还在教室中踱着步，却猛地站直身子，一个站在讲台上，一个站在后面，虎视眈眈地看着全考场的考生。只见考场外走廊上游走过一帮领导模样的人，走在最前面的显然是一号人物，那人梳着油光可鉴的头发，那些乌黑的头发向后疾驰而去，这个人大约有四十多岁，他正气宇轩昂地走着，听着周围人的汇报，不时对着考场之内的人指点一番。

依桐正在写作文，不经意间往外一看，看见了经过的这一批人，他心中一震，笔尖不由在高考试卷上猛地一摁，因为他看到了窗外走在最前面的那个男人模样。依桐先前曾经在电视台的开州新闻上见过他的模样，但是昨天晚上依桐经历了一次时光之旅，见到了二十年前那夺人魂魄的一幕，如今出现在窗外的正是二十年前那个故事的男主角：夏念祥！他呆呆地望着窗外，忍不住要放下高考试卷，狂奔出考场，当面叫住他，问他识不识得端木钰晴，知不知道有一个女儿在封阳县农村？但是他还是克制住了，他知道这是高考考场，那样他会被取消考试资格，驱逐出高考考场。依桐咬着牙，看那一帮人在窗外徐徐地走过，去另一个考区视察了。

上午十点半左右，依桐还在考场上奋发书写的时候，十来辆嫁车已经从夏桥村出发，像一条长龙，穿过黄色的麦田，在喜庆的唢呐声中，来到了南许村口。随着震耳欲聋的鞭炮声响起，南许村村民纷纷走出家门，都来看这一空前的婚礼。

开头的是一辆黑色加长轿车，是夏沛恒特意从开州找来，作为接送新娘的主车，这些车辆一进入南许村，就放了一挂长长的鞭炮。车子开到胥先重家门前，夏桥村主事的手拿一张红布下车，当先进入胥家家门，一进门按照当地风俗，必须先烤一阵豆秸火，其寓意是"都（豆）得好运，皆（秸）有欢喜"，因为是六月天，天气本就炙热如火，所以那人只是象征性地朝着那火伸伸手，就向里屋和胥先重等人寒暄了。

此时胥先重的大哥胥先民的儿媳妇拿着一根扫帚走向嫁车，一旁还有一个胥家媳妇拿着一个手电筒紧随其后，象征性地在车中用扫帚扫上几下，夏桥村的就付给了她们300元钱。这也是一个风俗，凡是嫁女儿的，都由娘家的嫂子扫扫车，以示干干净净上路，而手电筒的寓意则是照亮前途。胥先民的儿媳妇只扫这三下就收到了300块钱，在场不少人纷纷说这工资开得真高。许铁婆的傻儿子林厂流着口水站在观看人群的最前排，指着这些轿车向周围人发出怪异的笑声。

时间不长，就听胥先重院中响起一阵震耳欲聋的炮声，站在门口观看的村民都知道，炮声一响，新娘就该在这炮声中上嫁车了。只见在几个南许村姑娘的夹峙下，身穿洁白婚纱的水儿被她们搀扶着走出院落，走向门口开启了车门的轿车。当地嫁女还有一风俗，那就是从男方来的嫁车中必须坐几个迎接新娘的姑娘，俗称"迎接客"，而新娘这一边也有几个姑娘坐着嫁车陪着新娘到新郎家，俗称"送客"。今日夏桥村来了18个"迎接客"，南许村只出了6个"送客"，因为村里的姑娘们大都去南方打工了，纵是这6个"送客"，也是强凑的。

水儿甫一出现，在场的村民禁不住啧啧声一片，都说水儿这一新娘子打扮像年画里的仙女，都说怎么那么的漂亮！他们啧啧点头，发出一些无力的赞叹。在场的人都看出今天这个美丽的新娘子面无表情，低着头任凭旁人摆布，她的步履在众人的推搡中甚至还有些踉跄，在一群姑娘叽叽喳喳的笑声中，水儿被搀扶进了轿车的第一排。

随着三声巨响炮，当先轿车上放起唢呐音乐，在一片纷乱中，轿车队开始像一条黑蛇一样蜿蜒上路，慢慢走出水儿生活了将近20年的南许村。走在前面的是手拿红布的胥先民和另一个手拿红布的夏桥村的村长夏二山。这红布俗称红裙子，因为红色有辟邪之意，所以要带着它，以让迎亲路上的魑魅魍魉让道。水儿轿车左右两侧各有两个南许村小伙，扶着轿车一直送到村口，这叫娘家人送新娘上路。这些小伙扶着轿车到了南许村村口，待到男方手拿红裙子的人一掏香烟分发，这些送行的小伙就完成了护送任务，该回村了。出村之时，又一串长长的鞭炮被点燃，咚咚声不绝，在喜庆的唢呐声中，在南许村村民的注视中，这长长的轿车车队开始向着东南方向的夏桥村进发。

村口灿烂阳光下的麦秸垛上，许运动穿着破烂的衣服伸了伸懒腰，似乎不屑看这难得的热闹，他坐在上面，继续看蓝得深邃的天空，不时低下头又看看黄得炫目的麦田。远处，麦田中央那条长路上，那列黑色的车队已然走远，隐入麦田深处，此时纵然许运动努力去看，也看不见。

386

58

  在高亢的唢呐声中，在连绵不完的鞭炮声中，水儿呆呆地坐在嫁车的副驾驶位置上。轿车在呜呜的车声中平稳向前行，驶离了她生活了将近20年的村庄。她用手握住脖子里那条依桐哥送给她的项链，望着车窗外的麦田。

  忽然一阵猛烈的夏风吹起来，麦浪又被掀起来，一个连着一个，排山倒海，凭风起浪，这些麦浪从远方赶来，又去往远方，浪打浪一样地打过这群嫁车车队。在向高空嘶鸣的唢呐声中，翻滚着麦浪的麦田在夏风的鼓动下，在朗朗长天下怒吼，以麦穗和麦穗的碰撞，撞击出哀悼千年的痛哭声！向万古不变的总是悲剧的结局长啸一声：这到底是为什么？

  麦子在喧哗，唢呐在呐喊，在高耀八荒的太阳下，在波澜不动的历史进程中，此时它们以连向八方的规模，在夏日南风的吹动下，忽展起舞，一排排麦子从北掀到南，又从南歪到北，从朝阳激情万丈升起的东方席卷而来，到夕阳无情坠落的西方余势还未尽，招摇和斧正出一个公平和唯美的人间！在从一个愚昧走向另一个愚昧的被文明遗忘的角落里，在没有人发现它们有着何其壮丽之美的悠长的千年岁月，这些沉默的麦子年复一年，始终固执地美丽出一个庄重的黄色世界，在千千万万的麦穗罗列出的黄色大地上，升腾出一个黄色图腾！它们以黄色美丽着自己的成熟，它们以黄色等待着将至的镰刀，它们会在不远的6月尸横遍野，以壮美的死亡来哺育万千人类使他们继续在这大地上生长。但如今大地的美人已经成熟，却正坐在人类的嫁车中，走向与自己殊途同归的歼灭美丽的地方，它们只有愤怒出一个又一个麦浪，向这个失望的结局发出抗议的低低吼叫！

  水儿穿着洁白的婚纱，无言地坐在嫁车中，她心中在为一个人默默祈祷，祝他今天考出一个好成绩。她默默地看着车窗外北方那条齐渡河堤，从车中往外望，大堤也在缓缓地移动，似乎在跟着她的嫁车跑。水儿在心中啜泣着，默默地说："依桐哥，我再也不能站在那大堤上等你了，再也不能了。"她含泪回头望了望，看见身后长长的车队，看见自己的车走过一个又一个路口和桥,每过一个路口都会有人从车中扔出一个炮仗,每过一个桥都会从车中扔出一个馒头——这是这一带的习俗,扔出的馒头如果被陌生人拾走吃掉,则预示着新婚夫妇大吉。

　　前面已经先行的是拉着盒子的农用三轮车,那盒子是由五层组成的,里面放的是水儿在娘家所穿的衣物、夫妻所用的红色筷子以及一些肉食和点心,最上面放了几枝柏叶,代表百(柏)年好合(盒)之意。后面的几辆车上面铺满了新婚用的锦被,被子上也都压着柏叶。车转瞬间已经到了镇上,洛宁镇今日正逢会,会上有很多人正在买收麦用的准备物品,看到有人家结婚竟然动用这么多车辆,纷纷过来看热闹,嫁车车队在会上堵了一会儿,才出了洛宁镇,这个时候从嫁车中往外望,夏桥村已经清晰可见了。

　　许依桐走出了高考考场,外面的阳光好像火一般,忽忽从天空的太阳中伸下,舔着每一个人的肌肤。封阳一中的高大建筑在火一样的阳光下发着白光。他的头依旧晕眩不已,回顾了一下刚才考的内容,却一点也想不起来。只见考场门口站满了家长,有的在酷暑中引项向考场中观望,有的与孩子聊着考试的情况。发挥不佳的考生见家长泪流满面,发挥不错的考生见家长则欢喜雀跃,家长的表情随着孩子表情而变化不止。

　　依桐刚走出考场,听见一个熟悉的声音叫他:"桐子!依桐!"顺声音看去,只见在白花花的阳光底下的校门口边的水泥地上,一个正蹲着的人忽然站了起来,原来是自己的父亲。许正兴放弃了看村长嫁女儿的热闹机会,专程跑到县城,就是惦记儿子的考试。许正兴激动地过来,对着依桐看了半天,观察从考场出来的儿子有没有少了几块肉,一脸期待地问:"考得咋样?那监考的先生没有难为你吧?"依桐看父亲脸色被阳光晒得通红,便说:"爸,你怎么来了?这天这么热,万一你中暑了咋办?"许正兴低着头正解怀里抱着的一个布袋,边解边说:"不碍事!你爹我卖油种地,哪天不是风里来雨里去的?快吃!我来的时候你娘给你煮的,你这刚才用脑子了,得赶紧补补营养!"他说着从布袋里掏出几个鸡蛋,塞到依桐手里说:"我让你娘煮了六个,六六大顺,你高考就能考六百分!"依桐哭笑不得,只得把鸡蛋接住,许正兴又诡异地笑了一下,一伸手从背后取出一个水瓶,在依桐面前晃了一下说:"快喝!白糖水!我来的时候给你加了三勺白糖!我听你镇上的表叔说过,这白糖水喝了散热!"依桐忙说:"爸,我不渴。你让我喝了这么多白糖水,那我下午考试在厕所中考啊?"许正兴忙说:"那不喝也行,我不是怕你从考场一出来就饿么?走,去你姐家,你姐给你做了好吃的,给你补补,下午给老子多考几十分!"两人就在燥热的阳光和热风中走远。

依禾确实做了很多好吃的,正在家里等待。龚美明知道依桐回来吃饭,就对依禾说单位要加班,中午不回来吃饭,以免和依桐照面。依禾一看弟弟从考场回来,马上欢喜地去厨房端菜,直接开饭。依禾从电视上了解了许多关于高考的信息,知道考生在考完之后不宜问他考得怎样,以免影响下一门考试,所以她就什么也不问,只管让依桐吃饭。吃完饭后依桐说困,依禾马上把卧室开了空调,让他去睡。依桐一夜没睡,一进卧室就进入梦乡。

这边客厅里依禾收拾好盘碗,坐下和父亲聊天。许正兴东拉西扯聊了一会儿,忽然压低声音神秘地对依禾说:"先重家那个姑娘今天出嫁了,我来的时候刚出村,就见人家夏桥村来了十来辆轿车来娶,真叫一个气派!"依禾心里一动,她马上往卧室那边看了一下,低声问:"水儿……水儿今天出嫁了?"许正兴如释重负地点点头说:"就是今儿个出嫁!"他吃了一口桌上的葡萄,愤愤然把葡萄皮吐出来,又说:"水儿女婿那边真是有钱!胥先重牛气了一辈子,这下他又出了一回风头!"依禾好像没有听见父亲说这句话,她盯着面前桌上的一盘水果出神起来。

嫁车刚一进夏桥村,胥先民就和夏桥村手拿红布那人一齐下车,把红裙子举在胸前,在嫁车前面带路。这时夏东华家桐树上的喇叭声音陡然响了几倍,嫁车还没有到门口,就听见院子中间噼噼啪啪地响起鞭炮声,夏桥村的大人、小孩倾巢而出,站在夏东华家的门口翘首以待。嫁车停稳,许多孩子便迫不及待地往嫁车里伸头看新娘,西装革履的夏东华已经喜气洋洋地在门口等待。

迎娶新娘的车队停稳,首先进行的是一个仪式,就是由新郎的一个堂哥一手挑着刚烧红的犁铧,再用另一只手拿着盛着水和醋的水盆,围绕着嫁车转将一圈,边走边用盆中的醋水去浇那个刚烧红的犁铧,这就是俗谚中所说的"婆家哥,挑犁铧,新媳妇快下轿罢"。只见夏东华的一个堂哥围着嫁车转了一圈,水遇上刚烧红的犁铧发出"呲呲"的响声,冒出一团青烟,浇犁铧之后,新郎便开始请新娘"下轿"。夏东华脸上的笑好像画上去的一样,伸出手去,就把里面穿着婚纱的水儿拽了出来。

水儿一出来，四下里马上发出一声惊呼，显然围观者都没有见过这么美的新娘，一片啧啧声此起彼伏。更吃惊的是夏东华本人，他自从那日与水儿见面后就没有再见到水儿，此刻再见穿了婚纱的水儿，立刻被水儿的美丽震惊得目瞪口呆，随即而来的就是一阵狂喜，面前站着的不就是一位天仙么？于是在一帮孩子的哄笑声中，他飘忽忽地扯着天仙向院中走去。

院中已经摆好了香桌，桌上放了一个大大的瓷盘，用来接受亲邻的彩礼，此时水儿的大脑已经完全麻痹，她觉得自己就像一个失去了自我和思想的纸人，只有一个华丽的身体，穿着洁白的婚纱被一个陌生人牵引着在往前走。她的心早脱离身体，忽悠而上，在麦田上空飘荡，沿着金黄的麦田向着北方一直飞翔，飞翔，一直飞翔到50里外的封阳一中上空才努力着陆，在那里永远不愿回来。她的耳边荡漾着欢笑声、鞭炮声、赞叹声、吵闹声、烹饪声、唢呐声……但是她什么都听不见，她只听见耳边响起了呼啸着的麦浪声，还有那句"等麦子黄了的时候，我就会回来"，那句话一直在她耳边像梵语一样重复再重复。她美丽的眼睛什么也看不到，只看到金黄的麦田中央有一条长路，一个熟悉的身影骑着自行车从县城方向向她快速驶来，她刚想朝那个身影挥手，却又发现自己被高高的麦子淹没，麦子越长越高，高过长空，高过鹰背，她艰难地挥动双手，却被四围袭来的麦芒刺痛。

她在这种惶恐中，不知不觉被那个被人称作新郎的陌生人引至一张席子前，席子上还铺着两条被子，前面摆着香案和供桌，她听到了四周的欢笑声。只见夏桥村一位老者站在供桌旁的一条长凳上，冲着四周朗声说："今日碧空万里，喜鹊高鸣，实在是为合卺的黄道吉日。在此良辰，高朋满座，少长咸集，众高邻乡亲如驱星辰而来下，夏某人不才，愿代替沛恒兄欢迎诸位高邻雅座。今乃我夏桥村夏东华与南许村胥水儿同结秦晋之时刻，吾辈作为长者，别无他愿，唯期待此小夫妇能举案齐眉，白头到老，同享人世繁华，衍我夏氏优异子孙。盖此时满堂喜庆时刻，夏某多说不如少说，少说不如不说，把余下的美时留给众高邻掏钱便是！"这番话刚一说完，四周便响起一阵笑声，只见南面院墙处已经高悬起一挂鞭炮，此刻訇然作响，鞭炮放完，这一对小夫妻便开始向众乡邻叩头了。

第一个头向夏东华的祖父和祖母叩。夏东华的祖父和祖母活到现在就是为了等孙子这一天，早就把准备好的3000元钱甩在了桌上的盘中，两个老人激动不已地站在桌旁，夏东华马上规规矩矩地跪下，磕了一个响头，但水儿不跪，仍旧呆呆地站着，她心里不愿承认是夏家的媳妇。后面几个夏桥村的小伙子早垂涎她的美色，见这个新娘子不跪，便趁机从后面一把把水儿摁倒，她穿着笨重的婚纱，一个趔趄之下不由趴倒在地，周围响起一片笑声，水儿感到自己受到了委屈，但是她没有哭出来。她忍住泪水，自己慢慢爬起来，还不忘记拍掉洁白婚纱上的灰尘。大家都为欣赏到这个天仙一样的新娘有此狼狈时刻而快慰不已，频频地鼓动那几个小伙子再推这个新娘。叩头一个接一个地进行下去，水儿也一共被人推倒了十来次，她的膝盖上似乎渗出一点血。一直叩了半个多小时，七大姑八大姨才算叩首完毕，盘子中早已经装满了钞票，那些鲜红的大团结垒成一座红山，在向着这一对新人飘动。

拜堂完毕后那一帮小伙子又如狼似虎。上来，把水儿和夏东华往一处撮合，让他们抱在一处，夏东华作为新郎乐意这样，他哈哈大笑着配合着周围那群兄弟朋友的骚扰，水儿则拼命抵抗，她感到自己受到了侮辱。但是周围所有人都在大笑，那些从各个村庄来的夏家的亲邻们，正穿着他们朴素的衣服，咧开嘴露出开心的笑容。水儿在这混乱中，在自己的身体受到无数只手的狂抓中，只感到窒息。她像小时无数次的那样，在受到危难时在心中喊着"依桐哥，快来救我，快来救我，依桐哥"。她依旧在心中绝望地呼喊着，但是这次连她也悲观地相信，她已经成为"别人的媳妇"，连先前在她心目中无所不能的依桐哥也不能来救她了。

院中已经整理好桌凳，开始上菜吃饭，刚才已经往盘中投掷过钱的七大姑八大姨们，正通过狂吃这一顿饭来使自己不至于赔本。菜源源不断地上来，席间人们一边评论着今日新娘子的漂亮，一边又称赞着这一顿饭菜的丰盛，他们说新媳妇是多么漂亮，这菜是多么好吃！这菜是多么好吃，那新媳妇是多么漂亮！整个席间像汹涌的洪水一样喧嚣，在他们眼中，结婚就是一顿丰盛的饭，丰盛的饭就是一次美满的婚姻。水儿坐在屋里的席上，和新郎坐在一起，接受着人们的祝福，他们强灌和夏东华喝那杯交杯酒，但她誓死也不喝，就像当年她的母亲拼命抵抗上了自己床的胥先重一样。大家都说今天这个美丽的新娘不解风情，连笑也不笑一下。但当有人把馒头掰开，让她往里面夹一些肉片时，她象征性地做了，那也是一种风俗：新过门的媳妇必须要给公婆夹菜，以示孝顺。这几个夹着肉片的馒头被人端到了隔壁屋中,夏东华的母亲喜笑颜开地接过那馒头,立刻往盘中扔了800元钱,然后那盘子再被人端回来,连同800元钱重新回到了新娘的手中。

很少有人注意到,在这样洪水般热闹的夏家院外的一片寂静桐林中,还默默停着一辆黑色高级轿车,那轿车的车牌号的最后三个数字是"001",这辆轿车在中午11点40分时悄悄出现在夏桥村,车上的人被夏沛恒和几个有头有脸的人迅速迎接到与新娘拜堂所在的隔壁院落。在迎接的这群人当中,还有今天上午也来到的胥先重,胥先重恭恭敬敬地跟在后面,就是没有机会近前和他朝思暮想的"大官"搭上几句话。那个院落显然是提前准备好的,在屋中安排好了一张八仙桌,桌上备好了储存二十年之久的封阳粮液,从大灶上不时传过来特意炒得精美的好菜。那个被人们叫做夏书记的人被迎接到这个僻静的地方,只有十来个夏桥村的名望耆宿陪伴左右。

刚一落座,夏沛恒就双手抱拳,冲才回来的那个夏书记说:"念祥兄弟,这次你真是给老哥哥面子,你公务这么繁忙,当真回来了!老哥哥真是得谢谢你!"夏念祥坐在桌子的正中央,手上的金表灿灿放光,他绽开了皮笑肉不笑的笑容一挥手说:"沛恒哥说的哪里话?咱们孩子一辈子就办这一件事,我就算再忙,也不能不回来添个喜、道个福啊?"其实他上午视察完封阳县高考考场,并顺便到夏天所在考场看过之后才在中午时分赶到夏桥村的——他很挂念他的女儿。

夏沛恒像汇报工作一样地说:"念祥兄弟,我本来也寻思着让东华在开州市里面找一个,但是总想着城市的姑娘太轻浮,靠不住,要是真找媳妇,还是自己老家的实在,贴贴心心地会跟着你过一辈子,所以我就在家给他订了一个,这不,姑娘真是好得很!"在场的几个老者也都看到了今天新娘的模样,均一齐颔首称赞不已。夏沛恒好像想起了什么,指着胥先重轻描淡写地说:"亲家今天听说你会来,也想过来给你说说话!"

胥先重在末座终于轮到了他说话,激动万分,忙站起来,还没向夏念祥发言,夏念祥依旧用那种皮笑肉不笑的笑容冲他点点头往下压压手,意思是坐下,胥先重只好把想说的话憋了回去,再悻悻地坐下。夏沛恒刚才提到胥先重,也只是礼貌一下而已,此刻他忙挽留夏念祥说:"不知道你今天还有工作没?你也半年没有回来过了,要不今天晚上就不走,咱们哥几个好好唠唠?"于是在场的几个老者也都纷纷挽留。夏念祥忙说自己也想在家多停留停留,但明天上午还有一个会,再说天气预报上说今天傍晚时分还有大暴雨,虽说一路上都是柏油路,但雪不阻人雨阻人,还得先回去。夏沛恒只好失望地点点头说:"只要你能回来,哪怕往我的门前一站,老哥哥脸上就有光,这样,念祥老弟,你回来就是给新人道喜,一会儿让那两个孩子给你过来敬酒!"夏念祥这才点点头说:"应该!应该!喜酒谁都得贪上几杯。"

酒过三巡,已经到了新郎新娘给客人敬酒的时分,水儿跟在夏东华的后面,逐个桌地来敬,那一时刻水儿一直有一个幻想,她希望自己杯中端的是毒药,她喝下去之后会了却这生不如死的折磨,但是酒不就是毒药么?等院子里面客人的酒敬完,她随着夏东华跟跟跄跄地向外面走去,夏东华兴奋地对她说让她去见一个大人物,是我爹的面子才把他请回来的。水儿谁都不想见,她只想见依桐哥。水儿沉默地走着,短短半天,她已经经历了一次比长征还要痛苦的跋涉,好像从青丝走到白发,从襁褓走到墓地,内心之中的悲苦正渗出来,将自己腌咸菜一样地泡成酱人。她告诉自己说真正的胥水儿已经在上了嫁车那一刻死了,如今活着的是假的胥水儿……

夏念祥几人正在屋中饮着喜酒,猛然见院子里面走进来两个年轻人,当先的男孩子脸上喜气洋洋,一看便知是意气风发的新郎,后面跟着一个穿着红衣服的女孩子,垂着头,那自然是新娘了。夏沛恒一看他们来到,忙对夏念祥说:"念祥兄弟,前面的就是东华。"夏念祥忙说:"这东华现在长这么高,我记得1995年我见他的时候还这么高呢。"说着用手比了比桌面,旁边一个老者赔笑说:"那可不?这都十多年了,一棵小树苗的话,在这十年里面还能蹿得比屋顶高呢。"

说话间,这一对新婚夫妇已经掀开门帘进了来,夏东华先鞠了一躬,站在原地恭敬地叫:"念祥叔!"虽说十年才见夏念祥一面,不过这一声"念祥叔"叫得比亲叔叔还要亲,水儿在后面只是垂头不做声。夏念祥只看着夏东华,笑说:"今天叔回来,就是给你贺贺喜,真的长大了,你一结婚就相当于古时候的男子二十弱冠,就是顶天立地的大男人了!以后怎么办,不用叔说,你作为一个好的青年,自然也知道。"夏东华腼腆地摸着头,笑着聆听着教诲。夏沛恒一边忙说:"你叔公务繁忙,抽得空才为了你回来的,你别傻站着,和你媳妇一块儿先给你叔敬上一杯喜酒,算作接风洗尘！"夏念祥转过头，笑着对夏沛恒说："老哥哥，咱们就不用那些俗套了，不过这孩子们敬的喜酒我还是要喝的。"在座的一起哈哈大笑。

胥先重在末座坐着，正好水儿站在他的身边，他一看水儿不动，忙把自己面前的酒杯塞到了水儿手中，意思是你该随着你丈夫敬酒了。水儿这才从夏东华背后出来，怯怯地和夏东华一起往前举起杯。夏念祥也举起杯，眼光看着这对新人，准备再说些祝福的话。他不经意看了那新娘一眼，又忍不住看了一眼，不料他哪里控制得住自己，又看了第三眼，剩下就没有看第四眼了，因为他的眼珠从此就盯着水儿不动。

夏念祥看了三眼，浑身震了三下，手里的酒杯顷刻间洒落下来半杯酒，那些酒水就落在了桌角上，溅了他一身。在场的看他脸色有异，均诧异地望着他。夏念祥此刻心中好像泛起了海啸，他即将死去二十年的一种感觉忽然苏生回来，此刻他哪里控制得住自己，他的酒杯在手中颤抖着，他已经顾不得在场有着那么多有名望的人，他嘴里冲着酒席边的水儿呢喃说：

"你……你回来了？钰晴？"

59

在场的人忽然见这个胸有韬略的夏书记脸色突变，还对着新娘说出一句更加莫名其妙的话，都张着嘴巴望着他。这时夏念祥的眼睛还死死地盯住水儿，他已经颤抖着站起，离开席位，向着水儿紧走几步，嘴里还颤巍巍地说着："是你么？钰……晴？""钰晴"这二字他有将近二十年没有叫出，此刻忽然叫出，却感到有一种淡淡的亲切，但更多的是浓浓的陌生，好像时光蓦然倒流至二十年前，地点也乾坤大挪移，一下换成开州政法学院的琴房，穿着裙子的端木钰晴在翠绿欲进的春光中向他翩翩走来……

夏东华一看本来端坐着的念祥叔看着自己身后的妻子朝自己走来，一时间举着酒杯胡乱看着不知所措。夏沛恒也感到奇怪，因为他第一次看到这个沉稳的念祥兄弟有这么一个状态，他一时感到有些蹊跷，他忙离开座位，快步跑到了夏念祥面前，说："念祥兄弟，你认错人了吧？认错人了么？"夏念祥听到这一问，猛地一震，眼神才从水儿身上转移到夏沛恒脸上，他的眼神又瞬间从面前的夏沛恒脸上转回水儿脸上。他这时才看清，这个新娘与端木钰晴长得虽说有着惊人的相似，但是她的身材要比当年的端木钰晴高一些，而且在相貌上还胜了当年的端木钰晴一筹，再说端木钰晴即便真的今天到了自己面前，如今也已经有了四十多岁，哪有面前这新娘出水芙蓉的模样？只是面前这新娘的那份忧郁和见到生人的惶恐，以及低头的动作，无不有着当年端木钰晴的神韵。

夏念祥提醒自己要镇定，他马上恢复了自己二十秒钟以前的状态，用期待的眼神看着水儿，但是声音发出后还是有些颤抖："你……嗯，你娘家……是哪里的？"水儿抬头看了面前这个气派之极的男人一眼，刚想说话，夏沛恒一边已经笑着接上："哦！咱们乡南许村的，你不知道么？那个村子不大，出了咱们村往西北方七里地就到！"夏念祥失望地点点头，他仍痴痴地望着水儿，因为刚才水儿抬头看他的眼神让他恍惚中又有种端木钰晴的错觉，他说："南许村？哦！我知道，我知道，你父母是……都是什么工作？"夏沛恒一边又说："嗨！念祥老弟，你看看，她爹不是在这坐着么？刚才给你介绍过了。"胥先重忙站起来，激动地冲夏念祥笑笑，表示他就是水儿的父亲，夏沛恒又对正出神看着胥先重的夏念祥说："要说她娘是谁，说不定还吓你一跳呢。"夏念祥浑身又是一震，转过头来，又用期待的眼神看着他问："是……是谁？"夏沛恒说："她娘和你还是一门人呢，就是你四叔家的桂花！按辈分她还得叫你叫舅舅呢。不过嫁到这辈分就该从东华这论，还叫叔吧。"夏念祥又失望地喃喃说："桂花？哦！桂花！"说着他往前走几步，似乎在向水儿确定："你娘叫桂花么？"水儿点点头，夏念祥得到确定之后，手指朝着水儿，又想问什么，但是没有发出声音，他踟蹰了三秒钟，才又转过身，颓废地回到了自己的座位，座上的人都松了一口气，都不知道这个夏书记刚才是怎么了？

夏念祥回到座位，定住神想了一下，才恢复了正常神态，才又制造出一个不自然的笑容，举起酒杯，朝着新人举起，虽说是朝着新人举杯，但是眼睛还是死死地盯住新娘不动。水儿不知道刚才面前这个气宇轩昂的男人是怎么了，为何见了自己变成这样。

正在怀疑时，忽然听一旁的胥先重低声说："水儿，快，你和东华给你叔叔敬上一杯！"原来胥先重看见夏书记正在举杯朝这对新人敬酒，但是水儿仍然不动，他才出言提醒。夏念祥正举杯朝着水儿看，不经意听到了刚才胥先重的那句话，他又一次把杯停住，问胥先重："你……你刚才叫她什么？"胥先重以为自己刚才多嘴，忙惶恐地看看四周说："水儿……水儿啊！"夏念祥又是一震，他转头问水儿："你的名字叫……水儿？这个字是雨'水'的'水'么？"胥先重忙接口说："对！对！就是那个'水'字！她是下雨天出生的。"

他一时间苏生了太多与端木钰晴相关的记忆，他心中很自然地想起自己和端木钰晴那个约定，他自己便把女儿的名字叫做"天"，而面前这个与端木钰晴长得酷似的女孩竟然如此巧合地叫做"水儿"，他心中的希望又一次升腾起来，他兴奋地问："这名字谁给你起的？"胥先重忙笑着说："她娘给起的，她娘给起的。"夏沛恒一边忙笑道："没想到这个桂花还这么会起名字！看来以后东华孩子的名字还得让孩子的姥姥给起啊！"这一句玩笑话引得席间大笑。夏念祥这才回过神，失望地自言自语："哦，你娘起的，你娘起的！"夏东华看时机已经到，这才又举起杯说："念祥叔，那我和水儿一起敬你一杯！"夏念祥正在低头思考什么，听夏东华这么说，忙回过神来，抬起头举起杯喃喃说："那……那叔叔祝你和……和水儿白头到老！"夏东华笑着一饮而尽，夏念祥也慢慢地把酒一饮而尽。酒喝完后，夏东华很适时地说："念祥叔，我和水儿先上那边去，那边还有一帮朋友呢。你们在这里慢慢吃！"夏念祥的脸上隐隐起了一丝失望，他看了看水儿说："那也好，你们是新人，应该出去……招待一下！"夏东华这才和水儿向门外走去。

夏念祥伸伸手，又想叫一下水儿，但又仔细一想，打消了念头，心想今天真是长了见识，这世界上竟然有比当年的端木钰晴更漂亮的女子，他又一次问自己是怎么了？端木钰晴去西欧这么多年，怎么会和这荒野上的蕞尔南许村的一个小女孩联系起来？他想着钰晴二十年没有消息，应该早就和一个资本主义列强的老外结为夫妻，生了一个小洋鬼子了。但他仍痴痴地看着水儿走出门的背影，许久不做声。

此时门外除了隔壁吃喜宴人们的喧闹声外，还隐隐响起雷声，在座的一位老人说："这天气预报可真准，报的今个有暴雨，听听，雷就来了！"又一个老人接口："过几天就要收麦了，这一场雨可不是好雨。雨点一砸，麦子就粘在地上，容易发芽。"一旁的几个人就很随意地接过话题，聊起今年的风调雨顺来。

从下午三点开始，那场大雨就铺天盖地地倾泻下来，夏念祥在夏桥村那片停车的桐林中向夏沛恒等人告别，大家都撑着伞，看雨水从头顶桐叶的缝隙倒下来，又砸在头顶的伞上，夏念祥见夏东华站在人群中，那个叫做水儿的新娘却没有来送行，他向着周围寻找了一会儿，失望地没有找到。他作为一个叔叔，怎么能够再来要求见新娘子？众人撑着伞，说着道别的话，道别之后，夏念祥若有所失地钻进车中，胥先重在一边眼疾手快，忙给他关上了车门。黑色轿车卷起地上的泥水，消失在村外那条柏油路上，隐入一片水雾中。夏东华门前堵满了不少吃完了饭因为大雨而暂时回不了家的乡亲，他们没有看清刚才车中走的是谁，他们只是看着这大雨说："这下麦子可吃亏了！这下麦子可吃亏了！"

许正兴午后把依桐送到考场，说天气预报上说下午还有大暴雨，要是下雨了恐怕下午回不去，他就拦截住一辆去往洛宁镇上的公交车，先搭车回南许村了。下午五点的时候，在昏天暗地的瓢泼大雨中，许依桐也撑着伞走出考场。考场门口停了不少接送考生的轿车，那些轿车飞速且霸道地驶过，溅了路边行走的依桐一身泥水。他在大雨中撑着伞从考场回到幸福文明小区，除上衣外，下边已经被斜飞到伞下的雨点湿透。他回到住处一直睡到晚上，外面大雨仍是不止，哗哗声不绝。他打开桌头的台灯，听着窗外雨声，继续阅读女人二十年前写的日记。他阅读的这一篇日记写于1986年4月4日：

1986年4月4日 星期日 晴有风

文天，午后的时候南许村忽然起了一阵风，风很大，我很蹊跷那阵风的到来，不过没有刮多长时间，那风就停了。留下了一地桃花瓣……（有七八十个字模糊不清）

忘了给你说了，念祥，这里也有很多桃树，现在正是桃蕾欲开的时候，分外娇艳。"残花酝酿蜂儿蜜，细雨调和燕子泥。绿窗春睡觉来迟，谁唤起，窗外娇莺啼"，春天来了，这里成了一片绿色的海洋，放眼望去都是绿色的，朱自清曾惊叹梅雨潭的绿，还写了一篇《绿》，我想他要是到了此处，也会再补上一篇《更绿》的。

文天，你的家乡可真美，我想起我曾经向往过司马光《夏日西斋书事》里所描述的场景：

榴花映叶未全开，槐影沉沉雨势来。小院地偏人不到，满庭鸟迹印苍苔。

我想这样的风景我过不久就会见到的。不过我已经见到了桐花的花蕾，好像喇叭一般，只不过是粉红色的小喇叭，这些小喇叭扎成一束，晃晃地挂在枝头真的讨人喜欢。桐花还有一种馨香之气，这样美丽的花却没有名气，难道这个世界真的没有赏鉴她的诗人么？司马迁说女为悦己者容，花也应当为爱花人开的，桐花给我带来了一次深深的震撼。任何一种美，只要形成了规模，就有了动人魂魄的美的力量。每天早上起来，我都会梳妆打扮一番，这一点道理是从桐花那里学来的：即便美丽没有人欣赏，也要美丽给自己看。

不知怎么，最近一直想起徐志摩翻译英国诗人罗塞蒂那首《歌》：

当我死去的时候，亲爱的
你别为我唱悲伤的歌
我坟上不必安插蔷薇
也无需浓郁的柏树
让盖着我的青青的草淋着雨，也粘着露珠
假如你愿意，请记着我
要是你甘心，忘了我

我再见不到地面的晴雨
觉不到雨露的甜蜜
我再听不到夜莺的歌喉
在黑夜里倾诉悲啼
在悠久的薄暮中迷惘
阳光不升起也不消翳
我也许还记得你
也许已把你忘记

到了那个时候，我们生活的（有将近二百字的字迹因为泪水痕迹而不清，无法还原）……我是把你记起呢？还是我们已经把彼此忘记？

这里一直干旱得很，听说几十年都没有这样旱过了，南许村也浇不上地，因为水渠都给镇上的霸占了，我听胥村长愤慨地和我说了之后，我真的也很气愤，难道到了哪里都得弱者吃亏么？有时候我真的喟叹这个世界，太阳并不能照耀到每一个角落的。你说要是每一个人都善良起来该多好？可是……（有二十余字不清晰）

你的家乡的月也是最美的，凛凛然然，高挂在半空，银盘高悬处银辉飘飘洒洒，真的有种"皎皎空中孤月轮"的空寂感。月是孤独的，月只适合于这孤寂的乡村，在夜晚去望，影子涓涓魄自寒，我有无数次都半夜醒来，披着衣服站在院中，与月相对，有时候在想你此时在月下做什么，陈子昂曾在《春夜别友人》的一首诗里写过"明月隐高树，长河没晓天。悠悠洛阳道，此会在何年"。而我们"此会"又会是在何年何地呢？在这里我白天里装着哑巴，但是我只有到了夜里才敢和水儿说上几句话，可是只能是我说她听，我多么希望她能够回答我！

今天只能先写到这了，念祥，我多么期待我们的水儿能够早些出生，那样我似乎就能离开南许村了，但是我又多么希望这一段乡村生活在我生命中作为插曲能够再长一些，不过我知道，时间是不等人的。尽管你说过，只要时间走着，等待就不是问题，但是时间走得长一些，等待就会漫长一些，我们都习惯了等待，但是我已经厌倦了等待。

先到这吧，念祥，夜深了，隔壁传来了胥村长的咳嗽声，我不能再点着煤油灯耗油了，等见面了，我会好好给你讲的。

依桐听着窗外呼啸的风雨声，读完这篇日记，才发现旁边米凌子三人睡得已经无比熟了。他看着昏黄纸上那些娟秀的文字，想着二十年前初春的那个美好夜晚，在南许村隐隐荡漾着花香的夜风中，在昏黄的煤油灯下，那位婉约俊秀的女子在细细地写着她的心事和淡淡的哀伤，她充满希望地对待着未来，那种自信令二十年后洞晓了故事发展全过程的依桐看着心酸不已。她万万没有想到，她写的这些东西竟然二十年后才第一次被人看到，而且是一个漠不相关的局外人。这不能不说是一个完完全全令端木钰晴失望的结局了。他又掀开下一页，这一篇日记写于1986年5月11日：

1986年5月11日 阴转多云

念祥，日子过得浑浑噩噩，连日期都懒得查。只会知道一黑一明中，日子流淌过去。唉！在村庄里，似乎没有向上走的概念，努力也成为一种多余了。我们的农村为什么发展慢呢？我想不是农民丧失了进取，而是压根就没有调动起他们进取的动力吧。

每个人都活在这世界上的一天中，为什么人们所创造出的价值就有不同呢？我想艺术家用十年画一幅画，科学家用三年造一个导弹，农民用一个季度去种一亩田地，这都归根于路的不同。但是他们只要向前走，今天强过昨天，就是相同的价值，就代表相同的成功……（有二百余字不能还原出）

我想，我思考的东西真的没有实际意义。但是，我也会按照我选择的路走。钢琴，虽说它与种田无关，但是它却是在我吃了田地里产出的食物以后才弹出的，但是我为那些为我种食物的农民们弹琴听了么？我回报他们了吗？

心里似乎浮躁。人一静止下来，就感到万分的不舒服，怀疑自己的价值。"他人笑我太疯癫，我笑他人看不穿"！就写到此吧，唠唠叨叨的，我是不是变了？

胥村长来了，现在好奇地在我身边看我在写什么，随他看去，反正他也不识字。

这一篇日记到了这里戛然而止，大约胥先重真的让她写不下去了。隔了两行，就是下一篇日记，而所写日记用的笔与上一篇显然有所不同，铅笔的黑度更重一些，字迹也较上篇更加清楚了，所以依桐看得不怎么费力。

1986年5月25日 星期日 晴

今天阳光好得很，念祥，好长时间没有写日记，是因为我最近妊娠反应得厉害，经常肚中绞痛，我真的没有想到水儿竟然这么的难以出世，我实在是低估她了。

村外的麦子快要黄了，自从来到你的家乡，我总是被接二连三的景物震撼。先是桐花，其次是槐花，槐花更是美得一塌糊涂，一树上都是开满的白色花朵，每一棵槐树就好像是一座白色巨山，上面匍匐满了白色的小花，夜晚看月光下的一棵棵开满花的槐树，你猜猜我想到了什么？想到了这些开花的槐树像一个个穿着洁白婚纱的新娘在月光下悄然站立。

  槐花谢去的时候，更是美丽的悲壮，一阵风吹来，它们争先恐后从枝头成群结队地飘落，把村前屋后都覆盖成洁白色和黄色，人踩上去哗哗作响，真的是美极了。我常常是盯着这些云山一样的树出神地看，一看就是半天。那天黄昏我到了村后的河边走走，那条河叫做齐渡河，只见河里面从上游漂来满满一河道的谢去的槐花和桐花，整条河像一条花河，白白的放光，驮着万千花朵向着下游缓缓流去，那一时刻我真的想到了这是不是银河倒灌下来才形成的这条河流。这花朵开得雄壮，开得霸气，短短几天里开放，把香气扩散到每一个角落，但是败得更快，还没让人做好准备，就匆匆地凋谢枝头。但是我发现这里的人们好像对这种花朵习以为常，好像它开它的，人们在这花下各自忙着活计，好像一点也没有发现它的美丽，我有时候真的可怜起这花来了。我想日后我出了南许村之后，一定会好好地宣传它。我想我会为它们写一首曲子的。

  这里的麦田一望无垠，让我想起了以前人们所说的"麦海"一词，那真是一个黄色的海洋，还有黄色的麦浪，我一直想走到麦海的尽头，看看麦海的尽头是什么，但是我想这麦子一定会连绵起伏到海边的，麦海和海连在一起，我们人类就成了海上的生灵。其实麦海和海在本质上是相通的，都是一种波澜壮阔的气势，都是一种横贯八方的规模，当鸟在麦海上空振翅翱翔的时候，和水鸟在海面上翱翔是一个道理。我从小生活在城市，根本没有见到过真正的麦田，但是我每天的三餐是和麦子相关的，我从来没有想过麦田竟然是这样的美丽和壮丽。月光下的麦田更是美丽，蛋黄色的月光照在杏黄色的麦穗之上，那种淡淡的美丽中裹着一种淡淡的凄美，有的时候夜半醒来，我知道自己处在南许村，但是感觉却像是处在麦田的包围中一样，我的梦中经常听到前簇后拥的麦穗在我耳边喁喁低语。其实我们的村庄、城市正被这种麦海包围，我们像生活在麦海中的孤岛上，岛和岛通过路这一航道相连，我们都是海上的生物。

  有半年没有见到钢琴了，当真想念它，它是我的一个朋友，曾经是我的精神支柱，但是我与这个老友阔别半年了。我想念我的琴声，不知道你还记不记得那首《小爱人》的曲子，我最近脑中一直回旋着那个旋律，你知道么？当我看到漫天槐花绽放时，当我看到静静的麦海矗立在我面前时，我真的相信这个世界上是有小爱人的，而她正一身白衣飞翔在麦海之上，而蓝莲花正在麦田中央绽放，晚霞则在西方陪着绽放，我也相信月老已把我们定鸳鸯谱上。对了，我记得以前我在学校的时候，我查了关于月老的典故，那里面说月老是在宋国的月夜出现的，而宋国不就是在现在我住的这一地域么？

你在开州还好否？在开州往来夏桥村的路上可一定要注意安全。不知道你在开州见过我父亲没有，不知道他还好么？端木药业全靠他一个人撑着，他也很不容易，有时候真感到我很不孝。你知道么？这件事我原本不打算让你知道的，唯恐你会担心，我在几个月前曾独自到夏桥村去寻你，但是走到你们村口我就后悔了，我在你们村口徘徊了半天，还是快快地走了回来。回到南许村时，可把胥村长吓坏了，他以为我有什么不测，正四处寻找呢。嗯，放心，以后我离开南许村的时候，一定不会不辞而别的。我要给他告别的。

肚子还是会痛，这里每天闷热得很，好像即将收麦的原因，白天的阳光像火一样，幸亏还有桐树和槐树遮蔽成阴凉，要不我真的不知道这片土地会不会成为沙漠。不写了，文天，已经写了这么长时间了。外面阳光还正灿烂得很，我还听到几声破碎的鸡鸣。以后我一感到舒适，就会给你写信。记得《小爱人》，记得我，记得我们的水儿，也许还是你的那一句话是对的：

只要时间走着，等待就不是问题。

这一篇日记写到这里就停止，字迹比上几篇而言，已经有些潦草，日记中频繁出现"肚子痛"等字眼，显然此时端木钰晴身体感到不适之故。依桐从这篇日记中读到这样一段话：

不知道你在开州见过我父亲没有，不知道他还好么？端木药业全靠他一个人撑着，他也很不容易，有时候真感到我很不孝。

依桐本来还有些怀疑这个猜想，如今更加确定端木村就是端木钰晴的父亲了。他的心里稍稍安定。依桐看了看剩下的稿纸，发现竟然只剩下一篇日记，他不忍一下子看完，摩挲了半晌，忽然感到坐得腰间发麻，他跟跄着起身，推开屋门，来到阳台上，外面风雨声正紧，乱风裹着雨点向阳台上袭击过来。他望着风雨里县城中零零碎碎的几盏灯火，在连绵的黑暗中兀自固守着几寸光明。楼下还传来了几声房东太太响亮的咳嗽声。今夜雨大，那只偷情的猫应该不会来了吧？他伸出手去，用手接了一捧从屋檐上水管里流下来的雨水，洗了把脸，感到了清醒一些，才又疾步回到屋里，把房门掩上，他要看那最后一篇日记。

五十里外的夏桥村风雨声也正紧，在鼓人耳膜的雨声中，夏东华家仍是灯火辉煌，屋子里的大红"囍"字正衬托出一种祥和喜庆，仿佛屋外的滂沱大雨与屋中的喜庆气氛毫不相关一样。新郎的朋友们正在屋中喝今天最后一桌喜酒，夏东华今天高兴之至，从下午一直喝到了晚上，由于兴奋和酒精的刺激，头有些微晕，一桌人吆喝着酒令，有的说："东华，你可悠着点，这洞房花烛夜，新娘子可在洞房里等着呢。"

"那么漂亮的新娘，你喝多了哥几个也可以替替班什么的！"

"东华还用你嘱咐？他早就攒足了劲，自己的事情他自己从来都会操心！"

"你小子好福气，鲜花插到牛粪上，好窝都叫猪拱了！"

"哈哈哈哈！"

"哈哈哈哈！"

酒席间充斥着男人们酸味横溢的笑话，连同窗外的雨声，杂交成一种让人心烦意乱的噪声。在轰隆声不绝的大雨中，夏桥村外的麦田在大雨中静止不动，那些麦子依旧笔直地站着，任雨水淌过自己的身体，麦穗流出的泪水随着雨水向下流去。整个麦田都在大雨里哽咽着哭了。

60

依桐回到屋中，再次用颤抖的手打开了女人最后一篇日记，这时何畔在一旁的床上忽然翻了一个身，说了一句梦话，让沉浸在日记中的依桐吓了一跳。他摊开最后一篇日记时吃了一惊，因为这篇日记上面的字体潦草之极，字写得横不平竖不直，歪歪斜斜。依桐忙惊恐地读下去：

1986年6月2日 星期二 酷热

念祥，今天我肚子疼得厉害，我现在都快握不住笔。肚子的疼是一阵接着一阵，每一阵疼痛涌过来，我都有种要死的冲动。天热得发狂，我现在后背已经湿透了……（此后有一句因为字体潦草，分辨不出）

我想不出语言（依桐发现到这里忽然没有标点，字体也斜得厉害，显然是痛楚之极的缘故）：

氓之蚩蚩，抱布贸丝。匪来贸丝，来即我谋。送子涉淇，至于顿丘。匪我愆期，子无良媒。将子无怒，秋以为期。

乘彼垝垣，以望复关。不见复关，泣涕涟涟。既见复关，载笑载言。尔卜尔筮，体无咎言。以尔车来，以我贿迁。

桑之未落，其叶沃若。于嗟鸠兮，无食桑葚！于嗟女兮，无与士耽！士之耽兮，犹可说也。女之耽兮，不可说也！

桑之落矣，其黄而陨。自我徂尔，三岁食贫。（字体越来越草，每一个字都好像站不起来一样）淇水汤汤，渐车帷裳。女也不爽，士贰其行。士也罔极，二三其德。

三岁为妇，靡室劳矣。夙兴夜寐，靡有朝矣。言既遂矣，至于暴矣。兄弟不知，咥其笑矣。静言思之，躬自悼矣。

及尔偕老，老使我怨。淇则有岸，隰则有泮。总角之宴，言笑晏晏。信誓旦旦，不思其反。反是不思，亦已焉哉！

（最后几个字写得很长，笔画显得颤抖）：

此刻有谁在世上某处哭
无缘无故在世上哭
在哭我

此刻有谁夜间在某处笑
无缘无故在夜间笑

在笑我

此刻有谁在世上某处走
无缘无故在世上走
走向我

此刻有谁在世上某处死
无缘无故在世上死
望着我

现在肚子似乎比以前疼得更厉害了,(此处字迹已经变得更加混乱,依桐费了好大的力气才分辨出来)我不知道怎么办。难道水儿要出生了?难道……胥村长出去了?我现在必须喊人,外面起风了,我先喊人了,我只能先写到这儿了,我似乎已经感到下面有股液体在流,是血……

文天,好好活着。

最后一句话已经字不成字,依桐勉强才看出这句话的大概,从日期和内容中分辨,很显然,这一篇日记是端木钰晴的绝笔,她却用这最后的时间,忍受着生命的巨大疼痛,拼却最后的力量写下了两首毫不相关的诗。他反复地揣摩那首被端木钰晴背写的歪歪斜斜的《卫风·氓》,他在语文课本上学过这首诗,那时他读出了一个大概意思,但是此时为了领会其中深意,他慌忙起身,发疯一样地找那本语文课本,不大一会儿他便在第三册语文课本上找到了。他忙配合着下面的注释把这首诗的意思译了出来。这恐怕是全中国今夜唯一一个在上午语文高考后晚上还挑灯夜读语文课本的考生了。

依桐在十来分钟后读懂这首诗的时候,忽然有了一种淡淡的悲哀,原来端木钰晴虽说在前面所有日记里几乎看不出一点对夏念祥的怨怼,甚至通篇都是对心上人的赞美。但最后的这篇绝笔中她独独挑出这首《卫风·氓》来背写,却无形中显露出了她内心中最深处的东西:对爱情的绝望。这首诗就是千年以前一个卫国女子控诉男子变心的,而且在这首诗中作者还发出了震动千年女子耳朵的一句规劝:

于嗟女兮，无与士耽！士之耽兮，犹可说也。女之耽兮，不可说也！

这几句诗的意思就是姑娘不要和男子迷恋爱情，男子沉溺在爱情里，还可以脱身，而女子沉溺于爱情里，就无法摆脱了。端木钰晴似乎在最后的严重时刻，她是在怀疑自己所做的不值得么？也是在怀疑爱情么？依桐紧皱眉头想，但是他想破脑袋也想不出。

依桐忽然又想起前些天夏夏给自己说过的她父亲找情人的事情，从后脊梁又升腾起一股凉气，现在的夏念祥又如何能想得到二十年前一个女人为了他而付出了生命的代价？他不由得从心底为二十年前的端木钰晴所作出的选择感到无比的悲哀。他又一次把目光投在了最后里尔克的那首诗，只见最后一段是：

此刻有谁在世上某处死
无缘无故在世上死
望着我

这段诗歌简直是对端木钰晴即将死去的精准预言了，在1986年大雨突降的那一时刻，世界上有多少人正在与端木钰晴同时死去，又有多少人正在陪同水儿同时诞生，谁的悲喜与谁相关，谁正缓步朝谁走来，谁正无情离谁而去？谁在岁月流逝中黯然神伤，谁又在明日到来时春风得意？一代人换取一代人，欢喜的旁边是无尽的哀伤，哀伤又在欢喜的旁边无限扩散，两者互相代替，不是你死就是我亡，无缘无故，无因无果！

依桐在这个雨夜，整理好女人日记，独坐在床上，却看到了这个世界上的无数个角落，有人在沉默死去，有人在辉煌地活着，有人在屋檐下抱着乞讨的东西避雨，有人则在佳人相伴的卧室中饮尽着欢乐，有人走向死亡，有人走向出生……忽然之间，他感到这个世界就像一个巨大无比的蜂窝，每一个人都有一个巢穴，巢穴与其他巢穴相连，但是永远悲喜不相关！

他抱着日记，听着窗外越来越大的风雨声，忽然感到了一阵窒息，依桐想要是现在自己就死去，明天早上世界还是世界，豆浆和油条还是原来的价钱，而真正为自己的死去悲伤的人却不会到一百人，他想着端木钰晴的蓦然死去，这二十年中，带给世界的不过是添了一个水儿而已，人们用遗忘轻而易举地就把一个人真正埋葬。

窗外只有雨的倾倒声，哗哗声不绝，大雨！从1986年一直下到现在，从未停歇，那是苍天的凄泪，泻给大地的伤心。他用一只手摸了摸另一只手臂上的脉搏，欣喜地发现那里还在跳动，他对自己说：许依桐，好好活着。

第二天雨还是没停，一直淅淅沥沥，雨势忽而变大，忽而又变小。依桐在这昏暗的天气下又浑浑噩噩地考了一天。傍晚考完最后一门英语后，他走出考场，好像背上三座大山忽然移除，一时感到身体轻飘飘的，出了考场门口不知道该往何处去。他撑着伞沿着破败的县城街道一路向北，看见一路上旁边的饭馆中坐满了人，大都是高考完毕后犒劳考生的喜宴。依桐什么也不想，踩着雨水回到了幸福文明小区，寒暄了房东太太考得怎样的问话，就上了二楼，他两夜未睡好，回到住室，一头扎在自己床上，沉沉睡去。

不知道睡到什么时候，他朦朦胧胧地听见有人在叫他，睁开眼睛，站在自己床边的正是米凌子，米凌子手中拿着一本答案，对他说："许依桐，你这几天怎么了？是不是想挑战何畔睡神的地位？你看看这都几点了？快去学校估分！该填报第一志愿了！"他一个鲤鱼打挺坐了起来，看了看墙上钟表，已经是次日上午的十点多钟了，他抓起外衣，飞奔出屋，瞬间楼下传来玉石板咣当作响的他跑过的声音。

依桐到了校园之中，发现校园中全部都是拥挤的人，学生们正三一群两一簇拿着高考答案，相互交流高考估分分数。依桐领取了高考答案，惴惴不安地来到了校园中的一株树下，席地而坐，他拿着一支圆珠笔，心中怦怦跳得厉害，他摸了摸脖子里面那挂项链，暗自祈祷自己的分数。旁边坐着的是一个女生，刚对完高考答案，正把头埋在膝间嘤嘤哭泣，由于她先行的悲伤，也使依桐面对着面前的高考答案心悸不已。

他先参阅的是语文答案。依桐依靠着自己残缺记忆，勉强回忆出来一些，却与参考答案上不相同，他说服自己：一定是记忆出了差错，说不定就是和参考答案一样。阿Q一样地安慰完毕后，他一路对下去，越是对越是头皮发麻，因为他见到的这些答案却一点都不熟悉，尤其是数学，最后几道大题参考答案给出的数目和依桐记忆中的数目格格不入。依桐心道完了，他又凭着记忆去对英语和综合，都是一如既往的惨败。他看了看面前地上的阳光，觉得白花花一片，那白色的光线把他的未来也照射得无比苍白。

　　他手捧着那份参考答案，忽忽若有所亡，觉得大脑之中好像有若干台铲车在同时轰鸣着作业，把他先前的理想碾得粉碎。依桐坐起身子，把那份参考答案揣入怀中，心想要是昨天这个时候看到你该多好。他又去领了志愿报名表，接到那个报名表的时候他忽然感到一种滑稽，他拿着那志愿表徐徐走着，感觉自己就像一个战死的人，手中攥着的就是死后别人颁发的勋章，与已死之人有何关系？他走在校园中，看到经过一天多的雨水冲刷，破败的县城在大病初瘥般的阳光下，显得一时的清新。迎面走来的都是提着高考答案的考生，他们脸上的表情各异，有的兴高采烈，有的如丧考妣，都好像阴间里的游荡的鬼魂，轻飘飘地行着。依桐晃荡着走进班里面，只见班中人声鼎沸，同学们都忙着对答案。第三排的吴全正露出得意的笑，一手拿着答案，一手拿着自己回忆出的写出的答案，嘴里的笑好像狼嚎一般，发出呜呜的声音：

　　"哈哈哈！选择题全对！哈哈哈哈哈！"

　　"这一题还算不错，顶多扣我一分！嘿嘿嘿！"

　　"哎呀！这一题又是对了！能不能错一道题让我看看！这高考也不过如此嘛！"

　　他的笑声故意把他的得意放大，来衬托周围人的悲伤。前几排有几个女生对着答案的过程中，去了几次厕所，显然是激动之极。有的对完答案后趴在桌面上一言不发，肩膀在微微耸动，显然是考得不如意，有的对完答案之后则手足舞蹈，高兴得只恨不能把全班的人亲吻过来一遍。依桐看座位上祝效华在呆呆坐着，他的眼神呆滞地看着前面，手臂上趴了几只苍蝇也视而不见，厚厚镜片被低低的鼻梁驮着，鼻梁上还挂着一串晶莹的眼泪。依桐坐下问他："同桌，考得怎样？"祝效华一言不发，连看依桐一眼也不看，还是保持原来的姿势，呆呆地看着前方。依桐拿手在他眼前晃了晃，祝效华这才把眼皮上下动了动，嘴里吐出一句话："同桌，这下我完了，重点考不上了，二本也悬，昨天我被雨淋了，考英语时我发高烧了，烧得糊涂……"依桐看他好像魂魄没有了一般，一时间脸上苍老得像一个耄耋老人，依桐拿手拍了拍他肩膀说："没事！高考时我两夜基本上没有睡，这次我连三本都困难。"祝效华这才把头低下，趴在桌上呜呜哭了起来，边哭边说："回家咋给我娘交代啊？！明明……明明那个算卦的说我今年能独中魁元的！我咋回家啊？咋面对村里人啊？我要是复读的话，我家里没有钱了！我娘说今年考得上就上，考不上就不再让我上了！我该怎么办啊？"

依桐看着他伤心，也引起了自己的伤心，他觉得以一个伤心之人去规劝另一个伤心之人，成功的概率不太大。他不知道该说些什么，他把志愿表摊开，找来一杆铅笔和各招生高校的表，在一志愿和二志愿上分别涂上了北京大学和清华大学的招生代码。此刻他就是一个即将自杀袭击的人，要抱着玉碎的精神牺牲。自己报考了这两个名校之后，觉得高考制度愚弄了自己十来年，自己在最后的关键阶段也反愚弄了高考制度一下。二本志愿上他很务实地报考了省内的两个普通高校，报考完后，依桐慢吞吞地提着志愿表出了教室，正好遇见从前门手足舞蹈出来的吴全，吴全边走边上下跳动，嘴里哈哈笑着："这下功成名就了！这下功成名就了！哈哈！报北大！"说着往教学楼外跑去，一不小心还摔了一跤，爬起后接着跑。依桐不屑地看了一眼他的背影，心中浮上来一点酸意，自己终于明白心中对他更多的是嫉妒。

他出了教学楼，见教学楼前围着一群女生，正在那里叽叽喳喳地讨论高考成绩，依桐不经意看去，发现夏天也站在那群女生中间，上身穿着一件橘黄的T恤，下身是一条牛仔马裤，她手里面还拿着一份纸，显然是高考答案。此时再见到夏天，依桐和原先的感觉已经大不相同，依桐已经知道她就是水儿的亲姐妹，对她的那种亲切感是发自内心的。依桐停了步，高声向着不远处叫她的名字，夏天转过头来，看见是依桐叫她，忙匆匆向周围几个女生告个别，那几个女生也看见了不远处的依桐，似乎和将走的夏天开了一个玩笑，夏天回转身之前，还不忘红着脸笑着轻轻打了那个女生一下。

夏天跑到依桐面前，笑着说："我正找你呢，许依桐，考得怎样？"依桐把手里的志愿表递出，苦笑着说："还行，报了北大清华两个学校！"夏天把那双黑亮的眼睛瞪得更大，拿过依桐的志愿表赞叹说："你真行，我早说过你行的！"依桐问："你考得怎样？应该很好吧？"夏天笑笑说："还算勉强满意吧，幸亏是你鼓励我，要不我这次考试非要失败不可。"依桐看着她的微笑面孔，恍惚中又是水儿，一时间夏念祥、端木钰晴等名字又在他心中翻腾不已。他出神了一刻，忽然怯生生地问夏天："上次你给我讲的，夏……你爸爸的事情，是真的么？"夏天没料到他忽然这样问，笑容收了回去，就说："真的，我下午就想动身去省城，解决掉这件事情。"依桐若有所失地说："下午？这么急？那……你爸爸平常都很好吧？他有没有给你讲过他过去什么事情，比如大学期间他是怎么过的？比如……"夏天诧异说："没有啊！嗯，也可能在我小的时候讲过一些，但我记得不多了。怎么了？你怎么这样问？"依桐忙说："没事！随便问问！"夏天又说："前天考试的时候他回来了，还去了我的考场，他以前给我说过，高考那天他不止为回来看我，还顺便要回老家参加一个婚礼，其实我也知道，他主要目的还是想让监考老师对我照顾照顾！"依桐苦笑了一下，说："要是昨天我能成了那被拍的马该多好？说不定就被拍到北大去了。"夏天想了想，转移了话题说："北大有什么好？我才不稀罕呢。许依桐，我下午就要去省城，你觉得我应该注意些什么？"依桐看她专心询问自己的样子又与水儿的模样有着相似，他想要是水儿的父亲有此事情，水儿要去，自己就算是上刀山下火海，也要决计陪她一起去的，但他转念又一想：夏念祥不就是水儿的亲生父亲么？依桐与水儿已经一个月未见，他向她承诺过，麦子黄了的时候就回来，要不然他一定会陪着夏天去省城的。

依桐想了想说："夏天，其实依你的智慧，我哪里有能力再给你提什么建议？我相信到了那里一定会把事情处理好的。其实你爸……其实你爸从骨子里不是那样的人，他就是那样有魅力的男人。他不找爱情但爱情找他，谁叫这个世界上好男人稀缺呢？"依桐说到这里，灵光一现，忽然说："一个美丽的女人还可能是这个世界上某些男人眼中的一个美丽，而一个英俊的男人则一定是这个世界上某个女人的一场灾难。这句话有些时候可真是真理！"夏天笑了，脸一红说："这么说你对一个女孩子来说一定是场灾难了？"依桐哈哈一笑："可我不是英俊的男人嘛！"

依桐此时脑中正在经历着一场战争，他想告诉夏天他这两天失眠的原因和他关于她父亲的那些惊人发现，但是他想夏天下午就要去省城，再告诉她这些无非是给她乱上添乱，不如等她回来的时候找个合适时间一并告诉她。许依桐忽然想起了什么，他问夏天："你下午去省城，什么时间回来？"夏天想了想，有些失落地说："我上午报完志愿，接下来我就全力去办那件事，如果事情顺利的话，我可能回咱们学校看看，如果事情不顺利的话，我可能就一直留在那边或者直接回开州的家了。中午我就该把校门口的公寓退了。"依桐也有些失落地说："那……我希望你能回来一趟，我……我给你说些事情！"夏天好奇地问："呦！什么时候你也学会卖关子玩深沉了？那你现在就告诉我呗！"依桐忙摆手说："现在？现在不行，现在不行！你不是想和我一起回你老家看看么？我想……我想到时候你有空的话，顺路到我们村，我想让你见一个人！"依桐实际上是想让夏天和水儿这一对亲姐妹见上一面，夏天又问："见谁？搞得神神秘秘的！"依桐笑笑说："你就别问了，反正是一个和你长得有点像的人！"夏天充满期待地说："老家那边的人我大部分都不识了，到那举目无亲的，那，到时候你得管我饭啊！"依桐说："放心，只要夏小姐说句话，吃香喝辣我伺候到您老跟前！"夏天笑说："什么时候又学会耍贫嘴了？我可不敢让堂堂的许大才子伺候！对了，你记住我的手机号吧？以后不在一起了，有什么事也可和我直接联系，或者给我发短信！你的电话也告诉我，我在省城和开州有什么情况也可以告诉你！"

依桐想了想，自己村里除了村长家里和开超市的胥有福家有座机电话，大部分人都用上了手机，而父亲许正兴有一个黑白屏的手机，要是把他的号码告诉夏天，女孩子打电话时父亲一定是盘问他三天三夜，非要考察出儿子一个桃色新闻的，依桐就说："我先记下你的号吧！你要是给我打有点不方便！放心，我会经常给你打电话的！"夏天本来掏出了自己的手机预备记号码，此时又失望地把手机收回，说："你要说话算话啊，一星期打一次可以吧？"依桐笑着点点头。

因为夏天还要去交高考志愿表，中午还要退房，两人就挥手作别，夏天转身往东面的办公室交志愿表，依桐就向校门口走去。

61

许依桐和夏天分手后，就直接出了校门去姐姐依禾家，走在大街上，街道两旁的店铺，正在阳光中敞开着店门。他走到城湖岸的一家叫做"倾城之恋"婚庆店时，听到那店门口正传来震耳欲聋的音乐声，原来那里正在搞宣传活动，他看到了店门前高高挂着一幅新娘美容照，那照片上的新娘分外美丽，不料他看了一眼觉得有点面熟，又感到莫名其妙地有点像水儿，依桐心想这几天可真是想水儿想迷糊了，看谁都像水儿，他拍了拍脑袋，就匆匆忙忙地去姐姐家，他计划着去过姐姐家之后就直接骑车回南许村。

依禾正准备出去，见依桐回来，忙说："我正打算去学校找你呢，考得咋样？志愿报了么？"依桐一见姐姐面就愤愤不平说："现在的报志愿，那就是变相的赌博押宝，国家一直要禁赌，我看高考报志愿就是最大的赌博！"依禾笑着递给他一根香蕉，说："你呀！要是当上了国家教育部长，再说这个意见还不迟！"依桐说："国家就是开赌局的，输的永远都是我们这些参赌的人！烦透了！姐，我下午想回家！"依禾听他攻击完高考制度，猛然间又说回家去，神色间一时有点紧张，忙说："咱爹昨晚还给我打了电话，说考试完先让你别回家，让我带着你玩几天，我正寻思着明天正好卫卫不上学，咱们找个地方旅游一下呢。再说暴雨三场，天气预报上说今天还有雨呢，你看今天上午这么闷热，下午指不定还要下雨！路上别再淋了！"依桐此刻什么也不想，就算下刀子也要回家，他只想见到水儿，告诉她她的父亲和母亲是谁⋯⋯

依桐吞咽着香蕉说："不旅游了！我⋯⋯现在就想回家去！我哪也不想去！"依禾迫切地说："那你就在姐姐这住几天，姐想给你好好说说话，都不行么？"依桐停止了吃香蕉，抬头看了看姐姐狐疑说："你怎么了？姐，是不是有什么事瞒着我？咱娘⋯⋯咱娘身体没啥事情吧？"依禾低头说："没啥事！就是⋯⋯就是⋯⋯"依禾想反正此时依桐高考已完，水儿之事再瞒着他已经没有什么实质作用，她了解弟弟的脾气，只有自己的话弟弟还能听进去几句，而他要是回到家，猛然听到水儿出嫁的消息，恐怕又会闹出什么大乱子⋯⋯

依禾想到这里，就轻轻坐在依桐的对面，深呼吸一口气说："依桐，姐上次找你时就给你说过，你也快二十岁了，不是小孩子了，该接受一些社会的事情，遇见事情可别冲动，要先过过脑子，男人就该有男人的胸怀！不管这件事情对你造成多大的伤害，你要先冷静，接受它，好么？"依桐看姐姐忽然一本正经地说出这么一番意味深长的话，他心中更加疑惑，暗道莫非姐姐已经知道了姐夫在外面拈花惹草遭自己打的事情，他恐怕龚美明打不过自己，反而在姐姐身上报复，他火气又忽地蹿上来，做好了再次揍姐夫的准备，他忙说："姐，姐夫⋯⋯姐夫没怎么着你吧？"依禾正思考着怎么和依桐说水儿的事情，见弟弟忽然又说起挨千刀的龚美明，依禾忙说："和你姐夫没什么关系，我要说的是水儿……是水儿的事！"依桐一听是水儿的事情，更加地专心，身体往沙发的前面移了移，以便离姐姐近一些，他眼睛一动不动地盯着姐姐，惶恐地问："水儿？水儿怎么了？"依禾的嘴唇动了几下，才用尽了最大的努力，对专心看着自己的对面的依桐终于吐出了那几个字：

"水儿……水儿出嫁了！"

依桐听完这句话，长舒一口气，对姐姐笑了一下说："我当什么事情呢？唉！吓我一跳！不就是出个嫁么？我当水儿有什么事呢……"不料他说着说着，忽然静止不动，刚才的笑容在脸上忽然僵硬住，似乎反应出刚才姐姐说的那一句话的意思！出嫁？！结婚！水儿？！连续两夜之中，他的脑中已经闪过无数次炸雷，他的大脑已经接受过无数的冲击，但唯独这一次最为猛烈！他怀疑刚才听错了，事实上他是希望自己听错了。他的脸色变得铁青，他充满希望盯着姐姐，用最低的声音颤抖着问："姐，你……刚才说水儿？说……水儿怎么了？"依禾惶恐地看着他，忙说："依桐，姐刚才怎么给你说的？遇事情先要冷静！学着怎样接受它……"这时依桐身子忽然又向前，声音都走了调："我问你姐，求你快说呵！"依禾知道再也瞒不下去，这才作了最大的努力，低声说："姐不瞒你，实话告诉你：水儿……水儿她出嫁了，就在前天，嫁到了夏桥村！"

依桐脸色又忽然青了一层，他此刻不怀疑自己的耳朵了，开始怀疑这个事实，他斩钉截铁地吼了起来："不可能！我不相信！"依禾的声音也提高了几度："你怎么还这么小孩子气？！事情明明发生了，就得像个男人那样地接受！可别像你姐夫那样天天窝窝囊囊的，没个正型！让人看见就恶心！姐也知道你和水儿从小就有情谊，咱们三个一块儿长大的，你们两个情谊多深，姐比谁都清楚！但是你现在是学生，还要读三四年的大学，而毕业之后呢？国家现在也不负责给毕业生分配工作，更不负责给你房，你在十年之内什么也没有，能给她什么？你现在要是能给她房子和一个稳妥的家，甭说你不答应她出嫁，就是姐姐也不会答应那么好的姑娘嫁给别人！水儿是农家姑娘，你想让她等你一辈子么？等成老姑娘，被咱村的唾沫星子淹死么？你总是从你这一方面考虑，一点不考虑别人的难处！"

依桐此刻大脑一片空白，就在这极度绝望的一瞬间，他猛然回忆起他们最后一次在齐渡河堤上的见面，他这时候才想起那天水儿的反常反应，那天水儿第一次主动抱着他大哭，哭着还哽咽着那句"依桐哥……我没办法……没办法"。依桐此时想着一定是有人强迫她出嫁，水儿一定受了天大的委屈才会这样，他了解她，这不是她做出的事情！他要马上回去保护她，就像他从小到大无数次地保护她一样，那是他的责任！他发誓他会代替端木钰晴给水儿在这人世间她应该获得的爱，他能！他只恨自己知道此事太过晚，他骂着许依桐你真是王八蛋，你还醉生梦死于你根本无法实现的高考梦，你还像夏念祥那样醉心于自己的前途，置心上的人于不顾？！

依桐牙齿把嘴唇都咬出了血，霍地站起身，像疯了一样地向门口走去。依禾似乎早已经料到弟弟会这样，依禾坐得离门口近，为的就是阻碍弟弟出去，她马上跑到门边，一伸手把暗锁锁住，大声叫着："依桐！你怎么还这么不懂事？！你回去了又能干什么？你想让夏桥村的都知道夏家新娶的这个新媳妇在娘家……在娘家有个相好的么？你让水儿咋活人？"依禾知道此时什么话最能够阻止依桐，那就是说出水儿的不利处境，依桐本来正疯狂往外冲，听了依禾这句话，身子晃了一下，伏在房门上微微颤抖，脸色铁青，一句话也不说，拿头重重地撞击房门，砰砰声不绝，额头上都撞出了血迹。依禾知道得要他发泄出来，她知道自己根本无力阻止……

过了一会儿，依桐忽然静止下来，沉默一会儿，讪讪地又离开房门，坐在沙发上如同一具枯尸一样一言不发。昨天下午他考完高考最后一门出了考场时，他还感到自己有些被抽空的迷茫，觉得空虚，但此刻听到水儿出嫁的消息，他的心上那一根最大的精神支柱才彻底被抽空，他感到自己的心正在一点点地往下塌陷。他说破碎吧！破碎吧！刚才他甚至有那么一刻，感到活在这个世界上再也没有什么意思了。从小到大，他都想到过和美丽的水儿结婚那一天，他一直认为她是他的人，他甚至靠这个才得以在十来年枯燥的读书生涯中坚持下来，他想为水儿营造一个美丽的前途，一直以来，他都以为自己拼搏的终点便是爱情花团锦簇的春天，水儿就站在终点那鹊桥上含笑等待，但此刻他快到终点，却忽然被告知终点那里什么都没有！

这个时候，窗外响起隐隐的雷声，似乎又有一场雨将要来临。依禾看依桐坐在沙发上，有半个小时一言不发，只是保持一种姿势一种表情，她心里有些发怵。依禾忙走过去，蹲在依桐的面前，轻声地问："依桐，你没什么事吧？你要是想哭就哭吧！姐在这呢。"

依桐在这半个小时中他想起了许多情节，也包括刚才他路过那家婚庆

414

店的时候所见到的新娘照片，此刻他回想起来，确定那就是水儿了。因为新娘脸上那份忧郁是任谁也装扮不出来的。依桐忽然抬起头来，似乎在用一种温暖的语气痴痴地问姐姐："水儿穿上婚纱的样子，好看么？"

在淅沥的雨中，依桐撑着那把黑伞走在封阳县城的街道上，他在向封阳一中走去。半个小时前，他和姐姐已经通过了一番推心置腹的交谈，他健康的心态让依禾感到弟弟确实长大了，确实像一个接受了高中教育的人，依桐说回家，他不去找水儿，他知道水儿已经是别人的媳妇，已经轮不着他来保护了。依禾听到这句话感到了放心，她也流了泪，她告诉依桐说弟弟你要学会接受现实，姐当年就是提前接受了现实，所以才跟了你姐夫来到了县城，你看姐姐活到现在也没有爱情，不也是活得很好么？

依桐静静地听着，他想起了女人日记里面的绝笔，那句痛心的"无与士耽"，他怀疑这个世界中，悠悠道途上，是该找一个伴同走天涯，还是一个人孤身向海角。依桐忽然觉得自己也被孤零零地抛在这个世上了，水儿也是一样，大家都是孤单的，孤单的状态是一种最实在的状态，在孤单中没有了爱情的昂贵的欣喜，当然更无了爱情廉价的哀愁。他说不出话，向姐姐道了别，依禾递给他一把伞，把他送到了楼下，他见依桐肩上一直背着一个帆布包，如影随形，她不知道弟弟高考之后还背着书包干什么，她也没问。她只目送着瘦削的弟弟在连绵的雨中，撑着伞向街道上孤独地走去。

雨越下越紧，他不知不觉走到了校门口的寄存车处，从里面推出自己的自行车。他推着车子，把雨伞微微开着，绑在了前面的车斗上，以挡着车斗里的帆布包不受雨淋。他颓唐地走出寄车处那个简陋的车棚，恍惚中递给存车老头一张钞票，那个老头还想找给他钱，却发现他已经面无表情地走远了。他抹去眼前的雨珠，朦胧中，却忽然见校门口的马路上，有几个人站在雨中打着伞闲聊，其中就有韩跃。他在伞下看见许依桐推着车从存车处走出来，忙远远地伸手给他打招呼，小跑着过来。

韩跃见了许依桐，说的第一句话就是："许依桐，你知道么？祝效华跳楼了！"依桐的心刚遭受一次电击，正在嗞嗞冒烟，此刻听到这句话，心猛地打一个冷战，他问："祝效华？跳楼？"韩跃点头说："就是你同桌啊！他高考发挥失利了，上午对答案之后，就跳楼了！"依桐忙问："那……那他现在在哪？从几楼……"韩跃马上说："六楼，你想啊，从

415

咱们学校的三教楼最高层,跳下来之后又摔在了楼下的水泥花坛上,当场就……你说他值不值?咱们学校正在封锁这件事呢!你想想,多丢人呐,他家里人刚到,他娘在咱们学校主楼那个地方哭休克过去了几回!真是可怜!"依桐此时眼前又闪现出同桌那黄瘦的脸,那厚厚的镜片,趴在桌上算题的样子……依桐说不出话,他像抽空了一样,别了韩跃,推着自行车,蹒跚地走在大雨里。他想着会在一月之后,公布高考成绩之时,这条街道上会挂满了所谓县状元的名字,还有县一中的升学率的大红条幅,县电视台也会不厌其烦地公布考上名牌大学考生的考分和名字,那个时候考试失利的自己将何以自处?怎么面对村里人责问的目光,又怎么应对父亲的唠叨?

他在雨里骑着自行车出了县城,依旧沿着那条向南的柏油路驶去。在大雨里依桐拼命地蹬着自行车,他抹着脸上的雨水和泪水,他的镜片上沾满了雨珠显得模糊一片,头发上的雨珠也向下淌着。他想长啸,他想回到二十年前的南许村,冲进胥先重的家里,告诉端木钰晴说你马上回欧洲去,你这样做不值得!但是他只是活在不痛不痒的今天里,只是在这条他跋涉了三年的柏油路上踽踽独行。大雨淋得依桐清醒,又使依桐沉醉,他忽然想起夏天给他说的夏念祥情人怀孕的事情,他心里又打了一个冷战,她要是把那个孩子生出来,很可能就是另外一个水儿,他暗地里为夏天祈祷,希望她能办成这件事!他也想把水儿的身世告诉水儿,他想马上见到她,就算她已经成为别人的妻子,但是她仍旧是水儿。

依桐冒着大雨骑了五十里,到了洛宁镇该往南许村拐的路口时,依桐没有像往常那样走上那条路,他径直出了镇子向东,他知道夏桥村就在那里。夏桥村村口正好有一个穿雨衣的老人,正在路旁的草地里给自家的羊薅几把草,这个时候他忽然看见一个浑身淌着雨水的青年骑着自行车从公路上行来,那青年放着车斗中的一把伞也不打,兀自让雨淋。那老人看见他下了车子,狗抖毛一样地抖了抖身上的雨水,问自己前天结婚的那一家住哪?老人说你顺着这条柏油路进村,到了第一条路口再往东第一家便是,大铁门红门楼好认得很。青年匆匆别了那老人,向村中驶去。

此时雨势已经渐小,天空逐渐有些泛白。依桐进村之后,不大会儿就到了第一个路口,赫然见一户新盖的楼房人家矗立在路边,门边还端坐着两只森然欲搏人的石狮。他敲门的手指忍不住颤抖,只听门内响起"汪汪"的狗吠声。只听院内屋门吱呀而响,不大会儿响起了人的脚步声,朝着大门口缓缓走来……依桐心里想着该以怎样的表情面对来开门的水儿,是痛苦还是痛哭?是微笑还是大笑?他轻轻拍了拍肩上背的那个帆布包,暗地里对端木钰晴说你要见你女儿了,你见了她生活得不错你就该放心了,我们大家都会好好的。依桐全身血液加快,耳听着有人越来越离门口近的脚步声。

门开了。露出一个小伙子往外观看的脸,他怀疑地打量站在自己门外浑身正淌着水的陌生人。他正是水儿的丈夫夏东华,夏东华一脸疑惑地审视着面前这个陌生人,问:"你找谁?"依桐马上说水儿在么?夏东华警惕性更高,用身子挡住整个半开的门口,又问:"你是哪里的?找我媳妇做什么?"依桐听到这句话,浑身如入冰窖,是的,你今天找的是别人的媳妇,他猛地攥紧的拳头忽而又松下去了。依桐长出了一口气说:"我是南许村的,是水儿的……水儿的本家哥哥,叫许依桐,你给她说她知道,我找她说些事情,麻烦你把她叫出来,我说完就走!"夏东华又疑惑地看了看他,就说:"你先在这等一下,我把她叫出来。"说完转身把门又不放心地锁上,回院里屋中通报去了。

尽管从小到大,依桐曾无数次地在门外如此地等待水儿出来,或光明正大,或小心翼翼,或像贼一样偷偷摸摸,但他每一次等待的过程中,内心都充满了希望的欣喜。但唯独这一次,他的心好像死灰般飘舞,忐忑地上下攒动。时间不长,院子里又响起一阵脚步响,依桐的心像敲皮鼓一般,他分不清是寒冷还是激动,感到自己的双腿在颤抖!

门开了,依旧是夏东华的脸孔,他的身后一片空荡,他冷冰冰地对门外的依桐说:"我媳妇说让你回去,她不愿意见你。"依桐听了这句话,更是比刚才浑身大雨更让他清凉,他斩钉截铁地说:"不可能,她就在里面,她不会不见我!"说着依桐就要往里冲,他看这小子竟然往里冲,哪里会罢休,马上推搡着许依桐,嘴里吼道:"你干什么?私闯民宅?我可放狗咬你了!"那条狼狗好像响应主人的号召,在院子里又开始狂吠。

依桐淋了五十里大雨,神志又受了强烈的刺激,一时有些恍惚,推搡中被夏东华轻易地推倒在地上,那个帆布包也甩出很远,依桐跟跟跄跄从地上爬起来,他宁愿摔住自己,也不让那个帆布包受到一丝伤害,等到他跌跌撞撞起来,捡起那包的时候,只听"砰"的一声,大铁门已经重重锁住。他站了起来,他想撞门,他想翻墙头过去,但他知道:这只会等同于所谓的"私闯民宅"了。

62

依桐推着那辆破烂的自行车，走出夏桥村。此时太阳已经冲破乌云露出它的笑脸，忽隐忽现地挂在西边高高的天空，把村外的麦田又映照成杏黄一般空蒙的颜色。阳光像亿万年里每一天一样，神采奕奕地照射下来，使那些麦穗干燥，使它们成熟，进而加速走向死亡。他踩在脚下的是一条柏油路，那是几年前由这个村的大人物夏念祥出资修建的路。

依桐忽然长吁一口气，又想起二十年前的端木钰晴来了，他从她日记中读到过，她在1986年那个初春的日子里，曾经一个人从南许村来到夏桥村，她一定是从这条路上走过，他依稀看到她在经历了一番心理上的矛盾斗争后又挺着大肚子回来，蹒跚地走回南许村，那时这路两边的风景一定也收进过她美丽的眼神中。依桐发现自己和她都经历着一番斗争后的惨败，灵魂在夏桥村被击得粉碎，带着空空的躯壳去回到南许村。依桐在朦胧中也感到脚下的柏油路忽然变作土路，好像感到他与端木钰晴在同行，他们一起沉默着回去，离开夏桥村，那是他们共同的伤心之地，他们走进太阳下的麦田，迎着远方走向远方……

而如今，水儿的身世水儿依旧不知道，依桐却忽然失去了告诉水儿这一切的动力，他忽然感到没有必要了，能有什么比让水儿过上平静的生活更好的呢。让她再在无谓的纷乱中，把她原来的身世都彻底推翻，进而去接受她的真正身世，这对她的心田无疑是一种地震式的折磨！这在与昨天毫无关联的今天又有什么用？依桐别无他愿，只愿水儿能比自己幸福，那样他就完完全全放心了。但是他想他也会给水儿说她的身世，那是在水儿未来某一天感到不幸福的时刻……

他想起那个在省城已经怀孕的年轻的夏念祥的情人，他想起她肚中怀的是另一个水儿！他忽然有了一个想法，他为了端木钰晴，为了水儿，也要这么做！到了镇上，他开始推着车子疯狂地寻找，终于找到一家带有公用电话的小卖部门前，他掏出了写有夏天的手机号码的纸条，在公用电话上飞速地拨打着夏天的号码。电话接通了,那边首先传来的是呜呜的车声和夏天的声音:"你好,请问是谁?"许依桐马上说:"夏天,你在哪里?我们一起去省城!"

夏天那边的声音立刻提高了八度,她兴奋起来:"许依桐么?你在哪里?我这边大雨刚停,我就租了一辆出租车,刚出县城,正往省城赶呢!"依桐立刻说:"我现在在洛宁镇!我陪你去省城,我要给那个女孩讲一个发生在二十年前的爱情故事!相信我,这件事就会解决!"依桐随即听到那边夏天对司机说话的声音:"师傅,麻烦现在去一下洛……洛宁镇,接一个人!"那边司机的声音模模糊糊传来:"不会吧!小姑娘,这都出了县城北五十里了,你再让我去县城南五十里的洛宁镇,这才刚下过雨路上还有泥……"夏天已经打断了他的声音:"快一点去洛宁镇!我刚才给你的车费乘以二总该可以了吧?"随即依桐听到了夏天得意的声音:"许依桐,现在车正往洛宁镇上去,你在那等一会儿啊!"依桐说:"放心!我就在镇子外的那条路上等你们,还不进镇你就能在车上看到我!"夏天那边笑了,随即说:"那一会儿见面再聊!"

依桐多给了那超市的老板几元钱,让他帮忙照看一下自行车。依桐一直狂奔出了洛宁镇,又进入了镇子外面海洋一样的麦田之中,他沿着那条通向县城的柏油路向县城方向走去。路两旁的麦田向他招摇着俏皮的麦穗,太阳已经完全冲出乌云,正发出红黄相间的光芒,像一个大大的黄色烙饼,高悬在无垠的麦田之上。微风起来,被太阳晒得稍稍干燥的麦子已经随风摆动,发出沙沙的响声,在波澜壮阔的麦海之中,他的微小身影只缩小成一个小黑点,一会儿被黄色的"海水"淹没,一会儿又神奇般地出现。

他一直站在路边,站了将近有半个小时左右,就见远方麦海深处延伸过来的那条柏油路上,隐隐现出一辆墨绿色的轿车,在蛋黄色的麦田中,那绿色的轿车像一片绿叶,在向着依桐驶来,他冲着那辆轿车挥着手臂,肩上挎着的帆布包也随着左右摇摆。风起来,吹不动天边那轮渐趋变成夕阳的太阳,只掀动了连绵起伏的麦子。麦田中间已有层层叠叠的麦浪,从夏桥村那边吹来,吹过自己身边,向南许村方向舒卷着麦浪吹去。依桐回过头去,看见那边的夏桥村,在阳光下只幻化成一坨黑色的阴影,盘踞在麦海的中央,而阴影之上的东南方天空上,竟然还挂着一条七彩的虹,那条彩虹极其悠长,弯曲成一座拱桥,虹身散发着奇异的色彩,更加显得旷高悠远和五彩斑斓，那一刻依桐终于感到了"气势如虹"是何含义了，他挺直了身子，似乎已经有了气势，迎着麦田里刮过来的清新的风，在那条彩虹下向着那辆越来越近的轿车奔去。

车上，依桐和夏天坐在后排，各自望着车窗外连绵起伏的麦海，看着车窗外的风景向后退去。去南许村的路口过去了，齐渡河堤过去了，齐渡河也过去了，但是扑窗而来的还是数不清的麦子，他忽然感到自己一直以来的梦想都是出麦田，但是现在终究是出不去的了。他想起了许多，他忽然记起村里一个信仰基督教的老人给他讲过《圣经·旧约》里"出埃及记"的故事：当年的以色列人因为逃荒才去的埃及，在埃及时间久远一些，埃及新王上台，便对以色列人实行暴政。同是上帝的子民，上帝便不能坐视不管，便领这些以色列人出埃及，去为他们安排好的迦南地，一路上他们由于自己的劣根性，互相抱怨，四十天的路程走了四十年，最终到了迦南地的人也寥寥无几。尽管麦田要比埃及要美好几百倍，但是为什么这么多人想要出去呢？真正出去的有几人呢？而领着自己出麦田的上帝在哪？他又想起女人日记里的那句话：我们是生活在麦海中的，即便城市也是海中的岛，而乡村只是海中的小岛，我们是逃离不开的。他忽然明白了那些话是多么的深邃，出麦田似乎是一个永不能实现的梦，如船舶驶离不了海洋，飞鸟飞离不了天空。

夏天问他究竟在想什么，依桐笑了笑不回答，却说："你带笔了么？"夏天怀疑地看了他一眼，从随身带的包中拿出了一支笔，依桐接过来，说："我要给一个人写一封信，麻烦你帮我转交一下！"夏天惊异了："我？让我转交？"依桐说："是的，只有你能转交给那一个人。"夏天怀疑地看着他："许依桐，你怎么越来越会玩神秘了？"

依桐打开帆布包里的木盒子，从中取出夏念祥写给端木钰晴的信，他从中抽出一张，把木盒子垫在下面，他又对前面的司机说："师傅，麻烦一会儿车子走一下县一中左边，在城湖边的一个叫做'倾城之恋'的婚庆店门前停一下！"那司机在前面点了点头。夏天听了这句话，更是奇怪："许依桐，我们去省城，怎么要去婚庆店呢？"依桐看着她说："你不是最喜欢那首叫做《小爱人》的诗歌么？你想不想见见真正的'小爱人'？"夏天笑了："世间哪有那样的小爱人？那首诗也是诗人的想象之作。"依桐痴痴地想着，说："这世界上是真有小爱人的,她穿着白色婚纱的样子就是小爱人,那首诗的主角就是她,真的是她!"依桐说得斩钉截铁,夏天摇着头一直笑,忽然她伸手摸了摸依桐的额头,惊道:"许依桐,你发烧呢!我说你刚才怎么说这么多胡话?"依桐淋了一下午雨,确实有些发烧,他喃喃地说:"夏天,你可以望着窗外的景色背诵那首《小爱人》,等到了县城的时候,你就会见到真正的小爱人的照片。"夏天半信半疑地伏在车窗上,看着窗外起伏的麦浪和悬着的落日,说了句:"等到了省城,我找个药店先给你买点药!"

依桐这几天脑海中翻来覆去是日记里的句子,端木钰晴行文造句的风格,他搜罗着脑海中所存的词汇,缓缓地在颠簸的车上模仿着端木钰晴的文风写下下面的文字。

文天:

见信快乐!你大约已经想不出我是谁了!二十年不见,还好么?当你看到这些文字的时候,我远可以在你的天边,近可以在你的身边,注视着你的一言一行,当你吸烟的时候,我是你眼前徐徐上升的那一个个烟圈,当你喝茶的时候,我是你茶水中漂浮着的一粒最小的茶叶,当然,当你和一些陌生的女性亲昵的时候,我还是你送给她们的若干朵玫瑰中的一朵。你或许已经把我忘记,但你也会隐约把我记起,你说过,只要时间走着,一切等待就不是问题,但时间在走着,等待的人却已经不值得等待,你说等待者还需要等待么?

元好问说"问世间情为何物,直教人生死相许",如今却已到了"直教人以钱相许"或者"以虚伪相许"的时代。一切都已过去,你的东西我现在完璧归赵,我想也没有必要再保留它们了,因为已经不值得。我真的希望你把上面二十年前你写的话再读上一遍,你会认为这是另外一个人写的。你会觉得上面那些字迹很生疏。因为你已经找不到你自己。

我现在不在维也纳,我的生命也与钢琴无关,我现在正在麦田里弹琴,琴键是无数的麦芒,伴奏是无数的麦浪声,我觉得我是一个大地的琴手,我弹了二十年,我还是二十年前的我,但你呢?你的理想是不是已经实现?你的文思是不是为你脚下的大地和大地上的人民呐喊出了最强音?

看到这些文字的时候,你早已不是文天。我知道你也已经在二十年前就陪着我一起死去了,活着的不是真正的你!夏水在,夏天也在,但是一个只能生活在天上,另一个却只能生活在地上。因为一个是天,一个是水。水天会默默相对,但永不会相连,这是悲剧,也是喜剧。当天想念水时,那就哭泣吧,只有雨水是它们唯一的联系方式,但是现在你找得到你真正为我悲伤的泪水么?

你的一瞬,就是我的一生。

顺便说一句:如果左耳和右耳能够相见,你我就能再次相见。

夏念祥,好好活着。

一个你早已记不起来的人

写于麦海之中
写于1986年 公元后某天

依桐写完后,把信件交给夏天,还连同当年文天写给文水的所有信件,他却把端木钰晴在南许村写的日记紧紧地放在木盒子中,他觉得那些夏念祥写的东西应该还给他本人。至于何时会把端木钰晴的这些日记交给他,这要看夏念祥找不找得到原来的自己。

夏天迟疑地收下这些东西,问许依桐让她把这些东西转交给谁,依桐说:"你的父亲!"夏天更加疑惑:"我爸爸?"许依桐说:"这原本就是他的东西!"夏天还是不解:"你怎么会拿着我爸爸的东西?"依桐说:"你早晚就会知道,现在先不用问,这些信件你先不要看,以后我会慢慢给你讲的。"两人正说着话,车子已经走到了封阳县城湖岸,到了那家叫做"倾城之恋"的婚庆店门前,依桐特意让司机在这里停下车,由车窗内看来,婚庆店门前那幅巨大的新娘艺术照片在夕光中矗立,照片里面的水儿正穿着洁白的婚纱向车里的依桐和夏天忧郁地望着,美得动人,也美得让依桐想哭。依桐指着那张照片对夏天说:"她就是小爱人,前天才出嫁的。"

夏天也引颈向车窗外望,她看了看依桐更加忧郁的表情,又看了看远处矗立的新娘照片,嘴里喃喃地说:"真美!真没想到人类还能生出这么美的人!"夏天痴痴地看了一会儿,忽然恍然大悟说:"这个女孩我好像见过。哦!上次她来一中找过你,是不是她?"依桐点点头,说:"是的,你不觉得你和她长得有点像么?"夏天笑了:"我要是长得有人家一半美丽就好了。"

两人就那么看着，一起沉默了一会儿。夏天好像又想起什么，她记得依桐曾经承认过那个姑娘是他的女朋友，但是如今那个姑娘已经穿上婚纱，她似乎能够读懂依桐脸上那份销魂的忧伤了。夏天想问依桐什么，但是又怕依桐伤心，她只是说："真羡慕那个娶她的男孩！"依桐低下头去，又抬起头来，面对着远处水儿"望"来的忧郁目光，陷入了沉默。

车子驶离了城湖岸，离车窗外婚庆店橱窗里的水儿越来越远了，依桐和夏天茫然地回过头来，面对着前面越来越宽敞的马路，他们正驶向更为繁华的省城，去解救另一个端木钰晴。出了县城，便又是更为广阔的麦田，麦田从南许村那个方向发轫而来，依旧铺张扬厉着天地的规模，去往八方。依桐和夏天坐在飞驰的车上，看着那轮夕阳在麦田上空逐渐地坠落，坠落，一群黑色的飞鸟正在晚霞中间奋力地拍打着翅膀，在麦子上空和中间忽隐忽现，而他们坐的这辆车在麦浪中的路上勇往直前，似乎要一直开进西方晚霞中去了。

依桐忽然想起1985年冬天端木钰晴坐着牛车去找夏念祥的那个森冷的黄昏了，他想起端木钰晴坐在牛车上想起的那个比喻：赶牛车的老人就像逐日的夸父一般，他忽然觉得这个黄昏与那个黄昏有着惊人的相似了，而自己和夏天坐的车不就是向着西方追逐落日么？

西风吹来，黄色夕光分散在黄色的麦穗上，把整个天地映照得红彤彤一片，车内夏天的脸上荡漾着晕红的神采，她染得微黄的发丝被车窗外吹来的风轻轻拂动，不时扫着依桐的脸颊。许依桐和夏天望着车窗外空蒙的风景，不约而同地轻轻朗诵起那首《小爱人》。

一月后的一天傍晚时分，南许村口忽然开进来一辆大货车，那货车上载着一面长长的石碑，货车扬着一路灰尘到了南许村后，就直接下了柏油路，沿着一条土路，向村北颠簸着驶去，最后停在了齐渡河堤下的那一片荒芜坟地边上，从车上下来许多穿着制服的人。齐渡河堤上有许多人正在葱茏的桐树下乘凉，见到开进来一辆货车竟然到了那个不毛之地，以为发生了什么事情，都纷纷下河堤穿过麦田，来这边的荒芜坟地看热闹。其中有一个穿制服的领头模样的人看来了这些乡亲，热情地掏香烟来分发，他说他们是开州市石碑厂的，受人差遣特意来到这里装一座墓碑，他又问一位在场的南许村的老人，那个老人恰好是村里的许正学老汉。他问许正学老汉二十年前这里是不是埋葬过一个因为难产而死的外地女人，他想找一下她的墓地，许正学老汉焉有不知？那个女人当年就是他拾粪时候捡回来的，许正学老汉此时已经垂垂老矣，拄着拐棍慢悠悠地就把这一群人带到了一座枯坟前，那坟头已经极小极微，上面长满了滋生的杂草，这一伙人在确定了地方之后，就开始在坟前刨地，准备安装石碑。

在场的人都很诧异，年纪大的老人还记得二十年前的往事，惊奇的是竟然这时候还有人记起给一个无名的女人立碑；年纪轻的人压根就没听说过当年的事情，纷纷说坟头都快没了，还立碑干什么？看来有人是有钱没处花了。由于来的都是专业立碑人员，高达五米的碑不大会儿就在坟前立了起来，与不远处高高漫漶着的贞节牌坊遥遥相对。有些好事的村民问他们是谁这么阔绰，还给一个死了二十年的人立了这么好的墓碑，这些穿制服的人哈哈一笑，都不答话，把碑立好后，纷纷上了车就径直地驶离坟地。那货车进入南许村上了柏油路，就向着原路返回了。

在场的村民这才围拢过来，看看墓碑上写的究竟是什么，村里有几个小学刚放学的孩子也来看热闹，于是不识字的村民都怂恿这几个孩子念念上面写的是什么，这几个孩子正好可以炫耀自己在学校学的东西，当下也不客气，当即站成一排，像参加升旗仪式一样的正规，对着上面的字体一起朗诵起来，他们稚嫩的童声在夕光下飘散不已：

　　小爱人

　　当你唱着歌
　　走在海面上
　　白莲花与晚霞一起绽放
　　你说要带我　飞向夕阳家
　　洒下蔷薇满天芬芳

　　当你笑着说
　　樱花已开放
　　我看见　你白衣上的花香
　　你说四月天　花草铺天堂

想要驾鹤陪我去求凰

当你唱着歌
舞在白云上
夕阳吻晚霞入画
你浅浅的酒窝　对我远远笑
秋水之西红霞飞

当你对我说
从此无相忘
月老已定鸳鸯谱上
枫叶红花天　与君长相守
读尽人间烟火　去远方

几个孩子用稚嫩的普通话朗诵完以后，还一起朗诵了墓碑上最后的一句话：

只要时间走着，等待永远不是问题。
永远的爱人：端木钰晴之墓

由于那个"钰"字不认识，这几个孩子到这里被卡住，都笑笑跑开了，在场的村民都听不懂这是什么意思，就觉得这上面写的是一个人在天上飞呀飞呀，没有什么意思，他们挠着头越想越迷糊，就干脆继续走上大堤凉快，他们说大堤上真是凉快，今年风调雨顺，看来玉米应该长得好了，来年能卖个好价钱。他们坐在大堤上，远远看见村里的傻运动依旧卧倒在村口一个麦秸垛上，一言不发地看着复远的天空，他们冲他喊傻运动傻运动。许运动在麦秸垛上欠了一下屁股，不睬他们挑衅式的叫嚷，依旧看天，但他们依旧在喊傻运动傻运动……

远处响起了锯树的声音，原来洛宁镇政府已经派遣伐木工作队，正以每天三十棵桐树的规模，从大堤上一路向东，把那些粗大的桐树锯掉卖钱，进而栽种上小小的杨树苗。他们说杨树的身子直，不发岔，也长得快，比桐树能卖个更好的价钱。村民们都说趁着桐树还在，赶紧凉快一会儿是一会儿。有许多人从家里把椅子也搬来，在大堤上桐树下打麻将、玩纸牌、下象棋。有的则是坐在堤上的草地上，在一起聊今年的收成和道听途说的小道新闻。那些高大桐树隐蔽成相连的树荫，惊悚不安地等待着远方电锯的趋近。

在当年那个哑巴女人昏倒的地方，还坐着一群放学的孩子，他们坐成一个圈，来听一位放羊的许姓老汉讲故事，那个许姓老汉正讲得绘声绘色，甚至连羊挣脱缰绳去吃堤下的庄稼苗也不知。他对着坐在自己周围的那些睁大着好奇眼睛的孩子们说：

"从前啊，有一天，就在咱们坐的这个地方，忽然'扑腾'一声，从九霄云上掉落下来一只凤凰，那只凤凰可真是大啊！它的头就落在了齐渡河北的梦桥村，它的尾巴就落在咱们的洛宁镇上，而它的心脏就落在了咱们南许村，这只凤凰落地后就化身为泥，肥沃咱们这一片土地了，要不咱们这里的麦子能长得这么好么？那只凤凰掉下来之后啊，有许多只凤凰也飞落下来，哀悼它们死去的同伴，那一年啊，咱们南许村的房前屋后落满了凤凰，麦地里也都是凤凰，它们不分昼夜地展屏，好看得很！听说那只凤凰王后落在了西边那片古桐林里，每天傍晚这个时候，这些凤凰都去那片古桐林给它请安，一直展屏了七七四十九天。傍晚的时候，咱们这一片的老百姓，每天都会出来看，那个时候没有照相机，要不就会好好照几张相的。有句老话讲得好：栽好梧桐树，引得凤凰来，现在桐树也快没有了，我看这以后啊，凤凰是不会再飞来了……"

此时，大堤下的齐渡河依旧平平稳稳地向下游流去，只是它的河面上漂满了从上游工厂里排出的化工泡沫，远远望去，那些白色泡沫却也像漂浮着的点点槐花，人们也只当那是槐花了。那些河水驮着那些"槐花"，从燃烧着晚霞的地方浮动着浪花过来，又向着无尽的下游流去。流过无数个城市和村庄，倒映过无数次日升月落，它们不知疲倦地流着，伴随着岸上一代又一代人的出生和老去，伴随着世上落花流水式的华年。

写于2006年秋至2007年冬
2009年春至2009年夏